MARDI GRAS

Sandra Brown est l'auteur de très nombreux best-sellers aux États-Unis, tels que *Mille feux scintillants, L'Invité du matin, Texas, Le Souffle du scandale, Faux-semblant, Confession exclusive, Le Cœur de l'autre*. Elle vit au Texas en compagnie de son mari et de ses deux enfants.

Paru dans Le Livre de Poche :

SANDRA BROWN

Mardi gras

ROMAN TRADUIT DE L'AMÉRICAIN PAR SABINE BOULONGNE

JC LATTÈS

Titre original :

FAT TUESDAY
publié par Warner Books, New York.

1

— Il va s'en tirer. (Burke Basile allongea les doigts de la main droite, puis serra le poing. Ce mouvement de flexion était devenu un réflexe chez lui, à son insu.) Il y a peu de chance qu'il soit condamné.

Le capitaine Douglas Patout, chef de la brigade des mœurs et des stupéfiants de La Nouvelle-Orléans, soupira de découragement.

— Vous avez sans doute raison.

— C'est sûr. Il va s'en tirer, répéta Burke d'un ton résolu.

— Pourquoi Littrell a-t-il choisi cet assistant pour une affaire pareille ? C'est un nouveau venu, un transfuge venu du Nord, du Wisconsin ou de je ne sais où. Il n'y a pas trois mois qu'il est là. Il n'a rien compris aux... subtilités du procès.

Burke, qui regardait obstinément par la fenêtre, finit par se retourner.

— Pinkie Duvall, lui, les connaît comme sa poche.

— Sacré baratineur, ce salopard ! Il rêve de démolir la brigade et de nous faire tous passer pour des incapables.

Bien que cela lui fît de la peine de complimenter l'avocat de la défense, Burke répondit :

— Son plaidoyer final était brillant, Doug, il faut le reconnaître. Clairement antiflics, mais tout aussi projustice. Les jurés se sont délectés. (Il jeta un coup d'œil à sa montre.) Ça fait une demi-heure qu'ils délibèrent. Je suppose que dans une dizaine de minutes, nous serons fixés.

— Vous croyez vraiment que ça va aller si vite que ça ?

— J'en suis sûr, dit Burke tout en prenant place dans un vieux fauteuil en bois tout esquinté. Si on réfléchit bien, on avait perdu d'avance. Quelle que soit la personne désignée par le procureur pour plaider et en dépit de tous les tours de passe-passe juridiques exécutés de part et d'autre, le fait est que, malheureusement, ce n'est pas Wayne Bardo qui a appuyé sur la gâchette. Il n'a pas tiré la balle qui a tué Kev.

— J'aurais voulu qu'on me donne cent sous chaque fois que Pinkie Duvall l'a rabâché durant le procès, remarqua amèrement Patout. « Mon client n'a pas tiré la balle fatale. » Il a psalmodié ça tel un moine.

— Qu'on le veuille ou non, c'est la vérité.

Ils avaient ruminé ce point des milliers de fois, multipliant les spéculations, pour en revenir infailliblement à la même certitude, incontestable, irréversible et intolérable : dans les faits, l'accusé, Wayne Bardo, n'avait pas tiré sur le brigadier Kevin Stuart.

Burke Basile massa le contour de ses yeux cernés d'un geste las, repoussa ses cheveux en bataille, lissa sa moustache, puis se frotta nerveusement les mains sur ses cuisses. Il plia les doigts de la main droite. Pour finir, il planta ses coudes sur ses genoux et considéra le sol d'un air abattu, les épaules voûtées, le regard perdu dans le vide.

Patout l'observa d'un œil critique :

— Vous avez une tête épouvantable. Allez donc fumer une cigarette dehors !

Burke secoua la tête.

— Un café ? Je veux bien aller vous le chercher et vous le ramener pour vous éviter d'avoir à affronter les journalistes.

— Non merci.

Patout se laissa tomber dans le fauteuil voisin de celui de Burke.

— Ne soyons pas défaitistes. Avec les jurys, on ne sait jamais. On pense avoir coincé un saligaud, il quitte le tribunal libre comme l'air. Vous croyez avoir obtenu un acquittement à coup sûr ; le juré déclare le prévenu coupable et le juge lui colle la peine maximale. C'est tellement imprévisible.

— Pas cette fois-ci, répliqua Burke d'un ton obstinément résigné. Bardo va s'en tirer.

Un silence pesant s'installa sans que ni l'un ni l'autre l'interrompe.

— C'est le jour anniversaire de la Constitution mexicaine, dit finalement Patout.

— Pardon ? fit Burke en levant les yeux.

— La Constitution mexicaine. Elle a été adoptée un 5 février. J'ai vu ça ce matin sur le calendrier de mon bureau.

— Ah bon ?

— L'année n'était pas précisée. Ça doit faire dans les deux cents ans, je suppose.

— Ah bon ?

Une fois ce sujet de conversation épuisé, ils sombrèrent à nouveau dans le silence, chacun perdu dans ses pensées. Burke s'efforçait de déterminer comment il allait se comporter dans les premières secondes après l'annonce du verdict.

Il avait tout de suite su qu'il y aurait un jugement. Pinkie Duvall n'allait certainement pas marchander l'acquittement de son client, qu'il estimait gagné d'avance. Burke connaissait aussi depuis le début l'issue du procès. Maintenant que le moment de vérité approchait – si sa prédiction se révélait exacte – , il se préparait à combattre la fureur qu'il ne manquerait pas d'éprouver lorsqu'il verrait Bardo quitter le tribunal indemne.

Que Dieu le retienne de tuer cette crapule de ses mains nues !

Une grosse mouche vrombissante, abrutie d'insecticide, avait réussi inopinément à s'introduire dans cette petite pièce du tribunal de La Nouvelle-Orléans où d'innombrables procureurs et avocats de la défense avaient sué à grosses gouttes en attendant dans l'angoisse qu'un jury eût fini de délibérer. Désespérant de recouvrer la liberté, elle multipliait les assauts suicidaires contre la vitre. La pauvre bestiole ne se rendait pas compte que c'était peine perdue ! Que ses efforts, aussi courageux fussent-ils, étaient aussi vains que ridicules !

Burke émit un petit rire nasillard. De dérision. Parce qu'il s'identifiait sans peine à cette mouche futile, il sut qu'il était au fond du trou.

Quand on vint frapper, Patout et lui échangèrent un rapide coup d'œil avant de se tourner simultanément vers la porte au moment où elle s'ouvrait. L'huissier, une jeune femme, passa la tête par l'entrebâillement.

— Ils sont de retour, annonça-t-elle.

Comme ils se levaient, Patout vérifia l'heure.

— Dix minutes. Bigre ! murmura-t-il. Comment le saviez-vous ? ajouta-t-il en dévisageant Burke.

Mais ce dernier n'écoutait pas. Toute son attention était fixée sur la salle du tribunal au bout du couloir. Les spectateurs, ainsi que la presse, s'y ruaient déjà, tout excités, tels des Romains au Colisée sur le point d'assister au spectacle de martyrs dévorés par des lions.

Kevin Stuart, marié, père de famille, un sacré bon flic, son meilleur ami, avait été élevé au rang de martyr. Comme tant d'autres dans l'histoire, il était mort à cause d'une trahison. Quelqu'un en qui Kev avait confiance, censé être de son côté, le soutenir et faire avancer la même cause, s'était retourné contre lui. Un autre flic avait informé les dealers que la police était en route.

Un coup de téléphone clandestin d'un quidam de la division, et le sort de Kev avait basculé. Certes, il avait péri dans l'exercice de ses fonctions, mais il n'en était pas moins mort. Inutilement. Dans une mare de sang. Ce procès n'était qu'une opération de nettoyage. Un simulacre coûteux, interminable, qu'une société civilisée s'imposait pour faire bonne figure, alors qu'elle s'apprêtait à relaxer une canaille qui avait mis fin à la vie d'un homme intègre.

La sélection des jurés avait pris deux semaines. D'entrée de jeu, le procureur avait été intimidé, mystifié par l'avocat de la défense, l'outrecuidant Pinkie Duvall qui avait fait usage de tous ses droits de préemption, triant sur le volet un jury parfaitement adapté à son client sans que le camp opposé juge bon de protester pour ainsi dire.

Le procès en lui-même n'avait duré que quatre jours, une brièveté sans commune mesure avec l'intérêt suscité par l'issue de la procédure. Les prédictions étaient allées bon train.

Le lendemain de l'affrontement meurtrier, le directeur général de la police avait déclaré : « Tous les hommes de nos effectifs ressentent cette perte tragique et la prennent personnellement. Kevin Stuart était très respecté et apprécié de ses collègues. Nous mettons en œuvre tous les moyens à notre disposition pour mener une enquête approfondie sur le décès de ce remarquable policier. »

« Cette affaire devrait être réglée en un rien de temps, pontifiait un éditorialiste du *Times Picayune* le jour où le procès s'était ouvert. Une lamentable bavure de la Police de La Nouvelle-Orléans (NOPD) a causé la mort d'un de ses membres. Tragique ? Assurément. Mais cela justifie-t-il de rejeter la faute sur un malheureux bouc émissaire ? Il est permis d'en douter. »

« Le procureur gaspille l'argent des contribuables en contraignant un citoyen innocent à comparaître pour une accusation forgée de toutes pièces, destinée à sauver la face de la NOPD en butte à une humiliation publique qu'elle mérite vu les circonstances. Les électeurs feraient bien de prendre cette farce en compte lorsque le procureur Littrell se représentera aux élections. » Cette déclaration émanant de Pinkie Duvall, dont l'« innocent » client, Wayne Bardo, né Bardeaux, se prévalait d'une liste d'arrestations antérieures aussi longue que la rive du lac Pontchartrain.

L'implication de Pinkie Duvall dans un procès, quel qu'il soit, garantissait l'attention des médias. Tous les élus publics avides de prendre le train en marche afin de profiter de cette publicité gratuite s'étaient servis du procès Bardo tel un forum pour faire entendre leur cause, quelle qu'elle fût. Et chacun de lancer ses opinions, sans qu'on les lui demande.

Depuis la nuit où Kev Stuart avait péri, l'inspecteur Burke Basile, lui, se terrait dans un mutisme aussi méprisant qu'obstiné. Durant les audiences antérieures au procès, au fil des requêtes présentées à la cour par l'un et l'autre parti, dans toute l'effervescence suscitée par les médias autour de cette affaire, aucune remarque digne d'être rapportée n'avait été attribuée au taciturne policier de la brigade des stupéfiants dont le partenaire, et le meilleur ami, avait été tué par une balle cette nuit-là lors d'une rafle chez des trafiquants de drogue qui avait mal tourné.

Pour l'heure, tandis qu'il tentait de regagner le tribunal pour entendre le verdict, en réponse à un reporter qui lui brandissait un micro sous le nez en lui demandant s'il avait une déclaration à faire, Basile rétorqua succinctement :

— Ouais ! Allez-vous faire foutre !

Le commissaire Patout, considéré par les journalistes comme un personnage investi d'autorité, fut retenu alors qu'il s'efforçait de suivre Burke dans la salle. Ses propos furent nettement plus diplomates que ceux de son subordonné, mais il décréta sans équivoque que Wayne Bardo était responsable de la mort de Stuart et que justice ne serait rendue que si le jury le déclarait coupable.

Burke était déjà installé lorsque Patout le rejoignit.

— Ça ne doit pas être drôle pour Nanci ! remarqua-t-il en s'asseyant.

La veuve de Kev Stuart se trouvait dans la même rangée qu'eux, mais de l'autre côté de l'allée centrale, entre ses parents. Burke se pencha légèrement et croisa son regard ; il lui fit un signe de la tête qui se voulait encourageant. Elle lui adressa en retour un pâle sourire dénotant un optimisme aussi restreint que le sien.

— Mais c'est une vraie battante, ajouta Patout en la saluant d'un geste.

— Ouais ! Quand son mari est abattu de sang-froid, on peut compter sur Nanci pour se montrer à la hauteur de la situation !

Ce sarcasme provoqua un froncement de sourcils chez Patout.

— Je ne vois pas l'intérêt de dire ça. Vous m'avez parfaitement compris.

Burke s'abstint de répondre. Au bout d'un moment, Patout demanda d'un ton faussement désinvolte :

— Barbara viendra-t-elle ?

— Non.

— Je pensais qu'elle serait là pour vous soutenir le moral si le verdict se révélait contraire à notre attente.

Burke ne tenait pas à s'étendre sur les raisons pour lesquelles sa femme avait préféré ne pas assister à l'audience.

— Elle m'a fait promettre de l'appeler dès que nous serions fixés, lança-t-il laconiquement.

Des humeurs très contrastées émanaient des deux camps opposés. Burke partageait l'avis de Patout selon lequel l'adjoint du procureur avait honteusement mal plaidé. Après s'être acquitté bon an mal an de sa tâche sans la moindre conviction, il était à présent assis à sa table et faisait rebondir la gomme au bout de son crayon à papier sur son bloc-notes vierge. Sa jambe gauche tressautait nerveusement. A l'évidence, il aurait donné cher pour être n'importe où ailleurs, y compris chez le dentiste en train de subir une extraction.

Pendant ce temps-là, à la table de la défense, Bardo et Duvall donnaient l'impression de se chuchoter des blagues dans le creux de l'oreille. Ils gloussaient tous les deux derrière leurs mains jointes. Burke aurait eu du mal à dire lequel il méprisait le plus, du criminel endurci ou de son avocat véreux.

Duvall fut distrait par un de ses assistants ; il se détourna pour feuilleter une liasse de documents juridiques. Bardo s'inclina alors en arrière sur sa chaise, cala le bout de ses doigts sous son menton et leva les yeux au ciel. Burke doutait fort que le salopard fût en train d'invoquer Dieu.

Comme attiré par le regard incendiaire du policier, il tourna la tête. Ses yeux noirs, insensibles, où jamais une étincelle de conscience n'avait dû briller, se fixèrent sur ceux de Burke. Ses lèvres de lézard s'entrouvrirent pour esquisser un sourire glacial.

Puis Bardo lui fit un clin d'œil.

Burke se serait levé d'un bond pour se jeter sur lui si Patout, témoin de ce geste insolent, ne l'avait saisi par le bras pour le retenir.

— Pas de réaction intempestive, je vous en conjure ! lança-t-il avant d'ajouter à mi-voix : Sortez de vos gonds et vous jouerez le jeu de ces truands. Vous conforterez toutes les allégations préjudiciables qu'ils ont faites à votre encontre durant le procès. Maintenant, si c'est ce que vous voulez, allez-y !

Refusant d'honorer cette réprimande ne serait-ce que d'une riposte, Bruke libéra son bras d'une secousse. Sans se départir de son sourire suffisant, Bardo reporta son attention devant lui. Quelques secondes plus tard, la séance s'ouvrait et le juge regagnait sa place. D'une voix aussi sirupeuse que la sève qui s'écoule du chèvrefeuille l'été, il enjoignit tout le monde à se conduire avec dignité lorsque le verdict tomberait, après quoi il pria un de ses assistants de convoquer le jury.

Cinq femmes et sept hommes entrèrent à la queue leu leu dans le box du jury. Cinq femmes et sept hommes qui avaient voté à l'unanimité en faveur de l'acquittement de Wayne Bardo, jugé non coupable de la mort du brigadier Kevin Stuart.

Burke Basile s'y attendait, mais ce fut plus pénible à admettre que prévu. Il s'était en fait imaginé que c'était impossible.

En dépit des injonctions du juge, les spectateurs ne purent réprimer ou cacher leurs réactions. Nanci Stuart poussa un cri strident avant de s'effondrer. Ses parents firent un bouclier de leur corps pour la protéger des lumières blafardes des caméras vidéo et des reporters rapaces qui fondaient sur elle.

Le juge renvoya les jurés après les avoir remerciés. A peine l'audience fut-elle officiellement ajournée, dans le brouhaha, que l'inepte procureur s'empressa de fourrer son bloc-notes immaculé dans son porte-documents flambant neuf et remonta l'allée centrale comme si on venait d'annoncer que le bâtiment était en feu. Il évita les regards de Burke et de Patout.

Burke commenta mentalement l'expression qui se lisait sur son visage : *Ce n'est pas de ma faute. Parfois on gagne, d'autres fois on perd. Dans un cas comme dans l'autre, la paie tombe à la fin du mois. Il n'y a pas de quoi en faire un plat.*

— Connard ! marmonna-t-il entre ses dents.

La défense et son entourage jubilaient, comme de bien entendu, et le juge avait renoncé à essayer de refréner leur enthousiasme. Pinkie Duvall déployait toute son éloquence face aux micros qui se tendaient vers lui. En passant d'un de ses mocassins Bally à l'autre, Wayne Bardo tiraillait sur ses manches d'un air complaisamment las. Ses boutons de manchettes incrustés de pierres précieuses étincelaient sous les projecteurs de la télévision. Burke remarqua que pas une goutte de sueur ne perlait sur son front olivâtre. Le fumier savait depuis le début que l'affaire était dans la poche, comme toutes les précédentes.

En sa qualité de porte-parole de la NOPD, dans la mesure où le tragique épisode impliquait sa division, Patout s'ingéniait à faire face aux journalistes qui le pressaient de questions. Burke garda Bardo et Duvall dans son point de mire pendant qu'ils s'acheminaient triomphalement vers la sortie au milieu de la cohue. Ils n'esquivèrent pas un micro, ni une seule caméra. Duvall cultivait la presse, raffolait de la publicité. Il se délectait sous la lumière des projecteurs. A l'encontre du procureur, si pressé de s'en aller, ils s'attardèrent pour glaner les félicitations de leurs supporters.

Ils n'évitèrent pas davantage le regard de Burke.

Tout au contraire, ils ralentirent le pas en arrivant au bout de la rangée où se tenait le policier dont le poing droit se serrait et se desserrait tour à tour et le regardèrent délibérément dans le blanc des yeux.

Wayne Bardo alla même jusqu'à se pencher vers lui et chuchoter une vérité aussi odieuse qu'indéfendable.

— Ce n'est pas moi qui ai tué ce flic, Basile. C'est vous !

2

— Romy ?

Elle se retourna et, du revers de sa main gantée, écarta de son front une mèche de cheveux.

— Bonjour ! Je ne t'attendais pas si tôt.

Pinkie Duvall descendit l'allée de la serre d'une démarche assurée et la prit dans ses bras.

— J'ai gagné, annonça-t-il après l'avoir embrassée avec fougue.

— Je m'en serais doutée, répondit-elle en lui rendant son sourire.

— Encore un acquittement !

— Toutes mes félicitations !

— Je te remercie, mais en l'occurrence, c'était du tout cuit !

Son sourire radieux démentait son humilité.

— Un avocat moins brillant n'aurait pas dit ça !

Cet éloge le ravit et son sourire s'élargit encore.

— Il faut que je passe au bureau donner quelques coups de fil, mais en revenant, je ramène l'équipe au grand complet. Roman a mis tout le monde sur le pied de guerre. D'ailleurs, j'ai vu les camions du traiteur en arrivant.

Roman, leur majordome, et tout le personnel étaient sur le qui-vive depuis le début du procès. Les réceptions que Pinkie Duvall donnait pour célébrer ses triomphes juridiques contribuaient à sa notoriété tout autant que le diamant scintillant qu'il portait à l'annulaire droit, d'où son surnom de Pinkie – petit doigt.

Les raouts qu'il présidait après ses procès suscitaient autant d'enthousiasme que les procès eux-mêmes et faisaient l'objet d'articles détaillés dans la presse. Romy soupçonnait parfois les jurés de se prononcer en faveur d'un acquittement dans l'unique dessein de prendre part aux fameuses libations chez Pinkie Duvall.

— Puis-je faire quelque chose ?

Rien, bien évidemment, et elle le savait avant même de poser la question.

— Sois aussi belle que d'habitude, c'est tout, lui déclara-t-il en glissant les mains jusqu'au creux de son dos avant de l'embrasser de nouveau. Que fabriques-tu ici, d'ailleurs ? reprit-il en essuyant une trace de poussière sur son front. Tu sais que je n'aime pas qu'on vienne dans ma serre.

— Personne n'est venu ici à part moi. J'ai juste apporté une des plantes de la maison qui n'avait pas l'air très en forme pour lui donner un peu d'engrais. Ne t'inquiète pas. Je n'ai touché à rien.

La serre était le domaine de Pinkie, l'horticulture, son passe-temps favori, qu'il prenait très au sérieux, aussi pointilleux pour ce qui était de l'ordre et de la précision sous cette grande verrière que dans son cabinet ou toute autre sphère de son existence.

Il prit quelques instants pour passer fièrement en revue ses rangées de plants cultivés avec soin. Rares étaient ses amis, et plus encore ses ennemis, qui savaient que parmi ses passions figuraient les orchidées, l'une de ses grandes spécialités.

Des mesures extrêmes étaient nécessaires afin de maintenir le délicat équilibre atmosphérique à l'intérieur de la serre. Il y avait même un local spécial sous le dôme abritant tout un équipement indispensable à la surveillance et au contrôle de l'environnement climatique. Pinkie avait étudié le sujet à fond et prenait part au Congrès international de l'orchidée tous les trois ans. Il connaissait avec exactitude la lumière, la température et le taux d'humidité nécessaires à l'épanouissement de chaque variété. Cattleya, laelia, cymbidium, oncidium, il les soignait avec l'attention d'une infirmière d'un service de maternité, fournissant à chacune le pot, le drainage et l'aération prescrits. En retour, il attendait de ses plantes qu'elles soient exemplaires et extraordinaires.

Ce qui était le cas, comme si elles redoutaient de décevoir leur maître.

D'ordinaire. Car il venait de s'approcher en fronçant les sourcils d'un groupe de plants dont l'étiquette indiquait *Oncidium varicosum.* Les tiges étaient chargées de boutons, moins profus néanmoins que sur leurs voisines.

— Je les ai dorlotées pendant des semaines. Qu'est-ce qu'elles ont ? Le résultat est minable.

— Elles n'ont peut-être pas eu le temps de...

— Elles ont eu tout le temps nécessaire.

— Parfois quand...

— Ce sont des espèces inférieures. Un point, c'est tout.

Il s'empara calmement d'un des pots et le lâcha. Il se brisa au contact des dalles de pierre en un méli-mélo de racines, de fragments de poterie et de pédicules tordus. Un autre pot ne tarda pas à rejoindre le premier.

Pinkie ! S'il te plait !

Romy s'accroupit et prit tendrement dans sa main un plant fragile.

— Laisse ça, dit-il d'un ton détaché en expédiant un autre pot à sa perte.

Il n'en épargna pas une seule. Bientôt tout l'ensemble se retrouva en vrac sur le sol dallé. Il posa le pied sur l'une des tiges et écrasa du talon quelques boutons.

— Elles gâchaient l'apparence de la serre.

Toute retournée par ce gaspillage, Romy commença à ramasser les plants.

— Ne t'occupe pas de ça, lança Pinkie. J'enverrai un des jardiniers nettoyer.

Il partit après lui avoir fait promettre de quitter

les lieux sans tarder et d'aller se préparer pour la réception. Elle s'attarda pourtant quelques instants encore, le temps de balayer elle-même les débris et de s'assurer qu'elle avait rangé tout ce qu'elle avait utilisé afin de laisser la serre dans un état impeccable.

L'allée pavée conduisant à la maison serpentait à travers la pelouse. Le dais des chênes drapés de mousse abritait les parterres de fleurs soigneusement entretenus. Les arbres avaient précédé de plusieurs siècles la construction de la maison ; l'édifice original datait du début du XIXe.

Romy entra par l'une des portes de derrière et monta à l'étage par l'escalier de service, évitant ainsi la cuisine, l'office du majordome et la salle à manger, où elle entendit le traiteur hurler des ordres à son armée d'assistants. Lorsque Pinkie et ses invités commenceraient à arriver, tout serait prêt pour les accueillir, et le service serait irréprochable.

Romy s'était gardé juste assez de temps pour s'habiller, mais des dispositions avaient été prises pour accélérer le processus. Sa femme de chambre avait déjà fait couler son bain et attendait des instructions. Ensemble, elles choisirent la tenue qu'elle porterait ; après avoir tout disposé, la domestique la laissa prendre son bain, dans lequel elle ne s'attarda guère, sachant qu'elle aurait besoin d'un laps de temps supplémentaire pour se maquiller et se coiffer. Pinkie exigeait d'elle qu'elle se surpasse lorsqu'il donnait une réception.

Cinquante minutes plus tard, elle mettait les dernières touches à son maquillage devant sa coiffeuse quand elle l'entendit entrer dans la chambre.

— C'est toi ?

— Y a pas intérêt à ce que ce soit quelqu'un d'autre.

Elle sortit de son dressing-room pour le rejoindre dans la chambre et le remercia lorsqu'il siffla en l'enveloppant d'un regard admiratif.

— Veux-tu que je te prépare un verre ? demanda-t-elle.

— Volontiers, répondit-il en entreprenant de se déshabiller.

Quand elle lui eut servi un whisky, il n'avait plus rien sur le dos. A cinquante-cinq ans, Pinkie était remarquablement mince. Il entretenait sa forme physique et sa musculature grâce à des exercices quotidiens rigoureux et des massages dispensés par un kinésithérapeute exclusivement à son service. Il était fier de sa sveltesse en dépit de son goût prononcé pour les grands crus et la célèbre cuisine de la Louisiane, y compris ses fameux desserts tels que le pudding à la sauce au whisky et les pralines crémeuses truffées de noix de pécan.

En déposant un baiser sur la joue de sa femme, il prit le verre rempli d'un whisky coûteux additionné d'eau et de glace et but une gorgée.

— Je t'ai apporté un cadeau et tu as fait preuve d'une admirable retenue en feignant de ne pas l'avoir remarqué, alors que je sais pertinemment que tu l'as vu.

— J'estime que c'est à toi de choisir le moment où tu souhaites me le donner, expliqua-t-elle modestement. En outre, comment pouvais-je savoir qu'il m'était destiné ?

Il lui tendit un paquet enrubanné en gloussant.

— En quel honneur ? questionna-t-elle.

— Je n'ai pas besoin d'un prétexte pour offrir un cadeau à ma superbe épouse.

Elle défit le nœud en satin noir et enleva délicatement le papier doré. Pinkie rit à nouveau sous cape.

— Qu'y a-t-il ?

— La plupart des femmes déchirent les emballages avec une cupidité effrénée.

— Je préfère savourer ces instants.

Il lui caressa la joue.

— Parce qu'on ne t'a guère fait de cadeaux lorsque tu étais petite fille.

— Pas jusqu'à ce que tu entres dans ma vie.

Sous le papier d'emballage, il y avait un écrin en velours noir à l'intérieur duquel, au milieu d'un nid de satin blanc, une aigue-marine sertie de diamants était retenue par une chaîne en platine.

— C'est magnifique ! murmura Romy.

— Ce collier a attiré mon attention parce que la pierre est de la même couleur que tes yeux.

Il posa son verre sur la table de chevet, sortit le pendentif de sa boîte et fit pivoter Romy sur elle-même.

— Je crois que tu peux te passer de ça pour ce soir, dit-il en lui enlevant la croix qu'elle portait toujours autour du cou.

Il la remplaça par le nouveau bijou avant de la pousser vers la psyché XVIIIe qui avait jadis orné le boudoir parisien de quelque malheureuse aristocrate française.

Par-dessus son épaule, il jaugea d'un œil critique son reflet.

— Pas mal, mais ce n'est pas parfait. Cette robe ne va plus. Il vaudrait mieux que tu portes du noir. Avec un décolleté profond pour que la pierre repose sur ta peau.

Il descendit la fermeture Eclair de sa robe et dégagea ses épaules, puis dégrafa son soutien-gorge et le lui enleva. Le bijou niché entre ses seins, Romy détourna le regard et croisa les bras sur sa poitrine.

Pinkie l'obligea à lui faire face et lui écarta les bras. Son regard s'assombrit. Elle sentit son souffle haletant sur sa peau.

— J'en étais sûr ! dit-il d'une voix rauque. On ne saurait rêver meilleur écrin pour ce bijou.

Il la poussa vers le lit en dépit de ses faibles protestations.

— Pinkie ! Je suis déjà habillée.

— Il faut bien que les bidets servent à quelque chose !

Il la poussa contre les oreillers avant de s'allonger à son tour.

Toujours puissants, les appétits sexuels de Pinkie n'étaient jamais aussi déchaînés que lorsqu'il venait de remporter une victoire au tribunal. Ce soir-là, il se montra particulièrement affamé. Tout fut fini en quelques minutes. Romy avait gardé ses bas et ses chaussures, mais ses cheveux et son maquillage avaient souffert de ces ébats sans douceur. Pinkie roula sur le dos et tendit la main vers son verre qu'il éclusa tout en se levant. Puis, il traversa la chambre en sifflotant et disparut dans son dressing-room.

Romy se coucha sur le côté en joignant les mains sous sa joue. Elle répugnait à l'idée de devoir recommencer la séance d'habillage. D'ailleurs, si tant est qu'elle eût le choix, elle se serait endormie telle qu'elle en renonçant à la soirée. Elle s'était levée fatiguée et cette sensation de léthargie lui pesait toujours. Cependant, elle ne tenait pas à ce que Pinkie remarquât ce manque d'énergie qu'elle s'ingéniait à lui cacher depuis des semaines.

Elle se força donc à se lever. Elle remplissait la baignoire pour reprendre un bain quand il émergea de son dressing-room, douché, rasé de près et vêtu d'un costume noir impeccablement coupé.

— Je pensais que tu serais prête, lança-t-il en la considérant d'un air étonné.

— Mieux vaut recommencer à zéro plutôt que d'essayer de rectifier les choses. En outre, j'ai horreur des bidets.

Il l'étreignit et déposa un baiser taquin sur ses lèvres.

— J'ai dû te laisser dans cette pension religieuse

une année de trop. Tu as pris des habitudes terriblement bégueules.

— Tu ne m'en voudras pas si j'apparais un petit peu plus tard, n'est-ce pas ?

Il lui administra une petite tape sur la croupe avant de la libérer.

— Tu seras si superbe que cela aura valu la peine d'attendre.

Parvenu sur le seuil, il ajouta :

— Une robe sexy, noire, profondément échancrée ! N'oublie pas !

Romy s'attarda dans son second bain. En bas, les musiciens accordaient leurs instruments. Les convives n'allaient pas tarder à arriver. Jusqu'aux premières lueurs de l'aube, ils se gaveraient de succulentes victuailles arrosées d'alcool fort. Il y aurait de la musique, des rires, des danses, des flirts et du blabla, encore et toujours du blabla !

Rien que d'y penser, elle soupira avec lassitude. Quelqu'un s'apercevrait-il de l'absence de la maîtresse de maison si celle-ci décidait de rester dans sa chambre et de s'épargner toutes ces festivités ?

Pinkie, lui, s'en rendrait compte.

Pour fêter sa nouvelle victoire au tribunal, il lui avait encore acheté un somptueux joyau, à ajouter à une collection déjà d'une ampleur embarrassante. Il serait offensé s'il savait à quel point elle redoutait de prendre part à ces célébrations, et le peu d'importance qu'elle attachait à ce bijou. Elle était bien incapable de puiser une joie véritable dans sa générosité pour la bonne raison que ces présents onéreux n'étaient que de piètres substituts pour tout ce qu'il lui refusait.

La tête toujours calée contre le rebord de la baignoire, elle tourna son attention vers la coiffeuse où le nouveau trésor reposait dans son écrin garni de satin. La beauté de cette pierre lui échappait. Elle ne diffusait aucune chaleur et semblait froide, même au toucher.

Au lieu de lancer des étincelles de feu, les facettes brillaient d'un éclat glacial, évocateur de l'hiver et non pas de l'été. Elle ne se sentait ni heureuse ni comblée, mais vide et spoliée.

Et la femme de Pinkie Duvall se mit à pleurer en silence.

3

Pinkie fit tout un ramdam quand Romy descendit. En la prenant possessivement par le bras, il annonça que la fête pouvait officiellement commencer maintenant qu'elle s'y était jointe. Il l'entraîna à travers la foule, la présentant aux convives qu'elle ne connaissait pas, y compris les jurés du procès Bardo, éblouis.

De nombreux invités étaient connus pour leur association avec le crime, les scandales locaux, ou une combinaison des deux. Certains avaient la réputation d'appartenir à la « Commission du crime métropolitain », mais comme l'adhésion à ce club composé exclusivement d'individus au sang bleu « sur invitation seulement » était secrète, personne ne pouvait en être sûr. Les fonds illimités de cet organisme clandestin n'étaient surpassés que par l'ampleur incommensurable de son pouvoir.

Certains convives étaient des politicards qui exerçaient une influence pour le moins intéressée sur leurs électeurs. Ils constituaient la force vive au sein des *nouveaux riches,* d'autres étant issus des vieilles familles fortunées habituées à imposer un contrôle despotique sur la communauté locale. Une poignée d'entre eux avaient des relations avec le crime organisé. Tous étaient des amis de Pinkie, ses associés ou ses anciens clients. Tous étaient venus lui rendre hommage.

Romy endurait leurs flagorneries pour la même raison qu'ils la flattaient servilement : demeurer dans les bonnes grâces de Pinkie. On admira, on envia le nouveau pendentif, ainsi que la poitrine sur laquelle il reposait, au grand embarras de la maîtresse de maison. Elle détestait être le centre de l'attention, reluquée par des hommes sournois dont les épouses tout aussi sournoises la détaillaient du regard avec un mépris et une jalousie non dissimulés.

Apparemment aveugle à cet étalage d'hypocrisie, Pinkie l'exhibait tel un trophée vivant. Romy sentait que derrière leur sourire forcé, les amis de son mari l'inspectaient sous toutes les coutures en quête des premiers signes de déchéance physique en se disant : Qui aurait pensé qu'un couple aussi insolite aurait tenu le coup si longtemps ?

En définitive, la conversation s'orienta sur le procès. Quelqu'un demanda à Romy son opinion sur le verdict.

— Pinkie se donne à fond à chaque fois, répondit-elle. Je n'étais pas le moins du monde surprise d'apprendre que son client avait été acquitté.

— Reconnaissez, ma chère, que ce coup-ci, c'était facile à prédire.

Ce commentaire teinté de condescendance émanait d'une matrone de la haute société dont le cou pareil à une caroncule de dindon croulait sous les diamants.

Prenant la parole à la place de sa femme, Pinkie contra cet argument.

— L'issue d'un procès n'est jamais prévisible. Celui-ci aurait tout aussi bien pu tourner à notre désavantage. Dès qu'un policier apparaît à la barre des témoins, il faut être vigilant.

— Allons, Pinkie, persifla l'un des convives, la crédibilité des policiers devant la cour a été anéantie à jamais depuis que Mark Fuhrman a témoigné au procès d'O.J. Simpson.

Pinkie secoua la tête pour signifier son désaccord.

— Certes, Fuhrman a fait plus de tort que de bien à la partie plaignante. Mais Burke Basile appartient à une tout autre espèce. Nous avons passé ses antécédents au peigne fin dans l'espoir de dénicher un élément susceptible de le discréditer. Il est irréprochable.

— Jusqu'au soir où il a abattu un de ses hommes, gloussa un autre invité en administrant une tape amicale sur l'épaule de Pinkie. Vous l'avez drôlement malmené durant l'interrogatoire.

— Dommage que le juge ait refusé que le procès soit télévisé, remarqua quelqu'un d'autre. Le public aurait assisté à l'effondrement d'un flic en direct.

— Je n'aurais pas été surpris si les jurés avaient interrompu la séance durant la déposition de Basile en demandant s'ils pouvaient fermer boutique et rentrer chez eux.

— Nous parlons de la mort d'un homme, bredouilla Romy qui trouvait leurs plaisanteries et leurs rires obscènes. Quelle qu'ait été l'issue du procès, monsieur Stuart n'aurait pas été tué si Bardo ne s'était pas servi de lui comme d'un bouclier. N'est-ce pas vrai ?

Les rires se turent en un clin d'œil et tous les regards se tournèrent vers elle.

— En théorie, ma chère, c'est tout à fait exact, répondit Pinkie. Nous avons reconnu au tribunal que monsieur Bardo tenait le policier blessé contre lui au moment où la balle l'a atteint, mais je n'irais pas jusqu'à déclarer que Stuart servait de bouclier. Il s'est produit un tragique accident, mais cela n'autorise pas à envoyer en prison un homme innocent.

Romy n'avait jamais été invitée à assister à un procès afin de voir son époux à l'œuvre, mais elle connaissait bien les tenants et aboutissants de cette affaire pour la bonne raison qu'elle en avait suivi tout le déroulement dans la presse. Stuart et Basile, de la brigade des stupéfiants, avaient été les premiers de leur unité à se rendre à l'entrepôt soupçonné d'abriter un laboratoire destiné à la confection de drogues.

Les trafiquants avaient été avertis de l'imminence d'une rafle. Lorsque Stuart et Basile s'étaient approchés du bâtiment, on leur avait tiré dessus. Sans attendre les renforts, Stuart avait fait irruption à l'intérieur, échangeant des coups de feu avec un dénommé Toot Jenkins, qu'il avait abattu.

Toot Jenkins gisait à terre ; Stuart était gravement blessé. Sa veste pare-balles avait dévié les projectiles potentiellement fatals, mais il avait été touché à la cuisse, la balle ayant manqué de justesse l'artère fémorale. Une autre balle lui avait fracassé le cubitus.

— Au tribunal, le médecin a affirmé que Stuart était probablement sous le choc, mais qu'il se serait remis de ses blessures, poursuivit Romy. Elles étaient graves, mais ne mettaient pas sa vie en danger.

— Vous oubliez que votre mari a anéanti la crédibilité du toubib.

Pinkie leva la main comme pour signifier qu'il n'avait pas besoin que l'on vienne à sa rescousse, d'autant plus que c'était sa propre femme qui le défiait.

— Mets-toi à la place de monsieur Bardo, ma chérie, dit-il. Un homme est mort ; un autre, blessé, saigne abondamment. Il en conclut, à juste titre, qu'il s'est fourré par inadvertance dans une situation très périlleuse.

« Il pense que les hommes qui cernent le bâtiment ne sont peut-être pas des policiers, comme ils le prétendent, mais les concurrents de monsieur Jenkins *se faisant passer pour* des policiers. Toot Jenkins avait eu maille à partir avec un gang asiatique. Ces gens-là sont extrêmement habiles, tu sais.

— Le brigadier Stuart était un roux au visage

criblé de tâches de rousseur. Il pouvait difficilement le prendre pour un Asiatique !

— En plein dans le mille ! commenta en ricanant l'un des convives. Dommage que le procureur Romy n'ait pas eu à plaider.

Pinkie rit avec les autres de cette remarque désobligeante, mais Romy fut sans doute la seule à se rendre compte que son hilarité était feinte. Il la toisa du regard.

— Romy au tribunal ? Ça m'étonnerait beaucoup. Ses talents sont d'une tout autre nature, fit-il en glissant le bout de son doigt le long de son décolleté profond.

Tout le monde s'esclaffa et Romy sentit une onde brûlante d'humiliation et de colère monter en elle.

— Excusez-moi, lança-t-elle, je n'ai encore rien mangé.

Elle se détourna du petit cercle.

Elle avait un avis bien précis sur ce qui s'était passé la nuit où Stuart avait trouvé la mort, mais il n'aurait pas été prudent de l'exprimer en présence de Pinkie et de ses amis. Ils fêtaient l'acquittement de son client, et non son innocence, ce qui n'allait pas forcément de pair.

Elle ne pensait pas un instant que Wayne Bardo avait perdu les pédales lorsque la fusillade avait éclaté. Il savait exactement ce qu'il faisait lorsqu'il avait soulevé le corps du brigadier blessé gisant sur le sol de l'entrepôt pour s'en faire un bouclier le temps de se faufiler par l'embrasure de la porte, risquant du même coup de provoquer une nouvelle salve de balles de la part des autres policiers embusqués aux abords de la bâtisse.

Malheureusement, Burke Basile avait d'excellents réflexes, en plus d'être un remarquable tireur. Convaincu qu'il tirait sur un assaillant, il avait visé la tête, et le projectile avait fait mouche. Le verdict du jury lui avait fait endosser toute la responsabilité de la mort de Stuart.

Afin de donner le change, puisqu'elle avait prétendu avoir faim, elle se dirigea vers la grande salle à manger où, comme elle s'y attendait, le buffet était un paradis pour fins gourmets. Les poêlons de table en argent massif regorgeaient de mets succulents : étouffée d'écrevisses fumante, haricots rouges et riz, gambas grillées marinées dans une sauce si épicée que son arôme à lui seul lui fit venir les larmes aux yeux.

On avait disposé des monceaux de fines claires sur d'immenses plateaux de glace. L'un des chefs cuisiniers découpait de colossales pièces de bœuf et de jambon en tranches appétissantes. Il y avait des œufs mimosa, des crabes farcis, toutes sortes de saucisses, des salades à profusion, des plats d'accompagnement à n'en plus finir, une multitude de pains divers et des desserts propres à satisfaire tous les goûts. Plutôt que d'aiguiser son appétit, la vue et les exhalaisons de tant de plats riches lui soulevèrent le cœur.

En jetant des coups d'œil à la ronde, elle aperçut Pinkie en grande conversation avec une partie des jurés. Ils semblaient fascinés par ce qu'il était en train de leur raconter, et il adorait être le point de mire, de sorte qu'elle n'allait pas lui manquer pendant un moment.

Elle se glissa discrètement dehors par une porte-fenêtre afin de profiter un instant du calme et de l'isolement relatifs du jardin. Le fond de l'air était suffisamment frais pour que son souffle dégage de la buée, mais cette fraîcheur sur sa peau nue lui procurait une sensation agréable. Elle s'élança sur l'allée qui conduisait au belvédère. La structure tout en arabesques de fer forgé chapeautée d'un dôme en oignon se cachait au fond de la propriété. C'était l'un de ses endroits favoris. Elle venait s'y réfugier quand elle avait désespérément besoin de solitude, ou de quelque chose d'approchant.

Elle pénétra dans le petit pavillon circulaire et prit appui contre un des piliers qu'elle enlaça presque en posant sa joue contre le métal froid. Elle était encore gênée au souvenir de ce que Pinkie avait insinué à son sujet devant ses invités. Les commentaires de ce genre confirmaient ce que tout le monde pensait déjà d'elle, à savoir qu'elle était une femme-objet dorlotée, à l'intelligence limitée, aux opinions sans intérêt, dont l'unique fonction dans la vie consistait à servir d'accessoire à son flamboyant époux en public, et à le satisfaire au lit.

Cela donnait aussi l'impression qu'elle manquait totalement de sensibilité et que leurs insultes déguisées l'effleuraient à peine. Ils la croyaient heureuse de cette existence protégée et s'imaginaient qu'elle avait tout ce qu'elle désirait.

Ils se trompaient lourdement.

*

* *

Rien n'aurait pu l'empêcher de se rendre sur place.

Burke Basile reconnaissait que sa présence n'était pas recommandée. *Recommandée, mes fesses !* pensa-t-il. C'était carrément imbécile de rôder ainsi dans les ombres d'une haie d'azalées aussi haute que dense en contemplant d'un œil mauvais la résidence de Pinkie Duvall en plein cœur du Garden District.

La maison était blanche et décorée comme une pièce montée, tape-à-l'œil comme pas deux à son avis. Une lumière dorée se déversait à flots par les grandes fenêtres sur la pelouse aussi parfaite qu'un tapis vert. Des ondes de musique mêlées d'éclats de rire flottaient hors des salons aux lustres scintillants.

Il serra ses coudes dans le creux de ses mains pour se protéger de l'air frais de la nuit. Il n'avait même pas pensé à prendre une veste. L'automne était venu et s'en était allé. Les fêtes de fin d'année aussi, presque sans qu'il s'en aperçoive. L'hiver doux de La Nouvelle-Orléans toucherait bientôt à sa fin, mais l'alternance des saisons et le retour du printemps étaient bien les dernières choses qu'il avait à l'esprit.

La mort de Kev Stuart, huit mois plus tôt, l'avait consumé tout entier, paralysé, anesthésié au point de le rendre indifférent à son environnement.

Barbara avait été la première à se rendre compte de son humeur sombre, mais il n'y avait rien de plus normal puisqu'elle vivait avec lui. Lorsque son chagrin s'était changé en obsession, elle s'était plainte, en toute légitimité. Puis elle avait réitéré. Encore et encore. A telle enseigne qu'elle avait fini par se lasser de ses propres jérémiades. Ces derniers temps, elle avait opté pour l'indifférence.

A l'approche de la date fatidique du procès, il était devenu évident aux yeux de tous les hommes de la division que Burke était préoccupé par tout autre chose que son travail. Il ne parvenait pas à se concentrer sur les affaires en cours pour la bonne raison qu'il était obnubilé par celle qui les avait conduits, Kev et lui, à l'entrepôt.

Durant plus d'une année avant cette nuit-là, ils avaient resserré les mailles de cette opération par étapes successives en éliminant l'un après l'autre les principaux dealers. Pourtant, les maîtres du jeu avaient continué à leur filer entre les doigts et se tordaient probablement de rire à l'évocation des efforts ridiculement maladroits déployés par les autorités, tant légales que fédérales.

Pour frustrer encore plus la division, son taux de succès allait s'amenuisant. Pour finir, chaque fois qu'une descente s'organisait, quelque chose venait la contrecarrer. Le dispositif de sécurité avait beau être serré et le raid ultra-secret, les truands étaient systématiquement prévenus à l'avance. Ils abandonnaient leurs laboratoires alors que les produits chimiques bouillonnaient encore ; d'énormes stocks étaient désertés quelques instants avant l'arrivée de la brigade pour le coup de filet. Autant de sacrifices que les trafiquants pouvaient se permettre ; ils se bornaient à passer ces dommages aux pertes et profits et élisaient domicile, dès le lendemain, dans de nouveaux locaux.

Les salopards se dispersaient plus vite que des cafards quand on allume la lumière. Et les flics passaient pour des imbéciles. Après chaque fiasco, la division se voyait contrainte de retourner à la case départ et la manœuvre ardue consistant à débusquer les fournisseurs recommençait au début.

Burke travaillait depuis des années dans la brigade des stupéfiants. Il connaissait par cœur la marche à suivre ; il savait que les revers et les retards étaient inévitables, qu'il fallait des mois pour monter une affaire, que les agents doubles devaient nouer des relations et que ces choses-là demandaient du temps et beaucoup de patience. Il savait aussi que leurs chances de succès étaient infinitésimales et que, même s'ils réussissaient, les rétributions n'allaient pas loin. Mais entre le savoir et l'accepter, il y avait une sacrée marge !

La patience ne faisait pas partie des vertus de Burke. A vrai dire, il ne la considérait même pas comme une qualité. Selon lui, le temps perdu était synonyme d'échec. Car, chaque journée qu'il passait à accomplir son travail convenablement et à recueillir des preuves dans l'espoir de permettre au procureur de bâtir un plaidoyer en béton, des dizaines de gosses succombaient aux tentations offertes par les dealers du voisinage. Ou bien un yuppie sous l'emprise d'une substance chimique quelconque expédiait sa BMW dans un mini-van plein à craquer de retraités en excursion. De nouveaux « enfants du crack » voyaient le jour pendant que le cœur d'un adolescent déjà accro flanchait ou que d'autres encore mouraient d'une overdose dans des conditions effroyables.

Toutefois, la seule alternative étant le renoncement pur et simple, il s'acharnait, tout comme ses collègues de la division qui travaillaient laborieusement sur leurs affaires. Et chaque fois qu'ils pensaient tenir le bon bout, chaque fois qu'ils se disaient que la prochaine descente serait la descente du siècle, chaque fois qu'ils s'imaginaient prendre les salopards en flagrant délit et les coincer pour de bon, quelque chose allait de travers.

Il y avait un traître au sein de la brigade des stups de la NOPD.

Forcément. Sinon, pourquoi les dealers auraient-ils systématiquement une longueur d'avance ? Cela s'était produit trop souvent pour que l'on puisse alléguer une série de coïncidences, un mauvais karma, la malchance, l'injustice du sort ou l'intervention du Malin. Quelqu'un du département était à la solde de ces crapules.

Que Dieu vienne en aide à cette vermine le jour où Burke Basile découvrirait son identité, parce que c'était la trahison de ce flic qui avait fait de Nanci Stuart une veuve et de ses deux fils des orphelins.

Burke avait supplié Kev de ne pas se ruer dans l'entrepôt avant l'arrivée de la camionnette transportant le reste de la brigade équipée de béliers, de masques à gaz et d'armes automatiques. Ils étaient parvenus sur les lieux quelques minutes avant les autres, les mandats d'arrêt enfouis dans la poche de Burke. Mais, en bon Irlandais, agacé à la perspective d'un nouveau coup de filet raté, Kev avait perdu son sang-froid. Il avait foncé dans le bâtiment par le portail grand ouvert. Burke avait entendu une salve de coups de feu, vu les éclairs, senti la poudre.

Puis il avait entendu des cris.

Quelqu'un avait été touché. Pas de doute !

Pris de panique, il avait appelé Kev.

Seul le silence lui avait répondu.

Plus il attendait la réponse de son collègue, plus l'angoisse le gagnait.

« Mon Dieu, mon Dieu, non, avait-il prié en silence. Kev, réponds-moi, espèce de sale rouquin ! »

Un homme avait fini par surgir en titubant de la gueule béante et noire de l'entrepôt. Il faisait très sombre. Burke n'arrivait pas à voir pourquoi il avait une démarche si gauche, mais l'inconnu avait dégainé et le visait. Burke lui avait crié de jeter son arme à terre, mais il avait continué à avancer. Il lui avait intimé le même ordre d'un ton impératif en l'enjoignant à lever les mains en l'air.

L'homme avait tiré, à deux reprises.

Burke, une seule fois.

Mais cela avait été suffisant. Kev avait rendu le dernier soupir avant que Bardo le lâche.

Alors que Burke se ruait vers son ami, qu'il avait tué par erreur, il avait entendu le rire de Bardo faire écho sur les parois métalliques de l'entrepôt. Il ignorait qu'il s'agissait de Bardo jusqu'à ce qu'il eût été capturé par l'unité de renfort arrivée sur les lieux à temps pour le voir s'enfuir en courant dans une ruelle derrière l'entrepôt. Il y avait des éclaboussures de sang, de chair, de cervelle, d'os sur le visage du repris de justice, mais son costume Armani trois-pièces n'avait pas été taché. Il s'en était sorti proprement, dans tous les sens du mot.

Le revolver dont il s'était servi avait disparu de la circulation. Durant les quelques minutes d'intervalle, Bardo avait réussi à s'en débarrasser, ce qui lui avait permis de réfuter l'accusation de Burke selon laquelle il était armé.

De même que l'on n'expliqua jamais au tribunal ce que Bardo était en train de fabriquer dans ce laboratoire en compagnie de Toot Jenkins. Pinkie Duvall avait décrété que sa présence dans cet entrepôt suspect n'avait strictement rien à voir avec ce qui s'y était passé et que cela n'était avancé que dans le seul but de monter le jury contre son client.

Burke se souvenait d'avoir pensé : *Petit futé ! Un vrai Einstein !* C'était *exactement* l'objectif recherché.

Sur cette question, le juge avait statué en faveur de l'accusé. Pas de mystère. Duvall contribuait pour une grande part à l'élection des juges. Les candidats dont les campagnes étaient les mieux soutenues financièrement l'emportaient généralement et ils se montraient très conciliants envers les juristes qui les avaient aidé à acquérir leurs fonctions. Duvall avait la plupart d'entre eux dans sa poche.

Et ce n'était pas la seule magouille dans laquelle Pinkie Duvall avait trempé. Si Wayne Bardo se trouvait dans l'entrepôt ce soir-là, c'était pour s'occuper des affaires de son patron, Duvall en personne.

Même si rien n'avait jamais pu être prouvé, au sein de la division, tout le monde admettait que Duvall était le cerveau des opérations, celui qu'ils s'efforçaient de coincer depuis des années. Il avait davantage de liens avec le trafic de drogue que les prostituées en ont avec l'herpès. Chaque piste conduisait à lui, mais se terminait juste avant de l'atteindre. Il n'y avait aucune preuve tangible contre lui, mais Burke savait que le salopard était impliqué. Impliqué jusqu'au cou !

En attendant, il était là dans sa somptueuse bicoque en train de fêter en grande pompe la mort de Kev Stuart.

Un mouvement près d'une des portes-fenêtres interrompit ses amères réflexions. Il se tapit derrière le rideau de feuillages pour éviter de se faire repérer par la jeune femme qui descendait l'allée en direction du belvédère.

Elle était seule. Elle resta un moment appuyée

contre une des colonnes avant de faire le tour du kiosque à pas lents en effleurant du bout des doigts la balustrade couverte de vigne vierge. En revenant près de la colonne, elle y prit de nouveau appui, en s'y adossant cette fois.

Burke vit son visage pour la première fois et, bien qu'il retînt toute exclamation, il pensa : *Whaou !*

Ses cheveux noirs avaient quelque chose d'iridescent dans la lumière bleutée du clair de lune qui prêtait à sa peau la pâleur et la translucidité de l'albâtre. Sa courte robe de cocktail noire révélait des jambes interminables et son opulente poitrine faisait saillie au-dessus de son décolleté plongeant.

Burke la catalogua aussitôt parmi les poules de luxe opérant dans les bars d'hôtel cinq étoiles où les congressistes de passage étaient avides de dépenser des sommes folles pour une heure ou deux de plaisir charnel avec ce qu'on leur assurait d'être une vraie Créole au sang chaud.

Il sourit tristement. Il était prêt à parier que celle-ci valait encore plus cher que la moyenne. Quelque chose dans son apparence clamait : *Je coûte une fortune, mais avec moi vous en avez pour votre argent.* Elle était de celles qui pouvaient donner le change avec des clients ayant la renommée et les moyens financiers de Duvall.

Non pas qu'elle en eût besoin. Un homme doté d'un compte en banque tel que celui de Pinkie Duvall pouvait s'entourer des plus jolies filles. Celle-ci avait peut-être été embauchée à l'occasion de la soirée pour faire office de décoration. A moins qu'elle fût la petite amie d'un des convives. Ou qu'elle appartînt à la suite du maître de maison et se chargeât de satisfaire régulièrement ses caprices et ceux de ses amis en échange de robes haute couture et de drogues de bonne qualité.

Entretenir des maîtresses faisait partie du mode de vie de La Nouvelle-Orléans depuis sa fondation. Le commerce de la chair était une industrie très rentable dans toutes les villes de congrès et La Nouvelle-Orléans ne faisait certainement pas exception. Tous les chauffeurs de taxi connaissaient l'adresse de l'établissement de Ruby Bouchereaux. Ses filles étaient canon. Quant à Ruby, c'était l'une des femmes les plus riches de la Louisiane.

D'autres filles moins fortunées battaient le pavé dans les coins sombres du Quartier français. Une pipe dans une allée contre une dose de crack. Elles n'étaient pas plus regardantes que les gamines qui avaient fait de Storyville l'un des districts chauds les plus notoires du monde. Quelle que soit la classe à laquelle elle appartenait, il y avait du travail à la pelle dans la Big Easy pour une putain endurcie.

A l'instant où cette pensée lui traversa l'esprit, Burke se rendit compte que celle-là n'avait pas du tout l'air endurcie. Les domaines de la drogue et de la prostitution se chevauchant le plus clair du temps, il avait beaucoup appris rien qu'en observant les filles en question. D'un coup d'œil, il les jaugeait et il savait tout de suite si elles payeraient de leur vie ce type d'existence ou si elles possédaient l'instinct quasi meurtrier indispensable à leur survie.

Il n'était pas prêt à parier que celle-ci s'en sortirait. Elle avait du chien, incontestablement. Mais elle n'avait rien de rapace et de calculateur. Elle avait plutôt l'air... triste.

Toujours sous le regard du policier, à son insu, elle posa la tête de côté contre les volutes de fer forgé et ferma les yeux. Puis elle glissa les mains le long de son corps jusqu'à ce qu'elles se rejoignent sur son mont de Vénus.

Burke avait la bouche toute sèche, l'estomac noué.

Quel homme, flic ou pas flic, pouvait détourner son attention d'une telle scène sans attendre de voir la suite ?

En l'occurence, il ne se passa rien. Elle ne se déshabilla pas, ne se mit pas à se caresser, à se trémousser, ni à gémir ou haleter, les lèvres entrouvertes.

Il n'empêche qu'elle était dans une position troublante. Pour ne pas dire franchement excitante.

Apparemment, il n'était pas le seul à le penser.

Tellement fasciné par cette vision, Burke n'aperçut l'homme qui approchait que quelques secondes seulement avant que Romy elle-même identifie l'intrus : Wayne Bardo.

4

Bardo, pensa Burke, et les pointes de sa moustache s'abaissèrent sous l'effet du mépris.

Il l'avait prise pour une poule de luxe alors qu'elle avait rendez-vous avec Bardo, le roi de la pègre, criminel professionnel qui échappait à toutes les condamnations grâce à l'appui judicieux de ce monstre de Pinkie Duvall.

Savait-elle que Bardo avait tué une prostituée à l'âge de seize ans ? Ils jouaient à « attache-moi et fais-moi mal », et, prenant son cou pour son poignet, il l'avait étranglée avec un bas. Jugé pour homicide involontaire en tant que délinquant juvénile, il n'avait purgé qu'un an de prison avant d'être libéré sous caution. Si c'était le genre de crapule auquel cette call-girl offrait ses services, elle méritait bien son sort.

Bardo s'était jeté sur elle et elle se trémoussait contre lui. En détournant le regard, écœuré, Burke franchit la haie sans demander son reste et regagna sa Toyota garée parmi les BMW et les Jaguar des convives de Duvall.

*
* *

— On prend l'air ?

Le cœur de Romy fit un bond dans sa poitrine quand, en ouvrant les yeux, elle aperçut la silhouette de Wayne Bardo se profiler à l'entrée du belvédère. Il s'était approché sans bruit dans l'espoir de la surprendre. Ses traits déjà sombres étaient impossibles à distinguer dans l'obscurité. On aurait dit une créature sortie tout droit d'un cauchemar.

Elle écarta instantanément les mains, mais sut qu'il l'avait vue les presser contre elle parce que son rictus était encore plus suggestif que d'habitude. Il lui bloquait le chemin. Pas moyen de s'échapper hormis en sautant par-dessus la balustrade.

— Que faites-vous là ? demanda-t-elle sans prendre la peine de dissimuler son aversion.

— Vous manquiez à la fête. Je suis venu vous chercher.

Il fit un pas en avant. Elle du faire appel à toute sa volonté pour ne pas reculer, mais tint bon. A quelques centimètres d'elle à présent, il la toisait d'un air insultant ; son regard s'attarda sur sa poitrine. En baissant la voix, sur le ton de la confidence, il ajouta :

— Et je vous ai trouvée.

Bardo était bel homme à la manière des vedettes de films muets, avec son teint olivâtre et ses cheveux noirs lissés en arrière découvrant son large front. Il était mince, élancé et portait des costumes tape-à-l'œil. Mais depuis le jour où Romy l'avait vu pour la première fois, elle se méfiait comme de la peste de ses manières doucereuses, et ses airs provocants la rebutaient au plus haut point.

Bardo travaillait déjà avec Pinkie avant que celui-ci eût été choisi pour le représenter dans l'affaire Stuart. Bardo faisait de fréquentes visites chez les

Duvall. Romy le traitait avec une courtoisie de mise en évitant tout contact avec lui. Ses regards aguicheurs lui donnaient la chair de poule.

Les rares fois où elle s'était trouvée seule avec lui, le plus souvent grâce à quelque manœuvre subtile de sa part, il n'avait jamais manqué de susurrer des propos aguicheurs en la gratifiant d'un sourire narquois plein de sous-entendus. Il se comportait toujours comme s'ils partageaient quelque secret salace.

— Pinkie doit se demander où je suis passée, lança-t-elle.

Elle tenta de se faufiler à côté de lui, mais au lieu de s'écarter, il étala sans vergogne sa main sur son bas-ventre et entreprit de la caresser du bout des doigts.

— Pourquoi ne me laissez-vous pas prendre la relève ?

Il n'avait jamais osé la toucher auparavant, et l'espace d'un instant, elle resta paralysée par le dégoût et la peur. Elle l'avait assez souvent entendu se vanter, à son insu, pour savoir qu'il avait un goût prononcé pour la violence, sous toutes ses formes, un penchant qui devait logiquement affecter ses relations avec le sexe opposé. Elle redoutait plus encore ce que Pinkie ferait s'il apprenait qu'un autre homme avait porté la main sur elle.

L'audace inhabituelle de Bardo était probablement le résultat des délires d'invincibilité que lui avait inspirés son acquittement, et de l'alcool qu'il empestait à plein nez. S'il percevait sa peur, son excitation s'en trouverait accrue. D'une voix forte, impérieuse, elle lui intima l'ordre d'arrêter son manège.

Il plaqua sa paume plus fermement contre elle tandis que son sourire reptilien s'élargissait.

— Serait-ce une menace, madame Duvall ?

— Si vous n'enlevez pas immédiatement votre main..., lâcha-t-elle sans desserrer les dents.

— Il était en train de vous sauter, n'est-ce pas ?

Incapable de supporter ce contact une seconde de plus, elle repoussa elle-même son bras.

— Laissez-moi tranquille.

Cette fois-ci, quand elle fit mine de passer à côté de lui, il la saisit avec brusquerie par les épaules et l'adossa énergiquement à la colonne.

— C'est pour ça que vous étiez en retard à la réception, n'est-ce pas ? Pinkie était en train de baiser comme un fou ! Si vous m'apparteniez, c'est exactement ce que je ferais. Jour et nuit. Tout le temps, je vous butinerais, d'une manière ou d'une autre.

Il frotta son bassin contre le sien en un mouvement obscène.

— Vous vous imaginez que Pinkie sait y faire ? Tant que vous n'aurez pas connu l'amour avec moi, vous ne pourrez pas faire la différence, madame Duvall. (Il tira la langue et l'agita lubriquement avant de la faire glisser le long de son cou.) Ce n'est qu'une question de temps, vous savez. Je finirai par vous avoir.

En réprimant un haut-le-cœur, elle le poussa de toutes ses forces. Elle n'aurait pas pu avoir le dessus physiquement ; il la laissa faire. En reculant, il rit de ses vains efforts pour parer à ses avances.

— Si vous osez m'approcher encore...

— Que ferez-vous ? Hein, madame Duvall, allez ! Dites-le moi ! Que ferez-vous ?

Il posa la main au-dessus de sa tête, sur la colonne, et se pencha vers elle.

— Que ferez-vous ? répéta-t-il d'un ton railleur. Vous irez tout raconter à Pinkie ? Non, non, fit-il en secouant la tête. Ça m'étonnerait. Si vous le dites à votre mari, il s'en prendra à vous. C'est vous qu'il accusera. Pas moi. Il me fait confiance, voyez-vous ! Et reconnaissez que vous avez tendance à exhiber la marchandise !

Il tendit la main vers sa poitrine, mais elle l'écarta d'une tape.

— Je ne me donnerai pas la peine d'en parler à Pinkie, dit-elle. Je m'occuperai de vous moi-même.

— C'est exactement ce que je vous demande, riposta-t-il, sarcastique. J'en serais enchanté.

— Monsieur Bardo, reprit-elle d'un ton calme, ses yeux jetant des éclairs aussi glacials que le joyau qui ornait sa gorge, vous ne vous imaginez tout de même pas que vous êtes le seul tueur à gages à la solde de mon époux ?

L'espace d'une seconde, son sourire arrogant s'effaça et son regard noir perdit de son éclat. Profitant de cette perte momentanée d'assurance, Romy le poussa de côté et réussit à prendre la fuite.

Elle regagna rapidement la maison, d'un pas qui se voulait décidé, en espérant que Bardo ne s'apercevrait pas que ses jambes flageolaient sous elle. Parce qu'en dépit de son coup de gueule, si Pinkie devait choisir entre sa parole et celle de Bardo, elle n'était pas certaine qu'elle aurait gain de cause.

*

* *

Barbara dormait déjà quand Burke rentra. Il se déshabilla dans le noir pour ne pas la réveiller, mais lorsqu'il se glissa dans le lit près d'elle, elle roula sur elle-même dans sa direction.

— Où étais-tu passé ?

— Désolé de t'avoir réveillée.

— Il est tard, n'est-ce pas ?

— Minuit passé.

— Où étais-tu ? répéta-t-elle.

— Je travaillais.

— Tu m'as dit que Doug t'avait donné congé pour le restant de la semaine.

— C'est exact. (Il aurait bien voulu en rester là, mais il sentit qu'elle exigeait tacitement une explication.) Il fallait que je boucle l'affaire, Barbara. N'est-ce pas l'expression consacrée de nos jours ? Boucler ?

Elle poussa un petit soupir de réprobation.

— Pour l'amour du ciel, Burke, Kev Stuart est mort depuis des mois et le jury du procès Bardo a rendu son verdict.

— Je le sais parfaitement.

— Alors reprends-toi, lâcha-t-elle.

— Ce n'est pas si facile.

— Certes, mais tu compliques encore les choses.

Une dizaine de répliques acerbes lui vinrent à l'esprit, mais il se mordit la langue. Barbara et lui avaient déjà eu cette discussion d'innombrables fois. Il n'avait pas envie de remettre ça ce soir. Ces disputes lui laissaient toujours l'impression d'avoir été essoré à fond et mis à sécher avec des épingles à linge. Il ne supporterait pas une défaite supplémentaire ce jour-là.

— Ce qui est arrivé à Kev est abominable, reprit-elle d'un ton plus conciliant. Mais les flics se font tuer. Ça fait partie des risques du métier.

— Il est sacrément rare que le danger émane d'un collègue.

— Tu n'y étais pour rien.

— Ce n'était pas l'avis du jury. Bardo est hors de cause. (Tout en serrant inconsciemment son poing, Burke revit en pensée la maison de Duvall illuminée comme un sapin de Noël, regorgeant d'alcool, de victuailles et de jolies femmes.) Duvall et lui ont donné une somptueuse réception ce soir pour fêter la mort d'un bon flic, ajouta-t-il.

Il repoussa les couvertures à coups de pied et s'assit au bord du lit, le menton dans le creux de ses mains.

Barbara se redressa à son tour.

— Comment le sais-tu ?

— Parce que je les ai observés.

Bien qu'il tournât le dos, Burke l'imaginait sans peine fronçant les sourcils, consternée.

— Tu es fou ? Tu cherches à te faire virer ou quoi ? Crois-tu que ça réglera quoi que ce soit si Doug Patout est obligé de te flanquer à la porte ? Serais-tu heureux de perdre ton boulot ?

— Non, mais toi, ça t'arrangerait bien !

— Qu'entends-tu par là ?

Il lui lança un regard entendu par-dessus son épaule.

— Comme si tu ne t'efforçais pas depuis des années de me convaincre de quitter la police !

— Pas sous le coup d'une disgrâce, répliqua-t-elle, furibarde.

Il émit un petit rire caustique.

— Ah, je vois ! Rien d'étonnant à ce que tu ne sois pas venue au tribunal. Tu redoutais qu'on t'associe à la déchéance de la police de La Nouvelle-Orléans que tu dénigres, paradoxalement, depuis des années.

Ils s'étaient toujours querellés épisodiquement à propos de son travail. Barbara voulait qu'il renonce à ses fonctions dans la police pour prendre un emploi moins exigeant et plus lucratif. Les débats à ce sujet commençaient en général sur un ton hargneux pour dégénérer en une sérieuse prise de bec qui ne résolvait rien tout en laissant dans son sillage de la rancœur et un profond mécontentement de part et d'autre.

Barbara avait toujours recours au même argument : s'il l'aimait vraiment, il prendrait ses sentiments en considération. Burke, lui, arguait que si elle tenait véritablement à lui, elle ne lui demanderait pas de renoncer à une profession qu'il adorait. Et s'il exigeait qu'elle abandonne l'enseignement ? Serait-ce juste ? C'était un sujet de débat permanent où aucun des deux n'avait la moindre chance de l'emporter.

Ce soir-là, Burke était trop fatigué pour se lancer

dans une dispute futile. Il se rallongea et contempla le plafond.

Après un long silence, Barbara marmonna d'un ton contrit :

— Je n'ai pas voulu dire ça comme ça. L'histoire de la disgrâce.

Il perçut un remords sincère dans sa voix, mais elle ne fit même pas mine de l'effleurer. Du reste, il n'aurait pas su dire quand ils s'étaient touchés pour la dernière fois hormis pour la forme. En tout cas pas depuis la mort de Kev. Peut-être même avant cela. Oui, pas de doute, longtemps avant.

Il tourna la tête vers elle :

— Laisse tomber, Barbara, fit-il à mi-voix. Ça n'a pas d'importance.

Si des années d'insatisfaction chronique avaient laissé leurs traces indélébiles sur son visage, elle n'en demeurait pas moins séduisante. Professeur d'éducation physique dans un lycée, elle avait un corps remarquablement svelte et souple. De fait, les collègues de Burke lâchaient souvent des remarques envieuses, pour ne pas dire salaces, sur sa ligne. Ils pensaient tous qu'il avait une sacrée chance d'avoir Barbara dans son lit toutes les nuits.

Tristement, Burke n'arrivait pas non plus à se souvenir de la dernière fois où ils avaient fait autre chose que dormir dans ce lit. Durant les mois qui avaient précédé le procès, ses émotions tumultueuses et sa lourde charge de travail ne lui avaient pas laissé l'énergie suffisante pour penser au sexe. Réagissant à sa morosité, Barbara n'avait rien initié non plus.

Mais l'affaire Bardo était réglée. Classée. Elle faisait partie du passé. Kev était mort, Burke, lui, vivait encore. Il était temps de reprendre goût à la vie. Une partie de jambes en l'air le requinquerait peut-être. Cela lui ferait apprécier le fait de ne pas être enterré au côté de Kev.

La douceur d'une femme avait des propriétés curatives ; son corps pouvait procurer à l'homme un soulagement physique, mais aussi un répit loin de ses conflits intérieurs. Soudain, il eut envie de cette sensation de paix. Il éprouvait le désir ardent de se laisser aller quelques instants à oublier. Il rêvait d'intimité avec autre chose qu'une culpabilité suffocante et d'amers regrets.

En saisissant tendrement sa femme par la nuque, il attira son visage vers lui pour l'embrasser. Elle ne résista pas ouvertement, mais il sentit une tension, et pas de la meilleure espèce. Il rationalisa son manque d'enthousiasme. Il y avait longtemps qu'ils n'avaient pas fait l'amour et il se promit de prendre son temps, de ne pas précipiter les choses. Ils avaient tous les deux besoin d'un prélude lent, progressif, un ajustement tout en douceur, une phase de familiarisation. Ou peut-être jouait-elle à la sainte nitouche. Peut-être leur longue période d'abstinence avait-elle blessé son amour-propre ; elle voulait se sentir convoitée.

Il l'embrassa avec plus de fougue dans l'espoir d'attiser son désir – et le sien. Il massa ses seins à travers sa chemise de nuit, mais ses mamelons ne répondaient pas à ses caresses. Il glissa un genou contre ses cuisses, mais elles restèrent obstinément serrées l'une contre l'autre. Entre deux baisers, il murmura son nom.

Au bout de quelques minutes pesantes, elle se libéra de son étreinte.

— J'ai cours de bonne heure demain matin. Nous avons un tournoi de volley-ball à huit heures et demie.

Il lâcha prise.

— Okay. Okay.

— Je suis désolée, Burke. Je...

— Ce n'est pas grave. Pas besoin de t'excuser.

— Je dois vraiment me lever très tôt, mais...

— Ça n'a aucune importance, Barbara, répondit-il d'un ton plus sec qu'il ne l'aurait voulu. D'accord ? Je suis vraiment navré de t'avoir réveillée. Rendors-toi.

— Tu es sûr que...

— Ça va aller, ne t'inquiète pas. On ne meurt pas de ne pas avoir tiré un coup.

— Ne m'accuse pas, Burke, riposta-t-elle. Tu ne peux t'en prendre qu'à toi. Tu as nourri ce chagrin trop longtemps. Ce n'est pas naturel. Pourquoi est-ce que ça te ronge encore ?

Il refusa de répondre. Il en était incapable.

— Bon, acheva-t-elle. Dors bien.

— Toi aussi.

Il ferma les yeux, mais il savait qu'il n'arriverait pas à s'endormir et il avait raison. Le refus de Barbara l'avait mis de mauvais poil, mais il n'était pas aussi furax qu'il aurait dû l'être, et cela l'agaçait plus encore.

Dès qu'il fut sûr qu'elle s'était rendormie, il se leva, descendit à la cuisine se préparer un sandwich. Puis il s'assit à la table et regarda sans le voir le sandwich resté intact en tenant sa tête entre ses mains.

5

— Quitte ou double ? Elle s'arrête devant nous et nous dévisage. On parie ?

— Non.

Burke se frottait la tempe à l'endroit où un élancement avait pris racine une heure plus tôt, réussissant même à couvrir la batterie de l'orchestre de jazz et à défier deux aspirines. Peut-être aurait-il pu accepter la proposition de Patout lorsque celui-ci lui avait suggéré de prendre une semaine de congé ? Mais il avait préféré travailler plutôt que traînasser à la maison où il aurait eu trop de temps libre pour penser.

— Je n'ai plus envie de jouer, Mac. Fiche-moi la paix, okay ?

Mac McCuen le gratifia de son irrésistible sourire.

— Je te donne une chance de récupérer une partie de l'argent que tu viens de perdre.

— Non merci.

McCuen était prêt à parier sur tout, du résultat de la Coupe du monde au vainqueur de la course de cafards sur le sac de croissants. Désappointé par le manque d'enthousiasme de Burke, il tourna son attention vers la danseuse topless qui – oh mon Dieu ! – venait de s'immobiliser juste devant lui. Elle adressa un clin d'œil au flic des stups par-dessus ses seins luisants ; il était jeune, beau gosse et s'habillait comme un mannequin de *Vogue*, même lorsqu'il n'essayait pas de se faire passer pour un étranger godiche, en goguette dans Bourbon Street.

Par comparaison, Burke paraissait fatigué, échevelé et d'humeur revêche, ce qui caractérisait parfaitement l'état dans lequel il se trouvait. Il était resté debout presque toute la nuit à se vautrer dans son apitoiement sur lui-même et à aiguiser au maximum la colère provoquée par la rebuffade de Barbara. Ils avaient échangé des « bonjour » et des « au revoir » hostiles ce matin et il avait été au top de la fureur toute la journée.

D'un air renfrogné, Burke regarda son collègue, les yeux rivés sur la danseuse en train de faire des pirouettes. Quel pouvait bien être le vrai prénom de Mac ? Il n'avait jamais entendu autre chose que Mac. McCuen avait multiplié les demandes pour être transféré dans la brigade des mœurs et des stupéfiants avant d'y être finalement affecté un peu plus d'un an auparavant. De l'avis de Burke, il était beaucoup trop voyant et démonstratif pour ce travail.

— Je parie cinq dollars que ses lolos sont en plastique, décréta McCuen tandis que la danseuse s'éloignait en se dandinant. Qu'en penses-tu ?

— Je pense que c'est stupide de jouer de l'argent là-dessus. Comment proposes-tu d'en avoir le cœur net ? En lui posant la question ?

Impossible de désarçonner McCuen. Tout sourires, il leva son verre de club-soda et but une gorgée.

— J'essaie juste de te dérider, Basile. D'ailleurs, si je touchais à une poule de ce genre, ma femme me tuerait. Elle est d'une jalousie féroce. Elle n'a aucune raison de l'être pourtant. Je reluque, d'accord, mais je ne l'ai jamais trompée et ça fait trois ans qu'on est ensemble. (Ce record de fidélité conjugale paraissait le surprendre.) T'es déjà allé voir ailleurs, Basile ?

— Non.

— Jamais, jamais ?

— Non.

— Whaou ! Impressionnant ! Avec toutes les gonzesses que tu rencontres. En plus ça fait une paie que t'es marié, non ? Combien de temps ?

— Suffisamment longtemps.

— Heureux en ménage ?

— Tu as l'intention de devenir conseiller matrimonial ou quoi ?

— Ne te fâche pas, dit Mac d'un air offensé. Je demandais ça comme ça.

— Ne sois pas si curieux. On est là pour travailler, pas pour zieuter les strip-teaseuses, ni pour parler de nos vies privées. Si tu veux te faire descendre, le meilleur moyen consiste à arrêter de penser au boulot...

— Notre gars vient d'arriver, l'interrompit Mac sans cesser de le regarder et de lui sourire. (Il était peut-être meilleur flic que Burke le pensait.) Il approche. Veste de sport jaune, d'une laideur à pleurer.

Burke se garda de se retourner, mais il sentit la décharge d'adrénaline qui précédait chaque arrestation.

Un agent infiltré achetait de la came à ce type depuis des mois. Il s'appelait Roland Sachel. Il vendait en petites quantités, mais de la marchandise de bonne qualité et ne semblait jamais à court. Le bruit courait qu'il faisait du commerce pour le plaisir plutôt que pour l'argent. Il était propriétaire d'un atelier de maroquinerie on ne peut plus légitime qui produisait des copies de sacs à main haute couture vendues dans les boutiques discount.

Sachel n'arpentait pas les rues, mais les clubs branchés. Il se plaisait à côtoyer les célébrités, les sportifs professionnels et leurs fans. Il aimait bien vivre et évoluait dans un cercle qui s'adonnait librement aux plaisirs de l'existence.

La brigade des stups avait décidé d'intervenir en partant du principe que si on pouvait coincer Sachel, même pour un délit mineur, il risquait de donner Duvall. L'agent infiltré leur avait fourni les renseignements nécessaires lors d'une réunion clandestine le matin même.

— Sachel est ambitieux et gourmand. Il n'arrête pas de se plaindre du « patron » et comme c'est lui qui dirige l'atelier, je présume qu'il fait référence au patron de la drogue. Je pense qu'il nous le livrerait si on lui proposait un marché.

— Vous a-t-il fourni un nom ? avait demandé Burke.

— Jamais. Rien que « le patron ».

— Mais je suis prêt à parier ma boule gauche que c'est Duvall, avait déclaré Mac.

— Etes-vous sûr que Sachel serait prêt à traiter avec nous ? avait demandé Patout à son tour.

— Il a un fils qui joue au football, lui avait alors expliqué l'agent infiltré. Il l'adore et n'arrête pas de s'en vanter. Le gosse entre à l'université de la Louisiane l'année prochaine et Sachel veut le voir jouer, naturellement. Il aura de la peine à assister aux jeux s'il est derrière les barreaux, même pour une petite affaire de drogue.

Burke avait horreur de négocier avec des gens qui enfreignaient la loi. C'était un pis-aller. Ils n'auraient pas fini d'en découdre avec Sachel. Dès qu'il aurait purgé sa peine, il reprendrait les affaires.

Mais Burke voulait Duvall. Il était disposé à sacrifier une raclure telle que Sachel en échange de Duvall.

A la fin de la réunion, le flic des stups leur avait spécifié que ce club était l'un des favoris de Sachel, ce qui se comprenait car les effeuilleuses étaient superbes et la clientèle huppée, sans compter qu'une des sociétés bidon de Pinkie Duvall en était propriétaire.

Du coin de l'œil, Burke vit Sachel s'arrêter pour allumer une cigarette sans perdre un instant de vue la danseuse qui se massait l'entrejambe contre un pilier vertical en cuivre. Il semblait fasciné par son numéro. Après son orgasme simulé, il l'applaudit avec enthousiasme, puis reprit son chemin, se faufilant un passage entre les tables de la pièce enfumée, distribuant ses salutations, accueilli çà et là avec effusion. Il cherchait apparemment quelqu'un, qu'il trouva finalement, attablé dans un coin obscur.

Son premier client de la soirée était un élégant yuppie d'une maigreur quasi anorexique. Ses gestes saccadés et ses coups d'œil affolés donnaient l'impression qu'il avait sacrément besoin de snifer un petit coup. Sachel fit signe à la serveuse et commanda deux verres.

— Ben dis donc ! s'exclama McCuen en se levant d'un bond. C'était quelque chose, hein ? Je n'avais jamais rien vu de pareil. Un pubis rasé, ça me rend dingue ! Faut que j'aille aux chiottes.

Il quitta la table et se dirigea vers les toilettes au fond de la salle. Burke se leva à son tour, feignant de vérifier la note que la serveuse à l'avant-scène proéminente venait de lui remettre.

Au moment où il atteignait la porte des W.-C., McCuen fit tomber une boîte d'allumettes et se pencha pour la ramasser.

Burke aperçut le yuppie glisser à Sachel ce qui ressemblait à un billet plié. Avec une dextérité digne d'un magicien, celui-ci glissa sa paume dessus tout en plongeant l'autre main dans la poche de sa veste canari.

Burke esquiva plusieurs tables ; entre deux battements de tambour, il traversa la pièce. En dégainant, il hurla « Pas un geste ! » à l'adresse de Sachel. McCuen était déjà là, le canon de son revolver calé derrière l'oreille droite du yuppie.

Deux autres hommes de la division jouant aux hommes d'affaires soûls appartenant au club très sélect des Shriners, reconnaissables à leur fez, attendaient un signal. Ils sortirent des toilettes en trombe pour participer à l'arrestation.

Le yuppie anorexique, tremblant comme une feuille, se mit à pleurnicher en balbutiant qu'il ne pouvait pas aller en prison, bon sang, qu'il perdrait la boule en taule ! Tandis qu'on passait les menottes à Sachel en le délestant du petit pistolet qu'il portait dans un étui à la cheville, il injuria copieusement les policiers en leur demandant ce qu'ils foutaient. Ils ignoraient à l'évidence à qui ils avaient affaire. Puis il exigea de parler à son avocat, Pinkie Duvall.

— Je parie dix contre un que le salopard est déjà là-bas, fit McCuen au moment où ils quittaient le club.

— Tu ne prends pas beaucoup de risques en disant ça, Mac.

*

* *

— Inspecteur Basile, quel plaisir de vous revoir !

— Vous n'auriez pas cette joie, Duvall, si vous

n'étiez pas entouré d'une chiée de criminels, riposta Burke.

Comme Mac l'avait deviné, l'avocat les avait précédés à la Brigade. Un fidèle employé du club avait dû l'informer sur-le-champ de l'arrestation de Sachel en flagrant délit.

— Vous n'avez toujours pas avalé le verdict du procès Bardo, hein ?

Burke aurait donné cher pour flanquer son poing dans la fiole aussi séduisante qu'arrogante de Duvall en réarrangeant son sourire coûteux. Bien qu'il fût près de minuit, heure à laquelle on pouvait s'attendre à ce qu'il fût un peu échevelé, à peine sorti du lit, l'avocat portait un costume trois-pièces et une chemise blanche amidonnée. Il sentait la crème à raser. Ses cheveux argentés étaient impeccablement peignés.

Sentant la tension monter, Doug Patout s'interposa entre eux.

— J'emmène monsieur Duvall voir son client. Burke, ils vous attendent.

Il pointa le menton vers la salle des interrogatoires où, à travers la vitre, Burke vit le yuppie appréhendé en train de fumer une cigarette comme si c'était la dernière.

— Comment s'appelle-t-il ? demanda-t-il.

— Raymond... (Patout consulta l'étiquette du dossier avant de le tendre à Burke.)... Hahn.

— Antécédents ?

— Possession de drogue, et un délit. Remis en liberté sous caution.

Alors que Burke se dirigeait vers la pièce, Duvall lança :

— Au lieu de l'arrêter, Basile, pourquoi ne pas lui avoir tiré dessus ?

Conscient que Duvall s'efforçait de l'inciter à commettre une agression, Burke continua à avancer sans s'arrêter jusqu'à ce qu'il soit dans la sécurité relative de la salle des interrogatoires, la porte fermée faisant office de barrière entre Duvall et lui.

Il le suivit des yeux tandis que Patout l'escortait dans une pièce similaire où Sachel l'attendait. L'avocat recommanderait à son client de ne rien déclarer, ce que ce dernier ne manquerait pas de faire. Mais il y aurait un moment où ils auraient le dealer pour eux tout seuls. Avec un peu de chance, ils en arriveraient à bout, et demain à cette heure-ci, ce serait Duvall qu'ils mettraient derrière les barreaux.

De même que les deux flics en fez, Mac McCuen avait déjà cuisiné Raymond Hahn. Avant de prendre le relais, Burke se servit une tasse de café tiède, insipide, tira une chaise et la rapprocha de l'agent infiltré qu'il venait d'arrêter.

— Parlez-moi, Ray.

En levant ses menottes, l'homme prit une longue bouffée de sa cigarette, qui rétrécissait à vue d'œil.

— C'est loin d'être dans la poche.

Il darda son regard noir dans la pièce en effleurant tour à tour les visages sombres qui le dévisageaient.

— Il n'avait pas grand-chose sur lui, n'est-ce pas ? ajouta-t-il à l'adresse d'un des deux Shriners.

— Quelques grammes. On est en train de démantibuler sa voiture, mais il semble qu'il n'y ait rien.

— Alors ça ne va pas faire lourd, poursuivit Hahn. Duvall se débrouillera pour limiter la peine au maximum. Il ne risque pas grand-chose et nous, nous n'aurons guère de marge de négociation. Vous voulez bien m'enlever ça maintenant ?

L'un des policiers s'avança pour le libérer. Raymond Hahn se massa les poignets pour rétablir la circulation.

— J'étais mort de trouille quand vous avez foncé dans la salle en brandissant votre revolver, lança-t-il à Basile.

Hahn était encore sur les nerfs. Burke le soupçonnait d'être cocaïnomane, ce qui expliquait qu'il fût si convaincant aux yeux des dealers.

— Depuis ce matin, nous avons parlé à plusieurs ex-clients de Sachel actuellement sous les verroux, lui expliqua Burke. Ils sont prêts à témoigner contre lui en échange d'une libération sous caution anticipée. Ces petites causettes, ajoutées à des retards dans les dates des procès, pourraient mettre Sachel hors d'état de nuire pendant un bon bout de temps. Assez en tout cas pour que son fils achève ses études à LSU sans qu'il le voie jouer une seule fois sauf à la télé, et encore.

— Ça pourrait marcher, reconnut Hahn en se rongeant un ongle. Mais ce n'est pas sûr. C'est un balourd avec un ego gros comme Dallas, mais il n'est pas idiot. Et même s'il se plaint beaucoup de son patron, je suis sûr qu'il a peur de lui. De plus, il pourrait très bien être en liberté provisoire en attendant le procès.

Patout entra.

— Vous n'allez pas me croire ! Monsieur Duvall a conseillé à son client de la boucler. J'espère que vous avez quelque chose de solide pour nous, Ray.

Avant que l'agent infiltré eût le temps de répondre, Burke prit la parole :

— Vous savez ce que je pense ?

Il se leva lentement en frottant sa tempe à l'endroit où la douleur persistait.

— On a été bêtes de coincer Sachel pour une petite vente de rien du tout. On aurait mieux fait d'attendre de pouvoir faire une descente dans son atelier et son entrepôt.

— Il n'y vend pas sa camelote, affirma Hahn. J'ai essayé de lui en acheter là-bas. Il a refusé. Il maintient délibérément ses deux commerces à l'écart l'un de l'autre.

— Une leçon qu'il a apprise de Duvall, remarqua Mac avec sarcasme.

— De plus, on a déjà essayé cette tactique et ça n'a rien donné, rappela Patout. Nous n'avons aucun mobile justifiable pour faire une descente dans ce qui a toute l'apparence d'une affaire légitime. Aucun juge n'acceptera de nous donner un mandat de perquisition.

— Je dis simplement que...

— Si nous loupons encore une rafle, nous ne pincerons jamais Duvall. S'il s'agit bien de lui.

— Ça ne fait aucun doute, renchérit Burke sans desserrer les dents.

— Raison de plus pour couvrir nos arrières.

— Je le sais, Doug, mais...

— Littrell ne touchera pas à l'affaire à moins que nous n'ayons de solides preuves...

— Pour l'étayer ! hurla Burke. J'ai compris, okay ? Ça fait suffisamment de fois qu'on me fait ce sermon.

— Je ne tiens pas à ce qu'on cafouille encore une fois dans les grandes largeurs, beugla Patout en retour. La brigade ne peut pas se le permettre, et vous non plus !

Les cris de Patout résonnèrent dans le silence gêné qui s'était brusquement installé. Les autres policiers détournèrent les yeux des deux hommes en train de se quereller.

— Allons, les gars, marmonna Mac, ne vous énervez pas !

Tout le monde savait, Burke mieux encore que les autres, qu'il était le préféré du patron. Parce qu'il le considérait comme un bon flic, mais aussi parce qu'ils étaient liés depuis le début. Ils avaient fait l'école de police ensemble. Patout avait opté pour l'administration plutôt que le travail de la rue, mais sa montée en grade n'avait rien changé à leurs relations.

Jusqu'à récemment. Les circonstances entourant la mort de Kev Stuart avaient provoqué une tension dans leurs rapports. Burke le sentait. Il savait aussi d'où cela venait. Doug devait répondre devant ses supérieurs quant à la conduite et aux accomplissements de chacun des hommes placés sous son commandement. Ce n'était jamais facile d'être l'intermédiaire, surtout lorsqu'on s'efforçait de protéger la réputation d'un policier qui se trouvait être aussi un ami.

Doug ne voulait pas que sa carrière fût sacrifiée à cause d'une seule erreur, aussi terrible fût-elle. Burke s'en rendait bien compte. Doug s'était battu pour lui après le tragique incident, quand son équilibre et sa fiabilité avaient été mis en doute. Publiquement, comme en privé, il l'avait soutenu à cent pour cent tout au long du procès. En dépit de cet éclat de colère, Burke comprenait que Doug redoutait qu'il perdît la tête et fît quelque chose de regrettable, fournissant du même coup à leurs supérieurs déjà à cran une bonne raison de le priver de son insigne.

Depuis cet échange hargneux, ils ne s'étaient pas quittés des yeux.

— Laissez-moi tenter ma chance avec Sachel, reprit Burke qui s'était ressaisi.

— Dans l'état d'esprit où vous êtes, je crois qu'il ne vaut mieux pas, répondit Patout sur le même ton. Demain peut-être.

— Il sera sorti demain.

— Nous ferons traîner la procédure de mise en liberté sous caution.

Burke soupira en se frottant la nuque, puis décocha un regard noir aux autres policiers.

— Dans ce cas, je rentre chez moi.

— Et moi ? demanda Hahn.

Patout se tourna vers Burke.

— A vous de décider. C'est vous qui commandez.

— Tu parles, grommela-t-il. Puis, s'adressant à Hahn : On va vous boucler quelques heures.

— Oh, mince ! J'ai horreur de ce trou pourri.

— Désolé, Ray, mais on ne peut pas prendre le risque qu'on vous découvre. Ce serait la fin des haricots !

*
* *

Pinkie se leva et referma bruyamment sa mallette.

— Vous partez ? s'exclama Sachel d'un ton incrédule. Vous ne pouvez pas vous en aller. Qu'est-ce que je vais faire ?

— Vous êtes censé passer la nuit en prison.

— En prison ? *En prison ?* Pourquoi est-ce que vous ne pouvez pas me sortir de là ?

— Je m'attellerai à votre demande de mise en liberté sous caution à la première heure demain matin. J'ai bien peur qu'il vous faille passer la nuit ici.

— Génial. Vraiment super !

— Quelques heures enfermé dans une cellule vous feront du bien, Sachel. Ça vous donnera le temps de réfléchir à votre comportement imbécile.

Sachel cessa de rouspéter et considéra Pinkie d'un œil torve.

— Que voulez-vous dire ?

— J'estime qu'il faut être franchement bête pour se faire arrêter en vendant à un client dans un club.

Pinkie avait conservé son sang-froid tout le temps où les policiers avaient été dans la pièce, mais maintenant qu'ils lui avaient consenti quelques instants seul avec son client, il se sentait libre de déverser sa rage.

— Ce n'était pas un inconnu, riposta Sachel pour se défendre. C'est un client régulier. Je lui vends tout le temps de la marchandise. Je ne vois pas ce que j'ai fait de mal...

— Bouclez-la, lâcha Pinkie. Depuis combien de temps êtes-vous consommateur ?

— Moi ? C'est faux. Je n'ai jamais touché à...

— Mais votre petite amie, elle si.

— Petite amie ? Qu'est-ce que vous me racontez là, Pinkie ? J'ai une femme. Un gosse. Pas de petite amie.

Pinkie avait horreur qu'on lui mente. Encore plus quand le mensonge était d'une évidence telle qu'en imaginant qu'il serait dupe, on le prenait ni plus ni moins pour un imbécile.

— La danseuse acrobate. Celle qui a les cheveux roux tout frisés. Un joli cul. Des petits seins avec des mamelons de la taille d'une soucoupe. Allons, Sachel, vous voyez bien de qui je veux parler ?

Sachel déglutit avec difficulté. Des gouttes de sueur perlèrent à son front et son visage vira au grisâtre, qui détonnait avec sa veste criarde.

— Ça fait trois mois que vous la sautez, ajouta Pinkie d'un ton doucereux, presque compréhensif. Elle troque son corps contre de la dope. *Ma* dope. Vous la fournissez gratuitement. Et cela s'appelle voler, Sachel.

« En outre, comme c'est gratuit, elle en prend tellement que la moitié du temps, elle est trop défoncée pour faire son numéro. C'est la danseuse la plus populaire du club, vous le savez. Les clients boivent pendant des heures en attendant qu'elle passe. Ils déboursent des petites fortunes pour voir son fameux *final,* lorsqu'elle fait le pont, mais ils rentrent chez eux de bonne heure si elle annule. (Pinkie s'approcha suffisamment de Sachel pour que celui-ci sente l'odeur de son bain de bouche mentholé.) Vos érections me coûtent cher, Sachel.

Des auréoles de transpiration s'étaient formées sous les aisselles de Sachel.

— Je ne vous ferais jamais de tort, Pinkie, vous le savez bien.

— Ah vraiment ? fit-il en secouant sa tête argentée. J'ai pourtant entendu certaines rumeurs, Sachel. Des propos troublants à propos de vous et de vos ambitions.

Sachel essaya de sourire, mais ses lèvres caoutchouteuses refusaient de coopérer.

— Il ne faut pas croire tout ce qu'on raconte.

— Oh que si, j'y crois. Surtout après ce soir.

— Que... que... voulez-vous dire ?

— Pourquoi un flic intelligent comme Basile vous arrêterait-il pour quelques grammes ? Il a cafouillé une fois, mais il est trop futé pour perdre son temps avec un petit dealer lèche-bottes de votre espèce à moins d'espérer autre chose.

— Comme quoi ?

— Des informations. Des preuves.

— Je vais leur dire d'aller se faire voir.

Ignorant l'indignation affectée de Sachel, Pinkie continua :

— Ils vont vous faire passer une ou deux nuits au violon avec la lie de la lie pour que vous voyiez ce que c'est qu'une incarcération, et puis, quand ils vous auront eu à l'usure, ils vous proposeront un marché. Je parierais qu'il s'agit d'un acquittement contre des renseignements sur votre opération.

— Je n'accepterai jamais.

Pinkie sourit.

— J'en doute, effectivement.

Sachel se détendit.

— Vraiment pas ! Je ne trahirais jamais un ami.

— J'en suis convaincu. (La voix de Pinkie était d'une douceur trompeuse.) Parce que je suis sûr que vous préféreriez passer quelque temps en prison plutôt qu'il arrive quelque chose à votre fils.

Le courage de Sachel s'envola en fumée.

— Mon fils ? Oh mon Dieu, Pinkie. Non, je...

Pinkie posa la main sur son épaule pour le calmer et mettre un terme à ses bafouillements.

— Je suis impatient de voir ce gosse jouer dans l'équipe des Tigers et je suis loin d'être le seul. (Il entreprit de masser doucement le deltoïde rigide de Sachel.) Ne serait-ce pas terrible s'il venait à être gravement blessé, si sa carrière prometteuse de footballeur était brutalement interrompue avant même d'avoir commencé ?

Sachel se mit à pleurer.

— N'auriez-vous pas horreur de voir votre fils victime d'un tragique accident ?

Sachel hocha la tête en sanglotant comme un bébé.

6

— Voulez-vous des œufs ?

— Non merci, Pinkie, répondit Bardo en jetant un coup d'œil à Roman. Mais je prendrais volontiers une tasse de café.

En revenant du commissariat, Pinkie s'était rendu compte qu'il mourait de faim. Il avait réveillé le majordome pour le prier de lui préparer un petit déjeuner. Loin de rouspéter, ce dernier était ravi de l'obliger. Etre sauvé de la chaise électrique instille une loyauté inébranlable.

Roman posa un pot de café fumant et une autre tasse sur la table de la cuisine.

— Avez-vous besoin d'autre chose, monsieur Duvall ?

— Non merci, Roman. Bonne nuit.

Par-dessus le bord de sa tasse en porcelaine, Bardo suivit des yeux le vieil homme jusqu'à ses appartements à l'autre bout du couloir.

— Il ne reste plus beaucoup de nègres dans son genre.

— Il vaut mieux qu'il ne vous entende pas dire ça, souligna Pinkie en brisant le jaune d'un de ses œufs au plat. Le jour où il a surpris sa femme au lit avec un autre homme, il les a débités tous les deux à la hache.

— Sans blague ? s'exclama Bardo, manifestement impressionné. Hum !

Pinkie en vint immédiatement au sujet de ce rendez-vous impromptu.

— Nous allons avoir des ennuis avec Basile.

— C'est pas vrai ! ?

La fourchette de Pinkie s'immobilisa à mi-chemin entre son assiette et sa bouche. Il leva les yeux vers Bardo et fut satisfait de voir qu'il interprétait convenablement son expression menacante.

— Excusez mon impertinence, marmonna-t-il. C'est juste que... vous savez, je me doutais déjà qu'on en avait pas fini avec ce boy-scout.

— J'ai pensé que nous pourrions nous occuper de son cas en temps voulu, mais j'ai changé d'avis. Je crois que ça ne peut plus attendre.

— Pourquoi ? Que se passe-t-il ?

Pinkie lui raconta l'arrestation de Sachel.

— Il me semble que le moment est venu de transmettre un message à ce monsieur Basile.

— Entendu.

— Un message clair selon lequel, s'il nous cherche des noises, il faut qu'il s'attende à des ennuis. De gros ennuis.

— Qu'est-ce que vous voulez que je fasse ?

— Pinkie ?

En entendant la voix de Romy, les deux hommes se tournèrent vers le seuil où elle se tenait, enveloppée dans un peignoir, les cheveux tout ébouriffés, les yeux ensommeillés.

— Je ne t'ai pas entendu rentrer.

— Ça fait un moment que je suis là. (Remarquant qu'elle évitait délibérément le regard de Bardo, Pinkie ne put s'empêcher de se demander pourquoi.) Monsieur Bardo et moi avons quelques affaires à régler.

— A cette heure-ci ?

— Un problème pressant.

— Je vois.

— Retourne te coucher. J'arrive tout de suite.

Ses yeux effleurèrent Bardo une fraction de seconde avant de se reporter sur son époux.

— Ne tarde pas.

Il acheva son entretien avec Bardo en parlant à mi-voix. Il eut juste le temps de finir son repas.

— Je souhaiterais que vous vous occupiez de cela immédiatement, dit-il en conclusion.

— Entendu.

— Immédiatement, répéta-t-il avec emphase. L'impact devrait être percutant, comme un coup de massue sur la tête. Je veux que ça ébranle Basile jusqu'à la moelle, ainsi que l'ensemble de la brigade des stups.

— Je comprends.

— Quant à votre rémunération...

— Comme d'habitude ?

Pinkie hocha la tête.

— Vous n'aurez qu'à sortir par la porte de derrière, comme vous êtes entré.

Après le départ de Bardo, Pinkie rebrancha le système d'alarme, puis il monta. Romy s'était recouchée, mais elle ne dormait pas encore.

— De quoi avez-vous parlé ?

— D'affaires. Je te l'ai déjà dit. (Il commença à se déshabiller sans la quitter des yeux.) Tu te sens bien, Romy ?

Il s'aperçut que cette question l'avait mise mal à l'aise.

— Bien sûr que oui. Pourquoi est-ce que ça n'irait pas ?

— Tu n'es plus toi-même depuis quelque temps.

Elle le gratifia d'un sourire qui n'avait rien de convaincant.

— Tu sais que j'ai toujours un peu le cafard l'hiver. J'ai hâte de voir arriver le printemps et j'ai l'impression que ce n'est pas pour demain.

— Tu mens.

En tenue d'Adam, certains hommes se sentent vulnérables, moins imposants. Pas Pinkie. La nudité ne l'inhibait pas le moins du monde. Les mains sur les hanches, il dévisagea sa femme d'un air sévère.

— Ça fait des semaines que tu te traînes.

— Je t'assure, c'est...

— Le temps ? Tu parles ! D'où te viennent ces idées révolutionnaires ?

— Quelles idées ?

— Celles que tu as si ouvertement partagées avec nos invités hier soir durant la réception. Tu n'étais pas loin de prendre le parti de nos adversaires, ajouta-t-il d'une voix qui n'était plus qu'un murmure.

— C'est ridicule. Tu sais très bien dans quel camp je suis.

— Vraiment ?

— Tu devrais en tout cas.

Elle soutint son regard. Il ne percevait aucune équivoque dans ses yeux, mais n'était pas encore prêt à lâcher prise. Le rôle de sa femme dans l'existence n'incluait pas de prises de position flagrantes sur des sujets d'importance.

— De plus, je n'ai guère apprécié le fait que tu aies disparu en plein milieu des festivités.

— Je n'ai pas disparu. J'avais mal à la tête et il a fallu que je m'étende.

— Mal à la tête ? répéta-t-il, sceptique. C'est bien la première fois que ça t'arrive. Je ne t'avais jamais vue aussi léthargique non plus. Serais-tu malade ? Je ferais peut-être mieux de te prendre un rendez-vous chez le médecin.

— Non !

La force de sa réaction la surprit autant que lui. Elle l'atténua en émettant un petit rire léger.

— Ce n'est rien, Pinkie. Ça va très bien. J'ai des sautes d'humeur, voilà tout.

Il s'assit sur le lit près d'elle et lui caressa le cou.

— S'il y a une chose que je ne tolère pas, Romy, c'est qu'on me mente. (Ses doigts s'immobilisèrent.) A présent, dis-moi, qu'est-ce qui ne va pas ?

— Entendu, s'exclama-t-elle d'un ton furibond. (Elle rejeta les couvertures puis, se levant, elle se tourna vers lui.) C'est cet homme !

Il se redressa prestement.

— Quel homme ?

— Wayne Bardo.

— Oui. Et alors ?

— Il me donne la chair de poule. (Elle serra ses coudes contre elle et se frotta vigoureusement les bras.) Je le déteste. Je ne supporte pas d'être dans la même pièce que lui.

— Pourquoi pas ? A-t-il fait quelque chose ? T'aurait-il tenu des propos désobligeants ?

— Non, non. Rien de tel.

Manifestement très contrariée, elle poussa un profond soupir et se passa la main dans les cheveux.

— C'est juste qu'il me fait une sale impression, poursuivit-elle. Il produit des vibrations, de mauvaises vibrations. J'avais espéré qu'après le procès, on le verrait moins. Et voilà que ce soir, je le trouve dans la cuisine.

Pinkie était à deux doigts de rire de soulagement. La plupart des femmes trouvaient Wayne Bardo des plus séduisants – jusqu'à ce qu'elles apprennent à mieux le connaître. Il était ravi que la beauté méditerranéenne de Bardo n'exerce aucun attrait sur sa jeune et jolie épouse. Le zèle qu'elle mettait à l'éviter tenait à son dégoût, et non au pouvoir de séduction de ce bellâtre.

— Bardo fait des petits boulots pour moi, déclara Pinkie en dissimulant son soulagement. C'est comme ça qu'il me rembourse ses honoraires.

— Eh bien dorénavant, sois gentil, mène tes transactions avec lui ailleurs qu'à la maison.

— Pourquoi t'inspire-t-il une telle aversion ?

— N'est-ce pas clair ? Il me fait froid dans le dos.

Pinkie rit pour de bon cette fois-ci en l'attirant contre lui.

— Il fait peur à beaucoup de gens. C'est la raison pour laquelle il m'est si utile.

— Tu te sers de lui pour effrayer les gens ?

Au-dessus de sa tête, il fronça les sourcils. Elle lui posait rarement des questions à propos de ses affaires, même les plus inoffensives. Ces derniers temps, néanmoins, elle avait manifesté un intérêt certain et cela pouvait se révéler dangereux. Plusieurs de ses clients s'étaient fait doubler par leur épouse ou une petite amie rancunière qui en savait trop.

— Pourquoi mon association avec Bardo éveille-t-elle tellement ta curiosité ?

— Je n'en ai rien à faire, tant qu'il ne vient pas à la maison. Je ne veux pas le voir.

— Bon. Si Bardo t'offense à ce point, je m'arrangerai pour que vous n'ayez plus à vous rencontrer.

— Merci.

— Maintenant que nous avons réglé ce problème, je veux que tu me promettes de cesser ces bouderies agaçantes.

— J'essaierai.

Il cala un pouce sous son menton et inclina sa tête en arrière.

— Essaie vraiment. (Il parlait doucement, mais n'avait pas besoin de hausser le ton pour qu'elle comprenne le message.) T'ai-je donné le moindre motif de mécontentement, Romy ? (Elle secoua la tête et il fit glisser son pouce sur ses lèvres.) Je suis ravi de te l'entendre dire. Parce que je veux que tu sois heureuse. Je détesterais que nous nous retrouvions dans la même situation qu'à Galveston.

— Ça fait des années.

— Pas suffisamment pour que nous ayons oublié.

— C'est vrai. Je n'ai pas oublié.

— Alors tu es heureuse ?

— Bien sûr.

Il lui prit la main et la dirigea vers ses cuisses.

— Prouve-le moi.

Plus tard, alors qu'il dérivait vers le sommeil, elle dit :

— Une visite à Flarra me remonterait le moral. J'irai la voir demain.

— Bonne idée. Je demanderai à Errol de te conduire.

— Ce n'est pas la peine. Je peux conduire moi-même.

Pinkie réfléchit un moment à la question. Ni leur conversation ni leurs ébats n'avaient véritablement dissipé son malaise. Elle lui avait donné une explication plausible de sa mélancolie récente, mais il soupçonnait que son aversion pour Wayne n'était pas le seul élément en cause.

Le doute pouvait obstruer la pensée d'un homme raisonnable. La méfiance et la jalousie, destructives, l'affaiblissaient. D'un autre côté, Pinkie préférait multiplier les précautions inutiles plutôt que de se faire avoir. Surtout lorsqu'il s'agissait d'une femme.

— Errol te conduira.

*

* *

— Dis, t'es sûr que ça pose pas de problème ?

La femme fit la moue, le front plissé, tout en tripotant les boutons de sa chemise.

— Evidemment. Tu crois vraiment que j't'inviterais chez moi si ça posait un problème ?

— Mais ça fait à peine une heure qu'on se connaît.

— Et alors ? Il m'a fallu autant de temps pour savoir que j'avais envie de toi ce soir.

Il grimaça un sourire.

— Alors qu'est-ce qu'on attend ?

Sans cesser de se peloter, ils montèrent les deux étages d'un pas vacillant. La vieille maison avait été divisée en six appartements, deux par palier. Le sien était exigu, mais joli. Les fenêtres de sa chambre donnaient sur la cour.

Ce fut devant l'une de ces fenêtres qu'elle fit un strip-tease maladroit à son intention.

— Ça t'a plu ?

— Pas mal, murmura-t-il en tendant le bras vers elle. Pas mal du tout.

Elle n'avait pas la moindre inhibition sexuelle. Ou alors elle était tellement défoncée qu'elle se fichait pas mal de ce qu'il lui faisait. Au bout d'un moment néanmoins, ses appétits satisfaits, elle commença à se lasser et devint hargneuse.

— J'ai sommeil, dit-elle.

— T'as qu'à dormir, répondit-il. Ça ne me gêne pas.

— Je peux pas dormir si t'arrêtes pas.

— Bien sûr que si.

Il eut droit à un ricanement.

— T'as l'esprit mal vissé, tu sais ça ?

— On me l'a déjà fait remarquer.

— T'es sûr que t'as mis une capote ?

— Je te l'ai dit, non ?

— Ouais, mais je voyais rien. Allez, arrête, ça suffit maintenant. Je suis crevée. On remettra ça une autre fois, d'accord ?

— La nuit ne fait que commencer, ma petite chérie.

— Tu parles ! grogna-t-elle. Va bientôt falloir que je me lève.

— C'est juste que tu es en train de descendre de ton petit nuage. T'as besoin d'une petite dose supplémentaire.

— Je ne peux rien prendre d'autre ce soir. Il faut que je sois au boulot dans quelques heures. On laisse tomber pour ce soir. Okay ! Ouille ! Ça fait mal.

— Sans blague ?

— Ouais. Arrête, tu veux. C'est pas mon truc. Aïe ! Je ne plaisante pas, bordel ! Arrête !

— Détends-toi mon cœur ! On commence juste à prendre notre pied.

*
*   *

En quittant les locaux de la brigade, Raymond Hahn regagna ses pénates sans quitter son rétroviseur des yeux. S'il faisait bien son travail, c'était surtout parce qu'il prenait des précautions scrupuleuses. Officiellement il travaillait dans un bureau de comptables avec deux collègues, mais c'était la NOPD qui le payait à la fin du mois. Sous le prétexte de rendre visite à des clients, il évoluait librement d'un voisinage à l'autre, ce qui lui permettait de rencontrer les gens et de pénètrer des réseaux de dealers et de consommateurs.

C'était un métier dangereux. Il passait parfois des mois à gagner la confiance d'un revendeur paranoïaque, prenant constamment des risques pour s'apercevoir en définitive que tous ses efforts n'avaient servi à rien. Comme le prouvait la pagaille qui avait eu lieu à l'entrepôt où Kev Stuart avait été tué.

Il n'était pas nécessaire d'être surdoué pour en

déduire qu'un quidam au sein de la division informait les dealers des descentes imminentes. Mais c'était un problème interne. Son problème à lui était de rester en vie en s'assurant que personne ne perce à jour sa couverture.

Il y avait trois ans qu'il travaillait comme infiltré. Peut-être trop longtemps. Il en avait assez de regarder continuellement par-dessus son épaule, de se méfier de tout le monde, de mener une double vie.

Depuis quelque temps, il caressait le projet d'aller vivre ailleurs et de changer de secteur. Il y avait un sérieux inconvénient : aucune autre activité ne lui permettrait de s'approvisionner aussi facilement en drogue. Son emploi actuel avait ses avantages, qui pesaient lourd dans la balance quand il envisageait de tout laisser tomber.

Après s'être assuré que personne ne l'avait suivi, il ouvrit la porte de son appartement et se glissa à l'intérieur avant de tirer tous les verrous les uns après les autres. Chaque fois qu'il devait se soumettre à une arrestation suivie d'un séjour au violon, ça lui donnait des frissons. Il jouait si bien son rôle qu'il lui arrivait lui-même de se prendre au jeu.

Burke et lui étaient dans le même camp. Il n'empêche que ce type lui filait les jetons. Raymond était terrifié à l'idée de ce qu'il ferait s'il découvrait son penchant pour la dope. Il voulait à tout prix éviter de le contrarier. Basile ne pensait qu'au travail. Il était sérieux comme un pape au point que ses collègues ne l'appréciaient pas vraiment.

La corruption était un mode de fonctionnement admis au sein de la brigade. C'était la règle, et non l'exception. Certains flics estimaient que dans un monde infesté par le crime, il était logique de fermer les yeux sur des infractions mineures et de durcir le ton seulement dans le cas de délits mettant la vie humaine en danger.

Basile, lui, voyait les choses d'un autre œil. La loi était la loi. C'était soit bien soit mal, soit légal soit illégal. Un point, c'était tout. Il ne faisait pas la morale. Il n'en avait nul besoin. Ses reproches tacites étaient suffisamment éloquents pour que les flics qui touchaient des pots de vin se méfient de lui comme de la peste. Depuis la disparition de Kev Stuart, le seul policier que Basile pouvait considérer comme un ami susceptible d'aller boire un verre avec lui n'était autre que Doug Patout. Et être copain avec le patron ne lui valait guère de faveurs parmi les autres.

Cela dit, Basile avait l'air de se soucier comme d'une guigne d'être exclu de la confrérie. A cet égard, Basile et lui se ressemblaient. Ils travaillaient seuls tous les deux et cela leur convenait très bien. Hahn doutait que ce dernier se préoccupât de son manque de popularité.

Hahn se déshabilla dans le noir. Sa petite amie se fichait en rogne lorsqu'il la réveillait en rentrant. Elle n'aimait pas qu'il aille faire la nouba le soir en la laissant toute seule. Elle pensait qu'il était comptable et ne comprenait pas son engouement pour les night-clubs, y compris durant la semaine.

Ils n'avaient pas les mêmes horaires, mais, en fait, moins ils se voyaient, mieux c'était. Leur relation se fondait essentiellement sur des questions de commodité. Quand elle lui avait proposé de venir s'installer chez elle, il lui avait semblé plus facile d'accepter que de trouver un prétexte pour refuser. En outre, ils aimaient les mêmes drogues. Ils s'entendaient bien quand ils se défoncaient ensemble. Le reste du temps, ils étaient plus ou moins compatibles, sans être intimes, sauf lorsqu'ils faisaient l'amour.

Il n'était pas sans savoir que ce qu'elle trouvait le plus attrayant chez lui, c'étaient les substances qu'il rapportait, mais il n'en avait que faire. Il la soupçonnait même de le tromper, mais comment aurait-il pu lui en vouloir puisqu'il n'était pour ainsi dire jamais là le soir. Il espérait seulement qu'elle ne choperait pas de maladie. Les annonces publicitaires à la télé mettaient en garde contre les relations comme les leurs, mais il courait bien plus de risques de se faire descendre par un dealer qu'il avait recruté que de mourir du sida.

En se glissant près d'elle, il se réjouit de constater qu'elle ne bronchait pas. Il n'avait pas envie d'une scène. Pas après ce qu'il avait vécu ce soir, y compris quelques heures en prison. Quel cirque !

On l'avait enfermé dans une cellule avec deux frères rouquins couverts de tatouages faits maison qui avaient ouvert le crâne de leur autre frangin avec un ouvre-boîte lors d'une querelle familiale. Un travesti blotti dans un coin sanglotait, terrorisé par les brutes épaisses qui n'arrêtaient pas de l'insulter. Il avait tellement pleuré que ses faux cils s'étaient décollés, ce qui avait provoqué un autre accès de larmes, d'où un regain d'invectives.

Raymond ne dormait jamais très bien, mais ce soir-là, il avait particulièrement du mal à se détendre et à calmer son cerveau en ébullition. Au bout d'un moment, il se rassit en se disant qu'un petit joint lui ferait du bien.

Il tendit le bras par-dessus sa petite amie endormie et alluma la lampe de chevet.

Ce qu'il vit eut tout juste le temps de s'imprimer dans son esprit avant qu'il perçoive un mouvement derrière lui.

Raymond Hahn mourut, un cri muet sur ses lèvres.

7

Burke sut qu'il s'était passé quelque chose dès l'instant où il arriva au bureau. Ses collègues qui rôdaient autour de la machine à café marmonnèrent des bonjours en le voyant approcher, mais évitèrent son regard, et ils s'étaient tous éparpillés quand il se fut servi une tasse.

Une fois à sa table, il retira sa veste d'un haussement d'épaules. Il n'avait pas encore eu le temps de l'accrocher au porte-manteau que Patout l'appelait de son bureau. Burke laissa sa veste sur son siège et emporta son café avec lui.

— Que se passe-t-il ?

Patout referma la porte pour être tranquille.

— Asseyez-vous.

— Je ne veux pas m'asseoir. Je veux savoir ce qui se passe.

— Raymond Hahn est mort.

Burke s'assit.

— On les a retrouvés morts dans leur lit ce matin, lui et sa petite amie.

Burke but une gorgée de café.

— Dois-je supposer qu'il ne s'agit ni d'une mort naturelle ni d'une mort accidentelle ?

— Ils ont été assassinés.

Patout lui expliqua que la jeune femme travaillait dans une banque. Elle pointait à six heures et demie pour ouvrir le guichet du drive-in à sept heures. Voyant qu'elle n'arrivait pas, comme elle n'avait pas téléphoné pour dire qu'elle était malade, une de ses collègues était allée voir chez elle, s'attendant à la trouver défoncée ou ivre morte. Un test d'intoxication effectué fortuitement sur son lieu de travail avait donné un résultat positif ; on lui avait accordé une autre chance si elle promettait de se faire soigner. Trouvant la porte de l'appartement ouverte, sa camarade de travail était entrée.

— Ce n'était pas beau à voir.

— Ne m'épargnez pas les détails, intervint Burke d'un ton agacé. Je ne vais pas m'évanouir.

— C'est pourtant ce qui est arrivé à l'employée de banque. La fille avait reçu plusieurs coups de couteau. D'après le rapport initial du coroner, une seule de ses blessures aurait pu être fatale. Le tueur a pris son temps... et son pied ! Il semble aussi qu'elle ait été sodomisée, mais on n'a pas encore pu déterminer si cela s'était passé avant ou après son décès. Hahn a eu plus de chance, si l'on peut dire. Il n'avait qu'une seule entaille sur le côté du cou, mais drôlement bien placée. Le meurtrier savait où frapper pour qu'il meure vite, sans faire de bruit.

Burke se leva et se dirigea vers la fenêtre, sa tasse personnelle, ornée d'hippocampes multicolores, à la main. Il regarda dehors en continuant à avaler son café à petites gorgées. Barbara lui avait offert cette tasse pendant des vacances en Floride. Il n'arrivait pas à se rappeler de l'année, mais ça faisait des lustres ! Il ne pouvait plus s'imaginer en train de faire quelque chose d'aussi insouciant que d'aller se vautrer sur la plage et acheter des petits souvenirs ridicules. Il n'y avait plus rien de frivole dans son existence depuis la nuit où Kev Stuart avait trouvé la mort.

— Des indices ?

— La brigade criminelle s'en occupe, mais jusqu'à présent ils n'ont rien trouvé. L'autopsie donnera peut-être quelque chose. Le vagin et le rectum de la fille étaient meurtris et écorchés, mais aucune trace de sperme visible.

Les gens du laboratoire gaspillaient leur temps et leur énergie. On ne dénicherait aucune preuve. Bardo avait une prédilection pour les couteaux, et tout portait à croire que c'était lui qui avait fait le coup. Son passe-temps favori était le sexe violent, mais même dans la chaleur d'une sordide passion, il aurait pris la peine de mettre une capote. Il était trop futé pour laisser des empreintes d'ADN, même si, avec un peu de chance, on trouverait peut-être un échantillon de tissu ou un cheveu.

Burke avait expédié Hahn en prison la veille au soir. L'agent infiltré s'était-il tourné les pouces en cabane pendant que sa petite amie se faisait violer et tuer par Bardo ? Les avait-il surpris ensemble en rentrant chez lui ?

— Des signes de bagarre ?

— Non, répondit Patout. Je n'arrive pas à comprendre comment il s'est débrouillé pour les zigouiller tous les deux. Aurait-il réglé son compte à Hahn, puis terrorisé la fille avant de la trucider à son tour ?

— Peut-être. A moins que... (Burke réfléchit un moment.) A moins qu'il ne se soit d'abord occupé de la fille avant d'attendre dans l'appartement le retour de Hahn.

Patout fronça les sourcils d'un air dubitatif.

— Hahn était au lit, déshabillé, quand il est mort.

— Il est rentré très tard. L'assassin s'est caché jusqu'à ce que le pauvre Ray soit au plume. Il s'est probablement couché sans allumer la lumière. Je fais ça tout le temps quand je ne veux pas réveiller Barbara. Hahn ne s'est pas aperçu que sa copine était morte. Il n'a pas vu le sang et ne s'est pas rendu compte que quelque chose n'allait pas. (Burke serra sa tasse dans sa main.) C'est tout à fait son genre !

— De qui parlez-vous ?

— De Bardo. Bardo aurait trouvé hilarant que sa victime l'enferme chez lui à son insu.

— Pourquoi croyez-vous que ce soit Bardo qui ait fait le coup ?

— Nous avons arrêté Hahn et Sachel. Duvall

s'est pointé ici au milieu de la nuit. Nous savons que Sachel est à la solde de Duvall. Bardo est son tueur à gages. Notre agent se fait buter. Réfléchissez. Ça ne peut pas être une coïncidence.

— Bien sûr que si ! s'exclama Patout.

Burke fit volte-face, mais Patout enchaîna avant qu'il eût le temps de prononcer quoi que ce soit.

— Vous savez aussi bien que moi que Hahn était un junkie. La fille aussi apparemment. Il se peut que ce double meurtre soit lié à une affaire de drogue qui aurait mal tourné. Ou à une histoire de ménage à trois. Il se peut...

— Que Duvall ait su que Ray travaillait pour nous. Il a décidé de le liquider, histoire de nous donner une bonne leçon.

— Okay, c'est possible, reconnut Patout en se levant, mais je ne veux pas que vous le preniez personnellement. Comme si cela n'arrivait qu'à vous. Toute la division sera dans ses petits souliers. On forme une équipe, Burke ! On doit se serrer les coudes. On ne va pas se laisser déboussoler par quelques revers. Nous devons continuer à travailler méthodiquement.

Ce laïus bidon ne ressemblait guère à Doug. Il réservait généralement ces propos encourageants sortis tout droit des manuels de la police aux réunions au sommet de la brigade. En privé, Burke et lui étaient plutôt francs l'un envers l'autre.

— Quoi d'autre ?

— Que voulez-vous dire ?

— Il y a autre chose, n'est-ce pas ? Vous redoutez de m'annoncer quelque chose. Qu'est-ce que c'est ?

Patout se frotta la nuque. C'était un homme mince, au front haut et lisse ; il commençait à perdre ses cheveux. Ce matin-là, il faisait nettement plus vieux que son âge.

— Vous êtes trop futé, ça va vous jouer des tours.

— On n'arrête pas de me le répéter, répondit Burke d'un ton irrité. Alors ?

— Sachel a refusé notre marché.

— Accordez-moi un quart d'heure avec lui.

— Ça ne servira à rien, Burke. Il l'a décliné avant même qu'on lui en ait indiqué les termes. Il n'a laissé aucune place à la négociation.

— Va-t-il risquer un procès ?

— Non, il s'apprête à plaider coupable. Pour toutes les accusations.

— Salopard ! jura Burke. Duvall le tient.

— Je suppose que oui.

— Seigneur ! Ce type est immortel ou quoi ? lança-t-il avec un rire caustique. Il nous bat à chaque coup.

— Duvall n'applique pas les règles. Nous si.

Burke se mordilla la joue en marmonnant :

— Il est peut-être temps qu'on arrête.

— Comment ?

— Rien. Bon, Doug, faut que j'y aille.

— Burke...

— A tout à l'heure.

Il claqua la porte derrière lui, attrapa sa veste au passage et fonça vers la sortie en manquant de justesse de se heurter à McCuen.

— Salut, Basile. Je te cherche partout. Faut qu'on cause.

— Pas maintenant.

Il ne se sentait pas d'humeur à parler avec McCuen. Pour le moment, il ne supporterait pas son optimisme à tous crins et son énergie aussi inépuisable qu'agaçante.

— Plus tard ! lui lança-t-il sans même se retourner.

*
* *

— Salut ! Burke. Entrez donc.

Nanci Stuart le précéda dans le vestibule de son pavillon de banlieue.

Après avoir appris ce qui était arrivé à Hahn et Sachel, c'était du masochisme de venir ici aujourd'hui. Mais il avait roulé pendant des heures en ruminant et en jurant et ne savait pas quoi faire d'autre. Il était censé prendre sa semaine, alors pourquoi ne pas foutre la journée en l'air ?

La maison des Stuart était une construction en brique rehaussée de bois peint. La pelouse était moins bien entretenue que du vivant de Kev. Il aimait bien travailler dans le jardin et se flattait de ce que sa demeure avait le gazon le plus vert du pâté de maison. Burke remarqua qu'un des volets de la façade pendait lamentablement. Le tapis de l'entrée avait besoin d'un shampooing et l'une des ampoules au plafond avait grillé. Un de ces jours, sans tarder, il allait devoir passer une journée à aider Nanci à faire quelques travaux d'entretien et de réparation.

— Venez dans la cuisine, lui dit-elle par-dessus son épaule en longeant le couloir. J'ai commencé à préparer le dîner. Nous mangeons de bonne heure. C'est la soirée portes ouvertes à l'école. Voulez-vous boire quelque chose ?

— Du café, s'il est fait.

— Du Nescafé, ça ne vous ennuie pas ?

Il n'y tenait pas, mais secoua la tête. La cuisine était encombrée et chaleureuse. Un calendrier bien en évidence indiquait les jours où Nanci était chargée du transport des enfants du voisinage, les rendez-vous chez le dentiste et la soirée « portes ouvertes » ce soir-là. Des pense-bêtes et des photos de classe des deux garçons étaient fixées sur la porte du réfrigérateur à l'aide d'aimants figurant des bouteilles de ketchup et des pots de moutarde miniatures. Une boîte de biscuits en forme d'ourson lui souriait sur le comptoir.

Suivant son regard, Nanci lui en proposa.

— Je les ai achetés. Je ne fais plus de pâtisserie.

— Non merci, dit-il. Le café me suffit.

Elle retourna à son bol où elle était en train d'émietter des crackers dans de la viande hachée. Des poivrons verts et des oignons coupés en petits morceaux attendaient d'être incorporés dans la mixture ainsi qu'une boîte de sauce tomate.

— Un pâté à la viande ? demanda-t-il.

— Comment le savez-vous ?

— Maman en faisait souvent.

— Votre mère ? fit-elle d'un air surpris. Vous savez, Burke, je crois bien que c'est la première fois que vous faites allusion à votre famille. Je vous connais pourtant depuis des années.

Il haussa les épaules.

— J'avais peur de représailles, vous comprenez, ce genre de choses. C'est la raison pour laquelle je ne les mentionne jamais. De toute façon, on ne peut pas vraiment parler d'une famille. Mon père était cheminot. Il s'est fait écrasé entre une locomotive et un wagon quand j'avais treize ans. Ma mère s'est retrouvée seule au foyer avant que ça soit à la mode. Elle était employée à la poste jusqu'à sa mort d'un cancer il y a quelques années. A présent, il ne reste plus que mon petit frère et moi. Il vit à Sherveport. Il a une femme et plusieurs gosses.

Après une courte pause, il sourit avec une ironie désabusée.

— Ma mère devait connaître des dizaines de manières de rallonger une livre de viande hachée.

— Je comprends.

— Comment vont les garçons ?

— Bien.

Il but une gorgée de café. Encore plus mauvais qu'il ne s'y attendait.

— Ça se passe bien à l'école ?

— Les derniers bulletins sont bons.

— A part leurs notes.

Comprenant qu'il faisait référence à leur équilibre psychologique, elle hésita.

— Ça va, compte tenu des circonstances.

— Bon. Tant mieux.

Il se mit à tripoter la salière et le poivrier, les posant côte à côte sur la table avant de les séparer et de les rapprocher de nouveau.

— Il fait bon ces temps-ci.

— Je voudrais croire que cela annonce la fin de l'hiver. Mais on risque encore d'avoir une gelée.

— Oui. Au moins jusqu'à la fin mars.

Depuis quelques semaines, cette piètre tentative de conversation semblait être le mieux qu'ils puissent faire. Ils évitaient de parler de choses importantes ou significatives. Ce qui était étrange puisque le pire était derrière eux.

C'était lui qui avait annoncé à Nanci la mort de Kev. Patout s'était porté volontaire pour effectuer cette tâche ingrate, mais Burke avait tenu à s'en charger, estimant que cette responsabilité lui incombait. Il avait été là pour soutenir Nanci quand elle s'était effondrée en apprenant la terrible nouvelle et ne l'avait pas quittée d'une semelle durant les préparatifs de l'enterrement.

Au cours des semaines et des mois suivants, il l'avait aidée à démêler les histoires d'assurances, à réclamer la pension, insuffisante, que la NOPD était censée lui attribuer, à s'occuper de ses comptes, des crédits, et à faire les autres ajustements budgétaires nécessaires.

En réponse à un coup de téléphone de Nanci, il avait accouru le jour où elle avait décidé de vider le placard de Kev. Elle lui avait offert les plus beaux vêtements de son mari ; il les avait acceptés, mais les avait déposés au passage dans un conteneur de la Croix-Rouge en rentrant chez lui. Il n'aurait jamais pu les porter.

A l'automne, il avait vérifié la chaudière, changé les filtres. A Noël, il avait dressé le sapin et pris part aux décorations. Kev était mort depuis près d'un an, mais Burke se sentait toujours obligé de venir toutes les deux ou trois semaines pour assister sa veuve.

Seulement, il était de plus en plus difficile de trouver des sujets de conversation. Avec le temps, les tensions s'étaient intensifiées entre eux, et non pas l'inverse. Burke évitait d'aborder tout sujet lié à la police et aux membres de la brigade que Nanci connaissait. Son travail étant l'élément vital de son existence, il cherchait désespérément d'autres thèmes que le temps ou la santé des enfants pour combler les silences de plus en plus pesants.

Elle le recevait toujours gentiment, mais elle avait changé. Subtilement, mais indéniablement. Elle était plus réservée maintenant que du vivant de Kev. Ils avaient partagé tant de fous rires. Elle avait de l'humour et blaguait aussi bien que les hommes entre eux. Burke supposait qu'il était facile pour une femme de plaisanter avec l'ami de son mari quand celui-ci était vivant et s'esclaffait avec elle. Ça l'était beaucoup moins quand il était mort et enterré.

Ils avaient passé un temps infini à spéculer sur l'issue du procès Bardo. Maintenant que tout était fini et que le dernier chapitre de ce sinistre épisode de leurs vies était écrit, que leur restait-il comme sujet de conversation ?

— Euh...

— Burke...

Elle devait être aussi mal à l'aise que lui et consciente de leurs problèmes de communication, parce qu'ils avaient commencé à parler en même temps. Il lui fit signe de continuer.

— Non, vous, dit-il.

L'arrivée des enfants de Nanci leur épargna un moment de gêne supplémentaire. Ils avaient vu la voiture de Burke devant la maison et s'étaient rués dans la maison, la remplissant d'un chahut bienvenu et du parfum unique de petits garçons en sueur. Ils se délestèrent de leurs vestes et de leurs sacs à dos et se jetèrent sur le policier en jouant des coudes pour s'approcher de lui.

Après un goûter rapide, il les emmena dans le jardin. Cela faisait partie de la routine. Après avoir bavardé avec leur mère, il faisait quelque chose seul avec David et Peter. Les garçons choisissaient l'activité. Ce jour-là, ils optèrent pour une séance de baseball.

— Comme ça, Burke ? demanda Peter, le plus jeune.

Sa position était abominable, mais Burke répondit :

— Tout à fait. Tu fais des progrès, fripouille. Monte un peu ta batte. A présent, voyons ce dont tu es capable.

Il lança une balle qui frappa la batte. Et non l'inverse. Peter s'élança et courut entre les bases improvisées. A l'arrivée, Burke lui tapa dans la main et sur les fesses.

— Nous allons jouer dans la petite Ligue. Vous pourriez peut-être venir à un de nos matches, Burke ? suggéra David d'un ton plein d'espoir.

— Un seul match ? J'ai la ferme intention de prendre un abonnement pour toute la saison.

Les cheveux qu'il ébouriffa tendrement étaient du même ton cuivré que ceux de son père. Et parce que les sourires rayonnants qu'ils lui adressaient étaient des répliques de celui de Kev, une boule se forma dans sa gorge. Il se serait probablement ridiculisé si Nanci n'était pas apparue à la porte de la cuisine pour appeler les garçons et leur dire d'aller se laver les mains.

— On dîne dans un quart d'heure, annonça-t-elle.

— Salut, Burke.

— Salut, Burke, répéta Peter, imitant son frère tandis qu'ils regagnaient la maison d'un pas traînant.

— Vous êtes merveilleux avec eux, observa Nanci.

— C'est facile avec les enfants de quelqu'un d'autre. D'après ce que je comprends, ça l'est moins avec les siens.

— Pourquoi n'avez-vous jamais eu d'enfants, Barbara et vous ?

— Je ne sais pas. Cela ne s'est pas fait. On avait toujours une bonne raison de retarder le moment. Le manque d'argent pour commencer.

— Et ensuite ?

— Le manque d'argent.

Il avait voulu plaisanter, mais sa blague tomba à plat.

— Je ne sais pas ce que j'aurais fait sans mes enfants. Kevin vit encore à travers eux.

Il hocha solennellement la tête. Puis, s'aperçevant qu'il avait serré le poing droit, il déplia les doigts et s'empressa d'ajouter :

— Je ferais mieux d'y aller. Je ne voudrais pas retarder les jeunes espoirs du base-ball pour l'accueil à l'école.

— Vous pouvez rester dîner si vous voulez.

C'était une invitation obligatoire. Elle proposait toujours, il refusait systématiquement.

— Non merci, Barbara m'attend.

— Dites-lui bonjour de ma part.

— Entendu.

— Burke...

Elle jeta un coup d'œil dans le couloir en direction

de la salle de bains où on entendait les enfants se disputer. Puis, reportant brusquement son attention sur lui, elle ajouta :

— Je ne veux pas que vous reveniez.

Il pensait avoir mal entendu.

— Comment ?

Même après qu'elle eut répété, il resta bouche bée.

Elle prit une profonde inspiration, redressa les épaules. A l'évidence, elle avait longuement réfléchi à ce qu'elle s'apprêtait à dire. Si elle redoutait de parler, il était clair qu'elle avait pris sa décision de le faire maintenant et elle était en train de s'armer de courage.

— Je ne peux pas vous regarder, sentir votre présence, sans penser à Kev. Chaque fois que je vous vois, je revis toute cette horreur. Chaque fois que vous appelez ou que vous venez, je pleure ensuite pendant des jours. La colère me gagne, je m'apitoie sur mon sort. C'est un retour en arrière dont je me remets à peine avant d'entendre de nouveau parler de vous et il faut tout recommencer.

Elle serra les lèvres et marqua une pause, le temps de se ressaisir.

— J'essaie de refaire ma vie sans Kev. Je me répète que je l'ai perdu à jamais. Et que je peux vivre malgré tout. Quand j'ai finalement réussi à m'en convaincre, vous surgissez et... (Ses yeux s'emplirent de larmes. Elle extirpa un mouchoir de sa poche.) Vous voyez ce que je veux dire ?

— Oui, je vois. (Il n'essaya même pas de dissimuler son amertume.) Ça vous fait mal de servir un café à l'homme qui a fait de vous une veuve.

— Je n'ai pas dit ça.

— Ce n'était pas nécessaire.

Il se fraya un chemin à côté d'elle et sortit de la maison.

— Burke, je vous en prie, essayez de comprendre, cria-t-elle derrière lui. S'il vous plaît !

Il s'arrêta dans l'allée et se retourna. Quand il vit son expression tourmentée, sa colère s'évapora. Comment pouvait-il lui en vouloir ? Elle n'avait pas pris cette décision pour le blesser. Il ne s'agissait pas de lui, mais d'elle. C'était pour se préserver qu'elle lui avait demandé de ne pas revenir.

— Le pire, Nanci, c'est que je comprends. Dans votre situation, je ferais exactement la même chose.

— Vous savez combien vous avez compté pour moi et les enfants. Nous savons l'importance que vous aviez aux yeux de Kev. Mais je...

Il leva les deux mains.

— Ne vous culpabilisez pas. D'accord ? Vous avez raison. C'est mieux comme ça.

Elle renifla et se tamponna le nez avec son mouchoir.

— Merci de votre compréhension, Burke.

— Dites aux garçons...

Il essaya de penser à quelque chose pour leur expliquer pourquoi il allait disparaître brutalement de leurs vies, tout comme leur père.

— Je me débrouillerai, déclara Nanci en réprimant un sanglot. Ils sont étonnamment costauds. (Elle lui sourit à travers ses larmes.) Après tout ce que vous avez fait pour eux, je supporte mal l'idée de vous blesser. Si cela peut vous consoler, c'est très difficile pour moi. J'ai l'impression de me couper le bras droit pour sauver ma vie. Vous avez été un ami... merveilleux.

— Je le suis toujours.

— Je ne m'en sortirai jamais si je ne lâche pas prise, Burke, murmura-t-elle d'une voix douce.

— Je comprends.

— Vous devriez en faire de même. Quand allez-vous lâcher prise ?

Quelques secondes s'écoulèrent.

— Si vous avez besoin de quelque chose, vous savez où me trouver.

8

La voiture de Barbara était dans l'allée quand il rentra chez lui. Elle serait contente qu'il soit à l'heure pour une fois. En avance même. A dire vrai, il avait espéré, honteusement, que le tournoi de volley-ball ou quelque autre manifestation du genre l'aurait obligée à rester à l'école un peu plus longtemps. Il avait besoin de calme, de solitude.

La journée avait commencé avec les deux mauvaises nouvelles de Patout. Puis Nanci Stuart lui avait dit, en gros, d'aller se faire voir. Une dispute avec Barbara pouvait se révéler au-dessus de ses forces. Un désaccord mineur, un mot de travers, risquait d'anéantir un équilibre déjà précaire. Il redoutait que, dans l'état émotionnel où il se trouvait, il n'y eût qu'un cheveu entre l'agacement et la rage.

Il entra par la porte de derrière en l'appelant. Elle n'était pas dans la cuisine, ni dans la salle de séjour, alors il monta. Une fois sur le palier, il entendit la télévision dans la chambre et l'eau couler dans la douche.

En pénétrant dans la chambre, il s'aperçut qu'il s'était trompé. La douche fonctionnait bien, mais les voix qu'il avait perçues ne venaient pas de la télévision.

Il traversa la pièce pour gagner la salle de bains. La vapeur d'eau formait un nuage dense. Il écarta brutalement l'écran en verre de la douche.

Barbara était adossée au mur en carrelage, les yeux clos, la bouche ouverte, les jambes nouées autour des hanches de l'entraîneur de l'équipe de foot du lycée, un petit trapu en train de pomper furieusement.

Fou de rage, il saisit le type à bras-le-corps et l'extirpa de la cabine d'une secousse. L'homme perdit l'équilibre sur le sol glissant et savonneux et se serait étalé de tout son long si Burke ne l'avait pas retenu par la peau du cou.

Barbara poussa un cri strident, puis elle plaqua ses mains sur sa bouche en regardant son mari cogner son amant à plusieurs reprises contre le mur carrelé avant d'entreprendre de le bourrer de coups. Tels des pistons, ses poings martelaient la peau mouillée en faisant des bruits de claques.

Il avait quinze ans de moins que Burke. Il était musclé, en parfaite forme physique, mais Burke profitait de l'élément de surprise. Quoi qu'il en soit, il se battait sans tactique particulière, rendu fou par le besoin de faire mal, de partager la douleur qui l'habitait, de faire souffrir ce fils de pute autant qu'il souffrait lui-même. Il éprouvait une certaine satisfaction à entendre craquer le cartilage, à voir la peau se fendre, à sentir les tissus mous céder sous ses poings déchaînés.

Il réduisit le type en une masse tremblotante, balbutiante et suppliante avant de lui administrer le coup de grâce : il lui envoya un coup de genou bien placé avec un élan digne d'une locomotive, ce qui arracha à l'entraîneur un hurlement d'agonie et l'expédia contre le mur d'où il glissa jusqu'à terre, où il resta à bercer sa virilité blessée entre ses mains en sanglotant. Son visage meurtri dégoulinait de sang et de larmes.

Burke se pencha sur le lavabo en respirant bruyamment.

Après s'être lavé les mains et aspergé le visage d'eau froide, il se redressa et vit le reflet de sa femme dans la glace embuée. Elle avait enfilé une robe de chambre, témoignant ainsi d'un semblant de honte, mais ne manifestait pas la moindre considération pour son amant mal en point, ce qui étonna Burke. N'avait-elle aucun sentiment pour lui ? Peut-être pas. Peut-être ne l'avait-elle trompé que pour attirer son attention ? Non, il se flattait sans doute en pensant cela.

— Tu te sens mieux ? demanda-t-elle d'un ton lourd de sarcasme.

— Non, répondit-il honnêtement en s'essuyant la figure avec une serviette. Pas beaucoup mieux.

— Tu vas me défoncer le portrait à moi aussi ?

Il se détourna du lavabo et la regarda en se demandant pourquoi elle était devenue si insidieuse et inaccessible. Se pouvait-il qu'elle ait toujours été comme ça ? Ou bien des années d'insatisfaction l'avaient-elles changée en cette pimbêche amère qui le narguait à présent ? Quoi qu'il en soit, il avait toutes les peines du monde à reconnaître en elle la jeune fille qu'il avait épousée jadis. Il ignorait tout de cette femme et ne voyait rien chez elle qu'il eût envie de connaître.

— Je refuse de répondre à cette question.

— Tu m'as maltraitée, Burke. Pas physiquement, mais il n'empêche que tu m'as malmenée.

— Si cela peut te faire plaisir.

Il la contourna et regagna la chambre, où il extirpa sa valise de dessous le lit avant d'entreprendre d'y transférer le contenu des tiroirs de son bureau.

— Qu'est-ce que tu fais ?

— C'est évident, non ?

— Ne t'imagine pas une seconde que tu peux demander le divorce pour adultère. Nos problèmes remontent à bien plus longtemps...

— Avant que tu commences à te farcir d'autres hommes sous notre douche ?

— Oui, cracha-t-elle. Et ce n'est pas le premier.

— Ça ne m'intéresse pas.

Après avoir fourré quelques vêtements dans sa valise, il la boucla.

— Où vas-tu ?

— Je n'en ai pas la moindre idée.

— Mais je sais où te trouver, n'est-ce pas ?

— Effectivement, répondit-il sans s'appesantir.

Il n'allait certainement pas se donner la peine de

défendre son éthique de travail face à son épouse adultère.

— Quant au divorce, je te laisse la primeur, Barbara. Je ne contesterai aucune des accusations que tu porteras contre moi. Dis que je suis un piètre gagne-pain, une brute, un homo. J'en ai rien à foutre...

Il jeta un coup d'œil autour de lui pour vérifier qu'il n'avait rien oublié et cela le peina de penser qu'il ait pu faire ses bagages aussi vite et aussi facilement. Ils n'avaient pas vécu ensemble dans cet appartement ; ils y avaient cohabité. Il s'en allait sans rien emporter de personnel. Il avait juste embarqué le strict minimum, qui aurait pu appartenir à n'importe qui. Il ne laissait rien de valeur derrière lui. Pas même Barbara.

*

* *

Il n'était pas sûr que l'immeuble tenait encore debout. Il le trouva pourtant, tapi entre deux bâtisses semblables résistant obstinément à l'empiétement du développement urbain.

L'industrie du tourisme en plein essor détruisait à vue d'œil le caractère unique de La Nouvelle-Orléans qui poussait justement les touristes à affluer en masse. Un paradoxe qui défiait toute logique.

Burke aurait été navré de découvrir que l'immeuble avait été détruit, parce qu'en dépit de son aspect délabré, il avait du cachet. Telle une douairière se cramponnant à des modes vieilles de plusieurs décennies, il assumait son âge avec dignité et un admirable air de défiance. Il manquait un morceau de fer forgé au balcon du deuxième étage. L'allée en brique était toute bosselée. Des mauvaises herbes jaillissaient dans les fentes du ciment, mais une certaine fierté émanait des pots de pensées de part et d'autre du portail, qui grinça lamentablement quand il le poussa.

La première porte à gauche indiquait qu'elle appartenait au gérant. Burke sonna. L'homme qui lui répondit n'était pas le concierge dont il se souvenait, mais il aurait pu se faire passer pour lui. Il faisait bien 30 dans l'appartement derrière le vieil homme voûté et il en émanait une puanteur de litière de chat. Celui-ci tenait d'ailleurs dans ses bras un gros matou tout en considérant curieusement Burke de ses yeux larmoyants d'alcoolique invétéré.

— Auriez-vous une chambre de libre ?

La seule exigence pour la location était un billet de cent dollars destiné à couvrir le loyer de la première semaine.

« Un changement de serviettes est inclus le troisième jour, » apprit-il de la bouche du concierge qui le précéda en pantoufles dans l'escalier pour lui montrer l'appartement d'angle du premier.

Essentiellement une pièce. Un rideau râpé offrait une vague intimité dans la salle de bains composée d'une baignoire et de W.-C. Le lit double ployait au milieu. La cuisine se résumait à un évier, une étagère étroite, un réfrigérateur à peine plus grand qu'une boîte aux lettres et un réchaud à deux plaques qui selon le gérant devait marcher.

— Je ne pense pas que je ferai beaucoup de cuisine, lui assura Burke en acceptant la clé.

Un téléviseur noir et blanc enchaîné au mur était à peu près le seul aménagement fait depuis qu'il avait occupé une chambre dans ce même immeuble près de vingt ans plus tôt lorsqu'il avait quitté sa ville natale, Shreveport, pour se faire embaucher à la police de La Nouvelle-Orléans. Avant de trouver un logement qui lui convenait, il avait loué cette chambre temporairement ; en définitive, il était resté dix-huit mois.

Ses souvenirs étaient flous. Il n'avait guère passé de temps dans son logis parce qu'il était presque toute la journée au commissariat, afin de se frotter aux vétérans, se portant volontaire pour faire des heures supplémentaires, et rattraper toute la paperasserie en retard, le fléau des policiers dans le monde entier. Il débordait d'enthousiasme à l'époque, et était déterminé à débarrasser la planète du crime et des criminels.

Ce soir-là, un Burke Basile nettement moins idéaliste fit couler un bain chaud dans la baignoire antique aux pieds en forme de griffes et y grimpa avec une bouteille de Jack Daniel's étiquette noire, sans bouchon. Il but au goulot en regardant avec indifférence un cafard gros comme son pouce courir sur le papier peint taché d'humidité.

Quand un type surprend sa femme en flagrant délit d'adultère, la première chose à faire, après avoir défoncé le portrait du type et s'être acheté une bouteille de whisky – qu'il avait la ferme intention de vider –, est de s'assurer qu'il n'a rien perdu de sa virilité.

Aussi vérifia-t-il, de sa main libre. Les yeux fermés, il s'efforça de remplacer l'image de Barbara en train de se faire fourrager par l'entraîneur de football par un fantasme apte à entretenir son érection suffisamment longtemps pour le conduire à un orgasme susceptible de raffermir son ego.

En un instant, elle surgit dans son esprit : la poule de luxe dans le belvédère de Duvall.

Il effaça de sa mémoire toute pensée déprimante et se concentra sur la femme en robe noire collante, aux cheveux noirs comme des ailes de corbeau, sur ses seins caressés par le clair de lune.

Son visage était indistinct. Il le rapprocha mentalement. Elle lui rendit son regard avec des yeux de biche. Elle murmura son nom, le caressa tendrement. Une bouche, plus tendre encore, l'effleura...

Il explosa en lançant une bordée de jurons entre ses dents.

Après coup, il se sentit faible, étourdi, légèrement désorienté, mais l'eau très chaude et le whisky y étaient sans doute aussi pour quelque chose. Il était rassuré de savoir qu'il fonctionnait encore. Sur le plan émotionnel, toutefois, il ne se sentait pas vraiment mieux.

Passablement éméché, il s'extirpa de la baignoire et, après s'être enveloppé les hanches dans une des deux serviettes de bain toutes minces, il s'assit au bord du lit pour réfléchir à son avenir.

Il devrait probablement contacter un avocat, bloquer ses comptes, annuler ses cartes de crédit, tout ce que les gens font, par dépit et pour se protéger, quand leur couple entre dans le registre des statistiques.

Mais il n'avait pas les moyens de se lancer dans ce genre de bagarre juridique. Barbara n'avait qu'à tout prendre, si tant est qu'elle voulût quoi que ce soit de cette vie de gâchis. Il avait récupéré tout ce à quoi il tenait : quelques vêtements, son insigne, son calibre 9 mm.

En tendant le bras par-dessus le tas d'habits jetés pêle-mêle sur le lit, il saisit le pistolet et le soupesa. C'est avec cette arme qu'il avait tiré sur Kevin Stuart.

Sa vie privée ne valait rien. Sa carrière non plus. Il ne se faisait plus d'illusions sur le courage, le devoir. Seuls les imbéciles croyaient à ces conneries. Ces normes étaient dépassées et n'avaient plus cours dans la société contemporaine. Quand il s'était inscrit à l'école de la police, il s'était vu tel un chevalier, mais la Table ronde faisait partie de l'histoire depuis belle lurette.

Burke Basile était un paria, une honte pour la brigade des stups parce qu'il avait tiré sur l'un de ses hommes et parce qu'il avait exigé que justice fût faite alors que tout le monde s'en foutait.

Quant à Wayne Bardo, il était libre de tuer à nouveau. Et c'est ce qu'il avait fait.

Et Duvall était à l'abri dans sa tour d'ivoire avec ses domestiques, ses riches amis, ses putes de luxe.

En attendant, la veuve de Kev l'avait envoyé promener et sa femme baisait des hommes plus jeunes que lui sous son toit.

Il soupesa à nouveau le pistolet dans sa main. Il ne serait certainement pas le premier flic, écœuré par la futilité de son travail, à se mettre une balle dans la tête. Combien de temps mettrait-on à s'apercevoir de sa disparition ? Qui le regretterait ? Patout ? Mac ? Peut-être. Peut-être aussi se réjouiraient-ils secrètement qu'il ait réglé le problème à leur place ?

Quand il commencerait à infester de sa puanteur cette horrible piaule, quand le chat du concierge viendrait gratter à la porte, alors ils le découvriraient. Qui s'étonnerait qu'il se fût supprimé ? Il avait anéanti son mariage, dirait-on. On raconterait qu'il avait surpris sa bonne femme, celle au corps de rêve, en train de s'envoyer en l'air dans sa douche avec un autre homme. Pauvre type ! Ils secoueraient la tête en se lamentant qu'il ne se soit jamais remis du meurtre de Kev. Tout venait de là.

Pendant que la veuve de Stuart se démenait pour nourrir ses enfants, des criminels, des avocats sans scrupule dépensaient des sommes folles pour fêter leurs succès illicites. Le vieux Burke Basile ne pouvait pas l'admettre. Il ne supportait plus la culpabilité.

Alors, bang ! Aussi simple que ça.

Il lui vint à l'esprit qu'il souffrait peut-être d'un cas aigu d'apitoiement sur lui-même. Et alors ? Pourquoi pas ? N'avait-il pas droit à une petite introspection, à des regrets ? La décision de Nanci Stuart l'avait profondément blessé, bien qu'il en reconnût le bien-fondé. Elle se cramponnait des deux mains à la vie. Un jour, la douleur de la mort de Kev finirait par passer ; elle rencontrerait quelqu'un d'autre et se remarierait. Elle ne lui reprochait rien, mais ses visites ne pouvaient manquer de réveiller les souvenirs les plus pénibles.

Il aurait voulu considérer Barbara comme une salope qui n'avait même pas essayé de comprendre l'enfer qu'il avait vécu depuis la mort de son partenaire. Mais cela n'aurait pas été juste. Elle n'était certainement pas sans failles, mais on ne pouvait pas dire qu'il avait été le mari idéal, même avant l'accident fatal, et incontestablement depuis. Ils auraient dû se séparer depuis longtemps afin de mettre un terme à leur insatisfaction réciproque.

Il avait fait des mauvais choix à tous égards. Mariage. Carrière. Pourquoi toutes ces heures supplémentaires, ce fardeau de travail ? Il n'avait rien accompli. Strictement rien.

Enfin, pas tout à fait. Il avait tout de même réussi à tuer Kev Stuart.

Bon sang, ce qu'il pouvait lui manquer ! La logique tranquille de Kev, ses plaisanteries idiotes, son sens infaillible du bien et du mal. Et même ses accès de colère. Kev ne se serait pas plaint de mourir dans l'exercice de ses fonctions. De fait, il préférait probablement cela à toute autre fin.

En revanche, il n'aurait pas toléré que sa mort ne fût pas vengée. Le système juridique que Kev s'était juré de défendre à tout prix n'avait pas puni les criminels responsables de sa disparition. Et ça, Kevin Stuart aurait eu du mal à l'accepter.

Cette pensée dessoûla Burke Basile aussi sûrement qu'une douche froide.

Il posa la bouteille de Jack Daniel's sur la table de nuit bancale, ainsi que son pistolet. Il retira la serviette qui lui entourait les hanches, s'allongea sur le lit défoncé et croisa les mains sous sa nuque. Il resta étendu là pendant des heures à contempler le plafond tout en réfléchissant.

Quoiqu'à dire vrai, c'était déjà tout réfléchi.

Il savait ce qui lui restait à faire. Qui il devait tuer. Et ce n'était certainement pas lui-même.

Quand il sombra finalement dans le sommeil, il dormit comme il n'avait pas dormi depuis des semaines. Profondément. Sans rêver.

9

— Votre démission ?

— Ma démission, répéta Burke.

Patout en resta bouche bée.

— Tout d'un coup, comme ça ? Sapristi ! Mais pour quelle raison ?

— Ce n'est pas « tout d'un coup, comme ça ». Et vous savez très bien pourquoi !

— A cause de Kev ?

— Avant toute chose, oui. Mais aussi à cause de Duvall, de Bardo, de Sachel. Faut-il que je continue ?

— Comment pouvez-vous faire ça ? (Patout abandonna son siège et commença à arpenter son bureau.) Si vous renoncez à un emploi que vous aimez à cause d'eux, ce sont eux qui gagnent ! Vous leur facilitez beaucoup trop les choses. Vous les laissez contrôler votre vie.

— C'est peut-être l'impression que ça donne, mais ce n'est pas le cas. Je voudrais bien que mes motifs soient aussi simples et clairement définis.

Patout s'arrêta de faire les cent pas pour le dévisager.

— Il y a autre chose ?

— Barbara et moi, nous venons de nous séparer.

Patout contempla quelques secondes le plancher avant d'envelopper Burke d'un regard empreint de compassion.

— Je suis désolé. S'agit-il d'une séparation à l'essai ?

— Non, c'est pour de bon.

— Ben dis donc ! J'avais bien senti que vous aviez des problèmes, mais je ne pensais pas à ce point-là.

— Moi non plus, reconnut Burke. Jusqu'à hier soir. Je ne vais pas vous ennuyer avec les détails, mais croyez-moi, il est hors de question de revenir en arrière. J'ai pris mes cliques et mes claques et je lui ai dit d'intenter un divorce pour les mobiles qui lui plairont. Notre couple est foutu.

— Je suis désolé, répéta Patout.

En fait, il n'était pas plus désolé que Burke que ce couple mal assorti se sépare. Il regrettait seulement qu'ils aient aussi mal choisi leur moment.

— Je m'en remettrai, poursuivit Burke, je vous assure. Ça faisait un bout de temps que ça nous pendait au nez. Quant à mon boulot, je pourrais en dire autant. Je me suis vraiment usé, Doug. Dans l'état d'esprit où je suis actuellement, je ne peux pas vous être bien utile.

— N'importe quoi ! Vous êtes le meilleur homme de la brigade.

— Merci, mais je sais ce que j'ai à faire.

— Ecoutez, nous venons d'essuyer un terrible revers. Vous êtes bouleversé par votre rupture avec Barbara. Ce n'est pas le moment de prendre des décisions professionnelles. Peut-être qu'une semaine de vacances...

Burke se mit à secouer la tête avant même que Patout eût fini sa phrase.

— Il ne s'agit pas de cela. Un congé reviendrait à appliquer un pansement alors que j'ai besoin d'une opération à cœur ouvert.

— Si vous travailliez un moment au bureau ? Comme conseiller, suggéra Patout. Histoire d'alléger la pression quelque temps.

— Navré, Doug. Ma décision est prise.

— Laissez-moi au moins vous mettre à pied provisoirement en continuant à vous payer. Vous reviendrez quand vous en éprouverez le désir. Je vous garde votre place au chaud.

C'était tentant, mais Burke n'envisagea cette solution que quelques secondes seulement avant de recommencer à secouer obstinément la tête.

— Si je conserve ce cordon ombilical, je risque d'en profiter. Et dans quelques semaines, je me retrouverai exactement au même point. Non, Doug, il faut que je coupe les ponts.

Patout était retourné s'asseoir. Il passa la main dans ses cheveux clairsemés.

— Je ne peux pas y croire. Je suis le chef de ce département, mais vous en êtes le cœur, Burke.

Il émit un petit rire moqueur.

— On essaie une nouvelle tactique, Doug ? Des mots tendres ?

— C'est la vérité.

— Je vous remercie du compliment, mais ça ne change rien.

— Bon, dit Patout avec un geste impatient. Oublions la brigade. Et vous ? Etes-vous sûr d'avoir bien réfléchi ? Qu'allez-vous faire ?

— C'est l'une des raisons qui me poussent à démissionner, Doug. Je n'ai aucun plan.

C'était la première fois de sa vie qu'il mentait à son ami.

*

* *

Le bordel était une bâtisse aussi imposante que la bibliothèque publique.

Il se situait nettement en retrait de la rue, derrière une clôture en fer dans un bosquet de magnolias spectaculaires. La maison avait été construite par une riche famille créole qui cultivait et importait du coton bien avant ce que l'on appelait communément la Guerre d'agression du nord.

Durant ce conflit, les Yankees avaient fait main basse sur tous les cargos et entrepôts de ladite famille, brûlé leur plantation, plus en amont, et réquisitionné cette demeure où ils résidaient en ville, afin d'y abriter le quartier général des officiers de l'Union. Ce fut l'insulte suprême, dont elle ne se remit jamais.

Après la Guerre civile, la maison était tombée en ruine car personne ne pouvait se permettre de l'acheter et de payer les impôts fonciers. Au début des années 1880, un riche entrepreneur du Nord en était tombé amoureux. Il avait dépensé des fortunes pour la restaurer et la rendre encore plus somptueuse qu'à l'origine. Cela dura jusqu'à ce que son petit-fils et héritier, surpris en train d'escroquer ses partenaires, perdît non seulement sa fortune, mais aussi la vie lors d'un « accident » de chasse sous les Deux Chênes.

La maison resta de nouveau inoccupée jusque dans les années vingt, lorsqu'un groupe d'investisseurs la convertit en bar clandestin. Les pièces à l'étage connurent autant d'animation, si ce n'est plus, que les élégants salons du rez-de-chaussée. On y vendait autant d'amour que d'alcool de contrebande. La tenancière ne tarda pas à empocher suffisamment d'argent pour racheter les parts de ses associés. Sous sa gestion, l'affaire se développa considérablement.

A sa mort, sa fille prit le relais. La propriétaire actuelle, Ruby Bouchereaux, représentait la troisième génération. L'élégant établissement était entre ses mains depuis les années soixante. Elle était encore plus prospère que ses entreprenantes mère et grand-mère.

La maison de Ruby Bouchereaux faisait partie du grand mythe de la Big Easy. La police locale avait un accord tacite avec sa propriétaire. On l'autorisait à mener ses affaires comme bon lui semblait tant qu'il n'était pas question de trafic de drogue.

De temps à autre, l'une de ses filles se débrouillait tout de même pour se faire un peu d'argent de poche en douce en promettant à un client un regain d'énergie et de plaisir grâce à quelque substance illicite. Ruby n'appréciait guère l'interruption momentanée de son train-train qu'une descente occasionnait, mais elle appréciait encore moins l'éventualité d'une fermeture définitive au cas où l'un de ses clients huppés viendrait à mourir d'asphyxie ou d'une attaque en pleine extase. Elle ne tenait pas non plus à ce que ses pensionnaires se lancent dans un commerce dont elle ne tirait aucun pourcentage. Aussi considérait-elle ces incursions inopportunes de la police comme un moindre mal et restait-elle en bons termes avec les autorités.

Burke avait visité l'établissement à deux reprises dans l'exercice de ses fonctions. Il s'agissait de sortir de lits luxueux des hommes nus, cramponnés à leur costume trois-pièces et à leur Rollex, et de les secouer avec autant de déférence qu'on en accordait aux junkies aux yeux creux qui faisaient la manche aux abords de Jackson Square. Si l'on découvrait qu'un des habitués de Ruby avait fait usage de drogue pour améliorer ses performances, Burke n'avait aucun scrupule à l'arrêter, aussi riche fût-il et quelles que fussent ses fonctions officielles.

Un malabar lui ouvrit la porte et l'accueillit avec un grognement suspect.

— Dites à mademoiselle Bouchereaux que Burke Basile voudrait la voir.

— Vous seriez pas un flic, par hasard ?

— Vous avez quelque chose à cacher ?

L'homme lui referma la porte au nez et l'abandonna sur le perron pendant cinq bonnes minutes avant de réapparaître.

— Elle veut bien vous recevoir, bougonna-t-il

tout en laissant voir qu'il aurait préféré qu'il en soit autrement.

Il le conduisit dans un bureau qui aurait pu être celui de n'importe quel homme d'affaires surmené, bourreau de travail, peu apte à déléguer et déterminé à exercer sur tout un contrôle absolu. Il y avait là un téléphone à touches, deux fax et un ordinateur. La prostitution s'était mise au diapason de la haute technologie.

La femme assise derrière le bureau lui désigna un fauteuil.

— Que me vaut le plaisir de cette visite inattendue, inspecteur Basile ?

— Je vous remercie de me recevoir sans rendez-vous.

Elle lui proposa quelque chose à boire. Il refusa.

— J'espère que vous êtes venu ouvrir un compte chez nous, lança-t-elle après avoir congédié son videur. Les filles en seraient enchantées. Vos airs farouches et cette jolie moustache ne sont pas passés inaperçus chaque fois que vous nous avez honorées de votre présence, même si l'objet de votre visite n'avait rien d'agréable.

C'était une petite femme – un mètre cinquante à peine –, aux cheveux platine que l'on disait naturels. Sa peau, blanche et douce comme un gardénia en fleur donnait l'impression qu'elle n'avait jamais été exposée aux rayons du soleil. Le bruit courait qu'elle s'était soumise à un lifting sans anesthésie afin de pouvoir surveiller le travail du chirurgien et s'assurer qu'il obéissait strictement à ses instructions. Cependant, cette histoire était un peu trop tirée par les cheveux pour être crédible, même dans le cas de Ruby Bouchereaux au sujet de laquelle toutes sortes de rumeurs circulaient. Quoi qu'il en soit, elle était ravissante.

Depuis que Burke avait pénétré dans son bureau, ses yeux couleur lavande n'avaient pas quitté les siens.

Elle aurait pu être sa mère, mais il savait que des années de pratique avaient perfectionné son art de la séduction. En attendant, son compliment l'avait fait rougir.

— Je crains de ne pas avoir les moyens de m'offrir vos services.

— Nous avons accordé des rabais à d'autres employés municipaux. (Tout en le considérant avec intérêt, elle jouait avec ses perles.) Je serais ravie de discuter avec vous de diverses possibilités de ristourne.

Il sourit en secouant la tête.

— Je suis désolé, mais votre proposition me touche.

— Les filles seront déçues, enchaîna-t-elle en faisant la moue. Et moi aussi.

Puis elle croisa ses petites mains sur son bureau et s'enquit de l'objet de sa visite.

— Pinkie Duvall.

Son changement d'expression fut si subtil que seul quelqu'un d'aussi expérimenté que Burke dans l'art de jauger les réactions des gens pouvait le détecter.

— Mais encore ?

— Vous étiez associés dans un club du Quartier français jusqu'à ce que vous vous brouilliez il y a quelques années.

— Exact.

— Que s'est-il passé ?

— A titre confidentiel ?

— Certainement.

— Il voulait qu'une de mes filles vienne danser au club. Elle n'y tenait pas et déclina poliment son offre. Quelque temps plus tard, Wayne Bardo vint nous rendre visite et demanda la fille en question. Au bout d'une heure avec lui, elle ne pouvait plus marcher, sans parler de danser.

— Duvall avait envoyé Bardo lui donner une leçon.

Comme Ruby acquiescait d'un hochement de tête presque imperceptible, il voulut savoir s'il lui serait possible de s'entretenir avec la jeune prostituée.

— J'ai bien peur que non, inspecteur. Deux jours après sa séance avec Bardo, elle s'est taillé les veines avec un rasoir. Elle pensait qu'elle ne recouvrirait jamais son visage et, franchement, tous les médecins que nous avons consultés étaient du même avis. Elle était ravissante. Monsieur Bardo l'avait défigurée au point qu'elle n'aurait plus jamais pu exercer cette profession, ni aucune autre requérant des relations sociales.

— Je présume que vous n'en avez pas touché mot à la police.

— Une prostituée mise à mal dans un bordel ? s'exclama-t-elle avec un rire dur. Croyez-vous que les autorités se seraient montrées compréhensives ? Je ne pouvais pas prouver que l'agression avait eu lieu ici, que Bardo était coupable, ni qu'il avait agi sur les ordres de Duvall.

« En outre, nos affaires en auraient souffert. Je ne fais pas étalage de nos erreurs et de nos malheurs. Chaque fois qu'une fille entre dans une pièce seule avec un homme, elle court le risque de se faire malmener. Nous nous ingénions à empêcher que cela arrive, mais nous ne pouvons pas être dans les chambres pour nous en assurer. Cela fait partie des risques du métier.

Burke se pencha légèrement en avant.

— Mademoiselle Bouchereaux, puisque vous avez été son associée, êtes-vous au courant des activités annexes de Duvall ?

— Je suppose que vous faites référence au commerce de la drogue.

— Alors vous savez ?

— Naturellement, mais je ne peux rien prouver.

Pas plus que vous. Il est incroyablement rusé. Pinkie et moi limitions nos entretiens à la gestion du club que nous avions en commun. Il ne fourrait pas son nez dans mes autres affaires, je m'en abstenais aussi.

— Vous voyez mon problème ? reprit Burke. Le procureur Littrell ne touchera pas Duvall sans preuves et il n'y a pas la moindre chance qu'il commette une erreur susceptible de nous laisser une marge de manœuvre.

— Qu'est-ce que tout cela a à voir avec moi ?

— J'espérais que vous seriez disposée à collaborer avec la brigade. Nous aider, en échange d'un arrangement.

— Par exemple plus de descentes pendant un moment si je vous aide à attraper Pinkie Duvall ?

— Quelque chose comme ça.

Elle le considéra sans broncher tout en continuant à tripoter son collier.

— Vous n'êtes pas en position de passer un accord au nom de la brigade des stupéfiants, monsieur Basile. Vous ne travaillez plus pour la police.

Cela n'aurait servi à rien de nier. Burke se radossa en poussant un soupir et enveloppa son interlocutrice d'un regard empreint d'un profond respect.

— Cela valait la peine d'essayer, dit-il. Navré.

— J'ai trouvé bizarre qu'un policier vienne me rendre visite en plein milieu de la journée. Pendant que je vous faisais attendre, j'ai passé un petit coup de fil.

— J'ai rendu mon insigne ce matin.

— Pourquoi ?

— J'ai décidé de faire cavalier seul contre ce salopard.

Elle plissa imperceptiblement les yeux.

— Curieux ! S'agit-il d'une vengeance personnelle ?

— On pourrait appeler ça comme ça.

— A cause de la mort de Stuart, je suppose. J'ai suivi toute l'affaire.

Il hocha la tête sans rien ajouter.

— Je savais que votre association avec Duvall avait mal tourné et j'ai pensé que vous lui en vouliez sans doute encore. Quoi qu'il en soit, j'ai pris un risque en venant ici. S'il devait lui arriver quelque chose de fâcheux, j'ose espérer que vous oublieriez ma visite.

— Je vous donne ma parole, monsieur Basile.

— Merci.

— En quoi puis-je vous aider ?

— Vous êtes encore disposée à le faire ? Bien que j'aie essayé de vous duper ?

— Disons que j'apprécie la passion sous toutes ses formes.

En lui rendant son sourire, Burke s'empressa d'enchaîner :

— Où Duvall conserve-t-il ses archives ? Pas celles de son cabinet. Ses archives personnelles.

— Ici, répondit-elle en se tapotant la tempe. Vous ne trouverez rien sur papier ou sur disquettes dans le domaine qui vous intéresse.

— En êtes-vous sûre ?

— Autant qu'on peut l'être. Vous vous attaquez à forte partie. Après l'incident avec ma fille, j'ai essayé de trouver un moyen de faire payer Pinkie. Chantage. Détournement de fonds. J'ai même songé à le tuer. (Elle émit un rire musical.) Vous voyez, moi aussi je vous confie mes petits secrets, monsieur Basile.

— Vous avez ma parole que je ne ferai jamais part de cette conversation à qui que ce soit.

Elle retrouva vite son sérieux.

— Je n'ai jamais eu ma revanche. J'ai conçu des dizaines de stratagèmes, pour les abandonner les uns après les autres à cause de la position de vulnérabilité dans laquelle ils me mettaient.

— Vous voyez, c'est toute la beauté de la chose, observa-t-il. Je n'ai rien à perdre. Absolument rien.

— Vous vous étonnerez peut-être, répondit-elle en plongeant son regard dans le sien.

— J'en doute.

— J'espère que vous avez tort.

Un moment s'écoula avant qu'elle se lève et s'approche d'un cabinet contenant des verres et des alcools.

— Vous êtes déterminé à vous venger ?

— A n'importe quel prix !

— Cela risque de vous coûter plus cher que vous ne l'imaginez. A partir de maintenant, ne faites confiance à personne.

— Pas même vous ?

Il plaisantait, mais elle lui répliqua du tac au tac.

— Pas même moi. Pinkie maintient ses anciens clients en situation d'endettement. Quand leurs paiements prennent du retard, il les fait travailler pour son compte. Comme il a affaire à toutes sortes de criminels, je ne vous répèterai jamais assez à quel point il est dangereux.

— J'en suis conscient.

La veille au soir, il avait décidé de risquer le tout pour le tout. Peu lui importait de mourir dès lors qu'il emmenait Duvall et Bardo avec lui. Néanmoins, il aurait eu tort de négliger les conseils de Ruby Bouchereaux.

Elle servit deux rasades de bourbon et lui tendit un verre qu'il prit en la remerciant bien qu'il eût refusé plus tôt. Elle but une gorgée d'un air pensif, puis tapota son ongle contre le cristal en portant une nouvelle fois le verre à ses lèvres.

— Il y a peut-être une solution, monsieur Basile. Pinkie a un talon d'Achille : sa Romy.

Burke vida son verre d'un trait. Le whisky lui brûla la gorge et les yeux. Il toussa.

— Qu'est-ce qu'une Romy ? demanda-t-il.

— Romy, je ne pense pas qu'il faille vous rappeler que cela fait le troisième incident de ce genre ce semestre.

— Non, sœur Béatrice. Je suis on ne peut plus consciente des écarts de conduite de ma sœur. (Elle lissa sa jupe, un geste de contrition inconscient remontant à ses années de pensionnat.) Je reconnais que le comportement de Flarra est inadmissible.

— Nous sommes responsables de l'éducation de nos jeunes filles, poursuivit la religieuse, mais aussi de leur harmonie spirituelle et de leur stabilité émotionnelle. Ici au Sacré-Cœur, nous prenons très au sérieux notre mission consistant à guider nos élèves dans tous les domaines de leur vie.

— C'est en raison de ces principes rigoureux que Flarra est inscrite dans votre établissement.

— Pourtant elle semble déterminée à enfreindre les règlements, instaurés autant pour sa sécurité que pour lui apprendre l'autodiscipline. Si un épisode tel que celui-ci devait se reproduire, nous serions contraintes de la renvoyer...

— Je comprends, dit Romy, se sentant punie elle-même.

Bien que douze années se fussent écoulées depuis qu'elle avait achevé ses études au pensionnat du Sacré-Cœur, les rares sermons qu'on lui avait tenus pour sa désobéissance ou ses mauvais résultats restaient gravés dans sa mémoire. En dépit de toute la bienveillance propre à leur vocation, les administratrices de l'école avaient le don d'amplifier la moindre offense au point d'en faire un péché cardinal.

— Pourrais-je voir ma sœur seule à présent, s'il vous plaît ?

Sœur Béatrice se leva.

— Certainement. Je vous prête mon bureau un quart d'heure. Ayez la gentillesse de saluer monsieur Duvall de ma part et de le remercier au nom de notre institution pour sa récente donation. Sa générosité est sans fin. Dieu lui en sera reconnaissant.

— Je le lui dirai.

En passant près d'elle, la religieuse s'arrêta et posa la main sur son bras.

— Comment allez-vous, Romy ?

— Très bien.

— Etes-vous heureuse ?

— Certainement.

Sœur Béatrice avait enseigné la littérature avant de devenir principale de l'école. Elle pouvait se montrer sévère si nécessaire, mais elle était aussi bonne que stricte. Elle avait consacré sa vie et sa carrière à l'éducation, mais elle aurait sans doute tout aussi bien réussi comme psychologue. Ou détective. Elle plongea son regard dans celui de Romy avec une déconcertante perspicacité.

— Je pense encore très souvent à vous, Romy. Et je prie beaucoup pour vous.

— Merci, ma sœur.

— Parfois, je me demande... (Elle laissa sa phrase en suspens sans exprimer sa pensée.) J'aime toutes les jeunes filles que Dieu m'a confiées, déclara-t-elle à la place, mais je suis humaine. De temps à autre, il en vient une qui me touche particulièrement. Cela ne vous surprendra sans doute pas d'apprendre que vous faisiez partie des rares élues, Romy. Je crains de ne pas savoir cacher ma partialité, surtout à vous.

— J'ai perçu l'affection que vous me témoigniez, oui. Et je vous suis encore reconnaissante de l'attention que vous m'avez portée au moment où j'en avais le plus besoin.

— Je tiens à ce que vous soyez heureuse. Je ne

supporterais pas de penser que la vie ne vous apporte pas tout ce que vous souhaitez.

— Si je semble un peu perturbée aujourd'hui, c'est parce que les dernières fredaines de Flarra m'ont contrariée.

Sœur Béatrice étudia encore un instant son visage, puis lui tapota le bras avant de la libérer.

— Ne vous faites pas trop de souci pour Flarra. Votre sœur est une délicieuse jeune fille. Juste un peu plus têtue et impulsive que vous.

— Ou simplement plus courageuse.

— Peut-être, admit la religieuse avec un petit rire. Vous êtes venue à nous bien plus tard qu'elle. Vous aviez une meilleure connaissance du monde.

— Ce que j'en avais vu n'exerçait guère d'attrait sur moi.

Sœur Béatrice sourit d'un air compatissant.

— Flarra considère ce manque d'ouverture sur le monde comme une malédiction. Son problème est plus la curiosité que la désobéissance. Elle se sent prisonnière. Après une légère hésitation, elle ajouta : Cela me ferait de la peine de la perdre, mais il serait peut-être temps pour vous d'envisager de la transférer dans un autre établissement où elle pourrait côtoyer des jeunes gens de son âge et avoir une meilleure appréhension de la vie.

— Je vais y réfléchir.

Sœur Béatrice se retira lentement, gracieusement, en silence hormis le bruissement de son habit et le cliquetis des grains de son chapelet.

Flarra, au contraire, entra en coup de vent et claqua la porte derrière elle. D'un air rebelle, elle se laissa tomber dans le fauteuil en face de sa sœur qu'elle fusilla du regard.

— Alors ? Elles me virent ? Je l'espère bien.

— Tu n'auras pas cette chance.

La colère de Flarra ne dura que quelques

secondes, le temps que son arrogance s'effondre et que ses yeux s'emplissent de larmes.

— Romy, je ne supporte plus d'être enfermée ici.

— Est-ce la raison pour laquelle tu t'es fait la belle avec trois de tes camarades ?

— On n'est pas allés très loin.

Un policier avait vu les fillettes, trop jeunes pour se promener dans les rues à minuit passé. Il les avait embarquées dans sa voiture de patrouille et rapatriées au pensionnat.

— Où comptiez-vous vous rendre ? demanda Romy.

— Au Quartier français.

— A une heure pareille ? C'est de la folie, Flarra, tu ne te rends pas compte ? Le quartier est dangereux.

— Comment veux-tu que je le sache ? Je n'y vais jamais.

— Pinkie et moi t'y avons emmenée maintes fois. Tu as mangé dans les meilleurs restaurants, fait des achats dans les boutiques les plus élégantes.

— Avec Pinkie et toi ! Ça me fait une belle jambe ! Ce n'est pas la même chose d'y aller avec une bande d'amies.

Reconnaissant que sa sœur avait raison là-dessus, Romy adoucit la voix.

— Je suis sûre que non.

Consciente de son changement d'attitude, Flarra leva les yeux vers sa sœur.

— T'est-il jamais arrivé de faire le mur ?

— Une seule fois, reconnut Romy avec un sourire espiègle. On était deux. Mais on ne s'est pas fait prendre. Nous avons réussi à rentrer en catimini avant que l'on s'aperçoive de notre absence.

— Si tu l'avouais à sœur Béa aujourd'hui, elle t'obligerait sans doute à faire pénitence.

— Probablement, répondit Romy dans un éclat

de rire. En fait, j'avais moins peur d'elle que de Pinkie si on nous découvrait.

— Quel âge avais-tu ?

— Dix-sept ans environ.

— Tu t'es mariée à dix-sept ans.

— Oui. Le jour où j'ai quitté le pensionnat.

— Tu en as de la chance ! grommela Flarra, la tête inclinée. Qu'un homme soit tombé amoureux de toi au point qu'il n'ait pas pu attendre plus longtemps. Toutes mes amies pensent que c'est l'histoire la plus romantique qu'elles aient jamais entendue. Qu'il soit devenu ton tuteur, qu'il ait payé tes études et puis qu'il t'ait épousée tout de suite après. C'est merveilleux !

Sur le moment, Romy aussi avait trouvé cela romantique. Pinkie lui avait fait l'effet d'un chevalier en armure venu les sauver, Flarra et elle, d'une existence sordide et d'une déchéance certaine. Elle avait l'impression que des siècles s'étaient écoulés depuis.

— Un jour, un homme tombera éperdument amoureux de toi aussi, assura-t-elle à sa sœur.

Flarra était la plus jolie des deux. Ses yeux vifs avaient la couleur vert tendre des bourgeons printaniers. Ses cheveux étaient aussi foncés et brillants que ceux de Romy, mais ses boucles naturelles étaient désordonnées, exubérantes. Comme elles avaient deux pères différents, qu'elles ne connaissaient ni l'une ni l'autre, et leur mère n'ayant eu aucune famille pour la revendiquer, on pouvait difficilement savoir d'où venait le gène responsable d'une telle toison.

Flarra était mince, souple, athlétique et arrondie comme il fallait, là où il fallait. L'uniforme strict du pensionnat ne parvenait pas à dissimuler ses formes. C'était la raison pour laquelle Romy frémissait à la pensée de son innocente petite sœur déambulant en pleine nuit dans les rues du Vieux Carré où elle risquait d'être la proie de touristes chahuteurs, d'étudiants éméchés et d'innombrables vauriens aux mœurs dépravées.

— Comment veux-tu que quelqu'un tombe amoureux de moi si je reste enfermée là-dedans ? pleurnicha Flarra en ramenant du même coup Romy à la conversation.

— Dans moins d'un an et demi, tu auras fini tes études secondaires et tu iras à l'université où tu te feras des tas d'amis.

— Romy... (Flarra se laissa glisser de son fauteuil et s'agenouilla devant sa sœur.) J'étouffe ici. Je vis entre ses murs depuis aussi longtemps que remontent mes souvenirs. Je veux explorer la vie, découvrir de nouveaux endroits. Rencontrer des gens intéressants. Des hommes ! On ne m'a jamais embrassée de ma vie !

— Tu m'as avoué que ton partenaire t'avait embrassée au bal de Noël !

— Ça ? fit-elle avec une moue de dégoût. Cela ne compte pas. Il m'a saisie à bras-le-corps et a collé sa bouche sur la mienne au moment où les sœurs ne regardaient pas. C'était ignoble. Il était nerveux, et couvert de sueur. Ça m'a mise en colère plutôt que de m'exciter. (Elle se rapprocha légèrement et baissa la voix.) Je parle d'un vrai baiser, Romy, chuchota-t-elle d'un ton exalté. Je voudrais sortir avec un garçon sans que les bonnes sœurs surveillent mes moindres faits et gestes. Je voudrais...

— De l'amour.

— Et alors ? Il n'y a pas de mal à ça ? (Elle prit les mains de Romy et les serra dans les siennes.) Je t'en conjure, laisse-moi habiter avec Pinkie et toi et aller dans une école mixte. Juste pour la dernière année.

Flarra mourait d'envie de connaître la Vie avec un grand V. Les hommes excitaient sa curiosité parce que son expérience du sexe fort se limitait à Pinkie, qui la traitait comme un père, ou plutôt comme un oncle affectueux. Ses hormones étaient en pleine effervescence, comme il était normal à son âge. Ce bouillonnement physiologique était pimenté par un enthousiasme, une imagination débordante, une exubérance naturelle et une curiosité dévorante.

Romy comprenait l'impatience de sa sœur bien qu'elle eût été loin d'avoir éprouvé la même chose. Elle était déjà adolescente lorsqu'elle avait été admise au Sacré-Cœur et ne s'y était jamais sentie enfermée. Bien au contraire, elle y avait trouvé un refuge, un havre sain, paisible et reposant.

Entre ces murs couverts de lierre, elle avait éprouvé un sentiment de paix, une sérénité qu'elle n'aurait jamais crus possibles. Les hymnes entonnés à la messe et lors des bénédictions avaient remplacé le beuglement de la radio à toutes les heures du jour et de la nuit. Pas d'individus inquiétants se glissant vers l'alcôve où elle dormait. Pas de regards louches à éviter, ni colères induites par la drogue, ni jurons, ni accouplements frénétiques sur des lits défaits ou toute autre surface disponible. Fini les affres de la faim. Plus de bébé en pleurs dont elle seule était responsable.

Romy tirailla affectueusement les boucles souples de Flarra, le cœur gonflé d'amour au souvenir de ce nouveau-né malingre et braillard qui avait dépendu entièrement d'elle, pour la nourriture, les soins, l'amour, la protection, alors qu'elle n'était guère plus qu'une petite fille elle-même. Malgré cette première année douloureuse, Flarra n'en était pas moins devenue une adolescente incroyablement belle et intelligente. Romy, qui l'avait prise sous son aile lorsqu'elle n'était qu'un bébé, continuerait à le faire jusqu'à son dernier souffle.

— J'en parlerai à Pinkie.

— Tu me jures ?

— Je te promets d'en discuter avec lui, souligna Romy. Je ne te promets pas que notre décision te satisfera.

— Pinkie ne sera pas fâché si je viens vivre avec vous, si ?

— Sa belle-sœur favorite ? s'exclama Romy d'un ton de reproche.

En réalité, Pinkie s'était catégoriquement opposé à ce que Flarra vive avec eux à l'époque où ils s'étaient mariés. Elle avait vécu dans une famille adoptive tout le temps que Romy faisait ses études au Sacré-Cœur ; il avait décrété qu'il serait cruel de la déraciner une fois de plus. C'était tout au moins le prétexte qu'il avait invoqué. La véritable raison, Romy le savait, était qu'il n'avait pas voulu que l'attention de sa jeune épouse, son temps, sa loyauté, fussent divisés entre sa sœur et lui.

Dès que Flarra avait été en âge d'aller à l'école, il l'avait transférée au Sacré-Cœur en persuadant Romy qu'en pension elle recevrait la meilleure éducation qui soit. Elle n'avait pas pu faire autrement que d'accepter, et en pensant à ses années de mariage avec Pinkie Duvall, force était d'admettre que cela avait été le meilleur arrangement possible pour tous les trois.

Au fil des années, Pinkie avait peut-être changé d'avis. Romy n'en savait rien. Elle ne lui avait jamais posé la question parce que c'était elle à présent qui répugnait à l'idée que Flarra vive sous leur toit. Il fallait à tout prix éviter que sa jeune sœur, aussi impulsive qu'impressionnable, entre en contact avec les associés pernicieux de Pinkie – des hommes comme Wayne Bardo.

Il était hors de question d'accéder au désir de Flarra, mais impossible de le lui dire sans s'exposer à une bataille. Pas plus qu'elle ne pouvait lui préciser les motifs de son refus ou discuter avec elle de problèmes qu'elle n'était pas à même de comprendre.

Elle ne pouvait pas lui parler de Galveston.

Pour l'heure, elle resta dans le flou.

— Cela dépendra en grande partie de ta conduite d'ici à la fin du semestre. Me promets-tu d'être sage ?

L'adolescente de seize ans prit cela pour un « peut-être ». Elle se leva d'un bond et exécuta une gracieuse pirouette.

— Je le jure sur mon hymen.

— Flarra !

— Ne panique pas. Si je te dis ça, c'est parce qu'il est intact ! Et Mardi gras ?

— Pourquoi me parles-tu de Mardi gras ?

— Parce que l'an dernier, tu as prétendu que je pourrais peut-être venir à votre réception, cette année.

— J'avais dit *peut-être,* précisément.

— Rooomy !

— J'en toucherai un mot à Pinkie, Flarra. Tu n'es pas vraiment en position d'obtenir une faveur.

— Mais tu lui demanderas, insista-t-elle.

— Promis.

Flarra saisit à nouveau les mains de Romy dans les siennes et l'attira contre elle.

— Merci, ma petite sœur chérie. Je t'aime, tu sais.

Romy la serra étroitement en murmurant :

— Moi aussi, je t'aime fort.

Quand elles s'écartèrent l'une de l'autre, Flarra avait l'air triste.

— Que dirait-elle de moi ? De nous, à ton avis ?

Elle faisait forcément allusion à leur mère.

— Comment savoir ? Je ne pense jamais à elle, mentit Romy.

— Moi non plus.

Flarra aussi mentait. Naturellement elles songeaient toutes les deux à la femme qui les avait abandonnées sans l'ombre d'un regret. Certes, si cela n'avait pas été le cas, Flarra serait sans doute morte avant son deuxième anniversaire. Quant à Romy, elle savait pertinemment ce qu'elle serait devenue.

— Je dois partir à présent, dit-elle en se dirigeant vers la porte. Pinkie ne va pas tarder à rentrer.

— Est-ce qu'il te fait l'amour tous les soirs ?

— Ça ne te regarde pas !

— Eh bien, mes amies et moi, on pense que oui. Complètement nus et avec la lumière allumée. Est-ce qu'on a raison ?

— Au lieu de spéculer sur ma vie sexuelle, ne ferais-tu pas mieux d'étudier la géométrie ?

— Romy, est-ce que tu te sens bien ?

Flarra avait coutume de changer de sujet à la vitesse d'une fusée. Cette fois-ci, elle prit Romy au dépourvu.

— Est-ce que je me sens bien ? Evidemment. Pourquoi me poses-tu la question ?

— Les dernières fois où tu es venue me voir, je t'ai trouvé un air, je ne sais pas, fatigué.

— Je le suis. Un peu. Nous avons donné une réception avant hier soir. Je me suis couchée tard.

« Et j'ai passé du temps à *effacer les traces de Bardo sur mon corps* », ajouta-t-elle pour elle-même.

— Si tu étais malade, tu me le confierais, n'est-ce pas ?

— Je ne suis pas malade.

Le regard de Flarra s'illumina et elle baissa la voix.

— Se pourrait-il que tu sois enceinte ?

— Non, je ne suis pas enceinte.

— Flûte ! J'avais pensé que peut-être... (Elle suçota sa lèvre inférieure.) Tu n'as pas le cancer ou quelque chose comme ça, hein, Romy ?

— Non. Evidemment que non. Flarra, je te jure, tout va bien.

— Mais si quelque chose n'allait pas, s'il arrivait quelque chose de terrible, tu me le dirais ?

— Je te le dirais.

— Parce que je ne suis plus une gamine.

— Je le sais.

— Parce que si je te perdais, je... (Elle déglutit avec peine.)... je ne le supporterais pas.

— Ça n'arrivera pas, déclara Romy d'un ton doux mais ferme. Je jure que je serai toujours auprès de toi. S'il y avait quelque chose, je te le dirais. Mais tout va bien, alors ne t'inquiète pas. D'accord ?

Flarra poussa un soupir de soulagement et gratifia sa sœur de son sourire rayonnant.

— Bon, alors on se voit vendredi soir.

— Non. Nous ne t'emmènerons pas dîner comme prévu.

— Pourquoi ?

Du seuil du bureau de sœur Béatrice, Romy se retourna vers sa sœur, le cœur brisé.

— Parce que tu t'es privée de ce privilège par ton aventure d'hier soir.

11

— Merde ! grommela Burke.

Il n'en croyait pas ses yeux. Madame Pinkie Duvall était la femme qu'il avait vue dans le belvédère. Assis au volant de sa voiture, il la regarda entrer dans le pensionnat sélect pour jeunes filles. Même à deux cents mètres, il ne pouvait se méprendre.

Un peu plus d'une heure auparavant, il avait demandé à Ruby Bouchereaux :

— Qu'est-ce qu'une Romy ?

— Ce n'est pas quelque chose, c'est quelqu'un. La femme de Pinkie.

Quelle révélation ! Il n'aurait pas imaginé une

seconde que Duvall fût marié. Burke n'avait jamais entendu parler d'une épouse. Le bonheur conjugal ne cadrait pas avec l'image mentale qu'il avait du flamboyant avocat.

En quittant le bordel, il avait traîné aux alentours de la maison de Duvall et était même passé plusieurs fois devant celle-ci. Il ne s'attendait pas vraiment à voir quoi que ce soit, mais la chance lui avait souri. Au moment où il négociait le rond-point au bout de la rue, une limousine avait surgi de l'arrière de la propriété et l'avait dépassé en trombe. Comme on était en pleines heures de bureau, il en avait déduit que Duvall devait être au tribunal ou dans son cabinet, en ville. Etait-ce son épouse qui se trouvait dans la voiture ?

Il l'avait suivie, jusqu'au pensionnat du Sacré-Cœur, et avait regardé, sidéré, la femme qu'il avait aussitôt reconnue sortir du véhicule avec l'aide de son chauffeur. Chauffeur et garde du corps, avait-il pensé. L'homme s'était posté à la porte pendant qu'elle était à l'intérieur. Cette vigilance n'avait pas lieu de le surprendre. Ruby Bouchereaux lui avait précisé que Duvall gardait un œil de vautour sur sa femme.

— Vous ignoriez qu'il était marié ? s'était exclamée la tenancière, devant sa stupéfaction. Cela ne m'étonne pas. Pinkie la garde sous clé !

— Pourquoi ? Qu'est-ce qu'elle a qui ne va pas ?

— Oh rien, avait-elle répondu avec un petit rire. Je la vois de temps en temps. Elle est très belle. Comme l'était sa mère jusqu'à ce qu'elle paie le prix de son existence dissolue.

Burke avait écouté, fasciné, Ruby lui parler d'Angel, la mère de Romy.

— Elle était danseuse exotique dans un des nightclubs appartenant à Pinkie. Cela fait une bonne vingtaine d'années. Angel Lambeth avait du talent et une carrière prometteuse devant elle, mais elle tomba enceinte et fut contrainte d'arrêter un certain temps les exhibitions pour attendre le bébé. Quand elle retourna travailler, elle était devenue mère, mais aussi junkie. Héroïnomane, si je ne me trompe pas. Son numéro en pâtit autant que son physique. On la transféra dans un autre club moins huppé. Un bouge. Si vous voyez ce que je veux dire...

— Et sa fille ?

— Très jeune, Romy devint la fiancée de Pinkie. En dehors de ça, je ne sais pas grand-chose de la mystérieuse Romy. Personne ne la connaît.

— Et Angel, comment s'en est-elle tirée en définitive ?

— Plutôt mal. Délogée de la scène, elle a fini par s'occuper de la caisse. Elle est morte peu après le mariage de sa fille avec Pinkie. Soi-disant d'une overdose.

— Soi-disant ?

Ruby Bouchereaux leva un sourcil éloquent.

— Pinkie était déjà une grosse pointure en ville. Pouvait-il admettre d'avoir une belle-mère toxicomane qui se prostituait pour subvenir à son vice ?

— Vous pensez qu'il s'est débarrassé d'Angel pour s'éviter un tel embarras ?

— Ou les frais de désintoxication. Quoi qu'il en soit, sa mort tombait à pic, n'est-ce pas ?

A présent, le postérieur engourdi à force d'être resté assis si longtemps au volant, Burke repassait cette histoire en revue sous tous ses angles en regrettant de ne pas disposer des informations qui combleraient les vides. Que faisait madame Duvall dans ce pensionnat ? Se pouvait-il qu'ils aient une fille ?

Les borborygmes de son estomac lui rappelèrent qu'il n'avait rien mangé depuis le petit déjeuner de la veille. Il fouilla la voiture à la recherche de quelque chose à se mettre sous la dent et trouva un Twinkie oublié dans la boîte à gants.

Qu'est-ce qui pouvait bien lui prendre tout ce

temps ? Le chauffeur avait trouvé de quoi s'occuper. Il se curait les ongles avec un couteau de poche. Burke le vit tousser et cracher dans les buissons à côté du portail. Les ongles propres, il croisa les bras sur sa poitrine et s'adossa à un réverbère à gaz. Burke ne voyait pas ses yeux, mais il était prêt à parier qu'ils étaient fermés et que le type piquait un petit roupillon debout.

Romy Duvall réapparut quarante-sept minutes plus tard.

Avant de s'engouffrer dans la voiture, elle adressa la parole au chauffeur par-dessus son épaule. Il ôta sa casquette.

« Oui, madame. Tout ce que vous voulez. Que je vous lèche les bottes ? Certainement. Que j'exécute un saut périlleux ? A quelle hauteur ? Que je fasse le mort ? Vos désirs sont des ordres », marmonna Burke d'un ton méprisant tout en regardant le chauffeur se précipiter pour lui obéir.

Il démarra sa Toyota et suivit la limousine à une certaine distance afin qu'ils ne se doutent de rien. Elle quitta le Garden District, s'engagea dans Canal Street, puis tourna à gauche pour pénétrer dans le Quartier français par Decatur Street.

Le chauffeur se gara en double file près d'une rangée de parcmètres occupés. Le Marché français se trouvait à quelques mètres de là. L'homme s'extirpa du véhicule et alla ouvrir la portière arrière.

Burke se rangea dans un espace libre un peu plus loin, ignorant les bandes indiquant qu'il s'agissait d'une zone de livraison. Il se retourna pour prendre un sac en toile sur la banquette arrière. En sortant de sa voiture quelques instants plus tard, il avait troqué sa veste de sport et ses mocassins contre un imperméable ample, des Nike, une casquette de base-ball et des lunettes noires.

Les mains dans les poches, il descendit le trottoir

avec la touche de n'importe quel quidam en congé pour l'après-midi, déambulant apparemment sans but particulier, si ce n'est celui d'acheter des produits frais au marché, parmi les étals où l'on vendait de tout, des poupées vaudou aux portefeuilles en alligator.

Il examina un cageot d'oignons tandis qu'une allée plus loin Romy Duvall sélectionnait quelques oranges. A moins de deux mètres d'elle à présent, il pouvait l'observer à loisir.

Pas de décolleté provocant ce jour-là. Pourtant son tailleur aurait pu être coupé pour une poupée Barbie. La jupe était courte et étroite. La taille serrée attirait l'attention sur sa poitrine. Son attention à lui en tout cas. Elle portait des hauts talons et des boucles d'oreilles clinquantes. Le diamant qui ornait son annulaire gauche avait la taille d'une poignée de porte. Elle avait tout d'une pin-up de *Playboy,* hormis les cheveux, non pas longs et emmêlés, mais lisses et impeccablement coiffés. Il y avait quelque chose dans la manière dont ils lui caressaient la joue chaque fois qu'elle bougeait la tête qui ressemblait à une invitation à la toucher. Ses lèvres couleur cerise s'entrouvrirent en un sourire quand elle porta l'une des oranges à son nez pour en respirer l'odeur.

En dehors de la petite croix en or qui pendait à son cou, elle n'aurait pas eu l'air plus provocante si elle avait été nue comme un ver avec un tatouage clamant « Prenez-moi » sur les seins.

Le marchand de fruits lui-même était presque trop troublé pour empaqueter les deux oranges qu'elle avait sélectionnées. Le chauffeur paya, mais le vendeur tendit le paquet à la jeune femme et le lui déposa dans le creux des mains en la remerciant avec effusion.

Dès qu'elle se remit en marche, le garde du corps lui emboîta le pas en jetant des regards à droite et à gauche. Burke remercia le marchand d'oignons sans rien acheter. Il traversa la rue sans se presser, passa devant un stand qui vendait des objets et des vêtements africains et se dirigea vers le café où madame Duvall venait de s'installer à une petite table.

Elle ouvrit le sac en papier et commença à peler une des oranges en enfonçant ses longs ongles dans la chair juteuse.

Burke commanda un milk-shake à la banane au comptoir. Il se tenait coude à coude avec le chauffeur dont l'avant-bras était plus épais que son propre tour de cou. Ce dernier prit le cappuccino de madame Duvall dans sa grosse pogne et le lui porta. Il revint au comptoir juste le temps de prendre sa tasse de café et alla s'asseoir à une table voisine de sa patronne qui entreprit de manger son orange, quartier par quartier, tout en buvant son cappuccino à petites gorgées.

Le milk-shake à la banane était encore plus ignoble que Burke ne l'avait imaginé, mais il but lentement en feignant de le savourer tout en surveillant le reflet de madame Duvall dans la glace derrière le bar.

Elle attirait l'attention des passants, mais évitait les regards et ne parlait à personne. Pour une femme aussi belle, nantie d'un riche époux, d'une somptueuse résidence, d'une limousine avec chauffeur, elle avait l'air de faire grand cas d'un acte aussi simple que manger une orange. Elle mâchait chaque quartier avec application et attendait plusieurs minutes avant d'en porter un autre à sa bouche.

Burke en vint à se demander si elle attendait quelqu'un. Se pouvait-il qu'elle servît de coursier à Duvall dans le cadre de ses activités annexes ? Mais personne ne s'approcha d'elle et le garde du corps ne semblait pas aux aguets. Il était plongé dans la lecture d'une revue à sensation.

Le milk-shake avait fondu en une boue sirupeuse qui empestait l'huile solaire avant que Romy Duvall eût fini son orange et enveloppé les morceaux d'écorce dans une serviette en papier. Alors qu'elle se levait pour aller les jeter dans la poubelle, le chauffeur ferma précipitamment son magazine et se hâta d'aller l'aider. Puis, ensemble, ils s'acheminèrent vers la voiture mal garée.

— Hé, madame ! (Burke se maudit d'avoir agi impulsivement, mais il était déjà trop tard.) Madame Duvall et son fidèle toutou s'étaient retournés tous les deux et le dévisageaient.

Le sac brun contenant l'autre orange était resté sur la table. Il s'en saisit au passage et courut vers elle.

— Vous avez oublié ça.

Ce fut le chauffeur qui le lui arracha des mains.

— Merci.

Ignorant l'homme, Burke s'adressa à elle :

— Y a pas de quoi.

Il était suffisamment près d'elle pour sentir les effluves floraux de son parfum et l'arôme de l'orange. Si ses cheveux étaient très foncés, ses yeux étaient d'un bleu incroyablement pâle, presque translucide. Son rouge à lèvres avait été grignoté, mais elle avait la bouche rougie par la morsure acide de l'agrume.

— Merci, répéta-t-elle.

Le garde du corps s'interposa immédiatement entre eux, lui bloquant la vue. Bien qu'il mourût d'envie de la suivre des yeux, Burke pivota sur ses talons et partit dans la direction opposée d'une démarche nonchalante. Il attendit que la limousine eût disparu avant de regagner sa voiture dans laquelle il resta assis immobile un long moment, le souffle court comme s'il venait de piquer un sprint.

*

* *

— C'est tout ?

Errol le chauffeur transpirait sous le regard pénétrant auquel Pinkie avait recours avec ses clients lorsqu'il savait qu'il mentait.

— C'est tout, monsieur Duvall. Je vous le jure. On est d'abord allés au pensionnat. Puis elle m'a demandé de la conduire au marché. Elle a acheté des oranges et bu un cappuccino dans le petit café sur le trottoir d'en face. Ensuite je l'ai déposée à l'église. Elle y est restée une demi-heure. Comme d'habitude. Puis je l'ai ramenée à la maison.

— Vous ne l'avez pas emmenée ailleurs ?

— Non monsieur.

— Vous ne l'avez pas quittée des yeux ?

— Sauf quand elle était à l'intérieur de l'école, monsieur.

Pinkie pressa le bout de ses doigts les uns contre les autres et les tapota contre ses lèvres sans détourner son attention du garde du corps nerveux, rivé à son œil torve.

— Si madame Duvall vous demandait de la conduire quelque part, en un lieu que je n'aurais pas approuvé, vous refuseriez d'obéir et me feriez immédiatement un rapport, n'est-ce pas ?

— Bien sûr, monsieur.

— Si elle se rendait dans un endroit qui n'était pas prévu au programme, à un rendez-vous que j'ignorerais, vous m'en feriez part sur-le-champ. On est bien d'accord ?

— Evidemment, patron. Je ne comprends pas...

— Parce que j'aurais horreur de m'apercevoir que vos allégeances vont à ma femme plutôt qu'à moi, Errol. C'est une femme ravissante, je suis sûr que vous en êtes conscient.

— Ecoutez, monsieur Duvall, faudrait vraiment que je sois...

— Ma femme est capable d'embobiner n'importe quel homme. Elle pourrait très bien obtenir que l'on fasse quelque chose pour elle tout en sachant que je n'approuve pas.

— Je jure devant Dieu, monsieur, s'exclama le chauffeur en déglutissant avec peine. Ça n'arrivera pas, monsieur. Pas avec moi. Vous êtes le patron. Le seul.

Pinkie le récompensa d'un grand sourire.

— Bon. Je suis heureux de vous l'entendre dire, Errol. Vous pouvez disposer.

Abasourdi, Errol sortit furtivement du bureau, la queue entre les jambes. Pinkie le regarda partir en se disant qu'il s'était sans doute un peu trop acharné sur lui, mais c'était ainsi qu'un homme dans sa position instillait, et entretenait, la peur chez ses subordonnés.

Prenons le cas de Sachel. Il vivait désormais aux frais de la princesse dans la prison d'Angola où il resterait un bon bout de temps. La peur n'était-elle pas un puissant élément de motivation ? Pinkie avait gloussé plusieurs fois en songeant à la rapidité avec laquelle Sachel avait capitulé dès que les aspirations sportives de son fils avaient été mises en péril.

Ce soir, toutefois, il n'avait guère envie de rire. Quelque chose n'allait pas chez Romy, mais il avait beau se creuser les méninges, il n'arrivait pas à déterminer ce que cela pouvait bien être.

Ce problème le harcelait depuis des semaines avec l'obstination d'une rage de dents. Sa femme était devenue singulièrement renfermée. *Singulièrement* était le mot car il lui arrivait depuis toujours de se replier ainsi sur elle-même au point que rien ne semblait la toucher, ni les cadeaux les plus somptueux, ni le sexe, ni les menaces assenées pour la forcer à sortir de son mutisme. Seulement ces crises étaient de courte durée d'ordinaire, et elle s'en remettait chaque fois. En dehors de ce travers, elle était aussi parfaite qu'une femme pouvait l'être.

Cependant, cette fois-ci, sa période d'abattement se prolongeait et semblait plus profonde. Quand il la regardait dans les yeux, il n'y lisait rien. Ses rires, exceptionnels, sonnaient faux. Elle ne l'écoutait pas lorsqu'il lui parlait et ses réponses étaient évasives.

Même au lit, il avait l'impression de ne pas l'atteindre, aussi tendre ou exigeant fût-il. Elle ne le repoussait jamais, mais elle restait passive.

Autant de symptômes caractéristiques d'une femme ayant une liaison. Seulement ce n'était pas possible. En imaginant qu'elle eût rencontré un autre homme, une hypothèse au demeurant on ne peut plus improbable, il n'y avait pas moyen qu'elle le voie sans qu'il fût au courant. Il savait exactement ce qu'elle faisait de ses journées, heure par heure, minute par minute.

Il doutait qu'Errol pût le trahir. Il avait bien trop peur de lui. Même en supposant que Romy eût réussi à lui graisser la patte ou à le soudoyer d'une manière ou d'une autre, un autre membre de l'ample réseau de relations de Pinkie l'aurait à coup sûr dénoncée. Il avait déjà interrogé le personnel de la maison sur d'éventuels coups de fil. En dehors des communications avec Flarra, il n'y avait rien à signaler. Personne n'était venu la voir. Elle n'avait reçu aucun paquet ni courrier personnel.

Un amant était donc hors de question.

Qu'est-ce qui pouvait bien la turlupiner ? Elle avait tout ce qu'une femme pouvait rêver d'avoir. Bien qu'elle fût peut-être d'un avis différent, se rappela-t-il.

Après leur mariage, elle avait fort mal pris la chose lorsqu'il lui avait annoncé de but en blanc qu'elle n'irait pas à l'université. Elle avait commencé à prendre des cours par correspondance, dévorant tous les livres qui lui tombaient sous la main. Il avait accepté sa soif de savoir jusqu'à ce que cette manie devienne tellement barbante qu'il l'avait contrainte à rationner ses études et à se borner à lire quand il n'était pas à la maison.

Quelques années plus tard, elle était devenue obsédée par l'idée de travailler, au moins à temps partiel. Ce caprice avait été rapidement écarté.

La morosité du moment tenait-elle à une autre « phase » féminine qu'il lui faudrait supporter jusqu'à ce qu'elle redevienne normale ?

Ou s'agissait-il d'une crise plus sérieuse ?

Impulsivement, il extirpa une carte de son Rolodex.

— Le docteur Caruth, s'il vous plaît.

Dès qu'il se fût présenté, on lui passa la gynécologue de Romy.

— Bonjour, monsieur Duvall.

La bonne femme était à peine aimable, comme si elle avait des choses plus importantes à faire que de répondre à son coup de fil. De la bouche de médecins avec lesquels il jouait au golf, il avait appris que c'était une vraie plaie, le fléau de l'hôpital. Elle faisait partie de ces femmes qui semblent éprouver un malin plaisir à être revêche et désagréable, surtout envers les hommes.

Pinkie ne l'avait jamais portée dans son cœur et ses sentiments étaient réciproques, il le savait. Mais Romy était sa patiente parce qu'il se refusait à ce qu'un autre homme, quel qu'il fût, eût un accès aussi intime à sa femme.

— Me téléphonez-vous de la part de madame Duvall ? demanda-t-elle. J'espère qu'elle va bien.

— C'est précisément ce que je voudrais savoir. Aurait-elle un problème ?

— Je ne peux pas vous parler du cas d'une de mes patientes, monsieur Duvall. Ce serait violer le secret professionnel. Vous êtes avocat. Vous devriez comprendre.

— Nous ne parlons pas d'une patiente, mais de ma femme.

— Ça ne change rien. Est-elle malade ?

— Non, pas exactement.

— Si madame Duvall éprouve le besoin de me consulter, dites-lui d'appeler mon cabinet le matin pour prendre rendez-vous. Je m'arrangerai pour la recevoir. En dehors de cela, il serait inapproprié de ma part de poursuivre cet entretien avec vous. Bonsoir.

Elle lui raccrocha au nez.

— Sale gouine !

Sa brusquerie l'avait mis hors de lui, mais il avait appris ce qu'il voulait savoir. Le docteur Caruth l'avait toujours traité avec mépris. Elle se comportait de la même façon avec tout le monde. Ce soir, elle avait été fidèle à elle-même. Si elle avait diagnostiqué récemment quelque grave maladie chez Romy, elle aurait été davantage en alerte. Elle aurait mis de côté la piètre opinion qu'elle avait de lui pour déterminer quels symptômes il avait constatés, qui l'auraient incité à appeler.

De toute façon, il n'espérait pas grand-chose de ce coup de fil. Le problème de Romy n'était pas physique, mais émotionnel, psychologique. Quelque chose la tourmentait, qu'elle s'efforçait de lui cacher.

Il ne voyait pas ce que cela pouvait être, mais il finirait par le savoir. Son trouble finirait par faire surface et, dès cet instant, il en viendrait à bout.

Ces mini-insurrections n'avaient pas d'incidence durable. Ce n'était que des irritations, telle une piqûre de moustique qui gratte affreusement pendant quelques jours, puis disparaît sans laisser de trace.

Il pouvait refaçonner l'attitude de Romy aussi facilement que de l'argile tiède. En quelques mots, il avait le pouvoir d'effacer toute insatisfaction de son esprit. Il avait à sa disposition l'extincteur qui éteindrait tous les feux de rébellion susceptibles d'enflammer son cœur.

Parce qu'il savait ce qu'elle redoutait le plus.

12

Pinkie lisait un document juridique au lit quand Romy surgit de son dressing-room et le rejoignit. Il enleva ses lunettes et posa son dossier sur la table de nuit.

— Romy, je veux savoir ce qui te tracasse.

— Que veux-tu dire ?

Il ne l'avait jamais frappée, mais il fut à deux doigts de le faire pour effacer de son visage cet air de sainte nitouche. Mais il lui prit la main à la place et la serra fort, pas aussi fort, toutefois, qu'il n'en avait envie.

— J'en ai assez de ce jeu. Ça fait des semaines que j'en ai par-dessus la tête. On arrête tout ce soir.

— Quel jeu ?

— Le jeu des secrets que tu me caches.

— Je ne te cache rien.

— Arrête... (Et se maîtrisant avec effort, il se reprit :) Arrête de me mentir.

— Je ne te mens pas.

Il la dévisagea longuement.

— Aurais-tu de nouveau l'intention de prendre la fuite ?

— Non !

— Parce que si c'est le cas, je te conseille d'y réfléchir à deux fois. Je me suis montré conciliant la première fois. Je ne le serai pas de nouveau.

Elle essaya de détourner la tête, mais il lui pinça le menton et l'obligea à le regarder en face. Il frotta son pouce contre sa lèvre inférieure en appuyant fort.

— Je t'ai voulue dès que je t'ai vue. J'aurais pu te prendre tout de suite, mais j'ai été patient. Je n'ai pas fait ce que j'aurais été en droit de faire, n'est-ce pas ? Réponds-moi.

— Non.

— J'aurais pu te prendre, mais j'ai attendu, répéta-t-il. Même quand tu as été en âge d'être à moi sans que je t'épouse, je t'ai épousée. As-tu jamais songé à ce que tu serais devenue si tu avais essayé de voler quelqu'un d'autre que moi, Romy ? Hein ? Où serais-tu si je ne n'avais pas été aussi compréhensif ?

— Je n'en sais rien.

— Mais si, tu le sais, chuchota-t-il en lui effleurant la joue. Tu ferais la pute comme ta mère.

Les yeux de Romy s'emplirent de larmes.

— Non. C'est faux.

— Mais si ! Quand je t'ai rencontrée, tu étais déjà en passe de devenir une autre Angel. (Il la regarda d'une manière qui lui faisait horreur, comme il le savait pertinemment.) Oh que si, Romy ! Tu étais déjà des plus séduisantes. Je parie que les clients de ta mère étaient avides de te courir après, bien avant que j'entre dans ta vie.

Il resserra l'emprise de ses doigts sur sa main et rapprocha brusquement son visage du sien tout en continuant à parler d'une voix douce :

— Cette vie-là t'aurait peut-être plu. Regrettes-tu d'avoir été sauvée de tous ces hommes ? Tu aurais peut-être préféré leurs tripotages et leurs halètements à un époux tel que moi !

— Tais-toi ! (Elle dégagea sa main d'une secousse et s'écarta du lit.) De quoi me menaces-tu, Pinkie ? De me dénoncer après toutes ces années ? Je ne fais pas partie de ta clientèle. Je ne suis pas un de tes laquais. Alors cesse de me parler comme si tu t'adressais à eux. Je mérite mieux que des menaces voilées. Je suis ta femme !

— Eh bien, j'exige que ma femme me dise pourquoi elle hante cette baraque comme un fantôme ! hurla-t-il.

— Okay ! C'est à cause de Flarra. Je me fais du souci pour elle.

Flarra ? C'était ça ? C'était tout ? Elle était déprimée pour quelque chose d'aussi banal ? D'abord c'était Bardo qui lui mettait les nerfs à cran, et maintenant Flarra. Il avait imaginé le pire, redouté qu'elle envisage de fuir à nouveau. Voilà qu'il découvrait que son abattement tenait à un problème aussi insignifiant que Flarra. A moins qu'elle ne mente ?

— Pourquoi t'inquiètes-tu pour Flarra ? demanda-t-il brusquement.

D'un geste furieux, elle tira sur sa robe de chambre et noua maladroitement la ceinture autour de sa taille. Tandis qu'elle tâchait de se ressaisir, sa poitrine se soulevait et s'abaissait rapidement, faisant étinceler sa croix en or dans la lumière de la lampe de chevet. Il était content de la voir énervée. Ses allusions à son ancienne vie lui avaient rappelé la chance qu'elle avait.

— Elle a encore fait le mur, expliqua-t-elle. Je suis passée la voir hier et quand je suis arrivée, j'ai eu droit à un sermon.

Elle lui relata la dernière escapade de Flarra et les mises en garde de sœur Béatrice contre de nouvelles infractions au règlement.

— Je l'ai réprimandée, mais je ne suis pas certaine que cela ait servi à grand-chose.

— J'ai l'impression qu'elle a besoin d'une bonne fessée.

— Elle est un peu vieille pour ça.

— Tu es trop indulgente à son égard, Romy. Je devrais reprendre la discipline en main. Je vais mettre le holà à toutes ces fredaines en annulant certains privilèges. Elle comprendra !

Radoucie à présent, Romy fronça les sourcils, manifestement déçue.

— Bon, voilà qui répond à ma question.

— Comment ?

— Laisse tomber. Ça...

— Qu'y a-t-il ?

Elle esquissa un geste nerveux.

— Flarra me tanne depuis des mois. Voilà ce qui me tourmentait et j'ai été stupide de penser que tu ne remarquerais rien. (Elle lui adressa un petit sourire coupable.) Je veux que ma sœur soit heureuse, mais tu es mon mari et tu passes en premier. Je me suis sentie prise entre deux feux. Aujourd'hui, j'ai finalement accepté de te poser la question. (Elle s'humecta les lèvres.) Et franchement, Pinkie, il me semble que c'est une bonne idée. Sa requête se justifie.

Il déploya les mains pour lui indiquer qu'elle avait toujours la parole et qu'il l'écoutait.

— Flarra veut venir vivre avec nous et faire sa dernière année d'études secondaires dans un lycée mixte. Elle voudrait une existence moins stricte. Rencontrer des gens. Vivre ce que vivent les autres jeunes filles de son âge. C'est raisonnable, n'est-ce pas ?

Il la dévisagea durement un long moment, la dépouillant de ses défenses. Puis il posa la main à plat sur la place vide à côté de lui et tapota le drap.

— Allons, Romy.

— Qu'en penses-tu, pour Flarra ?

— Je vais y réfléchir. A présent, viens te coucher.

Il se découvrit, lui montrant combien il était impatient de l'étreindre. Son accès de colère lui avait éveillé les sens, et sa supplication sincère l'avait excité encore plus.

Quand elle le rejoignit, il ne laissa aucun doute dans l'esprit de sa femme sur le fait qu'elle lui appartenait. Il la possédait. Son corps, son esprit, son âme étaient à lui. Libre à lui d'en faire ce que bon lui semblait.

Plus tard, il l'informa que Flarra demeurerait au Sacré-Cœur jusqu'à la fin de ses études.

Elle resta un moment sans réagir.

— Comme tu voudras, Pinkie, dit-elle finalement.

Il lui caressa les cheveux.

— Ta sœur est jeune et ne sait pas ce qu'elle veut. C'est à nous, à moi en fait, parce que tu es beaucoup trop indulgente avec elle, de m'assurer qu'elle ne commette pas d'erreurs graves et ne prenne pas de décisions regrettables. J'agis pour son bien. Tout comme j'ai agi pour le tien.

— Elle m'a aussi demandé la permission de venir à notre réception de Mardi gras.

— Elle ne manque pas de culot ! pouffa-t-il. La liste de nos invités est très sélecte.

— C'est précisement pour cela qu'elle souhaite être là.

— Nous verrons.

— Prépare-toi à la voir bouder les prochaines fois où nous la verrons.

— Ça lui passera, assura-t-il, écartant cet avertissement d'un gloussement.

Il glissa peu à peu dans le sommeil, un sourire aux lèvres. *Le problème est enfin réglé, Dieu merci*

*
* *

Burke se rendit dans la bibliothèque de l'université parce qu'elle restait ouverte plus longtemps que la bibliothèque municipale et qu'il avait beaucoup de recherches à faire.

Pendant des heures, il passa en revue les microfilms du *Times Picayune.* Des années plus tôt, le journal avait publié un profil du juriste le plus réputé de la ville. Patrick Duvall avait grandi dans une banlieue ouvrière, mais ses parents avaient travaillé dur pour qu'il fréquente des établissements religieux où il s'était illustré dans ses études ainsi que dans le domaine sportif. Par la suite, il avait obtenu une bourse d'université et travaillé d'arrache-pied à la faculté de droit. Sorti premier de sa promotion, il avait entamé son apprentissage dans une firme établie avant de voler de ses propres ailes en montant un cabinet.

Difficile de faire la part du vrai et du faux dans tout cela, mais Burke se dit que cet article devait au moins se baser sur des faits dans la mesure où l'essentiel pouvait être vérifié. Une chose était claire, le sujet de ce profil était un être ultra-ambitieux déterminé à s'extraire de la médiocrité de la classe moyenne, et c'était précisément ce qu'il avait fait.

L'auteur de l'article vantait les mérites philanthropiques de Duvall, mais ne faisait pas mention de ses clubs et de ses bars *topless.* Il dressait la liste des innombrables citations qu'il avait obtenues pour les services exceptionnels rendus à des organismes sociaux et des associations professionnelles, mais Burke savait aussi combien d'hommes il avait fait buter, y compris, tout récemment, Raymond Hahn. Duvall menait la belle vie tout en faisant un pied de nez au public respectueux des lois, qui chantait ses louanges.

Et là-dedans se cachait le mécanisme qui le motivait, comme Burke l'avait parfaitement compris.

Le trafic de drogue n'était pas seulement un moyen de gagner de l'argent ; c'était tout l'orgueil de Duvall. Il s'y livrait parce qu'il savait qu'il s'en tirerait indemne. A ses yeux, c'était un jeu, et il gagnait toujours. Ses activités hors-la-loi lui permettaient de faire la preuve de sa supériorité, ne serait-ce qu'à lui-même.

Pinkie Duvall figurait souvent en première page des journaux. Son nom apparaissait tout aussi régulièrement dans les chroniques mondaines. En revanche les références à son épouse ainsi que les photographies étaient d'une surprenante rareté, et lorsqu'elle apparaissait, exceptionnellement, dans un cliché pris sur le vif, on la voyait généralement dans l'ombre de son mari. Littéralement.

Avait-elle la phobie des photographes ? Ou lui était-il impossible de supplanter un égocentrique avide de publicité tel que son mari, aussi ravissante fût-elle ?

Burke trouvait tout aussi curieux qu'on eût si peu écrit à son sujet. Elle n'avait jamais fait l'objet d'un article. Pas plus qu'on ne citait ses propos. Soit elle n'avait aucun avis sur quoi que ce soit, soit ses opinions étaient si insignifiantes qu'elles n'étaient pas dignes d'être rapportées. Ou encore on s'abstenait de lui demander son point de vue parce que son éloquent époux, toujours disponible, avait quelque chose de plus intéressant à révéler aux reporters et chroniqueurs.

Monsieur et Madame Pinkie Duvall comptaient au nombre des généreux donateurs de plusieurs œuvres de charité, mais Romy Duvall n'occupait pas la moindre fonction, y compris dans des organismes féminins sociaux ou municipaux et ne siégeait dans aucun comité, conseil d'administration ou organisme bénévole.

Romy Lambeth Duvall était l'antithèse de son mari. Elle ne faisait jamais parler d'elle.

Burke resta jusqu'à la fermeture de la bibliothèque. On verrouilla littéralement les portes derrière lui. Il se rendit compte tout à coup qu'il avait faim. Il n'avait rien mangé de la journée à part un Twinkie rassis et autant de cuillerées de milk-shake à la banane qu'il pouvait en avaler. Tâchant de restreindre la population de cafards dans son appartement, il n'y conservait rien de comestible. Il opta donc pour un self où il acheta un hot-dog réchauffé au micro-ondes accompagné d'un grand soda.

Puis il remonta dans sa voiture, apparemment sans destination particulière.

En fait, il savait pertinemment où il allait. En arrivant, il trouva la maison plongée dans l'obscurité, en dehors des lueurs du système d'alarme et d'un rai de lumière à l'une des fenêtres du premier.

Les saucisses de son hot-dog étaient caoutchouteuses, le pain tout mou, mais il mâcha et avala mécaniquement sans sentir le goût tout en se demandant ce que monsieur et madame Pinkie Duvall faisaient derrière leurs volets fermés.

Peut-être discutaient-ils ? D'après ce qu'il avait lu et vu, elle n'était pas du genre causante. Etait-elle capable d'une conversation brillante uniquement en présence de son mari ? Ses opinions, ses remarques perspicaces lui étaient-elles exclusivement réservées ? Le divertissait-elle le soir avec ses observations spirituelles ?

Tu parles ! pensa-t-il sardoniquement en froissant dans sa main le sac du hot-dog qu'il jeta à ses pieds. Elle divertissait le vieux Pinkie, certes, mais à un niveau nettement plus bas que ses méninges.

Il éructa le goût infâme des saucisses et se rinça la bouche avec une gorgée de soda trop gazeux.

Pauvre Pinkie. Il était manifestement gaga de cette poupée et ignorait béatement qu'elle fricotait avec Wayne Bardo. Quoique ? Peut-être partageait-il sa femme avec ses clients ? Peut-être était-elle l'un des bénéfices en nature qu'il leur procurait quand il s'en était tiré une fois de plus à bon compte.

La lumière s'éteignit.

Il continua à regarder fixement la fenêtre plongée dans l'obscurité. Les images qui défilaient dans son esprit le gênaient tellement qu'il ferma hermétiquement les paupières pour essayer de les effacer. Il avait l'impression d'avoir du plomb dans l'estomac. Le hot-dog, à coup sûr !

Une demi-heure s'écoula avant qu'il démarre.

Il était évident que Duvall était fou de sa femme. Elle bénéficiait d'un traitement royal, ni plus ni moins ! Ruby Bouchereaux lui avait précisé que Pinkie la faisait garder comme un trésor. Il avait vu par lui-même qu'elle était protégée et bien gardée.

« Ça ne te suggère rien, Basile ? »

En entrant dans son appartement sinistre, il souriait.

*

* *

Parfaitement immobile, Romy écoutait les ronflements sourds de Pinkie. Elle fit une petite prière pour remercier le ciel que sa ruse eût fonctionné. Il avait décliné la requête de Flarra sans se rendre compte que c'était exactement ce qu'elle voulait.

Ce n'était pas la première fois qu'elle avait recours à ce stratagème psychologique pour manipuler son mari. Le plus souvent, elle échouait. Mais ce coup-là, elle avait l'avantage de savoir qu'il n'avait aucune envie que quelqu'un fît intrusion dans leur vie privée en revendiquant une partie de son temps. Surtout Flarra. Pinkie savait à quel point elle aimait sa sœur ; il était jaloux de leurs relations.

Dieu merci, il est jaloux. Faites qu'il le reste !

Méfiez-vous de ce que vous demandez dans vos prières !

Comme à l'occasion de nombreuses autres nuits sans sommeil, le conseil de sœur Béatrice revint la hanter. Elle comprenait à présent la leçon que la religieuse avait tenté de lui donner. Lorsqu'elle était enfant, n'avait-elle pas supplié le Seigneur de lui donner une autre vie affranchie de la pauvreté et de toute responsabilité ?

Eh bien, c'était exactement ce qu'Il lui avait accordé. Elle ne s'était pas doutée du prix terrible qu'elle aurait à payer pour ces prières naïves exaucées.

Pinkie dormait paisiblement. Son bras autour d'elle l'écrasait.

13

Les toilettes pour hommes occupaient un côté d'une construction carrée en béton. A l'intérieur, il y avait deux lavabos rouillés, trois urinoirs tachés et un unique box fermé dont la porte ne tenait plus que par un seul gond. La structure était à ciel ouvert, mais, en dépit de l'air qui circulait, l'odeur dégagée par ces W.-C. publics laissait supposer un sérieux besoin de nettoyage.

Il faisait nuit à l'intérieur parce que l'éclairage avait été cassé et il y avait peu de chances que quiconque se fût donné la peine de rapporter cet acte de vandalisme au service d'entretien du parc municipal. Il fallait être fêlé pour s'aventurer là-dedans après le coucher du soleil, et les rares hommes qui passaient outre avaient leurs raisons de préférer l'obscurité.

Quand Burke entra, il y avait déjà quelqu'un qui se tenait devant un des urinoirs, le dos tourné à la porte. Il avait dû l'entendre arriver, mais ne jeta même pas un coup d'œil par-dessus son épaule quand les pas se rapprochèrent.

Burke se planta devant l'urinoir voisin. L'homme acheva ce qu'il avait à faire sans remonter immédiatement sa fermeture Eclair. Il tourna imperceptiblement la tête dans la direction du nouveau venu et remarqua avec une sorte de timidité :

— Plutôt sinistre là-dedans.

Burke remonta sa fermeture Eclair et se tourna vers lui.

— Ça c'est sûr ! On ne sait jamais sur qui l'on peut tomber.

Gregory James s'appuya contre le mur en se débattant avec sa propre fermeture Eclair et grogna :

— Basile !

— Vous n'êtes pas content de me voir ?

— Merde.

— Faut croire que non.

Burke saisit le bras maigre du jeune homme et le poussa vers la sortie.

— Je n'ai rien fait, fit Gregory en freinant des quatre fers. Vous ne pouvez pas m'arrêter.

— Je devrais vous faire coffrer rien que pour votre stupidité. Comment saviez-vous que je n'étais pas un Jeffrey Dahmer ? Ou un loubard résolu à faire la peau à une tapette ? Un de ces jours, on ramassera vos couilles à la petite cuillère. Vous ferez une passe au type qu'il ne faut pas et on vous retrouvera débité en petits morceaux.

— Ne me mettez pas en cabane, Basile, supplia-t-il. J'ai compris la leçon. Je vous jure.

— J'en doute pas. C'est la raison pour laquelle vous traînez dans les toilettes publiques au milieu de la nuit.

— J'avais envie de faire pipi.

— Ne vous donnez pas la peine, Gregory, vous mentez comme un arracheur de dents. Je vous file depuis un moment, alors je sais que vous n'avez pas perdu votre temps, mon pote. Loin de là.

— C'est pas vrai ! Je me suis corrigé.

— A d'autres ! Le type que vous vous êtes farci hier soir m'avait tout l'air d'un mineur. Si je n'avais pas eu d'autres chats à fouctter, je vous aurais ramené au poste par la peau des fesses et on vous aurait dressé l'inventaire de vos forfaits.

— Oh, la vache ! sanglota le jeune homme. Si vous m'arrêtez...

— On vous bouclera et cette fois-ci, on jettera la clé. Vous représentez une menace pour la société...

En désespoir de cause, le jeune homme se mit à supplier.

— Je vous en conjure, Basile, lâchez-moi un peu. Je vous ai rendu des services, n'est-ce pas ? Souvenez-vous de toutes les fois où je vous ai donné un coup de main.

— Pour vous éviter la taule !

— S'il vous plaît, Basile, soyez sympa !

Burke feignit de méditer la chose, puis s'exclama brusquement :

— Allons-y, mon joli.

Gregory émit une longue plainte.

— Fermez-la ! lui ordonna le policier en le secouant comme un prunier. Je ne vais pas vous jeter en cabane. Je vais vous ramener chez vous et veiller à ce que vous y restiez sagement enfermé pour être sûr que le voisinage au moins ne coure aucun risque jusqu'à demain matin.

Gregory le remercia avec effusion tandis qu'ils s'acheminaient vers la voiture. Gregory vivait seul, à quelques pâtés de maison du parc, dans un pavillon réaménagé au goût du jour. La maison et le jardin étaient bien entretenus, en dépit des fréquentes absences du propriétaire lorsqu'il purgeait des peines pour délits sexuels.

Burke l'escorta au-delà de la porte en verre biseauté jusque dans le hall.

— Vous n'avez pas besoin d'entrer avec moi, dit Gregory. Je vous jure que je n'ai pas l'intention de ressortir.

— Vos parents vous ont appris les bonnes manières, Gregory. Vous pourriez m'offrir un café ou quelque chose.

Mort de trouille, doutant manifestement des intentions du policier, il s'empressa d'acquiescer :

— Bonne idée. Vraiment. J'aurais dû vous le proposer moi-même. Je ne sais pas à quoi je pensais.

— Vous songiez à vous débarrasser de moi pour pouvoir ressortir et tâcher de tomber quelqu'un ce soir.

— Vous êtes d'une nature soupçonneuse, Basile,

fit Gregory d'un vague ton de reproche tout en le guidant vers la cuisine.

— Parce que j'ai l'habitude d'avoir affaire à des criminels menteurs dans votre genre.

— Je ne suis pas un criminel.

— Ah bon ? (Burke enjamba un des tabourets du bar et regarda son hôte occupé à assembler la machine à café.) Voyons si ma mémoire est bonne. Je me souviens d'un cas d'attentat à la pudeur perpétré contre un enfant.

— Il avait seize ans et il était consentant. On a abandonné les poursuites.

— Parce que votre père a indemnisé les parents du gamin. Je me souviens aussi d'une succession d'arrestations pour exhibitionnisme.

— Rien de sérieux. On m'a placé en liberté surveillée.

— C'est pathétique d'étaler ainsi sa marchandise, vous savez ça, Gregory.

— Si vous vous mettez à m'insulter, je vous attaquerai en justice pour harcèlement.

— Ne vous gênez pas. Je téléphonerai à votre papa pour lui dire que vous avez recommencé à déconner et il cessera de payer le loyer de cette belle baraque.

Gregory se mordit l'intérieur de la joue.

— Okay, vous me tenez. Mais vous êtes un beau salopard, Basile.

— C'est ce qu'on raconte.

Burke n'éprouvait aucun plaisir à l'asticoter de la sorte, mais Gregory James s'exposait par son fait à la risée. Il incarnait le cas classique du jeune homme de bonne famille qui n'avait pas su se montrer à la hauteur des espérances des siens. Après avoir joué avec succès dans une grande équipe de base-ball plusieurs années d'affilée, son frère aîné avait pris le contrôle de l'empire familial, ajoutant des millions dans ses coffres.

Son autre frère était un neurochirurgien de renommée internationale.

Gregory avait rompu la chaîne du succès. Il n'aurait probablement jamais obtenu son diplôme d'université si son père ne le lui avait pas « acheté » en faisant un don généreux à l'école. Puis il était entré au séminaire, un homme d'église était nécessaire, de l'avis général, pour parachever l'image familiale. Ils espéraient au moins un cardinal !

Gregory supporta le séminaire pendant un an et demi avant d'y renoncer après avoir découvert que ses tendances sexuelles étaient incompatibles avec la vie religieuse. Pour tenir à distance cet élément de disgrâce, le clan James l'expédia à New York où il s'inscrivit à des cours d'art dramatique.

Ainsi Gregory trouva-t-il finalement sa vocation. Il avait un vrai talent d'acteur et joua dans plusieurs productions « off » de Broadway avant d'être appréhendé pour avoir exécuté un acte indécent avec un autre homme dans une cabine téléphonique de la Penn Station. Une fois de plus, son père intercéda en sa faveur et l'affaire en resta là. Gregory rentra au pays, enveloppé d'un parfum de scandale.

Ce fut la goutte qui fit déborder le vase pour les James, qui se lavèrent les mains du cas de leur benjamin tout en continuant à payer ses notes. Burke se dit qu'ils préféraient sans doute casquer plutôt que d'avoir Gregory sous leur toit et d'être obligés d'avoir chaque jour sous leurs yeux cet affligeant échec.

Gregory servit le café.

— Voudriez-vous du lait, du sucre ? Une petite liqueur ?

— Non merci. Ça va très bien comme ça.

Visiblement nerveux, le jeune homme s'assit en face de lui, de l'autre côté du bar.

— Pourquoi êtes-vous si agité, Gregory ?

— Je n'arrive pas à comprendre ce que vous faites là.

— Considérez ma présence comme une visite de courtoisie. Comme vous l'avez observé vous-même, on se connaît depuis longtemps.

Gregory James était l'un des meilleurs informateurs de la brigade des stups. Il prenait activement part à la vie nocturne du Quartier français et circulait dans les mêmes milieux que les dealers, bien qu'il s'abstînt de faire usage de drogues. Il avait souvent troqué des renseignements contre une mesure d'indulgence à l'égard de son vice de prédilection.

— Vous auriez été un atout certain pour notre département si nous avions pu vous garder en liberté, remarqua Burke en buvant son café à petites gorgées.

— Tout à l'heure, vous m'avez traité de criminel. Ça ne m'a pas plu, Basile, riposta Gregory d'un ton grognon. Je n'ai rien d'un criminel.

— Dans ce cas, comment vous qualifiez-vous ?

— Je suis... un malade. J'ai... un problème.

— C'est indubitable.

— Je souffre d'un trouble émotionnel aigu qui remonte à l'enfance. Les valeurs de ma famille sont biscornues. On m'a forcé à rivaliser avec mes frères alors que ce n'est pas dans ma nature. Ils m'ont... maltraité.

— Bon Dieu, Gregory, vous me brisez le cœur.

— C'est vrai ! Le psychiatre de la prison m'a révélé que mon problème était psychologique.

— Celui de Ted Bundy aussi.

— Ce n'est pas de ma faute ! s'exclama le jeune homme. C'est un besoin que je ne peux pas contrôler. Je n'y peux rien si je... fais parfois ce que je fais.

— Hum. C'est une défense très en vogue de nos jours. Parce que maman m'a obligé à porter des socquettes blanches et papa aimait le Coca light, je les ai rossés tous les deux. (Burke fit une grimace de dégoût.)

Les types comme vous me débectent. Vous passez votre temps à vous plaindre en blâmant les autres de vos actes. Vous êtes un grand garçon maintenant, Gregory, et responsable de vous-même.

Il se leva brusquement et saisit Gregory par le col de sa chemise.

— J'ai changé d'avis. Je vous coffre.

— Non, non, Basile ! Par pitié ! Vous m'avez promis.

— Ah bon ?

— Oui.

— Je ne m'en souviens pas.

— Mais si !

Burke lâcha prise lentement et se rassit sur son tabouret. Il dévisagea durement Gregory, assez longtemps pour que ce dernier commence à s'agiter sur son siège. Finalement, il regarda Burke d'un air désespéré.

— Qu'est-ce qu'il y a ?

— Je réfléchissais.

Il continua à considérer le jeune homme tout en buvant une autre gorgée de café. En reposant sa tasse, il ajouta :

— Je pourrais peut-être oublier que je vous ai vu avec un mineur hier soir. Et passer outre aux avances que vous m'avez faites tout à l'heure dans les toilettes. Je serais peut-être disposé à vous laisser libre cette fois-ci.

— Si...

— Si vous me rendez un petit service.

Gregory prit un air méfiant.

— Quel genre de service ?

— Je ne peux pas vous en parler tant que nous ne nous serons pas mis d'accord.

— Ce n'est pas juste.

— Je le reconnais ! Mais c'est comme ça. A prendre ou à laisser.

— Faudra-t-il que je collabore avec Mac McCuen ?

— Pourquoi ? répondit Burke en lui faisant un clin d'œil. Vous avez le béguin pour lui ?

— Allez-vous faire foutre, Basile.

— Jamais de la vie ! J'ai bien remarqué que vous reluquiez Mac, mais s'il vous fait battre le cœur, laissez tomber. Il a une petite femme au sang chaud qui prend son pénis pour une baguette magique. Bon, allons-nous faire affaire ou non, parce que ma proposition tient encore trente secondes. Pas plus.

— Si j'accepte...

— Vous vous en tirez pour cette fois-ci. Sinon on file en ville et je vous boucle.

— Sous quel prétexte ?

— La passe que vous m'avez faite dans les toilettes du parc. Vingt secondes.

— C'est faux !

— Parce que je ne vous en ai pas laissé le temps.

— Dans ce cas, vous ne pouvez pas m'incriminer.

— Oh que si ! Qui vont-ils croire, à votre avis ? Vous ou moi ?

— Merde !

— Dix secondes.

Gregory plongea les doigts dans ses boucles noires.

— Vous ne me laissez pas le choix.

— Détrompez-vous. Rien ne vous empêche de refuser. Votre séjour en prison se passera peut-être mieux que la dernière fois.

Gregory leva la tête et regarda Burke d'un air poignant.

— Savez-vous ce qu'ils font à des types comme moi là-dedans ?

Burke était parfaitement au courant de cela et, à cet instant, il se maudissait de manipuler ainsi le pitoyable jeune homme. Car il trouvait qu'il était plus à plaindre qu'autre chose, mais il se devait de le voir avec des yeux de flic. L'un des attentats à la pudeur qu'il avait commis avait eu lieu dans une cour de récréation. Il était difficile d'éprouver de la compassion pour un gars qui s'exhibait ainsi devant une classe de maternelle.

— Les trente secondes sont écoulées. Alors, qu'avez-vous décidé ?

— A votre avis ? marmonna Gregory, découragé.

— Bon.

Burke se leva et s'approcha de la machine à café pour remplir sa tasse. En retournant s'asseoir, il tapota au passage l'épaule de Gregory.

— N'ayez pas l'air si dépité. Le rôle que je vous propose est plein de défis. Ça vous aidera peut-être à percer !

— Je n'en doute pas, répondit Gregory en lui jetant un rapide coup d'œil. Dites-moi une chose, Basile. Comment vous êtes-vous débrouillé pour être au courant pour hier soir ?

C'était une question honnête qui méritait une réponse tout aussi honnête.

En regardant Gregory dans le blanc des yeux, Burke répondit :

— Je l'ignorais. J'ai dit ça au pif !

*

* *

Le lendemain matin, en sortant de son appartement, Burke verrouilla la porte, se dirigea vers l'escalier et se heurta au poing de Wayne Bardo.

Il atterrit ignominieusement sur le postérieur. Debout au-dessus de lui, son agresseur éclata de rire.

— Tout le monde dit que vous êtes un connard, Basile. Je commence à le croire.

La mâchoire endolorie, Burke se releva lentement. Il n'avait qu'une seule envie : baisser la tête et foncer dans le ventre de cette crapule. Il avait des chances de lui assener plusieurs coups bien placés, mais la curiosité l'emporta sur la colère.

— Au moins, je ne m'habille pas comme une pédale. Je parie que la personne qui vous a vendu cette chemise violette en rigole encore.

Bien que Bardo conservât son sourire narquois, Burke vit que son insulte avait fait mouche. L'homme riposta aussitôt avec sarcasme :

— C'est joli chez vous !

— Merci.

Il ne prit même pas la peine de demander à Bardo comment il avait retrouvé sa trace. Duvall avait un système de dépistage plus sophistiqué que la NOPD, le FBI et la DEA ou tout autre organisme policier, local ou fédéral. C'était la raison pour laquelle il ne serait jamais condamné au tribunal. Il n'y avait qu'un seul moyen d'arrêter Duvall et sa machine, et Burke avait bien l'intention de l'employer.

Cela l'ennuyait qu'ils sachent où il habitait. Ils devaient le traquer. S'étaient-ils rendu compte qu'il avait suivi madame Duvall la veille ? Dans le cas contraire, pourquoi Bardo serait-il là d'aussi bonne heure ?

— Monsieur Duvall veut vous voir, lança alors Bardo, comme s'il avait lu dans ses pensées.

— Duvall n'a qu'à aller se faire foutre. Et vous aussi.

Bardo fit un pas en avant.

— Bon. Voilà qui me plaît. Vous allez me compliquer les choses. J'adorerais vous défoncer le portrait et vous laisser là à empester le palier.

Cette menace n'intimida pas Burke outre mesure, mais cela le démangeait de savoir ce qu'ils avaient pu découvrir.

— Je vous suis, dit-il en haussant les épaules.

— Non. Après vous, répondit Bardo en le poussant dans l'escalier.

Burke perdit l'équilibre et déboula les marches. Dans l'entrée de l'immeuble, Bardo le poussa encore une fois dans la rue où une Cadillac dernier modèle était garée le long du trottoir.

— Hé, Wayne, nargua Burke, depuis quand êtes-vous passé d'homme de main à coursier ? Duvall vous a-t-il confisqué vos couteaux ?

— Fermez-la et gardez les mains en évidence.

— Je ne suis pas armé.

— Vous me prenez pour un imbécile ?

— A dire vrai, oui.

Parvenu à la voiture, Bardo lui fit baisser la tête, puis tâta les jambes de son pantalon sans rien trouver.

— Je vous l'avais bien dit.

— Montez.

En s'engouffrant dans la voiture, Burke grimaça un sourire.

— Reconnaissez-le, Wayne, cette chemise violette commence à faire son effet. Vous aviez envie de me peloter, voilà tout.

*

* *

Les bureaux de Pinkie Duvall étaient aussi luxueux que sa résidence, mais le décor, résolument contemporain, différait. Il était très dépouillé. Les secrétaires et autres assistantes, ravissantes, avaient toutes des jambes interminables. Aucun équipement moderne en vue. Rien que des surfaces de marbre lisse et de bois poli. Les téléphones ne sonnaient pas ; ils carillonnaient.

Pinkie était assis à son bureau quand une secrétaire lui annonça que monsieur Basile était arrivé, comme s'il était venu là de son plein gré, sur rendez-vous, comme si on ne l'avait pas forcé à rappliquer sous peine de l'estropier.

Duvall ne se donna pas la peine de se lever quand Bardo et lui entrèrent. Burke savait que ce manque d'égards était délibéré, calculé, pour lui donner la sensation d'être un plébéien se présentant devant son seigneur.

— Bonjour, monsieur Basile.

— Duvall.

Mesquin, certes, mais il y avait été lui aussi de son petit affront.

Pinkie fit comme si de rien n'était.

— Asseyez-vous.

Burke prit place sur une chaise face au bureau légèrement plus large qu'une table de ping-pong, sur lequel trônait une photographie de Romy Duvall dans un cadre en argent ouvragé. Il feignit de l'ignorer.

— Voulez-vous quelque chose à boire ? demanda Pinkie.

— De la ciguë, par exemple ?

Duvall sourit.

— Je me proposais plutôt de vous offrir un café.

— Non, ça va.

— Merci d'être venu.

— Je ne suis pas venu. On m'a amené.

Burke croisa les jambes, une cheville en équilibre sur l'autre genou, et jeta un coup d'œil à Bardo par-dessus son épaule. Ce dernier s'était installé sur un canapé contre le mur. Burke répugnait à tourner le dos à un tueur notoire, mais il supposait que si Duvall avait envoyé Bardo lui régler son compte, ce serait chose faite.

En se retournant vers Duvall, il aperçut une lueur d'amusement passer dans son regard. Le truand attendait qu'il lui demande le motif de cet entretien. Il pouvait toujours courir ! Pourquoi lui donnerait-il la satisfaction de constater sa curiosité, ou sa peur ? L'idée de cette rencontre venait de lui. A lui d'initier le débat !

— Je suis sûr que vous vous demandez pourquoi je souhaitais vous voir, lança finalement Duvall après une longue pause.

Burke haussa les épaules avec indifférence.

— On m'a fait part d'une surprenante nouvelle.

— Ah bon ! Laquelle ?

— Vous avez démissionné de la police.

— Vos sources sont décidément irréprochables.

— Votre démission laisse un grand vide à la brigade des stups.

— J'en doute.

— Vous êtes trop modeste.

— Je suis aussi trop occupé pour rester assis ici toute la journée à parler avec vous d'une chose qui ne vous regarde pas.

Duvall refusait toujours de se laisser provoquer.

— Retraite anticipée ?

— Peut-être.

— Pourquoi avez-vous quitté vos fonctions ?

— Ce ne sont pas vos oignons !

— Qu'envisagez-vous de faire ?

Burke secoua la tête, incrédule, en déployant les bras.

— Vous m'obligez à me répéter.

Duvall le mesura du regard.

— J'imagine que vous avez rendu votre insigne parce que vous êtes encore sous le coup du verdict du procès Bardo. On a gagné, vous avez perdu et vous avez pris cet échec personnellement. Le terme de « mauvais perdant » ne s'appliquerait-il pas à vous, monsieur Basile ?

— Ça vous ferait drôlement plaisir, hein ? Ça gonflerait votre ego, déjà colossal, de penser que vous avez de l'influence sur les choix que je fais. Eh bien, navré de vous décevoir, mais vous vous fourvoyez.

Duvall sourit d'une manière qui indiquait qu'il n'avait pas avalé ce mensonge.

— Voulez-vous connaître l'objet de cet entretien ? enchaîna-t-il.

— Peu m'importe.

— Maintenant que nous ne sommes plus dans des camps opposés, je souhaiterais vous proposer un emploi au sein de mon organisation.

Burke Basile n'avait pas un sens de l'humour très développé et perdait rarement le contrôle de lui-même. L'hilarité n'était pas son fort. De fait, tout le monde savait qu'il ne riait pas facilement, et ne s'esclaffait pour ainsi dire jamais. Bon nombre de ses collègues s'étaient efforcés en vain de le dérider.

Ils n'auraient pas reconnu le rire aux éclats qui le secoua lorsqu'il entendit l'absurde déclaration de Duvall.

— Vous plaisantez ?

— Je pense m'être fait clairement comprendre, répliqua Duvall qui n'avait plus du tout l'air amusé.

— Oh, vous avez été très clair. C'est juste que je n'arrive pas à en croire mes oreilles. Vous voulez que je travaille pour vous ? A quoi faire ?

— Un homme de votre expérience pourrait m'être très utile. Plus que vous ne l'étiez à la brigade.

Duvall plongea la main dans le tiroir de son bureau et en sortit quelques feuilles de papier attachées par un trombone. Il les brandit afin que Burke les voie bien.

— Une copie de votre déclaration d'impôts de l'année dernière. C'est une honte la pitance que la société paie les malheureux qui se chargent de sa protection.

Duvall n'avait pas dû avoir beaucoup de difficultés à mettre la main sur ce document. Il aurait pu l'obtenir par l'intermédiaire d'un employé du bureau des contributions ou le facteur. Peu lui importait que Duvall fût au courant de son salaire. Ce qui le contrariait, c'était qu'il puisse se renseigner aussi facilement sur son compte. Et c'était précisément ce que le gredin voulait lui faire comprendre.

— Je ne suis plus flic, fit Burke, mais ne vous méprenez pas, Duvall. Nous sommes toujours rivaux. Pour ne pas dire aux antipodes l'un de l'autre.

— Avant d'afficher notre position morale, ne feriez-vous pas mieux d'attendre de savoir la tâche que je souhaiterais vous confier ?

— Peu m'importe ce que c'est et les appointements que vous me réservez. En dépit du cadre luxueux dans lequel vous évoluez, ajouta Burke en promenant son regard sur l'élégant bureau, vous n'êtes qu'un ver de terre. Je ne vous pisserais même pas dessus si vous étiez en feu. Alors vous pouvez être sûr que je ne travaillerai pas pour vous.

Sur ce, il se leva et se dirigea vers la porte. Duvall lui ordonna de se rasseoir. Bardo se précipita et se serait jeté sur lui si Burke ne l'avait pas arrêté en cours de route en plaquant la main contre son sternum, l'immobilisant brutalement.

— Si vous osez me toucher une fois de plus, je vous brise le cou.

Cette mise en garde était suffisamment convaincante pour inciter Bardo à y réfléchir à deux fois. Il resta planté où il était, mais des étincelles de colère brillaient dans ses yeux.

Burke reporta son attention sur Duvall.

— Votre boulot ne m'intéresse pas.

— Vraiment ? C'est bizarre. (Sans se laisser désarçonner, Duvall croisa les bras sur son bureau.) Parce que j'ai de bonnes raisons de penser le contraire. N'est-ce pas, Basile ?

Les deux hommes se toisèrent du regard. La distance qui les séparait parut diminuer jusqu'au moment où Burke eut presque l'impression de distinguer son reflet dans les pupilles noires de Duvall. C'était un homme hanté qu'il voyait en face de lui.

Il lâcha la poitrine de Bardo.

— Allez vous faire foutre, Duvall.

Le sourire de l'avocat s'élargit.

— Ecoutez, je laisse la place libre pour le moment. Réfléchissez et revenez me voir.

— Ouais. Bonne idée. Je reviendrai ! *Mais pas comme vous vous y attendez, arrogant salopard.*

Puis se tournant vers Bardo :

— Inutile de me raccompagner à la maison. Je connais le chemin, acheva-t-il en jetant un ultime coup d'œil à Duvall.

14

A deux heures et demi précises, Romy Duvall entra dans l'église. Les confessions avaient lieu entre trois et cinq, mais les Duvall étant de généreux donateurs, Romy se voyait octroyer le privilège de passer avant tout le monde. Pinkie s'était arrangé pour qu'à trois heures, lorsque d'autres paroissiens commençaient à arriver, elle soit déjà en sûreté dans la limousine sur le chemin du retour.

Errol se posta juste à l'entrée, près du portail d'où il pouvait l'avoir à l'œil à tout moment. Elle descendit l'une des allées latérales, fit la génuflexion au bout d'une rangée et se glissa sur le banc. Puis elle sortit un chapelet de son sac et tira sur le petit banc devant elle avant de s'agenouiller pour prier.

Ses prières terminées, elle resta la tête inclinée,

les yeux clos. Cette demi-heure passée chaque jour à l'église lui était infiniment précieuse. Pinkie se moquait d'elle en la traitant de grenouille de bénitier, mais en dehors de sa foi, elle avait une autre raison de venir régulièrement se recueillir. C'était le seul endroit où elle était complètement seule.

Même lorsqu'elle allait au belvédère, il y avait toujours d'autres gens dans la maison, employés à plein temps ou à temps partiel, occupés à diverses activités. Depuis le jour où elle avait épousé Pinkie, elle n'avait jamais été seule chez elle. Auparavant, elle avait vécu au Sacré-Cœur où elle dormait dans un dortoir avec une bande de filles. Avant cela, elle avait partagé une chambre avec sa mère. Là, elle s'était retrouvée seule chaque soir quand Angel allait travailler. Mais ces nuits-là, elle était encore trop jeune, et trop effrayée par le grondement qui montait de la rue et des appartements voisins pour apprécier la solitude.

Ici, dans la cathédrale, elle était seule et en sécurité en même temps. Elle savourait le calme, le silence qui y régnaient. Elle adorait contempler les mosaïques de couleurs perpétuellement changeantes que les vitraux jetaient sur les murs. Le vacillement des cierges et la douce musique de l'orgue l'apaisaient. Elle se délectait de l'absence de regards aux aguets.

Aujourd'hui, dans ses prières, elle demanda à Dieu de lui donner sagesse et courage. De la sagesse, elle en avait besoin afin de concevoir un plan destiné à protéger Flarra, ainsi que du courage pour l'exécuter. Sa jeune sœur était encore en sécurité à la pension et y resterait jusqu'à la fin de ses études secondaires. Mais ensuite ? Elle s'en remettait à Dieu pour régler le problème, mais n'en continuait pas moins à se ronger les sangs.

Pour finir, elle essaya de demander pardon au Seigneur. Mais les mots ne venaient pas. Elle-même ne pouvait admettre la faute qui la hantait. Certains péchés étaient trop graves pour être avoués à Dieu. Si elle ne parvenait pas à se pardonner, comment le Tout-Puissant pourrait-Il le faire ?

En jetant un petit coup d'œil vers le confessionnal, elle vit que le voyant s'était allumé. Le prêtre l'attendait. Elle se leva et entra dans l'isoloir.

— Bénissez-moi mon père car j'ai péché. Ma dernière confession remonte à la semaine dernière.

Elle énuméra plusieurs fautes mineures, mais elle cherchait en fait à gagner du temps tout en s'armant de courage pour avouer son péché. Elle n'en avait parlé à personne jusqu'à présent, pas même à un prêtre. Elle sentit sa présence de l'autre côté de la grille. Il attendait patiemment.

Finalement, il toussota et s'éclaircit la voix.

— Y a-t-il autre chose ?

— Oui, mon père.

— Parlez, mon enfant.

Peut-être que si elle avouait, elle se sentirait un peu plus en paix avec sa conscience. Mais la pensée de s'ouvrir de sa faute lui serrait la gorge et lui faisait battre le cœur à tout rompre. Des larmes lui embuèrent la vue. En avalant péniblement sa salive, elle se lança :

— Il y a quelques mois, je me suis retrouvée enceinte. Je n'en ai rien dit à mon mari.

— C'est un péché d'omission.

— Je sais, souffla-t-elle. Mais je... je ne pouvais pas. Je suis déchirée, mon père.

— A quel sujet ?

— De l'enfant.

— L'Eglise est très claire à ce propos. Un enfant est un don du ciel. Vous n'avez pas envie de cet enfant ?

Les yeux rivés sur l'énorme diamant qui brillait à sa main gauche, elle chuchota d'une voix chevrotante :

— Il n'y a... plus d'enfant.

Elle avait espéré qu'en prononçant ces mots à

haute voix elle serait un peu soulagée du sentiment de culpabilité qui l'oppressait, mais ce ne fut pas le cas. En fait, la pression à l'intérieur de sa poitrine s'intensifia au point qu'elle eut l'impression que ses côtes allaient éclater. Elle avait du mal à respirer. Ses inspirations courtes, saccadées, résonnaient dans l'isoloir.

— Vous connaissez également la position de l'Eglise sur l'avortement, mon enfant, ajouta le prêtre d'une voix douce.

— Je n'ai pas eu d'avortement. J'ai fait une fausse couche la dixième semaine.

Après avoir assimilé cette information, le prêtre demanda :

— Alors quel est votre péché ?

— Je l'ai provoqué, répondit-elle d'une voix brisée, par mon ingratitude et mon manque de confiance. Dieu m'a punie.

— Comment savez-vous ce que pense le Tout-Puissant ?

— Je voulais mon bébé, sanglota-t-elle en se frottant l'abdomen. Je l'aimais déjà. Mais j'avais peur...

— Peur ? De quoi ?

« Peur que Pinkie tienne sa parole et m'oblige à me faire avorter. »

C'était trop horrible à confesser, même à un prêtre. Quand ils s'étaient mariés, Pinkie lui avait clairement fait savoir qu'elle n'aurait pas d'enfant. Un point, c'était tout. Inutile d'en discuter. Sujet clos. Il ne voulait pas de concurrence. Ni qu'elle soit déformée, ne serait-ce que temporairement. Il lui avait dit que si elle ressentait le besoin de s'occuper de quelqu'un, elle n'aurait qu'à prendre soin de lui sans devenir pour autant grotesquement rebondie.

Ainsi, quand sa contraception lui avait fait faux bond et qu'elle avait conçu accidentellement, s'était-elle bien gardée de lui avouer la vérité tant elle redoutait qu'il l'oblige à subir une I.V.G.

Mais elle redoutait tout autant qu'il ne le fît pas.

Et s'il s'était adouci à l'égard des enfants. S'il avait changé d'avis ? S'il avait accueilli l'idée avec joie ? Voulait-elle que son enfant fût élevé sous le contrôle de Pinkie ?

Alors que ce dilemme la hantait jour et nuit, le problème s'était réglé de lui-même, un après-midi terrifiant. Quand elle avait senti le déchirement dans ses entrailles et vu le sang couler entre ses jambes, elle avait compris au fond de son cœur qu'elle avait souhaité que cela arrive. Une précieuse vie avait été sacrifiée à cause de sa lâcheté.

Le prêtre répéta sa question. De quoi avait-elle peur ?

— De l'enfer, mon père. Dieu a compris que je n'étais pas sûre de vouloir cet enfant, alors Il me l'a pris.

— Avez-vous fait quelque chose pour provoquer cette fausse couche ?

— Seulement dans mon cœur, mon père. Je vous en prie, priez pour moi.

Désespérée d'être comprise et pardonnée, elle tendit la main par réflexe et pressa sa paume contre la grille. Puis elle pleura, la tête inclinée.

Tout à coup, contre sa paume, ses doigts, une chaleur humaine, comme si le prêtre avait collé sa main contre la sienne de l'autre côté des croisillons en bois. Ce fut une sensation éphémère, et quand elle releva la tête, seule sa main se profilait contre la grille.

Mais que ce soit physiquement ou spirituellement, elle avait été touchée. Une paix qu'elle n'avait pas connue depuis des mois l'envahit. L'étau de la mauvaise conscience qui lui enserrait la poitrine se relâcha et elle prit plusieurs grandes inspirations purificatrices.

D'un ton paisible et rassurant, le prêtre lui accorda l'absolution et lui donna une pénitence, qui lui parut modérée comparée à l'énormité de son péché. Il en faudrait davantage pour apaiser ses remords, mais ce serait un point de départ, un premier pas vers la rédemption, une manière de s'extirper du marasme de culpabilité dans lequel elle se débattait.

Elle écarta lentement sa main de la grille, essuya les larmes qui inondaient ses joues et sortit du confessionnal en chuchotant :

— Merci, mon père.

*
*   *

Les effluves de son parfum flottèrent dans l'air aussi longtemps que Burke s'attarda dans le confessionnal.

Il était temps de filer. Il ne fallait pas que le prêtre le trouve là quand il ferait son apparition pour entamer les confessions prévues. Chaque seconde comptait.

Pourtant, il répugnait à partir. Dans le petit isoloir clos, il avait partagé une étrange intimité avec la femme de ses rêves, celle du belvédère au clair de lune.

Qui se trouvait être l'épouse adultère de Pinkie Duvall, l'ennemi qu'il s'était juré de détruire.

Aiguillonné par cette pensée, il se força à bouger. En sortant du confessionnal, il balaya le sanctuaire des yeux dans l'espoir de l'apercevoir, mais elle avait disparu. Il jeta un coup d'œil vers le portail. Le garde du corps qu'il avait vu avec elle au Marché français n'était plus à son poste ; elle était partie.

Il sortit un mouchoir de la poche de son pantalon noir et s'essuya le front, puis la lèvre supérieure, qui lui semblait nue sans la moustache. Un étranger lui avait rendu son regard ce matin-là dans la glace de la salle de bains.

Sans s'attarder plus longtemps, il quitta l'église par la porte latérale. Gregory James était déjà dans la Toyota ; il l'attendait. Burke s'abstint de tout commentaire lorsqu'il se glissa derrière le volant et démarra. Il faisait très chaud dans la voiture, lui semblait-il. Il mit l'air conditionné à fond. Sa chemise noire lui collait à la peau sous sa veste. Le col cassé le gênait. Il tirailla dessus avec agacement.

— Ça ne s'est pas bien passé ? demanda nerveusement Gregory.

— Très bien.

— La dame est venue ?

— Juste à l'heure.

Après avoir suivi Romy Duvall durant quelques jours, il était devenu évident pour Burke qu'elle n'était jamais seule. Soit elle se trouvait dans la maison, totalement inaccessible, soit elle était en compagnie de son mari, ou de son garde du corps. Elle ne faisait pas un pas sans escorte. La seule occasion où elle était seule était quand elle se rendait à l'église pour prier.

— *Prier ?* s'était-il exclamé quand Ruby Bouchereaux avait mentionné les circonstances dans lesquelles elle avait vu madame Duvall sans compagnie.

La tenancière avait levé un de ses sourcils méticuleusement dessinés au crayon.

— Qu'est-ce qui vous surprend le plus, monsieur Basile, qu'elle aille à l'église pour prier, ou que j'y aille, moi ?

— Je ne voulais pas vous offenser, avait-il marmonné confusément. C'est juste que...

— Je vous en prie. Elle avait levé la main pour lui indiquer qu'elle n'avait pas pris ombrage de sa réaction. Je vois fréquemment madame Duvall à la cathédrale. Je ne lui adresse jamais la parole. Personne ne lui parle. Elle n'y va pas pour se montrer. Elle semble très dévote et elle est toujours la première à aller se confesser.

Après avoir filé la femme de Pinkie plusieurs jours de suite jusque dans la cathédrale et vérifié les informations de Ruby Bouchereaux, il s'était dit : *Parfait.*

Quel meilleur moyen que la confession pour pénétrer dans son esprit et découvrir qui elle était vraiment ? Se droguait-elle comme sa mère Angel ? Avouerait-elle sa liaison avec Bardo ? Quels péchés sordides débiterait-elle au « prêtre » susceptibles de lui être utiles pour anéantir son mari ?

Burke détermina ainsi que, dès le samedi suivant, il serait dans le confessional à l'attendre. C'était un plan risqué, mais brillant. En dehors de deux hics : comment se faire passer pour un prêtre et comment éloigner le vrai ?

La dernière fois qu'il était allé à confesse, c'était la veille de l'enterrement de sa mère, et il l'avait fait uniquement pour honorer sa mémoire. Il se sentait un peu rouillé bien que, une fois élevé dans la foi catholique, on n'oubliait jamais ! Même s'il pensait pouvoir se débrouiller à peu près, restait le problème de l'autre prêtre qu'il fallait retarder d'une manière ou d'une autre.

Ce fut alors qu'il avait songé à faire appel aux services de Gregory James, doté d'une formation de prêtre et d'acteur.

— Etes-vous sûr de ne pas avoir fait de bourde ? lui demanda Gregory.

— Vous m'avez fait répéter une dizaine de fois. (Burke injuria un conducteur trop lent en le dépassant à vive allure.) Je n'ai pas fait de bourde.

— Elle n'y a vu que du feu ?

Les larmes de remords qu'il avait entendues dans sa voix n'auraient pas pu être feintes.

— Oui, j'en suis sûr.

— Heureusement qu'elle n'a pas pu distinguer votre mine renfrognée. Ça ne fait pas très religieux.

— Elle n'a rien deviné. Alors détendez-vous.

— Je suis parfaitement détendu. C'est vous qui transpirez et conduisez comme un dingue.

Gregory se radossa à son siège, un sourire aux lèvres. Il se mit à pianoter sur ses genoux en cadence avec un air qui lui trottait dans la tête.

— J'ai super bien joué mon rôle. J'ai entraîné le prêtre hors du presbytère, comme vous me l'aviez suggéré. Je lui ai dit que j'étais à la recherche du père Kevin, avec lequel j'étais au séminaire.

« Il n'avait jamais entendu parler de lui, évidemment. "Vous en êtes sûr ? lui ai-je demandé. Sa mère m'a affirmé qu'on lui avait confié la paroisse Saint-Michel, à la Nouvelle-Orléans." Les cours de diction que j'ai pris à New York m'ont vachement aidé à couvrir mon accent, ajouta-t-il en aparté.

« Bref, le prêtre m'a fait observer que mon ami avait peut-être été assigné à Saint-Michel, mais que j'étais à Saint-Matthieu. Nous avons ri en chœur. Je lui ai expliqué que mon chauffeur de taxi avait dû se tromper d'église. "Ou de saint", a-t-il noté, et on a rigolé de plus belle.

« Pour l'occuper un peu plus longtemps, je lui ai demandé s'il était originaire de la Nouvelle-Orléans. Il m'a répondu qu'il était là depuis dix ans et qu'il connaissait tous les bons restaurants. Non pas qu'il pouvait se les permettre, s'est-il empressé de préciser, mais certains de ses paroissiens, eux, avaient les moyens et la générosité de l'inviter assez souvent. Bla-bla-bla, bla-bla-bla. On a encore causé comme ça pendant dix minutes. Ça vous a suffi ?

— Tout à fait. A présent, taisez-vous, voulez-vous ?

Il n'avait aucune envie de bavarder avec Gregory. Il voulait repenser à ces quelques minutes durant lesquelles seules une mince cloison et une grille en bois l'avaient séparé de Romy Duvall. Il avait été suffisamment près d'elle pour sentir son parfum et entendre ses petits sanglots alors qu'elle lui confessait un péché auquel il ne s'était pas attendu une seconde.

Drogue, ivrognerie, adultère, rien de tout cela ne l'aurait surpris. Mais de la culpabilité suite à une fausse couche ? Il était tombé des nues.

Quoi qu'il en soit, il saurait en tirer profit. Tout en se félicitant de ne jamais avoir fait vœu de chasteté après avoir humé son parfum, il avait réfléchi en policier en se demandant comment utiliser au mieux cette information confidentielle dans le contexte de la mission qu'il s'était fixée. Dans un élan d'inspiration – pas forcément divine –, il avait imaginé une pénitence qui convenait à sa faute et s'intégrait bien à son plan d'ensemble.

Mais il n'était pas très content de lui.

Il aurait préféré ne pas savoir qu'elle avait perdu son bébé. Cela la rendait humaine.

Et puis il regrettait d'avoir effleuré sa main à travers la grille. Cela le rendait humain, lui.

— Dites-moi, Basile, auriez-vous eu une vision ou quelque chose comme ça ?

Brusquement tiré de ses pensées par la question de Gregory, il jeta au jeune homme un coup d'œil peu engageant.

— Je vous trouve franchement bizarre. Quand vous êtes sorti de la cathédrale, on aurait cru que vous aviez rencontré Dieu. (Burke le foudroya à nouveau du regard.) Okay, laissez tomber. Je suppose que je ne suis pas encore habitué à vous voir sans moustache, les cheveux plaqués en arrière. Je suis sûr que votre mère elle-même ne vous reconnaîtrait pas. En plus, les lunettes vous vont bien.

Réalisant qu'il avait oublié d'enlever ses verres carrés à monture d'écaille, il s'empressa de le faire et les posa sur l'accoudoir entre Gregory et lui. C'était du simple verre transparent, mais il était étrange qu'il n'eût pas songé à les ôter. On pouvait se faire tuer en négligeant un détail tel que celui-là. Flic ou gangster, c'étaient les vétilles de ce genre qui risquaient de provoquer votre perte.

Il s'intima l'ordre de réagir, quel que fût le motif de ce brusque laisser-aller. S'il commençait à douter de sa décision, il vacillerait dans sa détermination à venger la mort de Kev. Et s'il n'arrivait pas à ses fins, il ne pourrait plus respirer. Il devait aller jusqu'au bout, ou mourir en ayant au moins essayé. Sa main droite se crispa autour du volant.

En arrivant devant chez Gregory, il s'engagea dans l'allée et freina avec une telle vigueur que la voiture s'immobilisa en une secousse.

Gregory posa la main sur la poignée de la portière.

— Je dois reconnaître qu'en définitive, je me suis bien amusé. A un de ces jours, Basile. Seulement si je n'ai vraiment pas de chance !

A sa consternation, Burke sortit de la voiture en même temps que lui et l'accompagna sur l'allée en brique.

— Je suis content que vous ayez passé un bon moment, père Gregory. Parce que vous n'avez pas encore fini.

15

Pinkie plongea son couteau dans son faux filet saignant.

— Comment est-ce que ça s'appelle ?

Romy détourna le regard du jus rouge vif qui jaillit dans son assiette.

— La « Maison de Jenny ». En l'honneur d'une

petite fille de trois ans abandonnée par sa mère. Elle était quasiment morte de faim quand on l'a retrouvée. On n'a pas pu la sauver.

— C'est incroyable ! s'exclama Flarra. En Amérique, nation de gens obèses qui dépensent des fortunes pour faire des régimes, une enfant est morte de faim ?

— C'est difficile à admettre, n'est-ce pas ?

Romy avait pris soin de choisir une soirée où Flarra dînait avec eux pour aborder la question avec Pinkie. Elle savait que sa sœur qui prenait fait et cause pour toutes les injustices sociales, se rallierait à elle.

Pinkie fit tournoyer son verre de merlot.

— Ce prêtre, le père...

— Gregory, acheva Romy. Il a appelé en demandant à s'entretenir avec moi afin de me faire part des besoins particuliers de son organisation.

— Besoins. En d'autres termes, argent.

Elle acquiesça d'un hochement de tête.

— Il m'a dit qu'ils se démenaient financièrement pour ouvrir ce foyer et le mettre en opération.

— Ces organismes-là sont perpétuellement en train de quémander des dons. Comment se fait-il que tu ne manges rien ? demanda-t-il en désignant son assiette.

— Je n'ai pas faim.

— Toutes ces histoires de petites filles affamées t'ont coupé l'appétit. Ma femme, quelle sensible ! (Il tendit le bras et lui caressa la main.) Si cela peut te faire plaisir, je demanderai à ma secrétaire d'envoyer un chèque dès demain au père Gregory.

— Ça ne suffit pas, répliqua-t-elle en retirant sa main de dessous la sienne. Je veux m'impliquer personnellement.

— Tu n'as pas le temps.

Persuadé d'avoir mis un point final à la discussion, il réattaqua son steak. Mais Romy ne pouvait pas en rester là. Il ne s'agissait pas simplement de satisfaire son besoin d'un passe-temps. C'était une question d'ordre spirituel. Le prêtre lui avait déclaré : « Peut-être pourriez-vous entreprendre quelque chose au bénéfice de l'enfance défavorisée... »

La « Maison de Jenny » avait été la réponse directe à ses prières. Elle avait requis une occasion d'expier sa faute et celle-ci s'était matérialisée sous la forme du coup de téléphone du père Gregory. Si tel était le souhait de Dieu, Pinkie Duvall lui-même ne l'en dissuaderait pas.

D'un ton désinvolte, elle ajouta :

— Je dispose de quelques heures par semaine sans engagement particulier.

— Je pense que ça lui ferait du bien, intervint Flarra de sa voix chantante. Elle est si abattue ces temps-ci.

— Pas du tout, protesta Romy.

— Tu as remarqué, toi aussi ? renchérit Pinkie à l'adresse de sa belle-sœur, ignorant le démenti de Romy.

Elle hocha la tête en faisant rebondir ses boucles noires.

— Ça fait des mois qu'elle se traîne.

— Merci !

— J'ai raison, Romy. C'est forcément vrai si mon beau-frère préféré et moi l'avons tous les deux constaté. (Elle se tourna vers celui-ci en clignant des paupières.) Pourrais-je avoir un peu de vin, s'il vous plaît ?

— Pas question, s'écria Romy, répondant à la place de son mari.

— C'est pas vrai ! Pas de lycée. Pas de garçons. Pas de vin. Je pourrais aussi bien vivre sur Mars.

— Sœur Béatrice aurait un coup au cœur si on te ramène éméchée au pensionnat.

— Je parie qu'elle boit un petit coup de temps en temps. Pouvons-nous discuter de Mardi gras ?

— Pas ce soir.

Pinkie les laissa dialoguer toutes les deux sans les interrompre, comme Romy ne manqua pas de le remarquer. Son attention était concentrée sur elle et son regard dur la mettait mal à l'aise.

— A quoi penses-tu, Pinkie ?

— Je pensais à l'horreur que m'inspire l'idée que ma femme cotoie la racaille.

— Je ne sais même pas ce que le père Gregory envisage de me proposer, souligna-t-elle. Peut-être me demandera-t-il simplement la permission d'ajouter notre nom à la liste de ses bienfaiteurs ou d'encourager nos amis à contribuer à son œuvre. Je n'en saurai rien tant que je ne l'aurai pas rencontré, mais j'aimerais beaucoup prendre part à ce projet. Je souhaiterais au moins lui remettre notre chèque personnellement.

— Où se trouvent ces locaux ?

— Il ne me l'a pas précisé.

— Où a-t-il suggéré que vous vous rencontriez ?

— Il m'a dit que c'était à moi de décider.

Il tapota son index avec agacement contre son verre de vin.

— Pourquoi est-ce si important pour toi, Romy ?

Elle devait faire très attention à ce qu'elle répondait. Pour que Pinkie lui donne son accord, il fallait qu'elle trouve les mots justes.

— C'est important parce que la petite Jenny n'a pas eu un Pinkie Duvall surgissant à temps dans sa vie pour la sauver. Elle n'a pas eu autant de chance que Flarra et moi.

— Ça me donne la chair de poule ! s'exclama Flarra.

Pinkie se détendit et fit signe à Roman de lui resservir un verre de vin.

— Entendu, Romy. Tu peux rencontrer ton prêtre. Mais ici dans la maison. Durant la journée.

— Merci, Pinkie.

— Génial ! s'écria Flarra.

*
* *

Le père Gregory raccrocha et se tourna vers Burke.

— Chez eux. Demain après-midi.

Lors de leur précédente conversation, il avait donné à madame Duvall le numéro d'un téléphone public situé dans les toilettes d'un des bars de strip-tease de son mari. Les vibrations des cuivres de l'orchestre résonnaient à travers les cloisons minces comme du papier à cigarette.

— Chez eux ? répéta Burke en se frottant la nuque. J'espérais que l'entretien aurait lieu ailleurs.

— Raté, fit Gregory. Alors on laisse tomber ? Vous êtes obligé de renoncer à votre plan.

— En fait, c'est mieux comme ça, répondit Burke après réflexion. A quelle heure lui avez-vous fixé rendez-vous ?

— Vous n'avez pas entendu ce que je vous ai dit, Basile ?

— Si, vous m'avez dit : demain chez eux. Et je vous demande à quelle heure.

— Ça ne marchera jamais.

— Ça marchera. Si vous gardez la tête froide et obéissez à mes consignes, ça marchera.

— Vous croyez peut-être me connaître, Basile, mais vous vous trompez. En fait, je suis un lâche. Quand il s'agit de choisir, je pense toujours à moi d'abord.

— Parfait. C'est parfait. Pensez à vous. Si vous me faites faux bond ou si vous m'envoyez promener et vendez la mèche, pensez à vous en prison pendant très longtemps.

Gregory gémit d'un air angoissé.

— Même si quelque chose va de travers sans que ce soit de ma faute, vous m'accuserez à coup sûr.

— Non, je vous le promets, lui assura Burke en toute sincérité. Quoi qu'il arrive, vous vous en sortirez indemne.

— Indemne ? Avec Pinkie Duvall ? persifla Gregory. J'ai failli chier dans mon froc rien qu'en appelant chez lui ! Je me souviens de mes parents parlant de lui à table alors que j'étais encore au lycée. Ce type cst une légende, l'un des magnats les plus puissants de la ville, pour ne pas dire le plus puissant.

— Vous ne m'apprenez rien.

— Alors vous savez qu'il fiche la trouille à tout le monde. On raconte même qu'il zigouille les gens qui le trahissent.

— Ce n'est pas simplement une rumeur.

Gregory en resta bouche bée.

— Et vous voulez que je m'introduise chez lui déguisé en prêtre, que je rencontre sa femme et que je lui prenne du fric ?

— A moins que vous ne préfériez retourner en prison et devenir l'amoureux d'un type que tout le monde appelle le « Taureau ».

— Vous dépassez les bornes. Je suis allé à la cathédrale avec vous et j'ai fait mon numéro. Brillamment, j'ajouterai. Nous sommes quittes.

— Je n'ai jamais prétendu ça, rétorqua Burke d'un ton mielleux. J'ai dit que si vous acceptiez de jouer le rôle du père Gregory, je vous laisserai tranquille.

— Je supposais n'avoir qu'une scène à jouer dans la peau du père Gregory.

— Eh bien, vous vous êtes trompé. Quelle heure demain ?

— Vous êtes complètement cinglé, Basile.

— Probablement.

Gregory n'avait pas tort. Son plan était bel et bien fou. Puissant, certes, efficace, assurément, mais fou, à n'en point douter.

Depuis qu'il avait entendu la confession de madame Duvall, il avait considéré ce plan sous tous les angles. Il y avait toujours un risque que quelque chose aille de travers, mais il avait pris toutes les précautions possibles. Il avait quitté son appartement, et s'était installé, sous un faux nom, dans un autre immeuble tout aussi minable. Il avait abandonné sa Toyota pour un modèle plus ancien.

Dans sa nouvelle voiture, il ne quittait pas le rétroviseur des yeux. Et quand il était à pied, il vérifiait toujours que Bardo, ou l'un de ses acolytes, n'était pas en train de le suivre. Il était à peu près certain que non.

Duvall avait-il rappelé ses molosses ? Après qu'il eut refusé sa proposition d'emploi, le caïd avait dû le reléguer au rayon des quantités négligeables. Sans doute était-il trop arrogant pour redouter des représailles de la part d'un ex-flic viré, fauché, à la réputation ternie. Et s'il s'attendait à une revanche, il prévoyait sûrement quelque chose de violent.

C'était la raison pour laquelle son plan avait des chances de réussir.

— Pourquoi est-ce qu'un autre flic ne pourrait pas jouer le rôle du prêtre ? geignit Gregory.

— Parce que vous êtes meilleur acteur que n'importe qui dans la brigade.

Gregory s'imaginait toujours qu'il prenait part à une opération policière clandestine.

— Eh bien, j'abandonne, déclara-t-il avec emphase. Je ne veux plus incarner le père Gregory. Je préfère aller en taule plutôt que d'avoir Pinkie Duvall au cul.

Burke fonça sur lui.

— Si vous me lâchez maintenant, vos petites fesses seront à la merci de tous les pervers de la prison de la Nouvelle-Orléans. Je m'en assurerai.

Il avait plaqué le jeune homme contre le mur souillé des W.-C.

A présent, les dents serrées, il réitéra :

— Et maintenant, pour la dernière fois, bordel de merde, père Gregory, *à quelle heure demain* ?

*

* *

— Quel plaisir de vous rencontrer, madame Duvall, dit Gregory James en serrant la main de son hôtesse tout en lui adressant un sourire désarmant. Je vous remercie d'avoir accepté de nous recevoir.

Elle jeta un coup d'œil à l'autre prêtre derrière lui.

— Euh, je vous présente le père Kevin, bafouilla Gregory. Mon collègue, cofondateur de la « Maison de Jenny ».

Burke avait choisi ce pseudonyme en l'honneur de Kev Stuart, ce qui lui paraissait approprié.

— Merci tous les deux d'être venus, fit-elle. Je suis flattée que vous ayez sollicité mon aide.

Le solarium dans lequel le majordome les avait conduits donnait sur la pelouse derrière la maison et offrait un panorama sur le belvedère.

— Vous avez une magnifique propriété, madame Duvall, remarqua Burke.

Il ne craignait pas qu'elle reconnaisse sa voix. Dans le confessionnal, il avait chuchoté et feint plusieurs accès de toux. Pas plus qu'elle ne ferait le lien entre le père Kevin, tiré à quatre épingles, et le moustachu à la tenue désinvolte, coiffé d'une casquette de base-ball qui lui avait rapporté son sac d'oranges oublié à la terrasse du café.

— Merci. Je vous en prie, asseyez-vous.

Gregory et lui prirent place côte à côte sur un canapé en rotin. Elle s'assit dans un fauteuil en face d'eux et leur demanda s'il désirait un café.

Le père Gregory sourit au majordome.

— Avec plaisir. Décaféiné, s'il vous plaît.

— Même chose pour moi, dit Burke.

L'homme se retira, laissant les prêtres seuls avec madame Duvall. Et son garde du corps.

Ses larges épaules dépassaient du fauteuil en osier qui semblait avoir du mal à supporter son poids. Son costume sombre détonnait dans la pièce inondée de lumière. Il avait l'air aussi incongru qu'une clé à molette dans un arrangement floral.

Burke avait eu un petit coup au cœur en pénétrant dans le solarium lorsqu'il avait vu la silhouette familière. Madame Duvall ne l'avait pas reconnu, mais son garde du corps était censément formé pour être aux aguets. Burke lui avait adressé un charmant sourire en hochant légèrement la tête. L'homme l'avait salué d'un grognement, sans donner l'impression de le reconnaître. Quel que fût le salaire que Duvall versait à ce balourd, il n'en méritait pas tant.

— Vous n'êtes pas obligé de rester, Errol, fit remarquer madame Duvall. Je suis sûre que notre discussion vous ennuiera à mourir.

Il rumina la chose un moment, gratifia chacun des prêtres d'un regard qui aurait pu passer pour une sévère mise en garde, puis se leva.

— D'accord. Mais je serai dans le couloir si vous avez besoin de moi.

Quand il fut parti, le père Gregory se tourna vers son hôtesse.

— Est-il toujours comme ça ? Ou lui arrive-t-il d'avoir l'air aimable ?

Elle rit spontanément. Burke remercia Gregory en silence de l'avoir mise à l'aise. Jusqu'à maintenant, le jeune homme se débrouillait très bien. Ils continuèrent à bavarder tranquillement jusqu'à ce que le majordome, Roman, revienne avec un grand plateau en argent qu'il déposa sur une table roulante. Madame Duvall servit le café et leur offrit des petits gâteaux enrobés d'un glaçage pastel. Ses gestes étaient fluides, aisés, naturels. Elle mania la lourde cafetière en argent avec autant de grâce que la cuillère qu'elle utilisa pour remuer une gouttelette de crème liquide dans sa tasse.

— Je suis impatiente de vous entendre parler de la « Maison de Jenny ».

Le père Gregory s'éclaircit la voix et s'avança de quelques centimètres sur son siège.

— L'idée m'est venue...

Burke décrocha quand Gregory se lança dans un discours fleuri à propos d'un refuge pour enfants abandonnés qui n'existait pas. Tout en feignant d'être suspendu aux lèvres du père Gregory, il observait le visage de Romy Duvall. Elle écoutait attentivement, réagissant comme prévu aux mots clés que Burke avait suggéré à Gregory d'incorporer dans son laïus. Elle posa quelques questions pertinentes et intelligentes. Quand Gregory lui relata à nouveau l'histoire fictive de la petite Jenny, ses yeux s'emplirent de larmes.

— C'est si tragique !

Parce que son chagrin paraissait sincère, il aurait été facile de commencer à éprouver des remords envers cette grossière manipulation de ses sentiments. Mais Burke se remémora son attitude décontractée avec Bardo dans le belvédère. Toute femme disposée à fricoter avec ce type ne méritait aucune compassion.

Il posa sa tasse et sa soucoupe sur la table près de lui et se leva brusquement.

— Pardonnez-moi de vous interrompre, père Gregory, mais j'ai besoin de m'absenter un instant.

Gregory tourna la tête dans sa direction si vite que sa nuque craqua. Il considéra Burke avec une panique non dissimulée. Ils n'avaient pas répété cette scène-là. Elle ne faisait pas partie du scénario. Burke l'avait omise intentionnellement de peur d'intensifier l'angoisse du jeune homme. Puisqu'il semblait à l'aise dans son rôle, Burke sentait qu'il pouvait le laisser sans risque seul avec madame Duvall quelques minutes, ce qui lui suffirait amplement.

— Il y a des toilettes derrière l'escalier de l'entrée, lui indiqua-t-elle.

— Merci.

— Voudriez-vous qu'Errol vous montre le chemin ?

— Non, merci. Je trouverai.

Il sortit du solarium d'un air dégagé, mais dès qu'il eut franchi le seuil, il s'immobilisa et chercha le garde du corps du regard. Il n'était pas dans le couloir comme il l'avait prétendu. Burke finit par le dénicher dans un salon adjacent en train de regarder la télévision, le dos tourné à la porte. A l'évidence, il ne considérait pas les deux prêtres comme une menace.

Burke pénétra dans les toilettes et ferma la porte. Il en ressortit quelques secondes plus tard et monta les marches quatre à quatre en grimaçant chaque fois qu'un craquement se faisait entendre.

La première porte s'ouvrant sur le palier donnait accès à un autre W.-C. Trois secondes maximum. Il en ressurgissait.

Combien de domestiques y avait-il dans la maison ? Pas moyen de le savoir, mais il supposait qu'ils étaient plusieurs. Il risquait à tout moment de tomber sur une femme de ménage toute dévouée à son maître, exigeant de savoir ce que le bon père fabriquait à fureter comme ça dans la maison de monsieur Duvall. Elle ferait du chahut qui attirerait l'attention d'Errol et celui-ci ne manquerait pas de le neutraliser jusqu'à l'arrivée de Pinkie. Demain à la même heure, les poissons carnivores au fond du golfe se régaleraient de sa dépouille.

Il ouvrit la deuxième porte du couloir et trouva ce qu'il cherchait : une vaste chambre à coucher flanquée de deux salles de bains et agrémentée d'un grand balcon surplombant la pelouse de devant.

Burke n'y connaissait rien en antiquités, mais tous les meubles qu'il avait sous les yeux avaient l'air on ne peut plus authentiques. L'argent de la drogue offrait un excellent pouvoir d'achat dans les ventes aux enchères huppées. La psyché de deux mètres cinquante de haut qui se dressait dans un coin lui renvoyait l'image d'un homme en soutane portant des lunettes inutiles.

— Tu vas un peu loin ce coup-ci, Basile, marmonna-t-il.

Il jeta un bref coup d'œil dans ce qui lui parut être le dressing-room de Pinkie, mais un domestique était passé par là depuis le départ du maître de maison. Tout était en ordre. Rien ne traînait.

Dans la chambre, les tables de chevet étaient faciles à distinguer l'une de l'autre. Pinkie dormait du côté gauche. Près de la tête du lit, il y avait une paire de lunettes de lecture, un numéro de *Newsweek* et un téléphone sans fil. Burke chercha le numéro, mais il n'y avait rien d'inscrit sous la plaquette en plastique qui maintenait l'étiquette fournie par la compagnie de téléphone. Duvall était sur la liste rouge, à tous les coups !

Il ouvrit le tiroir dans l'espoir d'y trouver un agenda, un journal, un relevé de banque. Mais Pinkie était trop futé pour conserver quoi que ce soit dans sa table de nuit en dehors d'un flacon de Maalox, un stylo qui fuyait, une paire de lunettes de rechange et un calepin vierge.

Sur la table de chevet de madame Duvall : un chapelet, un bol de pot-pourri, une carafe d'eau en cristal coiffé d'un petit verre à l'envers. Rien dans le tiroir, hormis une petite boîte de cartes. Pas de carnet d'adresses. A qui écrivait-elle ?

Depuis combien de temps avait-il quitté le solarium ? Probablement trop longtemps pour ce qu'il était censé avoir été faire ! Et si Errol ayant passé la tête par l'entrebaîllement de la porte pendant la pause-publicité et ne voyant plus qu'un seul prêtre, avait demandé où il était passé ?

Dépêche-toi !

Il inspecta rapidement le dressing-room de madame Duvall. La domestique n'était pas encore venue, pas depuis que la maîtresse de maison s'était habillée pour recevoir le père Gregory et le père Kevin. Un chemisier traînant sur le pouf en satin devant la coiffeuse. Elle avait apparemment envisagé de le mettre avant de se raviser. Burke s'en saisit, frotta le tissu entre ses doigts. De la soie. Il le remit exactement comme il était.

En remarquant la présence d'un tiroir en dessous du miroir, il l'ouvrit. Une partie de la glace bascula, révélant une petite armoire à pharmacie. Une brosse à dents, de la pâte dentifrice, de la Visine, des comprimés contre le stress, des cotons-tiges, des tampons, une tablette de pilules. Rien d'autre.

Il referma le tiroir et s'apprêtait à faire volte-face quand il remarqua que la surface en marbre de la coiffeuse était recouverte d'une fine couche de talc. La poudre provenait d'une boîte en cristal ronde surmontée d'un couvercle en argent ciselé. A côté, il y avait une luxueuse houppe en laine de mouton qu'il prit et renifla. Il reconnut instantanément le parfum. Il frotta la pulpe de ses doigts contre la touffe toute douce en conjurant des images provocantes sur les endroits exotiques où elle était passée.

Qu'est-ce que tu fabriques, Basile ? Fiche le camp d'ici et vite !

Il remit l'objet en place près du récipient en cristal et quitta le dressing-room comme si le diable était à ses trousses. A la porte de la chambre, il s'arrêta, tendit l'oreille. N'ayant rien entendu, il ouvrit la porte sans bruit et sortit dans le couloir.

Il avait descendu la moitié des marches quand Errol apparut dans l'entrée.

Sur le chemin des toilettes apparemment, Errol s'arrêta net en voyant le père Kevin descendre les marches sur la pointe des pieds. Burke lui adressa un sourire désarmant.

— Si vous allez aux W.-C., vous aurez peut-être besoin de ça, fit-il en lançant au garde du corps un rouleau de papier hygiénique.

Encore surpris, Errol rattrapa l'objet en question.

— Il n'y en avait plus dans les toilettes du bas, alors j'ai dû utiliser ceux du haut.

Errol poussa la porte des toilettes et vérifia le porte-papiers d'où Burke avait pris soin de retirer le rouleau avant de monter. Il l'avait emporté avec lui lors de sa visite au premier et rapporté comme s'il venait d'en haut.

— Je me suis dit que tant que j'y étais, autant remplacer celui d'en bas. On ne sait jamais quand quelqu'un risque d'en avoir besoin. (Il grimaça un sourire, d'homme à homme.) Evidemment, ça dépend de ce qu'on a à y faire.

— Ouais, marmonna Errol, encore incertain. Merci.

Burke se dirigea vers le solarium, puis se retourna comme si une idée venait de lui traverser l'esprit.

— Hé, si monsieur et madame Duvall décident de s'impliquer dans le projet de la « Maison de Jenny », vous aimeriez peut-être y participer vous aussi ? Aider les gosses, organiser des jeux, ce genre de choses.

— J'en doute. Monsieur Duvall me donne suffisamment de travail à faire.

— Bon, tant pis, c'était juste une suggestion.

Burke continua son chemin jusqu'au solarium, où Gregory parlait toujours.

— Le père Kevin et moi pensons qu'il est essentiel que l'on confie des tâches à exécuter à nos petits pensionnaires. Ainsi ce serait moins un foyer d'accueil qu'une véritable maison.

— Excellente idée, mon père.

Gregory jeta un coup d'œil à Burke avec un soulagement évident.

— Le père Kevin et moi estimons par ailleurs que donner aux enfants le sens des responsabilités et encourager leurs moindres réalisations constitue une première étape pour inverser les effets négatifs dont ils ont souffert jusque-là et rétablir leur confiance en eux.

Madame Duvall se tourna vers Burke pour avoir sa confirmation. Il hocha la tête, mais à cet instant il aurait été d'accord avec n'importe quelle théorie, y compris que la lune était du fromage blanc. C'était pour ainsi dire impossible de conserver une expression sacerdotale si peu de temps après avoir humé sa houppe. Il s'efforça de maintenir son regard au-dessus de la croix qui pendait à son cou, mais une bataille faisait rage en lui entre son ça et son ego.

— Dieu a glorifié notre visite, père Kevin, dit Gregory en brandissant un chèque de dix mille dollars à l'ordre de la « Maison de Jenny ».

— Vous êtes très généreuse, madame Duvall. Que le Seigneur vous bénisse !

— Qu'Il bénisse votre mission, père Kevin !

Burke se leva.

— Nous ne voudrions pas vous prendre davantage de votre temps.

— Certainement pas, renchérit Gregory en se dressant à son tour. Une fois que je commence à parler de la Maison de Jenny, on ne peut plus m'arrêter.

— Ça m'a fait très plaisir, reprit-elle. Vous serait-il possible de rester jusqu'au retour de mon mari ? Je sais qu'il serait ravi de vous rencontrer.

— Malheureusement non. Nous devons partir.

Nous avons d'autres rendez-vous. Une autre fois peut-être.

Burke tendit une carte de visite à Romy.

— Je suis sûr que vous aimeriez suivre l'évolution du projet. Je vous en prie, appelez à tout moment.

— Merci. Je n'y manquerai pas.

— D'ailleurs, vous aimeriez peut-être vous rendre vous-même sur les lieux.

Le père Gregory en resta muet. Il considéra son collègue d'un air hébété. En revanche, madame Duvall paraissait ravie.

— Serait-ce possible ?

— Non.

— Bien sûr.

Gregory et Burke avaient parlé en même temps, mais la réponse de Burke couvrit celle de Gregory.

— Naturellement, enchaîna ce dernier d'un air penaud, on fera ce que le père Kevin souhaite. Je pensais simplement attendre que les locaux soient prêts pour les inaugurer officiellement. Inviter tous nos bienfaiteurs en même temps, vous voyez, précisa-t-il sans conviction.

— Je suis persuadé que madame Duvall préférerait une visite privée, souligna Burke en la regardant dans les yeux.

— Je ne m'attends pas à un traitement de faveur, dit-elle, mais je serais enchantée de voir les progrès. Je peux peut-être vous aider.

— Votre contribution financière est déjà une assistance considérable, croyez-moi, déclara le père Gregory.

— Certes, mais un rapport favorable de ma part incitera peut-être mon époux à se montrer encore plus généreux.

Burke sourit.

— Raison de plus pour que vous vous rendiez vous-même sur place. Appelez-nous lorsque vous souhaitez venir. Nous nous tiendrons à votre disposition quand cela vous conviendra.

*

* *

— « Nous nous tiendrons à votre disposition » ? « Quand cela vous conviendra » ? Doux Jésus, on est cuits !

— Cessez de brailler ! Vous me donnez mal à la tête.

— Dans quel coup foireux m'avez-vous mis, Basile ? Ça ne me plaît pas du tout. J'ai accepté de vous rendre un service et j'ai tenu parole, non ? Pas seulement une fois, mais deux ! Maintenant, c'est fini. Terminé. On n'en parle plus. Applaudissements. Baissez le rideau. Eteignez les lumières. Tout le monde rentre chez soi. Pas de rappel. Je viens de jouer ma dernière scène avec vous. Vous n'arrêtez pas de modifier le dialogue. Et puis où êtes-vous allé quand vous avez quitté la pièce ?

— Faire pipi.

— Ben voyons ! Je crois plutôt que vous êtes allé fureter. Voilà ce que je pense.

— C'est l'un de vos plus gros problèmes, Gregory. Vous pensez trop. Vous feriez mieux de suivre le courant.

— Si je fais ça, j'ai toutes les chances de me retrouver en train de flotter dans le Mississippi. Je n'ai pas accompli grand-chose dans l'existence, certes, mais je ne suis pas prêt à mourir. A partir de maintenant, débrouillez-vous sans moi.

La discussion se poursuivit jusque chez Gregory. En arrivant, Burke se pencha devant son compagnon pour lui ouvrir la portière.

— Rentrez chez vous, détendez-vous, buvez un verre de vin et calmez-vous. Je vous recontacte.

— Je ne suis plus dans le coup. Plus dans le coup !

— On ne sert pas de pinot noir au dîner en prison, Gregory.

— Inutile de continuer à me menacer de prison. Vous n'avez aucun mobile pour m'arrêter.

— Peut-être pas aujourd'hui. Mais dans une ou deux semaines... Je ne vous lâcherai pas d'une semelle. Tôt ou tard, vous serez repris par ces impulsions que vous êtes incapable de contrôler, comme vous l'avez reconnu vous-même.

— Mon psy et moi progressons.

— Faux. Il se remplit les poches grâce à un cas qu'il sait désespéré. Vous êtes une cible idéale et il se cramponne à vous comme un nouveau-né au sein de sa mère.

Gregory s'affala sur son siège.

— Vous êtes un beau salopard, Basile.

— Nous le savions déjà.

— Vous avez plus de volonté que moi. Je n'aurais jamais le dessus avec vous. Tout le monde se fiche de moi.

Burke se pencha, saisit Gregory par les cheveux et le força à tourner la tête vers lui.

— Ecoutez-moi, espèce de petite punaise pleurnicharde et enfant gâté. Croyez-le si vous voulez, c'est peut-être la meilleure chose qui vous soit jamais arrivé dans votre misérable vie. Pour une fois, quelqu'un vous oblige à faire quelque chose que vous n'avez pas envie de faire. Je vous donne l'occasion de prouver que vous valez mieux que ce que tout le monde pense et que vous êtes un homme.

Gregory déglutit avec peine sous l'effet de l'émotion.

— Honnêtement, je ne pense pas que je puisse en être un, Basile. J'aimerais bien, mais comme vous dites, je suis un incapable. Je ne compterais pas sur moi si j'étais vous.

— Malheureusement, grommela Burke en lui lâchant les cheveux, je n'ai pas mieux.

Gregory posa un pied sur le trottoir, mais ne fit pas mine de sortir. Au bout d'un moment, il bougonna :

— Il ne s'agit pas d'une opération de police, n'est-ce pas ?

— Non. Non, répéta Burke en le regardant droit dans les yeux, c'est une vengeance personnelle liée à mon ami qui a été tué l'année dernière.

— J'ai bien pensé que c'était un truc comme ça. Merci de me dire la vérité.

— Il n'y a pas de quoi.

Burke détourna la tête et regarda à travers le pare-brise embué de la voiture. Il ne réfléchit que quelques secondes avant d'enchaîner :

— Laissez tomber, Gregory. Je n'aurais pas dû vous entraîner dans cette affaire. Je vous ai menti et manipulé depuis le départ, et comme vous le dites vous-même, ce n'est pas juste. Je suis sur le point d'entreprendre quelque chose de fou et de très périlleux. Là-dessus aussi vous aviez raison. Vous auriez probablement paniqué et foiré à un moment ou un autre, et vous seriez retrouvé raide mort. Je n'ai pas besoin d'une autre mort sur la conscience. Il me fallait votre aide pour ce qui est des trucs cléricaux, mais je pense qu'à partir de maintenant, je peux me débrouiller tout seul. Merci de votre aide.

Puis, comme si l'idée venait de lui traverser l'esprit, il ajouta :

— Ça me fait vraiment de la peine de vous voir bousiller votre vie comme ça, Gregory. Si vous ne devenez pas un peu plus sensé en vous rangeant des voitures, vous finirez par vous faire choper et envoyer en taule pour un bon bout de temps. Un de ces jours, votre père ne parviendra pas à vous cautionner pour une affaire grave qui dégoûtera non seulement la population en général, mais aussi vos codétenus. Ils feront de votre vie un enfer et il se peut même qu'ils vous liquident. Réfléchissez bien aux conséquences de vos actes la prochaine fois que vous éprouvez le besoin de vous exhiber, en particulier devant un môme.

Et souriant d'un air espiègle, il fit le signe de croix.

— Allez en paix, mon fils, et ne péchez plus !

Après quoi il saisit le levier de vitesse et passa la première.

— Attendez !

L'indécision perturbait les traits séduisants de Gregory. Il se mordillait l'intérieur de la joue.

— Est-ce que je risque des ennuis ? Ou d'être blessé ?

— Je jure que je ferai tout pour empêcher cela d'arriver. Mais les risques sont certains.

Après un long moment de réflexion, le jeune homme soupira.

— Et puis flûte ! Je suis déjà dedans jusqu'au cou. De toute façon, il ne se passe rien d'autre dans ma vie.

17

— Comment ça, il a disparu ?

Bardo haussa les épaules.

— C'est comme je vous le dis, Pinkie. Personne ne l'a vu. Je suis retourné dans ce trou à rats où il créchait, mais il avait déménagé. J'ai un peu malmené le gérant de l'immeuble, mais il m'a juré que Basile était parti au milieu de la nuit après avoir déposé le montant de son loyer et la clé dans la boîte à lettres. Ce n'est pas le genre d'endroit où on laisse une adresse pour faire suivre son courrier. Il s'est volatilisé ! L'un de nos gars à la NOPD a mené sa petite enquête. Il affirme que personne n'a eu de nouvelles depuis qu'il a rendu son insigne.

— Vous auriez dû le faire filer.

— Okay, mais on pouvait pas savoir.

Cette apparente disparition mettait Pinkie mal à l'aise. Basile n'avait pas décliné sa proposition d'emploi avec un « Non, mais je suis flatté que vous ayez songé à moi » courtois. Il avait refusé d'une manière qui ne laissait pas de place à la négociation. Cela agaçait Pinkie pour deux raisons : d'abord, cette insulte de la part d'un ex-flic de rien du tout auquel il s'était adressé avec les meilleures intentions du monde le fichait en rogne. C'était la première fois qu'il essayait d'attirer Basile dans le camp opposé du commerce des stupéfiants, mais il avait déjà songé à lui mettre un appât sous le nez pour voir s'il mordrait à l'hameçon. Pouvait-on imaginer meilleur moyen d'éliminer un ennemi que de l'enrôler dans son équipe ?

Et Basile était incontestablement un ennemi. Au sein de la brigade des stupéfiants, il avait été une plaie tenace, insistant pour qu'une autopsie ait lieu après chaque opération, couronnée ou non de succès. Champion de la bonne cause, il exigeait de connaître les responsables de toutes les erreurs et passait au peigne fin les tenants et aboutissants de la moindre bévue. C'était une conscience obstinée qui maintenait la division raisonnablement honnête. Quoique. Pas tout à fait.

Pis, il semblait incorruptible. Pinkie avait dépêché des pourvoyeurs de tous les vices possibles et imaginables pour tenter de trouver son talon d'Achille. Ils avaient échoué les uns après les autres – les parieurs, les dealers, les femmes. Ils avaient tous essayé en vain de le compromettre.

Pendant des années, Basile lui avait mis des bâtons dans les roues. Il s'était érigé en général dans la guerre contre la drogue et avait le pouvoir de rallier les troupes. Depuis que Kev Stuart était mort, le conflit avait pris une tournure plus personnelle. Basile n'avait toujours pas avalé l'incident et, en dépit du verdict du procès Bardo, il n'était pas prêt de lâcher prise. Il ne connaîtrait pas un instant de répit tant qu'il n'aurait pas vengé la mort de son ami. Sa démission n'était qu'une feinte.

Ce qui amenait Pinkie au deuxième motif pour lequel il avait espéré que Basile coopérerait avec lui. Il pouvait le surveiller de plus près s'il travaillait pour lui. Tant que Basile demeurait dans les rangs de la police, ses activités étaient faciles à surveiller. Maintenant il avait disparu et personne n'avait l'air de savoir où il était passé ni ce qu'il avait l'intention de faire. Pinkie n'aimait pas ça du tout.

Un homme n'accédait pas à une position de pouvoir telle que la sienne sans se faire une légion d'ennemis en cours de route. Il n'aurait jamais pu dénombrer les menaces, réelles ou voilées, dont il avait fait l'objet au fil des années. Il payait cher pour se protéger contre tous ceux qui lui en voulaient. Et il se sentait en sécurité. Néanmoins, il était suffisamment intelligent pour savoir qu'en dépit de toutes les précautions dont il s'entourait, il n'y avait pas moyen d'être à l'abri du danger à cent pour cent, vingt-quatre heures sur vingt-quatre. Personne n'était invulnérable, pas même les chefs d'Etat !

Burke Basile était quelque part dans la nature, véritable bombe à retardement, attisé par une haine sans nom à son encontre. Il serait fou de ne pas s'en inquiéter.

Le système dans lequel Basile avait placé toute sa

confiance l'avait trahi, aussi lui avait-il fait un pied de nez en y renonçant purement et simplement. Ses actes n'étaient plus gouvernés par les règlements de la police, ce qui le rendait doublement dangereux.

Certes, Basile ne pouvait lui faire du tort sans ternir sa réputation, mais ce n'était qu'une piètre consolation. Jusqu'où allait sa folie ? Jusqu'où irait-il pour obtenir sa revanche ? Qu'avait-il à perdre ? Pas sa carrière. Ni femme ni famille. Aucun bien matériel. Ni son intégrité ni sa réputation, que les médias avaient déjà mises à mal.

C'était ce qui perturbait le plus Pinkie. L'expérience lui avait appris que moins une personne avait à perdre, plus elle posait de graves menaces.

— Je veux qu'on me le trouve, dit-il à Bardo d'un ton emphatique.

— Qu'est-ce que je fais quand je mets la main dessus ?

Pinkie le considéra d'un air entendu.

— Avec plaisir, acquiesca l'homme de main en grimaçant un sourire.

La secrétaire de Pinkie frappa à la porte. Il lui fit signe d'entrer.

— Pardonnez-moi de vous interrompre, monsieur Duvall, mais vous m'avez demandé de vous communiquer ces renseignements dès que je les obtiendrais.

Ayant informé Bardo de sa mission, il le congédia et s'empara du mémo dactylographiée concernant la « Maison de Jenny » que sa secrétaire lui tendait. Lorsqu'il était rentré tard la veille au soir, Romy était presque redevenue elle-même. Elle était tout feu tout flammes à propos de l'œuvre de bienfaisance du père Gregory, qui l'avait même invitée à visiter les lieux. Pinkie lui avait promis d'y réfléchir. L'affaire semblait inoffensive, surtout si cela pouvait la tirer de son abattement.

Il avait longuement interrogé Errol à propos de la

visite du prêtre et avait été surpris d'apprendre que deux hommes étaient venus au rendez-vous. L'un d'eux plus âgé et plus professionnel que l'autre, de l'avis d'Errol. Le plus jeune, séduisant, probablement homosexuel. C'était lui, le père Gregory, qui avait causé presque tout le temps. Errol lui avait précisé qu'il était resté dans la pièce durant toute leur visite et que les deux prêtres n'avaient parlé que de leur foyer.

En tripotant la carte de visite que le prêtre avait remise à Romy, Pinkie demanda à sa secrétaire si elle avait appelé le numéro indiqué.

— Oui, monsieur. J'ai eu une dame au bout du fil.

— Comment a-t-elle répondu ?

— « Maison de Jenny. »

— Alors c'est légal ?

— Oh oui, monsieur Duvall. J'ai dit que je voulais parler au père Gregory. Elle m'a répondu qu'aucun des deux prêtres n'était là, mais qu'elle serait ravie de prendre un message.

Puis la jeune femme éclata de rire.

— Elle croyait que j'appelais pour faire un don. Elle m'a donné toutes sortes de renseignements que je ne lui avais pas demandés. Je n'ai pas tout écrit mot pour mot, mais comme vous pouvez le voir sur mon mémo, j'ai pris des tas de notes.

*

* *

— Bon travail, Dixie.

Burke lui prit le combiné des mains et raccrocha. Le téléphone public se trouvait dans le couloir au deuxième étage d'un asile de nuit qui empestait la plomberie en piteux état.

— Pour quarante dollars, ça valait le coup !

Bien qu'il l'eût payée à l'avance, Dixie le suivit

dans la pièce qu'il louait à la journée sous un faux nom. Elle grimpa sur le lit en plantant les talons aiguilles de ses bottes en cuir verni blanc dans le couvre-lit taché. Quand elle sourit, il vit son chewing-gum vert coincé entre deux molaires.

— Vous croyez vraiment que j'ai une voix de bonne sœur ?

— Je me serais mépris moi-même. Vous voulez boire quelque chose ?

— Et comment !

Burke extirpa une canette de soda de la glacière en polystyrène expansé – il n'y avait pas de réfrigérateur dans la chambre – et la lui tendit.

— Quand vous avez parlé de boire un coup, je pensais plutôt à...

— Non. Vous n'avez pas l'âge de boire de l'alcool.

Elle pouffa de rire, puis fit sauter la languette de son soda et suça la mousse qui en jaillit.

— Vous étiez sérieux ?

— A quel sujet ?

— Vous trouvez vraiment que j'ai une voix de bonne sœur ? J'ai peut-être raté ma vocation.

— Peut-être.

— Mais quand on y pense, je joue un peu ce rôle-là dans la vie.

Burke leva un sourcil sceptique.

Elle se mit en appui sur les coudes, une position qui expulsait pour ainsi dire ses seins de son balconnet en dentelle noire, sous sa veste en jean ouverte.

— Je ne plaisante pas.

— Les religieuses ne portent pas de minijupes en vinyle rouge ni de parfum capiteux, Dixie.

Son odeur de gardénia était son signe distinctif. Quand les gens de la brigade des mœurs la cherchait, il leur suffisait de renifler, littéralement. Dans cette pièce exiguë où un millier d'échanges plus sordides les uns que les autres avaient sans doute eu lieu, ces effluves doucereux étaient aussi suffocants qu'un gumbo et légèrement écœurants.

— Les sœurs servent leur prochain. N'est-ce pas ce que je fais moi aussi ?

— Je crois que la distinction se situe dans la manière dont vous vous y prenez.

— Evidemment, si vous voulez entrer dans les détails... (Elle avala une grande goulée.) Vous êtes catho, Basile ?

— Mes parents l'étaient.

— J'ai du mal à vous imaginer en train de prier.

— Ça fait longtemps que ça ne m'est pas arrivé, murmura-t-il.

Il était à peu près certain que Pinkie vérifierait l'existence de la Maison de Jenny, surtout si sa femme avait demandé la permission de la visiter. Partant de cette hypothèse, Burke avait payé un artiste affamé vingt dollars pour dessiner un logo bidon destiné au prétendu foyer pour enfants. Après quoi il était allé dans une imprimerie self-service et avait confectionné une vingtaine de cartes de visite comportant ce logo et le numéro du téléphone public en face de sa chambre. Il en avait remise une à madame Duvall.

Plus tôt dans la journée, il s'était mis en quête d'une « secrétaire » et il était tombé sur Dixie. C'était une bonne prostituée et une source d'informations encore meilleure. La première de ces qualités, il n'avait jamais vérifié, mais il lui avait acheté à plusieurs reprises des renseignements qui s'étaient toujours révélés valides. Elle battait le pavé depuis l'âge de treize ans. Burke s'émerveillait qu'elle eût vécu jusqu'à l'âge mûr de dix-sept ans.

— Vous savez, j'ai failli ne pas vous reconnaître ce matin, observa-t-elle en roulant la canette fraîche sur ses lèvres luisantes de rouge à lèvres. Quand avez-vous perdu votre moustache ?

— Il y a quelques jours.

— Et pourquoi ?

— Ça m'a pris comme ça.

— Vous travaillez clandestinement maintenant ?

— Si vous voulez.

— La pimbêche au téléphone m'a raconté qu'elle était du bureau de Pinkie Duvall. Qu'est-ce que c'est que cette histoire ?

— Vous n'avez pas besoin de le savoir.

— Ben dis donc, Basile, pas facile de vous tirer les vers du nez.

— Je n'ai pas trop envie de parler, Dixie.

Il s'allongea sur le lit à côté d'elle et tassa l'oreiller sous sa tête.

Elle roula vers lui et posa sa cuisse sur la sienne.

— Ça m'est égal, mon chou. On n'a pas besoin de causer.

Sa main glissa de sa poitrine vers la boucle de sa ceinture sur laquelle elle entreprit de tirailler. Il immobilisa ses doigts.

— Ce n'est pas ce que j'ai voulu dire. Vous avez déjà empoché quarante dollars et j'ai un budget serré.

Elle réfléchit une seconde ou deux. Puis glissa un long ongle sur sa lèvre supérieure rasée de frais.

— Peu importe. C'est gratuit.

— Merci, mais pas cette fois-ci.

— Pourquoi pas ? Seriez-vous le dernier mari fidèle de la planète ?

— Plus maintenant.

— Vous n'êtes plus fidèle ?

— Je ne suis plus marié.

— Alors où est le problème ? Allons, Basile. Vous ne seriez pas mon premier flic. J'en ai déjà eu des dizaines. Vous êtes le dernier bastion et il faut que j'entretienne ma réputation.

« Pouvez-vous affirmer sans mentir que vous n'avez jamais songé à me sauter ?

Il lui sourit.

— Vous êtes belle comme un cœur, Dixie. Je suis sûr que c'est un des grands plaisirs de l'existence de vous sauter. Mais je pourrais avoir une fille de votre âge.

— Je ne vois pas ce que l'âge a à voir là-dedans.

— A l'heure qu'il est, tout ! Je suis fatigué et j'ai besoin de dormir.

— C'est midi.

— Je me suis couché tard hier soir.

— Raison de plus pour vous détendre et profiter de la vie. Je ferai tout le boulot, proposa-t-elle en laissant de nouveau sa main errer en direction de sa ceinture.

Il l'interrompit une nouvelle fois.

— Pas cette fois-ci.

Déçue, elle poussa un soupir parfumé à la pomme verte.

— Bon, fit-elle à contrecœur. Mais puis-je rester allongée ici un moment pour me reposer ?

Son regard passa de ses lèvres roses boudeuses à sa poitrine qui débordait du soutien-gorge en dentelle.

— Je ne pense pas que j'arriverai à me détendre.

Elle sourit d'un air espiègle.

— Alors je vous excite quand même.

— Fichez le camp, Dixie. Laissez-moi faire la sieste en paix.

Il la poussa affectueusement et elle sauta au bas du lit.

— Bon, j'ai fait de mon mieux.

Parvenue sur le seuil, elle s'arrêta, une main sur la hanche, l'autre sur la poignée de la porte.

— Si vous cherchez des noises à Pinkie Duvall, vous allez au devant de gros ennuis.

— Je sais.

— Les types bien comme vous, il y en a pas beaucoup, Basile. Faites gaffe à vous, okay ?

— Vous aussi, Dixie.

Au moment où elle ouvrait la porte, le téléphone se mit à sonner dans le couloir. Basile se leva comme une fusée.

— Répondez, fit-il à Dixie en la poussant devant lui dans le couloir. Comme tout à l'heure.

La prostituée avait tout d'une secrétaire chevronnée quand elle décrocha au bout de la troisième sonnerie.

— Maison de Jenny, bonjour.

Elle écouta, puis lança :

— Ne quittez pas, s'il vous plaît.

En couvrant l'émetteur, elle chuchota :

— Elle veut parler au père Gregory.

— Elle ? C'est la même que tout à l'heure ?

— Non, je ne crois pas.

— Dites-lui que le père Gregory est sorti et demandez-lui si elle souhaite parler au père Kevin ?

— A savoir ?

— Moi.

Dixie le dévisagea d'un air soupçonneux, mais elle transmit le message. Au bout d'un moment, elle tendit le combiné à Burke.

— A vous, *padre.*

— Allô, ici le père Kevin.

— Bonjour, mon père. C'est Romy Duvall.

Il ferma un instant les yeux. Jusque-là, tout fonctionnait.

— Oh oui. Bonjour. Comment allez-vous, madame Duvall ?

— Très bien, merci. L'invitation pour visiter la Maison de Jenny tient-elle toujours ?

— Certainement. Quand êtes-vous libre ?

— Après-demain. En début d'après-midi.

Après-demain. En début d'après-midi. Dans quarante-huit heures à peine. Aurait-il le temps de tout arranger d'ici là ?

— Parfait, s'entendit-il prononcer. Trois heures ?

— Très bien. Donnez-moi l'adresse.

— Euh, à vrai dire, madame Duvall, c'est assez difficile à trouver. Plutôt que de vous expliquer le chemin, ce serait plus simple que le père Gregory et moi-même passions vous chercher.

— Oh, je ne sais pas.

Sentant son hésitation, il ajouta à la hâte :

— Votre contribution était une réponse directe à nos prières. Nous avons utilisé votre chèque pour acheter une camionnette dont nous avions grandement besoin. Nous aimerions vous la montrer.

Dixie s'acharnait sur son chewing-gum tout en le considérant d'un œil amusé.

— Je suis tellement heureuse que vous ayez pu faire bon usage de notre don, poursuivit Romy Duvall.

— Alors voulez-vous que nous venions vous chercher ?

— Eh bien, pourquoi pas ?... Oui, venez nous prendre ici, confirma-t-elle, plus déterminée.

— Nous ?

— Eh bien mon... euh, Errol. Il vient avec nous.

— Très bien.

— Dans ce cas, nous nous voyons après-demain à trois heures.

Il raccrocha sans lâcher le combiné. Il ne bougeait plus, fixant un point d'un air absent, mais son esprit fonctionnait à toute vitesse. Au bout d'un moment, il se rendit compte que Dixie était encore là, le dos au mur, les bras croisés, à l'observer d'un air espiègle.

— Qu'est-ce qui vous arrive, Basile ?

— Que voulez-vous dire ?

— Vous avez l'air d'un gamin qui vient de décrocher un rendez-vous avec la reine du bal !

— Ce n'est pas vraiment un rendez-vous, répondit-il distraitement.

Puis, se secouant pour s'extirper de son hébétement, il la remercia à nouveau de son aide.

— Je n'aurais pas pu m'en sortir sans vous.

— Vous sortir de quoi ?

— Peu importe. (Machinalement, il commença à se tâter les poches à la recherche d'un papier pour écrire.) Ecoutez, je vais vous donner une adresse et je veux que vous la gardiez précieusement. Si vous avez besoin d'un endroit sûr un jour, allez là-bas.

Il dénicha un vieux reçu dans la poche de son pantalon et gribouilla une adresse dessus. Dixie y jeta à peine un coup d'œil avant de le fourrer dans une des poches de sa veste.

— Un endroit sûr ? Il ne va rien m'arriver.

— Ne soyez pas stupide. Les filles comme vous ont une espérance de vie courte. Il tapota la poche où elle avait glissé le bout de papier. N'oubliez pas.

*

* *

Burke appuya la tête contre le repose-tête de sa nouvelle voiture. Enfin, pas vraiment nouvelle. Juste différente de la Toyota. Il résista difficilement à l'envie de fermer les yeux de peur que l'épuisement ne prenne le dessus. S'il s'endormait, il risquait de rater quelque chose.

Il espérait qu'après toute la peine qu'il s'était donnée pour l'installer, cette fichue pastille fonctionnerait.

Duvall faisait probablement fouiller la maison chaque jour à la recherche de ce genre de dispositifs, et même s'il ne savait pas que c'était Burke Basile qui avait placé le minuscule micro sans fil sous sa table de nuit, les deux prêtres feraient partie des suspects.

L'équipement ultra-moderne étant coûteux, et son budget restreint, il avait demandé à un des flics qui travaillaient dans la salle de mise sous scellés de lui rendre un petit service. Quelques années auparavant, le fils de ce dernier avait frayé avec une bande de voyous. L'une des équipes de Basile l'avait trouvé en possession de drogue à l'occasion d'une rafle. Avec la bénédiction paternelle, Basile avait passé un savon au gamin et l'avait, par la menace, influencé de façon positive au point de le faire évoluer définitivement. Sa famille s'estimait toujours redevable envers lui.

L'objet, de la taille d'une petite pièce, avait été saisi lors d'une descente ; personne ne remarquerait son absence. Son collègue l'avait subtilisé, et Basile et lui l'avaient testé ensemble. Il marchait, mais la qualité était médiocre.

Jusqu'à ce soir, il n'avait pas encore eu l'occasion de juger de son efficacité. Au bout d'une heure et demie de surveillance, la chambre du maître de maison était toujours plongée dans l'obscurité. Il jeta un coup d'œil à sa montre. Onze heures vingt. Combien de temps tiendrait-il le coup ? Il était épuisé. Depuis que madame Duvall avait appelé plus tôt dans la journée, il n'avait pas chômé.

Le « père Kevin » n'avait eu aucune peine à encaisser le chèque de Duvall à la banque d'où il avait été émis. L'argent lui avait permis d'acheter *cash* à un particulier une fourgonnette dénichée dans les petites annonces. Il l'avait aussitôt conduite chez un carrossier bon marché, auquel il avait demandé un travail en urgence. Elle serait prête le lendemain après-midi. Ensuite, il était retourné dans sa chambre où il avait découpé un stencil en carton dont il se servirait pour appliquer le logo de la Maison de Jenny sur les portières du véhicule repeint.

Une limousine venait de passer à côté de lui.

Lorsqu'il se rendit compte que la voiture appartenait aux Duvall, il ne voyait déjà plus que les feux arrière. Il retint son souffle jusqu'à ce qu'elle eût disparu de l'autre côté du portail de sécurité en fer à l'arrière de la propriété. Quelques instants plus tard, la lumière s'alluma dans la chambre.

Il mit son casque et entendit aussitôt des voix.

— ... à l'opéra... l'ai entendue... et... nulle.

C'était la voix de Pinkie.

Burke réajusta les écouteurs juste à temps pour entendre son épouse dire :

— ... fiers qu'elle ait passé la première audition. C'est leur fille unique.

— En tout cas, je me suis ennuyé à mourir. Il fait chaud ici. Baisse le thermostat.

Pendant plusieurs minutes, Burke n'entendit plus rien et les imagina dans leur dressing-room respectif en train de se préparer pour aller au lit.

— Je leur écrirai un petit mot de remerciements demain, entendit-il ensuite.

— Si tu y tiens. Enlève ce fichu truc.

Les lumières s'éteignirent. Bruissement de draps, de corps s'ajustant l'un à l'autre. Pinkie se rapprochant de sa femme nue, caressant sa peau poudrée de talc provenant d'un petit récipient coiffé d'un couvercle en argent ciselé.

Burke ferma les yeux.

— Tous les hommes mangeaient des yeux ma magnifique épouse ce soir.

— Merci.

Burke s'intima l'ordre d'enlever les écouteurs. Ils n'allaient sûrement pas parler du commerce annexe de Duvall. Il n'apprendrait rien de plus en épiant à leur insu ce qui était manifestement une conversation intime. Il ne retira pas pour autant son casque.

— J'ai surpris le vieux Salley le regard rivé sur tes seins. Je l'ai fusillé du regard. Il a rougi jusqu'à la racine de son postiche, gloussa Duvall. Au dessert, tous les bonshommes autour de la table cachaient leur érection sous leur serviette.

— Ne raconte pas des choses pareilles !

— Pourquoi pas ? C'est vrai.

— Je ne te crois pas.

— Crois-moi, Romy. Quand un homme te regarde, il ne pense qu'à ça. (Nouveaux bruissements. Frottement d'épidermes.) Tu vois ce que je veux dire ?

Elle murmura quelque chose si bas que le micro ne capta rien.

Ce qu'elle prononça plut manifestement à Duvall parce qu'il ricana fièrement.

— Ah, tu sais vraiment y faire, ma chérie.

Un instant plus tard, un grognement satisfait de Duvall.

Burke baissa la tête et se frotta énergiquement les yeux.

Après ce qui lui parut une éternité, Duvall grommela :

— Seigneur, mon trésor, ça me rend fou. Viens là. Mais qu'est-ce qui t'arrive ? Pourquoi n'es-tu pas encore mouillée ?

— Lâche-moi. Je vais chercher quelque chose.

— Laisse tomber. Lève les genoux... oui, comme ça. Comme ton Pinkie te l'a appris.

Burke rejeta violemment la tête en arrière. Il continua à écouter. Il entendit la bordée d'obscénités de Duvall, ses grognements, ses plaintes. Il entendit tout jusqu'à ce que celui-ci atteignît l'orgasme en poussant des jurons entrecoupés d'halètements.

Puis ce fut le silence, en dehors d'un vague sifflement électronique. Il tendit l'oreille encore plusieurs minutes. Quand sa mâchoire commença à lui faire mal, il comprit qu'il serrait les dents. Il se cramponnait si fort au volant qu'il avait les jointures toutes blanches. Lentement il détacha ses doigts. Il retira son casque, qu'il jeta avec agacement sur le siège à côté de lui avant de passer sa manche sur son front inondé de sueur.

Pour finir, il démarra la voiture et s'éloigna.

18

Burke gara la fourgonnette repeinte à neuf derrière un entrepôt désaffecté avec l'espoir qu'elle serait encore là, intacte, lorsqu'il retournerait la chercher le lendemain matin. Avant de franchir le coin de la rue, il y jeta un coup d'œil par-dessus son épaule et admira son stencil. De loin, le logo de la « Maison de Jenny » était à peine lisible. On aurait dit un travail d'amateur et c'était précisément l'effet qu'il souhaitait.

Perdu dans ses pensées tandis qu'il s'acheminait le long du trottoir, il ne vit Mac McCuen qu'au moment où il se trouva juste devant lui, lui bloquant le chemin.

— Burke ! Pour l'amour du ciel, je t'ai cherché partout !

Burke gémit intérieurement. Le blabla insipide de Mac était bien la dernière chose qu'il lui fallait. Il tenta de sourire malgré tout en feignant d'être content de le voir.

— Salut, Mac. Comment ça va ?

— J'ai failli ne pas te reconnaître. Qu'est-ce que t'as fait à tes cheveux ? Où est passée ta moustache ?

— La dernière fois que je l'ai aperçue, c'était dans le lavabo de la salle de bains.

— Il faut un peu de temps pour s'y habituer.

Puis changeant brusquement de ton, passant du mode anecdotique à un style plus agressif, il demanda à son ancien collègue ce qu'il avait fichu ces derniers temps.

— Pas grand-chose. Comment as-tu retrouvé ma trace ?

— Ça n'a pas été facile. J'ai commencé à interroger les gens il y a quelques jours, mais personne ne savait où tu étais passé. Ou personne ne voulait me le dire. Et puis j'ai pensé à Dixie. Elle s'est souvenue de t'avoir vu.

— Ça t'a coûté combien ?

— Dix dollars.

— Je lui en avais donné le double pour qu'elle oublie.

— Eh bien, fit Mac avec un haussement d'épaules philosophique, tu connais les putes !

Ouais, il connaissait les putes. Certaines étaient prêtes à vendre un ami pour dix dollars. D'autres se réservaient au plus offrant pour avoir une limousine et une somptueuse résidence.

Sachant qu'il aurait de la peine à se débarrasser de Mac, Burke en prit son parti et lui proposa de lui offrir une bière. A son grand étonnement, Mac refusa.

— Je suis pressé en fait. Mais si je t'ai cherché, c'était pour t'inviter à dîner. Ce soir. Pour fêter ta retraite en quelque sorte.

S'il y avait une chose dont il n'avait pas envie, c'était bien ça.

— C'est vraiment sympa de ta part, Mac, mais non merci.

— Détends-toi. Je ne te parle pas de dizaines de personnes surgissant de derrière les meubles en s'écriant « Surprise, surprise ! » Loin de là. C'est juste Toni et moi. Elle veut faire la cuisine.

— Très flatté, mais...

Entêté comme toujours, Mac pointa un index impérieux au milieu de la poitrine de Burke.

— Il n'est pas question que tu refuses. Je parie cinq dollars que tu n'as pas d'autre plan pour ce soir. Alors, on t'attend ? Sept heures. Tu sais où j'habite ? J'ai inscrit l'adresse au dos.

Il fourra sa carte de visite dans la main de Burke qui la prit à contrecœur.

Même de la part de Mac, hyperactif et trop zélé, c'était un comportement étrange. Au moment où il faisait volte-face, sur le point de s'en aller, Burke le rattrapa par la manche.

— C'est la première fois de ta vie que tu m'invites à dîner, Mac. Que se passe-t-il ?

— Je pense à ton avenir.

Burke pencha la tête de côté d'un air songeur.

— A ce soir, fit Mac.

Il se libéra d'une secousse et s'éloigna à grandes enjambées sur le trottoir.

Burke retourna la carte de visite pour voir ce que Mac avait écrit dessus. Ce n'était pas son adresse.

*

* *

Burke n'était allé chez les McCuen qu'une seule fois un soir où il avait raccompagné Mac après le travail. La voiture de celui-ci était au garage et il n'avait pas voulu déranger sa femme, alors il avait dérangé Burke à la place.

Il faisait déjà nuit ce soir-là et Burke n'avait pas fait très attention au voisinage. Ce coup-ci, il arriva au crépuscule et put ainsi constater non sans étonnement le mode de vie opulent des McCuen, nettement plus enviable que celui de Barbara et lui, ou des Stuart. Des haies méticuleusement taillées et des pelouses impeccables séparaient les maisons de la rue, bien à l'écart les unes des autres. Les véhicules garés dans les allées étaient tous des modèles récents et coûteux.

Mac ouvrit la porte avant que Burke n'eût atteint le seuil.

— Je suis content que tu aies pu venir. Viens que je te présente ma femme.

Tout sourires, Mac administra une tape dans le dos de son ex-collègue après lui avoir serré la main, puis l'entraîna dans un grand vestibule. Il n'y avait aucune trace de mystère dans son comportement, rien de cette nervosité qu'il avait manifestée plus tôt ce jour-là. Burke avait apporté un pack de bière importée et des fleurs. Il tendit les bières à Mac et offrit le bouquet à son épouse après que Mac eut fait les présentations.

C'était une petite blonde aussi jolie que son orgueilleux mari le prétendait. Elle remercia son hôte pour les fleurs avec un fort accent du Sud, doucereux et traînant, sans la moindre affectation.

— Je suis ravie de faire enfin votre connaissance, dit-elle. D'après ce que raconte Mac, vous êtes une légende vivante.

— Pas vraiment. Enchanté moi aussi de vous connaître.

— Il fait bon ce soir. Vous devriez aller boire une bière sur la terrasse. Je vous appellerai quand le dîner sera prêt. Ça ne devrait pas tarder.

Quand ils furent dehors, Mac lui montra l'endroit où ils prévoyaient d'installer la piscine.

— J'ai donné le choix à Toni : une piscine ou un bébé. Elle a choisi la piscine. (Il fit un clin d'œil.) Evidemment, je continue à faire de mon mieux pour l'engrosser. Je parie dix contre un qu'elle sera enceinte avant que la piscine soit faite, mais ma foi, tant pis !

Le mobilier de la terrasse n'appartenait pas à cette espèce que l'on achète bon marché avec l'espoir qu'il tiendra le coup au moins une saison. Le barbecue était la Rolls-Royce de la cuisine en plein air. Quand Toni les appela pour dîner, Burke en avait conclu que les McCuen vivaient à crédit, largement au-dessus de leurs moyens, ou que Toni avait apporté une dot non négligeable dans la corbeille de mariage, ou encore que les paris de Toni lui fournissaient une source de revenus secondaires conséquente.

Une chose était certaine : ils ne jouissaient pas d'un standing pareil grâce au salaire d'un flic.

Après un délicieux repas composé d'un rôti de

porc accompagné d'une variété de légumes, la charmante Toni les évinça de la salle à manger pour pouvoir débarrasser.

— Fait-il trop frais pour se tenir dehors ? demanda Mac.

— Pas du tout.

Ils regagnèrent la terrasse, armés d'un verre de cognac et d'un cigare, et pendant quelques instants, ils restèrent en silence à savourer l'un et l'autre. Burke attendait que Mac entame la conversation qui devait manifestement se dérouler à l'insu de sa femme. Burke avait résolu de ne pas mentionner l'obscure référence faite par Mac à propos de son avenir et de ne pas contester non plus l'avertissement qu'il avait gribouillé au dos de sa carte de visite : *Sois aux aguets. Les autres le sont.* C'était Mac qui l'avait invité. A lui de le distraire !

— Pourquoi as-tu démissionné, Burke ? demanda Mac quelque part dans l'obscurité. Et ne me raconte pas de salades en prétendant que tu te sentais au bout du rouleau.

— Ce ne sont pas des salades. Après la mort de Kev, je n'avais plus le cœur à l'ouvrage, comme on dit.

— Ça ne t'a pas plu quand on m'a promu à la tête de son escouade, n'est-ce pas ? Non, ne dis rien, enchaîna Mac, sentant qu'il était sur le point de protester. Je le sais. Je sais quelle relation tu avais avec Kev Stuart.

— A t'entendre, on croirait qu'on était amants ou un truc comme ça.

Mac émit un petit rire.

— Je ne suis pas si bête ! Et je sais aussi combien sa mort t'a été pénible.

Incapable de trouver une réponse adéquate, Burke préféra se taire. Il n'était pas prêt à discuter de ses sentiments profonds avec Mac, d'abord parce que cela ne regardait personne et ensuite parce qu'il ne lui faisait pas tout à fait confiance.

Il n'avait aucune raison spécifique de se méfier de lui, mais il sentait instinctivement que la personnalité joviale et tapageuse de Mac cachait une facette plus glauque. Tant qu'il n'aurait pas identifié cette faille, il continuerait à garder ses distances.

— Ce que je veux dire, c'est qu'à mon avis, ce qui est arrivé à Stuart n'est pas une raison suffisante pour que tu démissionnes.

— Il n'y a pas que ça.

— Je suis au courant de ta rupture avec ta femme.

— Les nouvelles vont vite.

— Surtout quand il est question d'une légende.

Burke jura.

— C'est la seconde fois que j'entends cette connerie, ce soir. Si tu continues, je vais vraiment me mettre en rogne. Je n'ai rien d'une légende, bordel !

Mac gloussa, mais son rire sonnait faux. Il se pencha en avant, cala ses avant-bras sur ses genoux et se concentra sur l'extrémité incandescente de son cigare.

— Kev était-il le responsable ?

— De quoi ?

Mac leva les yeux et plongea son regard dans le sien.

— Des fuites émanant de la brigade.

Si Mac lui avait offert sa séduisante épouse pour une nuit de folies amoureuses, il n'aurait pas été plus surpris. Puis le choc se changea en colère.

— C'est ce que tu crois ?

— Pas vraiment, non, répondit Mac, mais c'est ce que les gens disent.

— Quels gens ?

— Oh, tu sais bien, fit-il en haussant les épaules. Les gens. De la brigade. Et puis l'Inspection générale de la police nous a posé des questions.

L'Inspection générale posait des questions ? Cela

signifiait-il que l'investigation qu'il avait réclamée à cor et à cri avait enfin eu lieu ? Il avait hérissé tout le monde, de Doug Patout jusqu'au directeur de la police, en insistant pour qu'une enquête fût menée secrètement au sein de la brigade jusqu'à ce que la taupe fût démasquée et éliminée. Quelle ironie s'ils soupçonnaient Kev !

— Des gens, pas *moi,* s'empressa de souligner Mac. Mais certains ont pensé que tu avais peut-être découvert la trahison de Kev et que tu l'avais buté dès que l'occasion s'était présentée. Est-ce ainsi que les choses se sont passées ?

— Non, répondit sèchement Burke.

— Ou...

Comme Mac hésitait, Burke le pressa de continuer.

— Allez, Mac. Qu'ont-ils encore imaginé ?

— Que c'était toi.

Burke réprima toute réaction, mais Mac avait dû percevoir l'onde de la chaleur qui émanait de lui et, redoutant une explosion de rage, il enchaîna aussitôt sans reprendre son souffle :

— Il faut voir les choses de leur point de vue, Burke. On a réussi une sacrée rafle l'autre soir.

— Oui, j'ai lu ça dans les journaux. Bravo !

— Alors ça paraît...

— ... franchement bizarre que la situation tourne en faveur de la brigade dès l'instant où je ne suis plus là.

— Ça ferait vachement meilleur effet en tout cas si tu revenais.

— C'est hors de question.

— Alors dis-moi qu'ils ont tort, répliqua Mac en haussant le ton.

— Je n'ai jamais souhaité être une idole, Mac. Je ne demande rien.

— Qui nous trahissait ?

— Je n'en sais rien et je m'en fiche éperdument, mentit Burke.

— Tu ne le sais peut-être pas, mais tu ne t'en fiches pas du tout. Au contraire. Je parierais le cul de Toni là-dessus, et j'y suis très attaché.

— Ça se comprend, dit-il en essayant de sourire, mais sans y parvenir vraiment.

Mac continuait à le dévisager, attendant une explication.

— D'accord, Mac, je ne m'en fiche pas. Je me sens au contraire très concerné parce que ce salopard, qui qu'il soit, est responsable de la mort de Kev. Mais plus je multipliais les efforts pour le débusquer, plus ma cote baissait au sein de la NOPD. Après l'histoire avec Sachel et le meurtre de Ray Hahn, j'en suis arrivé à un point de saturation. Je me suis dit : Et puis merde ! et j'ai levé le camp. Je respire mieux depuis et je ne regrette pas ma décision.

Mac tirait des petites bouffées de son cigare d'un air pensif.

— C'est l'explication officielle. Officieusement ?

— Officieusement ? Le jour où je découvre qui nous doublait, je le descends.

Les deux hommes échangèrent un long regard. Au bout d'un moment, les larges épaules de Mac se détendirent imperceptiblement.

— Je me sens mieux maintenant que tu l'as admis. Que puis-je faire pour t'aider ?

— Rien. (Burke secoua vigoureusement la tête.) Kev était mon partenaire, mon ami, et c'est moi qui lui ai tiré dessus. C'est mon problème.

— Okay ! Je comprends ton point de vue, mais je ne pense pas que tu puisses t'en tirer sans appui et ça va être encore plus dur si tu fais cavalier seul. Reviens à la brigade et agis de l'intérieur.

— Impossible.

— C'est quand tout va bien qu'il faut démissionner,

souligna Mac. Pas quand ça foire ! Ton meilleur ami est mort dans une mare de sang. Ton mariage est fichu. Tu es sous pression à la brigade. Tout le monde sait que tu es nase. Alors s'il arrive quelque chose à l'un des gars de la brigade des mœurs ou des stups, qui crois-tu que l'on soupçonnera ?

Mac n'avait pas tout à fait tort, mais Basile s'obstina :

— C'est un risque que je dois courir. (Il plissa les yeux pour se protéger de la fumée de son cigare.) Serait-ce Patout qui t'a suggéré de me faire ce sermon ?

— Non. Mais s'il était là, il te raconterait la même chose.

— Il l'a déjà fait. Aujourd'hui même, d'ailleurs.

Burke avait eu son premier rendez-vous avec un avocat spécialiste des divorces de bonne heure ce matin-là. Barbara n'avait pas perdu de temps pour engager la procédure. Il n'y voyait aucun inconvénient. Ça le contrariait juste de devoir payer ce type alors qu'il lui avait déjà spécifié qu'elle pouvait avoir son entraîneur de foot, son divorce et tout ce qu'elle voulait.

— Patout a téléphoné à Barbara pour avoir le nom de l'avocat. Il lui a laissé un message en disant qu'il fallait que je l'appelle, expliqua-t-il à Mac.

— Et alors ?

— Il a essayé de me convaincre de revenir, comme toi. Vous gaspillez votre salive pour rien l'un et l'autre. Il est hors de question que je me ravise.

— Bon, d'accord, fit Mac d'un ton agacé. Mais ce n'est pas seulement ta réputation qu'il faut protéger, Burke, mais aussi ta peau.

— Ah, la mise en garde sur le dos de votre carte de visite ! J'ai eu l'impression de jouer dans une série policière.

— Peut-être un peu mélo, je le reconnais, mais quand tu fais la nique à Pinkie Duvall, tu...

— Qui t'a dit que j'avais fait la nique à Duvall ?

— Des tas de gens se renseignent sur toi en ce moment. Où habite-t-il ? Que compte-t-il faire maintenant ? Ce genre de choses. La plupart sont juste curieux ou sincèrement intéressés. Mais parmi ceux qui m'ont sondé à ton sujet, il y avait Wayne Bardo. Pas difficile de mettre les points sur les i. La filière remonte tout droit à Duvall. J'ai peur qu'ils envisagent de te faire la peau, maintenant que tu n'es plus protégé par la police.

— Duvall a des projets pour moi, certes, mais il ne s'agissait pas de se débarrasser de moi, loin de là. Il m'a proposé un boulot.

— *Un boulot ?*

Il raconta à Mac son entrevue avec l'avocat.

— Un boulot, répéta Mac d'un air songeur. Au moins ils ne cherchent pas à te liquider. N'empêche que je n'aime pas cette histoire. Si l'Inspection générale apprend que tu manigances quelque chose avec Bardo ou Duvall, ta réputation est faite.

Burke écrasa son cigare.

— Ne t'inquiète pas pour moi, Mac. Mon point de vue sur Duvall est archi-connu. (Il se leva.) Je ferais mieux d'y aller. Il se fait tard.

Mac l'imita.

— Où crèches-tu en ce moment ?

— Pourquoi me poses-tu la question ?

— Au cas où j'entendrais parler de quelque chose. Il faut que je sache où te joindre.

— Je n'ai pas encore trouvé de logement permanent.

— Dès que ce sera le cas, tiens-moi au courant.

— Entendu.

— Que comptes-tu faire ?

— A propos de quoi ?

— De ce dont nous venons de discuter, répondit Mac d'un ton agacé. As-tu un peu d'argent ? Le bruit court que Barbara t'a plumé.

— Je me débrouillerai. D'ailleurs, j'ai l'intention de partir un peu.

— Quand ça ?

— Bientôt.

— Combien de temps ?

— Je n'en sais rien. Assez pour faire le point, prendre de nouvelles initiatives.

— Où vas-tu ?

— Je n'ai pas encore décidé.

— A l'étranger ?

— Je n'ai pas encore décidé, répéta-t-il, buté.

S'il avait affirmé qu'il avait enterré le souvenir de Kev et qu'il laissait tomber, Mac aurait su qu'il mentait. Aussi avait-il admis son désir de vengeance, ce qui allait dans le sens de son idéalisme et rehaussait encore l'image de Burke Basile la Légende. Cependant cet interrogatoire en règle l'avait mis à nouveau sur ses gardes. L'intérêt de Mac était-il aussi honnête et innocent qu'il voulait le lui faire croire ?

Il jeta un coup d'œil vers la maison, où il vit la jeune et jolie Toni s'activer dans la cuisine. Une playmate du mois capable de cuisiner et de tenir son ménage, qui se plaisait de surcroît dans son rôle de femme au foyer. Le petit gars avait tout pour lui !

Ce qui incita Burke à se demander pourquoi Mac manifestait une telle avidité. Il lui faisait songer à un chat de gouttière, perpétuellement anxieux, à l'affût, et non pas à un bon matou satisfait dont le bol de crème était toujours plein à ras bord.

Comme s'il avait senti sa méfiance, Mac le gratifia d'un sourire communicatif et lui tapa l'épaule.

— Quoi que tu décides de faire, la chance est assurément de ton côté. Tu auras le dessus. Je parie cent contre un.

— Là tu prends de gros risques, Mac, répondit Burke, le plus sérieusement du monde.

*
* *

La température avait nettement baissé, mais Mac resta assis sur la terrasse longtemps après que Burke eut chaleureusement remercié Toni et levé le camp.

Burke Basile avait déjà une solide réputation quand Mac s'était intégré à la police. Il n'aurait jamais remporté de concours de popularité parce qu'il ne se laissait pas corrompre, mais on le respectait. Il se servait de sa cervelle plutôt que de son pistolet, bien que l'on pût difficilement le taxer de lâche. Basile prenait plaisir à damer le pion aux dealers, plus qu'à les liquider. Pour lui, une opération réussie ne faisait pas de victimes.

Quoi qu'il en soit, Mac le croyait lorsqu'il disait que s'il démasquait un jour le traître au sein de la brigade, il le tuerait.

— Mac ? (Toni s'approcha de lui pieds nus.) Tu n'as pas froid ?

Il lui prit la main et y déposa un baiser.

— Basile était impressionné. Délicieux, ton dîner !

— Merci. Tu viens ?

— Dans une minute.

— N'oublie pas de fermer les portes.

Elle se retira, mais en arrivant sur le seuil de la terrasse, elle hésita :

— Est-ce que tout va bien ?

— Bien sûr, ma chérie. Tout va bien.

— J'aime bien Basile.

— Moi aussi je l'aime bien.

— Il est plus sympa que je croyais. Vu la façon dont

tu parlais de lui, je m'attendais à quelqu'un d'un peu effrayant.

Burke Basile était effrayant. Pour ses ennemis, il était même franchement terrifiant. A l'heure qu'il était, son avenir aussi avait de quoi faire peur.

Mais pas plus que celui de Mac.

19

— Nous avons eu de la chance de trouver cet immeuble inoccupé. Il se situe loin des influences corruptrices de la ville, ce que nous considérons comme un réel atout.

Telle fut la réponse du père Gregory au commentaire étonné de madame Duvall à propos de la distance qui séparait la Maison de Jenny du métro.

Burke conduisait. Assis à côté de lui, Gregory continuait à soliloquer au sujet des avantages d'un bâtiment qui n'existait pas. Leurs deux passagers partageaient la banquette arrière. L'ennui personnifié, Errol regardait par la fenêtre d'un air absent. Romy Duvall écoutait avec intérêt en posant une question de temps à autre.

Burke était ravi de laisser Gregory se charger de la conversation. S'il n'était pas très doué pour le baratin, il semblait que Gregory, lui, fût particulièrement talentueux dans ce domaine. Burke n'était même pas sorti de la fourgonnette quand ils avaient cueilli madame Duvall et son garde du corps au passage.

— Je suppose que Duvall est à son bureau, avait-il dit en se garant le long du trottoir devant la résidence, mais au cas où il serait chez lui, mieux vaut que le père Kevin ne se fasse pas voir.

L'air en paix avec Dieu et les hommes, Gregory avait remonté l'allée. Errol lui avait ouvert la porte et fait signe d'entrer. Burke énuméra mentalement toutes les raisons pour lesquelles il aurait mieux fait de filer. Sur-le-champ. Plusieurs arguments convaincants l'incitaient à mettre fin à cette histoire séance tenante avant qu'il commît un grave délit.

Mais il les avait chassés de son esprit en se concentrant plutôt sur les mobiles qui le poussaient à agir : Peter et David Stuart. Une motivation suffisante. Ces deux gamins grandiraient sans leur père, et Pinkie Duvall était en définitive le responsable.

La porte d'entrée se rouvrit et ils sortirent tous les trois. Le regard de Burke se porta aussitôt au-delà d'Errol sur la femme qui souriait en réaction à quelque chose que Gregory venait de prononcer. La formule « tel un agneau à l'abattoir » lui traversa l'esprit. Lorsqu'ils arrivèrent à la hauteur de la fourgonnette, il avait fait taire sa conscience. En devenant madame Duvall, elle avait accepté les risques d'être l'épouse d'un criminel.

Kilomètre après kilomètre, Gregory n'arrêtait pas son baratin. Il jouait bien son rôle et semblait parfaitement à son aise. Evidemment, il n'aurait pas été aussi maître de lui s'il avait su la manière dont l'après-midi se terminerait. Pour éviter de le rendre nerveux, Burke s'était abstenu de le lui préciser. Il lui avait simplement assuré qu'aucun mal ne lui serait fait et qu'il n'aurait pas d'ennuis. Si tout se déroulait selon son plan, il tiendrait ses promesses.

— Pardonnez-moi, père Gregory, dit Romy Duvall, interrompant sa logorrhée. Père Kevin, est-ce de la fumée que je vois sortir de dessous le capot ?

Burke se demandait quand quelqu'un allait enfin remarquer ce qu'il avait constaté plusieurs kilomètres auparavant. Le père Gregory, tourné vers l'arrière depuis un moment, fit brusquement volte-face.

— De la fumée ?

— De la vapeur, rectifia laconiquement Burke. J'ai tout vérifié avant d'acheter la fourgonnette, mais j'ai dû négliger un tuyau de radiateur qui fuyait.

— Qu'allons-nous faire ? interrogea le père Gregory qui semblait très inquiet, une panne ne faisait pas partie du scénario.

Burke sourit à sa cohorte avec autant de sérénité chrétienne qu'il était capable d'en manifester en les circonstances.

— Nous parviendrons à destination.

— C'est encore loin ? demanda madame Duvall.

— Deux ou trois kilomètres à peine.

— Je ne pense pas qu'on va y arriver, lança Errol.

C'était la première fois qu'il ouvrait la bouche depuis qu'ils avaient quitté la résidence. Burke sentit son souffle sur sa nuque lorsqu'il se pencha en avant et jeta un coup d'œil par-dessus son épaule pour évaluer la situation.

— Si vous continuez à rouler, vous allez griller le moteur.

Le sang-froid de Gregory déclina encore d'un cran.

— Euh... mon père, nous devrions peut-être différer notre expédition. Essayez un autre jour quand la fourgonnette sera réparée. Nous ne voulons pas causer de tracas à madame Duvall.

— Ne vous faites pas de souci pour moi, dit-elle, mais je ne voudrais pas que votre nouveau véhicule subisse des dommages irréparables.

— Que Dieu vous bénisse pour votre générosité et votre compréhension ! susurra Gregory. (Puis, s'adressant à Burke :) Faisons demi-tour et retournons en ville.

— Nous n'y arriverons jamais, soutint Errol. Arrêtez-vous à cette station-service. Vous pourrez faire réparer ce tacot et je téléphonerai à Roman pour qu'ils viennent nous chercher, madame Duvall et moi.

— Il semble que nous n'ayons pas le choix, père Kevin, renchérit Gregory.

L'Intersection se situait dans un triangle de constructions envahi de mauvaises herbes à la convergence de deux routes départementales. La station-service comptait six pompes à essence et deux garages. Le café voisin servait de la bière fraîche, du boudin et une variété de plats aux écrevisses. Le drapeau américain flottait au-dessus des bâtiments ainsi que celui de la Louisiane, outre la bannière à rayures et étoiles de la Confédération.

Burke arrêta la fourgonnette et coupa le moteur. Des volutes de fumée s'échappaient à présent du capot. Sous le chassis, des gerbes d'eau et d'antigel éclaboussaient le trottoir en sifflant.

— Je vais voir s'il y a un mécanicien qui travaille, annonça Burke en s'extirpant du véhicule. Père Gregory, pourquoi n'emmenez-vous pas madame Duvall boire quelque chose ?

— Excellente idée. (Gregory paraissait soulagé qu'un plan de rechange fût déjà en place.)

— J'appellerai Roman du bistrot, dit Errol. Il est hors de question qu'elle aille où que ce soit sans moi.

Ils se dirigèrent vers l'entrée du café. Burke partit à la recherche d'un mécanicien ; il le trouva à l'intérieur. De longs cheveux crasseux s'échappaient de sa casquette immonde et retombaient telle une serpillière sur ses épaules osseuses. Il portait une salopette pleine de graisse agrémentée de sandales et d'un collier de perles en pierre peintes.

Lorsqu'il aperçut Burke, l'étonnement allongea encore son visage décharné.

— Quand vous êtes venu hier, j'savais pas que vous étiez prêtre.

— La vie est pleine de surprises. Burke lui fourra

un billet de cinquante dollars dans la main. Combien de temps vous faut-il pour réparer cette fuite ?

Le jeune homme désigna un rouleau de bande adhésive.

— Dès que le moteur sera froid, je m'y mets. Vous êtes sûr que vous ne préférez pas que je remplace la pièce. C'est rien du tout. Ce ruban ne tiendra pas le coup bien longtemps.

— Ça ira comme ça. Combien de temps ? Dix minutes ?

Il suçota ses grosses dents jaunâtres.

— Difficile à dire. C'est superchaud.

Burke lui tendit un billet de vingt dollars.

— Mettez des gants. Les clés sont sur le contact. Quand vous aurez fini, garez la fourgonnette là-devant et laissez tourner le moteur.

— D'ac'. Seulement y a un truc que je comprends pas. Pourquoi avez-vous trafiqué votre radiateur pour qu'il pète ?

— Les voies du Seigneur sont impénétrables !

Burke se dirigea vers le petit café encombré et se faufila entre les tables pour rejoindre ses trois compagnons déjà installés.

— On vous a commandé un café.

— Merci, père Gregory.

— Avez-vous déniché un mécanicien ? demanda madame Duvall.

En distribuant des sourires à la ronde, il leur annonça d'un ton confiant que la fourgonnette serait réparée d'ici peu. Une serveuse leur apporta la commande. Tout en buvant son café à petites gorgées, Burke surveilla la salle avec une désinvolture feinte, bien qu'il fût de plus en plus inquiet.

Il avait repéré les lieux l'après-midi de la veille, lorsqu'il avait pris des dispositions avec le mécanicien qui lui avait assuré qu'un trou dans le radiateur avant leur départ garantirait qu'ils n'iraient pas loin avant qu'il commence à se tarir et fumer.

Cette halte s'accordait parfaitement à son plan. La station-service se situait dans une région rurale, à six ou sept kilomètres du commissariat ou du bureau du shérif le plus proche. Il y était venu juste après l'heure du déjeuner. A l'exception de deux serveuses fatiguées, de la caissière qui regardait un feuilleton sur un téléviseur portable en fumant cigarette sur cigarette et d'une poignée de clients pressés, le café était vide. Il avait bien pensé qu'il y aurait davantage de monde au moment du dîner avec l'afflux des gens du coin. Sinon, c'était apparemment un endroit calme, assoupi, où un occasionnel automobiliste venait se restaurer à la va-vite pendant qu'on faisait le plein.

Malheureusement, il avait commis une erreur. Il était évident à présent que le bar de L'Intersection était fréquenté en masse par les ouvriers locaux qui finissaient de bonne heure et s'arrêtaient sur le chemin de leur maison pour boire une ou deux bières.

L'endroit était beaucoup plus encombré qu'il ne l'avait prévu. Le juke-box beuglait de la musique cajun ; il n'était même pas branché lorsqu'il était venu la veille. Tous les box et les tables étaient occupés, et il ne restait pas un tabouret libre au bar. Autre problème, la nature de la clientèle. En dehors des deux prêtres, de la femme de Duvall et de son garde du corps, elle se composait de rustauds bourrés de testostérones.

Et Romy Duvall attirait tous les regards.

Tous les hommes agglutinés dans la salle se léchaient les babines, certains littéralement, d'autres figurativement, et semblaient se demander ce qu'une pépée pareille faisait en compagnie de deux curés et d'un colosse.

Errol n'était pas aussi bête qu'il en avait l'air.

— Le patron ne va pas être content, lança-t-il en

foudroyant du regard un loubard hébété. J'ai appelé la maison. Roman était parti faire une course, mais il devrait être de retour dans (il jeta un coup d'œil à sa montre) vingt minutes.

— Nous aurons récupérer la fourgonnette d'ici là.

L'assurance de Burke ne fit rien pour apaiser l'appréhension d'Errol ou calmer les nerfs de Gregory dont la jambe tressautait sous la table à la vitesse de l'aiguille d'une Singer électrique. Ce mouvement nerveux agaçait Burke au plus haut point et il était à deux doigts de lui dire d'arrêter quand Gregory repoussa sa chaise et se leva.

— Excusez-moi, dit-il avant de se diriger vers les toilettes.

— Je ferais peut-être mieux d'appeler votre mari ? suggéra Errol à l'adresse de madame Duvall. Qu'en pensez-vous ? Il pourrait envoyer Bardo ou quelqu'un d'autre.

— Je préfère ne pas l'importuner.

— Vous vous faites du souci pour rien, Errol.

Les muscles faciaux de Burke se crispèrent pour tâcher de former un sourire digne d'un ecclésiastique débonnaire.

— Le mécanicien a promis que la réparation ne prendrait pas plus de vingt minutes, continua-t-il. Dès que madame Duvall aura fini son deuxième café, nous partirons. D'accord ?

— Ouais, grommela Errol. Tout ce que je sais, c'est que monsieur Duvall ne va pas...

— *Sale pédé !*

Le cri fut presque couvert par un fracas de verre cassé. Comme tous les autres clients, Romy et Errol firent volte-face pour voir ce qui avait provoqué un tel raffut.

Burke se leva d'un bond.

— Merde !

Gregory gisait à terre, gémissant, dans une mare

de bière, tout recroquevillé sur lui-même pour se protéger d'un homme qui se pencha et le saisit par la peau du cou et la ceinture, et le remit debout sans ménagement.

D'une voix éraillée, vulgaire, impitoyable, il relata sa mésaventure à la cantonade :

— J'étais là en train de pisser. Tout à coup, je me retourne et ce connard à l'esprit tordu est en train de me l'agiter sous le nez !

Il planta sa botte au creux du dos de Gregory et l'envoya valdinguer contre une table.

— Ce petit merdeux va regretter d'avoir vu le jour.

Les trois individus assis à la table contre laquelle Gregory venait d'atterrir s'étaient levés. Ils s'emparèrent de lui et le rouèrent de coups tout en l'abreuvant d'insultes. Deux autres clients ne tardèrent pas à se joindre à eux.

— Sortez-la d'ici, lança Burke par-dessus son épaule à l'adresse d'Errol. Je vous retrouve à la fourgonnette.

Puis il se fraya un chemin à travers la foule d'homophobes. Tout le monde était debout à présent, certains sur des chaises, hurlant des encouragements aux hommes en train de tabasser Gregory. Dès qu'il atteignit l'épicentre de la mêlée, il plongea dedans et parvint à infliger quelques dommages à la plupart de ses assaillants jusqu'au moment où il se retrouva face à face avec l'objet du désir de Gregory. L'amour devait vraiment être aveugle, pensa-t-il, parce que ce salopard était moche comme un pou et chaque centimètre de sa solide carcasse vibrait de rage.

Son poing entra en collision avec le menton de Burke et le projeta en arrière.

— Vous aussi ? (Il se jeta sur lui.) Sales pervers ! Vous me débectez à vous planquer comme ça sous vos cols de curé.

Il se pencha pour ramasser Burke et lui asséna une nouvelle volée de coups, mais quand son visage congestionné par la colère, rouge cerise, se retrouva à quelques centimètres de celui du prêtre, il s'immobilisa si brutalement qu'il faillit plonger en avant droit sur sa victime.

Il avait été arrêté dans son élan par le canon d'un revolver qui s'enfonçait dans les plis charnus de son front dont Burke s'était servi comme levier pour se remettre sur pied.

— Reculez, crapule.

— Quoi !

— Rappelez vos amis ou vous êtes bon pour que je vous administre l'extrême-onction.

A ce stade, plusieurs de ses compagnons avaient remarqué que le prêtre le tenait en joue. Le choc, plus que la peur, les pétrifia sur place. Au bout de quelques instants, toute activité cessa, et le seul bruit dans la pièce, en dehors de la musique enjouée s'élevant du juke-box, était les lamentations de Gregory.

— Mettez-vous là.

Le type obéit instantanément, les mains en l'air, en s'emmêlant les pieds. Parfaitement calme, Burke s'adressa au cercle de visages hostiles :

— Je vous conseille à tous de rester tranquilles.

Sur ce, il progressa peu à peu vers Gregory et lui donna un petit coup de pied.

— Debout.

Gregory se couvrit la tête des deux bras et se mit à sangloter de plus belle. Burke fut tenté de lui rentrer dans le lard. Au lieu de ça, il serra les dents en disant :

— Que Dieu me vienne en aide ! Si vous ne vous levez pas immédiatement pour sortir d'ici, je vous laisse et ils feront de vous ce que bon leur semblera. Avant qu'ils en aient fini avec vous, vous supplierez qu'on vous ramène en prison.

Cette mise en garde fit son effet. En continuant à geindre, Gregory se redressa péniblement.

— Je suis désolé. Je...

— Fermez-la.

— D'accord. Mais ne me laissez pas.

Il essuya son visage ensanglanté avec sa manche et se dirigea vers la porte d'une démarche chancelante.

En balayant la pièce avec son arme, Burke s'orienta dans la même direction à reculons.

— On s'en va. On ne veut pas d'ennuis. Il ne s'est rien passé de grave. Retournez à vos occupations.

En arrivant sur le seuil, il poussa Gregory dehors avant de sortir à son tour. Il fut soulagé de voir la fourgonnette et d'entendre ronfler le moteur.

— Montez, cria-t-il tout en courant vers le bureau de la station-service où il voyait Errol en train de parler au téléphone avec de grands gestes.

Il entra en trombe et arracha le combiné de la main du garde du corps avant de le lui expédier à la tempe. Le choc ne provoquerait guère de dommages, mais il ébranla suffisamment Errol pour donner à Burke le temps de saisir Romy Duvall par le bras et de l'entraîner vers la porte.

— Qu'est-ce que vous faites ? dit-elle en essayant de se libérer.

Une cliente qui venait de régler son essence poussa un cri perçant. Le pompiste plongea derrière le comptoir à la recherche d'une arme.

— Ne bougez pas ! hurla Burke.

L'homme se figea. Le mécanicien hippie sur le retour, debout dans l'embrasure de la porte qui reliait le bureau au garage, s'essuyait les mains avec un torchon en répétant : « Génial. Génial. »

Burke sortit du bureau à reculons. La femme de Pinkie Duvall se débattait comme un beau diable. Il passa le bras autour de sa taille et la tira vers la fourgonnette. Elle eut beau résister en décrivant de grands moulinets des deux bras, elle ne faisait pas le poids bien qu'elle lui expédiât à plusieurs reprises ses talons dans les tibias, lui arrachant des jurons de douleur, et lui griffât sauvagement le dos de la main.

— Arrêtez ! (En resserrant son étreinte autour de sa taille, il lui chuchota à l'oreille :) Vous pouvez lutter autant que vous le voulez, ça ne changera rien. Vous venez avec moi.

— Qu'est-ce qui vous prend à la fin ? Lâchez-moi.

— Pas question.

— Mon mari vous tuera.

— C'est fort probable, mais pas aujourd'hui.

Il ouvrit la portière du côté du conducteur, la hissa à l'intérieur et monta derrière elle. Tout en claquant la portière, il passa la première et enfonça le champignon. Les pneus laissèrent une traînée de caoutchouc sur la chaussée quand la fourgonnette s'élança. Burke vira brusquement à droite sur la route départementale en plein dans la trajectoire d'un camion-citerne qui approchait à vive allure et qu'il évita d'un cheveu.

Gregory hurlait, priait et jurait tour à tour. Burke lui cria de se taire.

— Bon Dieu ! A quoi pensiez-vous ? On aurait pu tous y passer à cause de vous !

— C'est votre faute, pas la mienne, pleurnicha Gregory. Que faisiez-vous avec une arme ? Vous ne m'aviez pas parlé d'une arme.

— Vous devriez vous réjouir que j'en aie eu une pour sauver votre misérable peau. D'ailleurs je me demande bien pourquoi je me suis donné cette peine.

Soudain, madame Duvall, qui partageait toujours le siège du conducteur avec Burke, leva l'accoudoir et se faufila entre les deux sièges. Elle se rua sur la poignée de la porte coulissante, à droite de la banquette arrière.

— Arrêtez-la, hurla Burke.

Gregory était en piteux état, mais il avait trop peur de Burke pour ne pas obtempérer. Il plongea à son tour entre les sièges et se jeta sur Romy en l'attrapant par les cheveux.

— Je suis *f*ésolé, *f*ésolé. (Ses lèvres étaient déjà grotesquement enflées et son nez n'était qu'une masse pulpeuse, sanguinolente.) Il est mé*f*ant. Je ne veux pas vous faire de mal. Mais j'ai peur qu'il me tue si je n'obéis pas.

— Je comprends, dit-elle avec une étonnante maîtrise d'elle-même. Mais lâchez mes cheveux, s'il vous plaît.

Burke s'adressa à elle par-dessus son épaule.

— On ne vous fera de mal si vous coopérez. Okay ? Elle hocha la tête, mais il doutait de sa sincérité. A cette vitesse, vous vous tueriez en sautant du véhicule, ajouta-t-il.

— Je comprends.

— Bon. Gregory, lâchez-la et regagnez votre siège. Vous, asseyez-vous là entre nous, par terre.

Gregory se réinstalla à tâtons. Burke resta tendu jusqu'à ce qu'elle fût calée entre les deux sièges.

— Qui êtes-vous ? demanda-t-elle.

Elle avait les yeux pleins de larmes, écarquillés par la peur. Elle avait perdu toutes ses couleurs. Un filet de sang coulait à la commissure de ses lèvres, exacerbant encore sa pâleur. Se les était-elle mordues ? Ou l'avait-il frappé accidentellement dans la bagarre ?

Mal à l'aise à cette idée, il reporta son attention sur la route et il fit bien car à cet instant, dans le rétroviseur, il aperçut une camionnette qui les suivait à vive allure.

— Bon sang !

Qu'est-ce qui pouvait encore aller de travers ? Gregory et madame Duvall saignaient tous les deux. Voilà qu'il avait un camion rempli de butors fous de rage sur le point de chevaucher son pot d'échappement.

— Gregory, prenez mon revolver.

— Hein ? Quoi ?

— Regardez derrière nous.

Gregory jeta un coup d'œil dans le rétroviseur latéral et poussa un cri strident en voyant la camionnette lancée à tombeau ouvert derrière eux. Le type des toilettes se dressait sur la plateforme arrière, en équilibre contre la cabine. Il se servait du toit pour étayer un fusil de chasse pointé droit sur eux en émettant des beuglements à vous glacer le sang. Plusieurs de ses acolytes lui tenaient compagnie à l'arrière et la cabine était remplie d'homophobes crachant des flammes.

— Oh Seigneur ! Oh mon Dieu ! sanglota Gregory. Je vais mourir.

— Je vais vous tuer moi-même si vous ne vous ressaisissez pas, s'époumona Burke. Prenez ce revolver.

Il tendit le bras devant madame Duvall et fourra l'arme dans les mains tremblantes de Gregory.

— Je n'ai jamais tiré un coup de feu de ma vie.

— Il suffit de viser et d'appuyer sur la gâchette.

Burke espérait que cette course-poursuite ridicule ne s'achèverait pas par une fusillade. Il fallait à tout prix qu'il maintienne un écart suffisant avec la camionnette pour éviter ça. La fourgonnette n'était pas très rapide, et à tout instant, le rafistolage hâtif du mécanicien risquait de poser un grave problème. Mais la camionnette, lourdement chargée, ne roulait pas non plus au maximum de sa capacité.

Pour finir, la bande en colère se lasserait peut-être de les suivre et déciderait de retourner au café boire un coup. Ou peut-être réussirait-il à leur échapper une fois la nuit tombée ?

Ou bien ils les traqueraient jusqu'à ce qu'ils les aient rattrapés et tous liquidés.

La camionnette continua à gagner du terrain jusqu'à ce qu'elle soit pratiquement à la hauteur de son pare-chocs arrière. Burke fit une embardée pour l'empêcher de le doubler, puis une autre alors qu'elle tentait de s'engager de l'autre côté. Les deux conducteurs en vinrent à faire assaut d'adresse. Burke s'efforçait de distancer la camionnette tout en restant sur la chaussée étroite. Un seul instant d'inattention, et ils plongeaient dans le marécage peu engageant qui longeait la chaussée de part et d'autre.

Il se concentrait tellement sur la route qu'il ne remarqua pas la main tendue de madame Duvall jusqu'à ce qu'il fût presque trop tard pour l'empêcher de sortir la clé du contact. Il réagit au quart de tour et l'arrêta juste à temps. Elle poussa un cri de surprise et de douleur quand le porte-clé s'enfonça dans la paume de sa main.

— Lâchez ça ! ordonna-t-il.

Il ne tenait plus le volant que d'une main et la fourgonnette vira dangereusement vers le talus en soulevant une volée de gravier. Il faillit perdre le contrôle. Gregory hurla, terrifié.

— Vous allez nous tuer tous ! s'écria madame Duvall. Arrêtez-vous. Je suis sûre que nous pourrons les raisonner.

— Vous êtes folle ! Ils nous tueront lui et moi et nous donneront en pâture aux alligators. Quant à vous, ils ne vous liquideront pas tant qu'ils ne vous auront pas tous sauter les uns après les autres. A présent, lâchez cette fichue clé et nous aurons peut-être une chance...

Une déflagration brisa la vitre arrière en morceaux. Gregory poussa encore un cri et piqua aussitôt du nez bien que la décharge fût très éparpillée ; les sièges élevés les auraient protégés contre les débris de verre. Madame Duvall ne proféra pas un son, mais elle lâcha immédiatement la clé de contact et se tapit au sol.

Burke enfonça le pied sur l'accélérateur, mais il était déjà à fond. La fourgonnette ne voulait pas aller plus vite, aussi fut-il surpris de voir la camionnette s'éloigner dans le rétroviseur. Il lui fallut un moment pour comprendre que leurs poursuivants ralentissaient. Le coup de fusil avait été leur ultime parade. Ils avaient enfin décidé d'abandonner la partie.

La camionnette rétrécit jusqu'à n'être plus qu'un point à l'horizon, mais Burke continua à foncer. Il bifurqua sur deux roues en atteignant la route où il devait tourner. Pendant plusieurs minutes encore, il garda les yeux rivés sur le rétroviseur. Quand il devint évident que la poursuite avait touché à sa fin, il rompit le silence :

— Vous pouvez vous relever à présent. Ils ont décidé que nous ne valions pas tant d'efforts.

En gémissant, Gregory se rassit péniblement. Il ne ressemblait plus guère au beau jeune homme qui avait commencé la journée dans la peau d'un prêtre. Ses traits meurtris étaient déformés et maculés de sang coagulé.

Par contraste, le sang qui tachait le dos de la veste de madame Duvall était rouge vif.

20

Pinkie ouvrit sa portière avant que la voiture de Wayne Bardo se fût totalement immobilisée. Une unité de la police locale était déjà sur les lieux, remarqua-t-il. C'était dommage, mais il s'en arrangerait. Il repéra Errol adossé à un mur, le dos voûté, les mains enfoncées dans les poches de son pantalon. On aurait dit qu'il était sur le point d'éclater en sanglots.

Pas trace de Romy. Il espérait qu'elle avait trouvé refuge dans une salle privée à l'intérieur du bâtiment.

Il était impensable que sa femme ait pu être impliquée, même de loin, dans une rixe de bar. La presse allait s'en donner à cœur joie !

Tout en se dirigeant vers Errol, il ordonna à Bardo de trouver Romy et de la conduire à la voiture.

— Tâchons de filer au plus vite.

Bardo se rendit dans le bureau de la station-service où il tomba sur le shérif en train d'interroger des témoins. Pendant ce temps-là, Pinkie s'en prit à Errol.

— Que s'est-il passé ?

— La four... fourgonnette est tombée en panne. Je lui ai dit de s'arrêter...

— A qui ?

— Le père Kevin. C'était lui qui conduisait.

Pinkie hocha la tête et l'incita à continuer. Errol raconta son histoire en bégayant. Il souligna qu'il n'avait jamais laissé madame Duvall hors de sa vue, pas même quand il avait téléphoné à Roman pour lui demander de venir les chercher.

— Vous auriez dû m'appeler.

— Je l'ai suggéré, mais madame Duvall ne voulait pas qu'on vous dérange. Je n'étais pas très content, mais elle...

— Comment la bagarre a-t-elle éclaté ?

Pinkie l'écouta avec une incrédulité grandissante.

— Il s'agit de ce prêtre que ma femme a reçu chez moi ?

— Je vous avais bien dit qu'il était pédé, fit Errol en guise de défense.

— Vous ne m'avez pas précisé qu'il était du genre à faire une passe à un type dans des toilettes publiques. Pour l'amour du ciel !

— Je vous ai rapporté ce que j'ai vu, patron.

— Que s'est-il passé ensuite ?

— Les gars se sont mis à tabasser le père Gregory. J'ai poussé madame Duvall vers la porte dès que ça a commencé à barder. Je l'ai conduite ici à la station-service. C'est de là que j'ai appelé votre bureau. J'étais en train d'expliquer la situation à votre secrétaire quand...

— Okay. Vous me raconterez le reste plus tard. Allons chercher Romy et fichons le camp d'ici.

— Euh, monsieur Duvall...

— Pinkie !

Duvall se tourna vers Bardo qui venait de l'appeler et courait dans sa direction, manifestement dans tous ses états.

— Votre femme n'est pas là. Ils l'ont emmenée.

— Quoi ? Qui l'a emmenée ? Le shérif ? Où ?

— C'est ce que je... je n'ai pas réussi à vous expliquer, monsieur.

Pinkie fit volte-face vers Errol. Il avait la mine de quelqu'un qui s'apprêtait à affronter un peloton d'exécution.

— Quand j'ai rappelé votre bureau, vous étiez déjà en route. Bardo n'a pas de portable, j'ai pas pu vous prévenir dans la voiture. Votre secrétaire m'a dit que vous n'aviez pas pris votre bip, alors il n'y avait pas moyen...

Pinkie le saisit par les revers de sa veste et le secoua violemment.

— Je vous donne deux secondes pour me trouver ma femme.

— Je ne peux pas, monsieur Duvall, répondit-il en commençant à pleurer. Le p-père Kevin a sorti son revolver...

— Son *revolver* ?

— Oui, monsieur. Il... il m'a filé un coup sur le crâne et a emmené madame Duvall dans la fourgonnette.

Le monde de Pinkie devint tout rouge comme si une artère avait sauté juste derrière ses yeux et les avait inondés de sang. Il pêcha le 38 qu'il portait en permanence au creux de son dos et enfonça le canon court et trapu dans la poche de peau sous le menton tremblotant d'Errol.

*
* *

Elle se réveilla quand on la secoua en la sortant de la fourgonnette. On aurait dit que des milliers d'abeilles féroces s'étaient attaquées à son épaule et à son dos. Elle sentit qu'elle était dans les bras de quelqu'un et ouvrit les yeux.

Il faisait sombre ; il y avait des étoiles dans le ciel. Des millions. Elle n'en avait jamais vu autant. Leur éclat l'ébahit. Elle ne savait pas où elle était, mais sûrement pas en ville. Le ciel était pur, loin des éclairages artificiels de la civilisation. L'air était frais et humide.

— Dredd ! Dredd !

Elle reconnut la voix de père Kevin. Elle entendit aussi des pas rapides sur des planches qui sonnaient creux et comprit qu'on la portait sur ce qui devait être un pont ou une jetée.

Au bout, elle distingua une étrange bâtisse comportant plusieurs parties comme accolées les unes aux autres au hasard.

Un homme, plus étrange encore, se tenait derrière une porte grillagée. Il tenait un fusil de chasse à la hauteur de sa taille, braqué sur eux.

— Qui est-ce ?

— J'ai besoin de votre aide, Dredd.

— Bougre !

Ils avaient atteint un cercle de lumière jaune pâle provenant d'une ampoule attachée en haut d'un poteau et illuminant une galerie. Le dénommé Dredd reconnut apparemment le père Kevin parce qu'il rabaissa son arme et ouvrit le grillage.

— Qu'est-ce que vous fichez ici, saperlipopette ? Que lui est-il arrivé ?

— Elle a reçu une balle.

— Elle est morte ?

— Non.

— C'est grave ?

— Passablement. Où puis-je l'étendre ?

— Je n'ai qu'un seul lit et vous savez où il est.

En entrant, ils passèrent à côté de Dredd. Elle huma une odeur de fumée ; on aurait dit que le feu couvait dans sa barbe. Elle hallucinait sûrement. Elle voyait des bêtes, des reptiles jaillissant des murs en découvrant leurs dents, des étagères couvertes de flacons contenant des solutions nébuleuses, des squelettes non identifiables, figés dans des positions menaçantes. Elle sentit le contact de peaux, de poils, contre elle. Elle aperçut une chouette montée sur une perche, qu'elle crut empaillée jusqu'au moment où elle pivota la tête et fixa ses yeux jaunes sur elle avant de déployer ses ailes, visiblement agacée.

Le père Kevin se tourna de côté pour franchir une porte étroite donnant sur une petite chambre. Une ampoule nue pendait à un cordon électrique punaisé au plafond en bois brut. Ce faible éclairage jetait des ombres inquiétantes sur les murs tapissés d'un papier peint jaunâtre.

Il la déposa au milieu d'un lit exigu. Les couvertures sentaient le moisi, comme si elles n'avaient pas été lavées depuis longtemps, voire jamais. Elle aurait protesté si elle en avait eu la force.

— J'ai failli ne pas vous reconnaître, lança Dredd au père Kevin.

Ça fait des jours que je ne me reconnais plus.

— Qui c'est, ce gars-là ?

Elle entendait les sanglots plaintifs du père Gregory provenant de la pièce qu'ils venaient de traverser.

— Plus tard, répondit le père Kevin.

— On dirait qu'il est passé dans une machine à faire de la sciure de bois.

— Il s'en sortira, si je ne le zigouille pas moi-même. C'est pour elle que je suis inquiet.

— Voyons voir.

Le père Kevin s'effaça et son étrange compagnon s'approcha du lit. Romy était trop sidérée pour crier. Il avait le visage tellement hâlé, semblable aux peaux qu'elle avait vues dans la pièce voisine, qu'il paraissait tout juste humain. Son visage était un tissu de rides et de plis profonds, entrecroisés. Il était torse nu et sa poitrine était recouverte d'une barbe grise toute frisée qui faisait songer à un tapis de mousse.

Elle n'était pas en feu, mais une cigarette pendait aux coins de ses lèvres.

Quand il tendit ses mains calleuses vers elle, elle se recroquevilla. Il la toucha pourtant avec infiniment de douceur. Il souleva son épaule gauche jusqu'à ce qu'elle soit presque allongée sur le côté. Elle gémit de douleur et poussa un cri strident quand il tâta un endroit précis.

— Désolé, *chère,* fit-il d'un ton bourru. Je sais que ça fait mal, mais Dredd va arranger ça.

Il la fit rouler doucement sur le dos et se retourna.

— Vous cachez la lumière, lança-t-il avec colère en poussant le père Kevin qui s'était rapproché.

— Est-ce grave ? Est-ce que ça va aller ? Pouvez-vous vous en occuper ?

— Vous vous décidez enfin à me poser la question. Vous entrez ici comme dans un moulin avec une femme blessée, à moitié inconsciente, et un prêtre amoché comme c'est pas possible. Et vous en venez finalement à me demander si je peux faire quelque chose après qu'elle a couvert mon lit de sang.

— Alors ? Est-ce possible ?

— Evidemment ! Si vous me donnez un peu de temps. Vous avez de la chance que ce soit de la mitraille, mais elle a reçu plusieurs plombs.

— Que puis-je faire ?

— Vous écarter de mon chemin.

Romy ferma les yeux. Elle était blessée ?

Lentement, son esprit remonta dans le temps et elle se souvint de tout – la panne, le café, la mêlée, le prêtre brandissant une arme.

Elle rouvrit brusquement les yeux. Il se tenait au pied du lit, les yeux rivés sur elle sans même cligner des paupières, tel un hibou. Ses blasphèmes, ses talents de bagarreur, son allure générale démentaient que la prêtrise fût sa profession.

Dans un coin de son esprit, elle se demandait comment elle avait pu être aussi naïve. En l'inspectant d'un peu plus près, rien chez lui n'évoquait la moindre ferveur. Il émanait de sa personne une véhémence qui s'accordait mal avec la grâce et la paix promises à ceux qui marchaient main dans la main avec le Seigneur. Sa bouche n'était pas faite pour la prière. Elle était trop dure, trop cynique, mieux adaptée au langage ordurier. Il était passionné, certes, mais pas dans son amour de Dieu ou de l'humanité. Bien qu'il se tînt parfaitement immobile, il semblait vibrer d'une chaleur intense, redoutable. Pas seulement pour elle-même, mais aussi pour lui.

Le dénommé Dredd revint avec un verre plein dans la main.

Le père Kevin s'en saisit au passage et le renifla d'un air soupçonneux.

— Qu'est-ce que c'est ?

— Est-ce que je me mêle de vos affaires ? fit Dredd en le lui reprenant des mains.

— Ecoutez, Dredd, elle est...

— Blessée. J'essaie de la soigner. Si vous ne me faites pas confiance, vous n'avez qu'à la remmener avec cet espèce de curé de mes deux et me laisser tranquille. Je n'ai pas demandé à être impliqué dans vos salades. Vous m'y avez obligé. Alors, que décidez-vous ?

Il prit le silence du père Kevin pour de la soumission.

— Bon.

En reportant son attention sur elle, il se pencha et pressa le verre contre ses lèvres.

— Buvez.

Cela sentait horriblement mauvais. Elle essaya de tourner la tête de côté, mais il saisit sa joue et la fit pivoter dans l'autre sens.

— Allons. Ça va vous faire dormir. Vous ne sentirez plus rien.

Il inclina le verre et elle fut forcée d'avaler le liquide immonde qui lui emplissait la bouche de peur de s'étrangler ou de tout recracher. Elle se dit qu'au cas où cela se produirait, il irait de toute façon en chercher d'autre. En outre, la promesse de l'oubli était séduisante. Elle engloutit le tout.

— Brave petite. Vous avez froid ? (Il lui étendit une couverture sur les jambes.) A présent, je vais vous laisser juste le temps de rassembler mon matériel. Vous serez probablement endormie quand je reviendrai, mais ne vous inquiétez pas. Je vais prendre soin de vous. Quand vous vous réveillerez, vous vous sentirez beaucoup mieux.

Il lui tapota la main et se retira. En sortant de la pièce, il ajouta à l'adresse du père Kevin :

— Vous vouliez faire quelque chose pour m'aider. Déshabillez-la et allongez-la sur le ventre.

Sur ce il s'en alla et elle se retrouva seule une fois de plus avec son ravisseur. Il s'assit au bord du matelas mince et commença à déboutonner sa veste. Elle ne pouvait rien faire pour l'en empêcher. Ce qu'on lui avait fait absorber était puissant et commençait à faire son effet. Elle avait des fourmillements dans les doigts et les orteils et éprouvait de plus en plus de difficulté à garder les yeux ouverts.

Quand il la souleva pour lui retirer la veste, sa tête roula contre son épaule. Elle avait l'impression que les bras qu'il extirpait des manches ne lui appartenaient plus. Elle fit la grimace quand il détacha le tissu imprégné de sang de sa peau, mais la douleur n'était plus aussi aiguë que quelques minutes plus tôt.

Elle sentit ses seins se relâcher et comprit alors qu'il avait dégrafé son soutien-gorge. En temps normal, elle aurait paniqué, mais elle n'avait plus l'énergie de s'en préoccuper.

Ensuite il la rallongea doucement et elle ouvrit les yeux juste à temps pour le voir s'essuyer le front. Elle remarqua quatre égratignures ensanglantées au dos de sa main, où elle avait planté ses ongles.

Il effleura le coin de sa bouche du bout du doigt.

— Ça vous fait mal ?

— Qui êtes-vous ?

Il plongea son regard dans le sien.

— Je m'appelle Burke Basile, répondit-il après une légère hésitation.

Il continua à la dévisager encore quelques secondes, puis ses mains se rapprochèrent de ses épaules pour abaisser les bretelles de son soutien-gorge.

— Ne faites pas ça, s'il vous plaît.

— Vous l'avez entendu. Il faut que je vous débarrasse de vos vêtements et que je vous couche sur le ventre afin qu'il puisse s'occuper de votre dos.

Ce n'était pas pour cela qu'elle protestait. Elle essaya de secouer la tête, mais n'était pas sûre que sa volonté atteignît ses muscles ni qu'ils obéiraient si tel était le cas.

— Ne faites pas ça, monsieur Basile, répéta-t-elle dans un murmure.

Renonçant à essayer de garder les yeux ouverts, elle poussa un profond soupir, puis ajouta avec un filet de voix :

— Il vous tuera.

21

— Alors vous voyez, shérif, s'exclama Pinkie avec emphase, le père Kevin s'est servi du pistolet de ma femme pour la protéger. C'est bizarre quand on y pense. Un prêtre brandissant une arme à feu !

Le shérif n'avait pas l'air de trouver cela amusant du tout.

— Que faisait votre femme avec un pistolet ?

— Au cours de ma carrière, je me suis fait de nombreux ennemis, ce qui ne devrait guère vous étonner. Bien que mon épouse ait un garde du corps, je l'encourage à avoir une arme dans son sac. Heureusement qu'elle l'avait aujourd'hui !

Le shérif se massa le menton.

— Je n'en sais rien, monsieur Duvall. Les témoins affirment qu'elle s'est débattue contre lui.

Pinkie gloussa d'un air bienveillant.

— Cela lui ressemble tout à fait. Ma femme est très impétueuse et ne supporte pas qu'on lui dise ce qu'elle doit faire. Le père Kevin essayait de l'éloigner de la scène, mais elle voulait rester afin de défendre le père Gregory. Elle a beaucoup de compassion pour lui à cause de sa... soyez gentils et appelons ça de la faiblesse. Elle est comme ça. Toujours à prendre le parti des plus démunis et prête à tenir tête aux pires brutes. Franchement, je suis reconnaissant au père Kevin d'être intervenu. Il a bien fait de la sortir de là au plus vite. Je lui dois beaucoup.

— Etes-vous sûr qu'ils vont la ramener chez vous ?

— Certain. (Pinkie tendit la main au shérif.) Je ne peux pas vraiment vous dire que j'ai été ravi de faire votre connaissance étant donné les circonstances, mais je suis content de savoir qu'ici à Jefferson Parish, vous réagissez au quart de tour face à une urgence.

— Merci, monsieur Duvall. Nous faisons de notre mieux.

— Bonsoir.

Pinkie se dirigea vers sa voiture.

— Dites, monsieur Duvall, juste une chose encore : Comment se fait-il que le prêtre ait assommé votre homme ?

— Je suis sûr qu'il lui en voulait d'avoir perdu le contrôle de la situation. (Il jeta un coup d'œil vers le véhicule et ajouta, les dents serrées :) J'ai l'intention de régler ce problème sur-le-champ.

Il agita une dernière fois la main en se glissant sur la banquette arrière.

— Où va-t-on ? demanda Bardo.

Pinkie était tenté de se lancer à la poursuite de la fourgonnette, mais sans savoir où ils allaient dans la nuit, ils risquaient de rouler des heures sur des routes de campagne sans rien réussir d'autre que de se perdre.

— A mon bureau.

Bardo prit la direction de la ville.

— Qu'avez-vous raconté à Barney Fife ?

— J'ai inventé une histoire.

— Et il vous a cru ?

— Je ne lui ai pas laissé le choix. S'il pensait être confronté à un enlèvement, il aurait appelé le FBI.

— Mauvais pour nos affaires !

— Très. Sans compter que les fédéraux sont d'une nullité crasse. Je préfère régler le problème moi-même.

Bardo lui jeta un coup d'œil par-dessus son épaule.

— Vous avez au moins évité de vous faire arrêter pour meurtre. Je vous en ai empêché juste à temps.

Errol était tapi dans un coin de la banquette arrière, encore secoué par le souvenir de la mort qu'il venait de frôler de près et des vomissements post-traumatiques. Pinkie était à deux doigts d'appuyer sur la gâchette quand Bardo l'avait interpellé. Il lui avait arraché le 38 des mains et l'avait raisonné jusqu'à ce qu'il eût recouvré la maîtrise de lui-même.

— Ce n'est pas l'envie de vous tuer qui me manque ! avait-il hurlé à l'adresse du garde du corps, fort occupé à dégobiller dans les herbes mortes sur le côté du bâtiment. Si je vous épargne, c'est uniquement parce que j'ai besoin de vous pour les retrouver.

A cet instant, le shérif s'était approché et présenté à lui. Il lui avait fait part des découvertes de ses investigateurs.

— Le pompiste était tellement ébranlé qu'il a eu de la peine à communiquer avec l'opératrice des urgences téléphoniques. Du coup, mes hommes ne savaient pas du tout à quoi s'attendre. En causant avec les témoins, ils se sont vite aperçus que ce n'était pas seulement une banale histoire de rixe. Ça ne me fait vraiment pas plaisir de vous l'annoncer, monsieur Duvall, mais on dirait bien que votre femme a été kidnappée.

Au bout d'une heure de débats acharnés, Pinkie avait réussi à convaincre le shérif que les personnes interrogées, paniquées, n'avaient pas vraiment vu ce qu'ils prétendaient avoir vu. C'était l'une de ses grandes spécialités, une technique mise au point au fil de centaines d'affaires criminelles. Après avoir juré quelque chose mordicus, des témoins revenaient sans l'ombre d'une hésitation sur leur déclaration lorsqu'ils avaient subi un contre-interrogatoire orchestré de main de maître par Pinkie Duvall.

— Et le mécanicien ? s'était enqui le shérif. Il a affirmé que le prêtre s'était pointé hier en tenue civile et lui avait demandé comment faire pour trafiquer un tuyau de manière à ce qu'il fuie.

Pinkie avait pris le shérif à part en mimant le geste d'un fumeur de joints.

— Vous voyez ce que je veux dire ?

Le shérif avait compris et reconnu que l'on pouvait difficilement prendre au sérieux le témoignage du mécanicien, connu pour son goût prononcé pour la marijuana. La femme à la caisse en train de régler son essence lorsque l'incident avait eu lieu avait longuement insisté sur la véracité de son témoignage, mais elle en était venue elle aussi à douter d'elle-même. Le pompiste, déconcerté par les autres hypothèses avancées par Duvall, avait fini par admettre que le prêtre semblait plus soucieux d'entraîner madame Duvall loin de la scène que de lui faire du mal. Quant aux brutes qui leur avaient donné la chasse, ils s'étaient dispersés dès leur retour en voyant la voiture du shérif stationnée devant le bar de L'Intersection. Ceux qui étaient restés dans le café ne savaient rien et n'avaient rien vu du tout.

Pinkie Duvall était une légende. « C'est un grand honneur avait commencé par lui déclarer le shérif. Je vous ai vu à la télé. » Etre passé à la télévision fait l'effet d'un puissant pouvoir vaudou sur l'esprit du commun des mortels. Pinkie avait profité de la fascination du shérif. Les pouvoirs de déduction et le sens du devoir de l'homme de loi avaient été éclipsés par le rayonnement de sa personne.

Celui-ci avait obtenu le résultat souhaité : empêcher une enquête et une chasse à l'homme tous azimuts, mais cela lui avait pris du temps. En conséquence, les ravisseurs de sa femme avaient une bonne longueur d'avance sur eux. Il se tourna vers Errol :

— Qui étaient ces types ?

Errol avala sa salive avec difficulté et haussa ses volumineuses épaules jusqu'aux lobes de ses oreilles.

— Des prêtres.

— Ne me racontez pas d'histoire ! dit Pinkie d'une voix suave au point d'être sinistre. J'imagine que vous n'avez pas encore compris que vous avez été témoin d'une mascarade, vu le tas de boue qui vous sert de cervelle ?

Insensible à cette injure apparemment, Errol répondit :

— Tout ce que je sais, c'est que c'étaient les mêmes que ceux qui sont venus à la maison il y a quelques jours.

— A quoi ressemblaient-ils ?

— A des pr... (Il s'apprêtait à dire *prêtres* quand il aperçut les yeux de Pinkie se plisser.) Comme je vous l'ai déjà dit, patron, le père Gregory est jeune et plutôt beau mec. Mince. Yeux bruns. Cheveux noirs. Efféminé. Il n'arrête pas de parler. Le père Kevin, lui, ne cause pas des masses, mais c'est lui qui commande, ça ne fait aucun doute.

— Comment était-il ?

— Intelligent, insidieux. Dès le départ, il ne m'inspirait aucune confiance. C'est lui que j'ai surpris... euh...

— Quoi ?

Errol jeta un coup d'œil nerveux dans la direction de Bardo. Il s'humecta les lèvres tout en se frottant vigoureusement les mains sur ses cuisses.

— C'est lui que vous avez surpris en train de faire quoi ? demanda Pinkie en détachant ses mots.

— Je... euh... j'allais au petit coin. Celui qui est près de la porte d'entrée. Et je... j'ai surpris le père Kevin dans l'escalier. Il descendait.

— Il était allé à l'étage ? Il est monté chez moi et vous ne m'en avez même pas parlé ?

Bardo sifflota entre ses dents.

— Il a prétendu qu'il avait utilisé les toilettes d'en haut parce qu'il n'y avait pas de papier en bas. J'ai vérifié. Le trucmuche était vide.

— Vous êtes un vrai détective, remarqua Bardo d'un ton railleur. Vous et Nancy Drew, vous faites la paire !

— Bouclez-la, lâcha Duvall. A quoi ressemblait ce salopard ? Physiquement.

Errol décrivit un homme plus grand que la moyenne, mince mais baraqué, des traits réguliers, pas de cicatrices visibles ni de signes particuliers. Ni barbe ni moustache.

— Les yeux ?

— Difficile à dire. Il portait des lunettes.

— Les cheveux ?

— Foncés. Coiffés en arrière.

Ce portrait correspondait à des centaines d'individus dans le vaste cercle de Pinkie, incluant ses amis, ses connaissances et ses ennemis.

— Je ne sais pas qui c'est, mais il n'en a plus pour longtemps à vivre.

Personne ne s'emparait d'un bien appartenant à Duvall sans prendre de gros risques. Et ce salopard avait fait main basse sur ce qu'il avait de plus précieux. S'il la touchait... S'il posait ne serait-ce qu'un doigt sur elle... Pinkie se délectait à la pensée de tuer cet homme sans nom de ses mains nues.

Bardo interrompit ce rêve meurtrier.

— C'est n'importe quoi, deux prêtres, dont un pédé, kidnappant une femme. Qu'est-ce qu'ils lui veulent ?

— Ce n'est pas Romy qu'ils veulent. C'est moi !

Pinkie n'en savait strictement rien. Il n'avait pas la moindre preuve sur laquelle se fonder. Mais il en était absolument certain.

*

* *

— Poussez, bon sang !

— Je ne fais que ça.

Gregory était décidément un bon à rien. Il n'était même pas capable de flanquer une fourgonnette dans un bayou. Burke l'exhorta à se donner un peu plus de mal. Ils s'acharnèrent de nouveau, employant toutes leurs forces à pousser le véhicule sur le sol spongieux. Pour finir, il roula sur plusieurs mètres. Burke pensait que la partie était jouée, mais il s'enlisa dans les limons au fond du ruisseau boueux et s'immobilisa là, à demi submergé.

— Et maintenant, qu'est-ce qu'on fait ?

— On le laisse là, répondit sèchement Burke. Ils finiront par le trouver, mais d'ici là, Duvall saura qui tient sa femme.

Burke ignora les jérémiades de Gregory tandis qu'ils regagnaient péniblement la camionnette de Dredd à travers le terrain marécageux. Il l'avait conduite dans cet endroit isolé, suivi de Gregory au volant de la fourgonnette. Durant tout le trajet, Burke avait gardé un œil sur son rétroviseur. Chaque fois qu'il prenait un virage, il ralentissait jusqu'à ce que les phares de la fourgonnette réapparaissent. Il redoutait que Gregory craque à tout moment. Il fallait s'attendre à tout avec lui.

Il monta docilement dans la fourgonnette. Au retour, Burke suivit la route sinueuse flanquée de marais. Les troncs noueux des cyprès faisaient saillie à la surface de l'eau à quelques mètres de la chaussée coiffée d'un dais de branches basses garnies de mousse. De jour, on aurait dit les bras drapés de dentelles d'une belle surprise en train de faire la révérence. La nuit, elles prenaient une apparence inquiétante tel le squelette d'un zombie errant dans un suaire en lambeaux. A l'occasion, les phares captaient les prunelles étincelantes d'un animal nocturne qui s'écartait de leur chemin à toute allure ou s'enfonçait dans le marécage en ondulant.

Burke conduisait vite, mais prudemment. Il se faisait du souci pour la jeune blessée.

Dredd l'avait anesthésiée à l'aide d'une de ses

potions maison concoctées avec Dieu sait quoi. Quels que fussent les ingrédients, cela avait fait son effet. Elle avait dormi durant tout le temps où il lui avait retiré soigneusement la mitraille éparpillée sur son dos et son épaule gauche. Il avait aussi extrait quelques bouts de verre.

Les petites plaies avaient saigné abondamment, mais Dredd les avait nettoyées avec application et badigeonnées d'un baume qui, selon lui, les aiderait à guérir et apaiserait considérablement la douleur. La présence de Burke durant toute l'opération avait rendu Dredd encore plus irascible que d'habitude.

Il avait fini par le jeter pour ainsi dire dehors en lui rappelant que s'il ne se débarrassait pas de cette fourgonnette, tout le sud de la Louisiane investirait son bazar au matin.

— Rien ne fait plus de tort à un commerce que la présence de voitures de police garées devant.

Burke était parti à contrecœur, conscient que son ami avait raison à propos du véhicule. Maintenant qu'il s'en était occupé, il était pressé de rentrer pour s'assurer que madame Duvall allait bien.

— Vous vous êtes servi de moi.

— Pardon ?

Gregory répéta son affirmation lancée d'un ton acerbe.

— Vous avez accepté les termes de notre transaction, répondit Burke.

— Au moment où nous avons négocié, il n'était pas question de revolvers et de kidnapping.

— Quand nous sommes allés chercher Romy Duvall aujourd'hui, que pensiez-vous qu'il allait se passer ?

— Je pensais que vous alliez la convaincre de vous donner plein d'argent pour votre œuvre de charité bidon. Je pensais que vous alliez faire chanter Pinkie Duvall, lui jouer un tour, comme dans *L'Arnaque*.

Mais je n'ai pas imaginé une seconde que vous enlèveriez sa femme.

— Si vous êtes impliqué dans un rapt, vous ne pouvez vous en prendre qu'à vous. Si vous n'aviez pas flirté avec ce zoulou, je vous aurais largué au bar de L'Intersection. J'avais prévu de vous laisser là, vous et Errol. Mais non, il a fallu que vous deveniez sentimental ! Alors faites la tronche autant que vous le voulez, mais ne vous attendez pas à ce que je vous plaigne. C'est à cause de votre perversité que madame Duvall a été blessée et que nous avons tous failli y rester.

— Moi aussi j'ai été blessé, gémit-il.

— Dommage. Si je n'avais pas été occupé à autre chose, je vous aurais étranglé de mes propres mains. A présent je vous conseille de vous taire, ou je risque encore de changer d'avis.

— Vous êtes méchant, Basile. Méchant !

Burke émit un rire dur.

— Mon pauvre Gregory, vous n'avez encore rien vu !

Le jeune homme hoqueta un nouveau sanglot et Burke eut un pincement de pitié. Gregory était enlisé dedans jusqu'au cou. Ce qui lui était apparu de prime abord comme un scénario de film avait eu tôt fait de tourner au cauchemar. Burke avait la ferme intention de le faire ramener en ville dès le lendemain, en sécurité. S'il se montrait discret pendant quelque temps, assez longtemps pour que son visage recouvre son aspect normal, tout irait bien. Personne ne connaissait sa véritable identité. Il ne jouerait plus jamais le rôle du père Gregory et on ne soupçonnerait jamais le benjamin d'une éminente famille d'avoir pris part à un enlèvement audacieux. En outre, Duvall serait à ses trousses et non à la poursuite de Gregory. Celui-ci ne courrait plus aucun danger.

Il continua à bouder et à marmonner pitoyablement jusqu'au moment où il s'endormit. Burke le secoua pour le réveiller lorsqu'ils arrivèrent à destination.

— Voulez-vous que Dredd s'occupe de votre visage ?

— Vous plaisantez ? Il est hors de question que ce troll me touche.

Il jeta un coup d'œil vers la bâtisse au bout de la jetée et frémit délicatement.

— Comme vous voudrez, répliqua Burke en sortant du véhicule. Il y a une chaise longue dans la pièce de devant. Je vous suggère de prendre un peu de repos.

Gregory mit du temps à s'extirper de la fourgonnette. Malgré son refus, Burke se dit qu'il demanderait à Dredd de lui donner quelque chose pour le soulager. Ils trouvèrent leur hôte toujours au chevet de madame Duvall.

— Comment va-t-elle ?

— Elle dort comme un bébé.

Burke fit la grimace, ce mot lui rappelant sa confession et l'enfant qu'elle avait perdu.

Dredd avait éteint la lumière ; une bougie vacillait sur le bureau tout écaillé. Elle était allongée sur le ventre, une joue enfouie dans l'oreiller. Une main attentionnée avait écarté ses cheveux de son visage. Dredd avait le don de prendre soin des gens.

Les plaies avaient cessé de saigner. En dépit de toute la souffrance qu'elles lui avaient occasionnée, elles étaient superficielles. Burke se demanda cependant si elle aurait des cicatrices. Ce serait dommage car elle avait une peau magnifique, presque translucide. Il repensa à la première fois où il l'avait vue, au belvédère. Elle ne lui semblait pas plus réelle maintenant qu'alors.

— *C'est une belle femme.*

— Oui.

— Cette vision a-t-elle un nom ?

Burke se tourna et regarda le visage parcheminé de Dredd.

— Madame Pinkie Duvall.

Il n'y eut aucune protestation relative à sa santé mentale, pas d'exclamation incrédule, ni déluge de questions ni demande d'explications. Dredd se contenta de dévisager Burke un long moment, puis hocha la tête.

— Vous trouverez une bouteille de whisky dans ce placard. Faites comme chez vous.

Puis il se dirigea vers la porte.

— Notre copain là-bas a mal.

Dredd fit un geste pour indiquer qu'il avait entendu, mais ne se retourna pas.

Burke se servit un verre de whisky, heureux de voir que c'était une bonne marque, et non quelque tord-boyaux de fabrication artisanale. La seule chaise de la pièce avait des pieds en bois branlants et un siège en rotin grignoté par des rongeurs, mais Burke la tira jusqu'au lit et s'assit dessus avec précaution.

Il n'avait pas mangé depuis le petit déjeuner, près de vingt-quatre heures plus tôt. Il aurait pu aller fouiller dans la cuisine de Dredd dans l'espoir de se mettre quelque chose sous la dent, mais il était trop fatigué pour bouger. Il resta assis là un moment à la regarder dormir, observant le doux mouvement de son dos à chaque inspiration, avec le sentiment d'être un vieux dégoûtant parce qu'il pensait à ses seins écrasés sous elle.

Il l'avait déshabillée avec galanterie et un relatif détachement. Relatif. Cela ne voulait pas dire qu'il avait rien vu. Seigneur, comment aurait-il pu s'abstenir de regarder ? Quand un type a l'occasion de voir l'objet de ses fantasmes, il mate, non ? Il avait reluqué sa poitrine et remarqué que ses mamelons étaient fermes, mais très pâles. Comment aurait-on pu s'attendre à ce qu'il ignore ses porte-jarretelles ? Faut pas rêver. Et ce slip si petit qu'elle aurait aussi bien pu s'en passer.

Il but deux verres de whisky l'un après l'autre. Le liquide lui fit l'effet de boules de feu dans l'estomac.

Son bras droit gisait le long de son flanc, paume ouverte. Il vit les marques rouges que le porte-clés avait imprimées dans sa chair quand il lui avait pressé la main. Il ne put s'empêcher d'effleurer les traces cruelles du bout de l'index. Les doigts réagissant par réflexe se refermèrent. Il enleva rapidement sa main, se sentant coupable.

Le troisième verre descendit sans brûler autant.

Son regard se reporta sur le visage de la jeune femme. Ses paupières étaient parfaitement immobiles, ses lèvres détendues, légèrement entrouvertes. De la salive avait coulé au coin de sa bouche, teintée de rose par l'entaille sur sa bouche. Il la frôla comme avant du bout de l'annulaire cette fois-ci, puis laissa l'humidité au bout de son doigt sécher naturellement.

Encore une gorgée de whisky, à même la bouteille.

Eh bien, c'était fait. Il avait commis une infraction majeure, un délit fédéral. Sa vie en serait changée à tout jamais. Même s'il rendait madame Duvall à son mari dès le lendemain, Burke Basile ne pourrait jamais reprendre normalement le cours de son existence. Il ne saurait être question de retourner en arrière. Toutes les issues étaient irrémédiablement fermées.

Il aurait sans doute dû se sentir plus coupable, honteux et terrifié qu'il ne l'était.

Peut-être l'alcool lui embrouillait-il l'esprit. A moins qu'il fût trop bête pour redouter les retombées inévitables de son acte. En s'endormant, bercé par la respiration tranquille de Romy Duvall, il se sentait en fait sacrément bien.

22

— Comment ça, il est parti ?

Après quelques heures de sommeil sur la chaise inconfortable de Dredd, Burke avait la nuque toute raide. Il avait l'impression qu'une armée entière lui était passée sur le dos et le whisky lui avait laissé un mal de crâne tenace. Sans compter que le jour avait jeté la froide lumière de la réalité sur le fait qu'il avait irrémédiablement franchi la limite entre la loi et l'effraction.

— Ne me criez pas dessus ! aboya Dredd.

A l'aide d'une fourchette à long manche, il retourna un morceau de viande dans une poêle en fonte.

— C'est votre prêtre. Pas le mien.

— Ce n'est pas un prêtre.

— Vous m'en direz tant !

Face à tant de sarcasme, Burke fronça les sourcils en se massant la tempe.

— Il se nomme Gregory James et c'est un acteur au chômage. Entre autres choses.

— Quoi qu'il en soit, grommela Dredd, c'est un sale voleur. Il m'a piqué ma meilleure pirogue.

Burke rabaissa lentement la main.

— Vous voulez dire qu'il est parti par les marais ?

L'idée de Gregory James pagayant dans l'environnement hostile du marécage paraissait impensable.

— Il n'avait jamais vu le bayou d'aussi près qu'hier soir quand on a essayé de couler la fourgonnette. Il ne s'en sortira jamais tout seul.

— Probablement pas, ajouta Dredd en secouant sa longue queue de cheval grise.

Indifférent à la saison, il portait un short en jean effrangé. Ni chemise ni chaussures. Ses pieds calleux paraissaient aussi coriaces que des onglons lorsqu'ils les traînaient sur le linoléum bosselé. Il n'aurait pas manqué d'attirer les regards dans les rues d'une ville, mais son étrange apparence s'accordait au cadre qu'il s'était crée. Un drapeau de l'Union Jack déchiré, tout délavé, faisait office de rideau à la fenêtre. La cuisinière, sans ventilation, se trouvait à l'extrémité du comptoir où il vendait du tabac, de la bière et des appâts vivants, à portée de vue de l'endroit où il faisait ses travaux de taxidermie. C'eût été le pire cauchemar d'un inspecteur sanitaire, mais la clientèle restreinte de Dredd ne s'en plaignait pas.

Il se montra très philosophe quant aux chances de survie de Gregory.

— J'espère seulement que lorsque la chaîne alimentaire le rattrapera, mon bateau dérivera jusqu'ici. Prêt pour le petit déjeuner ?

— Qu'est-ce que c'est ?

— Vous avez faim ou bien est-ce que vous allez faire des manières ?

— J'ai faim, répondit Burke à contrecœur.

Sur la viande grillée, Dredd versa une sauce qu'il avait confectionnée avec le jus, une poignée de farine et un peu de lait. Il servit le tout avec du pain blanc et un café fort, additionné de chicorée selon la coutume de La Nouvelle-Orléans.

— Pendant que vous vous débarbouillez, je suis allé jeter un coup d'œil à Romy, marmonna-t-il tout en mâchonnant.

Burke s'arrêta de manger et le considéra d'un air intrigué.

— Elle m'a dit son nom.

— Elle est réveillée ?

— Ça dépend des moments.

Burke sauça son assiette avec une croûte de pain, surpris de s'apercevoir qu'il avait tout mangé. La viande non identifiée s'était révélée délicieuse, mais il est vrai que Dredd avait autant de talents en matière d'assaisonnement que pour les racines et les herbes qui entraient dans la composition de ses remèdes maison. En écartant son assiette vide, Burke tendit la main vers sa tasse de café.

— Je ne pense pas qu'elle se soit beaucoup agitée durant la nuit.

— Les effets du sédatif ont commencé à s'estomper pendant que j'appliquais du baume sur ses blessures. Je lui ai administré une nouvelle dose. Elle devrait dormir le plus clair de la journée.

— Quand pourrais-je la bouger de là ?

Dredd avait fini son repas lui aussi et s'en fut en quête de cigarettes. Il en dénicha un paquet, en alluma une et conserva un long moment la fumée dans ses poumons.

— Ça ne me regarde pas, mais qu'est-ce que vous fichez avec la femme de Pinkie Duvall ?

— Je l'ai kidnappée.

Dredd fit « humpf ! », tira encore quelques bouffées tout en extirpant plusieurs miettes de pain de sa barbe. Burke espérait tout au moins qu'il s'agissait bien de miettes.

— Une raison particulière ?

— La vengeance.

Burke lui relata toute l'histoire en commençant par la nuit où Wayne Bardo l'avait forcé par la ruse à tirer sur Kev Stuart jusqu'à l'affolante course-poursuite de la meute d'hommes enragés.

— Quand j'ai vu qu'elle était blessée, j'ai tout de suite pensé à vous. J'ignorais où se trouvait l'hôpital le plus proche, et nous n'étions qu'à quelques kilomètres d'ici. Je sais que vous tenez à votre tranquillité. Je m'en veux à mort de vous avoir impliqué là-dedans, Dredd.

— Laissez tomber.

— Ce qu'il y a, c'est que je sais que je peux vous faire confiance.

— Vous me faites confiance, hein ? Me faites-vous assez confiance pour que je vous donne mon avis sur la question ?

Burke savait à quoi s'attendre, mais il fit signe à Dredd de continuer.

— Vous avez dû perdre la tête, Basile. Les autorités pourraient vous coincer, mais ce n'est rien comparé à la menace que Duvall représente. Vous rendez-vous compte à qui vous avez affaire ?

— Mieux que vous.

— Alors ça ne vous gêne pas de penser que Pinkie Duvall pourrait vous dépecer comme un porc et abandonner votre carcasse aux vautours ?

Burke esquissa un sourire ironique.

— Ouille ouille ouille !

Dredd ne voyait pas ce qu'il y avait de drôle dans sa remarque. Il secoua la tête avec agacement en allumant une autre cigarette sans filtre.

— Avant que tout cela soit fini, quelqu'un se fera tuer.

— Je le sais pertinemment, répliqua Burkc, dont le sourire s'effaça aussitôt. Je préférerais que ça ne soit pas moi. Mais si c'est le cas...

Il haussa les épaules en un geste éloquent.

— Vous n'avez rien à perdre. C'est ce que vous essayez de me dire ? Vous avez tué votre collègue, votre carrière est fichue, votre mariage aussi, alors à quoi bon vivre ? Cela résume-t-il votre vision des choses ?

— A peu près.

— Fou-taises. (Il divisa son interjection en deux mots distincts tout en crachant un morceau de tabac qui lui chatouillait le bout de la langue.) Tout le monde a une raison de vivre, ne serait-ce que pour voir le prochain lever du soleil.

Il se pencha sur la table et brandit sa cigarette sous le nez de Burke, tel le doigt réprobateur d'une mère.

— Vous avez tué Stuart *accidentellement.* Vous avez démissionné de la police, ce n'est pas elle qui vous a fichu dehors. Vous ne vous entendiez pas avec Barbara. Il était franchement temps que vous vous débarrassiez de cette bonne femme. Je ne l'ai jamais trouvée sympathique.

— Je ne vous ai pas raconté ma vie privée pour que vous me renvoyez tout à la figure maintenant.

— Eh bien, tant pis pour vous ! Je dépasse les bornes ? Vous m'en avez donné le droit en faisant irruption chez moi hier soir pour me fourrer une fille ensanglantée dans les bras. En outre, ajouta-t-il d'un ton bourru, je vous aime bien et je n'ai pas envie que vous vous fassiez descendre.

Son expression s'adoucit, même si la compassion tranchait avec ses allures d'ogre.

— Je sais de quoi je parle, Basile, croyez-moi. Les choses foirent parfois dans les grandes largeurs, mais la vie continue, et quand on est mort, on est mort ! Pour toujours. Il n'est pas trop tard pour lâcher l'hameçon et vous défiler.

Dredd était l'un des rares hommes envers lesquels Burke éprouvait un respect véritable, et il savait que ce sentiment était réciproque.

— Vos conseils sont judicieux, Dredd. Et vos intentions sont bonnes. Mais, quelles que soient les conséquences, je dois punir Wayne Bardo et Pinkie Duvall, ou mourir en tâchant de le faire.

— Je ne comprends pas. Pourquoi ?

— Je vous l'ai expliqué. Pour me venger.

Dredd le dévisagea sévèrement.

— Je ne vous crois pas.

— Désolé.

Burke prit sa tasse de café et but une gorgée en un geste destiné à clore le débat.

Apparemment, Dredd comprit qu'il était inutile d'insister. En plantant sa cigarette dans le coin de sa bouche, il se leva et débarrassa les assiettes sales, qu'il flanqua dans une cuvette métallique.

— Qu'est-ce que vous allez faire d'elle ?

— Rien. Je vous le jure. C'est de ma faute si elle a été blessée et je le regrette infiniment. Je n'ai jamais eu l'intention de porter la main sur elle. Il n'en est pas question. Pour l'amour du ciel, croyez-moi !

Dredd tourna sa tête frisée vers lui et lui jeta un coup d'œil entendu.

— Qu'est-ce qu'il y a ?

— Vous vous défendez bec et ongles alors que je vous ai posé une question parfaitement innocente.

Burke évita le regard pétillant du vieil homme.

— Je voulais juste savoir où vous comptiez la garder le temps d'appâter Duvall. C'est une supposition, bien sûr. Vous envisagez de vous servir d'elle pour lui tendre un piège, n'est-ce pas ?

— Plus ou moins. Je vais la conduire dans la cabane de pêche.

Burke n'y séjournait qu'une ou deux fois par an seulement quand il avait l'occasion de prendre quelques jours de répit. Il faisait toujours halte au bazar de Dredd en passant pour acheter des vivres, de la bière et des asticots.

Le bazar était à l'écart des sentiers battus, mais pour les pêcheurs et les chasseurs capables de s'y retrouver dans le labyrinthe des bayous, c'était un endroit bien connu et un point de référence. Un chemin de gravier y menait, cependant la plupart de ses clients s'y rendaient en bateau.

Dredd ne gagnait pas beaucoup d'argent, mais il ne lui en fallait pas plus. Il empochait l'essentiel de ses revenus durant la saison des alligators qu'il chassait pour vendre leurs peaux. Il faisait aussi un peu de taxidermie en dilettante.

— Qui d'autre est au courant pour la cabane ? demanda Dredd.

— Juste Barbara, mais elle ignore où elle se trouve. Elle n'est jamais venue avec moi. L'idée même lui répugnait.

— Qui d'autre ?

— Mon frère, Joe. On y est allés quelquefois ensemble le week-end pour pêcher. Il y a des années.

— Vous lui faites confiance.

Burke rit.

— *Mon frère ?* Evidemment.

— Si vous le dites ! Et ce type, Gregory ?

— Il est inoffensif.

— Et vous vous êtes un imbécile ! répliqua durement Dredd. Imaginez que la chance lui sourie et qu'il se sorte des marécages avant qu'une bestiole le dévore. Supposez qu'il commence à réfléchir à ce que Pinkie lui ferait s'il lui mettait le grappin dessus. Et qu'il décide d'aller voir Duvall d'abord et de lui vendre votre peau pour sauver la sienne.

— Ça m'étonnerait beaucoup.

— Pourquoi ?

— Parce que Gregory est un lâche.

— Il a été assez courageux pour me piquer ma pirogue et s'enfoncer dans le marécage.

— Parce qu'il a encore plus peur de moi que des éléments. Il pense que je risque encore de le tuer à cause de son comportement au bar de L'Intersection. Je l'ai menacé plusieurs fois ; il m'a peut-être pris au sérieux. Bref, il s'en sortira. Il a eu la vie facile. Quand les marais le regurgiteront, il courra aussi vite et aussi loin que possible. Il n'ira pas trouver Duvall.

— Comment envisagez-vous de le contacter ?

— Qui ça ? Duvall ? Vous n'avez pas compris, Dredd. C'est lui qui me contactera.

— Et comment s'y prendra-t-il ?

— A lui de se débrouiller. En attendant, je vous mets en danger en restant ici. Alors j'en reviens à ma question initiale : Quand puis-je l'emmener sans prendre de risques ?

*
* *

Doug Patout retira lentement ses pieds en équilibre au coin de son bureau et les posa à terre. La tasse de café près de son coude commençait à refroidir. Il relut l'article trois fois.

C'était un entrefilet insignifiant occupant à peine six lignes de la page vingt du *Times Picayune :* le bref compte rendu d'une bagarre qui avait éclaté dans un café en bord de route près de Jefferson Parish impliquant deux prêtres, la femme d'un célèbre avocat de La Nouvelle-Orléans et son garde du corps. Selon le porte-parole du bureau du shérif, l'incident avait été clos sans qu'il y eût d'arrestation.

Deux éléments de cette affaire apparemment bénigne avaient attiré l'attention de Patout : premièrement, combien d'épouses d'avocats célèbres de La Nouvelle-Orléans avaient un garde du corps ? Deuxièmement, les témoins avaient noté qu'un des prêtres non identifiés avait la curieuse habitude de serrer le poing droit.

Patout appuya sur une des touches de l'interphone.

— Pourriez-vous venir une minute ?

Moins de soixante secondes plus tard, Mac McCuen entra dans le bureau avec sa désinvolture coutumière.

— Que se passe-t-il ?

— Lisez ceci.

Patout poussa le journal à l'autre bout de la table

et pointa l'index sur l'article. Après l'avoir lu, Mac leva les yeux.

— Et alors ?

— Connaissez-vous quelqu'un qui a l'étrange manie de serrer le poing droit ?

Mac s'assit sur la chaise face au bureau de son directeur. Il parcourut une nouvelle fois l'entrefilet.

— Oui, mais une chose est sûre, ce n'est pas un prêtre !

— Quand l'avez-vous vu pour la dernière fois ?

— Je vous l'ai raconté, vous vous souvenez ? Il y a deux ou trois soirs, il est venu dîner à la maison.

— Comment l'avez-vous trouvé ?

— Fidèle à lui-même.

— Et fidèle à ses ressentiments à l'encontre de Pinkie Duvall ?

McCuen jeta un bref coup d'œil au journal.

— Oh merde !

— Je ne vous le fais pas dire !

Patout se frotta le haut du crâne comme s'il s'inquiétait de sa calvitie.

— Burke a-t-il fait la moindre allusion à ce qu'il fabriquait depuis sa démission ?

— Il ne m'a pas confié grand-chose. Mais il est toujours comme ça. Il garde tout pour lui. Il m'a juste laissé entendre qu'il avait l'intention de partir un moment pour réfléchir.

— Seul ?

— C'est ce qu'il m'a prétendu.

— Où ça ?

— Apparemment, il ne savait pas encore.

— Savez-vous comment le contacter ?

— Non. (McCuen émit un petit rire nerveux.) Ecoutez, Patout, c'est de la folie ! Le type qui avait un tic à la main était un prêtre. Et l'article n'indique pas spécifiquement que la femme était l'épouse de Duvall. Ça ne peut pas être elle ! Avec ou sans garde du corps, Duvall ne la laisserait pas approcher à cinquante mètres de Burke Basile.

— C'est vrai. Ce sont des ennemis jurés.

— Même si ce n'était pas le cas. D'après ce que j'ai entendu dire, elle est canon et nettement plus jeune que son mari.

Patout leva les sourcils afin d'inciter McCuen à exprimer sa pensée jusqu'au bout.

— Eh bien, Burke fait partie des hommes puissants, taciturnes qui font craquer les bonnes femmes. C'est pas un petit minet à la Brad Pitt, mais Toni le trouve très séduisant. J'ai toujours pensé que c'était sa moustache qui lui donnait du sex-appeal, mais à l'évidence, il a d'autres attraits. Quelque chose que seules les gonzesses...

— Il s'est rasé la moustache ?

L'estomac de Patout fit un plongeon.

— Je ne vous l'avais pas dit ?

Patout se leva et prit sa veste accrochée à un porte-manteau.

McCuen le considéra d'un air déconcerté.

— Qu'est-ce qui se passe ? Où allez-vous ?

— A Jefferson Parish, répondit Patout par-dessus son épaule en sortant précipitamment de la pièce.

*

* *

L'eau crasseuse qui coulait dans le caniveau éclaboussa les pneus de la voiture de Bardo quand il s'immobilisa le long du trottoir tout effrité.

— Nous y sommes.

Pinkie regarda l'immeuble d'un air dégoûté. C'était le même genre de taudis, et de voisinage, que celui dans lequel Romy vivait jadis avec sa mère et sa petite sœur. Sordide n'aurait pas suffi à décrire les lieux.

Il avait cogité toute la nuit pour tenter d'identifier les deux hommes qui avaient kidnappé sa femme en se faisant passer pour des prêtres. Son réseau clandestin résonnait de rumeurs relatives à l'enlèvement. Il avait offert une récompense conséquente à quiconque dénicherait des informations à ce sujet.

A force de ressasser l'incident, Errol s'était rappelé de quelque chose qu'il avait oublié jusque-là.

— Le gars qui se faisait appeler père Kevin était prêt à tabasser l'autre lui-même. Je l'ai entendu dire quelque chose à propos de prison.

— De prison ?

— Ouais. Je ne me souviens pas exactement de ses paroles vu que j'étais occupé à accomplir mon devoir en sortant madame Duvall de là. Mais ce qu'il a déclaré m'a fait penser que le père Gregory avait déjà été en prison pour avoir fait un truc du même genre.

Le garde du corps tentait tellement désespérément de regagner ses faveurs que Pinkie se demandait s'il devait prêter foi à ces renseignements. On pouvait envisager qu'un ex-prisonnier rancunier s'efforçait de venger quelque affront oublié de longue date, mais il était tout aussi probable qu'Errol eût tout inventé pour tâcher de sauver sa peau. Quoi qu'il en soit, Pinkie ne pouvait pas se permettre d'écarter le moindre indice. Aussi avait-il demandé à un de ses informateurs infiltrés au sein de la NOPD de lui dresser une liste exhaustive des repris de justice pour attentats à la pudeur.

Un employé de la compagnie de téléphone, allégeant ainsi les frais juridiques qu'il avait à rembourser recherchait pour sa part la source du numéro figurant sur la carte de visite portant le logo de la Maison de Jenny, qui était un faux comme Pinkie le savait maintenant. Sa secrétaire avait vérifié ; apparemment, elle s'était fait blouser par des individus drôlement futés.

Moins d'une demi-heure plus tôt, dès qu'ils

avaient appris que le numéro en question correspondait à une cabine publique dans cet immeuble, Bardo avait assemblé à la hâte une équipe de quatre hommes qui les suivaient dans un autre véhicule.

Pinkie avait insisté pour monter avec Bardo. Quand ces audacieux prêtres rendraient le dernier soupir, Pinkie voulait les regarder droit dans les yeux. Aiguillonné par l'adrénaline et l'indignation, il mit un pied sur le trottoir jonché de détritus. Bardo posta deux hommes à la porte d'entrée et fit signe aux deux autres de faire le tour du bâtiment au cas où les ravisseurs tenteraient d'emmener Romy par la sortie de service.

Pinkie et Bardo enjambèrent un ivrogne endormi sous le porche avant d'entrer. Pinkie avait l'étrange sentiment qu'on se jouait de lui, qu'il faisait exactement ce que les kidnappeurs voulaient qu'il fît. Ils avaient repéré la cabine avec une facilité déconcertante. Pour avoir planifié un enlèvement aussi compliqué, le coupable n'aurait pas négligé un détail aussi élémentaire. Du coup, Pinkie se demandait si cette omission n'était pas intentionnelle.

D'un autre côté, il savait d'expérience que les escrocs les plus stupides se faisaient prendre à cause d'erreurs stupides.

A gauche de l'entrée se trouvait le bureau de la réception, mais il n'y avait personne. Bardo traversa le hall lugubre pour aller vérifier le numéro du téléphone public suspendu au mur. Il secoua la tête. Pinkie lui désigna l'escalier.

Ils montèrent en trottinant discrètement. En atteignant le palier du premier étage, ils virent le téléphone à mi-chemin de l'étroit couloir couvert de graffiti. L'éclairage était si faible que Bardo dut approcher son briquet du manchon en plastique taché devant l'appareil pour lire le numéro. Il brandit le pouce dans la direction de Pinkie.

La pression artérielle de Pinkie monta à pic. Il

pointa le menton en direction d'une porte au bout du couloir. L'ordre intimé par Bardo d'ouvrir étant resté sans effet, il s'en chargea lui-même, d'un coup de pied. A l'intérieur, ils trouvèrent un homme vautré sur le lit, abruti par les vapeurs de l'alcool. D'après son état et le nombre de bouteilles de whisky à base de seigle vides couchées par terre, ils en conclurent que ce n'était pas le coupable qu'ils cherchaient. D'autant plus qu'il était plutôt rondouillard, qu'il avait le teint rose et une bonne soixantaine d'années, et ne correspondait donc pas à la description physique d'aucun des deux prêtres.

La deuxième chambre était vide et ne donnait pas l'impression d'avoir été occupée récemment. Dans la troisième, une femme se tapit, terrorisée, en les voyant entrer et se mit à se plaindre en espagnol en parlant fort et à toute vitesse. Bardo la frappa sur la bouche du revers de la main. « Ferme-la, salope ! » lui ordonna-t-il méchamment. Elle obéit en serrant plusieurs enfants rachitiques autour d'elle pour les empêcher de pleurer.

La quatrième et dernière chambre était vide aussi, mais sur le lit, il y avait une enveloppe blanche calée contre les oreillers et adressée à Pinkie Duvall.

Il s'en empara et l'ouvrit avec des gestes brutaux. Une feuille de papier tomba sur le tapis crasseux. Il la ramassa, lut le message tapé à la machine...

Et poussa un rugissement de rage qui ébranla les vitres.

Bardo lui prit la lettre des mains. Il jura en en prenant connaissance à son tour.

Pinkie sortit en trombe de la pièce et descendit les marches quatre à quatre, Bardo sur ses talons. Les autres hommes reçurent l'ordre de suivre. Ils s'entassèrent dans leur voiture et s'élancèrent à la poursuite de celle de leur chef, qui avait démarré sur les chapeaux de roue.

Pinkie avait du mal à contenir sa fureur. Une lueur brûlante, meurtrière, brillait dans son regard.

— Je vais les tuer. Ils sont morts. Morts !

— Mais qui sont-ils ? demanda Bardo en faisant une embardée pour éviter un camion de livraison. Qui ferait une chose pareille à Romy ?

Romy. *Sa* Romy. Son bien. Sa propriété. Arrachée de ses mains. Qui que ce soient, ces salopards, ils avaient du culot. Il fallait leur reconnaître ça. Dommage que tant de courage soit gaspillé par des gens qui n'allaient pas tarder à mourir. Et ils allaient mourir. Lentement. Dans la souffrance. En suppliant qu'on les épargne, puis qu'on les achève. Pour lui avoir pris ce qui lui appartenait, ce qu'il avait *créé,* ils mourraient.

En arrivant au cimetière Lafayette, les deux véhicules s'immobilisèrent dans des crissements de pneus avant de dégorger leur contenu humain. Duvall et Bardo ouvraient la marche lorsqu'ils franchirent la haute grille en fer forgé. Pinkie n'attendit pas Bardo ni les autres hommes. Il se mit en quête de la rangée spécifiée sur le mot en se faufilant entre les alignements de tombes jusqu'à ce qu'il trouve celle qu'il cherchait. Il courut dans l'allée, le gravier craquant comme des coquillages sous ses souliers, un nuage de buée devant lui.

Il n'avait aucune idée de ce qu'il allait trouver. Les restes de Romy enfermés dans un sac en plastique, déposés là ? Une tombe récemment ouverte, son sang éclaboussé sur l'autel de pierres ? Une boîte à chaussures contenant des cendres ? Un sacrifice vaudou ?

Un jour il avait ordonné à Bardo de découper le visage d'une femme et de le faire livrer à son mari dans une boîte à pizza, celui-ci ayant ignoré ses précédents avertissements, plus subtils. Pinkie s'attendait à ce que ce message adressé à lui fût tout aussi puissant.

Il ne sous-estimerait plus son ennemi sans nom. Il était intelligent, diabolique et le connaissait suffisamment pour savoir comment le provoquer. Il l'avait lancé dans cette chasse au trésor macabre qui se terminerait par la découverte... de quoi ?

Ses pieds glissèrent sur le gravier lorsqu'il s'arrêta brusquement devant l'endroit qu'il reconnut instantanément.

Il n'y avait pas de corps ni de sang, mais le message était tout aussi éloquent. Les tempes bourdonnantes, les poings serrés, il lut le nom gravé sur la pierre tombale. C'était le lieu de repos de *Kevin Michael Stuart.*

23

— Va-t-il me tuer ?

Dredd porta une cueillerée de soupe à la bouche de Romy et, voyant qu'il en avait renversé quelques gouttes, il se mit en quatre pour lui tamponner les lèvres avec une serviette en papier. Il marmonna quelques mots d'excuse à propos de sa maladresse en s'abstenant de répondre à sa question.

— Ne faites pas semblant de ne pas avoir entendu, Dredd, dit-elle en immobilisant sa main alors qu'il tentait de prendre une nouvelle cuillerée de soupe dans le bol. Je ne vais pas paniquer. Je voudrais simplement savoir. Va-t-il me tuer ?

— Non.

Comme rien dans son expression ne l'incitait à douter, elle se laissa tomber de nouveau contre les oreillers qu'il avait calés derrière elle pour qu'il puisse la nourrir plus aisément. Elle avait prétendu qu'elle pouvait manger toute seule, mais il avait insisté pour l'aider, et à présent, elle était contente d'y avoir consenti. Ses plaies lui faisaient moins mal, mais elle avait la tête qui tournait un peu après un long sommeil dû à la drogue. Elle n'aurait pas eu l'énergie de soulever plus de quelques cuillerées et, curieusement, elle avait faim. La soupe, du *court-bouillon,* selon Dredd, se composait d'un fumet de poisson additionné de tomates, d'oignons et de riz. Elle était chaude et avait bon goût.

— Cherche-t-il à obtenir une rançon ?

— Non, *chère.* Basile ne s'intéresse guère aux biens de ce monde.

Il jeta un regard circulaire dans la pièce, meublée et décorée grâce à un chiffonnier-ferrailleur. En faisant un clin d'œil, il ajouta :

— Lui et moi, on se ressemble à cet égard.

— Alors pourquoi ?

— Vous êtes au courant pour l'ami de Basile, le procès Bardo, tout ça ?

— Par esprit de vengeance ?

Le vieil homme lui répondit en cajun, mais son haussement d'épaules éloquent en disait long.

— Mon mari le tuera.

— Il le sait.

Elle le dévisagea d'un air perplexe.

— Basile n'en a rien à faire de mourir tant qu'il emmène Duvall avec lui. J'ai tenté de le raisonner ce matin, mais il refuse de m'écouter. Il est habité par des démons.

Dans l'espoir de se concilier l'aide de Dredd, elle tendit la main et se cramponna à la sienne.

— Je vous en supplie, appelez la police. Faites-le, Dredd, pas seulement pour moi, mais pour monsieur Basile. Il peut encore se rendre. Il est encore temps. Ou bien oubliez la police. Téléphonez à mon mari. Je le persuaderai de ne pas intenter de poursuites contre lui. Je vous en conjure, Dredd.

— J'adorerais vous aider, Romy, sincèrement,

mais Burke Basile est mon ami. Je ne trahirai jamais sa confiance.

— Même si c'était pour son bien ?

— Il ne verrait pas les choses sous cet angle, *chère*. (Il libéra doucement sa main.) Pour Basile, il s'agit... d'une mission. Il s'est juré de venger la mort de Kev Stuart. Personne ne l'en dissuadera.

— Vous le connaissez très bien.

— Aussi bien que quiconque. Il ne se dévoile pas facilement.

— Quel genre d'homme est-ce ?

Dredd se gratta pensivement le menton à travers son épaisse barbe grise.

— Ce vieux type de La N'velle Orl'ns battait sa femme et ses trois mioches. Il les tabassait dur quand il avait bu un coup de trop, c'est-à-dire la plupart du temps. Mais sa famille et ses amis, pas plus recommandables les uns que les autres, s'arrangeaient pour le faire sortir de prison dès qu'on le bouclait.

« Une nuit, les urgences reçoivent un coup de fil d'un voisin se plaignant d'une nouvelle querelle domestique en expliquant que ce coup-ci, il devait être en train de les massacrer parce qu'on entend les gosses hurler dans tout le quartier. Le premier flic qui arrive sur les lieux décide d'intervenir avant l'arrivée des renforts, estimant que les enfants sont en danger. En plus, il pense qu'il n'a pas besoin d'aide pour maîtriser un soûlard. Alors il y va seul.

« Quand tous les cris cessent, la brute gît morte sur le sol de la cuisine, et sa femme et ses gosses profitent du premier instant de paix qu'ils aient jamais connu. Pourtant l'Inspection générale décide d'ouvrir une enquête sur le flic qui a tué le salopard.

« Voyez-vous, certains des ronds-de-cuir du département se demandaient si ce flic n'en avait pas tellement marre de ce crétin qui prenait sa femme et ses mômes pour des punching-balls qu'il l'avait buté à la première occasion en invoquant la légitime défense.

« Or l'ivrogne s'est jeté sur lui avec un couteau de cuisine long comme son bras, mais l'IG n'en a rien à faire des faits. Ça la fiche mal quand un suspect est abattu par le policier chargé de l'arrêter. La NOPD se fait éreinter par la presse. Tout le monde en profite pour protester contre la brutalité policière. Bref, personne ne prit le parti du flic incriminé.

« Personne, sauf Basile. Basile continue à le soutenir alors que ses autres collègues ne lui adressent même plus la parole. Ils ne veulent pas être vus en compagnie d'un flic mis en accusation, vous comprenez, mais Basile s'empresse de lier des liens d'amitié encore plus étroits avec lui au moment où il a le plus besoin d'ami et que tout le monde lui tourne le dos.

Son récit achevé, Dredd retira le plateau de ses genoux et le porta sur le bureau à l'autre bout de la pièce.

— Qu'est-il arrivé au policier ? demanda Romy.

— Il fut forcé de donner sa démission.

— Et d'ouvrir le bazar de Dredd ?

Il se retourna pour lui faire face.

— C'était il y a huit ans. Je ne me suis pas rasé depuis.

Sa barbe s'entrouvrit le temps d'un bref sourire.

— S'agissait-il de légitime défense ?

— Oui, mais peu importe. Ce qui compte, c'est que Burke a accordé à l'officier Dredd Michoud le bénéfice du doute. Basile n'avait aucun grade, mais il a pris mon parti sans s'en cacher, alors que c'était parfaitement impopulaire et politiquement risqué.

Il revint à son chevet avec un flacon bleu cobalt. Il le déboucha et en versa une goutte dans une tasse de thé qui infusait sur la caisse d'emballage faisant office de table de chevet.

— Voilà, à présent, buvez ceci, *chère.* Je vous ai

épuisée avec tous mes blablas. Il est temps que vous vous rendormiez.

— Que me donnez-vous ? demanda-t-elle.

— Vous ne reconnaîtriez pas le nom si je vous le disais.

— Je pense que c'est de l'aspirine dissoute dans de l'eau.

En levant les yeux, Romy aperçut l'objet de leur conversation debout sur le seuil de la pièce qui ajouta avec humour :

— Mais l'aspect mystérieux du flacon est une jolie touche, Dredd. Elle donne l'impression que vous êtes un véritable alchimiste.

Dredd se renfrogna.

— Ça prouve que vous ne savez pas grand-chose. Une gorgée de ce liquide vous ficherait sur les fesses et vous laisserait là pendant une semaine.

La pièce était déjà encombrée avec tout le bric-à-brac de Dredd, mais elle semblait avoir encore rétréci quand Basile se cala entre le bureau et le pied du lit.

— Comment va-t-elle ?

— Pourquoi ne pas le lui demander vous-même ?

A vrai dire, Romy était contente que Basile ne se soit pas adressé directement à elle. Elle préférait l'ignorer.

— De qui tenez-vous vos talents de soignant, Dredd ?

— De ma grand-mère. Jamais entendu parler d'un *traiteur* ?

— Un guérisseur ? Bien sûr.

— Vous parlez le français ?

Cette question émanait de Basile, qui paraissait surpris.

— Et l'espagnol, répondit-elle sur le même ton. (Puis elle se tourna à nouveau vers Dredd :) Le dialecte cajun est différent du français que l'on apprend à l'école, n'est-ce pas ?

— C'est le moins que l'on puisse dire ! gloussa-t-il. Quand nous parlons entre nous, les autres ne comprennent pas un traître mot de ce qu'on raconte. Et on va pas s'en plaindre.

— Comment était votre grand-mère ?

— Terrifiante. Elle était déjà vieille quand je suis né. Mon père était son plus jeune fils. Pour je ne sais quelle raison, elle s'est prise d'affection pour moi. Elle m'emmenait dans le marais où elle allait cueillir des plantes pour ses potions. Elle en concoctait des dizaines. Les gens venaient la voir pour qu'elle soigne toutes sortes de maladies, de la jaunisse à la jalousie.

— Elle devait être fascinante.

Il hocha la tête.

— Les *traiteurs* existent depuis qu'il y a des cajuns. Certains les considèrent comme des sorcières pratiquant la magie noire. En fait, ce sont des femmes dotées d'un pouvoir curatif spécial et qui connaissent parfaitement la flore.

— Des femmes ?

— Le plus souvent, oui. Je fais partie des exceptions, expliqua-t-il d'un ton presque orgueilleux. Je n'ai pas appris tout ce que savait grand-maman Michoud, de loin, mais une fois que je me suis installé ici, j'ai commencé à concocter certains de ses élixirs les plus simples.

— Un de ces jours, vous allez empoisonner quelqu'un ! lança Basile.

— En tout cas, pas ce soir, rétorqua Dredd.

Puis, tournant délibérément le dos à son ami, il pressa la tasse de tisane contre les lèvres de Romy.

— Buvez, *chère.*

Basile avait peut-être raison. Il se pouvait que cette mixture soit toxique et qu'elle s'endorme d'un sommeil profond dont elle ne se réveillerait jamais. Mais elle sentait instinctivement qu'elle devait faire confiance à Dredd et avala tout le contenu de la tasse.

Il ajouta celle-ci sur le plateau, qu'il porta jusqu'à la porte avant de marquer une pause pour grommeler à l'adresse de Basile :

— Laissez-la tranquille.

Quand ils furent seuls, Romy évita le regard de son ravisseur. Il semblait plus menaçant que le crâne d'alligator suspendu au-dessus du bureau derrière lui ou que la peau de serpent longue de deux mètres punaisée au mur tapissé de papier journal. Tout compte fait, elle préférait être seule avec les décorations macabres de Dredd qu'avec Basile. Un engourdissement salutaire commençait à s'emparer d'elle, et elle se sentait vulnérable, couchée là, les yeux fermés pendant qu'il l'observait. Elle n'arrivait pas à se souvenir comme elle s'était retrouvée sans un vêtement sur le dos. Elle préférait ne pas le savoir.

— Si je pensais vraiment qu'il risquait de vous empoisonner, je ne vous aurais pas amenée chez lui.

Il avait parlé doucement, mais dans la petite pièce, sa voix paraissait bizarrement forte comme si les ondes sonores étaient palpables. Plus vraisemblablement, la potion de Dredd lui avait ramolli l'esprit tout en lui aiguisant les sens.

Elle lutta contre l'envie de le regarder, mais ses yeux étaient inexorablement attirés vers le bas du lit. Il avait les mains nouées autour des barreaux en fer qu'il avait l'air de tenir serrés, et s'appuyait dessus avec force comme s'il redoutait de s'élever dans les airs.

— Si vous ne m'aviez pas conduite ici, monsieur Basile, qu'auriez-vous fait de moi ? Vous m'auriez larguée au bord de la route ?

— Je ne voulais pas vous causer le moindre mal.

— Eh bien, c'est raté.

Il resta obstinément silencieux, mais elle ne s'étonna pas qu'il s'abstînt de s'excuser.

— Le déguisement était des plus convaincants.

— Merci.

— Le père Gregory est-il authentique ?

— Non. C'est un acteur que j'ai contraint à jouer ce numéro. C'est de sa faute si vous avez été blessée. Nous étions supposés partir seuls du bar de L'Intersection, vous et moi.

— Que lui avez-vous fait ?

— Rien, répondit-il d'un ton brusque. Quand je me suis réveillé ce matin, il était parti. Il a filé un peu avant l'aube.

Elle ne savait pas s'il fallait le croire ou pas, mais elle supposait que s'il avait voulu se débarrasser une fois pour toutes du père Gregory, il s'en serait chargé la veille quand il était si furax contre lui.

— Vous ne vous en tirerez pas comme ça, monsieur Basile.

— Je le sais pertinemment.

— Qu'espérez-vous y gagner dans ce cas ?

— La paix de l'esprit.

— C'est tout ?

— C'est beaucoup.

Elle le dévisagea longuement sans parvenir à interpréter son expression.

— Et moi ?

— Vous, vous vous en sortirez.

— Pinkie vous tuera.

Il contourna le pied du lit et s'approcha d'elle. Sa main, qui portait toujours les quatre égratignures profondes que ses ongles y avaient laissées, se tendit vers elle.

— Non ! cria-t-elle.

En dépit de sa lassitude, elle lui saisit le poignet.

— Lâchez-moi.

— Qu'allez-vous faire ? Ne me faites pas mal.

— Lâchez-moi, répéta-t-il.

Elle obéit parce qu'elle n'avait pas la force de lutter contre lui et suivit craintivement des yeux ses doigts qui se rapprochaient de sa tête. Il effleura ses cheveux.

Puis il retira sa main et elle vit, entortillé entre son pouce et son index, une plume, blanche, duveteuse, enroulée sur elle-même, échappée de l'oreiller de Dredd à l'odeur de moisissure.

— Avez-vous peur de moi ?

Son regard était rivé sur la plume qui se déployait lentement comme s'il s'agissait de quelque talisman hypnotique. Lentement, elle détourna son attention et murmura en levant les yeux vers lui :

— Oui.

Il assimila sa réponse sans pour autant la rassurer en lui affirmant qu'elle n'avait aucune raison de le craindre.

— Souffrez-vous ? demanda-t-il à la place.

Comme s'ils se souvenaient qu'on lui avait administré un tranquillisant, ses yeux se fermèrent d'eux-mêmes.

— Non.

— Nulle part ?

— Non.

— Votre bouche vous fait-elle mal là où vous vous êtes mordu la lèvre ?

— Je me suis mordu la lèvre ?

— Vous saigniez hier soir.

— Oh, je m'en souviens maintenant. Non, je n'ai pas mal.

— Le remède de Dredd vous a-t-il donné la nausée ?

— Pas du tout.

— J'ai pensé que vous feriez peut-être mieux de ne pas boire ces trucs-là. Ce n'est peut-être pas bon pour... Je veux dire, ne faudrait-il pas que je lui parle du bébé que vous avez perdu ?

— Si j'étais encore enceinte peut-être, mais...

Une prise de conscience soudaine la fit tressaillir,

mais ses yeux mirent du temps à s'ouvrir et elle dut faire un puissant effort sur elle-même pour concentrer son attention sur Burke Basile.

Il se tenait toujours au pied de son lit, totalement immobile à part sa main droite qui se serrait et se desserrait tour à tour, le regard inébranlable et comme à même de lire dans son esprit et dans son âme.

— Comment savez-vous pour le bébé ?

*

* *

Quand Doug Patout regagna son bureau, il ne fut guère surpris d'y trouver Pinkie Duvall qui l'attendait. Avant même qu'il fût à l'intérieur, celui-ci lança l'offensive :

— Où étiez-vous passé ?

Conscient de l'humeur de son visiteur et du motif de sa fureur, Patout se passa des politesses d'usage. Il retira prestement sa veste et la suspendit, puis s'assit derrière sa table.

— Jefferson Parish. Bizarrement, on parle beaucoup de cet endroit depuis vingt-quatre heures. Si j'ai bien compris, vous y étiez vous-même hier soir.

— Alors vous savez.

— Oui, je sais. Ce que je ne comprends pas, c'est la raison pour laquelle vous avez fait un numéro pareil au shérif. Pourquoi ne pas avoir laissé les autorités prendre les choses en main tant que la piste était encore chaude ?

— Je règle mes problèmes à ma façon.

— Ce n'est pas juste un problème, Duvall.

— Vous étiez en dehors de votre juridiction, Patout. Où en êtes-vous resté avec ces péquenauds ?

— Au même stade que vous, sauf que j'ai passé deux heures dans le bureau du shérif. Par courtoisie professionnelle, ils m'ont laissé lire les déclarations des témoins. J'ai parlé aux policiers arrivés les premiers sur les lieux. Même si vous les avez convaincus que l'incident n'était guère qu'une succession bizarre d'événements mal interprétés, il me paraît clair que votre épouse a été enlevée. Ne pensez-vous pas que le FBI devrait être au courant ? conclut-il d'un ton irrité.

— Non. Parce que quand j'attraperai Burke Basile, je le tuerai moi-même.

Son arrogance choqua Doug Patout et acheva de le mettre en colère.

— Vous avez un sacré culot de venir dans mon bureau pour m'annoncer ça !

Il ouvrit brusquement le dernier tiroir de son bureau et en sortit une bouteille de Jack Daniel's. Il jeta le fond huileux du café abandonné le matin même dans la poubelle garnie de plastique et remplit le gobelet de whisky.

— Il y a une autre tasse quelque part.

— Non merci. Je ne bois pas avec les poulets.

— Arrogant et injurieux.

Patout leva son verre, se fortifia en engloutissant une bonne rasade, s'en versa une autre, la but, avant de s'adresser à nouveau au plus puissant avocat de la ville qui venait de lui signaler sans vergogne son intention de tuer un flic – ex-flic – pour avoir kidnappé sa femme.

— Comment madame Duvall s'est-elle trouvée impliquée avec ces soi-disant prêtres ?

Duvall lui raconta tout ce qu'il savait à propos de la Maison de Jenny imaginaire et admit qu'il avait lui-même mené sa petite enquête plus tôt dans la journée, pour se retrouver dans un taudis. Lorsqu'il évoqua le cimetière, Patout sourit d'un air narquois :

— C'est du Basile tout craché ! Ses motivations sont claires. (Puis, secouant la tête, pris de remords, il marmonna :) Seigneur, il doit avoir perdu la tête !

— Pas du tout, renchérit Duvall. Si tel était le

cas, je le plaindrais peut-être et le liquiderais rapidement. Mais comme c'est un salopard démoniaque qui sait parfaitement ce qu'il fait, j'ai la ferme intention de lui arracher le cœur pendant qu'il bat encore.

— Je vous conseille de faire attention à ce que vous dites, Duvall. Souvenez-vous de l'endroit où vous vous trouvez.

— Je sais où je suis et j'en ai rien à foutre. Rien de ce que je déclare ne sortira de ce bureau. Vous n'avez pas plus envie que moi que ce shérif à la cervelle ramollie ou les fédéraux se mêlent de cette affaire pour la bonne raison que vous voulez protéger la réputation de la NOPD et votre copain Basile.

— Qui a démissionné. Il n'est plus affilié à ce département et donc hors de ma responsabilité.

— Pas officiellement. Mais s'il déconne à ce point juste après sa démission, les gens vont se demander comment ça se fait que personne ne ne soit rendu compte qu'il était sur le point de craquer. Pourquoi n'était-il pas suivi psychologiquement après avoir tué Stuart ? Pourquoi le chef de sa division n'était-il pas conscient de sa fragilité émotionnelle ? Vous voyez où je veux en venir, Patout ? Si je ne mets pas le grappin sur lui avant les autorités, vous allez vous retrouver dans la merde jusqu'au cou.

— Arrêtez de me menacer, Duvall !

— Je vous dis simplement les choses telles qu'elles sont.

— Si Burke a enfreint la loi, il sera puni en conséquence.

— Ça, je peux vous l'assurer !

Doug aurait voulu que Burke fût là. Il aurait pris plaisir à voir Pinkie réduit au rang du commun des mortels piquant une colère. C'était sacrément gratifiant de le voir sortir de ses gonds. Mentalement, il salua son ami pour avoir provoqué une telle réaction.

— Tuer Basile ne sera peut-être pas aussi facile

que vous l'imaginez, observa-t-il. Vous rendez-vous compte du genre d'individu à qui vous avez affaire ? Il est d'une intégrité à tous crins. Honneur est son surnom !

— Vraiment ? fit Duvall d'un ton méprisant. Il semble que vous ne le connaissez pas aussi bien que vous le croyez.

— Peut-être pas, reconnut Patout. Je ne pensais pas qu'il irait si loin en jouant le tout pour le tout, mais il l'a fait, ce qui rend la situation encore plus périlleuse pour vous. Basile ne s'attend pas à ce que cette affaire s'achève pacifiquement. Il ne touchera pas à un cheveu de votre femme. Je n'ai pas peur pour elle. Mais j'ai peur pour vous.

— Je n'ai rien à redouter de ce raté qui se balade en tenue de curé, pour l'amour du ciel !

— Détrompez-vous. Basile est rusé. Bien plus que moi et peut-être encore plus que vous, Duvall, même si vous doutez probablement que cela soit possible. Et c'est la vengeance qui le pousse à agir. Une motivation puissante ! Vous seriez fou de ne pas le craindre.

Duvall le foudroya du regard, mais il ne remit pas en cause l'insulte de Patout ou la référence faite à la personnalité de Basile.

— Qui est l'autre type ?

— Le deuxième prêtre ? Aucune idée !

— Où dois-je commencer mes recherches pour trouver Basile ?

— Je n'en sais rien non plus. Mais il n'ira pas loin dans cette fourgonnette. D'après la description, elle ne va pas être difficile à retrouver.

— C'est déjà fait.

Cette nouvelle étonna Patout.

— Où ça ? Qui l'a retrouvée ?

— J'ai envoyé des hommes la chercher. Ils l'ont

repêchée il y a deux heures dans un mètre cinquante d'eau quelque part entre Houma et ici.

— Où est-elle à présent ?

— Vous ne le saurez jamais.

— Duvall, j'insiste pour que vous la confiez aux autorités.

— Vous insistez ? nargua Duvall. Laissez tomber, Patout. Vous aurez beau insister, cette fourgonnette n'existe plus à l'heure qu'il est.

Patout regarda Duvall bouche bée en secouant la tête.

— Vous êtes aussi cinglé que Burke. Je ne peux pas laisser passer ça.

Il tendit la main vers le téléphone, mais Duvall lui arracha le combiné des mains. Patout se leva d'un bond et confronta son visiteur avec fureur.

— Cette histoire a déjà été trop loin, même pour vous ! Vous devez en informer le FBI.

— Pinkie Duvall n'a pas besoin du FBI.

— Pas besoin, ou pas *envie* d'avoir recours à eux. (Patout planta son index sur la poitrine de Duvall.) Vous ne voulez pas que le FBI s'en mêle parce que vous avez trop de choses à cacher. S'ils commencent à mettre le nez dans vos affaires, ils risquent de passer outre à l'enlèvement pour enquêter sur quelque chose de *vraiment* important.

Si Patout se rendait compte qu'il plongeait son regard dans les yeux d'un monstre sans conscience, le monstre, lui, souriait.

— Attention, Patout, répondit Duvall d'une voix glaciale. Vous ne voulez pas que je me mette en colère, si ?

Il écarta la main de Patout.

— Je sais combien vous tenez à la position que vous occupez actuellement au sein de la NOPD. Je sais aussi que vous rêvez de devenir directeur-adjoint. Je vous suggère donc de vous mettre immédiatement à la recherche de votre petit Basile et de vous obstiner jusqu'à ce que vous le trouviez. Sinon, votre carrière s'arrête là.

Le monde de Patout tournait autour de sa carrière. Il avait décidé de bonne heure que ses aspirations n'étaient pas compatibles avec une vie de famille réussie, aussi avait-il sacrifié mariage et enfants au profit d'une existence de célibataire, se consacrant entièrement et de tout son cœur à son métier. Il avait fait de son travail le centre de sa vie, sans un regret. Il n'avait vraiment pas envie d'en être dépossédé.

Connaissant l'entregent de Duvall, il ne pouvait faire fi de ses menaces. Il savait aussi que pour chaque avertissement lancé par Duvall, il y en avait des dizaines sous-entendus et c'étaient ces mises en garde tacites qui l'inquiétaient le plus.

— Si j'arrive à les dénicher, dit-il en détachant ses mots, et si Basile accepte de mettre immédiatement un terme à cette vendetta démentielle, donnez-moi votre parole que vous ne le toucherez pas.

Duvall réfléchit un instant, puis tendit le bras au dessus du bureau et serra la main de Patout comme s'ils venaient de conclure un marché.

— Pas question, Patout. Le salopard m'a pris ma femme. Il va mourir.

24

— Tout est prêt, annonça Burke, ignorant le reproche tacite de ses deux compagnons.

Romy Duvall était assise sur une chaise de jardin en métal rouillé sur la *galerie*. Le mur derrière elle était blindé d'antiques plaques minéralogiques.

Dredd était en train d'accrocher un hameçon au bout de sa canne à pêche, une cigarette ancrée au coin de la bouche. La fumée qui montait en volutes se mêlait à la brume s'élevant de la surface du marécage.

— Si vous comptez aller jusqu'au bout, vous êtes fou, marmonna le vieil homme en empalant une écrevisse vivante au bout de son hameçon.

— Vous me l'avez déjà répété cent fois.

Burke fit signe à Romy de remonter la jetée en direction du petit bateau chargé de provisions.

— Vous ne voyez pas qu'elle est faible comme un chaton ?

Dredd abandonna son équipement de pêche pour s'approcher d'elle et glisser une main noueuse sous son bras afin de l'aider à se lever. Ils contournèrent la cuvette en porcelaine blanche qui faisait office de jardinière l'été et servait pour l'heure de réceptacle à détritus et mégots. Ensemble, ils s'acheminèrent jusqu'au pilier où l'embarcation était attachée.

Burke y monta le premier et tendit la main à Romy. Il remarqua qu'elle hésitait avant d'accepter son assistance, mais elle le fit malgré tout et descendit avec précaution dans la petite barque oscillante. Burke la rattrapa quand elle s'assit sur la planche rugueuse en travers de la coque métallique destinée à servir de siège. Elle s'agrippa au banc de fortune tout en regardant les tourbillons de brume au-dessus de l'eau saumâtre.

— D'ici un jour ou deux, je viendrais chercher d'autres vivres, dit Burke à l'adresse de Dredd en train de détacher le cordage.

— Vous êtes sûr que vous n'allez pas vous perdre ?

— Certain.

— Au cas où...

— Je ne me perdrai pas.

— Okay, okay. Assurez-vous qu'il prenne soin

de vous, *chère,* ajouta Dredd en regardant Romy. Sinon, il me le payera.

— Vous avez été très gentil, Dredd. Merci.

La tendresse de son ton incita Burke à se sentir comme la cinquième roue du carrosse.

— Si jamais une plaie se rouvrait...

— Vous m'avez déjà expliqué ce qu'il fallait faire... l'interrompit-il d'un ton impatient.

Le vieil homme marmonna quelque chose dans sa barbe que Burke ne comprit pas. C'était probablement aussi bien. Il avait tout entendu, dans le détail, au point d'être capable de réciter de mémoire le sermon de Dredd.

Dredd vivait en reclus. Il ne se liait avec personne. Mais il avait conçu un dévouement stupide pour Romy Duvall que Burke aurait trouvé drôle si ça n'était pas aussi agaçant. Elle semblait avoir un effet sur tous les hommes qui croisaient son chemin, différent selon chacun, mais d'une égale intensité.

— Merci pour tout, Dredd ! cria-t-il néanmoins pour ne pas quitter le vieil homme en mauvais termes.

Dredd cracha dans l'eau, le manquant de quelques centimètres.

— Gardez les mains à l'intérieur du bateau. C'est encore un peu tôt pour eux, mais dans une ou deux semaines, ils seront affamés.

Burke avait entendu parler des deux vieux alligators que Dredd aimait trop pour tuer, et qu'il traitait comme des animaux domestiques. Etait-ce la réalité ou une légende fabriquée par Dredd pour éloigner les intrus ? Burke n'en était pas sûr, mais il fit signe qu'il avait compris cette mise en garde.

En mettant les gaz, il orienta le gouvernail ; l'embarcation s'enfonça dans le brouillard. Avant de prendre un virage, il jeta un coup d'œil derrière lui. Dredd était assis au bord de la jetée, en train de pêcher, sa tresse grise au creux du dos, ses pieds nus suspendus au-dessus de l'eau invisible, la brume tourbillonnant autour de ses mollets.

— Il n'a donc jamais froid ?

Romy aussi s'était retournée pour regarder le vieil homme.

— Il est coriace. Depuis qu'il vit ici, je ne l'ai jamais vu porter autre chose que ce qu'il a sur le dos maintenant. Et vous, avez-vous froid ?

— Non.

— Dites-le moi. Je vous donnerai une couverture.

Emmitouflée dans des vêtements trop larges ayant appartenu à Dredd, bien à l'abri sous un poncho en vinyle, il ne voyait pas comment elle aurait pu avoir froid, mais quelque chose n'allait pas. Elle était raide comme un poteau et cramponnée à la planche comme si sa vie en dépendait.

— Vous allez vous mettre des échardes.

— Pardon ?

— Si vous continuez à tenir cette planche comme ça, vous allez vous mettre des échardes. Détendez-vous. Nous avons atteint la vitesse maximale. On n'a pas besoin d'un bateau puissant pour naviguer dans les bayous.

— Je ne peux pas savoir. C'est la première fois que j'en vois un.

— Un bayou ?

— Non, un bateau.

Il rit, à tort.

— Vous vivez dans une ville quasi flottante et vous n'êtes jamais montée dans un *bateau* ?

— Non, riposta-t-elle. Je vous l'ai dit clairement me semble-t-il.

Sa réplique lancée d'une voix aiguë provoqua l'envol d'un pélican. Il quitta son nid en battant bruyamment des ailes. Romy bondit.

— Du calme !

Le gros oiseau glissa sur la surface de l'eau à

quelques mètres devant eux avant de décider apparemment qu'il ferait mieux d'aller pêcher ailleurs. Il s'éleva dans la brume tel le spectre symbolique de quelque mythe et disparut au-dessus de la cime des arbres.

Le marécage pouvait être un temple ou une source de terreur, selon les points de vue. Très conscient des dangers, Burke n'en adorait pas moins ces lieux qu'il avait appris à connaître lorsqu'il était au lycée, quand ses camarades et lui passaient des week-ends embrumés par la bière à explorer ces kilomètres de bayous et de marais sans pareil. En y repensant, il se rendait compte qu'ils avaient été d'une folle intrépidité lors de ces aventures, mais ils s'en étaient toujours sortis sans conséquences graves, hormis une gueule de bois, quelques coups de soleil et des piqûres d'insectes.

Il s'était juré que s'il arrivait un jour à mettre quelques sous de côté, il s'achèterait une cabane. En définitive, son frère avait partagé le coût du refuge avec lui. Joe appréciait beaucoup les week-ends qu'ils passaient là ensemble, mais il n'avait jamais ressenti la fascination que son frère éprouvait pour le mysticisme primitif du marécage.

Ce matin-là, le paysage était grandiose. Surréaliste monochrome d'eau, de brume et d'arbres nus couverts de mousse, leurs branches dépouillées, tordues, se dressant dans une attitude implorante à travers les nuages d'un gris métallique étincelant.

Au regard de quelqu'un qui n'avait jamais été exposé à cette beauté saisissante, cet environnement devait avoir quelque chose de cauchemardesque. Surtout si ce néophyte se trouvait seul en présence d'un être dont il se méfiait et qu'il redoutait.

Il jeta un coup d'œil à Romy et fut déconcerté de s'apercevoir qu'elle le regardait fixement.

— Comment étiez-vous au courant pour mon bébé ?

La veille au soir, il avait pu éluder la question. Elle l'avait observé pendant quelques instants en silence avant que la potion de Dredd fît son effet magique. Puis ses yeux s'étaient fermés, sa tête avait roulé sur l'oreiller et elle avait sombré dans un profond sommeil.

A un moment donné, il lui était venu à l'esprit qu'elle ne devrait peut-être pas prendre de remède si peu de temps après une fausse couche. Les élixirs de Dredd ne risquaient-ils pas de provoquer des douleurs, des saignements ? Ces éventualités étaient alarmantes. Qu'arrivait-il à une femme lorsqu'elle perdait un enfant ? Combien de temps fallait-il pour qu'elle se rétablisse et comment se soignait-elle ? Il n'en avait pas la moindre idée.

Depuis ses premières expériences sexuelles, à l'âge de seize ans, il avait exploré maintes fois le corps féminin. Il en connaissait intimement les moindres recoins. Des années de mariage avaient accru son savoir en la matière. Il avait appris par osmose le vocabulaire associé qu'il maîtrisait relativement bien. Il avait des notions des cycles, des trompes ligaturées, des œstrogènes et des hystérectomies.

Il ne tenait pas en savoir davantage. Mis à part les médecins, les hommes tiennent-ils vraiment à comprendre les rouages complexes de l'anatomie féminine ? Les mystères confinés dans cet espace somme toute restreint avaient fasciné et tourmenté l'homme depuis la Création. Les innombrables galaxies n'avaient pas suscité autant de spéculations, d'émerveillement et de crainte mêlée de respect.

Le secret était indissociable de cet attrait. Pour Burke Basile en tout cas. Il ne voulait pas voir ses illusions se dissiper ni gâcher l'imagerie poétique que la féminité éveillait en lui.

Il n'empêche qu'il n'avait pas pu faire autrement que de lui poser cette question la veille au soir, à propos de sa fausse couche. Pour sa tranquillité d'esprit, il fallait qu'il soit sûr que les remèdes de Dredd ne lui causaient pas de tort.

— Répondez-moi, fit-elle d'un ton pressant. Comment le saviez-vous ? Personne n'était au courant, à part mon médecin. Je n'en ai pas parlé à qui que ce soit.

— Si, vous en avez parlé à quelqu'un.

Il l'observa pendant qu'elle essayait de comprendre et sut l'instant précis où elle avait trouvé la réponse. Ses lèvres s'entrouvrirent en un cri muet. Puis elle le dévisagea comme s'il était l'Antéchrist en personne et des larmes lui emplirent les yeux. L'une d'elles roula sur sa joue. Il repensa au sang coulant au coin de sa bouche. Cette larme solitaire était encore plus poignante.

— Vous avez entendu ma confession ?

Il détourna la tête, incapable de croiser son regard.

— Comment est-ce possible ?

— Cela a-t-il de l'importance maintenant ?

— Je suppose que non. Peu importe comment vous vous y êtes pris. Ce qui compte, c'est que vous l'avez fait. Vous êtes un monstre, monsieur Basile ! ajouta-t-elle au bout d'un moment.

Il n'était pas fier de lui. Mais sa conscience tourmentée eut pour seul effet de le pousser à l'agresser.

— A qui de jeter la première pierre, madame Duvall ? C'est tout de même drôle de la part d'une femme prête à se prostituer pour épouser un homme riche.

— Que savez-vous à ce sujet ? Que savez-vous de moi ? Absolument rien.

— Chut ! Burke leva la main pour la faire taire.

— J'ignore ce que vous pensez de moi et ça m'est parfaitement égal.

— Bouclez-la ! aboya-t-il.

Il se hâta d'éteindre le moteur et tendit l'oreille.

On entendait incontestablement un hélicoptère qui approchait... En jurant, il remit le moteur en marche et, pleins gaz, prit la direction du plus épais bosquet de cyprès chauves. La coque se heurta aux racines noueuses des arbres qui jaillissaient à la surface telles des stalagmites.

Il posa la main sur la tête de Romy et la poussa en avant vers ses genoux, pour qu'elle ne se cogne pas aux branches basses. Dès qu'ils furent sous les arbres, il arrêta à nouveau le moteur et s'empara d'un des troncs de cyprès afin d'empêcher le bateau de dériver. Fort heureusement, la brume camouflait leur sillage.

Romy luttait pour tâcher de relever la tête.

— Ne bougez pas.

Il maintint sa paume fermement en place à la hauteur de sa nuque, les yeux rivés sur le ciel. Un hélicoptère apparut effectivement au-dessus de la cime des arbres, à basse altitude. Il était trop petit pour transporter des ouvriers travaillant sur les plates-formes pétrolières off-shore et pas assez spécifique pour appartenir à la police. Si c'était un appareil destiné à la circulation routière, le pilote s'était perdu parce qu'il n'y avait pas une voiture à des kilomètres. Il se pouvait que ce soit un instructeur donnant à son élève une vue d'oiseaux des marécages, mais c'était peu probable un jour de brouillard.

Il y avait plus de chances que ce soit un appareil affrété par Pinkie Duvall pour chercher sa femme et son ravisseur.

Madame Duvall essaya encore une fois d'écarter sa main.

— Il est parti maintenant. Lâchez-moi !

Elle parvint à se faire entendre bien que sa voix fût étouffée par le tissu des vêtements informes que Dredd lui avait donnés.

— Restez tranquille !

Il tendit l'oreille afin de déterminer si l'hélicoptère s'en allait ou s'il risquait de faire un deuxième passage.

— Je ne peux plus respirer.

Elle commença à se débattre pour de bon.

— Je vous ai dit de rester tranquille. Juste...

— Laissez-moi...

Sentant sa panique, Burke lâcha prise. Elle essaya de se lever, mais se heurta la tête contre une branche et retomba. Le bateau tangua dangereusement, ce qui l'incita à empoigner les bords, augmentant encore le péril. Burke la saisit par les épaules.

— Arrêtez de bouger, bon sang ! A moins que vous ne teniez à ce qu'on chavire. Ce dont je doute.

Il pointa le menton et elle tourna la tête. Un alligator glissait à moins de dix mètres du bateau, ouvrant silencieusement la brume de sa gueule malveillante. Seuls ses yeux reptiliens affleuraient à la surface de l'eau.

Elle cessa de se débattre et prit plusieurs petites inspirations rapides.

— Je ne pouvais plus respirer.

— Je suis désolé.

— Lâchez-moi les bras.

Tout en l'observant d'un œil prudent, il la libéra graduellement. Elle plaqua les mains sur sa poitrine comme pour contenir son souffle haletant.

— Faites-moi ce que vous voulez, mais ne m'étouffez pas.

— Je n'essayais pas de vous étouffer, mais de vous éviter de vous éborgner avec une branche.

Elle le fusilla du regard.

— Vous vouliez m'empêcher de faire signe à l'hélicoptère. Je ne suis pas complètement idiote, Basile !

— D'accord. C'est vrai. J'ai fait ça pour vous empêcher de faire signe à l'hélicoptère. Mais ne vous débattez plus jamais comme ça. Vous avez failli nous faire boire le bouillon. La prochaine fois, nous aurons peut-être moins de chance.

— Je n'ai aucune envie de tomber à l'eau, croyez-moi. Je ne sais pas nager.

Il renifla d'un air sceptique.

— Je ne suis pas idiot non plus, madame Duvall !

*

* *

— C'est lui. C'est celui-là. Le père Gregory.

En souriant triomphalement, Errol tapota le doigt sur la photo de Gregory James. Ça faisait des heures qu'il passait en revue des archives de la NOPD obtenues illicitement.

Pinkie restait sceptique, convaincu qu'Errol avait peut-être inventé cette partie de l'histoire pour se racheter.

— Gregory James, lut-il dans le dossier. Pas d'alias. Plusieurs arrestations pour atteintes aux mœurs. Il a plaidé coupable une fois et a été libéré sous caution. Tâchez de déterminer quel est son statut actuel, acheva-t-il en s'adressant à un coursier qui se tournait les pouces.

— Il est avec Burke Basile et madame Duvall, déclara Errol dès que l'employé s'en fut exécuter l'ordre de Pinkie.

— Vous n'avez pas reconnu Basile alors qu'il était au tribunal durant tout le procès Bardo. Pourquoi devrais-je croire que vous êtes capable d'identifier le père Gregory ?

— Je n'avais vu Basile que de loin. Et puis, il n'avait pas la même tête en père Kevin. Je suis certain qu'il s'agit bien du père Gregory. Il a même gardé son nom.

— Nous verrons, fit Pinkie d'un ton évasif.

Errol sua à grosses gouttes en attendant le retour du coursier.

— J'ai vérifié, monsieur Duvall. Gregory James a fait de la prison il y a quelques mois. Il est en liberté conditionnelle.

— Vous voyez ! Je vous l'avais dit.

— Eh bien, je suppose que je vous dois des excuses, Errol. Grâce à vous, il semble que l'identité du père Gregory ne soit plus un mystère.

Errol distribua des sourires complaisants à la ronde. Pinkie le renvoya en lui demandant de rester dans les parages au cas où on aurait besoin de lui. Errol sortait du bureau à reculons en faisant presque la révérence au moment où Bardo entra.

— Del Ray est en train de nous rendre tous fous. Il est là depuis une heure. Il raconte qu'il a des informations vitales, mais refuse de parler à qui que ce soit d'autre que vous. Pouvez-vous le voir maintenant ?

Pinkie acquiesca sans grand enthousiasme.

Del Ray Jones était un escroc tous azimuts, mais il se spécialisait dans l'usure. Avec l'essor des salles de jeu en bordure du fleuve à La Nouvelle-Orléans, ses affaires avaient prospéré, enflant un ego déjà disproportionné par rapport à la valeur du personnage.

C'était une petite crapule méchante, rusée, qui maniait admirablement bien le couteau. Un soir, il était allé un peu trop loin avec un de ses clients en retard sur ses versements et lui avait tranché la gorge. C'était son premier – et dernier – meurtre. Jusqu'à présent. Mort de trouille, il avait couru chez son avocat pour lui demander conseil.

Pinkie lui avait suggéré de disparaître de la circulation pendant quelques semaines en lui assurant que l'éclipse d'un petit joueur sans importance ne provoquerait pas même une vague dans les bas-fonds de la ville. Il avait raison. L'affaire n'avait jamais été élucidée. Pinkie, lui, savait où se trouvait le cadavre. Et pour cause !

Maintenant qu'il était dans la panade, Del Ray était avide de lui renvoyer l'ascenseur et de lui prouver sa loyauté et son savoir-faire. Bardo l'escorta jusqu'au bureau.

— Vous n'avez pas intérêt à me faire perdre mon temps, s'exclama Pinkie, déterminé à aller droit au but.

Del Ray lécha ses petites dents pointues.

— Non monsieur. Vous allez adorer !

Pinkie en doutait. Del Ray était un manipulateur égocentrique, prêt à tout pour servir ses intérêts, un Sachel moins le panache. Il aurait prostitué sa mère si cela avait pu lui rapporter un dollar.

Curieusement, l'intérêt de Pinkie alla croissant tandis qu'il écoutait le récit de l'usurier s'exprimant d'une voix haut perchée, avec arrogance. Lorsqu'il conclut, Pinkie jeta un coup d'œil à Bardo, qui remarqua :

— Ça me paraît bien.

— C'est génial, monsieur Duvall ! renchérit Del Ray.

— Mettez vous sur le coup dans ce cas.

— Oui, monsieur.

Tout sourires, pareil à un rat comblé, Del Ray sortit de la pièce en trottinant. Bardo lui emboîta le pas.

Une fois seul, Pinkie se leva et s'étira le bas du dos, qui lui faisait mal. De bonne heure ce matin-là, il avait pris une douche dans la salle de bains adjacente à son bureau. Roman lui avait apporté des vêtements de rechange de la maison. Si tout cela l'avait rafraîchi, il était cependant loin de se sentir dispos. Il avait les yeux qui piquaient à cause du manque de sommeil.

Il s'approcha du bar pour se servir à boire. En se brûlant le palais, habitué aux meilleurs crus, il engloutit un peu d'un excellent whisky écossais. Il sirota un deuxième verre tout en arpentant pensivement son bureau.

Qu'avait-il négligé ? Que pouvait-il faire d'autre ? Quel autre retour d'ascenseur pouvait-il réclamer, susceptible d'accélerer le processus lui permettant de retrouver Romy et de tuer le salopard qui l'avait enlevé ?

Il avait eu recours à toutes les sources disponibles. Il avait mobilisé un nombre considérable d'hommes. Travaillant avec la précision et la discrétion de commandos parfaitement entraînés, ils avaient passé la ville au peigne fin, ainsi que les communautés avoisinantes, posant une foule de questions, écoutant les ragots. Aucun n'avait décelé le moindre indice. D'autres se chargeaient exclusivement de recueillir des informations sur Burke Basile, ses intérêts, ses forces, ses faiblesses. Un hélicoptère avait sillonné les marais à basse altitude, mais jusqu'à présent, il n'avait rien trouvé à part la fourgonnette abandonnée.

Avec du sang dessus.

Celui de Gregory James ? Probablement. D'après les témoins disposés à parler, les brutes l'avaient drôlement tabassé. Mais la vitre arrière du véhicule avait été fracassée. On avait constaté la présence de mitraille dans les sièges. Romy avait peut-être été blessée, elle aussi ? Il ne pouvait pas prendre le risque d'une enquête susceptible de le déterminer. Pour empêcher les autorités, fédérales et locales, de se mêler de cette affaire, il avait fait détruire la fourgonnette.

Si Romy était vivante, mais blessée, si elle se trouvait quelque part dans les bayous, elle devait être terrifiée.

Quoique ?

Une autre éventualité s'était insinuée sournoisement dans l'esprit de Pinkie. Au début, ce n'était guère qu'un flash, semblable aux premiers tressaillements d'un inconfort qu'on ne peut pas localiser ni identifier, un vague malaise laissant supposer que les choses ne vont pas bien, le pressentiment qu'elles risquent fort d'empirer au lieu de s'améliorer. A mesure que les heures passaient sans apporter le moindre renseignement concernant Romy ou son ravisseur, sans un appel ni demande de rançon, cette hypothèse s'était mise à le ronger, lentement, comme un cancer.

Et si Romy n'avait pas été kidnappée ? Si elle avait pris la fuite délibérément avec Basile ?

C'était une idée absurde. Il n'arrivait pas à admettre que son subconscient pût produire une idée aussi bizarre face à ce qui semblait évident. Elle n'avait pas de fondement. Romy n'avait aucune raison de le quitter. Aucune. Il l'adorait. Il la comblait. Il était prêt à lui donner tout ce qu'elle désirait.

Ce n'était pas tout à fait vrai.

Elle avait voulu se marier religieusement, et il s'y était opposé. Le mariage était un sacrement, toute une affaire pour quelqu'un d'aussi dévot que Romy. Pinkie lui avait décrété qu'il trouvait cela ridicule, comme tout ce qui avait trait au catholicisme. La religion était l'apanage des femmes et des hommes faibles. Aussi s'étaient-ils mariés à la mairie, sans tralala.

Jusqu'à ce jour, dans l'esprit de Romy, ils avaient vécu dans le péché.

Et puis elle voulait un enfant. Pinkie fronçait les sourcils de dégoût à la pensée de la voir se gonfler comme un ballon de baudruche. Après neuf mois passés à dégobiller tous les matins, sans parler de la déformation et des rapports sexuels minables, qu'obtiendrait-il ? Un bébé. Beurk !

C'était déjà assez pénible d'avoir à partager Romy avec sa petite sœur. Leur affection mutuelle était une source d'agacement continuel. La famille lui inspirait à peu près les mêmes sentiments que la religion. Un homme capable de se débrouiller tout seul n'en avait que faire !

Mais l'attachement réciproque des deux sœurs avait ses avantages. Il s'en servait comme d'un gouvernail pour rectifier le chemin de Romy chaque fois qu'elle s'écartait de la voie qu'il avait tracée pour elle.

Dès son retour de Jefferson Parish, où l'on avait vu sa femme pour la dernière fois, il était allé trouver la direction du Sacré-Cœur. Sans mentionner l'enlèvement de Romy, il avait pris des renseignements sur Flarra et avait été soulagé d'apprendre que sa petite belle-sœur était toujours dans l'enceinte du pensionnat.

Romy ne serait jamais partie sans elle. Ce qui réduisait à néant la théorie selon laquelle elle aurait pris la fuite avec Basile. Après tout, où l'aurait-elle rencontré ? Quand et par quels moyens auraient-ils pu mettre au point ce plan compliqué ? Pinkie secoua la tête, réfutant fermement ses appréhensions. Elle n'avait pas fui. On l'avait emmenée de force.

Burke Basile avait fait le coup. Le salopard qui lui avait ri sous le nez quand il lui avait offert la chance de sa vie était désormais en possession de sa femme. Ça, il le savait. Ce qu'il ignorait, c'était ce que Basile comptait faire d'elle.

Mais il pouvait assez bien se l'imaginer.

Enragé à cette pensée, il expédia son verre à l'autre bout de la pièce où il se fracassa en éclaboussant le mur d'une pluie de gouttelettes de scotch coûteux. Errol entra précipitamment dans la pièce pour s'assurer que tout allait bien.

— Foutez le camp !

Errol se retira, penaud, en refermant la porte derrière lui.

Pinkie se mit à rôder dans la pièce comme s'il cherchait quelque chose sur lequel passer sa colère. Depuis le jour où il avait marchandé avec Angel pour avoir Romy, elle lui avait appartenu. Il l'avait mise au Sacré-Cœur avec la certitude qu'elle resterait pure. L'éducation était nécessaire, mais dans l'esprit de Pinkie, secondaire par rapport à l'apprentissage des bonnes manières sur lesquelles il avait beaucoup insisté. Il avait exigé qu'on lui enseigne l'éloquence et l'étiquette, afin que son comportement fût irréprochable et qu'il pût l'exhiber en public, de manière à faire d'elle un glorieux attribut de sa personne.

Après leur mariage, il lui avait appris tout ce qu'une femme avait besoin d'apprendre, à savoir comment satisfaire un homme. Il choisissait ses vêtements, ses chaussures, ses bijoux. Il l'avait faite pour lui, il l'avait *créée* pour son usage exclusif.

L'épouse de Pinkie Duvall devait être aussi parfaite que ses orchidées, son vin ou sa carrière. C'était la raison pour laquelle il était fou de rage. Romy était ruinée à présent. Il ne pourrait plus jamais profiter d'elle.

Même si Basile ne la touchait pas...

Ce qui était peu probable.

Même s'il ne l'avait pas touchée, tout le monde supposerait que c'était chose faite, ce qui revenait au même.

Comment pourrait-il tolérer que l'on croie que son ennemi juré avait sauté sa femme ? Il ne le supporterait pas. Il ne supporterait pas d'être la risée de tout le monde.

Dès l'instant où Romy avait était kidnapée, elle avait été entachée, ternie, inacceptable.

Aussi devait-elle mourir, en même temps que Basile.

25

La cabane sur pilotis formait un îlot de bois dégradé par les intempéries au milieu d'une eau comparable à une soupe aux pois de par sa couleur et sa viscosité.

— Ce n'est pas le Ritz, remarqua Basile en alignant le bateau avec l'un des vieux pneus protégeant les piliers.

Il se hissa sur le ponton, amarra l'embarcation et aida Romy à grimper à son tour.

— Il y a une jetée reliant la cabane à cette presqu'île, ajouta-t-il en esquissant un geste vers la droite. Mais, pendant l'hiver, quand l'eau est haute, elle est immergée. De toute façon, elle est sur le point de s'effondrer.

Au-delà du bras d'eau s'étendait une épaisse forêt tapissée de hautes herbes. Le sous-bois paraissait impénétrable. De l'endroit où elle se tenait, il n'y avait pas une terre sèche à l'horizon. On aurait dit que toute la végétation, arbres compris, poussait dans l'eau.

— C'est profond par ici ?

— Passablement, répondit-il laconiquement en lui passant un sac en papier rempli de provisions. La porte est ouverte. Emmenez ça avec vous.

Elle le laissa décharger le bateau et entasser les vivres sur le ponton, à un mètre environ au-dessus de l'eau. Ses pas rendaient un bruit creux sur les planches fatiguées tandis qu'elle s'acheminait vers la structure qu'il avait appelée la cabane et qui n'était guère qu'une cahute.

Elle souleva le verrou et poussa la porte. Il faisait sombre à l'intérieur ; tous les volets étaient fermés. Cela sentait le moisi. Même dans les plus belles demeures du sud de la Louisiane, il n'était jamais facile de faire échec aux effets corrosifs dus à la proximité de la mer. La bicoque y avait apparemment cédé il y a longtemps.

— Je vous avais prévenu que ce n'était pas luxueux, déclara-t-il en arrivant derrière elle et en la poussant doucement sur le seuil. Posez ce sac sur la table pour le moment. Il faut que je fasse la chasse aux cafards avant que nous déballions.

Romy fit ce qu'on lui demandait avant d'inspecter de plus près l'intérieur de la cabane. Celle-ci ne comportait qu'une pièce, bien qu'il y eût une porte sur laquelle on avait peint un croissant de lune pour indiquer qu'il s'agissait des toilettes.

— Ça s'évacue – la plupart du temps – dans une fosse septique située sur la presqu'île, précisa-t-il. Il y a l'eau courante, mais je vous suggère de boire plutôt de l'eau minérale. Pour se laver, il y a un réservoir dehors, contre le mur. Je vous recommande d'éviter de vous baigner dans le bayou.

Elle lui lança un regard noir par-dessus son épaule tout en s'approchant d'une fenêtre pour ouvrir les persiennes. Il faisait gris ; il n'y avait guère de lumière, mais l'atmosphère était un peu moins sinistre ainsi.

Le long d'un mur se trouvait un canapé en tissu sorti tout droit d'une vente de charité. Au milieu de la pièce se dressait une table de cuisine années cinquante, avec un plateau en contre-plaqué et des pieds en chrome rouillé. Les pieds des trois chaises assorties étaient dans le même état, mais elles avaient droit à des coussins en vinyle bleu vif. Il y avait aussi un réchaud au butane, mais pas de réfrigérateur.

— Il n'y a pas d'électricité, précisa-t-il comme s'il avait lu dans ses pensées. Mais nous avons un chauffage qui fonctionne au gaz et j'ai apporté une bouteille de rechange. Avez-vous froid ?

— Je suis transie.

Il commença à tripoter le chauffage ; elle poursuivit son repérage. En dehors d'une commode, de quelques étagères et petites tables, l'unique meuble était un lit double dont les ressorts apparents étaient tout rouillés. La toile à matelas bleu et blanc était toute tachée. Au-dessus du lit pendait une moustiquaire tire-bouchonnée.

Tandis qu'elle considérait le lit, une taie d'oreiller pleine atterrit au milieu.

— J'ai apporté des draps propres, l'informa-t-il. Pendant que je fais la chasse aux bestioles et que je range tout ça, vous n'avez qu'à faire le lit.

Contente de pouvoir s'occuper à quelque chose, elle vida le contenu de la taie d'oreiller sur le matelas et fut soulagée de voir qu'en plus d'une paire de draps blancs, il avait inclus un molleton rembourré.

— Combien de temps allons-nous rester ici ?

— Aussi longtemps qu'il faudra à votre mari pour nous trouver.

— Il nous trouvera.

— J'y compte bien.

— Vous devriez peut-être aussi compter sur le fait qu'il va vous tuer.

Il avait transféré toutes les conserves sur les étagères en bois. Il marqua une pause, plaça l'une des boîtes sur l'étagère la plus basse, en la disposant avec précision, puis se tourna lentement vers elle.

— J'estime que je vous dois une explication. Il y a quelques semaines, j'ai tenu mon pistolet dans ma main avec l'idée de me faire sauter la cervelle. Si je m'en suis abstenu, c'est que j'ai la ferme intention de tuer les hommes responsables de la mort de mon ami. Après cela, peu m'importe ce qui m'arrive.

— Je pense que vous avez tort, monsieur Basile. Quand le moment viendra de choisir véritablement entre la vie et la mort, vous opterez pour la vie.

— Pensez ce que vous voulez, répondit-il d'un ton indifférent avant de se remettre à ranger.

— Et votre famille ?

— Je n'en ai pas

— Pas de femme ?

— Plus.

— Je vois.

— Vous ne voyez rien du tout. (Il fit une boule du sac en papier vide.) Je ne vous ai pas raconté tout ça pour provoquer une conversation. Je vous l'ai dit simplement pour que vous nous épargniez à l'un et à l'autre toutes tactiques de terreur auxquelles vous envisageriez d'avoir recours. Ça ne marchera pas. Je sais déjà que votre mari est aussi puissant que malveillant. Rien de ce qu'il fera ne m'empêchera de venger la mort de Kev Stuart.

Il jeta la boule de papier dans un coin, puis retourna au bateau pour décharger le reste. Le chauffage fonctionnait bien. Romy retira la veste écossaise de Dredd, mangée par les mites, et acheva de faire le lit. Repérant un édredon plié dans une caisse en dessous, elle l'en extirpa. Après l'avoir reniflé, elle décida qu'il était à peu près propre, mais que cela lui ferait du bien d'être un peu secoué.

Parvenue sur le seuil, elle se retrouva nez à nez avec Basile, les bras chargés d'un sac de couchage.

— Où allez-vous ?

— Secouer l'édredon.

Il jeta le sac de couchage sur le ponton.

— J'y vais.

Il le glissa par-dessus la rambarde et l'agita énergiquement.

Quand il fut convaincu qu'il n'y avait ni vermine ni bestioles, il le lui rapporta.

— Pas de vermine.

— Merci.

Quand elle se retourna, elle l'entendit jurer entre ses dents.

— Posez ça.

— Pourquoi ? Qu'est-ce qui ne va pas ?

Sans attendre qu'elle obéisse, il lui prit le duvet des mains, le jeta sur le lit et, dans le même geste, lui fit faire volte-face. Il tira sur le bas de sa chemise en flanelle pour l'extraire du pantalon retenu par une ceinture que Dredd lui avait prêtée, et avant qu'elle eût le temps de protester, la releva jusqu'à la nuque, lui dénudant le dos.

— Qu'est-ce que vous faites ?

— Il y a des taches de sang sur votre chemise. Certaines plaies ont dû se rouvrir. Dredd va me tordre le cou si jamais elles s'infectent. Asseyez-vous.

Il essaya de la forcer à s'asseoir sur une des chaises en chrome en faisant pression sur ses épaules. Elle résista.

— Qu'est-ce qu'il y a ?

— J'ai été kidnappée par un homme qui vient de m'annoncer qu'il avait l'intention de tuer plusieurs personnes. Cela ne vous semble-t-il pas une raison suffisante pour avoir les nerfs à vif ?

Il jura.

— Je ne vais pas vous faire de mal. Okay ? Cessez de tressaillir chaque fois que je m'approche de vous. A présent asseyez-vous et tournez-vous.

Elle obéit en s'asseyant tout au bord de la chaise.

Dredd avait empaqueté tout ce dont il risquait d'avoir besoin dans un sac en toile que Burke alla chercher et posa sur la table. Puis il roula le dos de la chemise de Romy serré autour de son cou pour qu'il ne le gêne pas ; Romy la maintenait en place devant en croisant les bras sur sa poitrine. Il tamponna les endroits qui saignaient avec du coton imbibé d'un antiseptique.

— Ça pique ?

— Non, mentit-elle.

Cela piquait horriblement, mais elle le supporta avec stoïcisme.

Il œuvra méthodiquement, sans dire un mot, nettoyant d'abord les plaies avant d'y appliquer du baume. Ses gestes étaient un peu hésitants, faute d'habitude ; il n'avait pas la douceur de Dredd, ni ses dons de guérisseur, ni l'art de murmurer des propos réconfortants tout en administrant les soins. Le silence était encore plus désagréable que la douleur.

— Vous venez ici souvent ?

— Pas suffisamment pour que l'on vienne m'y chercher. Au cas où vous vous imaginiez qu'un ami pourrait passer.

— Je ne pensais pas à ça.

— Bref.

— Vous venez seul en général ?

— Quelquefois avec mon frère.

— C'est drôlement exigu pour deux hommes.

— On joue à pile ou face pour savoir qui a droit au lit.

— Le perdant dort sur le canapé.

— Hum.

Il ferma bruyamment le couvercle du récipient contenant le baume pour lui signaler qu'il avait fini.

— Les blessures ont dû se rouvrir lorsque vous avez fait le lit. Vous feriez mieux de vous reposer le restant de la journée.

— Et moi ?

— Vous quoi ?

— Vais-je devoir jouer à pile ou face ?

Comme il ne répondit pas tout de suite, elle tourna la tête vers lui. Elle avait toujours les bras croisés sur sa poitrine et le dos de sa chemise était toujours roulé autour de son cou. En le regardant par-dessus son épaule nue, elle se rendit compte, trop tard, que ses questions avaient dû lui faire l'effet d'une provocation.

— Comment ferions-nous, madame Duvall ? Pile : je perds et je couche sur le canapé. Face : je gagne et j'ai droit au lit. Avec vous en prime. (Il émit un petit rire méprisant.) Je suppose que je devrais être flatté puisque vous vous vendez à Duvall pour beaucoup plus. Mais franchement, non merci.

*
* *

— Madame Duvall ?

Del Ray Jones approcha son visage à quelques centimètres de celui de son client.

— Aurais-je bégayé ?

— Non, mais vous avez la mauvaise habitude de postillonner, Del Ray. Votre mère aurait dû vous faire porter des appareils quand vous étiez petit. Vos dents en avant font l'effet d'une pomme de douche.

Les yeux de fouine de l'usurier rétrécirent encore un peu plus.

— Je suis sûr que si vous vouliez bien vous pencher sur la question et réfléchir très fort, vous auriez des informations à me donner à propos de madame Duvall.

— Madame *Pinkie* Duvall ?

— Vous voyez ! Vous en savez déjà plus que vous ne le pensiez.

— J'ai deviné juste, fit l'autre homme en secouant les épaules comme s'il cherchait à les détendre. Si c'est à la bonne femme de Pinkie que vous faites allusion, je ne l'ai jamais vue de ma vie et je ne vois pas du tout de quoi vous voulez parler.

L'autre pencha la tête de côté en grimaçant un sourire enjôleur.

— Allons, allons ! Ne mentez pas au vieux Del Ray. Nous sommes amis depuis longtemps.

— Amis, tu parles ! Je ne suis pas votre ami. Vous êtes une vraie peste.

— Vous me blessez, fit Del Ray en portant la main à son cœur. Vous ne savez rien à propos de la femme de monsieur Duvall ? Vous me le promettez ?

— Je vous le promets.

— Vous ignorez qu'elle a disparu ?

— Disparu ?

— Bravo, c'était très bien. Très sincère. Si je n'étais pas mieux renseigné, j'aurais presque pu croire que cette information vous avait surpris.

Les épaules de son interlocuteur étaient toujours aussi crispées. Il s'anima.

— Bon d'accord, c'est vrai. J'ai entendu des rumeurs, mais j'ignore les faits. A présent, écartez-vous. Nous avons un rendez-vous vendredi. Je ne veux pas voir votre sale tête d'ici là.

Comme son client se détournait, Del Ray brandit une main, armée d'un couteau à cran d'arrêt dont il pressa la pointe contre la joue de l'autre homme. Son sourire avait disparu. Plus de rictus non plus.

— Vous pourriez dégainer votre revolver, mais votre figure serait sacrément amochée avant que vous ayez le temps de me tirer dessus.

— Vous m'avez donné jusqu'à vendredi, fit l'homme en remuant à peine les lèvres. Vous aurez votre argent.

— Ce ne serait pas la première fois que vous me mentiriez.

— Pas ce coup-ci. J'ai déjà trouvé le liquide.

— Sans blague ?

— Je vous le jure.

— Bon. Ecoutez.

Del Ray retira la lame et la tapota contre sa paume ouverte comme s'il considérait une idée qui venait de lui traverser l'esprit.

— Si vous venez avec moi tout de suite, je pourrais persuader quelqu'un de payer votre dette.

— Payer ma dette ?

— Et vous dites que je ne suis pas votre ami ? Vous devriez avoir honte !

L'usurier poussa son client vers la Cadillac garée le long du trottoir.

— Monsieur Duvall veut vous parler.

— Me parler, à moi ?

— Ouais. Et il vous invite personnellement. C'est gentil de sa part, non ?

*

* *

— Je suis content que vous ayez pu venir aussi rapidement, monsieur McCuen.

Mac pénétra dans le sanctuaire luxueux de Pinkie Duvall, Del Ray Jones et Wayne Bardo sur ses talons. C'était ce que l'on appelait l'antre du lion ! Et devinez qui était Daniel. Les chances n'étaient décidément pas de son côté.

En s'efforçant de prendre un air décontracté, il s'assit dans le fauteuil qu'on lui désignait. Bardo et Del Ray se postèrent de part et d'autre de ses épaules. Il regarda l'avocat en face de lui droit dans les yeux.

— Eh bien, me voilà, Duvall. Que me voulez-vous ?

— Je veux récupérer ma femme.

— La récupérer ? (Mac s'obligea à rire.) Vous l'avez perdue ? Hein ? Eh bien, je ne l'ai pas. Vous pouvez me fouiller si vous voulez.

Il voyait bien que Duvall n'appréciait guère son sens de l'humour.

— Cela n'a rien de drôle, McCuen. On l'a enlevée.

— C'est pas vrai ? s'exclama-t-il.

Il leva la tête à droite, puis à gauche, considérant d'abord Del Ray, puis Bardo, haussant les sourcils pour montrer à quel point il était impressionné par l'importance de cette réunion. En reportant son attention sur Duvall, il ajouta :

— Le rapt est un crime fédéral. Comment voulez-vous que j'intervienne ?

— Il ne s'agit pas d'élucider un mystère. Je sais qui a fait le coup : Burke Basile.

Bien qu'il sût pertinemment que cela viendrait, qu'il s'y fût préparé, qu'il l'eût prédit lui-même, l'entendre de la bouche de Duvall rendait la chose officielle.

Doug Patout était à cran depuis qu'il avait lu le compte rendu de l'étrange incident survenu au bar de L'Intersection dans le journal. Il avait failli arracher la tête de Mac quand celui-ci lui avait demandé ce qu'il avait appris à Jefferson Parish. Mac l'avait abreuvé de questions, mais Patout avait refusé d'entrer dans les détails en insistant sur le fait qu'en définitive, il s'était avéré que la question ne concernait pas la police. Peut-être pas officiellement, mais la cause de l'agitation de Patout était évidente : sa crainte de l'implication de Basile avait été confirmée.

Basile avait une bonne raison de vouloir se venger de Duvall. Mais il y était allé un peu fort ! La revanche était-elle son unique motivation ? se demanda Mac. C'était déroutant de penser qu'il avait peut-être des mobiles plus complexes que les apparences ne le laissaient supposer. En attendant, il se disait que le meilleur moyen de soutirer des informations à Duvall consistait à continuer à faire l'imbécile.

— Pourquoi pensez-vous que Basile ait capturé votre femme ? Que voudrait-il en faire ? Ah ! (Il feignit d'avoir eu une illumination soudaine.) Se venger de la mort de Kev Stuart, je parie.

Duvall leva les yeux vers Bardo et haussa les épaules d'une manière qui rendit Mac nerveux. Ce geste semblait signifier : *J'ai essayé d'être gentil, mais ça n'a pas marché.*

— McCuen, je suis fatigué, inquiet et en colère. Alors je vais aller droit au but.

— Très bien. Moi aussi, j'ai d'autres choses à faire.

— En dépit de votre commerce illicite lucratif, vous devez à Del Ray quelque chose comme cinquante mille dollars, n'est-ce pas ?

Mac s'était retrouvé dans une impasse quand les compagnies de cartes bancaires avaient menacé de lui couper les vivres s'il ne remboursait pas les sommes considérables qu'il leur devait. Il ne pouvait pas avouer à Toni qu'il avait dépensé ses revenus en pariant au lieu de couvrir leurs dettes. Pas plus qu'il ne pouvait lui demander de cesser d'utiliser ses cartes de crédit.

Désespérément en quête de liquidités, il avait cherché de l'aide, qui s'était manifestée sous les traits révoltants de Del Ray Jones. Celui-ci lui avait prêté de l'argent, qu'il s'était empressé de perdre en pariant sur le Super Bowl. Comme il ne pouvait pas rembourser son premier emprunt, l'usurier lui en avait prêté encore un peu et ainsi de suite.

A cet instant, il se jura que s'il sortait de cet immeuble cossu de son plein gré, et intact, il ne jouerait plus jamais jusqu'à la fin de ses jours ! Il ne parierait plus aux courses ni sur les grands événements sportifs. Il renoncerait à jamais au black jack, aux dés et au poker. Il cesserait du jour au lendemain. Il ne jouerait même plus à pile ou face.

Comme Duvall était manifestement déjà au courant de son endettement, autant lui dire les choses telles qu'elles étaient.

— Ma dette se situe plutôt aux alentours de trente-cinq mille.

— Depuis ce soir, elle est montée à cinquante, l'informa Duvall. Et demain, ce sera encore plus. A moins que... (Il marqua une pause pour s'assurer que Mac l'écoutait.) Votre dette peut être annulée. Dans son intégralité. A vous de choisir.

Connaissant le mode de fonctionnement de

Duvall, il savait que cette proposition était trop belle pour être vraie. Il n'éprouva pas une once de jubilation.

— En échange de quoi ?

— De Basile.

Incrédule, Mac éclata de rire.

— Je ne sais pas où il est.

— Vous devez bien avoir une petite idée.

— Il ne m'a jamais fait de confidences quand on travaillait ensemble, répondit Mac, conscient que sa voix devenait fluette sous l'emprise de l'angoisse. Ce n'est pas maintenant qu'il va s'y mettre.

— Il a dîné chez vous la veille du jour où il a kidnappé ma femme.

Mac avala sa salive. Seigneur, ce type était au courant de tout !

— C'était un geste de ma part. Un dîner d'adieu. Rien de plus.

— Il ne vous a pas fait part de ses projets d'enlèvement ?

— Evidemment que non ! Ecoutez, monsieur Duvall, Basile ne s'ouvre à personne. Surtout depuis la mort de Stuart, c'est une véritable tombe. Il n'est proche de personne. Pas même de Patout. C'est un solitaire.

— Certes, railla Duvall. Mais pour le moment, il est seul avec ma femme.

— Eh bien, je ne suis au courant de rien. Vous perdez votre temps avec moi. (Mac se leva pour partir, et se retrouva face à face avec Del Ray.) Vous auriez pu vous épargner le voyage, crétin ! Je vous avais dit que je ne savais rien. Vous aurez votre argent vendredi, comme je vous l'ai promis.

Il écarta l'usurier d'un geste et se dirigea vers la porte.

— La nuit porte conseil, McCuen, fit la voix de Duvall derrière lui. Fouillez votre mémoire. Basile vous a peut-être donné un indice dont vous ne vous souvenez pas encore.

Mac saisit la poignée de la porte qu'il ouvrit.

— Je ne sais pas où est Basile. Cessez de m'enquiquiner avec ça.

— McCuen ?

— Quoi ?

Mac était fou furieux et mort de peur. Comment allait-il dénicher cinquante mille dollars ? D'ici vendredi, qui plus est. Même s'il pouvait convaincre Del Ray de lui accorder un délai, Duvall posait un tout autre problème. Il se tourna et fit face à l'avocat avec une arrogance qu'il était loin d'éprouver.

— Qu'y a-t-il, Duvall ?

— Salutations à votre femme.

Le cœur de Mac faillit bondir hors de sa poitrine.

— Ma femme ? répéta-t-il d'une voix rauque.

— Toni est une fille adorable.

Mac porta son regard sur Bardo, qui émit un bruit obscène avec les lèvres et la langue. Del Ray pouffa de rire.

Quand Mac referma lentement la porte du bureau de Pinkie Duvall, il était dans ses petits souliers !

26

L'espace d'un instant, Gregory crut qu'il était de retour sur scène bien que les feux de la rampe fussent pâles et leur rayonnement diffus. Il entendit des applaudissements, différents d'une ovation normale, mais soutenus, et c'était gratifiant.

Lorsqu'il cligna des yeux pour mieux voir, il découvrit qu'en fait, ce n'était pas du tout les lumières d'un théâtre qui l'inondaient, mais le clair de lune à travers la brume. Ce qu'il avait pris pour des applaudissements était en réalité le cognement rythmique d'un bateau se balançant contre un objet solide dans l'eau. L'obstacle pouvait être un tronc d'arbre submergé ou le corps d'un animal. Gregory l'ignorait et il n'en avait pas grand-chose à faire. Paradoxalement, la terreur avait émoussé sa peur.

Le marais avait une qualité intemporelle, surtout quand le ciel était couvert et la lumière immuable de l'aube au crépuscule, la seule variante se limitant à l'intensité du gris. Il estimait que trente-six heures avaient dû s'écouler depuis qu'il avait fui le bazar, laissant le propriétaire barbu de cet endroit macabre sur sa chaise longue en train de ronfler.

Basile était dans la pièce du fond, endormi sur une chaise au chevet de madame Duvall, le menton contre la poitrine. Gregory l'avait vu par la fenêtre au moment où il se glissait devant pour gagner le bout du ponton. Il redoutait Basile même quand il dormait, et il y avait de quoi ! Sa main droite détendue reposait sur son pistolet.

En étouffant une plainte angoissée, Gregory avait marché sur la pointe des pieds jusqu'à l'extrémité de la jetée et grimpé dans la pirogue qu'il avait repérée plus tôt, attachée à un des frêles piliers. Il ne s'était pas rendu compte qu'elle était si petite jusqu'à ce qu'il défît le cordage et la poussât loin du bord. Dans un moment de panique, il songea qu'il ne savait même pas si le fichu rafiot tenait l'eau. Il imaginait assez bien Basile capable de se livrer aux actes désespérés des explorateurs européens du Nouveau Monde qui, pour empêcher leur équipage terrifié et superstitieux de fuir, détruisaient leurs propres embarcations.

Il envisagea une bonne centaine de fois de faire demi-tour durant ces premières minutes d'anxiété sur l'eau, mais, en définitive, il redoutait Basile plus encore que le marécage. Il avait choisi une terreur inconnue qui risquait de lui coûter la vie plutôt que Basile dont il savait, sans l'ombre d'un doute, qu'il était capable de le tuer.

Au bout d'une demi-heure environ, il s'autorisa à penser que Basile n'avait pas fait de trous dans le fond du bateau et qu'il n'allait pas finir ses jours dans ces miasmes. Le bateau n'avait pas de moteur, il avança en ramant jusqu'à ce que les muscles de ses épaules et de son dos le brûlent. Chaque son étrange lui faisait dresser les cheveux sur la tête. Chaque ombre mouvante le glaçait d'épouvante. En dépit d'une furieuse envie de céder aux larmes, au désespoir, il continuait à pagayer aveuglément dans des canaux étrangers, sans destination ni direction, en se disant qu'il s'orienterait dès les premières lueurs de l'aube.

Mais le lever du soleil n'avait fait qu'intensifier sa frayeur. Le jour révélait tous les risques dissimulés par l'obscurité. Chaque vaguelette conjurait la vision de serpents venimeux et d'alligators affamés le surveillant de dessous la surface de l'eau. Des oiseaux à l'envergure monstrueuse le survolaient à basse altitude, hurlant leur mécontentement.

La constance du paysage à elle seule avait de quoi rendre fou. Il progressait avec l'espoir que, juste au-delà de l'horizon proche, il trouverait une variation dans cette infernale monotonie. Mais il couvrit ce qui lui parut des kilomètres et rien ne changea, hormis de légères nuances d'ombre et de lumière.

Vers midi dès le premier jour, il dut admettre qu'il était perdu. Epuisé par le manque de sommeil de la nuit précédente, il ressentait les effets du passage à tabac qu'il avait subi bien plus que la veille. Il avait un œil presque complètement fermé. Ses narines difformes d'où une goutte de sang s'échappait de temps à autre sifflaient à chaque inspiration. Une exploration hésitante de ses lèvres, du bout des doigts, le persuada qu'elles étaient grotesquement enflées.

Endolori de la tête aux pieds, il aurait donné un million de dollars pour une aspirine, mais même s'il en avait eu une, il lui aurait fallu l'avaler sans eau. Persuadé qu'au bout d'une heure ou deux, il trouverait un endroit pour accoster, se sustenter et dénicherait un moyen de transport pour regagner la civilisation, il n'avait emporté aucune provision, pas même de l'eau.

Il n'avait rien à manger, mais cela n'avait pas vraiment d'importance comparé à l'horreur de savoir qu'il allait mourir seul et sans amour au milieu de nulle part. Quelle fin ignoble pour un garçon qui avait grandi avec tous les avantages que l'Amérique offre aux gens beaux et fortunés.

Même lorsqu'il tombait sur ce qui ressemblait à de la terre ferme, il ne songeait pas une seconde à débarquer. La période la plus atroce de son existence – jusqu'à la semaine précédente – s'était déroulée dans un camp de vacances où ses parents l'avaient forcé à aller dans l'espoir de faire de lui « un homme ». Il avait été incapable de maîtriser les techniques de survie les plus élémentaires. Au bout de deux semaines, les responsables du camp, à bout de patience, avaient téléphoné chez lui en promettant de rendre une partie des frais d'inscription si on venait le chercher.

Des chasseurs et les pêcheurs des plus expérimentés avaient été victimes des marais, tués par le terrain hostile ou les créatures qui l'habitaient. Il avait lu toutes sortes d'histoires abominables à ce sujet. Certaines âmes infortunées avaient disparu sans que leur famille ne sache jamais le sort brutal qui leur avait été réservé. Si Gregory James était incapable de se débrouiller dans un camp de vacances, il n'était certainement pas équipé mentalement, physiquement ou émotionnellement pour survivre dans le marécage, et ce serait suicidaire de tenter de poursuivre son chemin à pied.

Tant qu'il restait dans le bateau, il avait peut-être

une chance de s'en tirer. Ce rafiot n'était guère solide, mais il lui faisait l'effet d'une île flottante qui lui offrait une relative sécurité en le protégeant de tout contact direct avec les éléments, des carnivores et des crochets vénéneux.

A mesure que les heures passaient, toutefois, ses espoirs déjà maigres allaient s'amoindrissant. Il ne se souvenait plus à quel moment il avait renoncé à avancer et posé la rame pour s'allonger dans la coque puante en attendant la mort. C'était sans doute la veille, parce qu'il se rappelait vaguement avoir passé une autre nuit. Les nuages bas avaient finalement déversé leur charge de pluie. Etait-ce aujourd'hui ou bien hier ? Il avait perdu toute notion du temps.

Il faisait de nouveau nuit maintenant. La lune tentait de percer la couche nuageuse. C'était joli. Cette lune valeureuse ajoutait une touche de romantisme à son malheur. S'il se rendormait, peut-être rêverait-il encore qu'il était sous les feux de la rampe, vedette d'un des grands succès de Broadway à l'origine de critiques dithyrambiques, jouant pour un public subjugué qui l'adorait et l'applaudissait debout des heures.

Sa rêverie fut brutalement interrompue par une lumière si violente qu'elle lui transperça le crâne. Il leva instinctivement la main pour se protéger les yeux. On lui parlait à toute vitesse, mais il n'y comprenait rien du tout. Il essaya de répondre, mais s'aperçut qu'il n'avait plus de voix.

D'énormes mains se tendirent dans le rai de lumière et le saisirent sous les aisselles, le tirant hors du bateau avant de le larguer sans cérémonie sur le sol mouillé et spongieux. La boue lui parut d'une mollesse merveilleuse. Il avait envie de se vautrer dedans, d'y enfoncer la joue et de retourner à son rêve.

Mais on le roula sur le dos ; on le força à s'asseoir. On lui enfonça un objet entre les lèvres et il hurla de peur et de douleur. Puis de l'eau lui remplit la bouche et lui glissa dans la gorge. Il commença à boire, goulûment, jusqu'à ce qu'il s'étouffe.

Quand il cessa de tousser, il essaya à nouveau de parler.

— Mer... merci beaucoup.

Ses lèvres lui semblaient charnues et caoutchouteuses comme s'il avait passé toute la journée chez le dentiste. Il fit glisser sa langue dessus et sentit le goût du sang.

La lumière qui l'avait réveillé s'était éteinte, Dieu merci, mais il faisait suffisamment clair pour qu'il voie que ses bons Samaritains portaient de hautes bottes crottées de boue. Les jambes de leurs pantalons étaient fourrées dedans. Bizarrement, il lui vint à l'esprit qu'il n'avait jamais porté ses pantalons dans des bottes.

Il élucida l'équation compliquée dans sa tête : quatre bottes égalent deux hommes.

Ils parlaient entre eux à voix basse, mais Gregory n'arrivait toujours pas à comprendre ce qu'ils racontaient. Il inclina la tête en arrière dans l'intention de les remercier une fois de plus pour ce qu'ils avaient fait pour lui, mais lorsqu'il distingua leurs visages, les mots moururent sur ses lèvres enflées et il s'évanouit.

*

* *

— Quelle heure est-il ?

Au son de sa voix, Burke se détourna du réchaud. Elle était assise au bord du lit et se frottait les yeux.

— Près de six heures.

— J'ai dormi si longtemps ?

— Le remède de Dredd circule toujours dans votre organisme.

Elle alla aux toilettes. Quand elle en ressortit, elle se versa un verre d'eau qu'elle but lentement. Au bout d'un moment, elle dit :

— La graisse est trop chaude.

Certes, il n'était pas chef cuisinier, mais il avait déjà fait frire du poisson et c'était toujours mangeable.

— Qui vous a donné des leçons de cuisine ? demanda-t-il d'un ton railleur.

— J'ai appris toute seule.

Il grommela un « humpf ».

— J'ai un peu perdu la main. Je n'ai plus guère l'occasion de cuisiner, mais je sais certainement m'y prendre et, si vous ne baissez pas cette flamme, la panure va brûler avant que le poisson soit cuit. Je veux bien vous remplacer.

— Je n'en doute pas. Et je me retrouverai avec le visage couvert de graisse brûlante.

— En fait, monsieur Basile, j'ai faim. J'aimerais manger avant d'entreprendre mon audacieuse tentative d'évasion. Par ailleurs, je doute d'être capable de soulever cette poêle en fonte même avec les deux mains.

Dans l'huile grésillante, les deux filets de poisson grillaient beaucoup trop fort, et trop vite. Il lui jeta un coup d'œil et songea qu'elle n'aurait probablement pas la force de le neutraliser. Alors il s'écarta et lui fit signe de prendre sa place.

— C'est vous qui avez péché ce poisson ?

— Cet après-midi même.

— Si ça ne vous ennuie pas, je souhaiterais recommencer à zéro. Voudriez-vous retirer cette poêle de la plaque ?

Il fit ce qu'elle lui demandait. Elle baissa la flamme. A l'aide d'une spatule en fil de fer, elle retira les filets brûlés de la graisse fumante. Pendant qu'ils refroidissaient, elle tamisa un mélange de farine et de panure de maïs à travers ses doigts.

— Avez-vous mis du sel ?

— Euh, non.

— Un assaisonnement quelconque ?

Il secoua la tête.

Il y avait plusieurs flacons d'épices sur l'étroite étagère au-dessus du réchaud. Elle tendit la main vers le poivre de Cayenne. Burke recula prestement, ce qui la fit éclater de rire.

— Flic empoisonné au poivre de Cayenne, gloussa-t-elle en saupoudrant un peu de poivre dans le mélange. Je vois d'ici les gros titres des journaux !

— Je ne suis plus flic.

— Non, vous êtes passé dans l'autre bord et préférez commettre des crimes vous-même.

— Je n'en ai commis qu'un. Jusqu'à présent.

— L'enlèvement n'est-il pas un peu ambitieux pour vos débuts de criminel ?

— Vous vous moquez de moi, madame Duvall ? Vous croyez que c'est drôle ?

Abasourdie par la dureté de son ton, elle se retourna.

— Vous trouvez amusant que Wayne Bardo ait déjà tué deux personnes depuis que votre mari l'a fait acquitter ? Deux que nous connaissons ! C'est hilarant, n'est-ce pas ? Et puis écoutez ça, c'est encore plus tordant. En mourant, Kevin Stuart a laissé deux jeunes fils qui grandiront sans savoir que leur père était un type merveilleux. La prochaine fois que vous avez envie de vous bidonner, pensez donc à ça.

— Le travail de Pinkie consiste à obtenir l'acquittement de ses clients. C'est ce que font les avocats de la défense.

— Eh bien, je vois qu'il vous a endoctrinée. Mais il est vrai que vous êtes une petite futée, hein ! Dès le plus jeune âge, vous en saviez déjà assez sur la prostitution grâce à votre mère pour prendre au piège un homme riche et puissant.

— Vous n'avez pas la moindre idée de ce dont vous parlez.

— Détrompez-vous, madame Duvall. Je sais tout à propos d'Angel, de son emploi régulier de danseuse topless, et de ses activités annexes de putain nécessaires pour entretenir ses habitudes de toxicomane.

Cela provoqua une réaction qu'il n'aurait pas pu définir. Etait-elle surprise qu'il en sût tant ? Fâchée qu'il eût exhumé un passé qu'elle voulait oublier ? Gênée, en colère ? Il n'aurait pas su dire. Quoi qu'il en soit, elle riposta :

— Si vous savez tout ça, comment pouvez-vous m'en vouloir d'avoir tout fait pour m'éloigner d'elle et de cette vie ? Si je n'avais pas rencontré Pinkie, Flarra et moi...

— Flarra ?

— Ma sœur.

Sœur ? Comment avait-il pu omettre ça ? Puis il se souvint de sa visite au pensionnat de jeunes filles.

— Quel âge a-t-elle ?

— Seize ans. Elle n'était qu'une enfant quand Pinkie nous a prises à notre mère.

— Angel vous a laissées partir comme ça ?

— Pas exactement.

— Que s'est-il passé ? Exactement.

Elle détourna la tête, mais il se planta devant elle et l'obligea à le regarder.

— Comment vous êtes-vous liée à Duvall ?

— Je croyais que vous étiez au courant de tout, monsieur Basile, répliqua-t-elle avec sarcasme.

— Je crois que je peux compléter les blancs tout seul.

— Ne vous gênez pas pour moi.

— Angel dansait dans un de ses clubs, mais il ne la payait pas seulement pour se produire. Il était un de ses clients. Un jour, il vous a remarqué et vous a trouvé plus à son goût que maman. Angel vous suggéra alors de mettre en pratique ce qu'elle vous avait enseigné en vous promettant, si vous vous soumettiez, que vous décrocheriez un homme riche. C'est ça ?

Elle baissa le menton en un geste mêlant défaite

et remords, mais cela ne dura qu'un instant. Quand elle rejeta la tête en arrière avec défi, des éclairs de colère brillaient dans ses yeux pleins de larmes.

— Angel m'a appris des choses, c'est vrai, monsieur Basile. A l'âge de six ans, j'étais capable de piquer des cigarettes pour elle sans me faire prendre. A huit ans, j'étais même en mesure de voler de la nourriture afin qu'il y ait quelque chose sur la table aux repas. Seulement ce n'était pas très commode de chaparder des boîtes de conserve, alors Angel s'arrangea avec un de ses clients pour qu'il m'apprenne à devenir pickpocket. J'avais un talent naturel, selon lui. Mes doigts s'assouplirent. Je m'exerçai jusqu'à ce que mes dons surpassent ceux de mon professeur. Tant mieux, parce qu'à la venue de Flarra l'argent que je subtilisais me permettait d'acheter du lait et ce qu'il lui fallait d'autre.

Elle s'arrêta pour essuyer une larme sur sa joue.

— Sauf qu'il n'y avait jamais assez d'argent pour tout, et quelquefois, Angel me le chipait pour s'acheter de la drogue avant que je puisse le dépenser pour le bébé. Alors il me fallut devenir plus audacieuse et voler plus souvent. Un jour, devant chez Antoine, je me suis trompée de cible. Pinkie Duvall m'a pourchassée jusqu'à la maison, prêt à me faire arrêter. Mais en voyant comment nous vivions, il a changé d'avis.

— Il a fait une proposition à Angel. Il oubliait le vol en échange de vous.

— En échange de Flarra et moi. Notre mère a accepté de faire de lui notre tuteur.

— Ça ne m'étonne pas. Elle l'a vu venir. Elle a perçu l'étincelle dans ses prunelles quand il regardait sa jeune fille si pulpeuse.

— Ça ne s'est pas du tout passé comme ça, insista-t-elle en secouant vigoureusement la tête.

— Pinkie Duvall est devenu votre tuteur par bonté d'âme, par charité chrétienne répliqua Burke avec ironie.

Vous ne le croyez pas vous-même. Pourquoi devrais-je le croire, moi ?

— Rien ne l'obligeait à prendre aussi la responsabilité de Flarra.

— S'il voulait que tout se fasse convenablement et dans la légalité, il n'avait pas d'autre solution. Le juge n'aurait probablement pas avalé son intention de devenir le gardien d'une fille nubile. Deux sœurs malmenées vivant dans la misère, voilà qui passait beaucoup mieux.

Peut-être était-ce le rappel de son rejet par la famille de Kev, à moins qu'il n'éprouvât une pointe de pitié pour la petite Romy et sa sœur Flarra, ou que sa conscience tourmentée n'alimentât sa colère et l'incitât à s'obstiner. Toujours est-il qu'il sentit une sombre méchanceté monter en lui. Il avait envie d'abreuver Romy Duvall d'insultes cruelles afin que quelqu'un d'autre sur la planète comprenne ce que ça faisait d'avoir l'âme brisée. Il avait l'impression d'avoir le cœur pris dans du fil de fer barbelé. Il était temps que quelqu'un d'autre sache ce qu'il avait vécu depuis la nuit où il avait tué un homme.

Il fit plusieurs pas dans sa direction jusqu'à ce qu'elle eût reculé aussi loin qu'elle le pouvait et qu'il vît son reflet dans ses yeux aussi sombres et brillants que deux obsidiennes.

— Vous l'avez délibérément effacé de votre esprit, mais vous saviez alors, et vous savez toujours, ce que Duvall voulait. Il voulait une jeune pute qui avait fait ses classes chez une collègue expérimentée.

— Pourquoi me détestez-vous ?

— Je parie que votre virginité était garantie, n'est-ce pas ? Duvall pouvait vous rendre si vous n'étiez pas aussi pure qu'Angel le prétendait.

— Je ne vous laisserai pas me parler sur ce ton.

— A-t-il attendu un jour ou deux ou a-t-il essayé le premier soir pour s'assurer que ça collait ?

Elle lui expédia la spatule à la figure et bondit.

De la graisse brûlante lui éclaboussa l'œil. Une main plaquée sur sa paupière, il traversa la pièce en titubant et sortit. A l'instant où il franchissait le seuil, quelque chose de dur lui atterrit sur la nuque et il tomba à genoux. Puis on lui assena un autre coup sur la tête.

Lorsqu'il s'effondra à plat ventre sur le ponton, il avait perdu connaissance.

*

* *

— Nanci ?

Nanci Stuart était en train de faire monter ses deux garnements sur la banquette arrière de sa voiture. En entendant son nom, elle se retourna et s'exclama, surprise :

— Doug ! Que faites-vous là, pour l'amour du ciel !

— Je suis arrivé à temps pour voir la fin de l'entraînement, répondit Patout. Vos fils feront de grands joueurs de base-ball.

— Personnellement, je trouve qu'il fait trop froid pour jouer, mais les entraîneurs préfèrent entamer la saison de bonne heure.

— Vous avez une minute ?

— Eh bien, nous allons à un déjeuner-pizza organisé pour l'équipe.

— Hum. Il regarda autour de lui, puis par terre en remuant le gravier de la pointe de sa chaussure. Je m'excuse de vous tomber ainsi sur le paletot, mais j'ai besoin de votre avis concernant un point dont nous ne pouvons pas parler au téléphone.

L'anxiété crispa les jolis traits de la jeune femme.

— Que se passe-t-il ?

— C'est au sujet de Basile. Il a disparu de la circulation. Il faut à tout prix que je le trouve.

Les garçons commençaient à s'impatienter. Nanci ouvrit la portière et leur fit signe de sortir.

— Montez avec les Hailey. Dites à leur mère que je vous rejoins dans quelques minutes. Et calmez-vous !

Négligeant son ultime injonction, ils coururent comme des fous à travers le parking en direction d'un 4x4 rempli de garçonnets bruyants. Madame Hailey aida les petits Stuart à se hisser dans le véhicule et fit signe à Nanci qu'elle avait bien reçu le message.

— Burke manque aux enfants, dit-elle en reportant son attention sur Patout. Ils demandent constamment de ses nouvelles. Je ne voulais pas qu'ils assistent à cette conversation.

— Il leur manque ? s'enquit-il, déconcerté. Je croyais qu'il venait régulièrement vous voir.

— Oui. Jusqu'au jour où je l'ai prié de ne plus venir.

Elle expliqua alors à Patout les raisons pour lesquelles elle avait demandé à Burke de mettre un terme à ses visites.

— Je sais que je lui ai fait de la peine, Doug, mais le voir si fréquemment me bouleversait. Chaque visite était un pénible rappel de Kev et de la manière dont il était mort. Je m'efforçais d'oublier. Burke me remettait systématiquement le passé en mémoire.

Patout lui demanda à quelle date cette dernière visite avait eu lieu, et quand elle le lui dit, il fronça les sourcils.

— C'est à peu près au moment où il a donné sa démission.

— Démission ? Il a quitté la police ?

Il lui fit part du déclin progressif, mais inexorable de Basile.

Abasourdie, elle s'exclama :

— Je ne savais même pas que Barbara et lui étaient séparés. Il ne m'a rien dit.

— Il a beaucoup mieux supporté cette rupture

que la mort de Kev. Cela le ronge toujours. Je ne m'en étais pas rendu compte moi-même jusqu'à ce que...

— Que s'est-il passé, Doug ? Qu'entendez-vous par « disparu de la circulation »

— Personne ne sait où il est passé.

Elle posa des doigts tremblants sur ses lèvres.

— Vous ne pensez pas qu'il se serait fait du mal ?

— Non, ce n'est pas ça, mais tout ce que je pourrais raconter d'autre risquerait d'être injuste à son égard parce que les détails sont encore flous.

— Quels détails ? A-t-il fait... quelque chose ?

Patout hésita.

— Je préfère ne pas en discuter, Nanci. Il y a eu un incident, mais on ne peut pas encore en parler parce que l'autre parti impliqué souhaite taire l'affaire. La situation est explosive. Si j'ai de la chance et si je trouve rapidement Burke, je pourrai peut-être éviter une vraie catastrophe. Sinon, en gros, sa vie est fichue.

Elle gémit en se frottant les mains :

— C'est de ma faute.

— Pas du tout. Il était au bord du gouffre et aurait plongé même si vous n'aviez pas mis un terme à ses visites.

Loin d'être convaincue, elle demanda ce qu'elle pouvait faire pour l'aider.

— Dites-moi où il a pu aller selon vous, répliqua Patout. Vous a-t-il jamais mentionné un refuge quelconque ? Quelque endroit spécial ?

— Je ne me souviens pas. Peut-être une cabane de pêcheur, mais... (Elle se massa le front comme pour stimuler sa mémoire.) S'il m'a expliqué où, je ne m'en souviens pas. Barbara devrait le savoir.

L'expression de Patout se fit amère.

— J'ai essayé de la joindre chez elle et puis j'y ai renoncé et j'ai appelé l'école où elle enseigne. Son petit ami et elle ont pris quelques jours de vacances. Ils sont à la Jamaïque. Ils avaient déjà quitté la ville avant la disparition de Basile. Je suis sûr qu'elle n'est pas au courant.

Nanci avait l'air abattu.

— Je voudrais tellement vous aider. J'adore Burke. Il était très proche de Kev et moi. Ça m'a fait mal au cœur de lui demander de ne plus venir. Mais vous comprenez mon point de vue, n'est-ce pas ?

— Oui, je comprends. Et je suis persuadé que lui aussi a compris.

Il lui effleura la main en guise d'adieu et s'excusa de l'avoir retardée. En s'éloignant, il ajouta :

— Si vous pensez à quelque chose, appelez-moi.

— Avez-vous songé à interroger son frère ?

Patout s'arrêta.

— *Son frère ?*

27

Burke ne resta inconscient que quelques minutes, mais dans ce bref laps de temps, Romy avait réussi à s'éloigner de vingt ou trente mètres à la rame. Elle se démenait à présent pour démarrer le moteur.

Il rampa jusqu'au bout du ponton et l'appela. Des fusées de douleur explosaient derrière ses orbites. Il se demandait avec quoi elle l'avait frappé et comment une femme si frêle pouvait avoir autant de force.

Elle manœuvrait vers ce qu'elle croyait être la terre, dans la direction qu'il lui avait indiquée plus tôt, alors qu'en réalité la vieille jetée se trouvait de l'autre côté. Il l'avait délibérement induite en erreur.

— Madame Duvall, même si vous atteignez la terre ferme, vous mourrez. Vous allez vous perdre et ne retrouverez jamais votre chemin.

Renonçant à démarrer le moteur, elle reprit la rame et recommença à pagayer. Burke songea à plonger pour s'élancer à sa poursuite. Dans certaines parties du marais, l'eau lui arrivait à peine au genou, mais à cet endroit-là, il n'avait pas pied. D'ordinaire, cela ne lui aurait pas posé de problème. A la nage, il l'aurait rattrapée en quelques secondes. Mais il avait le vertige et la nausée et n'était pas sûr de pouvoir rester conscient dans l'eau. Il risquait de se noyer. Dans ce cas, ils mourraient tous les deux car, bon sang ! il était sérieux quand il la mettait en garde contre les dangers encourus par un être seul, perdu dans le bayou.

Il ne lui restait qu'une seule solution et cela lui faisait horreur.

Faute d'un autre moyen de l'arrêter, il se força pourtant à se lever. Vacillant sur ses jambes, il dut fermer les yeux un instant tandis que l'horizon se remettait en place par saccades. Quand son étourdissement fut presque passé, il tituba jusqu'à la cabine d'une démarche souple qui devait ressembler à une mauvaise imitation de John Wayne.

Le pistolet était à l'endroit où il l'avait caché.

En se mouvant aussi vite que son équilibre incertain le lui permettait, il regagna le bout du ponton, prit l'arme en coupe entre ses mains et le braqua sur la petite embarcation.

— Tournez-vous et faites demi-tour, madame Duvall. (Elle l'ignora.) Sinon, je tire sur le bateau et je le crible de trous.

Elle regarda par-dessus son épaule et vit l'arme, mais cela ne parut pas l'émouvoir.

— Vous ne ferez pas ça, monsieur Basile.

— Et pourquoi pas ?

— Parce que les coups de feu risqueraient d'alerter quelqu'un de notre présence et vous n'en avez nulle envie.

— Jamais entendu parler des silencieux ?

Elle lâcha la rame.

— Vous n'êtes pas un assassin. Si vous coulez le bateau, je vais me noyer.

— Reprenez la rame et revenez.

Elle n'en fit rien.

— Je vous ai dit que je ne savais pas nager, vous en souvenez-vous ?

— Et moi je vous ai répondu que je n'étais pas idiot.

Il tira plusieurs coups, la manquant délibérément, mais alignant une rangée de trous parfaits sur le côté du bateau à deux centimètres au-dessous du niveau de l'eau.

Plus tard, il se rendit compte qu'elle n'avait pas crié comme on aurait pu s'y attendre. Ou, si cela avait été le cas, il ne l'avait pas entendue au-delà des piaillements des oiseaux déjà perchés dans leurs nids pour la nuit sur les plus hautes branches des arbres environnants, qui protestaient bruyamment. En dépit du silencieux, les bruits secs du revolver avaient semblé assourdissants dans le silence cotonneux du crépuscule.

En voyant l'eau s'infiltrer dans le bateau, elle paniqua aussitôt. Elle tenta d'arrêter le flot en pressant les mains contre les trous. En vain, bien entendu.

— Vous feriez mieux de sauter et de rebrousser chemin à la nage, madame Duvall. Remorquez le bateau jusqu'ici, tant que vous y êtes.

— Je ne peux pas.

— Bien sûr que si. Prenez le cordage et tirez-le derrière vous.

Elle s'agitait de plus en plus, ce qui semblait convaincant de loin. Burke la soupçonnait de vouloir le duper. Elle avait l'air à peu près aussi dangereuse et rusée qu'un papillon, mais elle l'avait déjà blousé plusieurs fois : en se ruant sur la porte de la fourgonnette durant la course poursuite, en essayant de s'emparer de la clé de contact, en lui jetant une spatule dégoulinante d'huile brûlante à la figure et en manquant de l'assommer avec Dieu sait quoi à l'instant où il avait franchi la porte de la cabane. Il n'allait pas se laisser prendre une fois de plus par ses airs fragiles et candides.

Force était de reconnaître que c'était son meilleur numéro jusque-là. Elle semblait dans les affres de l'effroi le plus total quand elle se leva en faisant dangereusement tanguer le bateau.

— Je vous en supplie, Basile, je vais me noyer.

— Mais non !

— Par pitié !

Cela se produisit quand elle tendit le bras comme pour attraper sa main de loin. Le bateau plongea en avant, puis se retourna en l'expédiant dans l'eau visqueuse. Elle battit follement des bras, puis coula. Sans réapparaître. Burke ne la voyait plus. En retenant son souffle, il scruta anxieusement la surface jusqu'à ce qu'il vît sa tête ressurgir.

Il poussa un soupir de soulagement.

Encore une de ses ruses.

Mais elle ne resta visible qu'une seconde avant de disparaître de nouveau en haletant tout en se débattant comme un beau diable. Cette fois-ci, elle ne réapparut pas.

— Merde, chuchota Burke. (Puis plus fort :) Merde !

Oubliant ses yeux brûlés, les effets de la contusion, sans même prendre le temps de retirer ses chaussures, il jeta son arme sur le ponton et plongea.

Il essayait de nager dans un bol de pudding. Comme dans un cauchemar, plus ses mouvements étaient longs, plus ses coups de pied étaient puissants, moins il semblait progresser. Lorsqu'il arriva finalement à proximité du bateau renversé, ses muscles et ses poumons étaient en feu. Il s'agrippa à la coque et prit plusieurs grandes respirations, puis lâcha prise et s'enfonça sous la surface.

Il décrivit des cercles de plus en plus larges à la nage en tâtonnant à l'aveuglette, jusqu'au moment où il lui fallut remonter pour respirer. A cet instant, il vit des bulles d'air rompant la surface à une dizaine de mètres. Après s'être fortifié par une autre grande inspiration, il s'élança dans cette direction.

Il sentit ses cheveux lui effleurer le bras telle une algue soyeuse, mais quand il tendit le bras pour la saisir, son poing se referma sur rien, hormis de l'eau. Il chercha frénétiquement jusqu'à ce qu'il la trouve. Ses poumons sur le point d'exploser, il la prit dans ses bras et donna une poussée contre le sol glissant du bayou afin de remonter. L'eau n'était pas très profonde, mais dense, et il lui sembla qu'il n'atteindrait jamais la surface.

Quand ce fut chose faite, il aspira une goulée d'air et bien avant d'avoir repris son souffle, commença à nager vers le ponton en la tirant derrière lui. Elle n'avait pas bougé ni résisté à ses tentatives pour la sauver, comme le font généralement les gens sur le point de se noyer. Il n'osait pas vérifier les causes de son inertie, mais se fit violence et jeta un coup d'œil à son visage ; il était aussi figé et blême que celui d'une morte, et couvert de boue.

En arrivant au ponton, il dut faire face à un nouveau problème : comment grimper sans la lâcher. Il fallait faire vite. Elle reposait mollement sur son bras gauche plié. Combien de temps était-elle restée sans oxygène ?

L'urgence de la situation lui donna la force de s'agripper à l'un des tasseaux de la main droite. Il tenta à deux reprises, sans succès, de se hisser suffisamment haut pour poser la jambe droite sur le ponton. Au troisième essai, son talon frappa la planche et il le planta là, puis resta en suspens quelques secondes, le temps de rassembler ses forces et de convaincre ses muscles qu'ils pouvaient faire ce qu'il était sur le point d'exiger d'eux.

Grâce à un effort herculéen, il fit progresser son pied droit sur la jetée jusqu'à ce qu'il puisse lui servir de levier. Pour finir, à l'aide de sa main et de son coude droits, de son pied et de son genou droits, il parvint à s'élever peu à peu. Quand son ventre toucha les planches, il rit presque de soulagement.

Il tira Romy Duvall et l'allongea sur la jetée. Des mèches de cheveux lui collaient aux lèvres. Il les écarta et commença aussitôt à lui faire le bouche à bouche. Un, deux, trois, repos. Fermez les narines, soufflez dans la bouche. Trois poussées, arrêt.

Combien de temps cela avait-il duré ? Elle n'avait pas été sous l'eau plus de vingt secondes quand il avait sauté. Bon, disons trente. Plus quarante-cinq secondes, peut-être plus, pour qu'il nage jusqu'au bateau. Une minute sous la surface. Cela revenait à... Voyons ?

Trois poussées, arrêt.

Elle regurgita de l'eau. En lui tenant la joue, il lui tourna la tête de côté pour qu'elle ne s'étouffe pas. Il fallut plusieurs minutes pour que sa respiration redevienne normale et que la teinte bleutée de ses lèvres s'estompe.

Lorsqu'elle rouvrit les yeux, il était dans son angle de vision. Elle ne pouvait pas éviter de le regarder, pas plus qu'il ne pouvait ignorer l'accusation dans son regard.

— Je suis désolé. Je ne vous ai pas crue. J'ai pensé que c'était une ruse.

Dans l'incapacité de trouver autre chose à déclarer, il répéta bêtement : « Je suis désolé. »

Il se releva péniblement et scruta l'eau sombre. Parce qu'il s'était retourné, le bateau flottait toujours. Il lui fallait à tout prix le récupérer ; ils ne pouvaient pas s'en passer. Il devait agir avant que la fatigue ait raison de lui au point qu'il ne puisse plus bouger. Il plongea dans l'eau une deuxième fois.

*

* *

On ne pouvait pas dire qu'ils incarnaient la douceur humaine, mais au moins, ils ne l'avaient pas tué. Enfin pas encore.

Gregory faisait tout ce qu'il pouvait pour avoir l'air inoffensif, ce qui n'était pas difficile vu qu'il était non seulement inoffensif, mais totalement impuissant dans la situation où il se trouvait. De plus, il doutait que le Démon lui-même pût intimider ces gens-là. Ils risquaient de lui couper la gorge pour s'amuser, mais certainement pas parce qu'ils avaient le sentiment d'être menacés.

Quant à lui... ses entrailles tremblaient sous l'effet de l'angoisse. Les autres sentaient probablement l'odeur de sa peur au-delà de l'arôme appétissant du ragoût qui mijotait sur la cuisinière. La femme lui en apporta un bol qu'elle flanqua devant lui sur la table.

Elle n'était guère plus aimable que les deux hommes – son mari et son fils adolescent, présumait-il – qui l'avaient pour ainsi dire traîné à travers bois jusqu'à la masure où la femme et deux plus jeunes filles l'avaient soumis à un examen soupçonneux. Il aurait sans doute dû se réjouir qu'ils l'aient sauvé avant qu'il se soit fait dévorer par un alligator ou qu'il ait succombé à la faim, à la soif ou au froid.

Ils lui avaient épargné les périls du marécage, mais leur hospitalité laissait beaucoup à désirer. A tout moment, leurs doutes pouvaient s'évaporer au profit de leurs pires instincts. C'était le genre de gens avec lesquels on ne plaisantait pas. Le film *Delivrance* lui vint à l'esprit.

Dans l'espoir d'alléger l'atmosphère, il sourit à son hôtesse :

— Ça m'a l'air délicieux. Merci, madame.

Elle retroussa les babines, révélant un trou béant là où plusieurs dents auraient dû se trouver. Elle adressa quelques mots à son mari en cajun ; il grommela une réponse revêche. Les enfants étaient aussi taciturnes que leurs parents. Debout, en silence, ils le regardaient lapper son *gumbo*.

Il était affamé, mais après quelques bouchées, il se rendit compte qu'avant de s'empiffrer, il aurait dû goûter cette mixture épaisse et foncée, composée de crustacés, d'oignons, de tomates, d'okra et de riz, car la cuisinière n'avait pas lésiné sur les épices, qui lui brûlaient l'œsophage.

Après avoir bu un verre d'eau, il se remit à manger, plus lentement. Son estomac avait rétréci au cours des derniers jours, aussi fut-il rapidement rassasié et en laissa-t-il la moitié.

— Merci beaucoup, fit-il en se tapotant l'estomac. C'était délicieux, mais je n'ai plus faim.

Sans commentaire, la femme retira le bol et les couverts, mais lui laissa le verre d'eau. Puis l'homme vint s'asseoir en face de lui. Il était sacrément velu. Des poils noirs tout raides jaillissaient de ses narines, de ses oreilles et lui couvraient les doigts. Ses cheveux étaient plaqués sur sa tête par une casquette ; une barbe épaisse lui obscurcissait le menton et descendait jusqu'au creux de son cou où elle se mêlait à la toison remplissant le v de son col.

— Comment vous appelez-vous ?

En l'entendant parler anglais pour la première fois, Gregory bredouilla :

— Euh, Gregory.

— Père Gregory ?

Momentanément déboussolé, Gregory se souvint tout à coup qu'il portait toujours un col d'ecclésiastique.

— Euh oui, oui. Père Gregory.

Peut-être traiterait-il un prêtre avec davantage de déférence. Sa mort serait peut-être rapide et indolore au lieu de lente et violente.

Son mensonge provoqua la réaction espérée. Impressionnés par la présence d'un homme de Dieu sous leur toit, ils se mirent à parler entre eux, tout excités. Pour finir, le chef de famille émit un sifflement strident ; les autres se turent immédiatement.

Il considéra Gregory avec une méfiance manifeste.

— Que vous est-il arrivé à la figure ?

— Branche d'arbre.

Ses sourcils pareils à deux chenilles collées sur son front se rejoignirent en un froncement aussi broussailleux que soupçonneux.

— Voyez-vous, je me suis perdu, reprit Gregory.

Personne ne broncha. Il continua :

— Euh, on campait, un ami et moi. Il est parti devant en voiture avec les provisions. Je devais prendre le bateau et le rejoindre à un endroit précis. Mais je me suis égaré. Je ne faisais pas attention où j'allais et je me suis cogné de plein fouet à un arbre. J'ai été assommé. Après ça j'ai dérivé pendant je ne sais pas combien de temps jusqu'à ce que le bateau reste coincé là où vous m'avez retrouvé. (Il fit le signe de croix à leur intention.) Que Dieu vous bénisse ! (Puis, pour parachever son monologue, il ajouta :) Mon ami prêtre est probablement malade d'inquiétude. Il a sûrement envoyé une patrouille à ma recherche.

L'homme hirsute leva les yeux vers sa femme et grommela quelque chose d'un air indifférent. Elle suçota l'espace où une incisive aurait dû se trouver.

Gregory prit très mal leur rejet. Il avait envie de pleurer. Il était au bout du rouleau, ce qui ne lui laissait qu'une seule option possible : se soumettre à la merci de ses parents. Ils s'étaient désintéressés de son sort des dizaines de fois, mais ils avaient toujours fini par intervenir quand la situation devenait désespérée, et il ne pouvait pas imaginer une situation plus désespérée que celle-là.

Il trouverait sûrement quelque chose à leur raconter qui toucherait une corde sensible, ou à défaut, leur sens des obligations. Après tout, c'étaient eux qui l'avaient fait ! Ils seraient sûrement heureux de financer un voyage. Peut-être en Europe, ou bien en Orient. Ils l'enverraient loin, très loin, pour se débarrasser de lui et éviter la gêne que sa présence à La Nouvelle-Orléans leur causerait.

Il partirait le lendemain. Son père arrangerait tout. Dans quelques heures, il serait en sécurité, loin de Burke Basile, de Pinkie Duvall et de tout ce capharnaüm. Il maudissait le jour où il s'était impliqué dans cette affaire, mais il avait vu la lumière au bout du tunnel et un coup de fil suffisait à le sauver.

— Vous avez été extrêmement généreux. A présent, si je pouvais me servir de votre téléphone...

— Pas de téléphone, fit l'homme d'un ton brusque.

— Ah bon !

Il y en avait un en vue à moins de trois mètres contre le mur de la cuisine, mais Gregory estima plus prudent de ne pas le faire remarquer, d'autant plus qu'une autre conversation familiale animée était en cours. Il avait des rudiments de français, mais le peu qu'il avait appris ne sonnait pas du tout comme ça, de sorte qu'il ne put suivre le débat qui se poursuivit jusqu'à ce que le père imposât une nouvelle fois le silence.

— Vous allez marier ce gamin.

Gregory le regarda fixement sans comprendre.

— Quoi ?

L'homme pointa l'index vers le jeune trapu qui avait participé à son sauvetage.

— Il veut se marier. Vous allez le marier, *oui* ?

Le gumbo recommençait à bouillir, dans l'estomac de Gregory cette fois-ci. Il en avait trop mangé après des jours de jeûne. Il suait aussi profusément que la maîtresse de maison, qui s'essuyait continuellement la lèvre supérieure avec le torchon en équilibre sur son épaule.

La situation devenait de plus en plus critique. Se sortir de là vivant allait mettre à contribution tous ses talents d'acteur. Le gamin avait l'air d'avoir à peine dix-huit ans et promettait d'être aussi poilu que son père dans quelques années. Gregory lui sourit avec bienveillance

— Vous voulez vous marier, mon fils ?

Le garçon jeta un coup d'œil à son père pour qu'il réponde à sa place.

Le barbu fit sursauter Gregory en aboyant un ordre en cajun.

Une porte s'ouvrit et une fillette incroyablement jeune émergea. Incroyablement jeune pour avoir le ventre gonflé par une grossesse très avancée.

— Oh mon Dieu ! gémit Gregory, mais ce n'était pas une prière.

28

Burke remorqua le bateau jusqu'au ponton en nageant avec à peu près autant d'agileté que s'il avait une enclume autour du cou. Il avait l'impression qu'on lui avait tapé sur le crâne avec un maillet de boucher. En atteignant la jetée, il dut faire appel à des trésors d'énergie pour sortir l'embarcation de l'eau. Il récupéra aussitôt l'arme dont il avait vidé le chargeur dans la coque, mais s'abstint d'évaluer les dommages. Pour le moment, il s'inquiétait plus pour la femme de Duvall que pour le bateau de Dredd.

Elle était toujours au même endroit, mais elle s'était tournée sur le côté en remontant les genoux contre sa poitrine, pour avoir plus chaud vraisemblablement. Quand il se pencha sur elle, ses vêtements dégoulinèrent sur son visage. Elle ne broncha même pas. Il glissa la main dans l'échancrure de sa chemise et effleura sa gorge pour s'assurer qu'il sentait son pouls.

— Pourquoi ne pas vous être facilité les choses en me laissant me noyer ?

Elle n'ouvrit les yeux qu'après avoir parlé.

— Vous ne me serviriez à rien, morte, répondit-il d'une voix rauque.

Maintenant qu'il avait eu le temps de réaliser qu'elle avait véritablement frôlé la mort, le soulagement le faisait à moitié défaillir.

— Ma mort n'aurait-elle pas été une belle revanche ?

— Je ne veux pas que Duvall vous pleure. Je veux qu'il se lance à votre poursuite.

Elle fit alors la dernière chose à laquelle il s'attendait : elle éclata de rire.

Furibond, il retira sa main et la laissa à son hilarité en se disant que si elle se sentait suffisamment bien pour rire, son bain dans le bayou n'avait pas eu d'incidences graves. Il avait bien tort d'en faire toute une histoire.

Ses chaussures couinèrent sur les planches lorsqu'il enjamba une pince à levier – qui avait servi à l'assommer, sans aucun doute – et se dirigea vers le côté de la cabane où il se déshabilla, ignorant le froid.

Il se lava énergiquement avec l'eau amoncelée dans le tonneau de pluie et un gros savon. Il se frictionna les cheveux et s'enfonça un coin de serviette plein de mousse dans les oreilles avec l'espoir de décourager tout micro-organisme de s'installer là de façon permanente. Quand il s'estima suffisamment propre, il rentra dans la cabane pour se sécher près du chauffage avant de se rhabiller.

Le shampoing avait intensifié la douleur émanant de l'énorme bosse à l'arrière de son crâne. Cela faisait un mal de chien, mais ni sa vision ni sa mémoire n'en avaient souffert, aussi pensait-il avoir échappé à la contusion. Il avala à la hâte deux aspirines avant de ressortir.

Madame Duvall n'avait plus le fou rire. Elle s'était apparemment endormie.

— Hé ! lança-t-il en lui secouant le coude du bout du pied. Il faut vous laver.

Elle rapprocha encore ses genoux de sa poitrine en gémissant.

— Cette eau est infestée de toutes sortes de bestioles. Je ne veux pas que vous succombiez bêtement à quelque parasite.

Il essaya de lui prendre la main et de la tirer, mais elle ne fit même pas mine de l'aider. En jurant entre ses dents, il se pencha et l'obligea à s'asseoir.

— Moi aussi je suis fatigué, ma petite dame. Ce qui est arrivé est de votre faute. Si vous n'aviez pas fait une chose aussi stupide, vous ne seriez pas dans cet état-là.

Il la leva de force et l'entraîna jusqu'au réservoir en la portant à moitié. Il remplit le seau d'eau propre et lui cala le savon dans la main.

— Lavez-vous partout, lui ordonna-t-il. Les oreilles, le nez, tout. Frottez bien. Vous devriez être rose comme un bébé quand vous aurez fini. Après cela, je m'occuperai de votre dos.

Il redoutait une infection. Les plaies ouvertes étaient très vulnérables aux bactéries et le marécage était une véritable pépinière pour ces tueurs unicellulaires.

Il la laissa se laver et regagna la cabine où le poisson qu'ils n'avaient pas mangé commençait à empester. Il rassembla les parties cuites et crues et emballa le tout dans un sac en plastique. Il mit le couvercle sur la poêle en se disant qu'il se débarrasserait de la graisse plus tard. Il n'avait plus faim et doutait qu'elle eût encore de l'appétit. Mais peut-être ferait-il mieux de s'en assurer.

Avant de ressortir, il prit deux serviettes supplémentaires et s'empara de l'édredon au passage. En arrivant à l'angle de la cabane, il l'appela.

— Madame Duvall ?

Pas de réponse. Il tendit l'oreille à l'affût de bruits d'éclaboussure. Rien. Pas un son, pas un mouvement.

— Madame Duvall ?

Comme elle ne répondait toujours pas, il se hasarda à jeter un coup d'œil, mais il allait se faire traiter de voyeur. Elle était toujours habillée, assise sur un petit tabouret contre le mur, tête baissée, ses mains gisant inertes sur ses genoux. Il remarqua qu'elle tenait toujours le savon.

— Que se passe-t-il ?

Il approcha prudemment. Son apparente indifférence à ce qui l'entourait pouvait bien être une autre ruse. Mais quand il fut tout près, il vit qu'elle tremblait de tous ses membres.

— Je sais qu'il ne fait pas chaud, mais vous devriez vraiment vous laver au plus vite.

— J'avais envie de mourir.

— Comment ?

— J'avais...

— J'ai entendu, répliqua-t-il d'un ton agacé. C'est une sacrée manière de partir : se noyer dans cette flotte immonde.

— Non, dit-elle en secouant ses cheveux mouillés, encore tout emmêlés et couverts d'algues. Quand j'étais petite, je priais tous les soirs avant de m'endormir pour que les anges viennent me chercher et m'emmènent au paradis avant que je me réveille.

Il se rendit compte brusquement que son éclat de rire sur le ponton avait été un symptôme d'hystérie. A présent, elle avait atteint la deuxième phase. Elle avait été terrifiée à cause du marécage, de la noyade, de lui aussi peut-être. Devait-il la secouer, la gifler, ou essayer de la réconforter ? Il opta pour la troisième solution.

— Cela arrive à tous les enfants à un moment ou à un autre. Généralement quand ils sont fâchés contre leurs parents et veulent leur faire la leçon parce qu'ils sont trop stricts.

— J'avais honte.

— De vouloir mourir ?

— Non, des choses qu'Angel faisait et m'obligeait à faire.

S'il s'agissait d'un numéro destiné à provoquer sa pitié, elle le jouait sacrément bien. Elle parlait d'un ton détaché, comme si elle était encore une enfant, recroquevillée sous ses couvertures, implorant les anges de venir la chercher.

— Je suis sûre que c'est pour cela que Dieu m'a pris mon bébé. Pour me punir d'avoir prié à tort et à travers.

Burke en avait assez entendu.

— Allez ! Levez-vous.

Il l'obligea à se mettre sur pied et entreprit de desserrer sa ceinture. Si le tissu avait été sec, le pantalon beaucoup trop grand serait tombé à terre aussitôt, mais l'épaisse toile dégoulinante lui collait aux cuisses.

Il s'agenouilla et tira sur les jambes.

— Ecoutez, on n'y arrivera pas comme ça.

En lui saisissant une cheville, il extirpa un pied. Puis l'autre.

— Dieu est bien trop occupé à faire fonctionner la planète pour évaluer les scores de chacun.

Il jeta le pantalon de côté et s'attaqua aux boutons de la vieille chemise, en commençant par celui du bas. Il continua à parler afin de détourner son attention du ventre doux qu'il avait sous le nez.

— Toutes ces histoires de culpabilité, ça vous anéantira. Croyez-moi, je le sais. Vous devez arrêter de penser que vous êtes responsable de la perte de cet enfant, ou vous deviendrez aussi cinglée que moi. C'est un problème biologique, rien de plus.

— Je peux faire ça toute seule.

Il leva la tête et, en plongeant son regard dans le sien, s'aperçut qu'elle était lucide. Son malaise était passé. Il se releva tout en gardant les mains sur ses hanches.

— Vous ne saviez plus où vous en étiez.

— Ça va maintenant.

— En êtes-vous sûre ?

— Avez-vous peur de me laisser seule après ce que je viens de vous raconter ?

— Peut-être.

— Si j'avais toujours envie de mourir, j'aurais pu me laisser sombrer. Je n'en avais pas envie.

— Et moi, je n'avais vraiment pas envie que cela arrive. J'aurais été entièrement responsable pour la bonne raison que j'ai refusé de vous croire quand vous m'avez affirmé que vous ne saviez pas nager.

— Et votre conscience est déjà assez chargée ?

— Quelque chose comme ça.

Il perdit la notion des secondes qui s'écoulaient parce qu'il avait toute son attention – en tout cas, son regard ne vacilla pas – et il était pleinement conscient de sa peau qui se réchauffait contre ses paumes.

Elle s'en rendit compte aussi apparemment car elle baissa les yeux. Il la lâcha aussitôt et recula.

— La boue commence à sécher, observa-t-il. Ça va être difficile à enlever. Penchez-vous par-dessus la balustrade. Je vais vous aider à vous laver les cheveux.

Elle hésita, manifestement embarrassée par cette idée. Un peu irrité par ce manque de confiance, il ajouta :

— Le seau plein d'eau est lourd, surtout quand on essaie de se le verser sur la tête. Okay ?

Sans discuter plus avant, elle s'approcha du bord et prit appui sur la balustrade. Il lui versa la moitié du seau sur la tête, puis lui fit un shampoing en frottant avec application. Il rinça bien comme il faut, puis recommença l'opération.

De la mousse se formait sur ses mains tandis que ses doigts glissaient à travers ses cheveux pour lui masser le crâne. Des flots de bulles, telle de la lave, coulaient sur sa nuque et derrière ses oreilles. Un chapelet de perles savonneuses glissa autour de son cou, sur sa chaîne en or, et au-delà, dans le col de la vilaine chemise en flanelle sur ce que Burke savait être des seins magnifiques.

Il continua à frictionner jusqu'à ce qu'il n'y ait plus du tout de mousse et s'arrêta, à contrecœur, pour remplir à nouveau le seau. Il lui semblait inutile de parler, aussi tendit-il la main et prit-il son menton dans sa paume pour le lui incliner. Lentement il lui versa l'eau de pluie sur la tête, en la lui tournant d'un côté, puis de l'autre, la guidant par des petites pressions presque imperceptibles.

Pour finir, il ne resta plus que quelques gouttes dans le seau.

Il recula. L'espace d'un instant, il resta planté là à contempler sa nuque inclinée, puis remplit à nouveau le seau, qu'il posa à ses pieds.

— Il y a une serviette derrière vous sur le tabouret. Vous aurez froid quand vous aurez fini. Je vous suggère de vous envelopper dans l'édredon.

Sur ce, il la laissa.

Une fois dans la cabane, il s'immobilisa au milieu de la pièce, le souffle court, en se frottant les yeux des deux poings. Son mal de tête avait migré de l'emplacement de la bosse vers le fond de ses orbites où il sentait des pulsions dignes d'un rap ! Il transpirait comme si ç'avait été le mois de juillet, et non février.

Il rassembla maladroitement son équipement de premier secours sur la table. Il était en train de déménager celle-ci ainsi qu'une des chaises près du chauffage quand elle apparut sur le seuil emmitouflée dans l'édredon, à l'indienne, la tête enturbannée d'une serviette.

— J'ai laissé mes habits tremper dans le seau. Je les rincerai demain matin.

Il lui fit signe de s'asseoir.

— Autant faire ça avant que vous vous habilliez.

— Entendu.

Dès qu'elle se fut installée, il lui dégagea les épaules et le dos jusqu'au creux des reins. Il examina ses blessures et fut soulagé de voir qu'aucune ne s'était rouverte ni ne montrait de signes de saignements récents. Avec autant de détachement que possible, il les tamponna l'une après l'autre avec la solution antiseptique, puis réappliqua du baume.

Ils ne parlèrent ni l'un ni l'autre. Aucun son ne venait troubler le silence. Rien ne rompait le calme absolu hormis leurs respirations.

Quand il eut fini, il releva gauchement l'édredon pour lui couvrir les épaules et le tapota.

— Vous avez assez chaud ?

— Oui.

— Euh, j'ai apporté des trucs. J'ai pensé que vous pourriez en avoir besoin. Vous les trouverez dans un fourre-tout dans la salle de bains.

En quittant La Nouvelle-Orléans pour la visite à la Maison de Jenny, il savait qu'il devait emporter de quoi tenir plusieurs jours. Pas elle.

— Merci.

— Il n'y a pas de quoi.

Elle alla à la salle de bains et ferma la porte. Burke décapsula une bouteille d'eau minérale et l'engloutit presque en entier. Il avait des tremblements dans les bras et les jambes ; la tête lui tournait encore légèrement et ses oreilles bourdonnaient. Il attribua ce vertige aux aspirines qu'il avait prises sans rien avoir dans l'estomac, à la fatigue due au sauvetage de son otage et au remorquage du bateau, au coup qu'elle lui avait assené sur la tête. A tout sauf à la véritable cause.

Lorsqu'elle réapparut, le turban improvisé avait disparu, mais ses cheveux étaient encore mouillés, tirés derrière ses oreilles. Elle portait le survêtement gris qu'il avait acheté à son intention avant de quitter la ville.

— Je vous l'aurais donné ce matin, mais Dredd vous avait déjà levée et habillée. Il n'était pas d'humeur à supporter que je le contredise.

Son regard était rivé sur lui, mais il avait l'impression qu'elle ne comprenait pas ce qu'il était en train de raconter. Au début, il pensa qu'elle était peut-être retombée dans un état semi-cataleptique, mais il comprit son hébétement dès qu'il jeta un coup d'œil dans sa main tendue.

Le poudrier n'était pas en cristal et n'avait pas un couvercle en argent. Elle n'avait pas l'élégance de celle qu'il avait humé au Marché français et dans le confessionnal.

Ayant lu l'interrogation dans ses yeux, il haussa les épaules et expliqua :

— Le jour où le père Gregory et moi sommes venus vous voir, j'ai fouillé.

Elle posa la boîte de poudre sur la table et continua à le regarder fixement tout en traçant du bout du doigt le familier logo embossé.

— Comment ai-je fait pour vous prendre pour un prêtre ?

Qu'était-il censé répondre à cela ? Il ne savait pas et préféra se taire.

Sans quitter la boîte des yeux, elle continua :

— Ce jour-là au confessionnal...

— Hum ?

— Peu importe.

— Allez-y.

— Est-ce que...

Elle s'arrêta pour prendre une grande inspiration.

— Est-ce que... vous m'avez touché la main ?

Un temps infini s'écoula avant qu'elle lève les yeux vers lui. De fait, le temps s'arrêta. Ses dernières paroles restèrent comme suspendues dans l'air durant plusieurs secondes, telles les ultimes notes vibrantes d'un violon. Quand elles se dissipèrent finalement, le silence était palpable, doux et oppressant.

Le cœur de Burke battait à toute allure. Quelque chose de délicat flottait, qu'il n'osait pas définir. La distance qui les séparait s'était miraculeusement amoindrie bien qu'il n'eût pas le souvenir de s'être rapproché d'elle. Elle non plus n'avait pas bougé. Sa main reposait toujours sur le couvercle du poudrier, l'autre était inerte le long de son corps.

Ce fut cette main-là que le dos de la sienne effleura. A peine. Puis elle se retira. Hésita. La toucha à nouveau et cette fois-ci, s'attarda. Leurs deux paumes se tournèrent simultanément. Glissèrent l'une contre l'autre, se pressèrent. Puis leurs doigts, lentement, s'entrelacèrent.

Burke plia le coude, leva sa main droite, celle qui tenait la main gauche de Romy, il fit pivoter son poignet pour la ramener au-dessus de la sienne et la contempla, s'émerveillant de la délicatesse de sa peau, de la finesse de ses doigts. Le troisième en particulier.

— Vous n'avez plus votre alliance, remarqua-t-il.

— Je l'ai perdue dans l'eau.

L'anneau avait disparu, mais elle était toujours la

femme d'un autre. Pas de n'importe quel autre. Celle de son ennemi juré. Si Duvall avait envie de l'embrasser dans le cou, là où une veine battait contre la fine chaîne en or, il en avait parfaitement le droit. S'il éprouvait le désir de la regarder, de la toucher, de lui faire l'amour, rien ne l'en empêchait. Et cela rendait Burke fou de rage. De sorte qu'il passa ses nerfs sur elle.

— Vous pourrez toujours vous acheter un autre diamant. Avec l'assurance sur la vie de Duvall.

— Comment pouvez-vous dire une horreur pareille ! s'écria-t-elle en libérant brusquement sa main.

— Si je voulais vraiment être horrible, vous savez pertinemment ce que je ferais.

Elle ne fit même pas mine de battre en retraite. A la place, elle releva le menton d'un air plein de défi.

— Suis-je censée vous remercier de vous abstenir de me violer ?

— Vous n'êtes pas censée faire quoi que ce soit. Il ne s'agit pas de vous, mais de Duvall et de moi. Vous n'êtes que l'appât.

— Vous allez forcément échouer, monsieur Basile.

Elle secoua la tête et lui sourit tristement.

— Je comprends votre raisonnement, mais vous avez mal jugé mon mari. Il ne mordra pas à l'hameçon. Il ne me courra pas après. Quand j'aurai passé plusieurs jours et nuits seule avec vous, il ne voudra plus de moi !

Il émit un petit rire sec.

— C'est presque convaincant.

Il fureta dans la poche arrière de son pantalon sans lui lâcher la main.

— Que faites-vous ?

— Je vous passe les menottes.

Elles se refermèrent autour de son poignet avec un clic décisif.

— A quoi allez-vous m'accrocher ?

— A moi.

29

Pinkie abandonna le reste de son sandwich au saucisson sur son bureau et s'approcha de la fenêtre. Entre les lames des persiennes, il scruta le ciel nocturne.

— Pourquoi est-ce que personne n'arrive à leur mettre la main dessus, bon sang ? Ils ne se sont pas évaporés tout de même.

— On dirait bien que si, marmonna Bardo, la bouche pleine.

Depuis la découverte de la fourgonnette abandonnée, ils n'avaient pas avancé d'un pouce dans leurs recherches. Les hommes chargés de surveiller les transports en commun aux abords de La Nouvelle-Orléans n'avaient rien vu. Le pilote de l'hélicoptère n'avait rien repéré qui vaille la peine d'être observé de plus près. Aucun des informateurs de Duvall opérant dans le sud de la Louisiane n'avait quoi que ce soit à rapporter.

— Vous êtes sûr que cette pute vous a dit la vérité ? Elle ne savait rien ?

Bardo se couvrit la bouche pour éructer.

— Dixie ? Quand j'ai découvert qu'elle avait aidé Basile, je lui ai fait passer un mauvais quart d'heure. (Pinkie se tourna et le considéra d'un drôle d'air. Bardo ricana.) Non, je n'ai pas été jusque-là. Elle est probablement de retour dans la rue. Mais je ne l'ai pas ratée ! Si elle savait quelque chose, elle me l'aurait avoué.

Pinkie retourna à la fenêtre et s'absorba dans le paysage urbain. Les lumières de la ville étaient atténuées par le brouillard, mais il ne les voyait pas vraiment de toute façon. Il était totalement obnubilé par son dilemme. Dès l'instant où Errol l'avait appelé du bar de L'Intersection, sa vie parfaitement structurée avait basculé. Ses clients avaient été mis en attente. Les juges lui avaient accordé des délais pour cause de « maladie dans sa famille ». Tous ses rendez-vous avaient été annulés, ainsi que ses engagements sociaux. Il ne rappelait personne à moins que l'appel fût directement lié à la crise actuelle.

Ce fichu Burke Basile, comment osait-il réduire à l'état de chaos une vie si bien programmée ?

Le salopard allait payer. Et cher ! Mais où était-il passé, bon sang ! Pinkie avait flanqué une trouille de tous les diables à Doug Patout, mais jusqu'à présent, celui-ci ne lui avait fourni aucun renseignement si ce n'est que la femme de Basile était à l'étranger avec son amant. Et cela, Pinkie le savait déjà.

Son détecteur de mensonges naturel lui indiquait que Doug Patout disait la vérité quand il affirmait ne pas savoir où se trouvait Basile. Pinkie l'aurait soupçonné de soutenir son ex-subordonné, hormis pour une chose : son ambition professionnelle transcendait le respect qu'il éprouvait pour tous les hommes de sa division, y compris son préféré, Basile. Patout rêvait d'atteindre les échelons les plus élevés de la NOPD. Ce n'était pas une lavette et il était loin d'être stupide. Il était parfaitement conscient des risques qu'il prenait en contrariant Pinkie Duvall.

Quant à Mac McCuen, après la peur qu'ils lui avaient faite, Pinkie était à peu près certain qu'il passerait dans leur camp. Mais comment savoir ? Il risquait d'être aussi loyal et digne de l'amitié de Basile que Basile l'avait été vis-à-vis de celle de Kev Stuart.

— Sales flics, marmonna-t-il.

— Pardon ? fit Bardo.

— Rien.

Au bout d'un moment, Bardo reprit la parole.

— Vous savez, j'ai réfléchi...

— A quel sujet ?

— À propos de ce que madame Duvall sait concernant nos affaires.

Pinkie se retourna lentement.

— Ce qui signifie...

— Je suis sûr que Basile doit être capable de se montrer persuasif s'il s'y met. Surtout avec une femme.

Sans s'en rendre compte, Wayne Bardo avait touché au cœur de ce qui préoccupait le plus Pinkie. Il n'avait jamais révélé dans le détail les rouages de ses diverses activités professionnelles annexes à Romy, mais elle avait pu glaner des bribes d'informations ici et là, qui, réunies, risquaient de tisser la corde susceptible de le pendre. Elle en savait sans doute plus qu'elle ne le pensait. Une remarque lâchée au hasard pouvait apparaître fort utile pour quelqu'un comme Basile, dont la formation avait affûté des aptitudes déductives naturelles. Si Romy se sentait menacée, Dieu sait ce qui lui reviendrait brusquement en mémoire à propos des agissements et relations compromettantes de son mari. Raison de plus pour la trouver et la museler au plus vite !

— Si Basile lui fait du charme, s'il l'amadoue, elle risque de lui raconter tout ce qu'elle sait, suggéra Bardo. Qu'en pensez-vous ?

— Je pense que si vous parlez encore une fois de ma femme comme ça, je vais vous arracher la langue.

Il avait le droit de spéculer sur les allégeances de Romy. Lui oui, mais personne d'autre.

— Ne vous fâchez pas, Pinkie. Je voulais juste dire...

— Il faut que je sorte d'ici, fit-il brusquement.

— Où allez-vous ?

— Je sors.

— Je vous accompagne.

— Vous restez ici. Vous avez du travail.

Pinkie tira sur la porte avec mauvaise humeur et traversa à grandes enjambées le hall de son cabinet. Errol, qui dormait dans un fauteuil, leva le nez d'un air ahuri, puis se leva prestement.

— Où allons-nous, monsieur Duvall ?

— Je vais me promener... Seul.

Il prit l'ascenseur pour gagner le rez-de-chaussée, passa devant le garde de la sécurité sans lui accorder un regard, et poussa les deux battants vitrés que le garde en question s'empressa de déverrouiller électroniquement depuis le bureau de la réception.

Il parcourut deux cents mètres avant de héler l'un des taxis notoirement chers de La Nouvelle-Orléans. Lorsqu'il indiqua l'adresse à la conductrice, elle lui jeta un drôle de regard dans le rétroviseur.

*

* *

Les noceurs du Mardi gras donnaient du travail aux filles de Ruby Bouchereaux. A partir de ce jour-là et jusqu'à mardi minuit quand commençait le Carême, ces messieurs devaient se contenter d'une heure, à moins d'être disposés à payer des sommes exorbitantes. Ruby avait rappelé à ses filles que plus elles « débitaient », plus les profits seraient grands pour tout le monde.

La semaine de Mardi gras rapportait gros. Chaque soir, la maison était remplie d'habitués avides de prolonger le plaisir, sans leur femme, après les grands bals, les réceptions, outre les étrangers qui envahissaient la ville durant les fêtes. Une foule d'hommes de dix-huit à quatre-vingts ans affluaient, bien déterminés à se donner du bon temps dans le meilleur bordel de la ville américaine où l'on s'amusait le mieux.

Presque tous les soirs, on pouvait trouver Ruby sur la galerie surplombant le grand salon. Grâce à cet excellent point de vue, elle observait l'activité qui se déroulait au rez-de-chaussée tout en laissant son remarquable personnel s'occuper de l'intendance. Tirant sur un petit cigare, et sirotant un cognac, elle calculait mentalement ce que seraient les profits de la soirée et souriait complaisamment à ces estimations.

Son sourire s'effaça quand elle aperçut Pinkie Duvall.

Sans adresser la parole à qui que ce soit, il se dirigea vers le bar et commanda un verre, qu'il but à toute vitesse, puis un autre. Ruby le trouvait d'une ridicule présomption lorsqu'il se targuait d'être un grand connaisseur des vins fins. Pour l'heure, démentant cette image, il engloutissait rasade après rasade un alcool fort, tel un marin en permission après six mois en mer.

Croisant le regard d'une de ses hôtesses, elle lui désigna Pinkie. Cette jeune blonde élancée était un de ses spécimens les plus distingués. Fille d'un diplomate américain, elle avait beaucoup voyagé avec ses parents et fréquenté les écoles les plus prestigieuses de la planète. Elle parlait couramment plusieurs langues et s'y entendait dans toutes sortes de domaines. Elle était aussi capable de se tenir en présence d'un intellectuel collet monté que de jouer les coquettes. Aucune fantaisie ne la rebutait s'il était question de satisfaire un client, bien qu'elle ne tolérât pas les mauvais traitements et la douleur. Sans honte ni inhibitions, elle considérait le sexe comme une forme d'art et pratiquait les techniques les plus exotiques apprises au fil de ses pérégrinations alors qu'elle entretenait à sa manière des relations avec l'étranger.

Un sinistre incident survenu en Birmanie – à l'époque où le pays s'appelait encore ainsi – l'impliquant avec un haut fonctionnaire du gouvernement avait entraîné l'expulsion de son père des milieux diplomatiques. Il s'était défait d'elle à son tour. Sans un sou, elle avait fait un choix de carrière naturel qu'elle n'avait jamais regretté. Les clients payaient cher pour un moment en sa compagnie. Même après le pourcentage prélevé par Ruby, elle gagnait bien sa vie, et parce qu'elle faisait nettement plus jeune que son âge, elle pourrait probablement continuer à exercer à trente ans passés. On la connaissait sous le nom d'Isobel.

Pinkie était ouvert à tout ce soir. La transaction au bar prit moins d'une minute. Il suivit la beauté en haut de l'escalier majestueux. Ruby abandonna son cigare fumant sur un cendrier en cristal et les intercepta sur le palier.

— Bonsoir, Pinkie, fit-elle avec son sourire le plus désarmant bien qu'elle lui eût volontiers craché à la figure.

Il n'était pas plus content qu'elle de cette rencontre et probablement agacé qu'elle l'eût forcé à lui adresser la parole.

— Ruby.

— Je ne vous avais pas vu depuis que Bardo a découpé cette fille en morceaux. C'est gentil à vous de nous honorer de votre présence !

Il ignora la pointe.

— Vos affaires marchent bien. Mais il est vrai que la prostitution a toujours été un commerce profitable.

Le sourire de Ruby s'effrita sur les côtés et une lueur malveillante passa dans son regard.

— Parce qu'il y a toujours eu des hommes qui sont forcés de payer. Ce qui m'incite à me demander ce que vous faites là ce soir. Votre femme n'était pas d'humeur ? Romy, c'est ça, n'est-ce pas ? Aurait-elle repoussé vos faveurs ?

Elle fut récompensée en voyant les veines de ses tempes se gonfler. D'un mouvement brusque, il fit signe à Isobel de poursuivre son chemin. Ruby les regarda s'éloigner d'un air songeur.

A l'époque où il était célibataire, Pinkie venait plusieurs fois par semaine. Depuis son mariage, ses visites s'étaient considérablement espacées même s'il continuait à fréquenter les chambres à l'étage. Il venait parfois pour se distraire, d'autres fois pour se détendre, mais Ruby ne l'avait jamais vu aussi agité que ce soir. Intéressant.

— Miss Ruby ?

Elle fit volte-face. L'une des domestiques, qui travaillait déjà dans la maison quand Ruby était encore une petite fille, l'interpellait discrètement avec cet accent mélodieux des Antilles.

— Vous m'avez dit de venir vous chercher quand le pauvre p'tit agneau se réveillerait.

Elles longèrent la galerie, puis tournèrent à droite pour s'engager dans un couloir qui menait vers l'arrière de la maison, à une chambre mansardée.

— Comment va-t-elle ? demanda Ruby avant d'entrer.

— Elle est morte de peur, surtout.

La chambre confortablement meublée était trop exiguë pour être mise à contribution. On la réservait d'ordinaire aux filles malades forcées de rester en quarantaine tant qu'elles étaient contagieuses ou bien aux nouvelles venues auxquelles il fallait un endroit pour dormir le temps qu'elles se forment et apprennent les règlements de la maison.

Ruby s'approcha du lit et se pencha sur la jeune fille avec l'attention d'une mère.

— Comment vous sentez-vous ?

Dixie effleura le coin de sa bouche avec la pointe de sa langue. Le sang avait coagulé sur une méchante écorchure.

— Le salaud m'a sacrément tabassée, hein ?

— Selon le docteur, vous n'avez rien de cassé.

— Vu comme il tapait, je me demande comment ça se fait. (Ses yeux s'emplirent de larmes.) Ai-je l'air d'une araignée écrasée ?

— Vous avez eu une plus jolie frimousse, répondit Ruby en lui caressant gentiment le bras, et cela reviendra. Ne vous agitez pas. Le docteur vous a laissé des remèdes contre la douleur. Vous pouvez rester ici jusqu'à ce que tout soit complètement cicatrisé. Je dirais deux semaines, peut-être trois.

— Deux à trois semaines ?

Dixie essaya de sourire, mais l'effort la fit grimacer de douleur. En ne bougeant que les yeux, elle passa en revue la pièce, Ruby, la domestique.

— Si je ne travaille pas, je ne mange pas. Comment voulez-vous que je vous paie ?

— En arrivant, vous m'avez expliqué que Burke Basile vous avait envoyée. Est-il un de vos clients ?

— J'aimerais bien, marmonna Dixie. Il m'a déjà payée, mais seulement pour des informations. Rien d'autre. La dernière fois que je l'ai vu, il m'a affirmé que si j'avais des ennuis, je devais venir ici. Vous êtes copains ?

— Disons que nous partageons les mêmes objectifs et nous respectons l'un l'autre.

— Hum ! Eh bien, s'il doit payer pour ce qu'on m'a fait, ça sera bien fait pour lui. C'est à cause de lui que Bardo...

— Wayne Bardo ? (L'expression de Ruby se durcit.) C'est lui qui vous a fait ça ?

Dixie hocha la tête.

— Il m'a forcée à le sucer. Et puis, comme je ne voulais rien lui raconter sur Basile, il s'est mis à me cogner comme un dément.

Ruby s'assit au bord du lit et observa la jeune fille d'un œil expert. Son visage était gravement meurtri, mais elle avait des traits ravissants et lorsqu'elles l'avaient déshabillée, Ruby n'avait pas manqué de remarquer ses formes gracieuses. En règle générale, Ruby n'avait que du mépris pour les filles qui travaillaient dans la rue, mais Basile la considérait manifestement supérieure aux autres. Sinon, il ne lui aurait pas recommandé de venir là.

Elle manquait sérieusement de sophistication. Il lui faudrait un autre nom. Quelque chose d'original et d'exotique. Elle devrait cesser de s'asperger de ce parfum au gardénia bon marché. Fini le vernis à ongle argenté et la jupe en vinyle rouge.

Tout était à revoir, mais elle avait incontestablement du potentiel !

Ruby écarta une mèche de cheveux du front où les poings de Bardo avaient laissé des marques bleutées.

— Pourquoi Bardo se renseignait-il sur monsieur Basile ?

— Il le cherchait.

— Vous a-t-il précisé pourquoi ?

— Non. Mais je pense que c'était sûrement à cause de... Attendez, je ne suis pas censée vous dire quoi que ce soit. Basile m'a payée pour que je la ferme.

— Mais il ne vous en voudra pas si vous me parlez à moi. C'est lui qui vous a envoyé ici, souvenez-vous.

— Ouais, c'est vrai. Bon, je crois que ça a à voir avec la femme de Pinkie Duvall.

— Vraiment ?

Feignant l'indifférence, Ruby écouta le récit tout à fait palpitant de Dixie.

— Vous vous rendez compte, ricana Dixie, si Basile était prêtre, toutes les bigotes seraient excitées comme des puces à la messe. Ecoutez, si ça ne va rien me coûter de rester ici, est-ce que je pourrais avoir quelque chose à boire ?

— Certainement.

Ruby se tourna vers la domestique et la pria d'aller chercher une tasse de thé.

— Ce n'était pas vraiment ça que j'avais à l'esprit, remarqua Dixie quand elle fut partie.

Ruby lui sourit avec indulgence.

— Buvez votre thé, prenez vos médicaments et reposez-vous. Si vous faites tout ce que je vous dis, ce sinistre épisode se révèlera peut-être la meilleure chose qui vous soit jamais arrivée. Mais nous reparlerons de tout ça plus tard lorsque vous vous sentirez mieux.

Ruby laissa Dixie sous la surveillance de la servante et reprit sa place sur la galerie afin de réfléchir à ce que la fille lui avait dit. Se pouvait-il que Burke Basile soit responsable de l'humeur de chien de Pinkie ? Sa revanche impliquait-elle sa jeune et ravissante épouse ? Etait-ce la raison pour laquelle il avait tenu à savoir tout ce que Ruby pouvait lui raconter à son propos ?

« Comme c'est futé de votre part, monsieur Basile ! »

Ruby pouffa de rire et leva son verre pour porter un toast en silence à l'ex-inspecteur des stups.

Malheureusement il n'en avait plus pour très longtemps.

Pas s'il avait touché à la femme de Duvall.

*

* *

Mac partit travailler plus tôt que d'habitude en disant à Toni qu'il avait de la paperasserie en retard. Il pensait avoir devancé l'heure de pointe, mais la circulation sur la 1-10 se faisait déjà au ralenti à cause des intempéries. Un système de basse pression en provenance du golfe avait investi la région durant la nuit, apportant de fortes pluies.

En atteignant le quartier général, il se gara mais

s'abstint de pénétrer dans l'immeuble. Au lieu de cela, après s'être débattu avec son parapluie, il se rendit dans un bar à une centaine de mètres de là où il commanda un café. Il se brûla la langue en le buvant sans attendre qu'il refroidisse un peu. Puis il demanda de la monnaie à la caissière, gagna le téléphone et composa le numéro qu'il avait déniché dans les archives de Burke Basile la veille au soir.

— Allô ?

— Joe Basile ?

— Oui.

Mac articula un merci silencieux à l'intention du dieu de la chance. Il y avait des années que Burke avait désigné son frère à Shreveport comme la personne à appeler, en dehors de sa femme, en cas d'urgence. Depuis lors, frère Joe aurait pu déménager ou changer de numéro. Mac s'estimait fortuné d'avoir fait mouche du premier coup.

— Je m'appelle Mac McCuen, dit-il d'un ton aimable, enjoué, détendu. Je travaille avec votre frère. Enfin, je travaillais. Avant sa démission.

— De la brigade des stups ?

— Effectivement. Burke vous a-t-il parlé de moi ?

— Vous avez dirigé l'une des escouades après la mort de Kev Stuart.

— Exactement.

Il se demandait dans quel contexte Burke avait mentionné son nom. S'était-il plaint de lui ? Ou avait-il chanté ses louanges ? Il n'avait pas le courage de poser la question.

— J'ai beaucoup appris avec votre frère et je regrette vraiment qu'il ait fichu le camp si brutalement.

— Il était nase. Enfin, c'est l'excuse qu'il m'a donnée. Il a juré de ne plus jamais travailler dans la police, mais je ne serais pas étonné qu'il remette ça. Peut-être pas à La Nouvelle-Orléans, mais ailleurs.

— Ce serait bien pour tout le monde. (Puis, de peur d'en rajouter au point de provoquer les soupçons, Mac ajouta :) Burke est venu dîner à la maison l'autre soir et il m'a déclaré qu'il allait partir quelque temps. Ma belle-mère vient nous rendre visite, mentit-il. Alors, j'ai pensé : Pourquoi ne pas prendre quelques jours et leur laisser la baraque ? Pourquoi ne pas aller rejoindre Burke ? Traîner, boire des bières, parler du bon vieux temps. Vous voyez ce que je veux dire ?

— Hum, fit frère Joe d'un ton pas très convaincu.

— Seulement je ne sais pas comment faire pour le contacter.

— Qu'est-ce qui vous fait croire qu'il a envie qu'on aille le voir ?

La sagacité était un trait de famille chez les Basile. Joe n'était pas flic, mais il avait oublié d'être bête.

— Avant de partir, il a trouvé que c'était dommage que je ne puisse pas l'accompagner, enfin, un truc comme ça. Maintenant que je suis libre, je pense qu'il serait content de me voir.

Durant le long silence qui suivit, Mac se mordilla la lèvre inférieure. Il jeta des coups d'œil tous azimuts dans le café pour essayer de détecter un amateur de petit déjeuner précoce en train de l'épier au nom de Pinkie Duvall ou de Del Ray Jones. Personne n'avait l'air intéressé par l'homme nerveux aux épaules voûtées devant le téléphone.

— J'ai bien peur de ne pas pouvoir vous aider, monsieur McCuen, assena finalement Joe Basile. La dernière fois que j'ai parlé avec Burke, il ne m'a pas semblé très en forme. Il m'a laissé entendre qu'il comptait disparaître quelque temps et franchement, j'ai eu l'impression qu'il avait envie d'être seul.

Oubliant ses prières, Mac énonca un chapelet muet d'obscénités.

— Je vois.

— Ecoutez, si Burke m'appelle, je lui transmettrai le message. A ce moment-là, s'il a envie de compagnie, il vous le fera savoir. D'accord ? Ça me paraît la meilleure solution.

Mac envisagea d'avouer à Joe que son grand frère avait commis un délit fédéral. Il y avait là de quoi le rendre peut-être un peu plus coopératif. Mais il se ravisa presque aussitôt. Duvall ne tenait pas à ce qu'on répande la nouvelle de l'enlèvement de sa femme. Si cela s'ébruitait et si l'on remontait la filière jusqu'à lui, sa vie ne tiendrait plus qu'à un fil.

— Ecoutez, MacCuen, il faut que j'y aille, conclut Joe Basile. Ravi d'avoir parlé avec vous. Si Burke m'appelle, je lui dirai que vous êtes disponible pour le rejoindre. Bonne journée.

Il raccrocha, laissant Mac avec un combiné mort à la main. Il finit par le reposer et fila jusqu'au comptoir où il commanda un autre café qu'il considéra un long moment d'un air morose.

Seigneur, comment les choses s'étaient-elles dégradées si vite ?

Il y a quelques semaines encore, il était plutôt heureux de vivre. Il devait de l'argent à Del Ray Jones, certes, mais ce n'était pas la première fois qu'il avait des dettes. On pouvait toujours trouver de l'argent, plein d'argent, si on savait s'y prendre. Certes, le montant était plus élevé que jamais, mais ce n'était au fond qu'une histoire de zéros. Certes, il avait été idiot d'avoir fait appel à Del Ray – cette crapule donnait la pire réputation qui soit à l'usure –, mais c'était une crise temporaire et la solution ne tarderait pas à se faire jour. Il était certain que tout finirait par s'arranger.

A présent, il était vraiment dans la panade jusqu'au cou. Basile avait fichu le camp en mettant l'ensemble de la brigade des stups sur le flanc. L'Inspection générale avait décidé que le moment était venu de mener de nouvelles investigations, ce qui rendait tout le monde de très mauvaise humeur, y compris lui-même. Patout était triste et distrait par la démission de Basile et son implication dans ce qui ressemblait bien à un rapt. Del Ray Jones avait dressé son horrible figure grimaçante et ses menaces étaient soutenues par Pinkie Duvall, ce qui les faisait apparaître nettement plus crédibles.

La seule chance de Mac était de retrouver Basile pour Duvall et cet unique espoir venait de lui souhaiter une bonne journée.

— Ça m'étonnerait que la journée soit bonne, bordel ! marmonna-t-il en extirpant quelques billets de la poche de son pantalon, qu'il laissa sur le comptoir.

Pinkie lui avait donné vingt-quatre heures. D'ici la tombée de la nuit, il fallait qu'il détermine où Basile se terrait avec la femme de l'avocat. Sinon... La cote était sacrément mauvaise.

*

* *

Joe Basile raccrocha le téléphone du salon d'un air songeur en se demandant ce que signifiait l'étrange coup de fil de Mac McCuen ; mais il ne pouvait guère s'appesantir dessus parce qu'il avait une visite, en train de boire un café à la table de la cuisine avec sa femme. Linda ne s'était pas attendue à jouer les hôtesses ce matin. Tirée du lit par la sonnette, elle avait enfilé à la hâte sa vieille robe de chambre, la plus chaude. Elle avait les yeux encore tout gonflés de sommeil.

Elle leva les yeux vers lui lorsqu'il entra dans la cuisine.

— Qui était-ce ?

— Quelqu'un du bureau qui voulait savoir à quelle heure j'arriverai.

Elle le dévisagea d'un drôle d'air, sans rien dire, et proposa à leur invité impromptu de lui préparer un petit déjeuner.

— Non merci, madame Basile, répondit Doug Patout. J'ai avalé quelque chose chez Denny's avant de venir. Je m'excuse d'avoir débarqué chez vous d'aussi bonne heure.

— Ce n'est pas grave.

— Vous êtes venu en voiture de La Nouvelle-Orléans ? s'enquit Joe.

— Oui, je suis arrivé tard hier soir et je repars aussitôt après cette entrevue. Je savais que je ne ferais que l'aller et retour.

— Pourquoi ne pas avoir téléphoné ?

— J'aurais pu le faire, mais j'ai pensé qu'il valait mieux que je vous parle directement.

— C'est si important que ça ?

— Je le crains. Au cours de sa carrière, votre frère s'est fait des ennemis, pas seulement parmi les criminels, mais aussi au sein de la police. J'ai pensé qu'il valait mieux ne pas évoquer cela au téléphone.

— Vous nous faites peur, monsieur Patout, dit Linda. Lui est-il arrivé quelque chose ?

— Je l'ignore, et c'est ce que je cherche à savoir. Il a donné sa démission et quelques jours plus tard, il s'est volatilisé dans des circonstances mystérieuses.

— Il m'a téléphoné en prétendant qu'il partait quelque temps pour s'éclaircir les idées, déclara Joe. Vu sa rupture avec Barbara et sa brusque démission, je ne vois pas ce qu'il y a de mystérieux là-dedans.

— Vous ne connaissez pas tous les faits.

— A savoir ?

— Je suis désolé, Joe, mais je ne peux pas vous en faire part. Il s'agit d'informations policières confidentielles. (En croisant les mains sur la table, il prit un ton suppliant.) Je vous en conjure, si vous avez la moindre idée de l'endroit où Burke pourrait se trouver, dites-le moi. Il faut à tout prix que je le retrouve avant les autres. Je ne peux pas vous expliquer à quel point c'est important.

— Sa vie serait-elle en danger ? demanda Linda.

— C'est possible.

Ce qui signifie oui, pensa Joe. Il sentit tout le poids de la situation. Burke et lui se voyaient rarement, une ou deux fois par an tout au plus, mais ils étaient plus proches que ses rares visites ne le laissaient supposer. Il irait jusqu'à avouer qu'ils s'aimaient profondément.

Si son frère aîné avait des ennuis, il remuerait ciel et terre pour l'aider. Seulement il ne savait pas du tout quoi faire, parce qu'il ignorait si Burke avait envie d'être débusqué. Que ce soit par McCuen, Doug Patout ou qui que ce soit.

Instinctivement, il sentait que si Burke était parti sans dire à personne où il allait, c'était parce qu'il voulait qu'on le laisse tranquille. Puisqu'il avait quitté la police, il ne devait plus avoir grand-chose à faire des « informations policières confidentielles ». Et puis pourquoi McCuen et Patout le cherchaient-ils chacun de son côté ? Ils n'avaient même pas parlé l'un de l'autre. Si la situation était aussi critique qu'ils le prétendaient indépendamment, pourquoi ne s'étaient-ils pas lancés à la recherche de leur ex-collègue en équipe ?

— Je suis désolé, monsieur Patout, je ne peux pas vous aider, décréta Joe, répétant ce qu'il avait déjà expliqué à McCuen. Burke ne m'a pas dit où il allait.

— Avez-vous une idée ?

— Aucune.

— Si vous le saviez, vous me le diriez ?

Il répondit honnêtement.

— Non.

Patout soupira. Il regarda Linda et comprit sur-le-champ qu'elle soutenait la décision de son mari. Il eut un rictus de travers.

— Vous ressemblez beaucoup à votre frère, Joe.

— Merci. Je prends ça pour un compliment.

Patout posa sa carte de visite sur la table et se leva.

— Si vous changez d'avis, contactez-moi à n'importe quelle heure. Madame Basile, je vous prie de m'excuser une fois de plus d'avoir fait irruption chez vous sans vous avoir prévenus. Merci pour le café.

Depuis le seuil de leur maison, les Basile le regardèrent monter dans sa voiture et s'éloigner. Puis Linda se tourna vers Joe.

— Ton bureau n'appelle jamais pour savoir à quelle heure tu arrives !

— C'était Mac McCuen, un autre flic. Devine ce qu'il voulait !

— Savoir où est Burke ?

— Exactement. Et Patout est venu jusqu'ici de La Nouvelle-Orléans pour nous rencontrer.

— Qu'est-ce que ça veut dire ? Que se passe-t-il, Joe ?

— Je n'en sais fichtre rien. Mais je vais éclaircir ça vite fait.

Il retourna dans la cuisine et feuilleta son carnet d'adresses jusqu'à ce qu'il trouve le numéro du bazar de Dredd.

*

* *

Indifférent à la pluie, Dredd était déjà sorti pour vérifier ses lignes. Il était accroupi au bout de la jetée, en train de vider des poissons, dont il lançait les entrailles dans l'eau, quand il entendit le téléphone sonner.

Maudissant cette interruption, il courut vers la cabane sur ses jambes arquées, ses pieds plats et nus claquant sur les planches mouillées.

— Une seconde, j'arrive ! s'exclama-t-il en ouvrant la porte grillagée.

Tout essouflé, il saisit le combiné et haleta :

— Allô ?

Rien que la tonalité. Il raccrocha violemment.

— Sacrebleu !

Il avait le téléphone en horreur et cela lui était égal de rater un appel. Si c'était important, son interlocuteur rappellerait.

Ce qui l'agaçait beaucoup plus, c'était qu'en tendant le bras pour attraper le téléphone, il avait jeté un coup d'œil par la fenêtre, juste à temps pour voir un pélican dévorer sa prise.

*

* *

Malgré la pluie, des touristes faisaient la queue pour l'excursion à bord du bateau à aubes, la *Reine créole*, afin d'admirer les fameuses plantations. Ils jonglaient avec leurs brochures, leurs parapluies, leurs capuches en plastique, leurs appareils photo et leurs vidéoscopes en grimpant sur la passerelle d'embarquement.

L'embarquement fut retardé par le temps inclément et un groupe de retraités dont certains avaient besoin d'assistance pour monter dans le bateau.

Il fut interrompu pour de bon par un cri à vous faire dresser les cheveux sur la tête.

Il provenait d'une femme qui s'était effondrée dans les bras de son mari en pointant un doigt tremblant en direction de l'eau boueuse du Mississippi où elle avait jeté distraitement un coup d'œil tandis qu'elle avançait dans la file.

D'autres s'agglutinèrent près de la balustrade pour regarder et virent ce qui avait causé tant d'émoi à la pauvre femme. Certains poussèrent des petits cris en se détournant, écœurés. D'autres plaquèrent leur main sur leur bouche pour réprimer une nausée. Ceux qui avaient l'estomac bien accroché prirent des photos et filmèrent. On marmonna quelques prières.

Attirant beaucoup plus d'attention mort que lorsqu'il était vivant, Errol, flottant sur le dos, regardait à travers l'eau avec des yeux déjà laiteux.

30

Debout à la porte de la cabane, Burke buvait un café en regardant tomber la pluie lorsqu'il l'entendit approcher derrière lui. Il jeta un coup d'œil par-dessus son épaule, s'attendant à moitié à la voir brandir un pot en fer ou quelque instrument tranchant.

La veille au soir, elle n'avait pas trop apprécié d'être attachée à lui par des menottes et s'était sacrément débattue ; il avait eu du mal à la maîtriser sans lui faire mal.

— Cela ne serait pas nécessaire si vous n'aviez pas tenté de vous échapper, lui avait-il dit. Je ne peux pas courir le risque d'être à nouveau assommé ou tué pendant mon sommeil.

— Cela ne m'était même pas venu à l'esprit.

— Eh bien, moi si. (Il s'était allongé sur le lit, l'entraînant avec lui.) La journée a été longue et éreintante. Je vais dormir. Je vous suggère d'en faire autant.

Elle avait refusé de s'étendre et s'était assise au bord du lit, écumante de rage. Il avait fermé les yeux et l'avait ignorée. Pour finir, elle avait cédé à la fatigue, s'était couchée et endormie longtemps avant lui. Ce matin, il avait défait les menottes et s'était levé sans la réveiller. Elle était encore fâchée, à l'évidence, mais au moins elle n'avait pas essayé de le zigouiller.

— Le café est sur le réchaud, lança-t-il.

Puis il reprit nonchalamment sa contemplation. Le marécage disparaissait derrière un épais rideau de pluie qui n'avait pas l'air de vouloir s'arrêter. Il avait bien fait d'apporter des provisions pour plusieurs jours. Il n'irait pas voir Dredd aujourd'hui comme prévu. De toute façon, il ne pouvait pas aller très loin avec le bateau criblé de trous.

Le temps les obligeait à rester dans la cabane. Logiquement, n'empêcherait-il pas les autres de sortir aussi ? Duvall se rapprochait-il ? Quand apparaîtrait-il ? Dans les dix minutes ? Ou faudrait-il encore une semaine ?

Burke espérait que ce serait le plus tôt possible. La cabane donnait l'impression de se rétrécir autour d'eux. Il commençait à se sentir oppressé et cette sensation de claustrophobie lui tapait sur les nerfs. Allongé près d'elle, la veille au soir, il avait été conscient de chacune de ses respirations et de chacun de ses mouvements. Son sommeil avait été constamment interrompu par ses soupirs. A présent, bien qu'il lui tournât le dos, il savait précisement où elle se trouvait et ce qu'elle faisait.

A La Nouvelle-Orléans, elle portait des tenues qui mettaient en valeur son côté « femme-objet ». Sa garde-robe était luxueuse, mais à la limite du vulgaire.

A présent, vêtue d'un survêtement gris bon marché, elle paraissait plus douce, plus sexy encore que la nuit où il l'avait vue dans le belvédère avec sa robe noire décolletée. Sans maquillage, les joues rosies par le sommeil, les cheveux ébouriffés, elle semblait aussi chaude, tendre, innocente qu'un chaton. Et follement érotique.

Il devenait impossible d'ignorer l'ardeur qu'elle faisait naître en lui, depuis le jour où il avait posé les yeux sur elle. Ce soir-là, il avait éprouvé une montée de désir qui n'avait pas diminué lorsqu'il avait découvert que la déesse éthérée du belvédère n'était autre que la femme de Pinkie Duvall.

Quand il avait réalisé qui elle était, pourquoi n'avait-il pas eu le bon sens de trouver une gentille petite complaisante avec laquelle passer la nuit, histoire de se défouler ? Il y avait des mois que Barbara et lui n'avaient pas été intimes, aussi avait-il eu amplement le temps de se frustrer au maximum ! Il aurait dû accepter la proposition de Dixie. Ou celle de Ruby Bouchereaux. Une heure en compagnie d'une de ses talentueuses dames lui aurait fait sacrément du bien. Mais il avait dit non merci. Avait-il perdu la tête ?

Seulement il craignait que même une prostituée expérimentée faisant appel à tous ses talents ne pût éteindre le feu qui le consumait.

Où était donc passé Duvall ?

Le pouvoir qu'on lui attribuait n'était-il que du vent, partie intégrante d'une campagne de promotion destinée à terroriser ses ennemis ? Sa fameuse armée de mercenaires était-elle fictive ? S'ils existaient, n'étaient-ils qu'un ramassis d'incompétents ? A moins que Burke Basile fût un ravisseur hors pair ? Avait-il des dons particuliers dans ce domaine qu'il n'avait jamais supposés ?

Pour Dieu sait quelle raison, le fait était qu'il entamait le quatrième jour en compagnie de son otage et que c'était de plus en plus difficile, et non pas le contraire, de rester objectif quant à l'issue de la situation.

Il jeta le fond de son café sous la pluie.

— Vous avez faim ?

— Oui. En définitive, nous n'avons rien mangé hier soir.

Il lui décocha un regard qui signifiait : *La faute à qui ?,* mais se borna à répondre :

— Je vais voir ce qui nous reste.

Il passa en revue les boîtes de conserve provenant du bazar.

— A part du pain et des crackers, nous avons des

sardines, des noix, du thon, des feuilles de moutarde, du chili, de la soupe à la tomate, du corned-beef, des haricots, des macaronis au bœuf, de l'ananas, encore des haricots et du beurre de cacahuète.

— Des feuilles de moutarde ?

— Je suppose que même les aventuriers ont besoin de fibres.

— Je veux bien un sandwich au beurre de cacahuète et un peu d'ananas.

Pendant qu'ils mangeaient, il l'interrogea sur ses blessures.

— J'ai vérifié ce matin dans la glace de la salle de bains. Je crois qu'elles guérissent. Croyez-vous qu'il soit nécessaire de les soigner à nouveau ?

— Dredd ne me laissera plus jamais tranquille si elles s'infectent. Laissez-moi m'en occuper. Au moins aujourd'hui.

— Je pourrais peut-être le faire moi-même.

Il venait de la débarrasser de son assiette en papier vide, qu'il lâcha en s'exclamant :

— Ah, je comprends. Ce n'est pas le traitement qui vous gêne, c'est le fait que je vous touche.

— Je n'ai pas dit ça.

— Mes mains sont aussi propres que celles de Bardo et vous n'aviez pas eu l'air de vous formaliser lorsqu'il vous tripotait, alors ne me racontez pas d'histoires.

— Bardo ! s'écria-t-elle.

— Oui, je vous ai vue en action avec lui au belvédère le soir où il a été acquitté. Duvall a donné une somptueuse réception, mais Bardo et vous, vous fêtiez l'événement à votre manière.

— J'ignore ce que vous croyez avoir aperçu, monsieur Basile, mais vous vous trompez !

— J'en ai distingué assez. Je suis parti avant que ça devienne vraiment embarrassant. (Il se leva brusquement en faisant grincer les pieds de sa chaise sur le parquet.) Et ne vous imaginez pas que je n'ai pas remarqué la manière dont vous croisez les bras sur votre poitrine comme si je ne pensais qu'à reluquer vos seins. Je les ai vus déborder de votre décolleté, alors je sais que ce sursaut de décence fait partie de votre numéro. Ce n'est pas pour ça que je vais devenir plus gentil à votre égard, madame Duvall. A dire vrai, ça me fiche carrément en rogne.

Sur ce, il sortit de la cabane d'une démarche pesante.

Qu'il pleuve ou qu'il vente, il fallait qu'il répare ce fichu rafiot.

*

* *

Avant d'ouvrir les yeux, Gregory essaya de se convaincre qu'il avait fait un mauvais rêve. Il avait trop bu la veille ou fumé du Panama rouge trop fort ou fait *quelque chose* qui avait incité son subconscient à inventer une aventure bizarre à propos de Burke Basile, Pinkie Duvall, un ermite qui se terrait dans le marécage et dépeçait des alligators, une jolie femme, sans oublier un ramassis d'individus plus saugrenus les uns que les autres, une aventure dans laquelle il jouait qui plus est le rôle d'un prêtre !

Dieu merci, ce cauchemar était fini.

Mais quand il se décida finalement à regarder autour de lui, au lieu des volets fermés de ses fenêtres donnant sur la courette derrière la maison, il vit une paire de vilains rideaux d'une longueur inégale pendus à une barre en cuivre oxydée. Une lumière grisâtre filtrait à travers l'indienne passée. Des gouttes de pluie grosses comme des plombs dégoulinaient de l'auvent de la bicoque dans laquelle il avait passé la nuit.

Il avait béni ses sauveteurs. Il les avait remerciés avec effusion de leur hospitalité. A leur tour, ils lui avaient demandé de bénir leur fils et sa cousine issue de germains, enceinte jusqu'aux yeux. Faute d'une autre solution, le père Gregory avait accepté d'officier la cérémonie.

Elle était prévue ce jour-là. Il espérait qu'il se souviendrait de toutes les formules. Le séminaire lui paraissait remonter à des lustres ! De même que sa vie avant la nuit où Basile l'avait appréhendé dans les toilettes pour hommes du City Park. Gregory maudit sa malchance. Qu'est-ce qui avait bien pu le pousser à aller rôder dans le parc ce soir-là ? Pourquoi n'était-il pas allé au cinéma à la place ?

Cela n'aurait rien changé, songea-t-il avec désarroi en enfilant ses habits sales. Tôt ou tard, Basile l'aurait enrôlé pour lutter dans sa guerre contre Pinkie Duvall. Il avait besoin de quelqu'un qui conjuguait ses qualifications uniques. Si Basile ne l'avait pas accosté dans le parc, il l'aurait fait ailleurs.

Après avoir jeté un coup d'œil à son reflet dans la glace embuée, il sortit de la chambre. La famille était réunie dans la grande pièce séparée de la cuisine par un comptoir. Le fiancé attablé engloutissait des friandises tandis que sa future épouse se posait des bigoudis.

Les préparatifs du mariage battaient leur plein. On lui fourra une tasse de café dans les mains et on le présenta aux grand-mères, aux tantes, aux nièces déjà arrivées pour donner un coup de main afin que tout fût prêt à temps quand les invités débarqueraient à leur tour. On maudit gentiment la pluie ; on le pria d'intercéder auprès de Dieu afin que le soleil fût au rendez-vous plus tard. En riant jaune, il promit de transmettre leur requête.

De délicieux arômes émanaient du four. Des parents aux carrures de docker apportèrent des caisses de bière. En essayant de se faire tout petit, Gregory passait d'une fenêtre à l'autre, guignant à travers le rideau de pluie en quête d'un moyen d'évasion. La veille au soir, il lui avait semblé que la maison était construite sur une île. Il fut soulagé de voir qu'elle se situait en réalité au bout d'une péninsule, une route de gravier d'une cinquantaine de mètres de long conduisant de là au continent, le long de l'étroit doigt de terre.

A midi, la maison avait commencé à se remplir d'amis, de cousins, chacun apportant un plat : étouffée aux écrevisses, andouille, boudins, crevettes à la créole, haricots rouges, riz, porc fumé et même une pièce montée blanche à la noix de coco surmontée d'un couple de mariés en plastique.

Gregory ne comprenait que quelques mots des conversations animées qui se déroulaient autour de lui. Il s'agissait à l'évidence d'un groupe étroitement lié ; il était le seul étranger. Les nouveaux arrivants le regardaient de travers. Il s'efforçait de dissiper leur méfiance par un sourire béat, mais il n'était pas sûr d'être convaincant vu que sa figure donnait toujours l'impression d'avoir été piétinée par une horde de footballeurs. Personne, de la famille ou des convives, ne demanda pourquoi il était disposé à célébrer ce mariage alors que d'autres prêtres avaient refusé pour une question d'éthique.

Si l'accueil réservé à l'intrus n'était guère chaleureux, ils étaient manifestement enchantés de se retrouver. On aurait dit que les murs de la maison avaient reculé sous l'effet du boucan qu'ils faisaient, surtout lorsque les musiciens commencèrent à accorder leurs instruments.

A deux heures, la fiancée fit timidement son entrée dans la grande pièce. Elle portait une longue robe à fleurs que Gregory avait vue plus tôt entre les mains d'une grand-mère en train de la rajuster à la hâte dans le but de faire de la place pour son gros ventre. Les hommes poussèrent le futur époux titubant, à moitié ivre, afin qu'il se plante à côté de la fillette rougissante.

Ensemble ils firent face au père Gregory, qui entama la cérémonie en demandant à Dieu de bénir cette merveilleuse assemblée de parents et d'amis. S'il bâclait le sacrement, ils étaient trop soûls pour s'en rendre compte.

Cinq minutes plus tard, le couple tout heureux scella par un baiser cette union totalement frauduleuse. Le père Gregory n'en avait rien à cirer. Il ne pensait qu'à ficher le camp avant que son imposture fût découverte.

Il mangea avec eux. But une bière. Nettement moins raisonnables que lui, les autres engloutirent des quantités apparemment inépuisables de tout. Plus ils buvaient, plus les musiciens se déchaînaient, plus la danse devenait frénétique. Deux bagarres éclatèrent, mais furent réprimées avant que le sang coule trop. A l'approche de la nuit, un épais nuage flottait à l'intérieur de la maison à cause des vapeurs de la cuisine, de la transpiration et de la passion qui semblait imprégner tout ce qu'ils entreprenaient. Quelqu'un ouvrit les portes pour aérer.

Ce fut ainsi que le père Gregory se glissa furtivement dehors, vêtu d'une veste en laine et d'une casquette empruntées à quelque cousin.

Il pleuvait à verse, mais dès qu'il eut franchi le seuil, il fonça comme un fou jusqu'au hangar abritant le bateau qui les avait conduits jusque là la veille au soir. Il n'envisagea pas une seconde de remonter dans la pirogue volée à Dredd, qui se trouvait à présent amarrée à côté de l'embarcation familiale. Plus de marécage, merci bien ! A partir de maintenant, il prendrait ses risques sur la terre ferme. Les dangers potentiels étaient multiples, mais au moins ils ne lui étaient pas aussi étrangers.

Il jeta un coup d'œil vers la bicoque. Il semblait que personne n'eût remarqué sa fuite. Tête baissée pour se protéger de la pluie, il quitta l'abri à toutes jambes en courant comme il n'avait jamais couru de sa vie, se poussant au maximum de ses capacités, au demeurant limitées, à telle enseigne qu'il avait l'impression que ses poumons allaient éclater. Il sanglota de joie sans pouvoir se retenir en atteignant le bout du chemin.

Celui-ci débouchait sur une départementale goudronnée à deux voies. En prenant appui des deux mains sur ses genoux, il engloutit d'énormes goulées d'air avant de se mettre en route d'un pas vif dans la direction menant, l'espérait-il, à la ville la plus proche.

Il n'irait pas loin à pied. Son seul espoir était qu'une voiture passe avant qu'on s'aperçoive que le père Gregory avait pris le large et qu'on se lance à sa poursuite. Maintenant qu'il avait béni les pécheurs, on n'avait plus besoin de lui.

Lorsqu'il vit des phares approcher derrière lui, son cœur fit un bond dans sa poitrine. S'agissait-il d'un des convives envoyé à sa recherche pour le ramener ? Ou d'un des policiers sur la piste des ravisseurs de madame Duvall ? Ou encore d'un gangster à la solde de Pinkie auquel on avait offert une forte récompense pour débusquer les coupables ?

A moins que ce ne fût son sauveur s'apprêtant à le reconduire dans le giron de la civilisation.

S'il vous plaît, mon Dieu, pria-t-il en faisant volte-face et brandissant son pouce. La camionnette ralentit, le chauffeur l'examina de la tête aux pieds, puis passa son chemin en l'aspergeant de boue. Gregory était tellement désespéré qu'il se remit à sangloter. Il pleurait toujours cinq minutes plus tard quand un autre véhicule surgit. Il devait avoir l'air misérable au point d'inspirer de la pitié au conducteur car la voiture s'arrêta juste après l'avoir dépassé.

Il bondit. Une adolescente occupait le siège du passager. Une autre, plus jeune encore, était au volant. Elles le dévisagèrent toutes les deux avec intérêt.

— Où est votre voiture, m'sieur ?

— Je l'ai coulée dans le marais après avoir joué le rôle d'un prêtre lors du rapt de la femme d'un homme riche et célèbre.

Elles pouffèrent de rire, persuadées qu'il leur racontait un bobard.

— Génial ! s'exclama la passagère. (Puis lui désignant la banquette arrière d'un signe de tête :) Montez.

— Où allez-vous ? demanda-t-il prudemment.

— A La Nouv' Orlans. On est invitées à une fête.

— Génial, dit-il en écho.

La conductrice appuya à fond sur le champignon ; la voiture dérapa sur la chaussée glissante de pluie, puis s'enfonça dans la nuit.

Elles n'avaient pas quinze ans et arboraient des tenues qui auraient fait rougir Madonna. Chemisiers transparents sur balconnets en dentelle. Nez, oreilles, lèvres percées. Les yeux, la bouche fardées à outrance.

Dès qu'ils atteignirent le Quartier français, il les pria de le déposer, mais elles essayèrent de le convaincre de passer la soirée en leur compagnie.

— Tu t'amuserais bien avec nous, lança l'une d'elles.

— Crois-nous, on sait y faire ! se vanta sa compagne.

— C'est justement ça, dit-il en les gratifiant de son plus beau sourire. Vous avez trop d'expérience pour moi.

La flatterie eut gain de cause. Elles s'arrêtèrent à un croisement, il descendit, elles lui envoyèrent des baisers en s'éloignant. Leur imprudence stupide le sidérait. N'avaient-elles pas de parents pour les mettre en garde contre les dangers de l'auto-stop ? Elles ne regardaient donc jamais les nouvelles ? Il aurait très bien pu être un pervers.

Puis, tristement, il se rappela qu'il était bel et bien un pervers.

Evitant la foule qui bravait le mauvais temps pour entamer les fêtes de Mardi gras, les yeux baissés, il couvrit à pied les quelques centaines de mètres qui le séparaient de chez lui. Son humeur s'améliora dès qu'il s'engagea dans sa rue. Il parcourut les vingt derniers mètres au pas de course. La clé était toujours là où il l'avait cachée le matin où il avait rejoint Basile pour aller chercher madame Duvall et la conduire à la Maison de Jenny.

« A propos d'imprudence », marmonna-t-il.

Sa photo circulait probablement dans tous les bureaux du FBI de la nation. Il était recherché. Sa tête avait été mise à prix pour enlèvement et Dieu sait quel autre crime. La pression artérielle de son père allait battre tous les records. Gregory serait dépossédé. Déshérité.

Que faire ? Avant toute chose : une bonne bouteille de vin frais et une longue douche bien chaude. Il dormirait là. Ferait ses bagages le lendemain matin. Et puis partirait à perpète aussitôt.

Il ne savait pas trop comment il se débrouillerait pour financer son voyage sans l'aide de son père. Devait-il se soumettre à la merci du vieux bougre une dernière fois ? Peut-être que s'il commençait par parler avec sa mère, en faisant appel à son instinct maternel, si tant est que cette sorcière en eût.

Résolu à laisser la nuit lui porter conseil, il actionna l'interrupteur.

— Salut, Gregory.

Il poussa un hurlement. Deux flics étaient vautrés sur son canapé. Telles des araignées géantes, ils l'attendaient, tapis dans l'obscurité.

L'un d'eux l'admit d'ailleurs sans détour :

— L'était temps que vous vous pointiez. Ça fait deux jours qu'on poirote. La vache, ajouta-t-il en scrutant son visage, vous avez une sale gueule ! On va plus pouvoir vous appeler le Bellâtre.

— La vie des fugitifs n'est pas ce à quoi on s'attend, hein ? Eh bien, l'escapade est finie. Votre carrière de criminel aura été de courte durée, mon petit gars. Tuée dans l'œuf, si on peut dire. Comme ça.

Il fit claquer ses doigts à un centimètre du nez tuméfié de Gregory.

Celui-ci s'affala contre le mur, ferma les yeux et roula la tête de côté en gémissant. Le cauchemar continuait.

31

La pluie s'était calmée, mais de gros nuages maussades formaient un plafond bas au-dessus du bayou. Debout sur le seuil de la cabane, Romy regarda Basile mettre le bateau à l'eau, en commençant par l'avant.

Il l'avait rafistolé à l'aide de matériaux stockés dans un grand coffre en bois rangé dehors contre le mur. D'après ce qu'elle pouvait en juger, il s'était servi d'une sorte de goudron et de ruban adhésif. Ce bricolage avait également requis une bordée de jurons plus grossiers les uns que les autres mais, à l'évidence, cela avait produit son effet parce que le bateau flottait. Il l'attacha au ponton.

— Est-il qu'il tient l'eau ? demanda-t-elle alors qu'il revenait vers la cabane.

— J'arriverais peut-être à destination sans couler.

— Où ça ?

— Chez Dredd.

— Quand ?

— Demain matin. S'il arrête de pleuvoir. Pourriez-vous aller me chercher une serviette ? Si je rentre comme ça, je vais mettre de l'eau partout.

Il avait travaillé obstinément, sans relâche, toute la journée sous la pluie torrentielle. Ses vêtements étaient trempés. Il lui prit la serviette des mains avec un vague « merci », puis se retira sur le côté de la maison pour se laver. Lorsqu'il réapparut quelques minutes plus tard, la serviette était nouée autour de sa taille. Sans rien dire, il emporta des habits propres avec lui dans les toilettes.

Elle remarqua qu'il avait les épaules criblées de taches de rousseur.

Dès qu'il ressurgit, elle lui fit signe de prendre place à table.

— Qu'est-ce que c'est que ça ?

— Le dîner.

En se servant du peu qu'elle avait à sa disposition, elle avait mis le couvert pour deux. Une bougie dénichée dans un des tiroirs contenant les ustensiles de cuisine et qui trônait dans une mare de cire fondue sur une soucoupe ébréchée, adoucissait la rusticité ambiante.

— Juste du chili et des haricots, mais j'ai pensé que vous deviez avoir faim. Vous n'avez pas déjeuné.

— Oui. Bonne idée.

Il s'installa et elle le servit. Une boîte de crackers et une bouteille d'eau minérale complétaient le menu. Ils mangèrent en silence pendant plusieurs minutes. Il fut le premier à prendre la parole.

— Pas vraiment ce à quoi vous êtes habituée, hein ?

Elle plongea sa cuillère dans son bol en jetant un coup d'œil autour d'elle. La pièce était meublée de bric et de broc, chauffée par un poêle à gaz, éclairée par une lampe à huile, mais il y faisait bon et on s'y sentait à l'abri. Un sanctuaire dans un monde hostile.

— Non, ce n'est pas ce à quoi je suis habituée, reconnut-elle, mais ça me plaît. Peut-être parce que c'est tellement différent de tout ce que j'ai connu auparavant.

— Un beau cajun ne vous a jamais emmenée dans sa cabane pour un week-end en amoureux ?

— Je n'ai jamais eu de rendez-vous amoureux, ni de petit ami.

Elle grignota le coin d'un cracker, puis le posa sur le bord de son bol. En tendant la main vers son verre d'eau, elle croisa son regard et s'étonna de son air surpris.

— Qu'est-ce qu'il y a ?

— Vous n'avez jamais eu de petit ami ?

— A moins que vous ne comptiez. En quittant ma mère, je suis allée directement au Sacré-Cœur, puis chez Pinkie. Ça ne laissait pas beaucoup de place aux amourettes. Je ne fréquentais même pas les bals organisés par l'école.

— Comment ça se fait ?

— Angel et moi vivions dans une pièce, dit-elle à voix basse. Je n'avais pas une haute opinion des hommes, et aucun désir d'aller danser. De toute façon, Pinkie ne m'en aurait pas donné la permission.

Ils sombrèrent dans un autre silence, interrompu seulement par le cliquetis de leurs cuillères contre les bols.

— Avez-vous jamais songé à devenir religieuse ? demanda-t-il au bout d'un moment.

La question l'amusa ; elle rit doucement.

— Non. Pinkie avait d'autres projets.

— Son remboursement.

— Je suppose que l'on peut appeler ça comme ça. Il m'a épousée le lendemain du jour où je suis sortie du pensionnat.

— Pas d'université ?

— J'aurais bien voulu, mais Pinkie n'était pas d'accord.

— Pinkie n'était pas d'accord. Pinkie avait d'autres projets. Pinkie ne voulait pas.

Offusquée par son ton, elle s'indigna :

— Vous ne comprenez pas.

— Vraiment pas, non !

— Je ne suis pas ignorante. J'ai pris tous les cours par correspondance possibles.

— Je n'ai jamais prétendu que vous étiez ignorante.

— Mais si ! La piètre opinion que vous avez de moi est des plus évidentes, monsieur Basile.

Sur le point de protester, il se ravisa en haussant les épaules :

— Ça ne me regarde pas, ajouta-t-il. Seulement j'ai du mal à admettre qu'une personne, homme ou femme, remette sa vie entre les mains de quelqu'un d'autre en disant : « Tenez, gérez ça pour moi, voulez-vous ? » Avez-vous jamais pris une décision par vous-même ?

— Oui, un jour j'ai défié la volonté de Pinkie en posant secrètement ma candidature pour un poste dans une galerie. J'ai étudié l'art, ça me passionne, et durant l'entretien, j'ai manifesté mes goûts et mes connaissances au propriétaire de la galerie. Il m'a embauchée. Ça a duré deux jours.

— Que s'est-il passé ?

— La galerie a brûlé. Le bâtiment et tout ce qu'il contenait a été complètement détruit. (Elle le regarda d'un air entendu.) On n'a jamais mis la main sur le coupable, mais je n'ai plus jamais sollicité un emploi.

Il avait cessé de manger et, les coudes sur la table, ses mains jointes couvrant sa bouche, il l'observait. Il avait aussi quelques taches de rousseur sur les pommettes, remarqua-t-elle. Et ses yeux n'étaient pas bruns, comme elle le croyait, mais verts, d'un vert si profond qu'ils paraissaient bruns, sauf si on y regardait de plus près.

— En voulez-vous encore ?

Il parut ne pas avoir compris la question, puis jeta un coup d'œil à son bol vide.

— Hum. Je veux bien. Merci.

Il mangea sa deuxième portion en silence.

Quand il eut fini, elle entreprit de débarrasser la table. Il proposa de se charger de la vaisselle. Elle le laissa faire et essuya.

— Je n'ai jamais rencontré quelqu'un comme vous, observa-t-il. Ce matin, vous me suppliez pour ainsi dire de vous ramener à votre mari alors qu'il me semble qu'il est l'abus moral personnifié. Vous vivez prisonnière sous votre propre toit. Vous ne prenez aucune initiative. Votre opinion ne compte pas, même lorsque votre avenir est en jeu. Vous n'êtes rien à part la propriété de Duvall, son faire-valoir.

— Comme ses orchidées.

— Ses orchidées ?

— Il passe des heures dans sa serre à cultiver des orchidées.

— Vous plaisantez !

— Non. Mais cela n'a rien à voir. S'il vous plaît, continuez. Où voulez-vous en venir ?

— Où je veux en venir ? Je présume que cela ne vous gêne pas de n'être qu'une possession quand on songe à tout ce que cela vous vaut en retour. Des tenues luxueuses. Des bijoux. Une limousine et un chauffeur. Telle mère, telle fille. Vous coûtez plus cher qu'Angel, voilà tout.

S'il l'avait giflée, elle n'aurait pas eu plus mal. Elle se détourna en jetant le torchon, mais sa main mouillée lui attrapa le poignet au passage.

— Lâchez-moi.

— Vous vous êtes vendue corps et âme à Pinkie Duvall et vous estimez que, parce que votre mère était une pute toxicomane, votre décision se justifiait. Eh bien, ça ne tient pas, madame Duvall ! Les enfants se voient imposer leurs parents et les circonstances dans lesquelles ils grandissent, mais une fois adultes, nous pouvons faire des choix.

— Vraiment ?

— Vous n'êtes pas de cet avis ?

— Vos options étaient sans doute plus évidentes que les miennes, monsieur Basile.

— Oh, je pense que votre décision a été très facile. Si j'étais une jeune femme belle et désirable, je me vendrais peut-être moi aussi au plus offrant.

— Le pensez-vous vraiment ?

— J'ai dit peut-être.

— Non, je veux dire : me trouvez-vous vraiment belle et désirable ?

Il libéra brusquement son poignet comme s'il avait reçu un coup de poing sur le menton. S'ils ne se touchaient plus, il la retint par son regard.

— Evidemment, déclara-t-il après une pause, et vous le savez pertinemment. Vous monnayez votre sex-appeal et tous les hommes que vous rencontrez craquent, de cette vieille fripouille de Dredd au marchand bégayant qui vous a vendu des oranges au Marché français.

Ses lèvres s'entrouvrirent en une expression de surprise muette.

— Le type coiffé d'une casquette de base-ball qui vous a couru après pour vous rendre ce fichu sac d'oranges, lança-t-il d'un ton furieux, c'était moi. Je vous épiais, comme je vous ai épiée le soir où vous avez fricoté avec Bardo dans le belvédère.

— Je n'ai rien fait avec Bardo. Ni ce soir-là ni aucun autre. Il me donne la chair de poule !

— Ce n'est pas l'impression que j'ai eue.

— Vous êtes si sûr de vous et si prompt à juger, ce que je trouve surprenant car vous devriez savoir, mieux que quiconque, que les apparences sont parfois trompeuses, que des circonstances atténuantes peuvent dissimuler une situation. Vous êtes bien placé pour vous en rendre compte.

Il avança d'un pas dans sa direction.

— De quoi parlez-vous, bon sang ?

— Vous avez tué votre partenaire. Vous avez tiré avec l'arme qui est à l'origine de sa mort. Dans les faits, c'est ce qui s'est passé. Mais les jugements fondés uniquement sur ces données seraient injustes à votre égard. Car d'autres facteurs ont joué, qui, pris en compte, vous disculpent.

— D'accord. Et alors ?

— Eh bien, tant que vous ne connaissez pas tous les paramètres de ma vie, comment osez-vous me faire la morale sur mes choix ?

— Madame Duvall ? dit-il d'un ton pondéré.

— Qu'est-ce qu'il y a ?

— Avez-vous jamais parlé à votre mari sur ce ton ?

Cette question, inattendue, et le calme avec lequel il l'avait posée, la prit au dépourvu. Ses sourcils s'arquèrent.

— Non ! Vous devriez vous y mettre. Il cesserait peut-être d'incendier des immeubles si vous lui lanciez un jour « Comment oses-tu ? » en menaçant de le quitter.

— Le quitter ? s'exclama-t-elle avec un rire amer. Quelle brillante idée, monsieur Basile ! Pourquoi n'y ai-je pas songé ? Pourquoi ne l'ai-je...

— Chut !

Il s'approcha encore d'elle, lui passa un bras autour de la taille en plaquant son autre main sur sa bouche. Elle se tortilla pour se dégager, mais il la serra encore plus fort. Chut !

Elle perçut alors le bruit qu'il avait entendu quelques secondes plus tôt. On aurait dit un ronronnement de moteur.

— Vu que nous ne savons pas qui c'est, murmura-t-il, je vous suggère de rester tranquille.

Au souvenir des hommes qui les avaient pourchassés depuis le bar de L'Intersection, elle hocha la tête. Il la libéra.

— Eteignez la bougie.

Elle alla la souffler tandis qu'il se précipitait sur la lampe qu'il baissa jusqu'à ce que ce ne fût plus qu'une lueur.

— Cachez-vous.

En posant sa main sur le sommet de sa tête, comme il l'avait fait dans le bateau lorsque l'hélicoptère les avait survolés, il la força à se baisser tout en lui faisant signe de ramper sous la table. Elle obéit.

Aussi leste qu'une ombre, il se dirigea vers le placard ; elle le vit prendre son pistolet sur l'étagère du haut. C'était à peu près le seul endroit où elle n'avait pas cherché pendant qu'il s'occupait du bateau. Il glissa l'arme dans sa ceinture, au creux de son dos, puis sortit sur le ponton, tout près de la porte.

Le grondement du moteur allait s'intensifiant. Une lumière surgit bientôt, vacillante, parmi les branches drapées de mousse, jetant un faible rai de lumière sur la surface ondulante de l'eau devant l'embarcation qui approchait. Elle en distinguait suffisamment pour évaluer qu'elle faisait approximativement la taille de celle quc Basile avait réparée ce jour-là.

Un homme appela en cajun. Burke répondit laconiquement :

— B'soir.

Romy sentit la vibration quand le bateau heurta un pneu en se rangeant le long du ponton. Elle sortit de dessous la table à quatre pattes et s'approcha de la fenêtre afin d'avoir une meilleure vue. Elle releva la tête juste assez pour voir au-dessus du rebord. Trois hommes se tassaient dans le bateau.

Elle n'arrivait pas à déterminer si elle devait se montrer pour les prévenir qu'elle était prisonnière ou rester cachée. Il lui fallait à tout prix regagner La Nouvelle-Orléans, mais pouvait-elle compter sur ces individus pour la ramener saine et sauve ? Ou était-elle davantage en sécurité avec Basile ?

Tout en réfléchissant à toute vitesse, Basile leur demanda si la pêche était bonne. Ce n'étaient pas des policiers. Ou Basile cherchait-il à l'induire en erreur ?

Elle jeta discrètement un autre coup d'œil. Les hommes étaient à peine discernables dans la pâle lumière, mais rien dans leur mise négligée ne permettait de les identifier à des policiers et il n'y avait aucun insigne officiel sur le bateau.

Le porte-parole du groupe expliqua, en anglais, qu'ils n'étaient pas là pour pêcher.

— On cherche quelqu'un. Un prêtre.

— N'importe lequel, ou un en particulier ? demanda Basile d'un ton léger.

Romy savait que son amabilité était feinte.

— Ce prêtre, le père Gregory, y' se peut qu'il ait des ennuis. On sait pas ? (Elle détecta une pointe d'accent français derrière les mots du Cajun.) S'il a des ennemis, on veut pas avoir d'ennuis avec eux.

— Qu'est-ce qui vous fait croire qu'il a des ennemis ?

Basile écouta toute l'histoire sans faire le moindre commentaire.

— Perdu dans le marais ? s'exclama-t-il quand l'autre eut fini. Le pauvre diable ! En tout cas, personne n'est venu ici depuis que je suis arrivé il y a quelques jours de ça.

Les trois hommes se consultèrent à voix basse, puis leur porte-parole remercia Burke, lui souhaita bonne nuit, et ils s'écartèrent du ponton. Ils firent faire demi-tour à leur fragile embarcation et repartirent par où ils étaient venus.

Romy songea à se ruer dehors et à les appeler, mais se ravisa. Comment se faisait-il que le père Gregory avait eu encore plus peur d'eux que du bayou ? Il avait dû avoir une raison sérieuse de ne pas leur faire confiance.

A moins qu'il redoutât simplement qu'ils le dénoncent aux autorités ?

Elle se redressa et courut vers la porte, mais Basile était là pour lui bloquer le chemin.

— Vous pouvez crier. Ils reviendront, lui dit-il à voix basse d'un ton pressant, mais rien ne prouve que vous serez en sécurité avec eux.

— Quelles garanties ai-je que je ne cours aucun risque avec vous ?

— Vous ai-je fait le moindre mal jusqu'à présent ?

Elle ne pouvait pas voir ses yeux, mais sentit l'intensité de son regard braqué sur elle et comprit qu'il avait raison. Elle en était réduite à choisir le démon qu'elle connaissait.

Percevant sa décision, il traversa la pièce et éteignit la lampe, plongeant la cabane dans l'obscurité totale.

— Au cas où ils nous épieraient de loin, précisa-t-il.

— Qu'est-il arrivé au père Gregory selon vous après qu'il eut fui la scène du mariage ? chuchota-t-elle.

— Dieu seul le sait ! Mais au moins on est sûr qu'il s'en est tiré jusque-là.

*

* *

Gregory s'était résigné à mourir sous peu.

Il ne serait pas condamné à mort pour le rôle qu'il avait joué dans l'enlèvement, mais il ne tiendrait pas le coup bien longtemps en prison. Les types comme lui étaient des proies de choix, et leurs prédateurs étaient bien plus nombreux qu'eux.

Dans une cellule, il avait des chances de vivre quelques mois tout au plus. Après ce laps de temps, il accueillerait la mort avec bonheur.

Il se recroquevilla sur la banquette arrière de la voiture de police banalisée, le cœur battant comme un dément. Pourtant, bizarrement, ils n'avaient pas l'air de prendre la direction du commissariat du Vieux Carré.

— Vous m'emmenez en ville ?

Ses deux compagnons l'ignorèrent et continuèrent leur conversation à propos de leurs projets de fête pour Mardi gras.

Quand ils passèrent devant le quartier général de la police sans même ralentir, la terreur de Gregory redoubla.

— Où me conduisez-vous ?

L'homme assis sur le siège du passager se retourna.

— Vous voulez pas la fermer ? On essaie de causer.

— Vous êtes du FBI ?

Ils rirent et le conducteur s'exclama :

— Ouais, c'est ça. On est des féds.

Déconcerté par leurs ricanements, Gregory se mit à geindre :

— On m'a obligé à être complice. Basile est plus terrible que l'enfer. Il a menacé de me tuer si je ne l'aidais pas. Je n'avais pas la moindre idée de ce qu'il avait l'intention de faire... Je... je n'étais même pas au courant pour l'enlèvement... jusqu'à ce que ce soit chose faite.

Comme ses déclarations d'innocence n'avaient pas l'air de les toucher, il changea de tactique.

— Mon père est riche. Si vous me conduisez chez lui, il vous donnera plein d'argent. Sans vous poser de questions. Demandez-lui ce que vous voulez et vous l'aurez. Il est plein aux as, je vous jure !

— On sait tout sur toi, Gregory, dit l'homme sur

le siège du passager. A présent, boucle-la ou je vais vraiment me foutre en rogne.

Gregory ravala sa prochaine supplication et se mit à pleurer sans bruit. Il était évident maintenant qu'il n'était pas entre les mains de la police et le peu de doute qui lui restait s'évanouit quand ils s'enfoncèrent dans le garage souterrain d'un immeuble de bureaux. A cette heure tardive, l'endroit était vide en dehors de quelques véhicules.

Ce site du garage avait servi de cadre à d'innombrables meurtres au cinéma ; ces scènes, plus macabres les unes que les autres, se succédaient dans le kaléidoscope de son esprit. Il s'imaginait qu'on allait le plaquer contre le mur en béton et l'abattre d'une balle dans la nuque. Son corps sans visage serait retrouvé le lendemain matin par le premier employé arrivant sur son lieu de travail.

— Je vous en conjure, bredouilla-t-il en reculant sur la banquette quand ils ouvrirent la portière arrière. Non !

L'un des hommes qu'il avait pris pour un flic le saisit par le devant de sa chemise et le tira dehors. Il tomba à genoux et les supplia de lui laisser la vie sauve, mais ils le relevèrent de force et le traînèrent vers l'ascenseur.

Bon, alors ils n'allaient pas le descendre dans le garage. Ils avaient probablement peur de se mettre du sang dessus. Ils allaient l'emmener sur le toit et le jeter en bas de façon à ce que son exécution ressemble à un suicide. Parce qu'il avait été complice d'un rapt, Gregory James était passé par-dessus bord. Littéralement.

L'ascenseur s'arrêta avant d'atteindre le dernier étage. Quand on le tira hors de la cabine, Gregory fut surpris de se retrouver dans un couloir moquetté, flanqué d'élégantes portes en acajou. Au bout du corridor austère, ils se retrouvèrent face à une autre porte à double battant portant une plaque.

Quand il lut le nom gravé dans le cuivre, ses genoux cédèrent sous lui et il s'effondra.

— Lève-toi, fit l'une de ses escortes.

— Allez, ne fais pas le con !

Gregory se mit en position fœtale en gémissant misérablement.

La porte s'ouvrit et il entendit une voix tonner dans le couloir.

— Que se passe-t-il ?

— Il ne veut pas se lever. Que voulez-vous qu'on fasse de lui, monsieur Duvall ?

Entendre ce nom prononcé à haute voix était pire que de le lire sur une plaque. Gregory se couvrit les oreilles, mais il suivit des yeux une paire de chaussures en crocodile brillantes qui approchaient en laissant de grandes empreintes sur le tapis couleur forêt tropicale. Quand les pointes de ces souliers ne furent plus qu'à quelques centimètres de sa tête, elles s'immobilisèrent.

Au-dessus de lui, Pinkie Duvall lança :

— La question n'est pas de savoir ce que nous allons faire de lui. A partir de maintenant, le sort de monsieur James est entièrement entre ses mains.

32

— Monsieur Duvall ? Pardonnez-moi de vous interrompre. C'est mademoiselle Flarra au téléphone. Elle a l'air dans tous ses états.

— Merci, Roman. Je prends. Dès que le majordome se fût retiré de son bureau, Duvall décrocha.

— Flarra ? Comment vas-tu, ma chérie ?

— Je suis folle d'inquiétude, si vous voulez le savoir ! Que se passe-t-il à la fin ? J'ai dû supplier

Roman de me laisser vous parler. Il m'a répondu qu'il avait reçu l'ordre d'intercepter tous les appels. Où est Romy ? Pourquoi n'est-elle pas venue me voir ? Ça fait des jours que je n'ai plus de nouvelles. Il a dû se produire quelque chose de terrible, j'en suis sûre.

— Calme-toi. Il ne s'est rien produit de terrible.

— Alors qu'est-ce qu'il y a ? Romy n'est pas venue de la semaine et cela ne lui arrive jamais. Chaque fois que je téléphone, on me raconte des salades.

— Ta sœur a une grosse angine.

Manifestement inquiète, elle s'exclama :

— Est-ce que ça va ?

— Quelques jours de repos encore et il n'y paraîtra plus.

— Pourquoi ne m'a-t-on rien dit ?

— Elle ne voulait pas que tu te fasses du souci pour rien, alors elle a prié le personnel de ne pas t'en informer. Elle prend des antibiotiques et ça va déjà beaucoup mieux bien qu'elle ait encore très mal à la gorge. Elle a de la peine à parler. Quant à moi, j'ai été très occupé par une affaire qui m'a pris tout mon temps. Je m'excuse de ne pas t'avoir appelée. C'est impardonnable.

Pinkie écouta le silence venant de l'autre bout du fil tandis que Flarra avalait son mensonge. S'il lui avait dit la vérité, il se serait retrouvé avec une hystérique sur les bras et cela n'aurait fait que compliquer la situation. Flarra était impulsive, imprévisible ; il n'avait pas besoin du problème supplémentaire que susciterait sa réaction à l'enlèvement de sa sœur. Tôt ou tard, il serait contraint de l'informer du sort de Romy, mais il franchirait cet obstacle-là quand il l'aurait atteint.

— Puis-je venir la voir demain ? demanda-t-elle au bout d'un moment.

— J'ai bien peur que non, ma chérie. C'est contagieux. Elle s'en voudrait terriblement de t'avoir transmis son mal et sœur Béatrice ne me pardonnerait jamais de provoquer une épidémie d'angine au pensionnat.

— Le docteur Caruth lui a-t-elle prescrit des remèdes ?

— Quelle importance ?

— Je ne sais pas, Pinkie, c'est juste que... je la trouve tellement abattue depuis quelque temps.

— Et alors ?

— Eh bien, j'ai juste pensé que... enfin... ce n'est qu'une supposition, bien sûr, mais se pourrait-il que... qu'elle soit enceinte ?

Le regard de Pinkie se fixa sur le presse-papier Steuben en cristal posé sur son bureau bien qu'il ne le vît pas vraiment. Rien ne s'imprimait dans son esprit à part l'absurde suggestion de sa belle-sœur qui ne semblait pas si absurde que ça au fond.

Ignorant sa réaction, Flarra continua :

— Si c'est le cas, elle ne devrait pas prendre d'antibiotiques, si ?

— Elle n'est pas enceinte.

— En êtes-vous sûr ?

— Si ma femme attendait un bébé, ne penses-tu pas que je serais au courant ? Lâcha-t-il d'un ton mordant.

— Vous n'êtes pas obligé de me crier dessus. Je ne cherche pas à m'occuper de ce qui ne me regarde pas. C'est juste qu'à mon avis, Romy regrette secrètement de ne pas avoir d'enfant. J'avais espéré que c'était peut-être la raison pour laquelle elle était si affaiblie ces derniers temps. Je lui ai même posé la question.

— Que t'a-t-elle répondu ?

— Que non.

— Tu vois ! Pourquoi mentirait-elle ?

— Vous devez avoir raison, dit Flarra. C'était juste une idée. Puis elle lui demanda s'il pouvait mettre le combiné contre l'oreille de Romy. Pour que je puisse juste lui dire bonjour. Je ne la ferai pas parler.

— Elle dort.

— Oh ! Dans ce cas, je suppose qu'il ne faut pas la réveiller, déclara-t-elle, manifestement déçue.

— Je lui dirai que tu as appelé. Elle sera contente.

— Si j'étais inquiète, entre autres choses, reprit-elle subitement comme si l'idée venait de lui traverser l'esprit, c'est que j'ai pensé qu'elle devait être bouleversée par ce qui est arrivé à Errol.

— Tu es au courant ?

— J'ai lu la nouvelle dans les journaux. Romy a dû paniquer.

— A dire vrai, elle ne le sait pas encore. Elle a été si malade que je n'ai pas eu le courage de le lui avouer.

— La police a-t-elle des pistes ?

— Pas que je sache. J'ai bien peur que nous ayons affaire à un de ces actes de violence épisodiques qui restent impunis.

— Errol était fort comme un bœuf, poursuivit Flarra en réfléchissant à haute voix.

— Je n'aime guère dire du mal des morts, mais la puissance physique d'Errol excédait de loin ses capacités mentales. Il aurait dû savoir qu'il ne devait pas se promener seul le long d'un canal au beau milieu de la nuit.

— Certes, mais je trouve ça bizarre que...

Las de cette conversation, Pinkie l'interrompit.

— Flarra, mon cœur, pardonne-moi, mais...

— Avez-vous réfléchi pour Mardi gras ? A propos de ma venue à la soirée...

— Oui, j'ai réfléchi, mais je n'ai pas encore pris de décision et je ne peux vraiment pas en parler maintenant. Je viens d'avoir un autre appel et cela a trait à mon affaire. J'embrasserai Romy de ta part.

— Bon, répondit-elle avec un manque d'enthousiasme manifeste. Dites-lui de m'appeler dès qu'elle se sent mieux. Au revoir.

Quand il eut raccroché, Pinkie demanda à Roman de convoquer Bardo. Dès qu'il entra dans son bureau, Pinkie lui tendit une carte de son Rolodex.

— Assignez un de nos meilleurs hommes là-dessus. Arrangez-vous pour qu'il soit discret, mais je veux savoir ce qu'elle mange au petit déjeuner !

Bardo hocha la tête et empocha la carte.

— Votre pseudo-prêtre s'est-il décidé à coopérer ?

Bardo esquissa un méchant sourire.

— Nous lui avons donné un peu de temps supplémentaire pour réfléchir.

— Et McCuen ? Des nouvelles ?

Le policier n'était pas venu au rendez-vous fixé avec Bardo plus tôt dans la soirée. On avait envoyé des hommes chez lui. Il n'y avait personne et l'endroit était sens dessus dessous, comme s'il était parti précipitamment.

— J'ai lancé plusieurs gars à sa recherche, répliqua Bardo avec son impudence coutumière. On va le retrouver. Et si ni lui ni le pédé ne mènent nulle part ? demanda-t-il, soudain moins sûr de lui.

Pinkie jeta un coup d'œil au téléphone et se souvint de la conversation qu'il venait d'avoir. En caressant le combiné d'un doigt, il sourit tel un joueur qui a un autre atout dans son jeu.

— On essayera autre chose, dit-il.

*

* *

— Seigneur ! Qui ça peut-il être ?

Joe Basile estimait que sa femme avait de bonnes raisons de ronchonner. Sa journée avait mal commencé dès l'aube, avec la visite imprévue de Doug Patout. A présent, voilà qu'un coup de fil le tirait de son sommeil au milieu de la nuit. Il chercha le téléphone à tâtons et décrocha à la cinquième sonnerie.

— Monsieur Basile, c'est encore moi. Mac McCuen. Je vous en prie, ne raccrochez pas avant d'avoir entendu ce que j'ai à vous annoncer.

— De quoi s'agit-il, monsieur McCuen ? demanda-t-il d'un ton agacé.

— Je vous ai menti ce matin.

Joe se redressa et s'assit au bord du lit.

— Comment cela ?

— Je vous ai déclaré que Basile m'avait invité à le rejoindre dans son refuge. C'est faux. Mais je dois à tout prix le contacter. Je vous ai menti parce que je ne voulais pas vous impliquer dans cette affaire. Malheureusement, je n'ai plus d'autre solution.

— M'impliquer dans quoi ?

— Votre frère est dans la merde jusqu'au cou.

Plus crûment exprimé, ce jugement était conforme à celui de Patout.

— Qu'entendez-vous par là ? Est-il en danger ?

— Grave danger. Si vous savez où il est, il faut me le révéler. Je dois le contacter avant les autres.

C'était aussi, textuellement, ce que Patout avait décrété. Après avoir rappelé le bazar de Dredd à deux reprises sans obtenir de réponse, Joe avait abandonné. Il le regrettait à présent. Si Burke était parti en retraite, il y avait de fortes chances que ce fût à la cabane. Et s'il était dans les parages, Dredd le saurait.

Ce taxidermiste grisonnant et sa sinistre bicoque lui donnaient la chair de poule, mais des liens étroits s'étaient établis entre son frère et lui. Joe estimait qu'il pouvait compter sur Dredd pour connaître la vérité, si tant est qu'il la sût. Malheureusement, il n'avait pas réussi à le joindre.

— Monsieur Basile, Joe, je vous en prie, dites-le moi, implora McCuen. Savez-vous où est Burke ?

— Je vous ai expliqué ce matin que je l'ignorais.

— C'est ce que vous avez prétendu, mais est-ce vraiment le cas ?

Joe Basile n'aimait pas ce ton.

— Pardonnez-moi, monsieur McCuen, mais c'est vous qui avez l'air désespéré et dans la merde, et non pas Burke !

Après une longue pause, McCuen ajouta :

— Je vous prie de m'excuser d'avoir insinué que vous mentiez. A votre place, j'en ferais de même. Je respecte votre loyauté vis-à-vis de votre frère. Mais vous devez me croire quand je vous affirme que vous lui causez du tort en refusant de m'indiquer l'endroit où je peux le joindre.

— Au risque de me répéter, je ne sais pas où il est, fit Joe en détachant ses mots.

— Vous devez bien avoir une petite idée, insista McCuen.

Joe hésita une milliseconde et McCuen en profita.

— Que puis-je vous dire qui vous convaincra de m'aider à le trouver ? Que puis-je vous dire ?

*

* *

Burke avait toujours eu le sommeil léger. Ce fut la raison pour laquelle il fut surpris de ne pas s'être réveillé avant qu'elle se mette à remuer dans tous les sens. Elle essayait de lever la main droite sans y parvenir parce qu'elle était menottée à sa gauche. Ce fut la violente secousse imprimée à son poignet et la morsure du bracelet qui extirpèrent brutalement son ravisseur des bras de Morphée.

Au début, il se méprit sur la raison de son agitation.

— Hé ! Arrêtez !

Quand il fut pleinement réveillé, il se rendit

compte qu'elle ne se débattait pas pour se libérer. La moustiquaire suspendue au plafond était tombée et lui avait atterri sur le visage ; elle tentait frénétiquement de se dégager.

A force de se démener, elle s'était enroulé tout un pan de tissu autour du bras gauche. Plus elle luttait pour s'en extraire, plus il s'enchevêtrait. Elle ouvrit la bouche pour pousser un cri, mais lorsqu'elle inhala, la gaze s'engouffra dans sa bouche, intensifiant sa panique.

— Détendez-vous. Je vais vous enlever ça.

Elle avait les yeux ouverts, mais elle devait être en proie à un cauchemar ou bien la panique lui avait fait perdre momentanément la raison car, lorsqu'il approcha sa main de son visage afin de tirer sur le tissu vaporeux, elle se mit à batailler contre lui en tournant la tête de tous côtés. Elle essaya de lever le cou, resserrant du même coup l'étau du tissu. Elle gifla Burke de la main gauche tout en continuant à tirailler sur sa main droite, prisonnière du bracelet métallique. Il cala sa jambe droite sur elle pour l'empêcher de lui administrer des coups de pied redoutables. Elle voulut crier à nouveau, mais le tissu l'étouffait et elle ne put guère émettre qu'une sorte de râle.

— Arrêtez de bouger, pour l'amour du ciel ! J'essaie de vous aider.

Pour finir, il réussit à s'emparer de la moustiquaire et à tirer dessus si fort qu'elle se déchira, relâchant la tension sur son visage. Les bouts déchirés pendaient autour d'elle telle une toile d'araignée. Elle les écarta de la main gauche jusqu'à ce qu'ils ne soient plus en contact avec sa peau. Elle respirait fort, laborieusement, à toute vitesse.

— Tout va bien, lui murmura-t-il d'une voix douce, rassurante. C'est fini. Vous n'avez rien.

Il repoussa quelques mèches de cheveux de son front, mais elle le frappa à toute volée.

— Ne me touchez pas !

— Calmez-vous, dit-il. La moustiquaire vous est tombée dessus. C'est tout.

Elle le fixa d'un air hébété tandis que sa respiration reprenait peu à peu son rythme normal.

— Voulez-vous un verre d'eau ?

Elle hocha la tête. Plus tôt elle avait déposé un verre d'eau sur la table à trois pieds branlante qui faisait office de table de chevet. Burke s'en saisit en passant le bras devant elle.

— Pouvez-vous vous asseoir ?

Elle prit appui sur un coude et but le verre qu'il lui tendait.

La pluie, monotone, continuait à tambouriner sur le toit en tôle ondulée de la cabane, mais un clair de lune d'un gris boueux s'infiltrait par les fenêtres. Sur le qui-vive, Burke avait attendu dehors une bonne demi-heure après le départ de leurs visiteurs. Il n'avait pas senti de menace de leur part. Juste de la curiosité à l'égard de ce prêtre qu'ils avaient sauvé d'une mort certaine et qui s'était volatilisé en plein milieu des réjouissances. Par prudence, toutefois, Burke avait préféré ne pas rallumer la lampe et monté la garde jusqu'à ce qu'il soit sûr qu'ils ne risquaient plus rien.

Pour finir, il avait suggéré à son otage d'aller se coucher. Il lui avait de nouveau passé les menottes, ce qui avait provoqué une autre dispute, à laquelle il avait mis un point final en soulignant que maintenant que le bateau était réparé, elle pouvait très bien réitérer sa tentative d'évasion. Après le cauchemar qu'elle venait de faire il ne se trouvait pas très sympa de la garder ainsi entravée, surtout que sa sécurité n'était pas l'unique motif pour lequel il la voulait allongée près de lui.

Elle buvait si goulûment que des filets d'eau coulaient aux coins de ses lèvres. Quand elle eut vidé le verre, il le reposa sur la table.

— Ça va mieux ?

Elle hocha la tête sans prononcer un mot.

Il promena son regard sur son front, ses joues, son nez, sa bouche. Après un bref instant d'hésitation, il effleura son menton et sa lèvre inférieure mouillés.

— Je n'ai pas l'intention de vous donner de coups de pied, Basile.

Quelque chose, le désir peut-être, lui avait embrouillé l'esprit.

— Comment ?

Elle s'agita, mal à l'aise, et il se rendit compte que sa jambe reposait toujours en travers des siennes, les coinçant contre le matelas. Son pied, son mollet, l'intérieur de sa cuisse la touchaient comme ceux d'un amant l'auraient fait. Son entrejambe était blotti contre sa hanche. Il baissa à nouveau les yeux sur ces lèvres qu'il venait d'effleurer du bout du pouce. Elles étaient humides. Et incroyablement douces.

— Non, Basile, non. S'il vous plaît.

33

Les mots étaient chuchotés, mais ils n'auraient pas pu être plus clairs. Elle l'implorait de ne pas aller plus avant et sa supplication eut raison d'une bonne demi-douzaine de motifs de transgression qui surgirent dans son esprit à la vitesse de l'éclair. Avec plus de maîtrise de soi qu'un homme ne devrait avoir à en exercer sa vie entière, il retira sa jambe, la rallongea et s'absorba dans son supplice jusqu'au moment où il s'aperçut qu'elle se massait le poignet droit.

— Vous avez mal ? questionna-t-il.

— Un peu.

— Vous avez tiré dessus si fort. C'est ça qui m'a réveillé. Vous faut-il quelque chose pour soulager la douleur ?

N'était-il pas un brave boy scout ? En plus de s'abstenir de la toucher, à sa demande, il lui proposait de l'aider gracieusement. Il méritait une médaille ou le prix de chasteté de l'année !

— Si vous vous souciez à ce point de mon poignet, vous n'avez qu'à retirer ces menottes.

— Pas question.

— S'il vous plaît.

— Inutile d'insister.

Fini le boy scout.

Ils étaient assez proches pour qu'il perçoive chacune de ses respirations ; le désir ne se réprimait pas sur commande, mais des barrières s'élevaient entre eux, plus impénétrables qu'une poutre d'acier. Et notamment le fait qu'elle eût murmuré : « Ne faites pas ça, Basile. » Ravisseur il était, mais pas violeur !

Et puis c'était la femme d'un autre homme. Certes, l'adultère était une faute admise, pour ne pas dire populaire. Si le lynchage public demeurait de nos jours le châtiment des jeux et plaisirs extra-conjugaux, il n'y aurait plus un caillou sur la planète depuis longtemps. Ce péché-là n'intéressait plus personne.

Mis à part les questions d'ordre religieux, il se devait de prendre en compte l'implication morale. Il souhaitait se considérer un cran au-dessus de Barbara et de son petit ami entraîneur. De toute façon, la dame avait dit non, il s'abstiendrait donc, quoi qu'il en soit. Aussi s'ordonna-t-il d'arrêter d'y penser et de s'endormir.

Il resta allongé un long moment, parfaitement réveillé et à peu près aussi détendu qu'une planche de bois. Il sentait qu'elle aussi avait de la peine à se rendormir. Il n'était pas vraiment d'humeur à bavarder, mais il redoutait que sa mâchoire craque s'il ne brisait pas l'insoutenable silence.

— Vous avez eu un cauchemar ?

— Pas exactement, répondit-elle. Puis... Oui, je suppose que l'on peut appeler ça un cauchemar.

— Lié à votre peur d'étouffer.

Elle hocha la tête.

Il n'avait pas eu besoin de réfléchir beaucoup pour comprendre.

— Que vous est-il arrivé ?

Elle mit tellement de temps à répondre qu'il crut qu'elle avait préféré ignorer sa question. Puis elle se mit à parler, d'un ton saccadé :

— J'avais douze ans. C'était l'un des clients réguliers d'Angel. J'avais appris de très bonne heure que, lorsqu'il y avait un homme à la maison, je devais me montrer discrète. Ne pas pleurer, ne pas geindre, ne rien demander et ne pas attirer l'attention. Je m'efforçais de me faire aussi petite que possible, d'abord pour éviter d'être punie, plus tard, pour qu'on ne me remarque pas. J'aurais donné cher pour être invisible. Mais celui-là ne voulait pas me laisser l'ignorer. Il se mettait toujours en travers de mon chemin, me taquinait, faisait des commentaires à mon sujet qu'au début, je ne comprenais pas, mais dont je finis par saisir le sens. Un soir, Angel le ramena chez nous après le travail. Il était très tard et je dormais déjà, mais leurs éclats de rire me tirèrent de mon sommeil. Ils avaient bu et fumé, bien sûr, et continuèrent à faire la fête sans me prêter la moindre attention. Pour finir, ils sombrèrent sur le lit d'Angel et je me rendormis. Je ne sais pas trop combien de temps passa. Si je m'étais réveillée plus tôt, je me serais débattue et j'aurais fui l'appartement. Mais quand je fis surface, il était déjà sur moi et me tenait les bras au-dessus de la tête. Je n'avais qu'un T-shirt et une culotte sur le dos. Il avait remonté mon haut de manière à m'en couvrir ma figure.

Burke ferma les yeux et resta parfaitement immobile.

Plusieurs minutes s'écoulèrent avant qu'elle poursuive, d'une voix distante :

— Je sortais à peine de l'enfance. J'avais des petits seins. Il... il chuchotait... des choses horribles. Il avait mauvaise haleine, il me pinçait, et je n'arrivais plus à respirer. Il glissa sa main dans ma culotte et... Enfin bref, il me fit mal. J'essayai d'appeler, mais sous mon T-shirt, j'étais à bout de souffle.

Pantelante à nouveau, elle posa la main gauche sur sa poitrine. Peu à peu sa panique s'atténua.

— Angel se réveilla et, voyant ce qu'il faisait, elle piqua une colère et le jeta dehors.

— L'a-t-elle dénoncé à la police ? Fait arrêter ?

Ils tournèrent simultanément la tête l'un vers l'autre. Romy le regarda bizarrement.

— Angel n'était pas fâchée contre lui. Elle m'en voulait à moi. J'eus droit à une raclée pour avoir attiré son petit ami dans mon lit.

— Seigneur !

— J'ai eu de la chance qu'elle se soit réveillée parce qu'il aurait pu aller beaucoup plus loin. En fait, cet épisode lui donna l'idée de me mettre au travail. Je suppose qu'elle voyait un potentiel plus grand dans une enfant prostituée que dans une petite pickpocket. Elle ne m'a jamais fait part de son projet expressément, mais je savais ce qu'elle pensait. Je la surprenais parfois en train de me regarder d'un air pensif, spéculatif.

« Après cette nuit, je commençai à dormir avec un couteau de cuisine dans mon lit. Je blessai deux de ses amis et en menaçai plusieurs autres. Mais je savais que tôt ou tard, l'un d'eux me violerait.

« Puis Angel tomba enceinte. Elle était folle de rage parce que lorsqu'elle s'en est rendu compte, il était trop tard pour qu'elle se fasse avorter. A mesure que sa grossesse progressait, elle se mit à vendre de plus en plus de drogues pour compenser le manque à gagner de la danse... et du reste. Après la naissance de Flarra, elle me chargea de m'occuper d'elle pour pouvoir se remettre au travail. Elle n'en vint jamais à mettre son projet me concernant à exécution. Heureusement.

— Personne n'a jamais dénoncé ces agissements ? Où étaient les responsables de la protection de l'enfance ?

— Une assistante sociale venait régulièrement nous rendre visite. (D'un ton amer, elle ajouta :) Elle achetait des drogues à Angel jusqu'au jour où son bureau l'apprit et la flanqua à la porte. Elle ne fut jamais remplacée.

Burke se couvrit les yeux avec l'avant-bras droit. Il avait passé une bonne partie de son enfance sans père, mais, d'après ses souvenirs, les principaux défis qu'il avait eu à relever avaient consisté à rendre ses devoirs à temps et à ranger la moitié de la chambre qu'il partageait avec Joe, afin d'éviter un sermon d'une mère au demeurant attentive et affectueuse, bien qu'elle fût obligée de travailler très dur pour les élever.

Romy avait vécu un combat quotidien rien que pour survivre. Le monstre qui l'avait pelotée lorsqu'elle avait douze ans lui avait laissé en héritage des cauchemars, une peur pathologique de l'étouffement et un terrible malaise. Cela expliquait peut-être qu'elle croisât si souvent ses mains sur sa poitrine.

Non, ça ne tenait pas. Elle portait des robes décolletées et des tenues qui mettaient ses seins outrageusement en valeur.

En rabaissant son bras, il se redressa et la dévisagea.

— Pourquoi me racontez-vous cette histoire ? L'auriez-vous inventée de toutes pièces pour que je vous prenne en pitié ?

— C'est la vérité, mais peu m'importe que vous me croyez ou non !

— Tant que je vous fiche la paix, c'est ça ?

— Allez au diable ! dit-elle, furieuse.

C'était la première fois qu'il l'entendait lancer une invective, et cela l'incita à voir les choses sous un jour plus rationnel. Il la croyait. A trois reprises, il l'avait vue paniquer quand elle s'était trouvée à bout de souffle. D'ailleurs, qui inventerait une histoire pareille ? C'était trop horrible pour ne pas être vrai.

Légèrement adouci, il demanda :

— Pourquoi m'avez-vous raconté tout ça ?

— Parce que vous m'avez passé les menottes, riposta-t-elle. Je connais le rôle de victime. Je l'ai vécu. J'ai détesté. Je ne veux pas être *votre* victime, Basile.

— Vous ai-je fait du mal ?

— Du mal ? répéta-t-elle avec un rire incrédule. Vous ne comprenez donc rien ! Pour un flic de la brigade des stupéfiants, habitué au monde des rues, vous manquez singulièrement de clairvoyance. Non, vous ne m'avez pas battue, ni violée, ni affamée, ni blessée physiquement. Mais, après ça, croyez-vous vraiment qu'un homme aussi tatillon que Pinkie voudra me reprendre ?

— Pourquoi voudriez-vous retourner auprès de lui, pour l'amour du ciel ? s'exclama-t-il en sortant à son tour de ses gonds. Il vous tient prisonnière dans une relation quasi-médiévale. Je ne savais même pas que cela existait dans le monde libre. Pourquoi restez-vous avec ce salopard, bon sang ?

— Ne croyez-vous pas que j'ai essayé de filer ? cria-t-elle. J'ai essayé. Une fois. J'avais économisé juste assez pour acheter un billet de bus. Oui, monsieur Basile. Je n'ai pas d'argent à ma disposition. Je peux me permettre de m'acheter des oranges au marché, mais pas grand-chose de plus.

« Il m'a fallu des mois pour mettre de côté assez d'argent pour acheter ce billet, en volant quelques dollars de temps à autre dans le portefeuille de Pinkie pour qu'il ne s'en apercoive pas. Mon garde du corps à l'époque s'appelait Lute Duskie. J'ai réussi à lui fausser compagnie dans le grand magasin Maison Blanche.

« J'ai pu atteindre Galveston, au Texas, où j'ai trouvé un travail dans une pépinière. J'avais déniché une pension bon marché qui louait des chambres à la semaine. Je faisais de longues promenades sur la plage, jouissant de ma liberté. J'élaborais des plans pour faire venir Flarra et nous imaginais toutes les deux entamant une nouvelle vie. J'ai passé ainsi quatre jours entiers toute seule.

« Le cinquième jour, j'ai vu Pinkie approcher dans une des allées de la serre où j'étais en train d'arroser des plants de bégonias. Je n'oublierai jamais son expression. Il souriait. Il me félicita de mon stratagème. Rares étaient ceux qui parvenaient à lui jouer des tours, dit-il. J'avais toutes les raisons d'être fière de moi.

« J'étais sidérée, naturellement. Je pensais qu'il serait furieux. Au lieu de ça, il m'annonça que si je ne voulais plus être sa femme, il n'avait pas l'intention de me retenir. Si je souhaitais recouvrer ma liberté, je n'avais qu'à le demander. Il me laisserait partir sans faire de difficultés.

— Il y avait un hic.

— Oui. Il y avait un hic, répéta-t-elle, la voix rauque d'émotion. Il me pria de le raccompagner à la voiture. Je n'eus qu'à jeter un coup d'œil sur la banquette arrière au-delà des vitres fumées pour connaître le prix de ma liberté : Flarra.

« Il l'avait amenée avec elle. Elle avait à peu près l'âge que j'avais quand les amis de ma mère commencèrent à me remarquer. J'étais libre de vivre ma vie, me déclara Pinkie, mais Flarra resterait auprès de lui. (En plongeant son regard dans celui de Burke, elle ajouta :) Vous parlez de choix, Basile ! Dites-moi, quel choix avais-je ?

Il souffla un juron.

— Elle était supposée vous remplacer.

— C'était ce que je pouvais espérer de mieux.

— De mieux ?

— Du jour où Pinkie est devenu mon tuteur, il m'a choyée parce que, dans son esprit, il m'aime. Il n'éprouve pas les mêmes sentiments pour Flarra. Il est gentil et généreux avec elle. Mais ses bontés ont pour seul but de me pacifier et n'ont rien à voir avec un attachement réel pour elle.

« Pinkie sait que j'aime ma sœur plus que tout au monde. Si je le quittais, il se servirait d'elle pour me punir. Et j'ai peur que ce soit ce qu'il compte faire à cause de cet enlèvement.

« Oh encore une chose ! Pendant le trajet du retour après mon escapade à Galveston, nous nous sommes arrêtés pour manger quelque chose. Pinkie a emmené Flarra dans le café, mais il m'a prié de rester pour aider Errol, le remplaçant de Lute Duskie. Ce que devait faire Errol ? Sortir plusieurs gros sacs en plastique pesants du coffre de la limo pour les jeter dans une benne derrière le restaurant. Je n'ai plus jamais vu ni entendu parler de monsieur Duskie. (Elle marqua une pause et le regarda intensément.) Je pense que le mieux que vous puissiez espérer, monsieur Basile, c'est de mourir vite.

C'était le soir des grandes premières ! Elle se mit à pleurer. Tout au long de cette épreuve, elle n'avait pas versé une larme. Il avait vu ses yeux s'embuer à plusieurs reprises, mais elle n'avait jamais pleuré.

Il faillit la toucher, se reprit juste à temps, retira sa main. Puis il vit les larmes couler aux coins de ses yeux et rouler sur ses tempes vers ses cheveux. Il rapprocha sa main jusqu'à ce que ses jointures effleurent sa joue, à peine, pour la sécher. Elle ne protesta pas, alors il en fit de même de l'autre côté.

— Je ne peux pas le laisser détruire Flarra à cause de moi, chuchota-t-elle. Je l'aime si fort. Du jour où elle est née, je l'ai aimée et je me suis efforcée de la protéger. Elle est tout ce que j'ai au monde. On m'a même pris mon bébé.

Burke comprit subitement que, lorsqu'il l'avait vue dans le belvédère, il avait interprété comme une manifestation de sensualité l'expression d'une perte insoutenable. Elle venait de répéter ce geste, déployant sa main gauche sur le bas de son ventre.

Impulsivement, sans prendre le temps de réfléchir, il posa sa main sur la sienne. Choquée par cette brusque intimité, elle cessa aussitôt de sangloter. Burke était à peu près aussi étonné qu'elle. Il regarda leurs deux mains l'une sur l'autre comme pour confirmer que ce qu'il avait senti était bien réel.

Le temps s'arrêta. Chacun était conscient du souffle retenu de l'autre, des battements de son cœur, chaotiques mais curieusement à l'unisson, de la chaleur qui émanait des corps.

Il leva la tête vers elle. Leurs regards aux aguets, avides de se plonger l'un dans l'autre, rompirent l'obscurité.

— Aimiez-vous votre femme ?

Sa voix était si faible qu'il l'entendit à peine au-delà des pulsations de son cœur.

— Barbara ?

— L'aimiez-vous ?

Barbara avait fait une plus forte impression sur lui que toute autre femme. Elle l'excitait beaucoup, le fascinait à certains égards. Il s'était senti mieux avec elle que sans elle. Mais tout au long de ces années de vie commune, avant et après leur mariage, chaque fois qu'ils avaient fait l'amour, durant leurs pires querelles comme dans les bons moments, il n'avait jamais éprouvé ce qu'il éprouvait à présent. Cette passion dévorante, absolue, totale pour un autre être humain.

— Je le pensais, répondit-il, abasourdi par le malentendu qui avait régi sa vie. Peut-être pas, au fond.

Lentement, il se redressa jusqu'à ce que son visage soit au-dessus du sien, jusqu'à ce que leurs mains, celles que les menottes joignaient et les autres, se pressent de part et d'autre de ce visage et qu'il sente sa poitrine monter et descendre sous lui et qu'il goûte son souffle sur ses lèvres.

Il posa sa joue contre la sienne, frotta son nez contre son oreille, inhala son parfum. L'espace d'un instant, il imagina sa bouche sur la sienne, ses mains explorant son corps, cette partie exigeante de lui-même enveloppée par elle.

Ces images étaient si puissantes qu'il gémit, puis recula. Alors elle ouvrit les yeux, où des larmes brillaient encore. Ils reflétaient aussi sa confusion.

— Basile ?

— Dieu sait si j'ai envie de vous, souffla-t-il d'une voix rauque. Mais je ne vous prendrai pas. Je ne vous donnerai pas l'occasion de me haïr.

34

Dredd l'avait vu approcher. Il l'attendait au bout de la jetée.

— C'est pas trop tôt ! Je commençais à me faire du mouron.

— On ne m'a pas encore tué, dit Burke. C'est la pluie qui m'a retenu.

— Qu'est-il arrivé à mon bateau ? demanda Dredd en remarquant le rafistolage de Burke.

— Il a tenu le coup jusqu'ici, non ? riposta Burke, aussitôt sur la défensive.

Il était d'une humeur massacrante, et plus vite son ami le comprendrait, mieux ce serait. Les règles fondamentales de tout dialogue devaient être établies dès à présent afin d'éviter des ressentiments plus tard.

Son mécontentement provenait de la nuit qu'il avait passée allongé près de Romy en s'en tenant à sa résolution de ne pas la toucher. Ce qu'il lui avait avoué la veille au soir n'était qu'une partie de la vérité. S'il lui faisait l'amour, elle le haïrait. Il s'abaisserait au rang de tous les autres hommes, y compris son mari, qui l'avaient exploitée.

De plus, s'il cédait au désir, il se détesterait aussi lui-même.

Cinq jours plus tôt, il la méprisait d'avoir une relation, quelle qu'elle soit, avec un salaud tel que Pinkie Duvall. Ce sentiment l'avait protégé de l'attrait qu'elle exerçait sur lui. Mais maintenant, connaissant sa vie avant et après la venue de Pinkie, son opinion avait changé. Du tout au tout. D'une manière déroutante. Il ne pouvait plus compter sur son dédain pour préserver sa dignité.

— Vous vous en sortez ?

Tandis que le bateau dérivait vers le ponton, il jeta le cordage à Dredd.

— Ne me posez pas de question.

Dredd fit passer sa cigarette d'un coin de sa bouche à l'autre.

— Hum. Inutile de vous demander ce qui cloche. Je m'en doute. La *pichouette* vous tape sur les nerfs, hein ?

En se hissant sur la jetée, Burke le foudroya du regard.

— Qu'est-ce qui vous fait dire ça ?

— Je ne suis pas né d'hier ! C'était une mauvaise

idée au départ, même si elle avait été laide comme un pou. Mais vu comme elle est...

— Ça va, j'ai compris, riposta Burke d'un ton irrité.

Dredd siffla un rire de fumeur invétéré.

— A en juger par l'humeur du père Kevin, je suppose qu'il n'a pas rompu ses vœux de chasteté, mais je parie qu'il a été sacrément tenté.

Ignorant ses taquineries, Burke se dirigea vers la bicoque à grandes enjambées.

— Vous avez du café ?

— Les alligators font-ils leurs besoins dans l'eau ?

— J'en sais rien. A votre avis ?

— Où est Romy ?

— Elle est restée à la cabane.

— Seule ?

— Ça ira.

L'expression dubitative de Dredd le mit encore plus mal à l'aise. Il avait déjà eu assez de peine à se décider à la laisser sans protection.

— Combien de temps serez-vous parti ? lui avait-elle demandé au moment où il s'en allait.

— Le temps qu'il faut pour me rendre chez Dredd prendre quelques provisions et revenir.

— Des heures.

— Vous ne craignez rien.

— Emmenez-moi avec vous.

— Ce n'est pas une bonne idée.

— Pourquoi ?

— Parce que je ne sais pas sur quoi je tomberai là-bas. Je serai peut-être obligé d'être... flexible, et je ne peux pas l'être si je dois m'inquiéter qu'il vous arrive quelque chose.

— Il peut m'arriver quelque chose ici.

— Si un bateau vient, cachez-vous. Je reviendrai le plus tôt possible.

— Et s'il vous arrête et que je reste coincée ici ?

— Je leur dirai où vous êtes.

— Si on vous tue ?

— Dredd sait où vous trouver.

La discussion s'était prolongée une bonne demi-heure encore, mais il n'avait pas cédé. Tandis qu'il buvait à petites gorgées le café corsé de Dredd, il était encore hanté par l'expression de petite fille perdue qu'elle avait en le regardant partir, debout sur le seuil de la cabane. Il ne serait pas tranquille tant qu'il ne serait pas de retour et qu'il ne l'aie retrouvé saine et sauve. Il n'avait pas oublié les individus qui étaient passés la veille au soir à la recherche du père Gregory.

Il mentionna celui-ci à Dredd.

— Serait-il revenu ici par hasard ?

— Après m'avoir volé mon bateau ? Il n'avait pas intérêt. Je lui aurais tiré dessus à vue.

Burke lui raconta l'histoire que lui avait relatée la patrouille à sa recherche.

— Ben ça alors ! pouffa Dredd. Un mariage ?

— C'est ce qu'ils ont prétendu.

Burke pointa l'index vers un téléviseur noir et blanc antique. Dredd méprisait toute espèce de communications avec le monde extérieur et n'allumait son poste que si un ouragan menaçait aux abords du golfe. Mais Burke lui avait demandé de jeter un coup d'œil aux nouvelles locales.

— Ils parlent de nous ?

— Pas un mot.

— J'en étais sûr. Duvall ne veut pas qu'on sache que sa femme a été enlevée. C'est mauvais pour sa réputation !

— Apparemment. Mais combien de temps peut-elle disparaître de la circulation avant que quelqu'un s'en aperçoive ?

— Il y a plusieurs domestiques dans la maison, mais ils garderont le silence si Duvall le leur ordonne.

Cependant, Romy a une sœur. Elle ne va pas tarder à se poser des questions si ce n'est pas déjà fait.

— Ah ! Vous en êtes à l'appeler par son prénom, hein ?

Ignorant cette pointe, Burke sortit un bout de papier de la poche de son jean et le posa sur le comptoir.

— Voici ma liste de courses. Qu'avez-vous de frais ?

— De frais ?

— Légumes. Fruits. Elle aime les oranges.

— Elle aime les oranges, répéta Dredd en aspirant une longue bouffée de sa cigarette avant de l'écraser dans le ventre creux d'un alligator en céramique. Burke, si j'étais plus jeune, plus balèze et si je n'avais pas autant d'affection pour vous, je vous tabasserais et je vous ligoterais pour vous empêcher de continuer vos conneries. Mais je suis vieux, je ne suis plus aussi costaud qu'avant et je vous aime bien. Alors pour vous dissuader d'aller jusqu'au bout, je ne peux guère que vous mettre en garde. J'ai horreur de me mêler des affaires des autres, mais...

— Nous y voilà !

— Ouais. Nous y voilà (Dredd expira un nuage de fumée qu'il avait savouré dans ses poumons.) Pourquoi n'emmenez-vous pas la jolie petite dame ailleurs ? Si vous tenez à elle, et si vos sentiments sont réciproques, pourquoi ne disparaissez-vous pas tous les deux ? Filez tant qu'il est encore temps. Renoncez à cette vendetta et fichez le camp ensemble quelque part.

— Elle ne s'enfuira pas avec moi, Dredd. Et même si elle était disposée à le faire, je ne renoncerai jamais à cette vendetta, comme vous dites.

— Comment est-ce que ça va se terminer ? Où allez-vous comme ça ?

— Je n'en sais rien.

— Mais vous savez que ça finira forcément mal,

fit Dredd en pointant un doigt crochu dans la direction de Burke pour donner plus de poids à ses propos. Il ne peut pas en être autrement.

— Non, ça c'est sûr.

Exaspéré, Dredd se mit à tirailler sur sa barbe.

— Vous avez eu votre revanche sur Duvall, poursuivit-il en haussant le ton. Vous lui avez pris sa femme. Que vous l'ayez sautée ou non, vous vous êtes fait comprendre. Arrêtez-vous là, Burke.

— Je m'arrêterai quand Duvall sera mort.

— Pourquoi vous obstinez-vous ? Pourquoi, bon sang ?

— Parce que je n'ai pas d'autre solution ! cria-t-il. (Puis se reprenant, il ajouta d'un ton irrité :) Donnez-moi ce que je vous demande pour que je puisse filer d'ici au plus vite, okay ?

En bougonnant, Dredd s'empara de la liste et commença à prendre les différents articles sur les étagères et à les fourrer sans ménagement dans un sac en papier. Pendant ce temps-là, Burke se dirigea vers le téléphone, enfonça plusieurs pièces dans la fente et composa un numéro.

On décrocha dès la première sonnerie.

— Bonjour, Duvall, fit-il. Je pensais bien que vous seriez debout de bonne heure.

— Basile !

Venant de la bouche de Pinkie Duvall, son nom résonnait comme une injure. Tant mieux ! Il espérait bien être devenu la Némésis de l'avocat.

— Vous avez commis une terrible erreur, Basile, bien plus grave et suicidaire que celle de Stuart quand il s'est rué dans cet entrepôt.

— Kevin ignorait à qui il avait affaire. Ce n'est pas mon cas !

— Alors vous savez que je vais vous tuer.

— Me tuer ? Il faudrait déjà que vous me trouviez, enfoiré !

Burke raccrocha, mais pendant plusieurs secondes, il fixa pensivement un point dans l'espace. La femme de ce type avait été enlevée. Elle avait disparu depuis plusieurs jours, sous la garde d'un homme qui jurait de se venger. Et pourtant, Duvall ne s'était même pas préoccupé de savoir comment elle allait.

Il répéta alors, cette fois d'une voix vibrante d'émotion :

— Enfoiré !

*
* *

La tonalité emplissait l'oreille de Pinkie.

— Ça n'a pas duré assez longtemps pour qu'on le situe, monsieur Duvall, cria un assistant du bureau voisin. Désolé. On peut demander à notre gars de la centrale téléphonique de se charger de le repérer, mais ça va lui prendre un moment.

— Peu importe.

A la consternation de l'assistant, Duvall se mit à rire, doucement d'abord, puis avec une gaieté macabre. En se tournant vers Wayne Bardo, hilare lui aussi, il ajouta :

— Basile a l'air tellement sûr de lui. Le salopard ne sait pas qu'on le tient déjà.

D'humeur joyeuse à l'image de son patron, Bardo posa une enveloppe en papier kraft sur le bureau.

— Vous devriez passer une bonne matinée avec ça.

Pinkie déchiffra l'étiquette collée sur l'enveloppe avant d'en vider le contenu sur son bureau.

— Déjà ? Vous m'impressionnez !

Il passa en revue le paquet de clichés noir et blanc. Ils étaient granuleux, la distance ayant nui à la qualité, mais les sujets photographiés étaient aisément reconnaissables.

— Quelle honte, mais quelle honte, docteur Caruth ! fit-il en faisant claquer sa langue. (Puis s'adressant à Bardo :) Dites au nouveau d'amener la voiture. J'ai une petite visite à faire.

*
* *

Dredd avait déjà entassé les provisions dans le bateau quand Burke le rejoignit sur le ponton.

— J'ai trouvé quelques oranges, marmonna-t-il d'un ton bourru.

— Merci.

— Vous avez de quoi tenir plusieurs jours.

Burke hocha la tête, mais il avait d'autres préoccupations.

— Dredd, je viens d'attiser la colère de Duvall, alors méfiez-vous. Au premier signe de danger, vous filez dans le marécage et vous vous perdez.

— Je peux prendre soin de moi, merci, fiston. Je suis peut-être vieux et grisonnant, mais je ne suis pas un incapable.

— Ecoutez-moi bien, reprit Burke en s'assurant qu'il avait toute son attention. Avec les hommes à la solde de Pinkie, on ne plaisante pas ! Promettez-moi de disparaître si quelqu'un de louche vient ici. Soyez sur vos gardes !

— Entendu. Oh, flûte, le téléphone !

— Je reviendrai dans deux jours. Peut-être avant.

Dredd se précipita dans la cabine en maudissant la sonnerie stridente ou bien la mise en garde qu'on venait de lui faire. Difficile à dire ! Il aimait tellement ce vieux bougre. S'il lui arrivait quelque chose, il ne se pardonnerait jamais de l'avoir impliqué dans son histoire.

— Burke !

Il n'avait parcouru qu'une vingtaine de mètres

quand il entendit l'appel de Dredd couvrant le ronronnement du moteur. Il se retourna et vit qu'il lui faisait signe de revenir.

— Qu'est-ce qu'il y a ? cria-t-il en se retournant

— Téléphone pour vous.

Son cœur fit un bond dans sa poitrine. Avait-il mal calculé son temps ? Se pouvait-il que Duvall eût déjà situé l'appel ? Etait-il en route ? Mû par une violente décharge d'adrénaline, il bondit sur la jetée avant que le bateau fût complètement arrêté.

— Qui est-ce ?

— Votre frère.

Burke s'immobilisa.

— Joe ?

— Vous en avez combien ?

— Qu'est-ce qu'il veut ? Comment sait-il que je suis ici ?

— Vous devriez peut-être lui poser la question !

Burke courut jusqu'au bazar et il était à bout de souffle quand il atteignit le téléphone.

— Joe ?

— Salut ! J'arrive pas à croire que je t'ai au téléphone. Je pensais laisser un message à Dredd pour que tu me rappelles si tu venais.

— Est-ce que ça va ?

— Je vais bien, grand frère. C'est toi qui es supposé avoir des ennuis, si j'en crois tout le monde.

— De quoi parles-tu ?

— Ecoute, pour commencer, Doug Patout s'est pointé ici hier matin avant l'aube. Il avait roulé toute la nuit et je n'avais jamais vu quelqu'un d'aussi angoissé.

— A propos de quoi ?

— De ta mystérieuse disparition. Il a fait des ronds de jambes avant d'en venir au fait en prétendant que tu étais dans le pétrin. M'a demandé si je savais où tu étais passé.

— Ce à quoi tu lui as répondu... ?

— La vérité. Que je l'ignorais. Enfin que j'avais peut-être une petite idée, mais que la loyauté familiale étant ce qu'elle est, il était hors de question que je lui fasse part de mes suppositions.

— Bon. Merci, Joe.

— Attends. Ce n'est pas fini. Pendant que Linda lui faisait la causette dans la cuisine, j'ai pris un coup de fil dans le salon. C'était McCuen.

— Seigneur ! Qu'est-ce qu'il voulait ?

— La même chose. Sauf qu'il était encore plus alarmiste que Patout...

— Ça ne m'étonne pas de lui.

— Je lui ai répété ce que j'avais dit à Doug. Que je ne pouvais pas l'aider, etc. Après le départ de Patout, j'ai essayé à deux reprises de joindre Dredd au cas où tu serais à la cabane et que vous seriez en contact. Il n'a pas répondu. J'ai fini par avoir la trouille et penser que tu étais vraiment en danger.

— Ce n'est pas le cas.

— Alors pourquoi est-ce que Patout et ce type, McCuen, sont convaincus que tu l'es ? McCuen est têtu comme une mule.

— A qui le dis-tu !

— Il a rappelé au milieu de la nuit, encore plus affolé. Je lui ai dit d'aller se faire voir.

— Tant mieux.

— Mais il a remis ça ce matin, Burke. A ce stade, Linda a commencé à paniquer, persuadée que tu étais mort. McCuen, lui, s'est mis à me supplier en me jurant qu'il ne voulait que ton bien. Il a fini par me déclarer que si je ne parlais pas, on pouvait préparer ton enterrement. Si je ne faisais pas la lumière sur ta cachette, tu allais mourir. Alors je l'ai fait.

— Fait quoi ?

— La lumière.

Burke s'adossa au mur en s'y cognant violemment la tête.

— Que se passe-t-il, Burke ? Ai-je eu tort ?

Il ne pouvait pas en vouloir à son frère d'avoir divulgué cette information à McCuen. Mac était terriblement obstiné et persuasif. Joe avait fait ce qu'il lui semblait le mieux.

— Ne t'inquiète pas.

— Qu'est-ce qu'il y a ? Puis-je t'aider ? Patout m'a dit qu'il s'agit d'une affaire de police confidentielle.

— Quelque chose comme ça.

— Ecoute, Burke, si tu as des ennuis...

— Je suis désolé, Joe, mais je n'ai pas le temps.

Ses pensées se succédaient à une vitesse record. Il se mit à parler à toute vitesse

— Ne m'interromps pas, s'il te plaît. Fais ce que je te demande. Pars quelques jours. Emmène ta famille. Prends ta voiture. Paie en liquide. Pas de cartes de crédit, pas de transports publics.

— Mais qu'est-ce que...

— Fais ce que je te dis ! hurla Burke. Je vous aime tous, Linda, toi, les enfants. Fais ce que je te dis, répéta-t-il.

Joe finit par y consentir à contrecœur.

— Okay. Combien de temps ?

— Je t'appellerai au bureau et laisserai un message sur ton répondeur vocal. Choisis un nouveau code d'appel. Ne dis à personne où tu vas. Compris ?

— Compris ?

— Et puis, Joe, s'il te plaît, téléphone à Nanci Stuart.

— La veuve de Kev ?

— Oui. Dis-lui d'emmener les gosses quelque part. Mêmes consignes. Même urgence. Okay ?

— Oui.

— Merci, Joe. A quelle heure Mac a-t-il téléphoné ce matin ?

— Il y a moins d'une heure.

— De La Nouvelle-Orléans ?

— Je suppose que oui.

— Tu lui as expliqué comment aller chez Dredd ?

— Non. J'ai préféré lui expliquer comment se rendre directement à la cabane.

— *Merde !* Il faut vraiment que j'y aille. Prends bien soin de toi, Joe.

Il raccrocha et se précipita dehors. Dredd, sur la galerie, lui bloquait le chemin. Burke passa à côté de lui au pas de course et s'élança sans s'arrêter jusqu'au bout de la jetée.

— Joe a envoyé McCuen à la cabane, cria-t-il par dessus son épaule.

— Bon sang ! De quel côté est-il celui-là ?

— Je n'en sais rien. C'est ce qui m'inquiète !

— Croyez-vous qu'il viendra seul ?

— Ça m'étonnerait. De toute façon, il faut que j'arrive là-bas avant lui.

— Voulez-vous que je vous accompagne ?

— C'est mon problème, Dredd. Détachez l'amarre, s'il vous plaît, ajouta-t-il en sautant dans le bateau.

— Quand j'ai eu des ennuis, vous m'avez aidé.

— Vous m'avez déjà bougrement rendu service et je vous en serais éternellement reconnaissant. (Il démarra le moteur.) Au fait, vous serez content d'apprendre que votre remède a fait merveille. Les blessures de Romy se sont refermées. S'il m'arrive quelque chose, dites-lui... juste... Dites-lui que je suis désolé pour tout.

35

Mac McCuen calcula mentalement les chances qu'il avait de ne pas se perdre et en conclut qu'elles étaient quasiment nulles.

Il avait loué un bateau à un type qui avait plus de verrues que de dents et prétendait qu'il n'avait jamais entendu parler des frères Basile ni de leur cabane de pêche. McCuen le soupçonnait de mentir et se félicitait d'avoir pris bonne note des informations fournies par Joe Basile. Les gens du coin donnaient l'impression de considérer le marécage comme leur territoire et de mal supporter les intrus.

Ils pouvaient garder leur sale pays pour eux ! Il ne comprenait vraiment pas comment certains vantaient la beauté naturelle des bayous de leur chère Louisiane. Ils étaient infestés d'insectes, de serpents, d'alligators, de lynx, de sangliers et autres créatures sauvages et il n'avait qu'une seule envie : ficher le camp de là. Dès son plus jeune âge, il avait abhorré la vie au grand air. Son intérêt en la matière se bornait aux champs de courses. Et à son jardin.

Comme il pensait à sa maison, Toni lui vint à l'esprit. Mon Dieu, que devait-elle s'imaginer ? La veille au soir, à peu près au moment où il était censé rencontrer Del Ray Jones et Wayne Bardo, il avait envoyé sa ravissante épouse chez sa maman à Jackson, dans le Mississippi. Quand il avait entrepris de jeter ses affaires pêle-mêle dans des valises, elle s'était un peu énervée, naturellement, et avait exigé de savoir ce qui se passait.

Il avait inventé une histoire à dormir debout à propos d'un dealer qu'ils avaient chopé et qui avait menacé les gens des stups impliqués dans cette rafle de représailles contre leurs familles.

— Ce n'est probablement que du flan, mais Patout nous a conseillé de prendre nos précautions.

Elle avait marché. De toute façon, il ne lui aurait pas laissé le choix. Il la mettait en sécurité, un point, c'était tout. Fin de la discussion. Le délai de Duvall avait expiré et cela ne passerait pas inaperçu. Ils allaient se lancer à ses trousses avec l'instinct de chasseurs et la détermination de limiers.

Les subtiles remarques de Duvall à propos de Toni n'avaient pas manqué de retenir son attention, comme l'avocat le savait pertinemment. Mac avait une idée très précise de ce que Wayne Bardo était capable de faire à une femme. Il avait vu les clichés 21 x 27 provenant de scènes de crimes où Bardo était impliqué sans jamais avoir été condamné.

Aussi avait-il expédié Toni loin de la ville. Elle resterait à Jackson jusqu'à ce que cette histoire entre Burke Basile et Pinkie Duvall soit résolue, d'une manière ou d'une autre.

Sacrebleu ! Comment s'était-il débrouillé pour se faire prendre dans les feux croisés ?

Oh, il le savait très bien. Le jeu ! Son obsession était responsable de tous les mauvais choix qu'il avait faits, et il en avait fait plein ! Chaque faux pas commis découlait de la nécessité de financer cette sale habitude. Tout le monde était au courant qu'il pariait de temps en temps, mais personne ne se rendait compte des folles démarches qu'il avait entreprises pour couvrir ses dettes. Ni ses parents, ni sa femme, ni ses collègues. Personne. Lui en connaissait parfaitement l'étendue. Et sa conscience le dévorait.

Il jura devant Dieu que si Toni et lui se sortaient de cette situation indemnes, il ne jouerait plus jamais jusqu'à la fin de ses jours. Mais l'instant d'après, il paria un contre cent qu'il romprait cette promesse.

Soudain, la cabane apparut au détour d'un canal.

Il faillit éclater de rire. Quand il était monté dans la barque, il n'avait pas cru une seconde qu'il trouverait l'endroit, mais il avait suivi les informations de Joe

Basile au pied de la lettre et voilà qu'elle était là, sous ses yeux, telle qu'il la lui avait décrite, jusqu'aux pneus rechapés attachés au ponton.

Il était trop tard pour tenter une approche discrète. Dans le silence absolu digne du désert, Basile avait sûrement entendu le moteur bien avant qu'il fût en vue. Il était probablement déjà en train de l'épier de derrière l'une des fenêtres grillagées. Le cœur de Mac battait dans sa poitrine comme s'il était conscient d'être dans la ligne de mire d'un fusil.

Il éteignit le moteur et laissa la petite embarcation dériver le long du ponton.

— Je suis seul, Basile, cria-t-il. Faut que je te parle.

Il attrapa des deux mains l'un des poteaux, s'y cramponna, s'extirpa gauchement du bateau puis attacha le cordage.

En dépit de la fraîcheur de l'air, il transpirait de tous ses pores. Il avait senti des paires d'yeux hostiles, avides, le regardant de myriades de cachettes différentes le long des rives du bayou, mais aucune aussi menaçante que celle de Basile.

Ses pas résonnèrent bruyamment lorsqu'il s'achemina sur le ponton vers l'habitation précaire. Il avait été formé pour identifier au quart de tour les signes d'un danger imminent, mais toutes ses connaissances en la matière semblaient s'être envolées. Il s'était lancé en terrain inconnu. Il s'y sentait aussi étranger que s'il avait été sur Neptune, incompétent, maladroit, et ce n'était pas comme ça qu'un flic devait aborder un problème, surtout un problème de l'envergure de Burke Basile !

Comme il approchait de la porte grillagée, il essaya en vain d'avaler sa salive.

— Burke, c'est pas comme ça qu'il faut faire, mec ! Laisse-moi entrer et te parler, okay ?

En gardant les mains bien en vue, il s'enhardit à

tirer sur le grillage. La porte en bois derrière n'était pas verrouillée. Mac la poussa, hésita un moment, puis se glissa à l'intérieur.

Il passa rapidement l'unique pièce en revue en promenant son regard en tous sens.

— Salopard !

Il se sentait ridicule, et extrêmement frustré parce que la cabane était vide et n'avait manifestement pas été occupée depuis longtemps. Pas par des êtres humains en tout cas. De la vermine avait rongé une partie du coussin d'un fauteuil. Des cafards prirent la fuite à son arrivée, mais une araignée, indifférente, continua à tisser sa toile autour de la lampe qui pendait à un crochet. De l'eau gouttait du robinet dans l'évier taché de la cuisine.

Joe Basile s'était trompé. Ou alors, il était aussi rusé que son frère aîné et, sentant le danger, il avait délibérement expédié son collègue crédule sur une fausse piste.

Qu'allait-il faire maintenant, bordel ? Il ne pouvait pas rentrer sans Basile. Sans Basile... Il ne voulait même pas y penser, mais il suffisait de se dire que le marécage, aussi puant et terrifiant fût-il, n'était rien comparé à l'enfer qui l'attendait.

Ecœuré, il se retourna. Il se figea et aspira une grande goulée d'air en voyant la silhouette qui se profilait derrière le grillage de la porte.

*

* *

Dredd était en train d'accrocher un hameçon à sa ligne lorsqu'une voiture apparut sur le sentier de gravier qui venait de la route. Il la regarda approcher, ralentir, puis s'arrêter. Le conducteur en descendit. En voyant Dredd, il agita la main.

— Salut, Dredd.

Gregory James s'avança prudemment sur la jetée, un pâle sourire aux lèvres.

— Comment ça va ?

— Sale pervers, s'exclama Dredd avec hargne, qu'est-ce que vous avez fait de mon rafiot ? Je devrais vous éventrer et me servir de vos boyaux comme amorce, ajouta-t-il en brandissant le couteau dont il s'était servi pour découper ses appâts.

Gregory leva les mains en geste de capitulation.

— Je suis désolé pour votre bateau. Je vous le rembourserai. Mon père a beaucoup d'argent.

— Qu'est-ce que vous fichez là ? Dommage que vous ne soyez pas venu plus tôt. Vous venez de rater votre ami, Basile.

— Où est-il ?

— Vous aimeriez bien le savoir, hein !

— Est-ce qu'on pourrait pas aller dedans pour causer ?

Dredd lui tourna le dos.

— J'ai des choses plus importantes à faire.

— Dredd, je vous en prie. Regardez-moi.

Dredd renonça à son hameçon et considéra le visage du jeune homme avec un peu plus d'attention. Certaines parties étaient encore enflées et déformées ; il était très meurtri. Mais entre les ecchymoses, sa peau était pâle et ses traits tirés et tendus.

En se maudissant à voix basse d'avoir le cœur si tendre, il lui fit signe de le suivre dans le bazar. Dès qu'ils furent à l'intérieur, Gregory se mit à bredouiller :

— Je n'ai que dix minutes.

— Jusqu'à quand ?

— Jusqu'à ce qu'ils viennent chez vous. Ils vont vous garder en joue, s'il le faut, vous torturer, je ne sais pas. Mais il n'est pas question qu'ils rentrent sans Romy Duvall et Basile et vous allez devoir les conduire à leur cachette.

— Ça m'étonnerait beaucoup !

— Alors ils vous tueront !

— De qui parlez-vous ?

— Des hommes de Duvall.

— Bardo ?

Gregory secoua la tête.

— Bardo est resté en ville. Ce sont deux autres types. Ils m'attendaient chez moi quand je suis rentré.

— Et ensuite ?

— J'ai conclu un marché avec Duvall hier soir. J'avais le choix entre aller en prison avec la certitude de me retrouver enfermé entre quatre murs avec des tapettes bâties comme des camionneurs qui feraient ce qu'ils voudraient de moi jusqu'à ce que mes intestins éclatent et que je saigne à mort, ou conduire ses hommes de main au dernier endroit où j'avais vu Basile et la femme de Duvall.

Dredd ricana avec mépris.

— Il semble que vous ayez opté pour la solution la moins pénible, espèce de pédale.

— Si j'avais vraiment accepté ce marché, croyez-vous que je serais venu vous prévenir ? fit Gregory, d'une voix éraillée par le désespoir. De toute façon, quand ils auront obtenu de moi ce qu'ils veulent, ils me liquideront moi aussi.

— C'est pour ça que vous m'avertissez ? Pour que je vous protège ?

— Probablement. Mais je ne sais pas...

Il tirailla sur sa lèvre inférieure en rouvrant du même coup une plaie qui se mit à saigner.

— J'ai honte d'avoir bousillé le plan de Basile. C'est à cause de moi qu'on a tiré sur madame Duvall. Ou peut-être que j'agis comme ça parce que toute ma vie, je me suis défilé et que c'est une façon de me racheter.

— Gardez vos remords pour votre confesseur, lâcha Dredd avec dédain. Le mercredi des cendres est dans deux jours. Vous n'aurez qu'à vous repentir à ce moment-là.

— Okay, je comprends que vous vous méfiez de moi. Mais il ne nous reste plus que sept minutes. Ils attendent au bout du sentier. Ils voulaient s'assurer qu'il n'y avait pas d'autres clients dans votre boutique. Si je ne retourne pas leur faire mon rapport, ils vont débouler en se faisant passer pour des pêcheurs pour vous prendre au dépourvu.

Dredd se gratta pensivement le menton à travers sa barbe.

— Si ce que vous me dites est la vérité, pourquoi les avez-vous amenés ici ?

— Pour avoir au moins une chance de m'en sortir vivant.

— Qu'est-ce qui me prouve que vous ne me racontez pas des histoires ? Que vous ne me trahissez pas en prétendant doubler Duvall ?

— Vous me croyez vraiment si futé ?

Dredd le dévisagea longuement.

— C'est un fait.

— Alors vous êtes convaincu ?

— Je suis peut-être un fieffé imbécile, marmonna Dredd, mais ma foi, oui.

— Qu'allons-nous faire ?

— Je ne sais pas encore. Mais vous feriez bien de vous asseoir avant de vous effondrer. Vous êtes plus nerveux qu'une prostituée à l'église. Vous avez soif ? Je vais vous chercher un Coca.

Gregory prit avec gratitude la chaise que Dredd lui désignait près de la table.

Du coin de l'œil, celui-ci vit son geste de recul lorsque son regard se posa sur la douzaine de têtes de bébés alligators qu'il venait de laquer et qui séchaient sur la table.

— Tenez.

Dredd lui passa une canette fraîche, ouverte. Gregory la saisit d'une main tremblante et but goulûment.

— Quel est votre plan ? demanda-t-il entre deux goulées.

— Je serai sur la jetée en train de pêcher.

— Bon, fit Gregory. Et moi ?

Dredd plongea son regard dans celui du jeune homme.

— Hum ?

— Ch'ai dit, ch'ai dit... Mais qu'est-ce... ?

S'éteignant aussi subitement qu'une lumière, Gregory plongea en avant, sa tête heurtant la table à un centimètre de la gueule béante, étincelante, d'un des alligators.

— Il ne tient pas le Coca, ce gamin !

Dredd se glissa derrière lui, le saisit sous les bras et tira sa forme inanimée jusqu'à la chambre où il l'étendit entre le lit et le mur. Ce n'était pas une très bonne cachette, mais ça ne serait que temporaire.

Gregory se réveillerait avec un léger mal de crâne pour s'être cogné la tête, mais le somnifère ajouté subrepticement dans la canette ne provoquerait aucun effet secondaire. Ce n'était qu'une petite dose, juste assez pour le plonger dans l'inconscience et le maintenir hors d'état de nuire pendant qu'il s'occupait des tueurs de Duvall.

L'adrénaline dans ses veines faisait meilleur effet que n'importe quelle drogue. Les politiques bidons de son ancien boulot, ses règles et consignes, le confinement, rien de tout cela ne lui manquait, mais l'excitation si ! Il ne s'était pas encore rendu compte à quel point jusqu'à maintenant. Il attendait avec impatience les quelques minutes qui allaient suivre.

Si Gregory avait dit la vérité et si ses calculs étaient exacts, il lui restait quatre minutes avant l'arrivée des « pêcheurs ». Il avait des tas de choses à faire dans ce laps de temps.

*

* *

— Salut, Mac. Que me vaut le plaisir de cette visite ?

— Tu m'as fichu une de ces trouilles !

Burke poussa le grillage et entra dans la cabane.

— Qui attendais-tu donc ?

— Personne. Enfin, je veux dire, je pensais te trouver ici avec madame Duvall.

— Vraiment ?

— Ouais, ton frère...

— Je suis au courant. J'ai eu Joe au téléphone ce matin. Il m'a parlé de tes coups de fil affolés. Je n'ai pas apprécié la façon dont tu l'as effrayé, Mac.

— Je n'avais pas le choix.

— Bon, alors que se passe-t-il ?

— Allons, Burke arrête tes conneries ! s'exclama Mac. Tu as perdu la boule. Tu as enlevé la femme de Pinkie Duvall et tu la planques ici dans cette bicoque.

— Ce n'est que partiellement vrai, répondit Burke de but en blanc. Je n'ai pas perdu la boule, j'ai effectivement enlevé madame Duvall et j'ai eu le bon sens de ne pas l'amener ici.

Dredd l'avait mis en garde contre le danger d'emmener Romy à sa cabane où quelqu'un finirait par venir les chercher. Il lui avait suggéré de se réfugier dans une autre cahute qui lui appartenait et qu'il louait à l'occasion. Elle était équipée de la même façon, mais encore plus éloignée, dans un bras perdu du bayou où aucun bateau ne s'aventurait jamais. Grâce à ce judicieux conseil, leur retraite était toujours un secret connu seulement de Dredd et lui.

— Si tu es venu chercher madame Duvall, Mac, tu t'es fourvoyé. Complètement fourvoyé. En outre, ce terrain est privé. Alors tire-toi.

— Burke, écoute-moi, s'il te plaît. Je sais que tu

n'as jamais eu une très haute opinion de moi. Je sais aussi que je te tape sur les nerfs et que tu me considères sans doute comme un mauvais flic. Okay. Pense ce que tu veux, mais reconnais tout de même que, pour une fois, je sais ce que je dis. Il va te tuer.

— Je suppose que tu fais référence à Duvall.

— Il ne se salira pas les mains, mais il aura ta tête sur un plateau d'une manière ou d'une autre, même si ça lui coûte la vie.

— C'est bien ce sur quoi je compte. Que ça lui coûte la vie.

— Et tu passeras le reste de la tienne en prison.

— Je connais parfaitement bien les statuts de l'Etat de la Louisiane en matière de criminalité, mais je te remercie tout de même pour le cours de rattrapage et tes conseils. A présent, laisse-moi tranquille. J'ai des choses à faire. A un de ces quatre, Mac !

Mac bondit pour s'interposer entre Burke et la porte ouverte.

— Est-ce qu'elle va bien ?

— Evidemment que oui, répliqua Burke d'un ton furieux. Me crois-tu capable de faire du mal à une femme ?

— Non, mais je n'aurais jamais pensé que tu en kidnapperais une non plus ! hurla Mac. (Puis se ressaisissant, il ajouta plus calmement :) Je cherche juste à t'empêcher de bousiller ta vie. Tu es dans la merde jusqu'au cou, Burke, mais il n'est pas trop tard pour redresser la situation. Rends madame Duvall à son mari. Ensuite, avec mon aide, les choses pourront peut-être s'arranger.

Burke éclata de rire.

— Duvall n'est pas prêt de me pardonner ni d'oublier que je lui ai pris sa femme. Tu vis sur un petit nuage, Mac !

— Okay, dans ce cas, confie-la moi et laisse-moi

la reconduire chez elle. Toi tu disparais. Terminé, on n'en parle plus.

— Rien ne sera terminé tant que le cœur de Duvall n'aura pas cessé de battre, ainsi que celui de Bardo. Avant qu'ils meurent, je les forcerai à me donner le nom du flic qui a trahi la brigade et je le tuerai lui aussi.

— Tu es devenu un assassin ?

— Je punis les crimes commis.

— Ce n'est pas ton affaire !

— Il semble que si !

— Laisse l'Inspection générale s'en charger !

Burke rit à nouveau, avec amertume cette fois-ci.

— Ils sont aussi corrompus que les autres. Même s'ils débusquent ce traître, t'imagines-tu qu'ils le dénonceront au procureur ? Faut pas se leurrer ! Personne au sein de la NOPD ne lèvera le petit doigt hormis pour multiplier les fausses pistes et en profiter pour se remplir les poches.

— Il y a des flics honnêtes, Basile. Un de moins maintenant que tu as démissionné.

— Ils ne sont pas assez nombreux pour que ça change quelque chose.

— Ce n'est pas en tuant des gens que tu ressusciteras Kev Stuart.

Burke songea qu'il n'avait jamais vu son jeune collègue manifester autant de sérieux. Il était désespéré et dans un tel état de nerfs qu'il avait presque un tic à la figure.

— Qu'est-ce que tu fiches ici, Mac ?

— Je te l'ai expliqué.

— Tu m'as raconté des bobards. Tu ne me feras jamais croire que tu as pris des risques parce que tu as de l'admiration pour moi. On ne peut pas dire que nous soyons des frères de sang ! Il y a quelque chose de louche. Explique-toi.

Mac détourna le regard quelques secondes avant de le replonger dans le sien.

— Je dois cinquante mille dollars à un usurier.

— Je vois, fit Burke en reconstituant mentalement la situation. Tout devient clair à présent. Duvall est au courant de ta dette et a proposé de la rembourser si tu me livres à lui, ainsi que sa femme. D'où ton obstination.

— Qu'est-ce que tu voulais que je fasse, Burke ? Ils ont menacé de s'en prendre à Toni.

Burke le saisit par sa chemise.

— Les as-tu conduits jusqu'ici ?

— Non. Evidemment que non. Mac se libéra d'une secousse. J'étais supposé les rencontrer hier soir, mais je ne suis pas allé au rendez-vous. J'espérais te trouver avant eux. Ils ignorent où je suis.

— Eh bien, ils finiront par le savoir ! A bientôt. Bonne chance, Mac.

Burke essaya de se faufiler à côté de lui, mais McCuen lui bloqua à nouveau le passage.

— Basile, je te jure, je ne me serais jamais aventuré dans ce fichu marécage pour te trouver si c'était simplement une question d'argent. Mes beaux-parents couvriraient mes dettes si je le leur demandais. Y a des tas de choses que tu ignores.

— Oui, et je suis sûr que ça pourrait nous fournir toutes sortes de sujets de conversation palpitants, mais pour l'heure, je suis un peu pressé.

Il s'inquiétait de Romy seule à la cabane. Son absence avait duré bien plus long que prévu. En outre, rien de ce que Mac lui dirait ne le ferait changer d'avis. Il n'était pas digne de confiance. Qu'est-ce qui lui prouvait qu'il n'avait pas amené Bardo et sa bande d'assassins avec lui ? Il irait chercher le bateau là où il l'avait dissimulé sur la rive et se hâterait de regagner la cabane de Dredd. Il ne craignait pas que Mac suive sa trace. Il n'aurait aucun mal à lui fausser compagnie dans le labyrinthe du bayou.

Mac l'attrapa par le bras.

— Je peux t'aider, Basile. Nous pouvons nous aider l'un l'autre.

— Tu ne te préoccupes que de ton sort. Ecarte-toi de mon chemin.

— Je ne peux pas te laisser continuer.

— Tu ne peux pas m'en empêcher.

Au moment où Burke tenta de passer de force, Mac glissa la main vers le creux de son dos.

— Seigneur ! Mac, non !

Il n'avait pas à s'inquiéter que Mac lui tire dessus. Avant que ce dernier eût le temps de saisir son arme, Burke entendit un coup de feu. Mac le regarda d'un air hébété, puis ses yeux se révulsèrent et il bascula en avant.

36

Dredd entendit la voiture approcher.

— Pas plus de trois clients cette semaine, marmonna-t-il. Et voilà-t'y pas que ce matin, j'fais des affaires dignes d'un agent immobilier.

Les hommes de Duvall étaient exactement à l'heure annoncée par Gregory, à la seconde près. Peut-être le gosse cherchait-il vraiment à se racheter après tout ?

Deux portières de voiture s'ouvrirent et se refermèrent en claquant simultanément, puis des bruits de pas crissèrent sur le gravier.

— Bonjour ! cria une voix.

— Va te faire voir, guignol ! fit Dredd dans sa

barbe, trop bas pour que ses visiteurs puissent l'entendre.

— Ça mord ce matin ?

La question émanait de l'autre homme. Dredd ne répondit pas non plus. Il s'était arrangé pour que les émissaires de Duvall voient un vieil homme assis le dos tourné au bout de la jetée, les pieds pendant au-dessus de l'eau, sa canne à pêche à la main. Il voulait qu'ils s'imaginent que le vieux schnock était dur d'oreille.

Plutôt que de s'aventurer dans le bazar où ils devaient penser que Gregory se planquait, attendant que le pire fût passé, ils avancèrent sur le ponton dans sa direction. Dredd constata que l'un des deux hommes était nettement plus lourd que l'autre.

— Vous devez être Dredd.

Dredd ne broncha pas.

— Quelle sorte d'appât utilisez-vous ?

Il estima qu'ils devaient être à trois mètres environ derrière lui. Près, mais pas suffisamment.

— Il est sourd ou quoi ? entendit-il l'un des hommes souffler à son acolyte.

Hé, le vieux ! reprit la première voix. On va pêcher. On a besoin de provisions.

Dredd attendit encore, silencieux, sans bouger.

— Il a l'air d'être sourd comme un pot, ce clown.

— Ou bien il nous ignore rien que pour nous embêter. Hé, le vieux, je t'cause !

Durant sa carrière au sein de la police, Dredd s'était fréquemment reposé sur la nature humaine pour l'assister dans son travail. L'*homo sapiens* réagissait à des impulsions ancestrales, ce qui le rendait prévisible. Dredd tablait sur des brutes incapables de résister à une occasion de se comporter... en brutes.

— Il a peut-être besoin qu'on le taquine un peu, suggéra l'un d'eux.

— Oui, fit le plus gros en gloussant. Peut-être qu'il a besoin qu'on le taquine.

De la pointe de sa botte, il poussa le pêcheur voûté au milieu du dos, juste en dessous de sa queue de cheval. Il n'y était pas allé très fort, mais à sa grande consternation, le vieil homme bascula dans l'eau.

Il perdit son chapeau. Ainsi que sa perruque grise. La barbe s'en fut à la dérive, pareille à de la mousse. Un masque digne d'Halloween dévisageait le malabar, sauf que les fentes des yeux étaient vides.

En se penchant pour y regarder de plus près, il s'exclama :

— Qu'est-ce que...

A cet instant, Dredd tendit la main de dessous le ponton où il s'était réfugié et saisit le type par la cheville. Celui-ci perdit l'équilibre, chercha en vain quelque chose pour se rattraper et plongea dans l'eau la tête la première. Le couteau de Dredd décrivit un bel arc de cercle sous son menton. Il mourut avant d'être complètement mouillé.

Dredd partait du principe que certains individus n'avaient pas le droit de vivre parmi les gens convenables. Le soir où il avait répondu à cet appel dénonçant un nouveau cas de violence domestique, il en avait par-dessus la tête des brutes chroniques. Il avait vu sur la femme et les enfants de ce monstre les preuves sanglantes d'un tempérament déchaîné. Le salopard avait juré un nombre incalculable de fois de s'amender, mais il n'avait pas tenu parole. Il coûtait cher à un système qui le jetait régulièrement en prison pour qu'il remette ça dès qu'on le libérait. C'était un vrai fléau, tant physique qu'émotionnel, pour la société et tous ceux qu'il côtoyait. Rends service à tout le monde et bute ce type maintenant, avait-il pensé en dégainant son arme. Malgré tous les problèmes que cet incident lui avait causés, il ne regrettait pas un instant de lui avoir fait la peau. Si c'était à refaire, il le referait.

Ce type, gisant inerte dans ses bras, avait déjà tué et n'aurait pas hésité à les liquider, Gregory et lui, après avoir tiré d'eux ce qu'il voulait. Dredd n'avait aucun scrupule à frapper le premier. Cela ne lui coûterait pas une seconde de sommeil cette nuit-là.

S'il vivait jusque là !

Après avoir pris une profonde inspiration, il entraîna le corps avec lui sous l'eau et l'attacha à l'un des piliers avec un crampon. Il refit surface juste assez pour inspirer par le nez.

— Charlie ? Charlie ?

C'est ça, imbécile, donne-moi ta position !

A fleur d'eau, sous le ponton, Dredd s'approcha peu à peu de l'endroit d'où venait la voix.

— Charlie ? Oh, Seigneur !

Dredd avait une idée très précise de ce qui avait fait passer le ton de l'autre tueur, de l'incompréhension à l'horreur. Il les connaissait suffisamment pour percevoir leurs moindres mouvements, même lorsqu'ils étaient invisibles, sous l'eau. Il avait étudié leurs habitudes, les avait observés dans leur habitat naturel. Pardi, il partageait cet habitat !

Les alligators.

Ses compagnons d'existence avaient passé l'hiver dans un état semi-léthargique, hors de sa vue, sans rien manger, sans faire grand-chose à part attendre le premier jour suffisamment chaud et ensoleillé pour remettre leur système en branle après des mois d'engourdissement. Le grand jour était enfin arrivé. Il les sentait approcher dans l'eau, inexorablement attirés par le sang frais de Charlie.

Dredd ne paniqua pas. Il attendit.

— Charlie ?

Il percevait la panique à l'état pur dans la voix de l'autre homme à présent. Dredd pouvait lire dans ses pensées : il voulait s'en aller, foutre le camp de cet endroit terrifiant, et tant pis pour Duvall et sa gonzesse !

Seulement Charlie et lui travaillaient ensemble depuis longtemps. Charlie était le pire salopard qu'il connaissait, à part lui. Voilà que son vieux pote avait pour ainsi dire disparu sous ses yeux. La nature humaine voulait qu'il sache ce qui était arrivé à son copain. La nature humaine.

Quand le gros type se pencha pour inspecter le dessous du ponton, Dredd le prit en tenaille avec une impétuosité digne d'un monstre des mers. L'autre pesait trente kilos de plus que lui, mais la surprise lui donnait un avantage considérable. Il l'attrapa par la nuque et l'enfonça sous l'eau non sans lui avoir enfoncé son couteau dans la pomme d'Adam.

*

* *

Lorsqu'il reprit conscience, Gregory se retrouva nez à nez avec un alligator de trois mètres de long.

En hurlant, il se redressa d'un bond et se cogna la tête aux barreaux en fer du lit. Le cœur battant, le souffle coupé, dans un état proche de la crise cardiaque, il rampa sur le lit sur lequel Dredd avait soigné Romy Duvall quelques jours plus tôt.

Une fois à l'autre extrémité de la pièce, il jeta un rapide coup d'œil sous le lit pour s'assurer que le monstre qu'il avait vu était bien un modèle empaillé, et non un spécimen vivant. Dredd était capable de tout, y compris de garder un alligator vivant dans sa chambre.

Mais les yeux menaçants étaient en verre. Relativement calmé, Gregory franchit à la hâte l'enfilade de petites pièces macabres qui composaient le bazar. La table sur laquelle Dredd prenait ses repas était jonchée de têtes d'alligators figées sous une laque brillante, ce qui lui rappelait quelque chose de déconcertant bien qu'il n'arrivât pas à mettre le doigt dessus. Dehors, le vieux nettoyait le ponton avec un tuyau d'arrosage.

En entendant les pas de Gregory sur les planches, il se retourna. Sa barbe était mouillée, ainsi que son short en jean.

— Vous avez bien dormi ? demanda-t-il d'un ton affable.

— Que s'est-il passé ? Pourquoi est-ce que je me suis retrouvé par terre derrière le lit ? Je ne me souviens de rien... Attendez ! Si, je me souviens.

Le brouillard dans la tête de Gregory commença à se dissiper peu à peu.

— Vous m'avez donné un Coca ? M'avez-vous drogué ?

Puis la mémoire lui revint brutalement. Il fit volte-face et vit l'autre voiture garée derrière la sienne.

— Ils sont là ? cria-t-il d'une petite voix étranglée. Où sont-ils ? Que leur avez-vous dit ? Pourquoi m'avez-vous drogué ?

— Détendez-vous, fiston. Vous n'avez pas raté grand-chose. Ils ne sont plus là.

— Comment vous êtes-vous débarrassé d'eux ? Que leur avez-vous dit ?

— En fait, je n'ai pas eu le plaisir de les rencontrer. Si dialogue il y a eu, c'est avec mon copain là-bas.

En se tournant dans la direction que Dredd lui indiquait, Gregory fut abasourdi de voir une effigie de Dredd assis dans un rocking-chair délabré sur la galerie, avec un chapeau de pêcheur, et une perruque de guingois dégoulinant sur un masque d'Halloween d'où pendait une barbe de mousse.

— Je l'ai fabriqué il y a quelques années pour appâter un voleur, expliqua-t-il. Cette crapule n'arrêtait pas de piller ma boutique chaque fois que je partais à la pêche ou à la chasse. Alors j'ai confectionné ce mannequin avec les moyens du bord et je l'ai envoyé flotter dans un de mes rafiots. J'ai pris le type en flagrant délit et je l'ai sérieusement tabassé. Il n'est jamais revenu. (Dredd ricana.) Je me suis attaché à mon ami et j'ai décidé de le garder. Il m'écoute quand j'ai envie d'avoir de la compagnie. Sacrément laid, mais pas pire que moi, j'imagine. En tout cas, il m'a drôlement rendu service ce matin.

Gregory se détourna lentement. Il considéra tour à tour le ponton lessivé de frais, l'eau en dessous, puis avec répugnance, les deux horribles alligators prenant le soleil sur l'autre rive, et pour finir il dévisagea Dredd, qui lui rendit son regard d'un air de défi, content de lui.

Il n'était pas difficile de deviner le sort des deux hommes qui l'avaient accompagné jusqu'ici. Gregory ravala son dégoût, mais il songea qu'il devait sans doute la vie à Dredd. Cependant, se souvenant de la détermination de Pinkie, il savait que ce répit serait de courte durée.

— Duvall enverra quelqu'un d'autre.

— Il y a des chances, répondit le vieil homme en haussant les épaules avec philosophie. C'est la raison pour laquelle vous feriez mieux de vous en aller.

— Et leur voiture ?

— Je m'en occupe.

Il ne lui donna pas de détails sur la manière dont il envisageait de s'en débarrasser, mais Gregory était sûr que le véhicule était sur le point de disparaître à jamais.

— Je... Merci, Dredd.

Dredd lâcha un nuage de fumée.

— Vous avez fait du bon travail, mon garçon. Quand je verrai Basile, je ne manquerai pas de lui dire que vous avez rattrapé vos erreurs passées.

Gregory fut touché par l'éloge du vieil homme au point que c'en était embarrassant. Ses yeux s'emplirent de larmes, et Dredd dut s'en apercevoir parce que lui aussi parut gêné. Du coup, il devint revêche :

— Vous n'allez pas rester planté là. Après avoir

vécu ce que vous avez vécu, Basile m'en voudrait à mort si je vous laissais vous faire tuer, blesser, ou boucler derrière des barreaux. Alors fichez le camp. Allez ouste ! Du nerf !

*
* *

Par pur réflexe, Burke rattrapa Mac McCuen au moment où il tombait.

— Mac !

Mais Mac n'allait pas lui répondre ; il était mort. Bien qu'il le sût pertinemment, Burke continua à répéter son nom tandis qu'il le déposait par terre.

En entendant des pas approcher, il leva les yeux et vit Doug Patout qui courait sur le ponton en direction de la cabane.

— Il est mort ?

— Bon sang, Doug ! s'exclama Burke, fou de rage. Il n'a même pas eu le temps de réciter une prière.

— Vous n'en auriez pas eu le temps non plus s'il vous avait tiré dessus à bout portant.

Patout s'agenouilla et effleura la carotide de Mac. Au bout d'un moment, il se redressa comme s'il portait un fardeau d'une tonne sur les épaules. Il jura entre ses dents et passa la main sur ses traits hagards. Puis il saisit Burke par l'épaule et le dévisagea d'un air inquiet.

— Est-ce que ça va ?

Est-cc que ça va ? Bordel, Doug ! Non, ça ne va pas ! Je viens de voir un autre de mes hommes se faire tuer sous mes yeux.

— Mac s'apprêtait à dégainer. C'était lui ou vous !

De fait, Mac avait extirpé son revolver de son étui logé au creux de son dos. L'arme se trouvait à quelques centimètres de sa main droite. Malgré cette évidence,

Burke avait du mal à croire que McCuen l'aurait tué de sang froid.

— Il n'était pas réglo, dit Patout. Il avait fait un marché avec Duvall.

— Je le sais. Il me l'a expliqué lui-même.

— Vous en a-t-il précisé les termes ?

— L'annulation d'une dette de cinquante mille dollars en échange de moi.

— C'était partiellement juste. En fait, l'accord portait sur l'annulation de sa dette, plus une part plus importante des bénéfices s'il vous tuait.

— Des bénéfices. Quels bénéfices ?

Patout désigna Mac d'un hochement de tête.

— C'est le type que vous vouliez. Nous avons la preuve irréfutable que McCuen travaillait pour Duvall.

Burke dévisagea Patout d'un air incrédule.

— Mac est un petit plaisantin, un casse-pied, un tordu, mais...

— Cela faisait partie de son cinéma. Il était plus futé qu'il ne le laissait entendre. Il s'arrangeait pour qu'on l'apprécie, faisait son boulot, juste ce qu'il faut, sans trop se faire remarquer. Il a maintenu le cap jusqu'à ce qu'on l'affecte à la brigade des stups. Tout avait été soigneusement planifié. Il est l'homme de Duvall depuis le début.

— J'ai toujours trouvé qu'il y avait quelque chose de louche chez lui, fit Burke en réfléchissant à haute voix. Le salaire d'un flic ne collait pas avec son standing de vie. J'en avais conclu que c'était un sacré bon parieur ou le plus chanceux des salopards que j'avais jamais rencontrés de ma vie.

— La chance l'a abandonné aujourd'hui.

— Vous dites que vous avez la preuve de ses liens avec les opérations illicites de Duvall ?

— Depuis des mois, l'Inspection générale menait une enquête secrète. J'étais le seul à être au courant au sein de la division. Je sais que vous étiez frustré par le manque d'enthousiasme apparent que nous mettions à débusquer le traître, mais j'avais juré de ne rien révéler et j'étais donc muselé. Bien que j'aie été tenté, sacrément tenté, de vous en faire part, ajouta-t-il, pour vous empêcher de démissionner. Bref, après des mois d'investigations exhaustives, l'I.G. a pu établir un rapport indéniable entre les raids ratés et McCuen. Y compris celui qui est allé de travers la nuit où Kev est mort.

Burke le dévisagea intensément.

Patout hocha la tête.

— C'est exact. Vous vouliez le type qui a renseigné les dealers ce soir-là et fait tuer Kev. Voilà votre coupable !

Doutant encore des révélations qu'il venait d'entendre, Burke plongea son regard dans celui de Patout. Quand il mesura finalement le poids de ses paroles, ses genoux se dérobèrent sous lui. Il s'adossa au mur et glissa lentement pour se retrouver accroupi.

Patout lui laissa un moment de réflexion.

— Ça va ? demanda-t-il finalement.

— Oui, oui. (Burke dût s'éclaircir la voix avant de poursuivre.) Je pensais... je pensais que je me sentirais différent le jour où je découvrirais l'identité du coupable.

— Comment vous sentez-vous ?

— Vide.

Ils restèrent silencieux quelques instants. La mare de sang qui s'était formée sous le corps de Mac avait stagné. Elle ne tarderait pas à coaguler. Tant de sang. Le sang de Mac. Le sang de Kevin.

Pour finir, Burke releva les yeux.

— Si les renseignements que Mac fournissait à Duvall assuraient la prospérité de son trafic de drogue, n'était-il pas trop précieux pour le gaspiller en l'envoyant à ma poursuite ?

— Apparemment, Duvall tenait à vous coincer plus qu'à toute autre chose. Mac était proche de vous, il y avait des chances que vous lui fassiez confiance pour vous apporter un message de bonne volonté. Et puis il était remplaçable.

— Parce que les ressources de Duvall sont illimitées. Il a probablement déjà dégoté un autre flic pour se substituer à lui.

Patout hocha la tête d'un air lugubre.

— Sûrement.

Burke regarda fixement le visage de Mac figé dans la mort et pensa aux agaçantes habitudes du jeune homme, à son charme indéniable aussi, à sa jolie femme, à tout ce gaspillage. Il eut envie de taper très fort sur quelque chose.

— Comment avez-vous su qu'il viendrait ici ce matin ? demanda-t-il.

— Nous le traquions depuis un moment en épiant ses moindres mouvements. Nous avons appris récemment qu'il s'était endetté auprès d'un usurier du nom de Del Ray Jones.

— Je vois qui c'est.

— Quand Del Ray a emmené Mac rencontrer Duvall avant-hier soir, nous n'avons eu aucun mal à en déduire ce qui se passait.

Burke se redressa.

— Ce n'est pas une preuve suffisante, Doug. Comment savez-vous qu'il ne venait pas ici pour m'avertir ou me transmettre un message de la part de Duvall ? C'est ce qu'il m'a affirmé d'ailleurs.

— Il était sur le point de dégainer, souvenez-vous ! Auriez-vous préféré que j'attende de voir s'il allait vous tirer dessus ?

Burke reconnut qu'il avait raison.

— Bref, poursuivit Patout, j'étais parfaitement renseigné sur les motifs qu'avait Mac en venant ici pour la bonne raison que j'ai parlé avec Duvall ce matin même. Je l'ai appelé pour lui dire que Mac avait été découvert. En utilisant ce langage de juriste cryptique inadmissible au tribunal, il m'a laissé entendre que la mission de Mac serait accomplie. Puis il m'a décrété fièrement que, que Mac vous ait ou pas, il avait un plan de rechange.

— Il bluffait. Moi aussi je lui ai parlé ce matin. Il a toujours envie d'avoir ma peau. Peu m'importe quand il viendra et quel est son plan de rechange, je l'attends de pied ferme !

— Bon sang, écoutez-vous ! hurla Patout. Duvall et vous jouez à la guéguerre comme deux ados. Réveillez-vous, Burke, et tâchez d'avoir une vision un peu plus large des choses. Un homme est déjà mort à cause de toutes vos conneries et je prends cela très mal parce que j'ai dû le liquider moi-même. Qu'il ait eu les mains sales ou non, Mac était un de mes hommes !

En changeant de ton, il ajouta :

— Arrêtez-vous, je vous en conjure. Maintenant. Vous avez eu celui que vous vouliez : le flic qui a causé la mort de Kev. Allons chercher madame Duvall, où qu'elle soit, et ramenons-la chez elle.

— Pas tant que je n'aurais pas regardé Duvall dans le blanc des yeux !

— Bon, supposons que vous arriviez à tuer Duvall et Bardo, vous êtes sûr de vous retrouver en prison à vie. Qui se fait avoir dans cette histoire ?

— Il n'est pas question que je la ramène.

— Imaginons le pire scénario : Duvall s'en sort et vous finissez en taule. Croyez-vous qu'il abandonnera la partie ? Jamais ! Il s'acharnera sur vous jusqu'au bout. Souvenez-vous de Sachel et de son fils ! Duvall est un homme impitoyable. Qu'est-ce qui l'empêche de remettre Nanci Stuart entre les mains de Bardo ? Il se servira des gens que vous aimez pour vous torturer. J'ai rencontré votre frère. C'est un type sympathique. Vous ne pourrez pas les protéger, Burke, pas de votre cellule à la prison d'Angola.

— Raison de plus pour les liquider tous les deux au plus vite.

— Bon sang, Burke, écoutez-moi !

— Non ! C'est vous qui m'écoutez, riposta Burke. J'ai commencé quelque chose, j'ai l'intention d'aller jusqu'au bout.

— Je vais vous faire arrêter.

— Pour quel motif ?

— Enlèvement.

— Ai-je écrit une demande de rançon ? Quelle preuve avez-vous que j'ai emmené madame Duvall de force ? Peut-être avons-nous concocté quelque chose tous les deux pour qu'elle puisse échapper à ce tyran.

Patout le considéra d'un air las.

— Il n'est pas trop tard pour faire marche arrière. Duvall est venu me voir peu après le rapt pour me prévenir qu'il allait vous tuer. Si vous vous obstinez, vous allez vous retrouver tout seul. En revanche, si vous venez avec moi, maintenant, vous aurez la protection de la brigade...

— Merci. Sans façon. Le département...

Avant qu'il eût le temps de réagir, le pistolet de Patout s'abattit sur sa tempe. Il tituba en direction de la porte tandis qu'une succession de feux d'artifice explosaient au fond de ses orbites. La jetée au-delà de la porte grillagée parut s'allonger sur des kilomètres comme s'il la regardait à travers des jumelles à l'envers. Le tunnel de sa vision continua à rétrécir tandis que le noir se refermait autour de lui. Puis disparut.

Avant de sombrer dans l'inconscience, il eut une ultime vision : celle de Romy, seule à la cabane, attendant son retour.

37

En revenant à lui, Burke entendit des voix bien qu'il ne comprît pas un traître mot. Il mit du temps à recouvrer pleinement ses esprits, mais il prit peu à peu conscience qu'il était à l'intérieur, couché sur le côté, les mains liées dans le dos et qu'il avait sacrément mal à la tête.

Quel que fût l'endroit où il se trouvait, il se passait toutes sortes de choses au-delà des murs qui l'entouraient. Il ne voyait pas les lumières des véhicules d'urgence, mais percevait leurs pulsations à travers ses paupières closes. Il décida de garder les yeux fermés et de faire semblant d'être encore dans le cirage jusqu'à ce qu'il en sache plus.

Une voix se distingua finalement des autres.

— On se serait cru à la Grand Central Station ici aujourd'hui, remarqua Dredd d'un ton bourru. Avec toutes ces allées et venues, les poissons ne mordront plus pendant une semaine !

— Qui, par exemple ? demanda Patout.

— Qui, quoi ?

Bien qu'il fût encore passablement dans les vapes, Burke se rendit compte que Dredd faisait l'idiot. Il se demanda si Patout s'en était aperçu.

— Qui sont les gens qui sont venus et repartis ? précisa Patout.

— Eh bien, pour commencer, deux types ont débarqué ce matin en me demandant si je n'avais pas vu Burke Basile.

— Quels types ?

— Je ne les avais jamais vus de ma vie, mais je vais vous confier un truc : je ne serais pas fâché qu'ils ne reviennent jamais. C'étaient des gars dangereux.

— Comment le savez-vous ? Qu'ont-ils fait ?

— Rien de particulier, mais ils m'ont laissé une

sale impression. Ça fait des années que je ne suis plus flic, Patout, mais j'ai toujours l'instinct.

Burke sentit que Dredd marquait une pause pour tirer une bouffée de sa cigarette.

— Ils étaient équipés pour la pêche, mais je suis prêt à bouffer ces alligators si ces deux malabars avaient jamais attrapé un poisson de leur vie.

— Vous les avez déjà bouffés, ces alligators.

Dredd gloussa de rire.

— Vous avez raison, mais vous voyez ce que je veux dire. Bref, je me suis empressé d'aller leur chercher leur six packs de bière et j'étais bien content quand ils ont fichu le camp.

— Que leur avez-vous déclaré à propos de Burke ?

— Je n'en avais pas plus à dire à eux qu'à vous. Il est passé il y a quelques jours.

— Quel jour ?

— Je ne me souviens pas exactement. Je ne fais pas très attention aux dates, même si j'ai remarqué que demain, c'était Mardi gras. Je suppose que tout le monde en ville doit se préparer...

— Revenons-en à Burke...

— Ah oui. Burke et moi, on a causé un moment, mais il n'est pas du genre bavard, vous savez ! Il a acheté deux ou trois trucs et puis il est parti.

— La femme était avec lui ?

— La femme ! C'est rien de le dire ! Whaou ! (A voix basse, Dredd ajouta :) Je me suis branlé deux fois après leur départ. Qui c'était déjà ?

Patout lui résuma les faits que le vieil homme connaissait déjà, bien sûr.

— Hum ! marmonna-t-il quand l'autre eut fini. J'aurais jamais pensé qu'elle était l'otage de Basile. J'ai pas eu l'impression qu'il la forçait à faire quoi que ce soit. Elle est montée dans la voiture sans moufter.

— Ils sont partis d'ici en voiture ?

Dredd se lança dans une fable compliquée relative à la marque, la couleur et le modèle d'un véhicule inexistant. Si les circonstances n'avaient pas été aussi graves, Burke aurait éclaté de rire.

— Comme on voit pas la route d'ici, je sais pas dans quelle direction ils sont allés.

Patout lui demanda alors s'il y avait un autre homme avec eux. Peut-être un prêtre. Dredd ricana et répondit que non, qu'il évitait tout contact avec les ecclésiastiques et que Basile ne lui avait jamais fait l'effet d'être très croyant. Après une pause, il ajouta :

— J'ai du mal à imaginer Basile en ravisseur.

— Moi aussi, mais il semble que ce soit le cas.

— Dites-moi ça, encore, Patout, comment s'appelle le type que vous avez buté ?

— Le sergent Mac McCuen.

— C'est l'un de vos hommes !

— Oui, répondit Patout d'un ton amer. Il s'était entendu avec Pinkie Duvall pour lui ramener Burke et sa femme. Je l'ai suivi jusqu'ici et j'ai bien fait ! En fait, on l'avait envoyé liquider Burke.

Il briefa Dredd sur les agissements de Mac au sein de la brigade.

— Vous aviez déjà tué avant, Patout ?

— Une fois. Dans l'exercice de mes fonctions. On a de la peine à s'en remettre.

— Ça dépend si le type mérite qu'on le descende ou pas, répliqua l'ancien policier.

Burke l'imagina haussant ses épaules brûlées par le soleil.

— Vous avez débarrassé le département d'un sale flic. Il semblerait que vous ayez évité passablement d'ennuis et une sacrée perte de temps à tout un tas de monde.

— J'aurais donné cher pour ne pas avoir à en arriver là. J'espérais régler cette affaire pacifiquement. J'ai au moins épargné à Burke de faire une erreur qu'il aurait payé jusqu'à la fin de ses jours. Que cela lui plaise ou non, je lui ai rendu service.

Dredd émit un grognement sceptique.

— Je doute qu'il considère comme un service le fait que vous l'ayez assommé pour lui passer les menottes. Vous allez avoir des problèmes quand il reviendra à lui.

— Il sera furieux, reconnut Patout. Mais ce que j'ai fait, je l'ai fait pour son bien. S'il n'était pas aussi têtu, nom d'une pipe ! Voilà l'ambulance, ajouta-t-il.

Burke entendit des chaises grincer sur le sol, des bruits de pas.

— Je ferais mieux d'aller superviser le transport du corps et m'occuper des papiers à remplir avec les responsables locaux. Dès que l'ambulance sera en route, je reviendrai chercher Basile.

— Et la femme de Duvall ?

— C'est la première chose que je vais demander à Basile quand il refera surface. Il faut la reconduire chez elle sur-le-champ.

Burke attendit que les pas de Patout cessent de résonner pour ouvrir les yeux. Comme il l'avait deviné, il était couché sur le canapé dans la pièce principale de Dredd.

— Depuis combien de temps êtes-vous réveillé ? chuchota Dredd.

Il lui tournait le dos et fumait tranquillement, debout devant la fenêtre en regardant tout le monde s'agiter dehors à travers la vitre embuée. Burke se demanda, et ce n'était pas la première fois, si son ami *traiteur* n'était pas en fait un sorcier doué de pouvoirs surnaturels. En plus de ses dons de guérisseur, se pouvait-il qu'il eût des yeux derrière la tête ?

— Assez longtemps pour entendre Patout récapituler les faits.

— Cela s'est-il passé comme il l'a dit ?

— Exactement. Je suis arrivé à la cabane

quelques minutes avant McCuen et j'ai caché mon bateau dans les hautes herbes. Lorsqu'on s'est retrouvés face à face, il a reconnu qu'il avait fait un marché avec Duvall. Il pensait que nous pourrions négocier avec lui et régler le problème.

— Mon cul !

— Tout à fait mon avis ! L'avenir de Mac était en jeu, il n'a pas admis que je refuse. Il a dégainé. Patout le faisait surveiller depuis un moment et l'avait suivi. Il devait l'avoir dans sa ligne de mire. La balle a pénétré dans le cœur. A présent, Patout est déterminé à résoudre cette affaire en se conformant à la loi.

— Lui encore, c'est rien, mais Duvall a décidé de prendre les grands moyens. Il est sur la bonne piste, fiston !

Tout en donnant l'impression de ne rien faire à part assister au chargement de la dépouille de Mac dans l'ambulance, Dredd raconta à Burke que Gregory était venu lui rendre visite pour l'avertir de la présence des deux tueurs.

— Ce que vous avez déclaré à Patout à propos des deux faux pêcheurs était donc vrai ?

— Pour l'essentiel, répondit Dredd. Ils sont bien venus, mais ils ne sont pas repartis.

Cette formulation était suffisamment explicite pour en rester là. Burke préférait ne pas connaître le sort des deux hommes.

— Et Gregory ?

— Tout espoir n'est pas perdu pour le jeune homme. Il aurait pu nous jouer un très vilain tour. Je lui ai dit de prendre la poudre d'escampette et il a suivi mon conseil.

— Bon. (Il tira sur les menottes.) Retirez-moi ces saletés.

Dredd se détourna de la fenêtre.

— L'ambulance est sur le point de partir et

Patout parle avec le shérif. Il doit vous rester à peu près quatre-vingt-dix secondes pour ficher le camp.

— Où est mon revolver ?

— C'est Patout qui l'a. Mais je veux bien vous en prêter un.

Dredd sortit un Magnum 357 d'un tiroir, vérifia à la hâte qu'il était chargé, saisit une boîte de munitions, puis aida Burke à se relever. Celui-ci vacillait sur ses jambes ; il avait l'impression d'avoir une pastèque en équilibre précaire sur les épaules quand il s'élança à la suite de son ami à travers l'enfilade de pièces biscornues jusqu'à la porte du fond.

Dans un appentis qui paraissait receler tous les outils inventés depuis l'âge de fer, Dredd dénicha une paire de tenailles pour libérer Burke de ses menottes. Il lui tendit le pistolet et les balles avant de tirer une barque de dessous le ponton.

— Vous épuisez mes bateaux tel un jeune freluquet au sang chaud qui aurait affaire à sa première boîte de capotes. A ce rythme, je ne vais pas tarder à me retrouver sans boulot !

— Je vous revaudrai ça, Dredd.

— Oui, oui, tâchez de ne pas vous faire tuer avant ! Le réservoir du bateau est plein, mais ne démarrez pas le moteur avant d'avoir parcouru au moins un kilomètre. Allez-vous pouvoir ramer ?

— Je n'ai pas le choix. Romy est là-bas toute seule.

— Basile ? Vous l'aimez, cette fille ?

Les deux hommes échangèrent un regard qui en disait long, mais Burke se borna à répondre :

— Merci encore, Dredd.

— Il n'y a pas de quoi. Bonne chance et... oh merde ! Je me serais bien passé de ça...

Burke lui expédia son poing dans la mâchoire et même sa barbe, aussi fournie fût-elle, ne put protéger son menton. Alors qu'il tombait à la renverse Burke lui assena, à contrecœur, un autre coup sur le côté du crâne pour donner l'impression qu'il l'avait maîtrisé. Il s'abstint néanmoins de taper trop fort afin que le vieil homme ne garde pas trop longtemps le souvenir de son dernier passage.

Après quoi il sauta dans le bateau et s'éloigna du ponton.

A l'instant où il tendait la main vers la rame, il entendit un cri. Suivi de bruits de pas précipités.

Plus question de ramer. Il lança le moteur et mit pleins gaz.

*

* *

Dès midi, Romy commença à surveiller pour voir s'il arrivait. Elle l'attendit même pour déjeuner en pensant qu'il aurait faim à son retour et qu'ils mangeraient ensemble. Mais une heure passa, sans le moindre signe de lui.

Durant cet interminable après-midi, elle s'aventura dehors pour essayer de profiter de la première journée ensoleillée depuis qu'elle était dans le marécage, mais elle ne parvenait pas à se détendre et à jouir de la beauté exotique qui l'entourait parce qu'elle était préoccupée par Basile et ce qui avait pu le retenir si longtemps.

Le coucher du soleil intensifia son anxiété. Pareille à une sentinelle à son poste, elle se mit à faire les cent pas sur le ponton. A tout moment, elle tendait l'oreille dans l'espoir de percevoir le ronronnement du moteur couvrant les sons nocturnes du marais qui lui avaient fait si peur au début, mais qu'elle trouvait familiers à présent et presque réconfortants.

Quand le crépuscule céda le pas à la nuit, elle rentra. Pour se sentir plus en sécurité, elle s'abstint d'allumer la lampe et continua sa surveillance dans l'obscurité. Elle n'avait rien mangé depuis le petit déjeuner, mais elle n'avait pas faim.

Qu'était-il arrivé quand Basile était retourné chez Dredd ?

Et s'il s'était fait prendre en embuscade durant le trajet par les trois hommes venus à la cabane la veille au soir sous le prétexte de chercher le père Gregory ?

Et si Pinkie avait dépêché des hommes au bazar pour l'assaillir ?

Ces sinistres hypothèses défilaient impitoyablement dans son esprit. Pour finir, la fatigue la força à s'allonger et à fermer les yeux. Dans l'état où elle était, elle s'imaginait incapable de dormir de sorte que, lorsqu'elle s'éveilla brusquement, sa première réaction fut la surprise de s'être assoupie.

Après quoi elle se demanda ce qui l'avait tirée de son sommeil. Comme lorsqu'Angel et l'un de ses innombrables compagnons la réveillaient jadis, elle resta parfaitement immobile, le cœur battant.

Pourquoi avait-elle sursauté ainsi ? Un bruit ? Un mouvement inquiétant dans l'obscurité ? Le pressentiment d'un danger ?

Elle tendit l'oreille, mais n'entendit pas un son. Avait-elle été éveillée par la vibration d'un bateau se heurtant à un des piliers du ponton ?

Allait-elle rester là sans bouger en feignant d'être invisible comme elle le faisait dans son coin de l'univers sordide d'Angel ? Elle n'était plus une enfant. Elle avait décrété à Basile qu'elle ne serait plus jamais une victime. Que pouvait-il y avoir de plus dangereux que l'homme avec lequel elle avait vécu douze ans ? Elle avait supporté les violences psychologiques de Pinkie ; elle pouvait tout endurer.

Elle se leva sans bruit, traversa la pièce à tâtons et trouva un couteau de cuisine. Il était émoussé, mais c'était ce qui se rapprochait le plus d'une arme dans la maison puisque Basile avait emporté le revolver. Après réflexion, elle s'empara aussi de la lanterne et d'une boîte d'allumettes, puis s'approcha de la fenêtre la plus proche et jeta un coup d'œil à l'extérieur.

Elle vit une forme, rien qu'une ombre plus obscure parmi les ombres avançant sur la pointe des pieds le long du ponton. Elle s'immobilisa, comme pour tendre l'oreille, puis continua à progresser en silence vers la cabane.

Romy s'accroupit en serrant le couteau dans sa main. Comment une lampe à gaz pouvait-elle servir à se défendre ?

Lorsque la porte s'ouvrit en grinçant sur ses gonds rouillés, l'intrus hésita avant de la pousser en grand et se glisser à l'intérieur. Il la referma juste derrière lui.

— Romy ?

Son cœur faillit exploser de soulagement.

— Burke ?

Elle se releva d'un bond et courut vers lui, mais se figea en voyant le revolver dans sa main.

*

* *

Burke était si soulagé de la trouver saine et sauve qu'il était sur le point de s'emparer d'elle et de la serrer dans ses bras quand il vit le couteau dans sa main droite et la lampe dans l'autre.

Il avait éteint le moteur quelques kilomètres avant d'arriver, sachant que le bruit portait sur l'eau. Il ne voulait pas prendre le risque de conduire à sa cachette ceux qui le cherchaient. En se démenant pour revenir au plus vite, il ne lui était pas venu à l'esprit que Romy elle-même pouvait représenter une menace.

Mais le couteau tomba à terre avec fracas ; elle posa la lampe et la boîte d'allumettes sur la table.

Il mit le cran de sûreté de son pistolet en place et le déposa à côté de la lampe.

Puis ils se firent face. Il fut le premier à parler.

— Est-ce que ça va ?

Elle hocha énergiquement la tête.

— J'ai eu peur.

— De quoi ?

— Je ne savais pas que c'était vous au début.

— Moi j'ai eu peur que vous ne soyez plus là.

— Où irais-je ? Pourquoi marchiez-vous sur la pointe des pieds...

— Pour ne pas me faire prendre.

— Prendre ?

— Ils ont lancé une chasse à l'homme contre moi.

— Pourquoi ?

— C'est une longue histoire.

— Vous êtes en sueur.

— J'ai ramé.

— Oh.

Ils restèrent à nouveau là à se regarder dans la pénombre.

— Vous êtes parti si longtemps... murmura-t-elle au bout d'un moment.

— Je sais. Je suis désolé. Je n'ai pas pu revenir plus tôt.

— Ce n'est pas grave, c'est juste que...

— Impossible de faire autrement. Si...

— Que s'est-il passé ?

— Quelqu'un est-il venu ici ?

— Non.

— Avez-vous vu qui que ce soit ?

— Pas de la journée. J'ai cru devenir folle.

— Vous avez vraiment eu peur ?

— J'étais inquiète.

— Inquiète ?

— Je redoutais qu'il vous soit arrivé quelque chose.

L'espace qui les séparait s'amenuisa. Plus tard, il

ne se souviendrait pas d'avoir tendu sciemment les bras vers elle. Il ne se rappellerait pas de l'avoir enlacée. Cela se produisit sans qu'il y pense. Une seconde avant, il rêvait de l'étreindre. L'instant d'après, c'était chose faite.

Il la serra fort. Elle lui parut incroyablement petite et douce contre lui. Il enfouit son visage dans son cou sous ses cheveux, la saisit par la nuque, pressant son visage contre sa gorge.

Il sentit ses lèvres glisser sur sa peau.

— J'avais peur que vous ne reveniez pas me chercher.

— Rien n'aurait pu m'en empêcher.

— Je ne le savais pas.

— Vous le saviez, Romy.

— Comment aurais-je pu le savoir ?

— Parce que je vous l'avais promis.

Sur ce, il chercha aveuglément sa bouche. Il l'embrassa avec fougue, écrasant ses lèvres selon un angle, un autre, un autre encore. Il se sentait maladroit, gauche, mais les hommes affamés mangent sans grâce, goulûment, avec voracité. Tandis qu'il la goûtait pour la première fois, une longue plainte monta de sa poitrine, sous l'effet de l'assouvissement, et d'un désir magnifié.

Pour finir il se redressa, enfonça les doigts dans ses cheveux, lui pencha la tête en arrière et plongea son regard dans le sien pour voir s'il avait mal interprété sa réaction. Sur son visage levé vers lui, il lut le même étonnement, la même confusion que la sienne.

Elle leva timidement la main et effleura sa bouche du bout des doigts.

Alors il ferma les yeux et oscilla vers elle. Il plia légèrement les genoux pour se glisser dans le creux entre ses cuisses. Il lui prit les hanches et la pressa fermement contre lui. La main de Romy venue errer sur ses cheveux guida son visage plus près du sien et ils s'embrassèrent à nouveau avec plus de passion et moins de retenue que la première fois.

Il recula maladroitement jusqu'au lit en l'entraînant avec lui jusqu'à ce que ses mollets se heurtent au matelas. Il s'assit, écarta les genoux, l'attira contre lui. Avec des gestes impatients, il lui enleva son sweat-shirt avant de tirer son pantalon de survêtement à terre ; elle n'eut plus qu'à lever les pieds. Il la parcourut des yeux d'abord, puis des deux mains – les épaules, la poitrine, la taille, les hanches, les cuisses –, découvrant avidement son corps.

Puis il posa sa joue brûlante contre son ventre et elle lui enserra la tête des deux bras. Il caressa le dos de ses jambes, ses cuisses. Il serra ses fesses dans ses mains. Il l'embrassa à travers son slip, puis la titilla avec le menton, le nez, le front en un mouvement de va-et-vient qui ressemblait à celui de l'amour.

Il l'allongea sur le lit, s'étendit à côté d'elle et glissa une main sous son slip. Sa toison frisée s'enroula autour de ses doigts. Il écarta ses lèvres gonflées, mouillées de désir. Il enfonça ses doigts entre les plis soyeux, puis les retira avant d'entreprendre de masser cet endroit si sensible du bout du médium.

Il prit pour une permission le doux murmure de son nom. En quelques secondes, il ouvrit son jean et se plaça au-dessus d'elle. Quand il la pénétra, il faillit sangloter de plaisir. Il ne voulait pas hâter les choses, mais il avait tant attendu et tant rêvé d'elle, les sensations étaient si intenses qu'elles eurent raison de lui, et il ne put se retenir.

L'orgasme passa trop vite. Il releva la tête, des mots d'excuse sur les lèvres. Mais ses traits étaient doux, détendus. Des perles de sueur brillaient sur sa lèvre supérieure ; elle avait les yeux fermés. Il sentait le mouvement de sa poitrine sous lui. Ses mamelons étaient dressés. Il les caressa avec le pouce. Il sentit son ventre se contracter contre lui un instant avant qu'elle se morde la lèvre inférieure.

Il oscilla légèrement le bassin en avant et resta en

elle pour partager chaque vague, chaque pulsion. Quand tout fut fini, il roula sur le côté et l'attira contre lui, pressant son visage contre sa poitrine tout en lui caressant le dos. Ils demeurèrent ainsi sans bouger un long moment. Il aurait pu demeurer là pour toujours, mais il se sentit obligé de dire quelque chose.

— Je sais que vous êtes très croyante. Vous considérez probablement l'adultère comme un péché mortel. Alors, vous n'aurez qu'à dire que je vous ai forcée. Mais... mais ne vous sentez pas coupable, d'accord, Romy ? Je ne veux pas que vous vous sentiez mal... à cause de moi.

Elle dégagea sa tête pour pouvoir le regarder en face. Elle posa la main sur sa joue et chercha son regard.

— Vous n'avez pas à vous inquiéter de ça, chuchota-t-elle. Je ne suis pas vraiment mariée.

38

De la fenêtre de son bureau, Pinkie regardait les fêtards qui se déchaînaient dans la rue. Le défilé d'Orphée était fini, mais il y avait encore beaucoup de monde, déterminé à commettre tous les péchés du monde avant le début du carême, dans un peu moins de vingt-quatre heures.

En entendant la porte s'ouvrir et se refermer derrière lui, il se retourna. Bardo entra d'un pas lourd, l'air étonnamment éteint.

— Mes hommes ne veulent pas approcher de l'endroit. Ils disent que ça craint, dans tous les sens du terme. Il y a des flics, les associés du shérif, la police d'Etat, le coroner. Et je ne sais pas qui encore.

— A-t-on la confirmation que McCuen est mort ?

— Aucun doute là-dessus. Il paraît que Patout l'a descendu pour protéger Basile.

— Et Basile ? demanda Pinkie.

— Vous n'allez pas le croire ! Patout l'avait arrêté, mais il a réussi à se faire la malle.

Duvall lâcha un juron.

— Il s'est débrouillé pour maîtriser le vieil homme qui tient le bazar.

— Maîtriser, tu parles ! gronda Duvall. Patout n'a pas gobé ça tout de même ?

— Je n'en sais rien.

— Cet autre type... Gregory ne nous a-t-il pas déclaré que Basile et Dredd Machinchose étaient comme cul et chemise ? La façon dont vous décrivez l'endroit, saint Basile en personne n'aurait pas pu prendre la fuite sans assistance. Et puis qu'est-il advenu du Gregory en question et des hommes que j'ai envoyés avec lui ? Des nouvelles ?

Bardo secoua la tête.

— Aucune.

— Je doute qu'ils soient allés au bazar. A l'évidence, ils nous ont doublés.

— Ils font partie des hommes sur lesquels je peux absolument compter, affirma Bardo. Je leur ordonne ce qu'il faut faire ; ils s'exécutent sans poser de questions.

— La famille de Gregory est pleine aux as. Il a dû leur graisser la patte pour qu'ils le laissent filer. A l'heure qu'il est, ils sont probablement à Las Vegas en train de se faire deux putes à la fois.

— Ils ne sont pas du genre à se faire acheter, je vous assure !

— Alors expliquez-moi où ils sont passés ?

Bardo haussa les épaules et Pinkie jura.

Il ne s'était jamais senti aussi confus et incompétent de sa vie. Il avait eu deux excellentes occasions de coincer Basile et avait échoué à chaque fois. Il semblait que McCuen eût résolu de court-circuiter Del Ray et de faire cavalier seul. Ça n'était pas bien gênant. A vrai dire, il admirait l'initiative de McCuen. Sauf qu'elle s'était retournée contre lui et qu'il s'était fait descendre. *Merci, Doug Patout,* pensa Pinkie. Il faudrait lui régler son sort plus tard, à celui-là.

En attendant, Gregory James avait disparu de la circulation en emmenant avec lui deux de ses meilleurs hommes de main. Comment cette lopette larmoyante et lâche comme pas deux s'était-elle débrouillée ? Où qu'il soit, Basile devait se bidonner à l'idée de ces tentatives criminelles ratées contre lui. Rien que d'y penser, Pinkie sentait sa pression artérielle monter en flèche.

Bardo interrompit brusquement le cours de ses pensées.

— Faut pas que vous m'en vouliez de vous dire ça, mais...

Pinkie se retourna et Bardo continua sans se laisser démonter par le regard assassin de l'avocat.

— Basile a peut-être buté vot' femme et largué son corps dans le marécage le jour même où il l'a kidnappée. Il se peut qu'elle soit déjà morte. Ou alors...

— Ou alors... ?

— Oh, nom d'une pipe, réfléchissez, Pinkie ! S'ils sont enfermés ensemble depuis presque une semaine, sans doute que... enfin, vous voyez ce que cela signifie... Elle rend peut-être les choses tellement *intéressantes* pour lui qu'il n'en a plus rien à faire de se venger. Soit ça, soit il prend sa revanche d'une autre façon.

Le regard de Pinkie se fit dangereusement glacial et morne.

— Si je comprends bien, d'après vous, ma femme est morte ou bien elle baise comme une bête avec Basile ?

Bardo déploya les bras en un geste éloquent.

— Vous connaissez les gonzesses. De vrais toutous ! Tant qu'on leur donne à manger et qu'on les caresse de temps en temps, elles vous adorent. Pourquoi croyez-vous qu'on les appelle des chiennes ?

— Je n'y avais jamais pensé !

Bardo ne s'était pas rendu compte que son patron se faisait violence pour refréner sa colère. Il eut l'imprudence de continuer :

— J'ai un mauvais pressentiment. Y a quelque chose qui cloche depuis le départ. Tout est contre nous.

— Vous tournez autour du pot. Qu'avez-vous à m'annoncer ?

Bardo glissa la main dans sa poche. Fit tinter de la monnaie. Roula des épaules avec arrogance :

— Je ne suis plus dans le coup, Pinkie.

— Ben voyons !

— Ecoutez, je refuse de me faire descendre, surtout pour un cul que je n'ai jamais eu !

Pinkie vit rouge. Il s'élança sur Bardo et le saisit par le revers de son veston à deux mille dollars. Romy méritait peut-être cette insulte, mais pas lui ! Personne ne quittait son service à moins que lui-même en ait décidé ainsi. Comment Bardo pouvait-il avoir le culot de penser que cette règle ne s'appliquait pas à lui ?

— Vous ferez ce que je vous dirai ou je mettrai la puce à l'oreille de Littrell à propos de la vraie vie de Wayne Bardo.

— Vous êtes mon avocat. Vous ne pouvez pas raconter des conneries au procureur sans vous faire rayer du barreau.

— C'est vrai, reconnut Pinkie de cette voix doucereuse à laquelle il avait recours au tribunal pour poser une question dont il était certain qu'elle discréditerait un témoin.

Un journaliste local qui l'admirait beaucoup l'avait d'ailleurs surnommé « marteau de velours ».

— Je ne peux pas trahir des informations confidentielles, mais je pourrais certainement m'arranger pour que quelqu'un d'autre le fasse. Des tas de gens seraient disposés à me rendre ce service sans hésiter une seconde. Vous n'auriez même pas le temps de cligner des yeux ! Et si cela arrivait, c'en serait fini de vous, Wayne. Pas de pépées là où on vous mettra ! Ils vous prendront vos bijoux, votre belle voiture, et tous vos beaux habits. Ils vous enfermeront si loin que vous aurez de la chance de pouvoir vous torcher, vous raser et vous doucher une fois par mois.

Sans laisser à Bardo le temps de riposter, il se rapprocha en pointant son nez à quelques centimètres de lui.

— Que ça cloche ou pas, comme vous dites, cette affaire ne sera pas réglée tant que Basile sera encore en vie. Est-ce bien clair ?

Il résolut de garder pour lui ses projets concernant Romy. Bardo n'avait certainement pas de scrupules à liquider des femmes, mais Pinkie ne voulait pas lui aiguiser trop vite l'appétit.

— En attendant, j'ai une autre corvée pour vous, lança-t-il en le relâchant.

Puis il lui lissa les revers et lui tapota affectueusement les joues.

Et celle-là, vous allez adorer !

*

* *

— Pinkie a refusé de m'épouser religieusement. Si l'Eglise ne reconnaît pas notre union, moi non plus. (En un murmure, elle ajouta :) Ce qui fait de moi la pute que tu m'accuses d'être, je suppose.

Burke lui caressa la joue.

— Tu n'as rien d'une pute.

Ils se blottirent l'un contre l'autre avec une passion teintée d'une pointe de désespoir. Il l'avait libérée juste le temps de se lever et de se déshabiller. Elle frotta sa joue contre le duvet de sa poitrine.

— Que va-t-il advenir de nous, Basile ?

Son nom lui vint naturellement aux lèvres et cela le fit sourire. Mais sa question était grave.

— Je ne sais pas, soupira-t-il.

— Il faut que tu me laisses partir. Je dois rentrer.

Il secoua la tête.

— Mais...

En inclinant la tête en arrière, il plongea son regard dans le sien.

— Non ! fit-il, avant de l'embrasser possessivement.

Lorsqu'ils s'écartèrent finalement l'un de l'autre, elle l'interrogea sur Barbara.

— Pourquoi as-tu rompu ?

— Je ne pouvais pas la rendre heureuse.

— Te rendait-elle heureux ?

— Non, avoua-t-il en se rendant compte pour la première fois que l'échec de leur mariage n'avait pas été entièrement de son fait.

Barbara ne s'était pas vraiment démenée non plus pour le satisfaire.

— Nous nous sommes contentés d'une relation à l'amiable. Je suppose que c'est le cas de beaucoup de gens.

— Ça ne devrait pas être comme ça.

— Non. (Il l'observa attentivement un moment en effleurant délicatement ses traits l'un après l'autre.) Si tu avais pu choisir ta destinée, qu'aurais-tu fait ?

— Tu veux dire, si les faveurs de Pinkie ne m'avaient pas emprisonnée ? (Il hocha la tête.) J'aurais travaillé dans une galerie d'art, répondit-elle sans hésitation. J'ai étudié la peinture et je connais bien les artistes contemporains. Je serais parfaite.

— J'en suis convaincu, dit-il sincèrement.

Elle cala ses mains jointes sous sa joue.

— Que se serait-il passé si nous nous étions rencontrés dans des circonstances normales ? demanda-t-elle d'un ton grave. Supposons que je travaille dans une des galeries branchées de Royal Street et que tu entres par hasard et me vois.

— Pour commencer, je ne pourrais pas me permettre ne serait-ce que de passer la porte de ce genre de magasins.

— On fait semblant, Basile. Tout peut arriver !

— Entendu. J'entre et je te vois, c'est ça ? (Elle acquiesça.) Eh bien, en m'emmêlant les pinceaux probablement, j'essaierais de trouver le courage de t'adresser la parole.

Elle rit.

— Tu engagerais la conversation. C'est bien. Et ensuite ?

— Ensuite, rien. Tu t'apercevrais tout de suite que je suis d'une ignorance crasse.

— Pourquoi dis-tu ça ?

— Je serais vraisemblablement en mesure de reconnaître Mona Lisa parmi d'autres toiles, mais mes connaissances en matière d'art s'arrêtent à peu près là. Tu me ficherais dehors.

— J'en doute.

Elle sourit timidement, puis confessa à voix basse :

— Le père Kevin m'a fait forte impression.

— Ce prêtre à la mine sévère ? railla-t-il.

— Il était assez austère, je le reconnais, mais j'ai beaucoup pensé à lui.

— Que pensais-tu lorsqu'il te venait à l'esprit ?

— Des choses vilaines.

— Non !

— Hum, hum ! Je pensais qu'il serait une tentation pour toutes les femmes de sa paroisse.

— Allons !

— C'est vrai ! protesta-t-elle. Je le trouvais beaucoup trop séduisant pour être un saint prêtre.

— Je n'ai rien d'un saint.

— Mais je ne le savais pas à l'époque. Je trouvais qu'il avait énormément de sex-appeal.

— Vraiment ?

— Oui. Et c'était avant que je m'aperçoive qu'il avait des taches de rousseur sur les épaules.

Il rit, ravi de l'attention qu'elle lui portait, de ce flirt.

— C'est faux.

— Mais si ! insista-t-elle, riant à son tour.

Ils passèrent plusieurs heures à se caresser, à s'embrasser, à s'explorer avec cette tendre curiosité réservée aux nouveaux amants, ravis de chaque découverte.

Ils s'imaginèrent qu'ils s'étaient rencontrés ailleurs, en d'autres temps, qu'ils étaient libres de rire et de s'abandonner pour le plaisir. Ils se taquinèrent, mais il y eut aussi de longs moments où ils ne firent rien à part se regarder intensément.

— Tu es si belle, murmura-t-il à un moment donné. Je n'arrive pas à croire que je te tiens dans mes bras.

— J'aime ton visage, répondit-elle à voix basse. Il est si honnête, mais...

— ... mais quoi ?

— C'est très sombre au fond de tes yeux, Basile. Que caches-tu dans cette obscurité ?

— Tous mes péchés et mes fautes.

— Il ne peut pas y en avoir tant que ça !

— Tu serais surprise. Quoique ! Peut-être pas ? ajouta-t-il en ricanant.

Elle suivit le pourtour de sa bouche du bout des doigts.

— Là, tu souris, mais jamais avec les yeux. Pourquoi ? Qu'est-ce qui t'a rendu si malheureux ?

C'était déconcertant qu'elle puisse lire ainsi à livre ouvert dans ses pensées. En même temps, il était touché par son aptitude à le percer à jour, par son désir de le connaître en profondeur et il avait envie de lui avouer combien cette attention comptait pour lui.

Il la fit pivoter sur elle-même, passa le bras autour de sa taille et l'attira contre lui en calant ses fesses contre la courbe de son ventre. Il pensait honnêtement que cette intimité lui suffirait. Mais il ne lui fallut guère de temps pour être de nouveau en feu.

Son sexe en érection trouva bientôt le chemin de son passage secret. Il saisit un de ses seins et caressa le mamelon jusqu'à ce qu'il durcisse. En lui couvrant la nuque de petits baisers, il bascula les hanches en avant, la trouva ouverte, douce, et gémit son nom quand sa chaleur l'engloutit.

Il commença à aller et venir en elle et se perdait déjà dans ce rythme quand un petit son émanant d'elle l'arracha à son émerveillement érotique.

Il se dégagea et la tourna vers lui. Elle pleurait. Il lui essuya les joues.

— Je suis désolé, Romy. J'arrête. Ce n'est pas grave.

— Je ne veux pas que tu arrêtes.

Il déglutit avec peine.

— Alors, qu'est-ce qu'il y a ?

Elle prit son visage entre ses mains.

— Tu sais ce que ma vie avec Pinkie a été. Tu sais pourquoi il m'a prise, ce qu'il a fait de moi et ce que j'ai été pour lui toutes ces années.

Il n'y avait pas moyen de se méprendre sur le sens de ses paroles. Il hocha la tête avec gravité.

— J'agissais sur commande, dit-elle pour être sûre qu'il comprenne.

— Je le sais.

Elle prit une inspiration tremblotante.

— Et tu veux encore de moi ?

— Si j'ai envie de toi ? répéta-t-il, abasourdi. Si je te veux ?

Il s'allongea sur elle et la pénétra en un seul mouvement fluide. En glissant ses doigts dans ses cheveux, il lui tint la tête tout en lui parlant avec tendresse.

— Je mourrais peut-être avant que tout soit fini. Ou je risque de passer le reste de mes jours derrière des barreaux. Dans un cas comme dans l'autre, ça m'est égal.

Il s'enfonça un peu plus en elle.

— Mais je ne supporterais pas que tu retournes avec lui. Tout le reste, je le mérite et je suis prêt à l'accepter. (Il ferma les yeux et appuya son front contre le sien.) Mais tu ne peux pas retourner auprès de Duvall. Ce n'est pas possible. Tout, tout, mais pas ça !

39

— Monsieur Duvall ?

— Qui est à l'appareil ?

— Doug Patout. On a retrouvé votre femme.

Roman avait apporté le téléphone sans fil à Pinkie qui prenait son petit déjeuner dans la salle à manger.

— Où ça ? demanda-t-il d'un ton brusque.

— Au bazar de Dredd. Les adjoints du shérif sont auprès d'elle. Je suis en route.

— Et Basile ?

Il sentit que Patout répugnait à lui répondre.

— Il a déposé votre femme et il est reparti.

— Comment va-t-elle ?

— Selon monsieur Michoud, elle va bien. Elle a hâte de rentrer.

— Je veux qu'on trouve Basile, Patout, qu'on

fouille toute la Louisiane, centimètre par centimètre, jusqu'à ce qu'on lui mette le grappin dessus afin qu'il soit jugé.

— Je doute fort que ce soit la justice qui vous préoccupe en l'occurrence, riposta Patout avec une exaspérante placidité. Vous n'avez jamais considéré qu'il s'agissait d'un enlèvement, ou vous auriez expédié le directeur du FBI en personne sur les traces de votre femme. Si vous insistez, toutefois, j'appellerai les fédéraux pour qu'ils interrogent madame Duvall.

Pinkie serrait le téléphone si fort que ses jointures avaient blanchi. Sa bague sertie de diamants creusait de douloureux sillons dans son annulaire. Il ne pouvait contrer les accusations de Patout, et il était certain que celui-ci le savait.

— Puis-je être franc ? (Sans attendre la permission, Patout continua :) Tout indique qu'il s'agit d'une histoire personnelle. La solution ne dépend pas des autorités chargées de faire respecter la loi, mais de vous et de votre femme. Peut-être aussi de Basile. Je suggère que vous régliez le problème entre vous.

Plus tard, Pinkie se demanda comment il avait fait pour ne pas perdre le contrôle de lui-même. Cela lui avait incontestablement demandé un formidable effort de volonté. Les commentaires moralisateurs de Patout avaient poussé sa patience à bout.

— Merci du conseil, Patout, mais je n'ai pas besoin de recevoir de leçons de vous sur la manière de m'y prendre avec *ma* femme. Vous aimeriez penser que l'affaire est close, n'est-ce pas ? Vous prendriez plaisir à faire un joli nœud autour et qu'on n'en parle plus. Parce que, durant toute cette épreuve, vous avez protégé votre Basile et vous seriez drôlement soulagé s'il s'en sortait sans trop de plaies et de bosses.

Paranoïaque, pensant que ses téléphones étaient sur écoute, Pinkie était bien trop futé pour révéler ses plans concernant Basile par le biais des fibres optiques.

Il avait déjà déclaré à Patout, sans doute à tort, qu'il avait la ferme intention d'éliminer l'ancien flic. Il ne voyait aucune raison de réitérer ses menaces maintenant.

Il tenait néanmoins à ce que Patout sache qu'on n'oublierait pas son attitude et son manque de coopération.

— Vous pouvez dire adieu à vos ambitions pour le poste de numéro un à la NOPD, Patout. A partir de maintenant, vos ennemis vont fondre sur vous de tous côtés. Vous pouvez compter là-dessus.

Patout eut le bon goût de garder son sang-froid.

— J'ai affrété un hélicoptère pour m'emmener à Jefferson. J'escorterai personnellement madame Duvall jusqu'à chez elle. Nous devrions être là dans deux heures.

Puis la ligne fut interrompue.

Roman approcha et demanda d'un ton hésitant :

— Madame Duvall rentre-t-elle à la maison aujourd'hui ?

— C'est exact, Roman.

— Que Dieu soit loué !

— Hum. Oui.

Profondément abîmé dans ses pensées, Pinkie pianotait énergiquement sur la table. Au bout d'un moment, il leva les yeux vers le majordome et lui sourit :

— Je pense que cela mérite une grande fête, pas vous ?

— Ah je vois que monsieur n'a pas oublié qu'aujourd'hui, c'est Mardi gras ! Le dernier jour pour faire la fête jusqu'à Pâques.

— Non, Roman, je n'ai pas oublié. J'ai été préoccupé, c'est tout. J'avais bien l'intention d'organiser une réception. Ici-même. Ce soir. Auriez-vous la gentillesse de vous charger des préparatifs ?

— C'est déjà fait, monsieur.

Roman sortit précipitamment pour annoncer la bonne nouvelle au reste du personnel. Pinkie enfonça la touche correspondant au numéro de Bardo.

— On a retrouvé Romy.

— Où ça ?

— Je vous donnerai les détails plus tard. Patout nous la livre à domicile.

— Et Basile ?

— On ignore où il est pour le moment.

— Dans ce cas, que voulez-vous que je fasse maintenant ?

— Ce dont nous avons parlé hier soir.

— Même si madame Duvall rentre à la maison ?

Pinkie regarda la chaise vide en face de lui où Romy prenait place d'ordinaire.

— Surtout si madame Duvall rentre à la maison !

*

* *

Une sévère réprobation pinçait les lèvres de sœur Béatrice.

— C'est tout à fait irrégulier.

— Peut-être bien, mais c'est ce que veut monsieur Duvall.

L'arrogance de Wayne Bardo prouvait qu'il n'était pas impressionné par la tenue de la religieuse. A ses yeux, ce n'était qu'une bonne femme comme les autres, qui lui donnait du fil à retordre. Il n'hésiterait devant rien et elle n'allait certainement pas l'empêcher de faire ce pour quoi Duvall le payait.

— Je vais appeler monsieur Duvall et lui parler personnellement.

— Très bien. Vous gênez pas pour moi, ma sœur !

Bardo fit glisser le téléphone vers elle sur son bureau, puis avec un manque de respect marqué, il s'assit sans qu'on le lui eût proposé en mettant une cheville en équilibre sur son genou. Quand elle entreprit de composer le numéro de la résidence des Duvall, il se mit à siffloter entre ses dents.

— Monsieur Duvall, je vous prie. Ici sœur Béatrice du pensionnat du Sacré-Cœur. Il faut absolument que je lui parle.

Un sourire narquois flottant sur ses lèvres, Wayne Bardo écouta la moitié de la conversation tandis que la religieuse s'assurait que Duvall l'avait bien envoyé chercher sa belle-sœur.

— Et madame Duvall est d'accord avec ces arrangements ? demanda-t-elle.

Au bout d'un moment, elle murmura :

— Je vois. Très bien, monsieur Duvall. Pardonnez-moi de vous avoir dérangé, mais comprenez que je m'inquiète de la sécurité de Flarra. Sur ce, elle foudroya du regard Bardo, qui la gratifia d'un sourire enjôleur.

— Alors, c'est cool ? demanda-t-il dès qu'elle eut raccroché.

— Oui, c'est *cool*.

Elle n'était pas seulement cool, mais franchement glaciale lorsqu'elle se leva et contourna le bureau en faisant froufrouter ses jupes et cliqueter son chapelet.

— Je vais dire à Flarra de préparer ses affaires. Elle ne sera pas longue.

Il attendit vingt bonnes minutes. A ce stade, son environnement commençait à lui taper sérieusement sur les nerfs, entre le tableau du Christ crucifié, sanguinolent, qui le dévisageait de son regard profond sans le quitter des yeux, tandis qu'il faisait les cent pas dans la pièce, et la foison de saints et anges flottant çà et là sur des nuages roses qui semblaient l'accabler de reproches dans leurs cadres dorés. Il aurait juré que la statue de l'auguste soldat dressée dans un coin avait brandi son épée vindicatrice à son encontre. Toutes ces niaiseries religieuses lui donnaient la chair de poule !

Lorsque la porte du bureau s'ouvrit derrière lui, il était franchement à cran.

— Sacrebleu ! s'exclama-t-il en faisant brusquement volte-face.

Les lèvres de sœur Béatrice se pincèrent encore plus en réaction à ce blasphème atténué, mais Bardo n'avait pas pu se retenir. Pinkie lui avait promis, qu'en plus d'être largement rémunéré pour cette mission, il n'allait pas s'embêter.

C'était le moins que l'on puisse dire ! Il allait adorer, oui ! En l'espace d'une seconde, il pensa à une dizaine d'actes dépravés auxquels il soumettrait la petite sœur.

Elle avait les joues roses d'excitation quand elle traversa la pièce pour venir lui serrer la main.

— Bonjour, monsieur Bardo. Quel plaisir !

— Il en va de même pour moi, mademoiselle Lambeth.

C'était probablement la première fois de sa vie qu'il serrait la main d'une femme, mais il profita de l'occasion pour toucher cette créature presque trop sexy pour être vraie.

— Je n'arrive pas à croire ce que sœur Béatrice m'a raconté ! Je suis vraiment invitée à la réception de Mardi gras ce soir ?

— Y a pas de doute. Monsieur Duvall pense que vous êtes restée enfermée là-dedans assez longtemps. Ne le prenez pas mal, ma sœur, lança-t-il par-dessus l'épaule de Flarra. Votre beau-frère veut que vous passiez une bonne soirée. Ce sera comme qui dirait votre entrée dans le monde.

— Et Romy est d'accord ?

— Ouais. Elle tient à ce que vous soyez de la partie ce soir. D'ailleurs, elle a personnellement choisi vot' costume.

En mettant une main sur sa poitrine, d'où jaillissaient deux seins impertinents, elle s'exclama, comme étourdie :

— Ils veulent vraiment que je vienne. C'est trop beau pour être vrai.

Bardo prit sa valise et lui tendit le bras.

— Croyez-moi, petit cœur, c'est vrai !

*

* *

Pinkie les attendait à la porte d'entrée. Il ouvrit avant que Patout eût le temps de sonner. Dans son esprit, il y avait encore une toute petite chance qu'il inverse ses plans et que Romy et lui reprennent leur vie comme s'il ne s'était rien passé.

Cette vague possibilité s'évapora à l'instant où il plongea son regard dans le sien. Parce que, même si elle lui sourit faiblement et prononça son nom d'une voix tremblante quand elle fut dans ses bras, il comprit que Basile l'avait eue.

Le salopard aurait tout aussi bien pu empoisonner ses orchidées d'exposition ou pisser dans une bouteille de château-lafitte. Romy avait été souillée. La belle plante qu'il avait cultivée pour en faire une parfaite courtisane était ruinée à jamais.

Il l'étreignit néanmoins en dissimulant sa répugnance.

— Dieu merci, ma chérie, te voilà de retour. Quand je pense à ce que tu as enduré... (Il s'interrompit, feignant d'être en proie à une émotion insoutenable). T'a-t-on fait le moindre mal ?

Il écouta tandis qu'elle lui parlait de la mitraille qu'elle avait reçue dans le dos lorsqu'ils avaient fui le bar de L'Intersection.

— Mais mes plaies sont presque guéries, conclut-elle. Je suis juste très fatiguée.

— Basile ne t'a pas...

Elle mentit en secouant énergiquement la tête.

— Il avait un compte à régler avec toi, Pinkie. C'est tout. Il ne m'a pas maltraitée.

Doug Patout, qui était resté à l'écart afin de ne pas gêner leurs retrouvailles, s'avança à ce moment-là.

— Madame Duvall a préféré s'abstenir d'évoquer son épreuve pendant le trajet. Mais à présent, si vous n'y voyez pas d'inconvénient, j'aimerais entendre sa version des faits et l'interroger sur des points précis.

— Il n'en est pas question, répondit froidement Pinkie. Comme vous l'avez vous-même souligné plus tôt, il s'agit d'une affaire personnelle. Vous aviez parfaitement raison.

Sur ce, il lui ferma la porte au nez.

— Monsieur Patout craint que tu envisages des représailles contre Basile, dit-elle alors qu'il l'entraînait dans l'escalier. Tu ne vas pas faire ça, hein, Pinkie ?

Il se borna à sourire en lui tapotant le bras avec bienveillance. En haut, dans la chambre, Roman lui apporta un repas léger, mais elle laissa l'assiette intacte sur le plateau. Quand ils furent seuls à nouveau, Pinkie lui demanda de décrire son enlèvement.

— J'aimerais beaucoup voir cette cabane de pêcheur où il t'a gardée. Pourrais-tu m'y conduire ?

— J'ai bien peur que non. Tous les canaux du bayou se ressemblent comme deux gouttes d'eau à mes yeux.

— Pourquoi t'a-t-il laissée partir ?

— Je n'en sais rien, répondit-elle d'une voix voilée. Il m'a réveillée de très bonne heure ce matin pour m'annoncer qu'il me libérait. Tout du long, il n'a pas cessé de me répéter qu'il se servait de moi comme d'un appât pour t'attirer et que peu lui importait combien de temps ça prendrait. Il ne m'a pas fourni la moindre explication sur ce brusque revirement, si ce n'est qu'il m'a laissé entendre que cela avait à voir avec un policier tué hier. Et avec Dredd. Il ne voulait pas que Dredd, ou Patout, ou qu'aucun de ses anciens collègues soit affecté par ses actes criminels. Il a déclaré qu'il était temps d'arrêter avant que tout le monde se fasse tuer.

— Il aurait dû penser à ça plus tôt. Il est trop tard maintenant.

— Que veux-tu dire ?

— Peu importe. As-tu essayé de t'échapper ?

— Evidemment !

Elle lui raconta qu'elle avait failli se noyer. Après cela, il m'a mis les menottes. En levant vers lui son regard incroyablement expressif, elle posa la main sur son bras et s'y cramponna.

— Mais je suis saine et sauve et de retour avec toi. C'est tout ce qui compte. Toute cette histoire m'apparaît comme un mauvais rêve que j'aurai vite fait d'oublier.

Elle glissa les bras autour de son cou.

— Pinkie, je t'en supplie, écoute ce que monsieur Patout a à te demander. Ne perpétuez pas cette querelle avec Basile ! Ça ne servirait à rien. Il voulait simplement te secouer et maintenant que c'est chose faite, nous n'entendrons plus jamais parler de lui. Si Basile peut mettre une croix sur tout cela, nous aussi. Hein ! Laisse tomber.

Il coupa court à ses supplications pour la vie de son amant par un baiser violent qu'il interrompit brutalement. A l'évidence, son geste la surprit. La salope s'attendait-elle vraiment à ce qu'il l'entraîne au lit ? Il avait envie de lui rire sous le nez à gorge déployée, mais il n'était pas encore temps de lui révéler les surprises qui l'attendaient.

— Dors un peu, lui chuchota-t-il en lui caressant la joue. Je veux que tu sois très belle ce soir.

— Ce soir ?

— A notre réception ?

— Réception ?

— Romy, ce réflexe de perroquet te vient-il de Basile ?

— Je suis désolée. Quelle réception ?

— C'est Mardi gras. L'aurais-tu oublié ? Demain, nous devons nous repentir pour nos péchés, mais ce soir, nous pouvons nous laisser aller. J'ai certainement l'intention de satisfaire...

— Je ne peux pas aller à cette soirée.

— Encore une autre mauvaise habitude que tu as acquise, fit-il en fronçant les sourcils. M'interrompre quand je parle !

Elle se retint de le couper à nouveau en se mordant la lèvre. Au bout d'un moment, elle ajouta avec ce doux tremblement dans la voix :

— C'est juste que je n'arrive pas à croire que tu me demandes de présider une réception dès le premier soir.

— N'est-ce pas le meilleur moment de fêter ton retour ?

— Je préférerais que nous le célébrions tous les deux.

— C'est gentil, ma chérie, mais j'ai bien peur de ne plus pouvoir annuler les festivités. Trop de gens seraient déçus. Il lui effleura la joue. Y compris Flarra. Je l'ai invitée.

Elle blêmit, déglutit en s'étranglant à moitié comme si elle luttait contre un haut-le-cœur.

— Vraiment ? s'exclama-t-elle avec une gaieté feinte. Pourquoi t'es-tu décidé ? Tu ne voulais jamais l'inviter auparavant ?

— J'ai réfléchi aux arguments que tu as avancés lors de notre dernière conversation à son sujet. Je les trouve valides. Il est temps de lui lâcher un peu de lest. Ce n'est plus une enfant, après tout, mais une jeune femme.

— En fait, j'avais tort, Pinkie. C'est toi qui avais raison. Tu as toujours raison avec ces choses.

Il fronça les sourcils.

— Ton revirement arrive trop tard, Romy. Je ne peux pas décevoir Flarra maintenant qu'elle a été invitée. Tu ne voudrais pas que je fasse une chose pareille. Ce serait trop cruel ! A présent, dors un peu, acheva-t-il en se levant. Ça te redonnera peut-être un peu de couleurs. Pardonne-moi de te dire ça, mais tu as l'air crevée.

— J'imagine que je ne vais pas être belle à voir. Mes cheveux et mes ongles sont dans un état ! Je m'arrangerai pour qu'ils soient impeccables ce soir.

— Tu pourras t'occuper de tes traitements de beauté toi-même après ta sieste. (Il se dirigea vers la porte.) Oh, au fait, j'ai enlevé le téléphone pour que tu ne sois pas dérangée.

Elle jeta un coup d'œil vers la table de chevet et il fut ravi de voir l'expression de panique qui passa sur son visage.

— J'aimerais appeler Flarra. Ça fait plus d'une semaine que je ne lui ai pas parlé et je suis sûre qu'elle se demande pourquoi.

— Ne t'inquiète pas. Je lui ai raconté un petit bobard en prétendant que tu avais une extinction de voix. Maintenant elle sait que tu es remise et impatiente de te voir ce soir.

— Mais il faut absolument que je l'appelle.

— Tu lui parleras ce soir, ça suffit. J'ai donné l'ordre aux domestiques de te laisser tranquille d'ici là, mais je viendrais moi-même te rendre visite de temps en temps dans la journée.

Il lui envoya un baiser et s'assura qu'elle l'avait vu mettre la clé dans la serrure extérieure avant de tirer la porte.

*
* *

Romy se précipita sur la poignée et s'y agrippa des deux mains. Elle essaya de la bouger, vers le haut, le bas, la droite, la gauche, mais rien n'y faisait. Avec un sanglot de frustration, elle se laissa tomber contre le chambranle.

Elle avait accepté le bien-fondé du paradoxe consistant à retourner auprès de Pinkie avant de pouvoir lui échapper pour de bon. Elle savait qu'elle devrait faire appel à tous ses talents de comédienne afin de le convaincre que sa capture lui avait porté un coup terrible et qu'elle était impatiente d'oublier cette expérience traumatisante pour reprendre le cours normal de sa vie. Elle était disposée à jouer le jeu aussi longtemps qu'il le faudrait pour extirper Flarra des griffes de Pinkie en allant jusqu'à partager son lit – Que Dieu lui vienne en aide ! –, bien qu'elle ne l'eût pas précisé à Basile.

Mais Pinkie ne l'avait pas précipitée au lit, ce qui était inhabituel, et de ce fait, alarmant. Il n'y avait qu'une seule raison pour qu'il s'en abstienne : il la soupçonnait d'avoir cu dcs rclations intimes avec Basile. Et si tel était le cas, sa vie, mais aussi celles de Basile et de Flarra, étaient en péril.

Pinkie avait dû deviner dès qu'il l'avait embrassée, peut-être même avant, qu'elle lui revenait différente. Il avait dû se rendre compte sur-le-champ qu'elle avait radicalement changé. S'il était capable de repérer une imperfection minuscule sur un bouton d'orchidée, de détecter que le vin qu'on lui servait était un degré trop frais ou trop chambré, il pouvait à coup sûr percevoir le changement profond qu'elle avait vécu dans le marais où elle en était venue à aimer Basile, en plus de s'aimer elle-même à nouveau.

Qu'elle vive centenaire ou qu'elle meure aujourd'hui, elle bénirait le ciel de ces quelques jours d'isolement dans une nature primitive et exotique. Elle avait été contrainte de se regarder en face, sans détour, et de reconnaître qu'elle était devenue précisément ce dont Basile l'avait accusée – une pute ! Elle s'était prostituée pour une excellente raison : protéger sa sœur, mais en définitive, elle avait tout sacrifié à cette fin : sa fierté, son amour-propre, son âme. En ayant abdiqué ainsi, comment pouvait-elle être utile à Flarra ou à qui que ce soit d'autre ?

Elle méprisait à présent cette madame Pinkie Duvall passive et peureuse dont la survie passait par la ruse et la manipulation. En revanche, elle éprouvait un respect croissant pour Romy Lambeth, dont les opinions avaient du mérite, qui était forte et courageuse, une battante digne de l'amour d'un homme humain et intègre.

Basile ! Il fallait l'avertir que leur stratégie s'était retournée contre eux. Seulement pour passer un coup de fil, elle devait sortir de cette pièce. Comment faire ?

L'un des michetons de sa mère lui avait appris à forcer la plupart des serrures, mais les techniques dans ce domaine, comme ailleurs, avaient considérablement évolué, et Pinkie tenait à s'équiper des dispositifs les plus modernes. Lorsque la maison avait été rénovée, quelques années plus tôt, il avait fait installer dans la chambre de maître tous les systèmes de sécurité possibles, afin de s'y réfugier au cas où des intrus réussiraient à pénétrer dans la maison en dépit de l'alarme sophistiquée. Il y avait un clavier numérique sur le chambranle extérieur ; il fallait connaître la succession de chiffres pour déverrouiller la porte. Une clé permettrait d'ouvrir de l'intérieur, mais elle eut beau fouiller partout, y compris dans le dressing-room de Pinkie, ses recherches furent vaines. En désespoir de cause, elle essaya de crocheter la serrure avec des ciseaux à ongles, une lime, une épingle à cheveux, mais, comme elle s'y attendait, le dispositif était trop compliqué pour un amateur armé d'outils de fortune.

En définitive, elle se rabattit sur les fenêtres. Elle écarta les tentures pour découvrir avec effroi que les volets avaient été bloqués de l'extérieur. Cela ne s'était produit qu'une seule fois auparavant, alors qu'un orage tropical menaçait. Ce coup-ci, on les avait scellés. La lumière du jour avait de la peine à passer à travers.

Cela ne changeait pas grand-chose de toute façon. Les verrous posés sur les fenêtres n'avaient rien d'extraordinaire, mais le système d'alarme, lui, était très complexe. Même si elle parvenait à libérer une fenêtre et à l'ouvrir, une sirène se mettrait aussitôt à retentir par intermittence afin d'alerter le personnel d'une coupure dans le circuit. Quelqu'un ne manquerait pas d'en informer Pinkie.

Renonçant à s'échapper par les fenêtres, elle arpenta la pièce en se creusant la cervelle à la recherche d'une autre issue.

Par les conduits de l'air conditionné ? Elle retira la grille d'un tuyau d'admission d'air. Trop petit.

Par le conduit de la cheminée ? Pas évident !

Elle n'était pas un passe-murailles et ne pouvait se glisser sous les portes comme de la fumée.

Fumée !

En plus du système de sécurité, la résidence était équipée de détecteurs de fumée et de chaleur directement connectés au service de surveillance de la compagnie préposée, ainsi qu'à la caserne des pompiers la plus proche. Une fois l'alerte déclenchée, on envoyait des voitures de pompiers. Les interventions étaient systématiques ; il n'était jamais question de fausses alertes et les pompiers ne quittaient pas les lieux avant d'avoir rigoureusement vérifié tous les détecteurs de la maison.

Il y avait en un au-dessus de la porte menant à son dressing-room. Elle débarrassa à la hâte la table de chevet de ses tiroirs, posa la lampe par terre et tira le meuble en place.

Puis elle alluma une bougie parfumée, envoya promener ses souliers et grimpa sur la petite table. En tendant le bras, elle réussit à approcher la flamme à quelques centimètres du détecteur.

— Ça ne marchera pas, Romy !

Elle sursauta et lâcha la bougie allumée qui fit aussitôt un trou dans le tapis. Pinkie franchit la pièce en deux enjambées et piétina la mèche, puis leva vers elle un regard sévère et amusé à la fois.

— Tu as plutôt l'air ridicule, Romy, mais je dois reconnaître que ton ingéniosité m'impressionne. Tu as manifesté plus de sagacité dans la dernière demi-heure que depuis que je te connais.

Il lui tendit courtoisement la main pour l'aider à descendre. Comme elle ignorait dédaigneusement son geste, il gloussa :

— Je n'aurais pas négligé quelque chose d'aussi élémentaire que les détecteurs d'incendie, ma chère, bien que j'avoue être agréablement surpris que tu aies eu l'intelligence d'y penser toi-même.

— J'ai toujours été plus futée que tu voulais bien l'admettre, Pinkie.

— Assez, en tout cas, pour me dissimuler une grossesse et une fausse couche, je te l'accorde ! Ça t'étonne, Romy ? Le docteur Caruth était plus que disposée à me faire des confidences après que je lui eus montré quelques clichés pour le moins compromettants de son amante et elle, ladite amante se trouvant être aussi son infirmière.

« Si je tolère les préférences sexuelles d'autrui, poursuivit-il d'un ton suave, on peut supposer sans risque que ces dames de la haute société qui ne jurent que par le docteur Caruth au mépris de ses collègues de sexe masculin seraient horrifiées de connaître sa vie privée. Même si certaines s'en doutent, elles préféreraient à coup sûr que leurs soupçons ne soient pas confirmés, ce qui nécessiterait, bien entendu, de la boycotter purement et simplement.

« Bon, de quoi parlions-nous ? Ah oui, ton Q.I. ! L'intelligence est gaspillée dans le cas de femmes comme toi, Romy. J'irais jusqu'à dire que Basile lui-même serait d'accord. Ça m'étonnerait fort qu'il ait eu une conversation sensée avec toi avant de te sauter. Et il t'a bel et bien sautée, n'est-ce pas ?

— Il m'a fait l'amour, répondit-elle d'un ton plein de défi. Pour la première fois de ma vie, j'ai fait l'amour avec un homme.

Il la gifla du revers de la main ; sa pommette absorba l'essentiel du choc. Elle tituba sous l'impact et la douleur aveuglante, et ses genoux ployèrent sous elle. Elle s'effondra.

— Tu n'es qu'une pute, Romy ! C'est ce que tu as toujours été pour la bonne raison que tu viens de là, et c'est ce que tu seras toujours. Tu as peut-être idéalisé le moment passé seule en compagnie de Basile, bien au chaud dans sa petite cabane, rien que vous deux en pleine nature. Mais ne te fais pas d'illusions, Basile est un homme, et tous les hommes savent au premier regard ce que tu es exactement. Il t'a sautée, mais uniquement pour m'insulter. Où est-il à présent ?

— Je l'ignore.

Il lui assena un coup de pied dans les reins. Elle faillit s'évanouir de douleur, mais se cramponna pour ne pas perdre conscience et lutta vaillamment contre les vagues de nausée.

— Où est-il ? répéta-t-il.

— Il m'a déposé chez Dredd. Ensuite il est parti.

— En bateau ou en voiture ?

— En bateau.

Elle se mit à pleurer au souvenir de ces ultimes instants qu'ils avaient passés ensemble, regrettant amèrement l'un et l'autre qu'il n'y eût pas d'autre issue à leur dilemme.

— Je ne voulais pas qu'il me laisse, mais...

Un ricanement sinistre l'interrompit.

— C'est bien ce que je disais ! Basile a eu ce qu'il voulait, mais toi, ma pauvre cocotte, tu te retrouves le cœur brisé.

Elle le foudroya du regard.

— Tu ne peux pas me garder enfermée indéfiniment dans cette chambre, Pinkie. Tôt ou tard, je m'enfuirai.

— Romy, d'ici demain matin, tu n'en auras plus rien à faire de sortir d'ici ou pas. Tu seras totalement indifférente à ce qui t'arrive.

— Que comptes-tu faire ? Me tabasser jusqu'à ce que je préfère mourir plutôt que vivre ? (Elle redressa fièrement la tête.) Essaie, Pinkie. Mais tu seras étonné de voir à quel point je suis devenue résistante. Tu n'as plus le pouvoir de me faire du mal. Je ne suis plus ce que tu m'accuses d'être. Je le sais à présent. Inutile de m'insulter. Ça ne me touche plus.

— L'amour t'a rendue forte ? railla-t-il.

— Exactement.

— Vraiment ? Je te trouve bien téméraire, Romy ! Mais voyons jusqu'où va ton courage quand ce à quoi tu tiens le plus au monde est souillé par ce que tu abhorres !

Elle eut la sensation que sa poitrine se brisait autour du sanglot qui s'en arracha.

— Je t'interdis de la toucher !

— Ah, tu as deviné ! Cette douce Flarra ! Il pressa le bout de ses doigts joints contre ses lèvres. En plein épanouissement, et si avide de connaître la vie !

Romy s'agrippa au bord de la table de chevet pour se remettre sur pied, puis elle se jeta sur lui, prête à lui arracher les yeux. Il lui expédia un coup de poing qui la projeta sur le lit.

— Elle explose de vitalité, n'est-ce pas ? poursuivit-il d'un ton affable, comme s'il était question des mérites d'un cheval de course. Elle respire la sensualité. Ça fait des étincelles autour d'elle, comme de l'électricité ! Elle a encore plus de potentiel pour plaire à un homme que toi, Romy. Quelle jubilation pour le premier homme qui la prendra !

Romy se laissa glisser au pied du lit. Elle se rapprocha de lui à genoux et noua les bras autour de ses cuisses en le suppliant d'une voix brisée par l'émotion :

— Je t'en conjure, Pinkie. Ne lui fais pas de mal. Je ferais tout ce que tu veux. Tout ce que tu veux.

Elle se cramponna plus fort à lui, s'agrippant à ses habits pour se redresser et s'asseoir sur lui à califourchon. Elle l'embrassa et le caressa à travers son pantalon.

— Fais de moi ce que tu veux, répéta-t-elle, mais laisse-la tranquille.

Il esquiva ses baisers et repoussa ses mains.

— Arrête, Romy !

— Je t'en prie, sanglota-t-elle. Ne la touche pas.

— Je n'en ai pas l'intention, ma chérie. Tu ne t'imagines tout de même pas que je vais te mettre dans mon lit avec elle ? Voyons ! (Il lui caressa la joue.) Je vais la donner en cadeau. A Bardo.

Pendant plusieurs secondes après qu'il fut parti en refermant la porte à clé derrière lui, elle resta clouée sur place, prise de vertige sous l'effet de cet ultime coup de poing, verbal celui-là. *Bardo. Avec Flarra.*

Elle serra les bras sur son ventre, se pencha en avant, étouffa une plainte en se mordant la lèvre. Puis elle chuchota une prière de remerciements à Dieu pour lui avoir accordé une dernière chance de sauver la situation.

En déroulant les doigts, elle regarda la clé blottie au creux de sa paume — celle qu'elle avait prise dans la poche de Pinkie lorsqu'elle feignait de solliciter sa grâce.

— Je ne comprends pas. Pourquoi est-ce que vous ne m'emmenez pas directement chez Romy ?

Sa naïveté était aussi excitante que les visions mentales d'elle sans son uniforme d'écolière. La séduisante Flarra qui sentait si bon allait lui procurer le moment le plus délicieux qu'il avait vécu depuis longtemps. Il avait du mal à ne pas se lécher les babines à la perspective de ce qui l'attendait.

— La maison est sens dessus dessous, répondit-il en guise d'explication. On est en train de tout décorer pour la réception. Ça grouille d'ouvriers. Votre sœur m'a demandé de vous amener ici afin que vous puissiez vous habiller en toute tranquillité.

— Ça m'étonne d'elle, surtout que ça fait une semaine que je ne l'ai pas vue. Je ferais peut-être mieux de l'appeler.

Barbo la sentit méfiante tandis qu'ils s'acheminaient dans le couloir du motel en direction de la chambre déjà réservée. Il avait songé à l'emmener dans un hôtel chic, mais s'était ravisé. A quoi bon gaspiller de l'argent pour bénéficier de luxes tels que service de chambre et savon parfumé alors que la partie était gagnée d'avance ?

En outre, si la petite faisait du grabuge, il y avait plus de chances que cela passe inaperçu dans un endroit où on pouvait s'inscrire sous le nom de Mickey Mouse, sans qu'on vous pose la moindre question, dès lors qu'on payait en liquide avant d'occuper les lieux.

Dans l'espoir d'apaiser son appréhension, au moins jusqu'à ce que la porte de la chambre se referme sur elle, il ajouta en soupirant :

— Je n'étais pas censé vous le dire, mais vous ne me laissez pas le choix.

— Me dire quoi ?

— Ils ont prévu une grosse surprise pour vous. Quelque chose de vraiment spécial. C'est pour ça qu'on m'a prié de vous garder loin de la maison jusqu'à ce que tout soit prêt.

— Vraiment ? s'écria-t-elle d'une voix aiguë en le gratifiant d'un sourire étincelant. Je me demande bien ce que ça peut être.

— Je le sais, mais j'ai juré de garder le secret.

— Donnez-moi juste une petite idée. Monsieur Bardo, je vous en supplie !

— Sûrement pas. Le patron et madame Duvall me dépèceraient vivant si je crachais le morceau. Je vous en ai déjà trop dit. Promettez-moi de jouer les étonnées.

— C'est promis.

Il ouvrit la porte de la chambre et la poussa à l'intérieur. Il tenait, calé sous son bras, la boîte contenant son costume. Avec Pinkie, on pouvait être sûr qu'aucun détail ne serait laissé au hasard. Dès qu'ils étaient montés dans la voiture, Flarra avait soulevé le couvercle pour jeter un coup d'œil, mais elle s'était retenue de l'arracher et de fouiller dans le papier de soie. Quand il lui avait demandé ce qu'elle attendait, elle lui avait répondu qu'elle voulait savourer cette attente.

Dès qu'ils furent dans la pièce, cependant, elle lui prit la boîte des bras et la posa sur le lit. « Je ne peux plus attendre. » Elle envoya le couvercle promener et écarta les plis de papier pastel. Un long « Ahh ! » de ravissement lui échappa tandis qu'elle contemplait le tissu chatoyant parsemé de pierres scintillantes et de cristaux multicolores. Elle joignit même les mains sous son menton telle une petite fille récitant le bénédicité au souper.

— C'est si beau ! J'ose à peine toucher. Qu'est-ce que c'est ?

— Sortez-le. Vous verrez bien.

Avec infiniment de précautions, elle extirpa les deux vêtements de la boîte comme s'il s'agissait de saintes reliques bien qu'il n'y eût certainement rien de sacré dans le costume qui lui avait été réservé. Le haut se composait de deux cônes étincelants, incrustés de pierres et retenus par des bretelles couleur chair, le bas, d'un pantalon de harem comportant un bikini tout aussi orné que le soutien-gorge. Un petit chapeau rond agrémenté d'une voilette et une paire de pantoufles en cuir doré garnies de clochettes sur les gros orteils complétaient le déguisement.

Elle avait l'air ravie et perplexe à la fois.

— Vous êtes sûr que c'est pour moi ? demanda-t-elle en écarquillant les yeux. Vous vous êtes peut-être trompé de boîte.

— Ça ne vous plaît pas ?

— Oh si, beaucoup. C'est magnifique, dit-elle en un souffle, mais ce n'est pas très... habillé.

— Vous trouvez ? Pourquoi n'essayez-vous pas ? Si vous n'aimez pas, il est encore temps de faire un échange.

Il la toisa de la tête aux pieds d'un œil critique en fronçant les sourcils.

— Vous avez peut-être raison, au fond. C'est sans doute un peu osé pour quelqu'un de votre âge.

Abracadabra ! Ce tour de passe-passe psychologique fonctionna à merveille. Le nez en l'air, elle s'empara du costume et marcha droit sur la salle de bains. Elle ferma la porte derrière elle et verrouilla. Bardo gloussa de rire. Les gonzesses étaient tellement prévisibles ! Pas étonnant que les hommes soient forcés d'inventer de nouvelles méthodes pour s'amuser avec elles. Jeune, vieille, belle, laide, mince ou grosse, blanche, noire, ou de n'importe quelle couleur, quelle femme insultée ne serait-ce que légèrement ne chercherait pas à prouver qu'on a tort ? A présent Flarra brûlait d'impatience de lui montrer à quel point elle était mûre, sophistiquée et audacieuse !

Il tira les rideaux et vérifia que le verrou était en place, ainsi que la chaîne. Puis il s'assit au bord du lit pour l'attendre et savourer lui aussi l'instant.

Au bout de dix bonnes minutes, comme elle n'avait toujours pas réapparu, il commença à perdre patience.

— Flarra ? Vous avez besoin d'aide ? Tout va bien ?

— Non, je veux dire, non, je n'ai pas besoin d'aide. Et oui, tout va bien. Enfin je crois.

— Ce n'est pas la bonne taille ?

— Hum.

— Voyons.

La porte de la salle de bains finit par s'ouvrir après quelques instants d'hésitation supplémentaires. Bardo sentit son estomac se serrer sous l'effet de l'impatience, mais même un connaisseur de femmes tel que lui n'était pas préparé au fantasme en chair et en os qui franchit le seuil en faisant tinter ses pantoufles. Le voile qui lui couvrait le nez et la bouche ne faisait qu'accentuer la charmante pudeur du regard levé vers le sien. Les petits bonnets du soutien-gorge contenaient à peine sa poitrine.

— A mon avis, ma sœur ne s'est pas rendu compte que je serais aussi peu couverte, fit-elle, gênée, en posant sa main sur son ventre nu.

Une paillette de moins, et il aurait aperçu sa toison.

— Vous croyez que ça va ?

— Oh oui. (Il avait l'impression que sa langue était collée à son palais.) Vous êtes superbe !

— Franchement ?

Il se leva et s'approcha d'elle.

— Franchement. A vrai dire, on en mangerait.

Son sourire ne devait guère inspirer la confiance parce qu'elle rit nerveusement et recula d'un pas.

— Merci, lança-t-elle en pivotant sur elle-même. Je crois que je vais remettre ce que j'avais tout à l'heure jusqu'à ce qu'il soit l'heure d'y aller.

Il lui prit la main et la ramena vers lui.

— C'est l'heure, mon cœur. C'est maintenant, la fête !

Il lui arracha le petit chapeau et le voile et plaqua sa bouche sur ses lèvres entrouvertes par l'épouvante. Il fourra sa langue entre ses dents, enlaça sa taille nue et l'attira contre lui en calant son bassin contre le sien. Elle se débattit, ce qui ne fit qu'intensifier son excitation. Elle le gifla même, ce qui lui fournit un prétexte pour la serrer plus fort et lui coincer un bras dans le dos entre les omoplates.

— Qu'est-ce que vous faites ? Arrêtez ! cria-t-elle. Ça fait mal.

Il inclina la tête et mordit la rondeur de son sein près du cône. Elle hurla.

— Boucle-la, fit-il en pressant douloureusement sa mâchoire entre ses doigts. Tu recommences ça et je vais vraiment te faire mal, compris ?

Elle se mit à pleurer et ses larmes accrurent encore son désir. Il adorait ça quand elles pleuraient de douleur ou de peur.

— Si vous me faites mal, Pinkie vous tuera.

— Compte là-dessus, mon ange ! riposta-t-il en ricanant.

— Qu'allez-vous faire ?

— Devine, ronronna-t-il en glissant une main entre ses cuisses.

Elle frissonna, de dégoût, comme il savait pertinemment. Pour lui, cela valait les frémissements de l'extase.

— Ils savent que vous me tenez, bégaya-t-elle. Ils viendront me chercher.

— T'as pas encore compris, mon sucre d'orge ? C'est ton beau-frère qui nous a organisé cette petite fête.

— Vous mentez. Pinkie ne ferait...

— Je t'assure que si. On va bien s'amuser et tu pourras le remercier...

— Ma sœur...

— ... a ses problèmes. Elle ne se soucie pas de ton sort.

La réalité de sa situation finit par s'imposer à elle. Ses sanglots redoublèrent. Bardo entreprit de lécher ses larmes.

— Détends-toi, mon bébé. Fais tout ce que je te dis de faire, et qui sait, tu deviendras peut-être aussi bonne que ta maman ! Ouais, je suis au courant pour Angel. T'es un enfant de la balle ! Tu as le potentiel d'une superbe pute !

— Non, je vous en prie, sanglota-t-elle en se tordant en tous sens pour essayer de se libérer.

Il sortit un couteau à cran d'arrêt de sa poche. La lame surgit avec un méchant clic, qui lui arracha un nouveau cri. Il plaça la pointe de la lame contre sa lèvre inférieure.

— Tu te sers de ta langue, je te la coupe. Compris ? Encore un cri et c'est fini ! Et ce serait vraiment dommage parce que j'ai des tas d'idées sur la manière dont tu pourrais faire meilleur usage de cette jolie petite bouche.

Il glissa la lame sous la bretelle du soutien-gorge, qu'il coupa net. Le cône tomba aussitôt libéré, révélant un sein magnifique. Elle gémit et ses lèvres se mirent à trembler, mais elle se retint de crier cette fois-ci.

— Regardez-moi ça, roucoula-t-il en pressant la pointe du couteau contre son mamelon qu'il tapota légèrement jusqu'à ce qu'il durcisse. Quelle honte ! railla-t-il. Une charmante petite écolière catholique. Que dirait sœur Machinchose ?

Derrière Bardo, la porte s'ouvrit brusquement à la volée.

— Lâchez ce couteau et éloignez-vous d'elle.

*

* *

Burke Basile était en position accroupie, un Beretta entre les mains. La milliseconde suivante passa tel un éclair. Ses oreilles résonnèrent du cri de la fille. Il tira sur Bardo, mais le salopard eut la chance d'esquiver le coup. La balle manqua sa tête et décima un fragment de l'horrible papier peint à fleurs derrière lui. Burke s'abstint de tirer à nouveau de peur de toucher la petite.

— Vous êtes en état d'arrestation, Bardo, hurla-t-il.

— Et vous, vous me faites rire, rétorqua Bardo en lançant son couteau.

— Rira bien qui rira le dernier, commenta le tireur d'élite qui apparut derrière Basile.

Bardo n'eut qu'un instant pour paraître stupéfait avant que le projectile creuse une tranchée nette entre ses yeux. Il s'effondra sans un murmure. Le manche de son cran d'arrêt vibrait encore dans le chambranle de la porte, ayant manqué Basile d'un cheveu.

D'autres hommes de la brigade d'intervention surgirent derrière Basile et se ruèrent dans la pièce. Burke se précipita vers la fille, qui considérait avec horreur l'amas sanguinolent qui avait été la tête de Bardo quelques secondes auparavant. Il retira sa veste et la lui mit sur les épaules. « Est-ce que ça va ? » Elle le regarda avec la même stupéfaction que le cadavre. Il dut répéter la question avant qu'elle hoche la tête d'un air incertain.

L'un des policiers se détacha du groupe.

— Nous prenons les choses en main à partir de maintenant, Basile.

Celui-ci lui serra la main.

— Merci. Vos hommes ont fait du bon travail. Surveillez-moi ça ! dit-il en désignant le corps de Bardo.

L'officier le salua.

Basile prit la fille par la main et l'entraîna dehors, puis dans le couloir. Lorsqu'ils atteignirent le parking rempli de voitures de police, il la poussa sur le siège du passager d'un véhicule banalisé, puis s'installa au volant. Les pneus crissèrent quand il croisa à toute allure l'ambulance qui arrivait.

Ils n'avaient couvert que cinquante mètres quand la fille s'exclama :

— Qu'est-ce qui vous a pris tant de temps, bordel ? Ce salopard me donnait la chair de poule. Et comment a-t-il osé me dire que j'avais le potentiel d'une pute !

Furibonde, Isobel, la plus talentueuse des filles de Ruby Bouchereaux, leva le bras et arracha sa perruque noire frisée.

41

En plus de faire plus jeune que son âge, Isobel était finaude et plus elle avait l'esprit d'aventure. Chez Ruby, sa spécialité consistait à mimer les fantasmes des clients qui en avaient les moyens. La combinaison de ces qualités faisait d'elle un choix parfait pour incarner le rôle de Flarra Lambeth dans le piège tendu par Burke Basile.

Bien évidemment, elle fut généreusement rémunérée pour ce travail. Après lui avoir remis un chèque conséquent, Basile prit congé d'elle devant le bureau de Ruby. Il était pressé, mais cela aurait été grossier de refuser le verre que la tenancière lui avait proposé étant donné sa contribution indispensable à la capture de Bardo.

— Alors, tout s'est passé comme prévu ? demanda-t-elle en lui tendant un whisky.

— Parfaitement. Il vida le verre d'un trait. J'ai tout écouté, caché derrière la porte du bureau de sœur Béatrice. Isobel m'aurait moi-même convaincu qu'elle était une innocente collégienne.

— Elle l'a été, il y a belle lurette, souligna Ruby en riant doucement. Je suis contente que le stratagème ait fonctionné. Vous connaissez bien vos ennemis, monsieur Basile.

Comme Ruby le resservait, il regarda le whisky couler de la carafe dans son verre.

— Romy était persuadée que Pinkie tenterait de l'avoir par le biais de sa sœur, et elle avait raison, même si nous ne comptions pas uniquement sur son instinct. Bardo avait été placé sous surveillance. Sa conversation de ce matin avec Duvall ayant été interceptée, nous savions qu'il devait aller chercher Flarra et dans quel but.

— Cet homme méritait de mourir.

— Je ne vous le fais par dire, répliqua Burke d'un ton sinistre. Isobel et moi sommes arrivés au Sacré-Cœur moins d'une demi-heure avant lui. Quand Bardo et elle ont quitté la pension, la camionnette les a suivis jusqu'au motel. Tout s'est déroulé sans un accroc, sauf qu'Isobel m'a passé un savon pour avoir attendu si longtemps avant qu'on intervienne.

— Où est Flarra à l'heure qu'il est ?

— Sous protection policière. Une protection policière incorruptible.

— Et Bardo est mort ?

— Sans aucun doute, déclara Burke à voix basse avant de vider son deuxième verre.

— Dommage que vous ne m'ayez pas apporté son oreille ou quelque autre appendice. J'aurais bien aimé un souvenir !

Elle leva son verre à la santé de Basile et but à son tour.

— Merci de nous avoir prêté Isobel, lui dit-il. Une fois de plus, je vous suis redevable.

— Absurde. Avec la mort de Bardo, nous sommes quittes. En outre, je vous dois une faveur. Vous m'avez envoyé Dixie qui sera, je crois, une adjonction profitable à notre maison.

Il sourit.

— J'ai pensé que vous risquiez de bien vous entendre toutes les deux, mais je regrette qu'elle ait attendu que Bardo la tabasse avant de venir ici.

— Elle sera vite rétablie.

Ruby lui proposa encore un verre, mais il refusa.

— Vous avez acquis ma gratitude, monsieur Basile, ainsi que l'hospitalité dans cette maison quand vous le souhaitez.

— C'est gentil à vous, mais je ne pense pas que je profiterai de votre offre.

— Vous et madame Duvall... ? ronronna-t-elle.

— Romy, corrigca-t-il.

La quitter ce matin-là avait été la chose la plus difficile qu'il eût jamais faite de sa vie. Ils avaient parlé tard dans la nuit en se blottissant l'un contre l'autre, ils avaient fait l'amour et avaient évalué ce qui leur paraissait alors une situation désespérée.

Avec le matin était venue la cruelle prise de conscience que, pour quelque temps, elle devait retourner auprès de Duvall. Elle avait eu moins de mal à accepter ce plan que Burke. Il avait juré qu'elle ne repasserait jamais la porte de cette maison.

— Je ne te laisserai pas retourner là-bas. Pas un seul après-midi. Pas même une heure !

En affirmant cela, il savait pertinemment que c'était la seule option viable.

— Je n'en ai guère envie, crois-moi, mais je m'en tirerai, lui avait-elle assuré. Je n'aurais peut-être pas pu le faire il y a une semaine encore. Je n'aurais sans doute pas osé. Mais maintenant je m'en sens capable et je vais le faire. Occupe-toi de Flarra, et s'il te plaît, je t'en conjure, prends soin de toi.

Ils avaient continué à se cramponner désespérément l'un à l'autre jusqu'à ce que Dredd intervienne en soulignant que la synchronisation était capitale pour leur plan et qu'ils risquaient d'échouer s'ils ne se remuaient pas tout de suite. Aussi Burke avait-il fini par lever le camp en laissant Romy sous la bonne garde de son vieil ami jusqu'à l'arrivée de Patout.

Le procureur Littrell lui avait fait l'effet d'un homme essentiellement honnête, en butte à des difficultés sans nom pour empêcher la NOPD de mériter sa réputation d'organe de police le plus corrompu du pays !

Littrell avait une moins bonne opinion de l'inspecteur Burke Basile parce qu'il avait été influencé par une presse virulente, des rumeurs et des ouï-dire tout aussi malveillants. Aussi lorsque ce dernier avait fait irruption dans son bureau sans s'annoncer, le procureur avait-il été pour le moins déconcerté et l'avait menacé de le faire expulser du bâtiment.

Pourtant les propos persuasifs de l'ancien policier n'avaient pas tardé à captiver son attention. Il avait écouté avec une consternation grandissante tout ce qu'il lui avait raconté. Avec une prudence toute politicienne, toutefois, il s'était abstenu de lui promettre quoi que ce soit, hormis d'étudier la question et de le recontacter en temps voulu.

A ce stade, Burke avait décroché le téléphone du procureur et le lui avait mis sous le nez tel un évangéliste brandissant la Bible.

— Je vous conseille d'appeler l'attorney général ou je m'en charge moi-même. De toute façon, ça ne change rien pour moi. Ceci est une simple visite de courtoisie, monsieur Littrell. Je vous donne une chance de prouver que vous êtes dans le bon camp dans cette affaire de corruption.

Littrell avait appelé le représentant du ministère de la Justice de l'Etat de Louisiane. Avec son aval, les choses s'étaient organisées à une vitesse ahurissante, et grâce à une intervention ultra-rapide, une remarquable coordination et un peu de chance, Bardo n'était plus de ce monde.

Burke se leva et serra la main de Ruby Bouchereaux.

— Merci pour ce verre et pardonnez-moi de filer si vite, mais j'espère être là pour l'arrestation de Duvall.

— Ce soir ? Oh, je doute fort qu'on l'arrêtera ce soir, monsieur Basile !

— Pourquoi ?

— C'est Mardi gras.

— Et alors ?

— Alors, la seule nouvelle venant du Q.G. de Duvall a trait au bal costumé qu'il donne ce jour. D'ailleurs, une partie des messieurs qui se sont joints à nous venaient directement de chez Pinkie où la fête bat déjà son plein. D'après ce qu'ils en disent, c'est quelque chose !

Burke la dévisagea tandis que les terrifiantes implications de cette information se faisaient jour dans son esprit. Il vérifia son bip. Il était branché ; aucune indication que les batteries étaient à plat. Romy n'avait pas appelé, ce qui devait être le signal que les choses avaient mal tourné.

Il demanda la permission de se servir du téléphone.

— Ici Basile, dit-il dès qu'on décrocha. Tenons-nous Duvall ?

On le renvoya d'un poste à l'autre jusqu'à ce qu'au troisième transfert, une âme courageuse lui annonce la terrible nouvelle.

— Arrêtez un citoyen célèbre tel que Duvall est une entreprise hasardeuse, surtout si vous essayez de garder le secret. Ça demande des kilomètres de paperasserie. On veut se conformer aux règles pour pas nous retrouver avec un non-lieu. Ça risque de prendre des jours...

— Des jours ! hurla Burke. Vous êtes dingue ou quoi ?

— On fait de notre mieux, monsieur Basile. Et crier ne sert à rien.

— Des vies sont en danger, imbécile !

— On pourrait peut-être réussir notre coup ce soir, mais...

— Mettez la gomme, vous m'entendez ! Dégotez-moi ce mandat d'arrêt et servez-vous en ce soir, ou vous aurez Littrell et l'attorney général aux fesses, et moi, je viendrai personnellement vous défoncer le portrait.

Il raccrocha brutalement.

— Faut que j'y aille !

Des jours ! Il n'était pas question que Romy reste tout ce temps-là avec Duvall pendant que ces fichus ronds-de-cuir mettaient de l'ordre dans leur paperasserie. Dès qu'il serait au courant pour Bardo, Duvall se mettrait en alerte rouge ! Il imaginait son homme de main enfermé dans un motel en train de déflorer sa belle-sœur ! Quand il apprendrait la vérité, il ne tarderait pas à reconstituer les faits et finirait à coup sûr par se retourner contre Romy.

— Monsieur Basile, s'exclama Ruby en le rattrapant par la manche alors qu'il se dirigeait déjà vers la porte, il y a de fortes chances que vous vous fassiez remarquer si vous surgissez en pleine réception chez Pinkie Duvall dans cette tenue. Voudriez-vous nous emprunter un costume ?

Burke n'avait pas un moment à perdre, mais il concevait qu'il avait tout intérêt à prendre le temps qu'il fallait pour qu'on lui trouve un costume. En attendant, il arpenta son bureau, maudissant le système qui l'avait laissé tomber une fois de plus, et le remerciant en même temps.

Ce délai lui donnait l'occasion de faire mieux encore que d'arrêter Duvall.

Cela lui permettrait de liquider le salopard !

*
* *

La douleur qui lui avait taraudé le dos commençait à passer. Un bleu s'était formé sur sa pommette, mais elle n'avait pas la joue trop enflée. Cette souffrance-là, elle pouvait la tolérer. Ce qu'elle ne supportait pas, c'était la pensée de sa sœur maltraitée par Bardo.

Burke avait juré de s'occuper en premier lieu de la sécurité de Flarra, avant même d'arrêter Pinkie. Il tiendrait sa promesse, s'il le pouvait. Et s'il échouait, en dépit de ses courageux efforts ? Elle-même avait échoué. Pinkie avait tout de suite compris qu'elle faisait semblant. Peut-être Burke n'aurait-il pas plus de succès qu'elle. Et s'il n'avait pas réussi à convaincre le procureur et l'attorney général d'agir promptement ?

Parce qu'elle ignorait ce qui s'était passé en réalité, elle devait partir du principe qu'il n'avait pas atteint son but, ce qui signifiait qu'il lui appartenait à elle de sauver Flarra. Un téléphone. C'est tout ce qu'il lui fallait. Elle avait relevé le premier défi consistant à trouver le moyen de sortir de cette chambre – elle détenait la clé. Il ne lui restait plus qu'à mettre la main sur un téléphone.

Dès qu'elle sentit qu'elle pouvait essayer d'ouvrir sans risque, elle s'empressa de le faire. Le pêne glissa presque en silence hors de la gâche. Elle marqua une pause, attendit, les battements de son pouls résonnant dans ses oreilles, mais comme rien ne se produisait, elle tira la porte.

Personne dans le couloir. Elle jeta aussitôt un coup d'œil à la table sur le palier en haut de l'escalier où il y avait généralement un téléphone, mais son mari n'avait pas négligé ce détail-là non plus, bien entendu.

Elle longea le couloir à pas feutrés. Avant de s'engager sur le palier, elle s'arrêta pour réfléchir à ce qu'elle ferait si elle se retrouvait nez à nez avec un des domestiques. Leur loyauté allait à Pinkie, et non à elle, pour la bonne raison qu'ils étaient tous d'anciens clients auxquels son mari avait épargné des années de prison, voire la peine de mort. Aucun ne lui rendrait le moindre service sans avoir consulté d'abord son patron.

Errol ? Si elle tombait sur son garde du corps ? Pouvait-elle le persuader de l'aider, ou l'inciter à le faire par la ruse ? Il n'était pas très malin. Elle parviendrait peut-être à le manipuler. Elle n'avait pas oublié ce qui était arrivé à Lute Duskie, le garde du corps qui lui avait permis de fuir à Galveston. La pensée de duper Errol ne l'enthousiasmait guère, mais elle ferait ce qu'elle devait faire et tâcherait de le protéger plus tard.

En s'armant de courage, elle avança sur le palier.

Mais elle n'alla pas très loin. Il y avait un homme posté au pied des marches et ce n'était pas Errol !

Elle recula prestement avant de se faire remarquer. Où était passé Errol ? Pourquoi l'avait-on remplacé ? Et puis, tout à coup, elle comprit. Il avait manqué à ses devoirs au bar de L'Intersection. Avait-il payé cette erreur de sa vie ?

Que ce soit le cas ou pas, cela ne changeait rien

à son problème du moment. Serait-elle en mesure d'amadouer son remplaçant ou resterait-il infailliblement fidèle à Pinkie ? Elle penchait pour la deuxième hypothèse. Il était nouveau et avide d'impressionner son patron.

Elle disposait d'un avantage : personne ne savait qu'elle était désormais en mesure de sortir de sa chambre. Mais pendant combien de temps encore jouirait-elle de cet atout ? A quel moment Pinkie s'apercevrait-il de l'absence de la clé dans sa poche ? Elle devait à tout prix élaborer un autre plan avant que cela se produise. En s'efforçant de ne pas se laisser démonter par ce revers, elle retourna dans sa chambre sur la pointe des pieds et s'y enferma.

Combien de temps fallait-il à Burke pour mettre en place le dispositif inattaquable qui, à l'en croire, anéantirait l'empire de Pinkie ? De combien d'heures disposait-il avant de se faire arrêter ? Et qu'adviendrait-il de Flarra entre-temps ?

Si seulement elle avait la certitude qu'elle était en sécurité... mais rien ne le prouvait. Elle continua à se tourmenter ainsi jusqu'à ce qu'elle entende des pas approcher. Elle se mit aussitôt au lit, les genoux blottis contre sa poitrine, le regard perdu dans le vague, comme si elle avait abandonné tout espoir.

Pinkie entra précipitamment dans la chambre et s'arrêta net en la voyant couchée, inerte. S'était-il aperçu de la disparition de la clé ? S'attendait-il à ce qu'elle soit déjà partie ? C'était apparemment le cas, parce que lorsqu'il la vit, les rides que l'inquiétude avaient creusées sur son front se lissèrent, et il sourit.

— Devine qui m'a téléphoné tout à l'heure ? dit-il en s'approchant d'elle.

Romy ne répondit pas. Elle ne réagit même pas, comme si elle n'avait pas entendu.

— Sœur Béatrice, poursuivit-il sur le même ton aimable. Elle appelait de la pension où Bardo est allé chercher Flarra sous le prétexte de la conduire ici pour la soirée. A l'heure qu'il est, il a fait découvrir à ta chère petite sœur les plaisirs charnels. D'ici demain matin, qui sait ? Parfois, l'ardeur de Bardo dépasse les bornes...

Elle rapprocha les genoux de son corps et enfouit son visage dans l'oreiller. En riant doucement, Pinkie se rendit dans son dressing-room et ferma la porte derrière lui. Vingt minutes plus tard, il en ressortait déguisé en Henry VIII.

— Tu n'as pas l'air d'humeur à faire la fête, Romy. Je présenterai tes excuses à nos invités.

Sur le seuil, il se retourna.

— Oh, au fait, ce n'est plus qu'une question d'heures avant que l'on attrape ton amant, mais j'ai donné des instructions très strictes pour qu'on ne le tue pas tout de suite afin que cela puisse se faire en ta présence, et seulement après qu'il t'aura vue te faire sauter par tout le personnel de la NOPD à ma solde, ce qui, crois-moi, représente une kyrielle d'hommes. Et de femmes. On va bien s'amuser.

Il était manifestement dérangé. Il avait perdu tout sens des réalités, s'imaginant intouchable, indestructible, faille caractéristique des égocentriques forcenés, de ces hommes qui se gavaient de leur pouvoir jusqu'à ce que, paradoxalement, il les consume.

Romy s'abstint de le lui faire remarquer, de démonter ces folles illusions ou de le mettre en garde contre l'effondrement imminent de son empire. Elle resta immobile, apparemment insensible aux sinistres projets de Pinkie concernant Burke et elle.

Dès qu'il eut refermé la porte à clé derrière lui, elle se releva d'un bond. Sans s'en rendre compte, il venait de lui donner une autre idée.

*
* *

Bozo le Clown se fraya un passage parmi les convives.

Il refusa le verre de champagne que lui proposait une serveuse masquée, déguisée en cowboy avec chapeau, bottes et éperons. Elle avait un cœur rouge tatoué sur une de ses fesses nues.

Personne n'arrivait à la cheville de Pinkie Duvall quand il s'agissait de donner une réception. Il y avait assez à manger et à boire pour approvisionner un paquebot en perspective d'une croisière autour du monde. Les somptueuses pièces de sa résidence vibraient de joie et résonnaient de musique et de rires. Des hommes et des femmes masqués cabriolaient avec un abandon digne des bacchanales tandis que les aiguilles de la pendule se rapprochaient de minuit et de la fin de Mardi gras.

Le roi Henri VIII flirtait avec une sirène aux mamelons dorés, étincelants, quand Bozo le repéra. Il s'approcha d'eux et arriva à la hauteur du roi juste à temps pour l'entendre roucouler :

— Agite la queue pour moi.

La sirène repoussa avec espièglerie sa main taquine à l'aide de son sceptre incrusté de joyaux avant de s'éloigner en ondulant des hanches.

— Superbe soirée, Votre Majesté ! dit Bozo.

— Merci, répondit Duvall d'un air absent sans quitter la sirène des yeux.

— J'ai cru comprendre que vous cherchiez Burke Basile.

Tout à coup, le regard du roi plongea dans celui du clown. Il vit au-delà du maquillage.

— Bon Dieu ! siffla-t-il. Qu'est-ce...

— Pas ici. A moins que vous ne vouliez une scène devant tous vos invités.

Duvall, rouge comme une tomate sous son chapeau

en velours à plumes, hocha la tête et fit signe au clown de le suivre. Il le conduisit dans son étude. Bozo ferma la porte.

— Bon, où est-il ? demanda Duvall d'un ton impérieux en s'approchant de son bureau.

Bozo tira, touchant Duvall dans le dos, juste au-dessus du rein. L'avocat tituba. Un deuxième coup de feu. La balle l'atteignit entre les omoplates. Il plongea en avant sur sa table.

Sans perdre une seconde, Bozo, alias Doug Patout, enfila un gant en plastique par-dessus celui en coton qui allait avec son costume. En pataugeant dans ses chaussures de clown écarlates, trop grandes, il se rua vers Pinkie qui gisait à plat ventre, les bras tendus devant lui. Il avait atterri sur une joue ; son unique œil visible, grand ouvert, témoignait de la surprise qu'il avait dû éprouver en mourant si ignominieusement, au moment où il s'y attendait le moins, touché dans le dos comme un imbécile.

Patout ouvrit le tiroir central du bureau. Sur un plateau en plastique, à côté de trombones, de quelques stylos bille et d'un carnet de timbres, il trouva un calibre 38 à canon court, chargé. Un revolver bon marché.

— Une arme vulgaire pour un homme sans classe, chuchota Patout dans l'oreille de Duvall.

Il s'empara du revolver et le plaça dans la main droite du mort en resserrant ses doigts autour comme s'il avait été sur le point de tirer.

Puis il recula et embrassa la scène du regard. Qu'avait-il oublié ? Quelle erreur avait-il pu commettre ? Duvall avait une foule d'ennemis, dont un grand nombre auraient pu venir déguisés à la soirée et l'attirer dans son bureau. Là, une dispute aurait éclaté, Duvall aurait tendu la main vers son arme, mais son rival aurait dégainé le premier.

Moins de quinze secondes s'étaient écoulées

depuis qu'ils étaient entrés dans la pièce. Même si les coups de feu d'un silencieux faisaient du bruit, on ne les aurait sûrement jamais entendus au-delà du brouhaha. Patout était certain que personne ne se souviendrait du dernier invité avec lequel on avait vu Duvall ; même dans le cas contraire, l'homme qui se cachait derrière le maquillage de Bozo le clown ne serait jamais identifié.

Finalement, convaincu qu'il n'avait négligé aucun détail, il enleva le gant en plastique, le fourra dans sa poche, puis se dirigea vers la porte.

Et s'immobilisa, conscient tout à coup qu'il avait bel et bien négligé quelque chose. Duvall n'avait pas versé une goutte de sang !

Bozo le clown se retourna en un tourbillon de taffetas à pois juste au moment où Duvall tirait.

La balle à bout creux explosa dans l'abdomen de Patout. Il tomba à terre en se tenant le ventre.

— Je recommande chaudement le gilet pare-balles Kevlar, gloussa Duvall en s'approchant de lui, évitant soigneusement de souiller ses pantoufles en velours noir de la mare de sang auréolant Patout. On ne sait jamais quand un traître sans tripes va vous tirer dessus dans le dos. Il pointa la gueule de son revolver sur la tête du policier.

— Monsieur Duvall !

Quelqu'un frappa fort à la porte, puis l'ouvrit brusquement.

— Elle est partie, monsieur Duvall !

— *Quoi ?*

— Je viens d'aller jeter un coup d'œil dans la chambre, comme vous me l'avez demandé. La porte était verrouillée, mais elle n'était plus là.

— Avez-vous regardé sur le balcon ?

— Personne, monsieur. Les volets sont toujours fermés.

— C'est impossible !

— Je suis désolé, monsieur, mais...

— Ecartez-vous de mon chemin, rugit Duvall en le poussant sans ménagement. Finissez ici.

Son panache flamboyant battant l'air derrière lui, Henri VIII se rua hors de la pièce à la recherche de sa femme.

Et Doug Patout leva les yeux pour dévisager cet homme qu'il n'avait jamais vu auparavant, sachant que ce serait le dernier visage qu'il verrait de sa vie.

42

Le pirate Jean Lafitte, alias Burke, resta tapi dansl'obscurité jusqu'à ce qu'il soit à la hauteur du jardin derrière la maison. Il jeta un coup d'œil au belvédère où il avait vu Romy pour la première fois. Un couple était en train de s'embrasser sous le dôme tapissé de lierre et ne le remarqua même pas lorsqu'il sauta du haut de la grille. Au moment où il s'apprêtait à pénétrer dans la résidence, il s'empara d'un verre à moitié plein qu'un invité avait abandonné sur la terrasse avant de franchir les portes-fenêtres comme s'il était juste sorti prendre l'air. Les pièces regorgeaient de convives, tous costumés et masqués. Il arrêta au passage un haltérophile abreuvé de stéroïdes déguisé en lutteur sumo et chargé d'un plateau. Burke dut crier pour se faire entendre.

— Monsieur Duvall cherche sa femme. L'avez-vous vue ?

— Je ne pense pas qu'elle soit descendue.

Derrière son petit masque noir, Basile roula des yeux.

— Le patron va être furax si elle ne déboule pas avant la fin de la soirée. Merci.

Il tapota l'épaule musclée du jeune serveur et entreprit de se frayer un chemin à coups de coude à travers la foule. Grâce à sa précédente visite, il savait où il allait. Aux aguets au cas où Duvall, ou un de ses gardes du corps, croiserait sa route, il se dirigea vers le grand escalier où c'était aussi la cohue. Il avait espéré que le deuxième étage serait désert, mais plusieurs personnes attendaient leur tour aux toilettes.

Feignant de patienter lui aussi, il déambula dans le couloir, passant en revue d'un regard distrait les tableaux, admirant le mobilier tout en s'acheminant vers la porte de la chambre du maître. Il avait l'impression que le jour où il y avait dissimulé le micro en se faisant passer pour un prêtre remontait à des siècles ! C'était avant qu'il connaisse vraiment Romy. Quand il n'éprouvait encore pour elle que du mépris. Avant qu'il l'aime.

La porte était entrouverte. Il la poussa, jeta un coup d'œil à l'intérieur et vit qu'il n'y avait personne.

— Bon sang !

— Quelque chose ne va pas ?

Il se retourna. Une petite bergère lui souriait. Des boucles blond vénitien encadraient tendrement son visage, mais son regard grivois s'accordait mieux avec les rondeurs qui faisaient saillie de son justaucorps décolleté jusqu'au nombril.

— Euh oui, monsieur Duvall m'a envoyé chercher sa femme. Elle n'est pas là.

— Comme c'est triste, gloussa-t-elle en faisant la moue. Vous l'avez perdue et moi j'ai égaré mes moutons.

Elle tendit le bras et caressa le fourreau en cuir attaché à la hanche de Burke.

— Belle épée !

— Merci. L'avez-vous vue ?

— Elle est longue et rigide. Je parie qu'elle pourrait faire drôlement mal à une fille.

— L'avez-vous vue ? répéta-t-il en détachant ses mots.

Elle laissa retomber sa main.

— Ben dis donc ! Vous êtes d'un comique, vous alors !

— Peut-être une autre fois. Pour le moment, faut que je trouve madame Duvall si je veux pas perdre ma place.

— Okay. Je l'ai aperçue en bas avec toute une bande quand je suis montée aux toilettes. Enfin je crois bien que c'était elle. Elle est en Marie-Antoinette.

— Merci.

Burke se glissa à côté d'elle et fonça en bas. Depuis l'avant-dernière marche, il promena ses regards sur la mer de gens en s'efforçant de discerner les costumes. Ne voyant personne qui ressemblait à l'infortunée reine française, il plongea dans la masse en en bousculant quelques-uns au passage, fouillant des yeux chaque pièce encombrée l'une après l'autre. Déterminés à en profiter au maximum dans les dernières minutes de Mardi gras, les convives de Duvall se déchaînaient, proches du délire.

La progression de Burke fut entravée par un Baron rouge en train de malmener une bohémienne hilare. Un mime ivre fit mine de prendre son épée à Burke tandis qu'une femme imposante en toge essaya de l'entraîner dans une danse endiablée.

— Mission accomplie, hein !

Burke fit volte-face.

Son plateau de verres sur l'épaule, le sumo lui souriait.

— Je vois que vous avez réussi à la faire descendre. J'ai vu madame Duvall passer tout à l'heure, juste après vous avoir parlé.

— Vous en êtes sûr ? Marie Antoinette ?

— Oui. Pas de doute. Même costume que l'année dernière.

— Par où est-elle allée ?

*

* *

Les paniers de ses jupes étaient aussi larges que les allées de la serre. Romy les aplatissait tant bien que mal en fonçant à l'aveuglette dans la travée. Sachant que Pinkie avait probablement des espions postés à toutes les sorties et redoutant de tomber sur lui, elle n'avait pas vraiment espéré que son plan fonctionnerait jusqu'au moment où elle s'était enfin retrouvée dans le jardin, sur le sentier conduisant à la serre.

C'était seulement lorsqu'elle l'avait aperçu déguisé en Henry VIII qu'elle s'était souvenue de l'élégant costume rangé au fond de son placard, comportant perruque blanche, masque, souliers, faux joyaux, sans oublier la mouche à se coller sur la joue. Une fois habillée, elle avait attendu qu'une foule se rassemble devant les toilettes du premier étage, ce qui était inévitable étant donné le nombre d'invités.

Puis, se glissant incognito hors de la chambre, elle s'était mêlée à un groupe de dames qui descendaient l'escalier. Le nouveau garde du corps, en grande conversation paillarde avec la petite bergère, n'avait même pas daigné lui jeter un coup d'œil. On lui avait probablement montré une photo d'elle ; mais il ne cherchait pas Marie-Antoinette !

Il était inutile d'essayer de se servir d'un des téléphones de la maison. Il y avait des invités éméchés dans toutes les pièces. Même si elle parvenait à joindre les urgences, elle ne pourrait se faire comprendre sans hurler dans le combiné et attirer l'attention sur elle.

Cependant, il y avait un appareil dans la serre. Il se trouvait dans une petite remise contenant le dispositif de contrôle thermique, au fond du bâtiment. Pour cette raison, l'endroit était interdit d'accès, sauf pour Pinkie. Elle avait besoin de ce téléphone pour passer un unique coup de fil. Un. Il lui suffisait de composer un numéro. A sept chiffres.

Elle ouvrit la porte de la remise.

— Bonjour, Romy.

Pinkie était agenouillé devant ce qui ressemblait à un coffre enfoui dans le sol sous des dalles et dont elle ignorait jusque-là l'existence.

En le voyant, elle se figea. Mais une seconde seulement avant de faire volte-face pour prendre ses jambes à son cou. Pinkie la rattrapa par un poignet, qu'il tordit et cala entre ses omoplates. Puis il la tira violemment hors du petit espace.

Il respirait fort. Son chapeau à panache était un peu de travers. Sa transpiration avait ramolli la colle censée maintenir sa fausse barbe en place.

— Délicieuse Marie-Antoinette, lui souffla-t-il à l'oreille. C'était une pute elle aussi, d'après ce qu'on raconte. Le savais-tu, Romy ?

— Je ne suis pas une pute.

— Inutile de se quereller à ce sujet, ma chère. Je crains de ne pas avoir le temps d'approfondir la question. Merci de m'avoir facilité la tâche pour te trouver. Tu étais le prochain article sur ma liste de choses à liquider, quand j'aurai détruit certains documents contenus dans ce coffre.

Elle aurait probablement pu se libérer de son emprise, mais elle n'en fit rien à cause du pistolet pressé contre sa tempe. Si elle bougeait, il n'aurait aucun scrupule à tirer.

— Parce qu'un de mes meilleurs informateurs au sein de la NOPD a tenté de me tuer il y a quelques minutes, reprit-il, je suppose qu'il essayait d'éliminer l'homme qui pouvait le désigner comme traître. En l'occurrence, moi ! Ce qui m'incite à penser que ça va péter, pour dire les choses crûment.

— Tu n'en sais pas la moitié !

— Basile ?

— Lui. Le procureur Littrell. L'attorney général.

— Ton amant a fait du bon travail, dis-moi !

— Ce n'est pas en me tuant que tu t'en sortiras.

— Non, mais au moins Basile n'aura pas les miettes.

Les trois pots de fleurs les plus proches de Pinkie explosèrent, le couvrant de racines, de fragments de poterie et de ce qui avait été des cattleyas d'exposition.

— La prochaine est pour vous, Duvall, à moins que vous ne lâchiez votre arme et vous éloigniez d'elle.

*

* *

Burke était sorti de la maison en courant et avait fouillé les abords immédiats du jardin. Le couple d'amoureux avait quitté le belvédère. Personne d'autre en vue. Le serveur s'était-il trompé en affirmant que Romy avait filé par une des portes-fenêtres ? Etait-ce une ruse ? Lui avait-on tendu un piège ?

En passant une nouvelle fois le jardin en revue, il avait repéré la serre. Romy en avait fait mention maintes fois. Evitant l'allée pavée, il avait pris un chemin plus direct à travers la pelouse.

Les parois vitrées de la serre étaient embuées à cause de la condensation de l'air plus chaud à l'intérieur. Pourtant, il n'avait pas pris la peine de se demander s'il était sage de faire irruption sans déterminer d'abord ce qu'il trouverait dedans. Il avait ouvert la porte et s'était rué à l'intérieur. Au début, il n'avait rien vu, mais il avait entendu le cri étouffé de Romy. Quelques secondes plus tard, Duvall la poussait hors d'un petit local.

Burke avait jugé inutile de crier pour avoir de l'aide ou d'attendre des renforts. Il n'avait pas songé une seconde à laisser le système se charger de la suite.

Pour la bonne raison que ledit système l'avait laissé tomber auparavant.

A supposer qu'une équipe de la brigade d'intervention d'urgence investisse en masse la serre et arrête Duvall conformément aux règlements, celui-ci pouvait s'offrir les services d'un avocat aussi peu scrupuleux que lui-même pour le défendre. On avait accumulé une foule de preuves contre lui. Des témoins tels que Roland Sachel, qui en avait assez d'être en prison, étaient prêts à témoigner contre lui en échange d'une libération anticipée. Mais, selon le juge, le jury et la compétence du procureur, il était possible qu'il s'en sorte, tout comme Bardo.

Même s'il était condamné et emprisonné, la vie derrière les barreaux ne l'empêcherait pas de terroriser Romy et Flarra. Il pouvait tout aussi aisément ordonner leur exécution d'une cellule que de son luxueux bureau.

Autant de raisons pour qu'il se charge lui-même de Duvall. Il avait aussi un autre motif. Déterminant, celui-là. La nuit où Burke avait juré sur la mémoire de Kev Stuart qu'il vengerait sa mort, il ne s'était pas engagé à s'assurer que le système exécuterait le juste châtiment. Il avait juré de s'en occuper lui-même.

En rampant sous les étagères métalliques les plus basses, il avait progressé jusqu'à ce qu'il eût un excellent point de vue. Quand il avait tiré ces trois coups de feu d'avertissement en visant les pots de fleurs, c'était une manière de salut courtois à la légalité et aux droits civiques, mais il avait la ferme intention de tuer.

Il devait d'abord gagner du temps pour permettre à Romy de se mettre à couvert.

Duvall le savait, bien sûr. Il avait ri de sa poignante mise en garde.

— Allez-y, tuez-moi, Basile. Elle mourra d'abord !

— Vous ne pouvez pas compter là-dessus.

— Je n'en ai pas besoin. Ce risque à lui seul vous

empêchera d'appuyer sur la gâchette. Vous ne voudriez pas d'une répétition de l'épisode Stuart.

Un rideau de rage écarlate s'abattit devant les yeux de Burke. Ses jointures blanchirent autour du revolver. Il avait envie de faire sauter sur-le-champ la cervelle du salopard, cette vermine qui avait spolié Romy de son amour-propre et de tout espoir d'indépendance, qui l'avait gardée entravée des années par la peur et l'oppression.

— Vous êtes foutu, Basile. Bon pour la chaise électrique, railla Duvall.

— Bouclez-la.

— Je n'en ai rien à faire de tuer cette gonzesse, ajouta Duvall d'un ton léger. Elle le mérite. Mais je ne pense pas que vous teniez à avoir une autre bévue sur la conscience, hein ? Alors posez votre arme et je la relâche.

— Ne l'écoute pas ! cria Romy, parlant pour la première fois. Fais ce que tu dois faire.

— Si vous la touchez, je parie que vous vous mettrez une balle dans la tête après, n'est-ce pas, Basile ? Vous ne pourrez pas vivre en sachant que vous avez encore commis une erreur et tué cette femme comme vous avez tué Stuart.

— Je vous ai dit de la boucler.

Des gouttes de sueur roulaient de son front dans ses yeux en provoquant des picotements. Sa vision se troubla. Ses mains étaient moites au point qu'il avait du mal à maintenir son emprise sur le revolver.

Duvall plissa les yeux. Ses doigts se raidirent autour de son arme. Basile savait qu'il ne fallait pas espérer une seconde qu'un homme tel que lui, sans conscience, se dérobe en pareilles circonstances. Il connaissait son point faible et le titillerait jusqu'au bout. Il verserait même de l'acide dessus !

— Stuart a souillé son pantalon quand vous lui

avez tiré dessus, le saviez-vous ? C'est Bardo qui me l'a dit.

— La ferme ! hurla Burke d'une voix brisée.

— Il a déclaré que Stuart puait quand il est monté au paradis.

— Je vous avertis, Duvall...

— Il paraît que c'était ignoble, cette puanteur !

— Fermez-la, fermez-la... gémit Burke.

— Vous êtes fier de vous pour avoir trucidé votre ami de cette manière, Basile ?

— Arrêtez !

— Il avait une femme charmante. Je l'ai vue au procès. Vous avez fait d'elle une veuve. Et maintenant vous allez voir Romy mourir.

— Non !

Burke lâcha son arme et leva les mains pour se couvrir les oreilles. Il s'affala contre le pilier métallique soutenant l'étagère d'orchidées en sanglotant.

— Je savais que vous n'aviez pas de cran. Kev Stuart est mort parce que...

Duvall s'arrêta au milieu de sa phrase. Ses yeux roulèrent l'un vers l'autre, comme pour regarder le trou entre eux. Un autre orifice apparut un centimètre au-dessus du premier.

Basile se releva et s'approcha de lui. En plongeant son regard dans celui du mort, il acheva sa phrase :

— Kev Stuart est mort parce que je n'ai pas raté mon coup. Tu l'avais manifestement oublié, salopard !

Romy le rejoignit. Il la prit dans ses bras.

— Flarra est saine et sauve.

— Bardo ne l'a pas...

— Il ne l'a jamais approchée.

Elle faillit s'évanouir de soulagement. Pendant plusieurs longues minutes, ils se cramponnèrent l'un à l'autre, puis il la poussa doucement vers la porte.

— Il faut que je passe un coup de fil.

Elle jeta un seul coup d'œil à Duvall, puis se détourna.

— Dieu merci il a cru à ta crise d'angoisse aiguë.

— Tu as compris que je faisais semblant ?

— Evidemment ! J'ai quand même eu un peu peur quand tu as lâché ton arme.

— Tu n'étais pas la seule. Mais c'était un risque à prendre.

Main dans la main, ils traversèrent le jardin et regagnèrent la maison. Personne ne les remarqua, chacun étant trop occupé à s'en donner à cœur joie dans les quelques minutes qui restaient avant minuit.

— La seule pièce interdite d'accès aux invités est l'étude, cria-t-elle pour couvrir le vacarme.

Il lui fit signe de lui montrer le chemin.

Elle ouvrit la porte de la pièce en question et recula aussitôt en voyant le clown gisant à terre dans une mare de sang.

Burke la repoussa dans l'entrée.

— Appelle les urgences. Dis-leur de contacter Littrell.

Elle hocha la tête sans prononcer un mot et entreprit de se frayer un chemin à travers la foule. Burke entra dans l'étude et ferma la porte à clé derrière lui de peur qu'un invité ne s'y aventure, voie les corps et provoque une panique générale.

Il se dirigea à la hâte vers le jeune homme en costume noir et lui tâta le pouls. Il était mort.

Puis il s'accroupit à côté du clown. La douleur avait creusé d'épais sillons dans la peinture blanche. Les yeux, fortement exagérés par le maquillage, étaient fermés et immobiles. Le grand sourire rouge, souillé, paraissait grotesque.

Au début, Burke n'était pas sûr qu'il était encore vivant, puis les paupières papillonnèrent. Ses lèvres bougèrent et il parla bien qu'il n'eût plus qu'un filet de voix.

— Basile ?

Burke expira lentement.

— Salut, Doug.

— Je me vide de mon sang, hein ?

Burke baissa le regard sur la main de Patout. Le gant blanc était saturé de sang. Le costume bouffant en était aussi imprégné, et un océan vermillon s'était formé tout autour.

— J'en ai bien peur.

— Duvall... commença-t-il d'un ton rauque. Au moins j'ai eu l'autre.

L'arme avec laquelle il avait abattu le tueur de Duvall reposait toujours dans sa main inerte. Basile s'abstint de la toucher. C'était une scène de crime.

— J'ai eu Duvall, annonça-t-il à Patout.

Patout ferma les yeux.

— Bon. Allez... chercher... de l'aide.

Burke se leva et se dirigea vers la porte, mais quand il l'atteignit, il ne l'ouvrit pas. Pendant un long moment, sa main resta agrippée à la poignée, puis il la lâcha avec détermination, retourna auprès de son patron et s'agenouilla plus près de lui.

— Aidez-moi, Burke.

Burke retira délicatement le gros nez rouge et la perruque rouge vif.

— Je ne peux pas, Doug.

Le regard vacillant de Doug chercha le sien. Lorsqu'il vit le visage calme de Burke, son souffle faible siffla entre ses lèvres :

— Vous savez ?

— Que vous étiez la taupe au sein de la brigade ? Oui.

— Depuis longtemps ?

— Depuis que vous avez tué Mac. Vous avez commis un meurtre, Doug. Mac n'est pas venu me débusquer pour me dénoncer auprès de Duvall, comme vous l'avez prétendu. Il est venu me dire qu'il y avait un moyen plus sûr, plus propre, d'avoir Duvall si seulement je pouvais faire preuve d'un peu de patience. J'ai suivi mon intuition ce matin et elle s'est révélée juste. J'ai parlé avec Littrell, puis avec l'attorney général. Il semble que peu après son entrée en fonction, ce dernier ait formé une équipe spéciale chargée d'enquêter sur la corruption au sein de la police. Mac en faisait partie. Il a suivi les cours à l'école de police, monté les échelons, tout cela en vue d'infiltrer la brigade des mœurs et des stupéfiants et de repérer le traître. Vous, Doug ! Mac était sur le point de vous coincer. Vous vous en êtes rendu compte et lui avez tiré dessus avant qu'il ait eu le temps de me faire part de ses soupçons. Il s'apprêtait peut-être à dégainer dans la cabane, mais pas dans l'intention de me tuer. Il voulait simplement m'arrêter, et avec l'approbation de l'attorney général, me passer un savon. Il voulait aussi prendre son temps pour m'annoncer en douceur que l'homme que je considérais comme mon ami était en fait le flic le plus corrompu qui soit. Vous savez ce qu'il y a de pire, Doug, ce qui me fait le plus horreur ? C'est que vous ayez fait porter vos crimes à Mac.

Burke rapprocha son visage de celui du mourant.

— Pourquoi, Doug ? Pourquoi Duvall, pour l'amour du ciel ? Pour l'argent ?

— Par lâcheté, souffla-t-il.

— Vous n'êtes pas un lâche !

— Le type que j'ai abattu... Vous vous souvenez ?

— Votre première année dans la police ?

Burke se souvenait vaguement de l'incident.

— Il était armé et a porté la main à son revolver au moment où vous avez voulu l'arrêter. C'était lui ou vous !

Patout secoua imperceptiblement la tête.

— J'ai commis une bourde, paniqué, tiré trop vite, couvert mon erreur. Il marqua une pause pour prendre plusieurs inspirations gargouillantes. C'était un des hommes de Duvall. Duvall était au courant qu'il se servait de couteaux, pas de revolvers. Il ne serait pas mort avec une arme à feu à la main, et Duvall le savait parfaitement. Il m'est redevable depuis. (Une larme coula à travers le masque blanc.) J'ai été un bon flic. Je voulais être le chef.

— Ça n'aurait jamais été le cas, Doug, dit tristement Burke. Si Mac ne vous avait pas démasqué, quelqu'un d'autre l'aurait fait.

— Vous !

— Ouais, moi. Seulement j'ai compris trop tard.

Patout laissa le revolver lui glisser des mains et rassembla le peu de forces qui lui restaient pour s'agripper à la chemise de pirate de Burke.

— Comment... comment... avez-vous deviné ?

— Je n'ai pas deviné. Vous me l'avez avoué vous-même.

Patout n'avait pas l'air de comprendre.

— Après avoir tiré sur Mac, expliqua Burke, vous avez prétendu qu'on avait établi des liens entre des coups de fil passés aux dealers et lui, y compris celui qui les avait avertis la nuit où Kev avait été abattu. C'était un mensonge, et je le savais.

Il se pencha encore pour que Patout ne rate pas un mot de ce qu'il avait à lui confier.

— Les dealers sont des merdes ! Mais un flic qui joue leur jeu est une double merde ! Ces salopards nous coinçaient à chaque coup avec l'appui d'un des nôtres. L'Inspection générale ne levait pas le petit doigt pour la bonne raison que la plupart de leurs gars trempent dans le crime. L'attorney général, politicard sans scrupule, faisait traîner les choses. Je suppose que l'équipe de l'A.G. travaillait sur l'affaire, mais très clandestinement. On n'avançait pas d'un pouce. Impossible de mettre la main sur le salopard qui nous vendait à Duvall. Combien de descentes devaient encore aller de travers avant qu'on fasse quelque chose ? Dix ? Cinq ? Ou une seule. Peut-être un échec de plus aurait poussé quelqu'un à bouger. Seulement qui pouvait se douter qu'un échec de plus coûterait la vie de Kev ? Certainement pas moi.

« Vous voyez, Doug, poursuivit-il d'un ton plus calme, vous m'avez menti l'autre jour dans la cabane quand vous m'avez affirmé que Mac avait prévenu les dealers ce soir-là. Je savais que ce n'était pas Mac. Parce que c'était moi.

Patout gémit. Sa tête roula de côté, mais il garda les yeux rivés sur Burke.

— Je les ai prévenus parce que j'ai pensé qu'un fiasco, même pour une opération minable, sans grandes retombées, suffirait peut-être à lancer une enquête. Mon plan brillant s'est retourné contre moi. J'ignorais que Bardo se trouvait dans l'entrepôt. La seule fois où j'ai fait une entorse à mes principes, la seule fois où j'ai joué un sale jeu, Kev Stuart est mort.

En se rapprochant encore de son ami mourant, il chuchota :

— Je dois vivre avec ça sur la conscience le reste de ma vie. (Il détacha les doigts de Patout du tissu de sa chemise et lui écarta la main.) Et vous, vous allez mourir avec ça sur la conscience.

Patout émit une longue plainte.

Burke jeta un coup d'œil à la pendule.

— Minuit moins deux, Doug. Ce sera bientôt la fin de Mardi gras et vous serez mort. (Il s'éclaircit la voix et essuya les larmes qui noyaient sa vision.) Ensuite, je me repentirai.

EPILOGUE

— Elle est vraiment charmante, Burke.

— Oui.

Nanci Stuart et lui partageaient la balancelle sur la galerie de Dredd. C'était la fête du Travail, mais il faisait chaud, et humide. Ils se reposaient à l'ombre pendant que Dredd donnait aux autres une leçon de pêche au bout de la jetée.

Burke se posait des questions sur l'origine du gros morceau de viande dont celui-ci se servait comme appât. A sa connaissance, personne n'avait enquêté sur la disparition des deux hommes de main que Duvall avait envoyés avec Gregory James !

— Ce que je veux dire, reprit Nanci, c'est que Romy est charmante de l'intérieur.

— Je sais. C'est ce que je voulais dire aussi.

Elle rit, lui rappelant l'époque où Kev était encore vivant, quand ils se réunissaient tous les trois dans la cuisine pour boire du café en échangeant des plaisanteries.

— Tout de même, vous n'avez pas manqué de remarquer que votre fiancée est ravissante.

Il sourit avec une fierté coupable, tel un petit garçon qui vient de marquer son premier but – dans la vitre du voisin !

— Non, en effet.

Il regarda Romy qui écoutait attentivement Dredd, suivant ses instructions avec la détermination d'une néophyte, et lui sourit joyeusement quand il la complimenta.

Mon Dieu, comme il l'aimait ! Il l'aimait tellement que ça lui faisait peur. Mal aussi parfois. Chaque jour effaçait un peu plus l'influence de Duvall. Ce ne serait bientôt plus qu'un obscur souvenir. Romy devenait une femme confiante, sûre d'elle, et de son amour pour elle.

— Elle a l'air contente de son travail à la galerie, reprit Nanci.

— Elle est ravie. Et très douée aussi. La semaine dernière, j'ai assisté à une visite privée de l'exposition. Quand elle parlait des toiles à ses clients, je n'avais pas la moindre idée de ce qu'elle racontait, mais le fait est qu'ils étaient suspendus à ses lèvres.

— Vous êtes fier d'elle.

— Sacrément fier, répondit-il avec emphase. Merci d'être son amie, Nanci. Cela compte beaucoup pour Romy. Elle découvre l'amitié, ajouta-t-il tout aussi sincèrement.

— Cela n'a rien d'une obligation. Je l'aime beaucoup.

Il se pencha pour poser sa canette de soda vide sur un tonneau retourné. Et ce faisant, il fit tomber une pile de cartes postales qui s'éparpillèrent sur le sol en bois. Il s'empressa de les ramasser.

— Dredd a-t-il un correspondant ? demanda Nanci.

— D'une certaine manière. C'est un vieil ami à nous.

Les cartes postales datées à une semaine d'intervalle provenaient de tous les coins des Etats-Unis. Aucune n'était signée. Elles avaient toutes été écrites par Gregory James. Les messages étaient brefs, jamais plus d'une ou deux phrases, et n'avaient aucun sens pour quiconque ignorait les circonstances dans lesquelles le jeune homme avait fui La Nouvelle-Orléans. Il faisait notamment allusion à la mort de Duvall et au soulagement que cette nouvelle lui avait procuré. Pour l'essentiel, ces cartes avaient pour objet de les informer qu'il était sain et sauf et réfléchissait sérieusement à la direction que sa vie devait prendre désormais.

La plus récente carte portait le cachet de la poste de Santa Fe. Le texte se résumait à *Saint Luc 15 : 11-24.* Dredd avait vérifié : il s'agissait de la parabole du fils prodigue.

— Ça fait un bout de temps qu'il est parti, expliqua Burke à Nanci, mais j'ai l'impression qu'il ne va pas tarder à revenir.

— Hé ! J'en ai attrapé un !

Le cri attira leur attention vers la jetée où Flarra brandissait sa prise sous le regard admiratif et envieux des autres pêcheurs. David Stuart, l'aîné de Nanci, lui proposa de l'aider à décrocher le poisson. Nanci confia à Burke que la petite sœur de Romy avait sérieusement entamé la conviction de ses fils selon laquelle toutes les filles étaient bêtes, moches et stupides.

— Avant de rencontrer Flarra, ils juraient qu'ils n'auraient jamais rien à faire avec le sexe opposé. Ils sont nettement moins déterminés.

— Elle s'est attachée à eux, elle aussi. La pauvre n'a jamais eu de famille en dehors de Romy. Elle est merveilleuse. Très fine. Et pleine d'humour. Elle est impatiente d'aller au lycée à la rentrée. Elle a même de l'affection pour moi. Elle n'arrête pas de me demander quand je vais faire un enfant à Romy, ajouta-t-il en gloussant.

Romy m'a confié que c'était prévu.

— On fait tout ce qu'on peut, dit-il, sentant que ses lèvres souriaient malgré lui.

C'était ridicule. Il n'arrêtait pas de sourire en ce moment.

— Votre bonheur me fait infiniment plaisir, Burke.

— Merci.

— A propos... (Elle se mordilla la lèvre inférieure.) Je vois quelqu'un en ce moment.

— Sans blague ? C'est... c'est super, Nanci !

— Vous le pensez vraiment ? s'enquit-elle timidement.

— S'il est digne de vous, oui !

— La question est plutôt de savoir si je suis digne de lui, souligna-t-elle d'un air songeur. (Puis elle sourit joyeusement.) Mais il est d'une gentillesse merveilleuse ! C'est un homme d'affaires. Sa femme est morte d'un cancer il y a quelques années. Il l'aimait autant que j'aimais Kev, et c'est bon signe, vous ne croyez pas ?

— Absolument. Comment est-il avec les garçons ?

— Jusqu'à maintenant tout va bien. De dos en jean, il est superbe !

— Je comprends mieux maintenant.

— Bien sûr, il va falloir qu'il passe le test suprême.

— A savoir ?... J'ose à peine poser la question.

— Vous rencontrer, répondit-elle du tac au tac.

Il sentit son sourire taquin s'effacer peu à peu. Elle était sérieuse.

— Pourquoi mon opinion compterait-elle tant ?

Elle tendit le bras dans l'espace qui les sépara et lui prit la main.

— Si Romy est ma nouvelle amie, vous êtes l'être le plus proche de moi. Votre avis a énormément d'importance à mes yeux.

Ils échangèrent un long regard plein de sous-entendus, puis elle se leva et épousseta son short en lin.

— Je vois que Peter est en train de perdre patience. Il est temps que j'aille lui remonter le moral.

Elle s'éloigna et rejoignit les autres. Burke était trop ému pour parler.

Il entra dans la boutique, sous le prétexte de prendre une autre canette, mais se cramponna au comptoir de Dredd et regarda fixement à travers la vitre crasseuse les barres de chocolat poussiéreuses et les paquets de viande séchée.

Plusieurs minutes s'écoulèrent avant que la porte grillagée s'ouvrît en grinçant.

— Burke ?

Romy s'approcha de lui et posa une main au creux de son dos.

Tout va bien ?

Il tourna la tête et lui fit un pâle sourire, mais ne put lui cacher ses yeux.

— Qu'y a-t-il ? demanda-t-elle, inquiète.

— Rien.

— Tu es triste ?

— En fait, non. Je suis heureux.

Il essuya ses yeux humides du revers de sa manche et lui parla de la conquête de Nanci.

— Ça m'a ému d'apprendre qu'elle estimait mon opinion.

— Tu ne te rends pas compte à quel point, lui dit Romy. Elle m'en a parlé l'autre jour lorsque nous avons déjeuné ensemble.

La nouvelle de la mort de Duvall avait fait la une des journaux, au-delà des frontières de la Louisiane. De solides rapports sur la corruption de la NOPD et de la municipalité de La Nouvelle-Orléans avaient suivi ; on avait aussi beaucoup parlé de la section spéciale qui avait fait la lumière sur tous ces scandales.

Dès qu'il avait été au courant, Joe Basile avait appelé son frère, qui lui avait confirmé qu'il s'agissait bien de l'affaire dans laquelle il était impliqué. Joe et sa famille, ainsi que celle de Nanci Stuart, pouvaient rentrer chez eux sans crainte.

La veille de l'enterrement de Doug Patout, Burke avait avoué à Nanci sa responsabilité dans la mort de son mari. Ils avaient pleuré ensemble, et elle l'avait remercié de lui avoir dit la vérité. Cela avait été une expérience libératrice pour tous les deux. Burke continuait malgré tout à être hanté par son erreur de jugement.

— Après ce que j'ai fait, dit-il à Romy, je ne comprends pas comment Nanci peut me pardonner, et encore moins me considérer comme son meilleur ami.

— Burke, reprit Romy en l'étreignant. Le seul qui ne t'ait pas pardonné, c'est toi-même. L'attorney général t'a désigné pour éliminer la corruption sous toutes ses formes au sein de la NOPD. Littrell ne prend plus aucune initiative sans te consulter d'abord. On te respecte et on t'admire. (Elle posa les mains sur sa poitrine.) Et on t'aime.

— J'ai besoin de toi près de moi, chuchota-t-il en l'attirant plus près de lui et en posant le menton au sommet de sa tête.

— Si je peux passer l'éponge sur les années que j'ai vécues avec Pinkie, tu devrais pouvoir te pardonner l'unique erreur que tu as commise, non ?

Il leva son visage et l'embrassa en s'abandonnant au goût, à la chaleur, à la douceur de sa bouche jusqu'au moment où elle inclina la tête en arrière et murmura :

— Fais-moi l'amour.

Il jeta un coup d'œil par-dessus son épaule vers le ponton où les autres continuaient à bavarder et rire à qui mieux mieux.

— Quoi ? Maintenant ?

— Hum, hum !

Il ne lui fallait guère plus d'encouragement. Il l'entraîna dans la suite de pièces biscornues jusqu'au lit étroit au chevet duquel il l'avait veillée des mois plus tôt. Leurs vêtements jonchèrent bientôt le sol, pareils à des débris laissés par un ouragan. Il couvrit son visage, sa gorge, ses seins de baisers. Au moment où il s'apprêtait à la pénétrer, elle le surprit en prenant l'initiative.

Il commença par quelques faibles protestations, mais très vite, il fut trop dérouté par l'irrésistible assaut de sensations pour s'y opposer. En gémissant son nom, il enfouit ses doigts dans ses cheveux. Ses mains suivirent les mouvements de sa tête tandis qu'elle lui faisait l'amour avec sa bouche.

Puis elle se mit sur lui à califourchon en le prenant tout entier en elle. C'était stupéfiant, la façon dont elle le chevauchait, ses hanches se pressant contre ses cuisses, sa bouche fusionnant avec la sienne, et ensemble ils atteignirent l'orgasme.

Gisant paresseusement, en sueur, conscients qu'ils auraient dû se lever, s'habiller et rejoindre les autres avant qu'on remarque leur absence, ils n'en restèrent pas moins tels qu'ils étaient.

— Tu as écouté, n'est-ce pas ? demanda-t-elle d'une voix douce.

— Hum ? murmura-t-il, encore submergé par une incroyable vague de plaisir.

— Pinkie et moi, tu nous as écoutés clandestinement ?

Pleinement réveillé tout à coup, rouge de honte, il s'éclaircit la gorge.

— Euh oui. J'avais posé un micro dans la chambre.

— Pourquoi ?

— J'ai pensé que je pourrais peut-être apprendre quelque chose au sujet des opérations de Duvall. Mais c'était un prétexte. En vérité, j'étais obsédé par toi. Je ne supportais pas que tu sois avec lui. En même temps, c'était... comme par procuration... (Il soupira, dégoûté par lui-même.) Seigneur, je dois vraiment avoir l'esprit mal vissé.

— Non, non, pas du tout.

Elle le serra encore plus fort et ils restèrent silencieux un moment.

Puis il lui demanda comment elle avait deviné.

Elle leva la tête et plongea son regard dans le sien en écartant des mèches humides de son front.

— Tu as évité certains actes intimes, pensant qu'ils me répugneraient. Tu as peur que cela me rappelle Pinkie. (Elle sourit, espiègle.) Burke, rien de ce que nous pourrons faire ensemble ne me fera penser à lui, ni quoi que ce soit que j'ai vu, entendu ou vécu chez Angel. Ce n'est pas la même chose. Avec toi, tout est comme une première fois. Nouveau. Propre. Juste. J'éprouve de la joie à t'aimer. Ça n'a strictement rien à voir.

Il lui prit la main et pressa sa paume contre ses lèvres. Il voulait lui dire combien il l'aimait, mais, pour la deuxième fois cet après-midi, il était trop ému pour parler.

De toute façon, elle le savait déjà.

Composition réalisée par NORD COMPO

IMPRIMÉ EN ALLEMAGNE PAR ELSNERDRUCK
Dépôt légal Édit. : 11717 - 05/2001
LIBRAIRIE GÉNÉRALE FRANÇAISE - 43, quai de Grenelle - 75015 Paris
ISBN : 2 - 253 - 18204 - 4

31/8204/5